HEYNE

ROBERT CRAIS

STUNDE DER RACHE

THRILLER

Aus dem Amerikanischen
von Helmut Splinter

WILHELM HEYNE VERLAG
MÜNCHEN

Die Originalausgabe L.A. Requiem erschien 1999 bei Doubleday,
a division of Random House Inc., New York

Der Roman erschien in Deutschland bereits
2004 im Goldmann Verlag.

MIX
Papier aus verantwortungsvollen Quellen
FSC® C014496

Verlagsgruppe Random House FSC® N001967
Das für dieses Buch verwendete FSC®-zertifizierte
Papier *Holmen Book Cream* liefert
Holmen Paper, Hallstavik, Schweden.

Vollständige deutsche Taschenbuchausgabe 02/2016

Redaktion: Viola Eigenberz
Printed in Germany
Umschlaggestaltung: Büro Überland, Schober & Höntzsch,
unter Verwendung eines Motivs von © WIN-Images/Corbis
Satz: KompetenzCenter, Mönchengladbach
Druck und Bindung: GGP Media GmbH, Pößneck
ISBN: 978-3-453-43829-3

www.heyne.de

Für Ed Waters und Sid Ellis,
die mir mehr beigebracht haben als nur Worte.

»Tja, so isses nu' mal.«

Do you know what love is?
(I would bleed out for you.)
Tattooed Beach Sluts

I've got the whole town under my thumb
and all I've gotta do is keep acting dumb.

We say goodbye so very politely
Now say hello to the killer inside me.
Mark Griffin alias MC 900 Ft. Jesus

Mama, Mama, can't you see
What the Marine Corps has done to me?
Made me lean and made me strong
Made me where I can do no wrong.
Marschlied des United States Marine Corps

Das Islander Palms Motel

Joe Pike, uniformierter Beamter beim LAPD, dem Los Angeles Police Department, konnte die banda-*Musik hören, obwohl der Motor im Leerlauf vor sich hin gurgelte, die Klimaanlage so hoch eingestellt war, dass man hätte Fleisch einfrieren können, und im Funkgerät Codes hin- und hergerufen wurden.*

Vor dem Durchgang lungerte ein Schwarm Latino-Mädchen herum und schaute kichernd zu ihm herüber. Sie flüsterten einander Dinge zu, die sie selbst erröten ließen. Untersetzte braunhäutige Männer, die bei Zacatecas über die Grenze gekommen waren, liefen ziellos auf dem Bürgersteig umher. Gegen die blendende Sonne hielten sie schützend die Hand vor die Augen, während ihnen veteranos *von Sawtelle drüben auf der Westside erzählten, wo sie Jobs als Tagelöhner finden könnten – für dreißig Dollar bar auf die Hand und ohne Papiere. Hier im Polizeibezirk Rampart südlich des Sunset Boulevard brodelte die Straßen-*machaca *zwischen Guatemalteken und Nicaraguanern einerseits und Salvadorianern und Mexikanern andererseits, und selbst im miesen Käfig dieses Funkwagens roch die Luft nach* epizote.

Pike sah, dass sich der Schwarm der Latino-Kids teilte wie Wasser, als sein Partner aus dem Durchgang gerannt kam. Abel

Wozniak war ein dicker Mann mit kantigem Kopf und trüben grauen Augen. Er war zwanzig Jahre älter als Pike und fuhr schon zwanzig Jahre länger Streife. Der Blick des einst besten Cops, den Pike kannte, war angespannt. Seit zwei Jahren saßen sie gemeinsam im Streifenwagen, und Abels Blick war nicht immer so gewesen. Pike bedauerte das, doch er konnte nichts daran ändern.

Und jetzt mussten sie ohnehin erst mal nach Ramona Ann Escobar suchen.

Wozniak schob sich hinters Lenkrad und rückte seine Pistole zurecht. Ihm war daran gelegen, die Spannung zu durchbrechen, die zwischen ihnen herrschte und so dick wie geronnenes Blut war. Sein Informant hatte geplaudert.

»DeVille ist im Islander Palms Motel abgestiegen.«

»Hat DeVille das Mädchen?«

»Der Typ hat ein kleines Mädchen gesehen, aber er kann nicht sagen, ob sie noch bei ihm ist.«

Wozniak legte den Gang ein und fuhr mit einem Ruck den Bordstein hinunter. Kein Code drei – also keine Sirene und kein Blaulicht. Das Islander Palms befand sich hier auf dem Alvarado Boulevard gleich südlich des Sunset Boulevard, keine fünf Straßenblocks entfernt. Warum sollte man sich schon vorher bemerkbar machen?

»Woz? Glaubst du, dass DeVille ihr was antut?«

»Wie ich schon sagte, es wäre besser, wenn man diesem Perversen eine Kugel durch den Kopf jagen würde.«

Es war halb zwölf durch an diesem Donnerstagvormittag. Um zwanzig nach neun hatte ein fünfjähriges Mädchen namens Ramona Ann Escobar beim Bootsverleih im Echo Park gespielt, als sich ihre Mutter, eine legale Einwanderin aus Guatemala, zu ihren Freundinnen umgedreht hatte, um sich mit ihnen zu unterhalten. Zeugen hatten Ramona zuletzt in Begleitung eines Mannes gesehen, den man für Leonard DeVille hielt, einen polizeibekannten Pädophilen, der, wie berichtet wurde, in den vergangenen drei Monaten den Echo Park und den MacArthur Park unsicher gemacht hatte. Als die Eilmeldung über das vermisste Mädchen durchgekommen war, hatte Wozniak angefangen, seine Straßeninformanten zu bearbeiten. Wozniak, der schon seit Urzeiten im Streifendienst war, kannte alle und wusste, wo sie zu finden waren. Er war eine Schatztruhe an Informationen – Pike verehrte und respektierte ihn und wollte ihn auf keinen Fall verlieren. Aber falls es so käme, würde er dagegen nichts tun können.

Pike blickte Wozniak an, bis der es nicht mehr aushielt und zurückblickte. Nur noch vierzig Sekunden bis zum Islander Palms. »Verdammt, was ist denn los?«

»Es ist noch nicht zu spät, Woz.«

Wozniaks Gesicht spannte sich an, als er es wieder der Straße zuwandte. »Ich sag dir eins, Joe: Halt dich da raus. Ich will kein Wort mehr darüber verlieren.«

»Ich stehe zu dem, was ich gesagt habe.«

Wozniak befeuchtete seine Lippen.

»Du musst auch an Paulette und Evelyn denken.«

Wozniaks Frau und Tochter.

Die trüben Augen waren so unergründlich und gefährlich wie eine Gewitterwolke.

»Ich habe an sie gedacht, Pike. Kannst deinen Arsch drauf verwetten.«

Nur einen kurzen Moment lang glaubte Pike, Wozniaks

Augen hätten sich mit Tränen gefüllt. Dann schüttelte sich Wozniak, als wollte er seine Gefühle von sich abwerfen, und zeigte geradeaus.

»Da ist es. Jetzt halt's Maul und benimm dich wie ein Cop.«

Das Islander Palms war ein mit weißem Stuck verziertes Dreckloch. Ein zweistöckiges Gebäude, das in L-Form um einen engen Parkplatz lag, ausgefranste Teppiche, fleckige Bettwäsche und Leuchtreklame in Form von Neonpalmen, die selbst für Los Angeles schäbig waren. Die Hauptkundschaft bestand aus Nutten, die sich stundenweise ein Zimmer mieteten, Möchtegern-Pornografen, die »Amateur«-Videos drehten, und Mietflüchtlingen, die einen Unterschlupf suchten, bis sie den nächsten Vermieter übers Ohr hauen konnten.

Pike folgte Wozniak ins Büro des Geschäftsführers, ein dünner Hindu mit wässrigen Augen. »Ich will hier keine Schwierigkeiten, bitte«, war das Erste, was er sagte.

Wozniak übernahm die Führung.

»Wir suchen nach einem Mann mit einem kleinen Mädchen. Er heißt Leonard DeVille, kann aber sein, dass er einen anderen Namen benutzt hat.«

Der Hindu wusste weder mit dem Namen noch mit dem Mädchen etwas anzufangen, doch er bestätigte, dass ein Mann, wie ihn Woz beschrieben hatte, im ersten Stock das dritte Zimmer am Anfang des Ls bezogen habe.

»Willst du, dass ich das durchgebe?«, fragte Pike.

Wortlos ging Wozniak hinaus und die Treppe hinauf. Pike überlegte, dass er zum Wagen zurückkehren und Meldung machen sollte, aber man lässt seinen Partner nicht einfach alleine raufgehen. Also ging Pike hinterher.

An der dritten Tür lauschten sie, hörten aber nichts. Die Vorhänge waren zugezogen. Auf dem offenen Gang hatte Pike das Gefühl, als würden sie beobachtet.

Wozniak baute sich beim Türgriff auf, Pike auf der anderen Seite der Tür. Wozniak klopfte und gab sich als Polizist zu erkennen. Klar, Joe wäre gerne als Erster hineingegangen, aber seit zwei Jahren war die Sache abgesprochen. Wozniak fuhr, Wozniak ging voraus, Wozniak bestimmte die Vorgehensweise. Bei zweiundzwanzig Dienstjahren im Vergleich zu Pikes dreien war da nichts mehr zu ändern. Zweihundertmal hatten sie das schon so gemacht.

Als DeVille die Tür öffnete, preschte Wozniak vor und schob DeVille zurück.

»He, was soll das?«, beschwerte der sich. Als ob er noch nie auf diese Weise überrascht worden wäre.

Das Zimmer war heruntergekommen und schmierig. Am anderen Ende befanden sich ein Wandschrank und das Bad. Wie ein hässlicher Altar stand das zerwühlte Doppelbett an der Wand. Die rote Tagesdecke war fleckig und zerschlissen, einer der Flecke hatte die Form von Mickymaus. Das einzige andere Möbelstück in diesem Zimmer war eine billige Kommode voller Brandflecken und mit einem scharfen Messer eingeritzter Kerben. Wozniak hielt DeVille fest, während Pike im Badezimmer und Wandschrank nach Ramona suchte.

»Sie ist nicht hier.«

»Irgendwas anderes? Kleider, Koffer, Zahnbürste?«

»Nichts.« Was hieß, dass DeVille nicht hier wohnte und auch nicht die Absicht hatte, es zu tun. Er hatte eine andere Verwendung für dieses Zimmer.

»Wo ist sie, Lennie?«, fragte Wozniak, der DeVille in der Vergangenheit schon zweimal hinter Schloss und Riegel gebracht hatte.

»Wer? He, so was mache ich nicht mehr. Kommen Sie schon, Officer.«

»Wo ist die Kamera?«

DeVille spreizte nervös lächelnd die Hände. »Ich habe keine Kamera. Ich sag doch, dass ich weg davon bin.«

Leonard DeVille war eins dreiundsiebzig groß und fleischig. Sein Haar war blondiert, seine Haut sah aus wie eine Ananas. Das glatt nach hinten gekämmte Haar wurde mit einem Gummiband zusammengehalten. Pike wusste, dass DeVille log, wartete aber ab, wie Wozniak die Sache handhaben würde. Auch wenn Pike erst drei Jahre dabei war, wusste er, dass ein Pädophiler immer ein Pädophiler blieb. Man konnte sie einsperren, therapieren, verurteilen oder was auch immer – wenn sie wieder auf die Welt losgelassen wurden, waren sie immer noch Kinderschänder, und es blieb alles nur eine Frage der Zeit.

Wozniak packte das Bettende und kippte das ganze Möbelstück auf die Seite. DeVille sprang zurück und stolperte in Pike, der ihn auffing und festhielt. Eine zerknitterte Reisetasche kam in einer Million Staubmäuse zum Vorschein, wo vorher das Bett gestanden hatte.

»Lennie, du bist so blöd, blöder geht's nicht«, meinte Wozniak.

»He, das ist nicht meine. Mit der Tasche hab ich nichts zu tun.« DeVille war in Schweiß gebadet vor Angst.

Wozniak öffnete die Tasche und zog eine Polaroid-Kamera heraus, mehr als ein Dutzend Filme und schließlich mindes-

tens hundert Bilder von Kindern, die sich immer weiter auszogen. So verdienen sich Typen wie DeVille ihren Lebensunterhalt – sie schießen Bilder von Kindern und verkaufen sie an andere Perverse.

Wozniak schob die Bilder mit der Schuhspitze auseinander. Sein Gesicht wurde immer finsterer, aber gleichzeitig auch ausdrucksloser. Pike konnte die Bilder von dort aus, wo er stand, nicht sehen, doch er merkte, wie Wozniaks Schläfenader pulsierte. Vielleicht dachte Wozniak an seine eigene Tochter, vielleicht aber auch nicht. Vielleicht dachte Wozniak immer noch an die andere Sache.

Pike drückte DeVilles Arm. »Wo ist das kleine Mädchen? Wo ist Ramona Escobar?«

»Das Zeug gehört nicht mir«, wehrte sich DeVille mit hoher Stimme. »Das hab ich noch nie gesehen.«

Wozniak ging in die Hocke und sah sich die Bilder mit ausdrucksloser Miene an, bis er eins herauszog und an die Nase hielt.

»Ich kann noch den Entwickler riechen. Das hier hast du höchstens vor einer Stunde aufgenommen.«

»Das sind nicht meine!«

Wozniak blickte die Bilder an. Pike konnte immer noch nichts sehen.

»Sie sieht aus wie fünf. Sie passt auf die Beschreibung, die man uns gegeben hat. Hübsches kleines Mädchen. Unschuldig. Nur dass sie jetzt nicht mehr unschuldig ist.«

Abel Wozniak stand auf und zog seine Pistole, eine 9-Millimeter-Beretta, die vom LAPD erst vor Kurzem als Dienstwaffe zugelassen worden war.

»Wenn du dem Kind was angetan hast, bringe ich dich um.«

»Woz, wir müssen Meldung machen. Steck die Waffe weg.«

Wozniak ging an Pike vorbei. Mit der Rückhand knallte er DeVille die Beretta seitlich an den Kopf. DeVille sackte in sich zusammen.

Pike sprang zwischen die beiden, packte Wozniak am Arm und zog ihn zurück. »Das hilft uns auch nicht, das Mädchen zu finden!«

Dann sah Pike in Wozniaks Augen – harte, hässliche Nieten hinter einem Wolkenschleier.

Als die beiden Polizisten die Treppe hinaufgegangen waren, hatte Fahreed Abouti, der Geschäftsführer, ihnen hinterhergeschaut und beobachtet, wie sie den blonden Mann in sein Zimmer zurückschoben. Die Polizei kam oft in dieses Motel, um Prostituierte, Freier und Drogenhändler festzunehmen, und Fahreed ließ sich ein solches Schauspiel nach Möglichkeit nicht entgehen. Einmal hatte er eine Prostituierte gesehen, die mit den Polizisten, die sie verhaften wollten, eine Nummer geschoben hatte, und ein andermal hatte er miterlebt, wie drei Polizisten einem Vergewaltiger sämtliche Zähne ausgeschlagen hatten. Es gab immer etwas Schönes zu sehen, und es war besser als jede Fernsehshow.

Aber man musste vorsichtig sein.

Sobald sich die Tür geschlossen hatte, war Fahreed die Treppe hinaufgeschlichen. Wenn man zu nahe am Geschehen war oder sich dabei erwischen ließ, wurden die Polizisten sauer. Einmal war einer vom Sondereinsatzkommando in Kampfausrüstung und mit einer großen Waffe so wütend geworden, dass er Fahreeds Turban in eine Pfütze aus Getriebeöl geworfen hatte. Die Reinigungskosten waren schier unbezahlbar gewesen.

Im Zimmer war es laut geworden, als Fahreed noch auf der Treppe gestanden hatte. Er konnte nicht verstehen, was geredet wurde, nur, dass die Männer wütend waren. Er huschte den Gang des ersten Stocks entlang auf die Tür zu, doch als er davorstand, hatte das Schreien aufgehört. Er fluchte, dachte, er sei um seinen Spaß gebracht worden, als plötzlich von drinnen ein einzelner lauter Schrei, dann eine gewaltige, ohrenbetäubende Explosion zu hören war.

Die Menschen auf der Straße blieben abrupt stehen und sahen hinauf. Eine Frau zeigte nach oben, ein Mann auf der anderen Seite des Parkplatzes rannte davon.

Fahreeds Herz pochte, weil auch ein Hindu wusste, wie sich ein Pistolenschuss anhörte. Vielleicht war ja der Blonde tot. Oder vielleicht hatte er einen der Polizisten umgebracht.

Aus dem Zimmer kam kein Laut mehr.

»Hallo?«

Nichts.

»Alles in Ordnung?«

Nichts.

Vielleicht waren sie durch das Badezimmerfenster hinunter auf die Gasse gesprungen.

Fahreed hatte klamme Finger, und seine panische Angst verlangte eigentlich von ihm, dass er zurück ins Büro laufen und so tun sollte, als hätte er nichts gehört, doch stattdessen riss er die Tür auf.

Der jüngere Polizist, der Größere mit der dunklen Brille und dem leeren Gesichtsausdruck, wirbelte herum und richtete einen riesigen Revolver auf ihn. Fahreed dachte, er würde im nächsten Augenblick sterben.

»Bitte. Nicht!«

Der ältere Polizist hatte kein Gesicht mehr. Es war nur noch eine einzige blutüberströmte Wunde. Auch der Blonde war tot, sein Gesicht eine rote Maske. Boden, Wände und Decke waren mit Blut bespritzt.

»Nein!«

Die Waffe des Polizisten blieb starr auf ihn gerichtet. Fahreed blickte in die dunkle Brille, auch sie mit Blut verschmiert.

»Bitte!«

Der große Polizist kniete sich neben seinen Partner und begann mit Wiederbelebungsversuchen. »Rufen Sie die 9-1-1«, sagte er, ohne aufzublicken.

Fahreed Abouti rannte hinunter zu seinem Telefon.

TEIL EINS

1

An diesem Sonntag knallte die Sonne heiß auf das Becken von Los Angeles hinab, trieb die Menschen an die Strände, in die Parks und die Swimmingpools hinter ihren Häusern. Die Luft flirrte, wie sie es immer tut, wenn der knochentrockene Wind aus der Wüste hereinrollt und die Flanken der Hügel so erhitzt, dass der Teer auf den Straßen sich selbst entzündet und sogar Autos zum Schmelzen bringt.

Die Verdugo Mountains oberhalb von Glendale brannten. Eine Säule aus braunem Rauch trieb über die Kammlinie, wo sie vom Santa Ana, dem kalifornischen trockenen, heißen Wind, erfasst wurde, sich über die Stadt ausdehnte und den Himmel mit einer Farbe wie getrocknetes Blut überzog. Wenn man sich, sagen wir mal, in Burbank oder auf dem Mulholland Snake oberhalb des Sunset Strip befand, konnte man die großen, mehrmotorigen Feuerbomber sehen, die mit ihrem hellroten Löschmittel hinabtauchten, während Nachrichtenhubschrauber kreuz und quer über den Schauplatz flogen. Oder man sah sich das Spektakel einfach im Fernsehen an. Neben Aufständen und Erdbeben gehören in L.A. Brände zu den wichtigsten Zuschauerereignissen.

Von Lucy Cheniers Wohnung im zweiten Stock in

Beverly Hills aus konnten wir die Rauchsäule nicht sehen, doch unten an der Tür runzelte Lucy angesichts des orange gefärbten Himmels die Stirn. Wir waren gerade dabei, Umzugskartons aus ihrem Wagen nach oben zu schleppen.

»Ist das das Feuer?«

»Der Santa Ana trägt den Rauch nach Süden. In ein paar Stunden wird es Asche regnen. Das sieht dann aus wie grauer Schnee.« Das Feuer war sechzig Kilometer entfernt. Für uns bestand keine Gefahr.

Besorgt wandte Lucy sich zu ihrem Lexus um, der unten am Straßenrand stand. »Wird der Lack was abkriegen?«

»Wenn die Asche runterfällt, ist sie schon kalt, so wie Staub. Dann spritzen wir sie einfach mit dem Schlauch ab.« Elvis Cole, mit Leib und Seele Bürger von Los Angeles, klärt die neu Zugezogene, die zufällig auch seine Freundin ist, über alles Wichtige auf. Warte nur, bis du dein erstes großes Erdbeben erlebst.

Lucy schien nicht überzeugt zu sein, ging aber trotzdem ins Haus und rief ihren Sohn. »Ben!«

Vor nicht ganz einer Woche hatten Lucille Chenier und ihr neunjähriger Sohn Louisiana verlassen und waren in eine Wohnung in Beverly Hills gleich südlich des Wilshire Boulevard gezogen. Lucy war in Baton Rouge Anwältin gewesen, begann jetzt aber eine neue Karriere als juristische Kommentatorin bei einem örtlichen Fernsehsender. Ein neues Berufsfeld, die Frucht vom hässlichen Baum mit Namen »der Fall Simpson«. Als Belohnung dafür, dass sie von Baton Rouge nach Los Angeles gezogen war, verdiente sie nicht nur mehr Geld und hatte mehr Freizeit, die sie mit ihrem Sohn verbringen konnte, sondern sie war auch näher bei *mir*. Ich hatte den ganzen Freitag, Samstag und den größten Teil des Sonntagvormittags damit zugebracht, das Wohnzimmer immer wieder umzustellen. So was nennt man Liebe.

Der Fernseher war auf den Sender eingestellt, für den sie jetzt arbeitete, KROK-8 (»Nachrichten für Leute von heute!«), der, wie jeder andere Sender in der Stadt auch, das reguläre Programm für die Live-Berichte über den Brand unterbrochen hatte. Achtundzwanzig Häuser waren bedroht gewesen und geräumt worden.

Lucy reichte Ben die Kiste. »Zu schwer?«

»Ach, Quatsch.«

»Dein Zimmer. Dein Schrank. *Ordentlich.*«

Als er verschwunden war, umfasste ich ihre Taille und flüsterte: »Dein Zimmer. Dein Bett. Unordentlich.«

Sie trat zurück und begutachtete das Sofa. »Zuerst müssen wir die Wohnung auf Vordermann bringen. Würdest du bitte das Sofa noch mal umstellen?«

Ich starrte verblüfft auf das Sofa. Ich hatte es in den letzten zwei Tagen schon achthundertmal umgestellt.

»Welche Wand?«

Nachdenklich kaute sie auf ihrem Daumen. »Da rüber.«

»Da stand es vorhin schon mal.« Es war ein großes Sofa, wog wahrscheinlich tausendfünfhundert Kilo.

»Ja, aber da hatten wir Stereoanlage und Fernseher noch neben dem Kamin. Jetzt, wo wir sie neben die Tür gestellt haben, wird alles ganz anders aussehen.«

»*Wir?*«

»Ja. *Wir.*«

Ich beugte mich über das Sofa und zog es an die gegenüberliegende Wand. Zweitausend Kilo.

Als ich gerade dabei war, das Sofa zurechtzurücken, klingelte das Telefon. Lucy ging ran, gab mir aber gleich darauf den Hörer.

»Joe.«

Joe Pike und ich sind Partner in einer Detektei, die meinen Namen trägt. Er könnte seinen Namen auch eintragen lassen, aber das will er nicht. So ist er nun mal.

Ich nahm das Telefon. »Kompetenzzentrum für Leistenbrüche, guten Tag.« Lucy verdrehte die Augen und wandte sich ab, in Gedanken schon mit weiteren Sofaanordnungen beschäftigt.

»Wie klappt's mit dem Umzug?«, fragte Joe.

Ich trat mit dem Telefon hinaus auf den Balkon. »Es ist eine große Veränderung. Ich denke, sie merkt gerade, wie groß. Was gibt's?«

»Hast du schon mal von Frank Garcia gehört?«

»Oh, dem Tortilla-Typen. Normal, groß und Monsterito. Ich nehme am liebsten Monsterito.« In Los Angeles konnte man in egal welches Lebensmittelgeschäft gehen – überall lächelte Frank Garcia mit leuchtenden Augen und dichtem schwarzem Schnauzer von seinen Tortilla-Päckchen herunter.

»Frank ist ein Freund von mir, und er hat ein Problem. Ich bin gerade auf dem Weg zu ihm. Kannst du dazustoßen?«

Pike und ich führen seit zwölf Jahren unsere Detektei, aber ich kannte ihn schon, als er noch bei der Polizei von Los Angeles war. Nicht ein einziges Mal in dieser ganzen Zeit hatte er mich um einen Gefallen oder um Hilfe bei einem persönlichen Problem gebeten.

»Ich helfe Lucy gerade beim Einräumen. Ich habe kurze

Hosen an und den ganzen Morgen über mit einem Fünftausend-Kilo-Sofa gekämpft.«

Pike erwiderte nichts.

»Joe?«

»Franks Tochter wird vermisst, Elvis. Mit ihr bin ich auch befreundet. Ich hoffe, du kannst es irgendwie einrichten.« Er nannte mir eine Adresse in Hancock Park und legte ohne ein weiteres Wort auf. Auch das ist typisch Pike.

Ich blieb draußen auf dem Balkon und beobachtete Lucy. Sie ging von einem Karton zum andern, als sei die Entscheidung, was sie als Nächstes auspacken sollte, noch schwieriger, als einen Platz für das Sofa zu finden. So war sie, seit sie aus Louisiana hergekommen war, und eigentlich passte es nicht zu ihr. Zwei Jahre lang hatten wir eine Fernbeziehung geführt, doch jetzt hatten wir einen wichtigen Schritt unternommen, um die Beziehung voranzubringen, wobei sie die Hauptlast trug. Sie war diejenige, die ihre Freunde verlassen hatte. Sie war diejenige, die ihr Zuhause aufgegeben hatte. Sie war diejenige, die das Risiko auf sich nahm.

Ich drückte den Aus-Knopf am Telefon, ging wieder hinein und wartete, bis sie mich anblickte.

»He.«

Sie lächelte, wirkte aber besorgt.

Ich streichelte über ihren Oberarm und lächelte zurück. Sie hatte wunderschöne grün-braune Augen.

»Alles in Ordnung?«

Sie sah verlegen aus. »Mir geht's gut.«

»Es ist ein großer Schritt. Eine große Veränderung für uns beide.«

Sie schielte nach hinten zu den Kartons, als ob sie darin etwas verstecken würde.

»Es wird schon gut gehen, Luce.«

Sie schmiegte sich an mich, und ich spürte, dass sie lächelte. Ich hatte keine Lust zu gehen.

»Was wollte Joe von dir?«, fragte sie.

»Die Tochter eines Freundes wird vermisst. Er will, dass ich ihm helfe.«

Lucy blickte mit ernstem Gesicht zu mir auf. »Ein Kind?«

»Hat er nicht gesagt. Macht's dir was aus, wenn ich gehe?«

Sie warf einen Blick zum Sofa. »Du würdest alles tun, damit du um dieses Sofa herumkommst, oder?«

»Genau. Ich hasse dieses Sofa.«

Lucy lachte und sah mir wieder in die Augen.

»Mir würde es was ausmachen, wenn du nicht gehen würdest. Geh duschen und dann die Welt retten.«

Hancock Park ist ein älteres Viertel südlich des Wilshire Country Clubs, das bei Außenstehenden weniger bekannt ist als Beverly Hills oder Bel Air, aber ebenso reich. Frank Garcia wohnte in einer spanischen Ziegelvilla hinter einem schmiedeeisernen Zaun gleich westlich des Country Clubs. Es war ein großes Haus, versteckt hinter üppigen grünen Baumfarnen und Strelizien, die so groß wie Dinosaurier waren, und Callas, deren Blätter in der Hitze schlapp herunterhingen.

Vierzig Minuten, nachdem mir Pike die Adresse von Garcia gegeben hatte, folgte ich einer älteren Latino-Frau mit breiten Hüften und nervösen Händen durch Garcias weitläufiges Haus nach hinten in den Garten, wo Frank Garcia und Joe Pike neben einem gekachelten Swimmingpool warteten.

Pike stellte mich vor, als ich näher kam. »Frank, das ist Elvis Cole. Uns beiden gehört die Detektei.«

»Mr. Garcia.«

Frank Garcia war nicht der lächelnde Mann mit dem buschigen Schnurrbart, den man auf seinen Tortillas sieht. Der echte Frank Garcia wirkte klein und besorgt, was aber nichts damit zu tun hatte, dass er in einem Rollstuhl saß. »Sie sehen nicht wie ein Privatdetektiv aus.«

Ich trug eins dieser bedruckten Jam's-World-Hemden über den kurzen Hosen. Orange, gelb, pink und grün. »Oh, Mann, wie laufe ich denn nur an einem Sonntag herum?«

Garcia sah verlegen aus, dann hob er entschuldigend die Hände. »Tut mir leid, Mr. Cole. Ich bin total fertig wegen der Sache mit Karen – ich kann gar nicht mehr klar denken. Es ist mir wirklich völlig egal, was Sie anhaben. Ich will nur meine Tochter wiederhaben.« Er berührte Joes Arm. Es war eine Geste voller Zuneigung, die mich überraschte. »Deswegen habe ich Joe angerufen. Er meint, wenn jemand Karen finden kann, dann Sie. Sie seien der Beste, wenn es darum geht, jemanden zu finden.«

So muss man sich die Szene vorstellen: Wir drei neben dem Swimmingpool mit Olympiamaßen. Die Latino-Frau mit den breiten Hüften hält sich auf der Veranda im Schatten des Hauses auf, ihre Augen auf Frank gerichtet für den Fall, dass er etwas braucht, was er bis jetzt aber nicht tut, und mir hat er bisher auch nichts angeboten. Wenn er es täte, würde ich ihn um eine Sonnenschutzcreme bitten, weil man hier neben dem Swimmingpool den Eindruck hat, man würde auf der Sonnenseite des Merkurs stehen. Es müssen fünfunddreißig Grad herrschen, Tendenz steigend. Hinter uns liegt das Billardhaus, das größer als mein Wohnhaus ist, und durch die verglasten Schiebetüren sehe ich einen Billardtisch, eine kleine Bar und Gemälde von *vaqueros*, Cowboys aus dem mexikanischen Hochland. Dort drin gibt es eine Klimaanlage, aber offenbar sitzt Frank lieber hier draußen in der prallen Sonne. Löwenstatuen stehen vereinzelt auf dem Gelände, so regungslos wie Joe Pike, der sich in den drei Minuten, in denen ich hier bin, kein einziges Mal bewegt hat. Pike trägt ein graues Sweatshirt mit abgeschnittenen Ärmeln, ausgeblichene Levis und eine flache schwarze Pilotenbrille – also genau das, was er jeden Tag anzieht. Sein dunkelbraunes Haar ist kurz geschnitten, und schon lange bevor Tätowierungen in Mode gekommen waren, hatte er sich außen auf seinen Deltamuskeln grellrote Pfeile tätowieren lassen. Wie Joe so dasteht, erinnert er mich an den weltgrößten zweibeinigen Pitbull.

»Wir werden tun, was wir können, Mr. Garcia«, sagte ich. »Wie lange wird Karen denn schon vermisst?«

»Seit gestern. Gestern Morgen um zehn Uhr. Ich habe die Polizei angerufen, aber diese Arschlöcher wollten nichts unternehmen. Deswegen habe ich Joe angerufen. Ich wusste, dass er mir helfen würde.« Er tätschelte wieder Joes Arm.

»Die Polizei hat sich geweigert zu helfen?«

»Ja, diese Wichser.«

»Wie alt ist Karen, Mr. Garcia.«

»Zweiunddreißig.«

Ich blickte zu Pike. Gemeinsam hatten wir an Hunderten

von Vermisstenfällen gearbeitet, und beide wussten wir, warum die Polizei Garcia abgewimmelt hatte.

»Eine zweiunddreißigjährige Frau wird erst seit gestern vermisst?«, vergewisserte ich mich.

»Ja«, gab Pike leise zur Antwort.

Frank Garcia wand sich auf seinem Stuhl. Er wusste, was ich sagen wollte, und das versetzte ihn jetzt schon in Rage.

»Wieso fragen Sie das, hä? Sie glauben, nur weil sie eine erwachsene Frau ist, könnte sie irgendeinen Kerl treffen und mit ihm durchbrennen, ohne jemandem ein Wort davon zu sagen?«

»Erwachsene tun so was manchmal, Mr. Garcia.«

Er schob mir ein gelbes Blatt Papier in die Hand. Mit seinen nervösen Augen blickte er mich frustriert an, als wäre ich seine letzte Hoffnung, aber offensichtlich auch nicht bereit anzubeißen. »Karen hätte angerufen. Sie hätte es mir gesagt, wenn sie ihre Pläne geändert hätte. Sie wollte zum Joggen fahren und mir anschließend eine Schüssel *machaca* mitbringen, aber sie ist nicht wieder nach Hause gekommen. Fragen Sie Mrs. Acuna, sie ist ihre Nachbarin. Mrs. Acuna wird Ihnen das bestätigen.« Ich hatte den Eindruck, als könnte er die Worte nicht schnell genug herausbekommen, als sollten sie für mich so wichtig werden, wie sie für ihn waren. Frank rollte auf Joe zu, in seiner Stimme lag nicht nur Wut, sondern auch Angst. »Genau wie diese gottverdammte Polizei. Er will nichts unternehmen.« Als er wieder in meine Richtung wirbelte, konnte man den Menschen in ihm erkennen, der früher einmal noch nicht an diesen Rollstuhl gefesselt gewesen war: ein jugendliches Mitglied der White-Fence-Gang aus dem Osten von L.A., das sein Leben völlig umgekrempelt und ein Vermögen verdient hatte. »Tut mir leid, dass ich Sie von Ihren Donuts weggeholt habe.«

»Frank, wir werden dir helfen«, sagte Joe, der eine Million Kilometer hinter seiner dunklen Brille versteckt war.

Ich versuchte, nicht verärgert auszusehen, was einem schwerfällt, wenn man völlig rot im Gesicht ist. »Wir werden Ihre Tochter suchen, Mr. Garcia. Ich möchte nur, dass Sie wissen, dass die Polizei aus bestimmten Gründen so handelt. Die meisten Menschen, die wir für vermisst halten, sind es gar nicht. Sie rufen irgendwann einfach an oder tauchen auf, und es ist ihnen peinlich, dass man sich ihretwegen solche Sorgen gemacht hat. Verstehen Sie?«

Er wirkte ganz und gar nicht zufrieden mit dieser Erklärung.

»Wissen Sie, wohin sie zum Joggen fahren wollte?«

»Irgendwo um Hollywood herum in die Nähe der Hügel. Mrs. Acuna hat gesagt, sie wollte anschließend ins Jungle Juice, eine dieser kleinen Saftbars. Mrs. Acuna hat gesagt, sie würde immer eins von diesen Dingern trinken, einen Smoothie. Sie hatte angeboten, ihr einen mitzubringen.«

»Jungle Juice. Gut, damit haben wir wenigstens einen Ausgangspunkt.« Wie viele Jungle Juices mochte es wohl geben?

Frank sah im Nu um einiges erleichtert aus. Als würde er wieder atmen können. »Das gefällt mir, Mr. Cole. Sie sollten noch wissen, dass es mir egal ist, was die Sache kostet. Sie sagen, wie viel Sie wollen, und Sie kriegen es.«

»Nichts«, antwortete Joe.

Garcia winkte mit den Händen. »Nein, Joe, komm schon.«

»Nichts, Frank.«

Ich blickte in den Pool. Wie gerne hätte ich etwas von Frank Garcias Geld abgehabt.

Garcia griff Joe wieder am Arm. »Du bist ein guter Kerl, Joe. Das warst du schon immer.« Immer noch seine Hand auf Joes Arm, wandte er sich mir zu. »Wir kennen uns noch aus Joes Zeit als Polizist. Joe und meine Karen haben sich regelmäßig getroffen. Ich hatte gehofft, dass dieser Junge hier einmal zur Familie gehört.«

»Das ist lange her«, sagte Joe so leise, dass ich es kaum hören konnte.

Ich lächelte. »Joe, davon hast du mir ja nie was erzählt.«

Joe drehte sich zur Seite. Die Sonnenstrahlen blitzten in seiner dunklen Brille. »Das reicht jetzt.«

Mein Lächeln wurde noch breiter, und ich schüttelte den Kopf. Dieser Joe. Jeden Tag erfährt man wieder was Neues.

Garcia blickte zum Himmel, als die ersten Ascheteilchen um uns herumwirbelten und auf seinen Händen und Beinen liegen blieben. »Seht euch diesen Dreck an. Der gottverdammte Himmel schmilzt.«

Die Frau mit den breiten Hüften führte uns durchs kühle Haus hinaus. Unter einer Ulme am Straßenrand stand Joes roter Jeep Cherokee, dahinter mein Wagen. Pike und ich gingen die Einfahrt entlang, ohne ein Wort zu wechseln. »Danke, dass du gekommen bist«, sagte er schließlich, als wir die Straße erreicht hatten.

»Ich denke, es gibt schlimmere Möglichkeiten, einen

Sonntag zu verbringen. Ich hätte mich weiter mit diesem dämlichen Sofa abplagen können.«

Pike schwenkte seine Brille in meine Richtung. »Wenn wir die Sache hinter uns haben, stelle ich das Sofa für dich um.«

Freunde.

Wir ließen meinen Wagen stehen, wo er war, stiegen in Pikes Jeep und machten uns auf die Suche nach Karen Garcia.

2

Frank Garcia hatte den Namen seiner Tochter, die Adresse und ihre Telefonnummer zusammen mit einer Beschreibung ihres roten Mazda RX-7 mit der Autonummer 4KBL772 auf dem gelben Blatt notiert. Daran hatte er einen Schnappschuss von Karen geheftet, auf dem sie offenbar an Franks Esstisch saß und lachte. Sie hatte strahlend weiße Zähne, die sich schön von der braunen Haut und dem fülligen schwarzen Haar absetzten. Sie sah glücklich aus.

Joe blickte das Foto an, als spähte er durch ein Fenster auf etwas, das weit in der Ferne lag.

»Hübsch«, sagte ich.

»Ja, das ist sie.«

»Warst du mit ihr zusammen, bevor wir uns kennengelernt haben?«

»Ich habe dich schon gekannt, aber ich war bei der Polizei«, antwortete er, seinen Blick ständig auf das Foto gerichtet.

Ich erinnere mich, dass Joe damals oft verabredet war, aber die Beziehungen waren damals so wie heute – keine schien wichtiger als die andere. »Ich denke, ihr zwei standet euch nahe.«

Joe nickte.

»Was ist dann passiert?«

Pike reichte mir das Foto zurück. »Ich habe ihr das Herz gebrochen.«

»Oh.« Manchmal ist Neugier eine ganz schön dämliche Sache.

»Ein paar Jahre später hat sie geheiratet und ist nach New York gezogen. Es hat nicht geklappt, und jetzt ist sie wieder hier.«

Ich nickte, kam mir aber immer noch dämlich vor wegen meiner Neugier.

Mit Pikes Mobiltelefon rief ich Karen Garcias Nummer an. Sie meldete sich nicht, aber ich hinterließ auf dem Anrufbeantworter meinen Namen und bat sie, ihren Vater zurückzurufen, sobald sie die Nachricht erhalten würde. Frank hatte uns auch die Nummer von Mrs. Acuna gegeben, die ich als Nächstes anrief und fragte, ob sie wüsste, wohin Karen zum Joggen gefahren sei. Durch den trockenen Wind war die Luft statisch derart aufgeladen, dass Mrs. Acunas Stimme wie blubberndes Fett klang. Aber ich verstand, dass ihre Antwort »Nein« war. »Ist es möglich, Mrs. Acuna, dass Karen nach Hause gekommen und dann wieder gegangen ist, ohne dass Sie sie gesehen haben? Könnte es sein, dass sie sich schnell geduscht hat und dann mit Freunden ausgegangen ist?«

»Sie meinen, gestern?«

»Ja, Ma'am. Gestern nach dem Joggen.«

»O nein. Mein Mann und ich wohnen gleich hier neben der Treppe. Karens Wohnung liegt direkt über unserer. Als sie nicht gekommen ist, um meine *machaca* abzuholen, habe ich mir Sorgen gemacht. Ihr Vater liebt meine *machaca.*

Sie bringt ihm immer eine Schüssel mit. Ich bin gerade eben oben gewesen, aber sie ist immer noch nicht da.«

Ich sah zu Joe hinüber. »Mrs. Acuna, sehen Sie Karen oft und reden mit ihr?«

»O ja. Sie ist ein nettes Mädchen. Ich habe ihre Familie schon gekannt, noch bevor sie auf der Welt war.«

»Hat sie nicht erwähnt, dass sie vielleicht wieder mit ihrem Exmann zusammenkommen wollte?«

Pike schielte zu mir herüber.

»Nein. O nein, davon hat sie nie was erzählt. Sie nennt ihn ›Fiesling‹. Er wohnt immer noch da drüben.« Da drüben, in New York.

Meinen Blick immer noch auf Pike gerichtet, schüttelte ich den Kopf. Pike drehte sich zum Fenster.

»Was ist mit anderen Beziehungen?«

»Sie ist ab und zu mit jungen Männern verabredet. Nicht viele, wissen Sie, aber sie ist sehr hübsch.«

»Gut, danke, Mrs. Acuna. Vielleicht komme ich später mal vorbei. Falls Karen zufällig zurückkommt, könnten Sie sie bitten, ihren Vater anzurufen?«

»Ich werde ihn selbst anrufen.«

Ich drückte die Aus-Taste und blickte zu Pike hinüber. »Vielleicht ist sie mit Freunden unterwegs. Vielleicht ist sie nach Las Vegas gefahren, oder sie hat die ganze Nacht in der Disco verbracht und ist bei irgendeinem Typen gelandet.«

»Könnte sein. Aber Frank macht sich Sorgen, und er braucht jemanden, der ihm die Last abnimmt.«

»Du warst mit diesen Leuten wirklich eng befreundet.«

Pike starrte wieder aus dem Fenster. Ihn zum Reden zu

bringen ist, als wollte man sich die eigenen Zähne mit einer Kneifzange herausziehen.

Von der Telefonauskunft erfuhren wir, dass es zwei Bars namens Jungle Juice gibt, die ursprüngliche in West Hollywood auf der Melrose, die andere auf dem Barham Boulevard in Universal City. West Hollywood lag näher, also fuhren wir dort zuerst hin. Detektivarbeit nach dem Prinzip des geringsten Aufwandes.

Im ersten Jungle Juice arbeiteten ein dünner Junge mit blauem Haar und irischen Tätowierungen auf den Armen, ein Mädchen mit gebleichten, kurz rasierten Haaren und ein Typ Anfang dreißig, der aussah wie der Vorsitzende der Ortsgruppe der Jungen Republikaner. Alle drei hatten am Tag zuvor gearbeitet, doch keiner von ihnen erkannte Karen auf dem Bild. Die mit dem gebleichten Haar arbeitete jedes Wochenende hier und meinte, sie würde Karen erkennen, Stammgäste würde sie immer wiedererkennen. Ich glaubte ihr.

Der Santa Ana legte noch einen Zahn zu, als wir Richtung Norden zum anderen Jungle Juice fuhren. Die Palmen, groß und verletzlich wie die Hälse von riesigen Dinosauriern, hatten am schlimmsten zu leiden. Der Wind riss die abgestorbenen Palmwedel gleich unterhalb der Kronen ab und wirbelte sie auf die Straße, in die Hinterhöfe und auf die Autos.

Es war kurz vor Mittag, als wir am zweiten Jungle Juice südlich der Universal Studios ankamen. Es lag in einer engen Einkaufszeile, die auf dem Barham Boulevard am Fuß der Berge verlief und voll gestopft war mit sonntäglichen Einkäufern und Touristen, die, dem Wind zum Trotz, auf der Suche nach dem Universal City Walk waren.

Pike und ich arbeiteten uns in der Schlange bis zur Theke vor und zeigten Karens Bild. Das Mädchen hinter der Kasse, höchstens achtzehn, schokoladenbraun und mit breitem, offenem Lächeln, erkannte Karen auf den ersten Blick. »Oh, klar, sie kommt oft hierher. Trinkt immer einen Smoothie nach dem Joggen.«

»War sie gestern hier?«, fragte Pike.

Das Mädchen wusste es nicht und rief Ronnie, einen großen Afroamerikaner. Ronnie war ein hübscher, über eins achtzig großer Junge, den ich aus seinem Sechs-Sekunden-Auftritt in einem Charmin-Werbespot wiedererkannte, auf den er mächtig stolz zu sein schien. »Klar, sie kommt immer nach dem Joggen her. Das ist Karen.«

»War sie gestern hier?«

Ronnie kniff die Augen zusammen. »Ist alles in Ordnung mit ihr?«

»Ich will nur wissen, ob sie gestern hier war.«

Die zusammengekniffenen Augen verwandelten sich in ein Stirnrunzeln, mit dem er sich in Pikes Richtung drehte, dann wurde er misstrauisch. »Was hat das zu bedeuten?«

Ich zeigte ihm meine Lizenz. Wieder kniff er die Augen zusammen.

»Heißen Sie wirklich Elvis?«

Pike ging an mir vorbei und lehnte sich an die Theke. Ronnie war zwar zwei Zentimeter größer als Joe, trat aber rasch einen Schritt zurück. »War sie gestern hier oder nicht?« Joe sprach so leise, dass ich ihn kaum verstehen konnte.

Ronnie schüttelte mit genervtem Blick den Kopf. »Gestern nicht. Ich habe von morgens, als wir aufgemacht haben, bis abends um sechs gearbeitet, aber sie war nicht hier.

Ich hätte es gemerkt, weil wir uns immer übers Joggen unterhalten. Ich jogge nämlich auch.«

»Wissen Sie, welche Route sie immer nimmt?«

»Klar. Sie parkt hier unten und rennt bis zum Staubecken rauf.« Er deutete über den Barham Boulevard zu den Hügeln hinauf, wo sich der Lake Hollywood Drive durch ein Wohngebiet und weiter bis zum Speichersee schlängelte.

Das Mädchen meldete sich zu Wort. »Ich bin ziemlich sicher, dass sie gestern hier vorbeigefahren ist. Es ist ein kleiner roter Wagen. Allerdings habe ich nicht sie gesehen, sondern nur den Wagen.«

»Nö!«, meinte Ronnie. »Karen kommt nach dem Joggen immer hier rein, und gestern war sie nicht hier.« Als wäre er enttäuscht, dass sie nach ihrem Lauf nicht hier vorbeigeschaut hatte. »Nö.«

Wir dankten ihnen und gingen hinaus auf den Parkplatz.

»Das ist doch schon was«, sagte ich. »Sie wird gesehen, wie sie zum Joggen fährt, kommt aber nicht wie üblich nachher vorbei, um ihren Smoothie zu trinken.«

Pike ging bis zur Straße und drehte sich wieder zu dem kleinen Parkplatz um – nirgends ein roter Mazda zu sehen.

»Vielleicht ist ihr beim Joggen was eingefallen, und sie hatte keine Zeit mehr für ihren Smoothie, oder sie hat jemanden getroffen, mit dem sie lieber woandershin gegangen ist.«

»Genau. Zu ihm nach Hause, weil sie Lust auf einen ganz anderen Smoothie hatte.«

Pike sah mich an.

»Tut mir leid.«

Er drehte seinen Kopf Richtung Hügel. »Wahrscheinlich

hast du recht. Wenn sie zum Speichersee gelaufen ist, dann wahrscheinlich den Lake Hollywood Drive entlang. Fahren wir ihn ab.«

Wir folgten dem Lake Hollywood Drive vorbei an luxuriösen Villen aus den Dreißigern und Vierzigern, die in den Siebzigern und Achtzigern in großem Stil zu allem Möglichen umgebaut worden waren, von Nachahmungen einer gemütlichen Ranch oder einer zeitgemäßen Ritterburg bis zu postmodernen Albträumen. Am Ende des Immobilienbooms, als die Blase geplatzt war, waren die Häuser hier wie auch in den meisten anderen älteren Vierteln von Los Angeles einem steten Wandel unterzogen. Oft war das Ergebnis schlimmer, aber genauso oft auch besser. Es gibt eine gewisse kühne Bereitschaft zum Verändern, verbunden mit einem ausgeprägten Optimismus und einer ernst zu nehmenden Portion Mut. Es war der Mut, den ich am meisten bewunderte, auch wenn ich vor dem Ergebnis oft zurückschreckte. Schließlich suchen die Menschen, die nach Los Angeles kommen, die Veränderung. Alle anderen bleiben einfach zu Hause.

Die Straße führte in Serpentinen den Hügel hinauf, schlängelte sich an Häusern und alten, vom Wind geschüttelten Eichen vorbei. Alles war übersät mit Blättern, Zweigen und alten Einkaufstüten. Wir erreichten den Kamm, von dem aus wir zum Speicherbecken hinabfuhren. Die Wasseroberfläche war vom Wind aufgewühlt und schlammfarben. Wir sahen keine roten Mazdas und keine Frau, die aussah wie Karen Garcia, was wir aber auch nicht erwartet hatten. Wir waren den Hügel hinaufgefahren, weil er eben da war, und bis jetzt machte ich mir noch keine allzu großen Sorgen. Vielleicht wachte Karen gerade eben dort auf, wo sie die Nacht verbracht hatte, und schon ziemlich bald würde sie nach Hause fahren, ihre Nachrichten abhören und ihren alten Vater anrufen, um ihn zu beruhigen. Die Last eines Einzelkindes.

Wir waren auf halbem Weg den Hügel hinab und dachten über den nächsten Schritt nach, als ein Obdachloser mit Rucksack und zusammengerolltem Bettzeug aus einer Seitenstraße herauskam und den Berg hinunterging. Er war Mitte dreißig und von der Sonne braun gebrannt.

»Fahr an den Rand«, sagte ich.

Als Pike das Tempo verlangsamte, blieb der Mann stehen und sah uns an. Er hatte rote Augen, und auch der Wind konnte seinen Gestank nicht vertreiben. »Ich bin Zimmermannsmeister und suche Arbeit, egal, auch irgendwas Kleines. Ich arbeite für Bargeld oder für Bücher.« Er sagte das mit einem gewissen Stolz, doch wahrscheinlich war er gar kein Zimmermannsmeister und auch nicht auf der Suche nach Arbeit.

Pike hielt Karens Foto hoch. »Haben Sie diese Frau schon mal gesehen?«

»Nein – tut – mir – leid.« Jedes Wort abgetrennt gesprochen, ohne Verbindung.

»Sie ist gestern Morgen hier durchs Viertel gejoggt. Blaues Oberteil, graue kurze Hose.«

Er beugte sich vor und besah sich das Bild aus der Nähe. »Schwarzer Pferdeschwanz.«

»Könnte sein«, meinte Pike.

»Sie ist den Berg raufgerannt, hat ordentlich gegen die Kräfte gekämpft, die sie wieder runterziehen wollten. Ein

Geländewagen hat neben ihr angehalten und ist dann ganz schnell weitergefahren. Ich hörte gerade Mr. Dave Matthews.« An seinem Gürtel hing ein Sony-Discman, um seinen Hals der Kopfhörer.

»Was für ein Geländewagen war das?«, fragte ich.

Er trat zurück und besah sich Pikes Cherokee.

»Dieser hier.«

»Ein roter Jeep wie dieser hier?«

Er zuckte mit den Schultern. »Ich denke, es war dieser hier, aber es könnte auch ein anderer gewesen sein.«

Pikes Mundwinkel zuckten. In all den Jahren, die ich ihn kenne, habe ich nie ein Lächeln bei ihm gesehen, nur manchmal dieses Zucken. Für Pike war das schon ein Lachkrampf.

»Haben Sie den Fahrer erkennen können?«

Er zeigte auf Pike. »Er war's.«

Pike blickte seufzend zur Seite.

Der Obdachlose sah uns voller Hoffnung an. »Hätten Sie nicht eine kleine Arbeit, für die Sie einen sorgfältigen Handwerker brauchen? Ich habe Zeit, wissen Sie?«

Ich gab ihm zehn Dollar. »Wie heißen Sie?«

»Edward Deege, Zimmermannsmeister.«

»Okay, Edward, danke.«

»Egal, auch einen kleinen Job.«

»He, Edward, sind Sie hier zu finden, wenn wir noch mal mit Ihnen reden wollen?«

»Ich bin nur ein kleiner Pappbecher auf dem Strom des Lebens, aber der Speichersee gefällt mir. Dort bin ich oft anzutreffen.«

»Gut, Edward. Danke.«

Edward Deege spähte noch einmal zu Pike, trat dann aber einen Schritt zurück, als wäre er besorgt. »Lass ab von deiner Wut, mein Freund. Wut tötet.«

Pike fuhr weiter.

»Meinst du, er hat was gesehen?«, fragte ich. »Oder hat er uns nur an der Nase rumgeführt?«

»Mit dem Pferdeschwanz hatte er recht. Vielleicht hat er ja auch einen Wagen mit Vierradantrieb gesehen.«

Wir fuhren den Lake Hollywood Drive weiter bis zum Barham Boulevard hinunter. Als wir auf den Freeway einbogen, sagte Pike: »Elvis.«

Karen Garcias roter Mazda RX-7 stand auf unserer Seite des Barham Boulevard hinter einem Blumenladen gegenüber dem Jungle Juice. Erst jetzt, als wir die Straße herunterkamen, sahen wir ihn, weil er von hier nicht durch ein Gebäude verdeckt war. Mir wäre es lieber gewesen, er hätte nicht dort gestanden.

Pike fuhr auf den Parkplatz, und wir stiegen aus. Der Motor des Mazdas war kalt.

»Steht schon die ganze Nacht hier.«

Pike nickte.

»Wenn sie da raufgejoggt ist, heißt das, dass sie nicht wieder runtergekommen ist.« Ich drehte mich zum Hügel.

»Oder sie hat ihn nicht selbst hier abgestellt.«

»Sie rennt los, begegnet einem Kerl, und sie nehmen seinen Wagen. Vielleicht ist sie gerade unterwegs, um ihren Mazda abzuholen.« Das sagte ich zwar, aber keiner von uns glaubte es.

Wir fragten im Blumenladen, ob jemand etwas gesehen hätte. Dem war aber nicht so. Wir fragten jeden Ladenbesitzer auf der Einkaufszeile und fast alle Angestellten, aber alle sagten Nein. Ich hoffte, sie hätten irgendwas gesehen, das darauf hinwies, dass es Karen gut ging, aber eigentlich, ganz nüchtern betrachtet, war mir klar, dass sie nichts gesehen hatten.

3

Bei dem Vermögen ihres Vaters hätte Karen Garcia überall leben können, doch sie hatte sich für eine bescheidene Wohnung in einem bei Latino-Familien beliebten Viertel von Silver Lake entschieden. Irgendwo dudelten die Gipsy Kings aus einem Radio; der frische, intensive Geruch von Chili und Cilantro hing in der Luft. Kinder spielten auf den Wiesen, und Paare lachten über den heißen Sturmwind. Um uns herum peitschten Palmen und Jacarandas wie Schwänze nervöser Katzen, doch hier lagen keine Palmwedel und Äste in der Gegend herum. Ich vermute, dass Menschen, denen etwas an ihrem Viertel liegt, nicht warten, bis die Stadt den Müll wegräumt.

Wir ließen Pikes Wagen neben dem Hydranten stehen und betraten einen Innenhof voller handbemalter Tontöpfe, in denen üppige Gladiolen wuchsen. Wohnung Nummer drei gehörte Marisol Acuna. Ich klingelte alleine bei ihr, weil Pike gleich in den ersten Stock zu Karens Wohnung gehen wollte.

Eine schwere Frau Ende fünfzig öffnete die Tür der Erdgeschosswohnung. »Sind Sie Mr. Cole?«

»Ja, Ma'am. Mrs. Acuna?«

Sie blickte zu Pike hinüber, der bereits die Treppe hinaufstieg. »Sie ist nicht nach Hause gekommen. Ich hole schnell den Schlüssel, dann lasse ich Sie rein.«

»Frank hat uns einen Schlüssel gegeben, Ma'am. Sie sollten lieber hier unten warten.«

Zwischen ihren Augenbrauen bildete sich eine Falte, und sie blickte wieder zu Pike. »Warum soll ich nicht mit raufkommen? Glauben Sie, da oben ist was Schlimmes passiert?«

»Nein, Ma'am. Aber wenn Karen nach Hause kommt, wäre es mir nicht recht, wenn sie auf zwei Fremde stößt. Halten Sie die Augen offen. Wenn sie kommt, während wir oben sind, können Sie ihr erklären, warum wir hier sind, und sie nach oben begleiten.« Was für eine hübsche Lüge.

Pike wartete nicht auf mich, sondern öffnete bereits Karens Tür.

Ich lächelte Mrs. Acuna ein letztes Mal zu, dann lief ich die Treppe hinauf, immer drei Stufen auf einmal, und huschte hinter Pike in Karens Wohnung. Er stand mitten im Wohnzimmer, hielt einen Finger nach oben, um mich aufzuhalten. Sein Revolver hing locker in der rechten Hand. Pike verwendet einen Colt Python .357 Magnum mit einem zehn Zentimeter langen Lauf. Wenn man ein schweres Geschoss verwendet, wird eine Energie von knapp über zweitausend Joule erzeugt. Damit kann man einen Motorblock durchschlagen. Pike verwendet schwere Geschosse.

Er ging durch den kleinen Flur ins einzige Schlafzimmer der Wohnung und kam im selben Augenblick zurück. Den Python hatte er weggesteckt.

»Alles klar.«

Manchmal muss man einfach mit dem Kopf schütteln.

»Können wir schon ›paranoid‹ buchstabieren?«

Karen Garcias Wohnung war weit besser möbliert, als es die Miete vermuten ließ. Ein dick gepolstertes Sofa mit zwei passenden Sesseln beherrschte das Wohnzimmer. Unter einem zweiflügligen Fenster mit Blick zur Straße stand ein moderner Schreibtisch, darauf lagen psychologische Texte sowie drei Romane von Tami Hoag, eine aufziehbare Nonne und eine AT&T-Telefon/Anrufbeantworter-Kombination. Das rote Licht blinkte. Ein gerahmter Schnappschuss von Karen mit alberner Krone und einem Weinglas in der Hand hing neben dem Fenster. Sie war barfuß und lächelte.

»Willst du die Nachrichten oder den Rest der Wohnung?«, fragte ich.

»Den Rest der Wohnung.«

Alle Nachrichten stammten von ihrem Vater bis auf die von mir und eine von einem Mann namens Martin, der fragte, ob sie zu einer *quebradita* mitgehen wolle. Martin sprach mit spanischem Akzent und sanfter Stimme. Nach dem Abhören der Nachrichten durchstöberte ich die Schubladen, in denen ich eine Rollkartei fand. Wir konnten sie zu Frank bringen und sehen, wen er kannte. Wenn nötig, würden wir jeden einzelnen Namen anrufen, um jemanden zu finden, der wusste, wo Karen steckte.

Pike tauchte wieder aus dem Schlafzimmer auf. »Jeans auf dem Bett, Sandalen auf dem Boden. Ihre Zahnbürste ist noch im Bad. Egal, wo sie hingegangen ist, sie hatte nicht vor, lange wegzubleiben.« Aha – wenn man die Zahnbürste mitnimmt, hat man vor, über Nacht zu bleiben. Wenn man sie zu Hause lässt, kommt man zurück.

»Gut. Sie hat also ihre Laufkleidung angezogen und die anderen Sachen liegen lassen, weil sie sich später wieder umziehen wollte.«

»Das denke ich auch.«

»Hast du irgendwelche Zettel gefunden, vielleicht einen Kalender, in dem steht, was sie vorhatte?«

Ich wollte gerade antworten, als Pike wieder seinen Finger hob und mit drei Schritten zur Tür eilte. »Da kommt jemand.«

»Mrs. Acuna.«

»Jemand Größeres.«

Pike und ich hatten uns gerade rechts und links von der Tür aufgestellt, als ein Mann mit rötlichem Gesicht und Anzug zu uns hereinschaute, im Schlepptau zwei uniformierte Polizisten. Der Mann riss die Augen weit auf, als er uns sah, und fummelte unter seiner Jacke. »Polizei! Gehen Sie von der Tür weg und in die Mitte des Zimmers. Sofort!«

Der Anzug-Typ umklammerte bereits seine Standard-Pistole des Los Angeles Police Departments, eine Beretta 9, als die Uniformierten ihrerseits die Waffen zogen. Von unten aus dem Hof rief Mrs. Acuna etwas herauf, aber niemand hörte ihr zu.

»Immer mit der Ruhe«, sagte ich. »Wir arbeiten für ihren Vater, Frank Garcia.«

Der Beamte hielt die Waffe auf uns gerichtet. Die beiden Uniformierten zielten an seinem Kopf vorbei. Einer von ihnen war jung, und es sah aus, als würden seine Augen wie bei einem Pekinesen gleich herausspringen. Wenn ich der Kriminalbeamte wäre, hätte ich mehr Angst vor den beiden als vor mir.

»Gehen Sie von der Tür weg und in die Mitte des Zimmers. Und die Hände nach oben.«

Wir taten, was er von uns verlangte. Mit der Schuhspitze stieß er die Tür auf und trat ein. Die beiden Uniformierten nahmen links und rechts Aufstellung, um uns von der Seite zu decken.

»Mein Name ist Cole. Wir sind Privatdetektive, die für ihren Vater arbeiten.«

»Maul halten.«

»Meine Lizenz ist in der Brieftasche. Ihr Vater hat uns vor ein paar Stunden beauftragt. Rufen Sie ihn an. Fragen Sie die Frau, die unten wohnt.«

»Maul halten, verdammt! «

Der Detective trug einem der Polizisten auf, die Frau zu holen, dann kam er näher, zog meine Brieftasche heraus und besah sich meine Lizenz. Er war angespannter, als er hätte sein müssen. Warum wohl, fragte ich mich. Vielleicht gefiel ihm mein Hemd auch nicht.

Er nahm meine Brieftasche zum Telefon mit, tippte eine Nummer ein, ohne den Blick von mir abzuwenden, und murmelte etwas in den Hörer, das ich nicht verstand.

»Wir haben die Wohnung mit einem Schlüssel geöffnet, den uns ihr Vater gegeben hat. Er hat uns darum gebeten. Würden Sie sich vielleicht mal abregen?«

Der Uniformierte kam zurück. »He, Holstein, sie sind sauber. Sie meint, der Vater hätte angerufen, und sie sollte auf die beiden hier warten.«

Holstein nickte, doch die Spannung blieb.

»Können wir unsere Hände jetzt runternehmen, oder gefallen Ihnen unsere Achselhöhlen?«

»Klar, Schlaumeier. Könnt euch gern entspannen. Wir werden eine Weile hier zu tun haben.«

Pike und ich ließen die Hände sinken. Frank hatte offenbar alle Hebel in Bewegung gesetzt, sodass die Polizei von Hollywood schließlich doch ausgeschwärmt war.

»Ich bin überrascht, dass ihr Jungs schon auf den Fall angesetzt seid. Sie wird doch erst seit gestern vermisst.«

Holstein sah mich mit seinen leeren Polizistenaugen an, dann setzte er sich auf die Kante von Karens Schreibtisch.

»Nicht mehr. Karen Garcias Leiche wurde vor einer Stunde oben am Lake Hollywood gefunden.«

Mir stockte der Atem. Joe Pike war vielleicht erstarrt, vielleicht hatte er sich um eine Haaresbreite nach vorne gebeugt, aber wenn er es getan hatte, hatte ich nichts bemerkt.

»Holstein?«, fragte ich. »Sind Sie sicher?«

Im Innenhof waren weitere Stimmen im typischen Tonfall von Polizisten zu hören. Mrs. Acuna jammerte.

Ich setzte mich auf Karen Garcias Ledersofa und blickte auf Karens Schnappschuss mit der Papierkrone.

»Joe?«

Er gab keine Antwort.

»Joe?«

April, drei Monate vor dem Vorfall
im Islander Palms Motel

»Ich bin im ersten Semester an der UCLA«, erklärte Karen Garcia. »Ich studiere Kinderpsychologie und arbeite Teilzeit in der Kindertagesstätte.« Sie war fast dreißig Zentimeter kleiner

als Pike, und er musste sich ermahnen, einen Schritt zurückzutreten. Man hatte ihn darauf aufmerksam gemacht, dass er oft zu nah an Menschen herankam, was ihnen unangenehm war. Also trat er zurück. Sie drehte sich zu einem der kleinen Jungs. »Daniel, bleib bitte bei den anderen. Ich muss mit diesem Polizisten hier reden.«

Daniel ahmte mit seiner Zunge das Geräusch eines Flugzeugmotors nach und flog zur Gruppe zurück. LAPD Patrol Officer Joe Pike hatte in seinem Notizbuch bereits vermerkt, dass elf Kinder zwischen drei und fünf Jahren in der Obhut von Ms. Garcia und ihrem Erzieherkollegen waren, einem jungen Mann mit runder Brille und lockigem Haar namens Joshua. Joshua wirkte nervös, aber Officer Pike wusste mittlerweile aus Erfahrung, dass Menschen oft nervös sind, wenn sie mit der Polizei zu tun haben. Gewöhnlich hatte es nichts zu bedeuten.

Sie waren von Kindern umgeben, hier im MacArthur Park südlich des Wilshire Boulevard am See. Es war ein warmer Tag und der Himmel über ihnen nahezu weiß vom Smog. Pikes marineblaue Uniform saugte die Hitze förmlich auf und ließ die Sonne noch wärmer wirken, als sie war. Im Park hielten sich viele Frauen auf, die Kinderwagen vor sich herschoben oder mit ihren Kindern im Vorschulalter an den Schaukeln und Rutschen spielten. Obdachlose Männer schliefen im Gras, und einige jüngere Typen, offenbar ungefährlich, aber arbeitslos, hatten sich aus dem Staub gemacht, als der Polizeiwagen auf den Parkplatz gefahren war. Die Polizei kam dem Anruf einer Frau wegen einer möglichen Belästigung eines Kindes nach. Die Frau war Karen Garcia, die den Vorfall über die Notrufnummer 9-1-1 gemeldet hatte.

»Sehen Sie den Mann im Moment?«, fragte Pike.

»Nein, im Moment nicht.« Sie zeigte zu den Backstein-Toiletten am Rande des Parkplatzes. »Er hat bemerkt, dass wir ihn beobachtet haben, und ist dort drüben hinter dem Toilettenhaus verschwunden, bevor Sie gekommen sind. Seitdem habe ich ihn nicht wieder gesehen. Er hatte eine Kamera mit einem langen Objektiv, und ich bin sicher, dass er Bilder von den Kindern gemacht hat. Nicht nur von meinen, sondern auch von anderen.«

Pike machte sich Notizen. Wenn der Verdächtige gesehen hatte, dass sie zum Telefon gegangen war, war er schon längst verschwunden. Pike würde trotzdem nachsehen.

»Joshua hat ihn gefragt, was er da treibt, und dann ging er weg, aber später ist er wieder zurückgekommen, und ich habe die Polizei angerufen.«

Pike sah zu Joshua, der nickte.

»Beschreibung?«, fragte Pike.

»Bitte?«

»Wie hat der Mann ausgesehen?«

»Oh, er war kleiner als Sie«, antwortete Karen. »Wie groß sind Sie?«

»Eins fünfundachtzig.«

»Viel kleiner. Ich würde sagen, eins siebzig bis eins fünfundsiebzig, aber sehr breit und schwer. Fett, aber er sah nicht fett aus, nur fleischig, mit kurzen, dicken Fingern.«

Pike schrieb. »Haare, Augen, Kleidung, auffällige Merkmale.«

»Blondes Haar, aber gefärbt. Ich meine, so selbst gemacht.«

»Lang und nach hinten geschmiert«, ergänzte Joshua. »Ist doch komisch, wie viele Leute noch Haarcreme benutzen, oder?«

Joshua grinste. Vielleicht versuchte er Pikes Sinn für Humor auszutesten, vielleicht wollte er aber auch nur seine Nervosität überspielen. Er wirkte enttäuscht, als Pike nichts darauf erwiderte.

»Er trug schwarze Hosen und ein weißes Hemd, darüber eine Art Weste mit braunem Muster«, erklärte Ms. Garcia. »Und er hatte eine Kamera dabei.« Sie wartete, um Joshua die Gelegenheit zu geben, ihre Beschreibung zu ergänzen. »Ich war nicht nah genug dran, um noch mehr sagen zu können.«

»Aknenarben«, sagte Joshua.

Ms. Garcia trat näher und berührte Pike am Arm. »Werden Sie ihn finden?«

Pike klappte das Notizbuch zu und ging auf Abstand. »Wir werden eine Meldung an die anderen Wagen in der Gegend funken. Wenn wir ihn entdecken, werden wir ihn verhören.«

Ms. Garcia war nicht glücklich damit. »Das ist alles?«

»Nein. Wir werden ihn auch zu Tode prügeln.«

Joshua starrte ihn unsicher an, doch Karen Garcia zeigte ihre gleichmäßigen weißen Zähne bei einem Lachen, das Pike sehr gefiel. »Um zu schützen und zu retten.«

»Ja, Ma'am.«

»Um Himmels willen, sagen Sie doch nicht Ma'am zu mir«, wehrte Karen Garcia ab.

Der kleine Junge, der die Flugzeuggeräusche imitiert hatte, rannte wieder an ihnen vorbei, und Joshua jagte hinter ihm her.

»Wir tun, was wir können«, erklärte Pike. »Aber wenn Sie ihn sehen, rufen Sie bitte sofort an.« Pike reichte ihr eine Karte. »Sagen Sie am Telefon, Sie haben mit Wagen Zwo-Anton-sechs gesprochen.«

Ms. Garcia blickte mit ihren dunkelbraunen Augen zu ihm auf, als wollte sie durch seine Sonnenbrille hindurch etwas erkennen. Ruhige Augen, die Pike ebenso gefielen. »Ich dachte, ich hätte mit einem Mann gesprochen, nicht mit einem Wagen.«

»Zwo-Anton-sechs«, wiederholte Pike. »Einen schönen Tag noch, Ma'am.«

Pike ging zum Zwo-Anton-sechs zurück, wo sein Partner bei eingeschalteter Klimaanlage gemütlich hinterm Steuer saß. Pike rutschte auf den Beifahrersitz und schob den Schlagstock in die Halterung zurück. Wozniak sah ihn nicht an, sondern zog nur an seinem Zigarillo, während er eine Gruppe Mädchen aus Honduras mit rückenfreien Oberteilen beobachtete. Gang-Köder. »Verdächtiger Pädophiler mit einer Kamera. Ich habe eine Beschreibung.«

Sein Partner zuckte mit den Schultern. »Scheiß drauf.«

»Wir nehmen uns die Sache gleich vor.«

»Du vielleicht.« Hart, gereizt.

»Gehst du in Rente?«

Wozniak presste die Kiefer zusammen, schüttelte einmal den Kopf.

»Machen wir uns also an die Arbeit.«

Wozniak blickte noch einen Moment zu Pike, dann seufzte er. Schien es zu akzeptieren. »Ist der Typ ein Wichser?«

»Ein Fotonarr.«

Pike ratterte die Beschreibung herunter und berichtete, was Ms. Garcia erzählt hatte. Mittendrin gab ihm Wozniak ein Zeichen zu schweigen. »Ja, ja, ich kenne den Typen. Lennie DeVille. Noch so ein Perverser, bei dem es besser wäre, wenn man ihm eine Kugel durch den Kopf jagen würde.«

»Letzter Wohnsitz?«

Wozniak starrte wieder aus dem Fenster und beobachtete die Paddelboote auf dem See. »Ein Arsch wie der zieht immer wieder um, wohnt in Motels, mietet sich wochenweise ein und prellt die Miete, wenn er kann.« Wozniak zog noch einmal heftig an seinem Zigarillo und drehte das Fenster so weit herunter, dass er ihn nach draußen werfen konnte. »Ich werde mich umhören.« Mit finsterem Blick sah Wozniak an Pike vorbei. »Scheiße, was soll das denn?«

Pike drehte sich um – Ms. Garcia kam auf sie zu.

Karen Garcia sah dem Polizisten hinterher, der zu seinem Wagen ging, fasziniert von der Art, wie sich sein John-Brown-Gürtel auf seiner durchtrainierten Hüfte und darunter der Hintern in der engen Uniformhose bewegten. Seine gebräunten Arme waren muskulös, ohne massig zu sein, sein Haar war kurz und dicht, sein Gesicht schmal und hübsch.

»Roll lieber wieder deine Zunge ein, bevor es tropft«, meinte Joshua.

Sie merkte, dass sie rot wurde. »Sieht man es mir schon an?«

»Mm-hm. Warte, Maria, ich helfe dir dabei.« Joshua beugte sich vor, um dem Mädchen beim Zubinden ihres Schuhs zu helfen. Bald würden sie mit dem Minibus der Kindertagesstätte abgeholt werden, sodass es an der Zeit war, sich auf den Rückweg zur anderen Seite des Parks zu machen.

Karen konnte nicht anders, sie musste sich noch einmal zu dem jungen Polizisten umdrehen. Ihr gefiel seine Körperhaltung, und ihr Magen hatte einen kleinen Salto gemacht, als er neben ihr gestanden hatte. Sie hatte die Polizei aus echter Sorge angerufen, doch nachdem dieser Beamte eingetroffen war, hatte sie Mühe gehabt, ihre Gedanken auf das zu konzentrieren, was sie eigentlich hatte sagen wollen. Er war älter als sie, aber höchstens Ende zwanzig. Sie fragte sich, ob er sie für ein Kind hielt. Sie hatte ihm doch erzählt, sie sei auf dem College, oder? Die Gedanken purzelten durcheinander, und ihr Lächeln wurde breiter.

Joshua verdrehte die Augen. »Karen, bitte, nicht vor den Kindern!«

Lachend gab sie Joshua einen Schubs.

Als sie Officer Pike dabei beobachtete, wie er in den Wagen stieg, spürte sie plötzlich das dringende Verlangen zu sehen, was er hinter seiner Sonnenbrille verbarg. Sie hatte versucht seine Augen zu erkennen, es aber nicht geschafft. Jetzt musste sie es nachholen.

Karens Puls schlug umso heftiger, je mehr sie sich bemühte, ein Verlangen nach etwas zu unterdrücken, das sie nie zuvor getan hatte. Gleich würden die Polizisten wegfahren, und sie würde sie nie wieder sehen. Plötzlich marschierte sie mit langen Schritten eilig los, als hätte ein fremdes Wesen von ihr Besitz ergriffen. Die beiden Polizisten sahen ihr entgegen. Pike drehte sein Fenster herunter und sah sie an. »Ja, Ma'am?«

Karen Garcia beugte sich vor und stützte die Hände am Fenster ab. »Ich habe eine Bitte.«

Er blickte sie an, ihr Mund wurde trocken. Ihr war völlig klar, dass sie sich lächerlich machte. »Würden Sie bitte Ihre Brille abnehmen? Ich würde gerne Ihre Augen sehen.«

Der ältere Polizist verzog sein Gesicht, als wollte er ausspucken; er wirkte verärgert, als ob Karen Garcia die beiden bei etwas unterbrochen hätte. »O Gott.«

Officer Pike nahm die Brille ab und blickte Ms. Garcia an.

Ihr stockte der Atem. Seine Augen waren tiefblau, so blau wie der Himmel über der Wüste von Sonora, so blau wie der unendliche Ozean. Aber es war nicht die Farbe, die ihr den Atem nahm. Sie hätte schwören können, dass sie nur einen kleinen Moment lang, nachdem er die Brille abgenommen hatte, einen furchtbaren und lang erduldeten Schmerz in seinen Augen erblickt hatte. Dann war der Schmerz verschwunden, und sie sah nur noch das Blau.

»Würden Sie mit mir am Freitag ins Kino gehen?«, fragte sie.

Pike blickte sie lange an. Sie überlegte, ob sie die Worte wirklich laut ausgesprochen hatte. Schließlich schob er die Brille wieder über die unglaublichen Augen und streckte seine Hand nach ihrer aus. »Ich heiße Joe. Kann ich Ihre Telefonnummer haben?«

Sie zitterte unter der Berührung.

4

Kurz darauf wussten im Haus alle Bescheid, und die Gerüchte wurden im ganzen Block weitergetragen. Ich wollte Pike fragen, wie es ihm ging, aber nicht hier vor diesen Männern.

»Wie ist sie gestorben, Holstein?«

»Ich weiß nicht.«

»Wurde sie ermordet?«

»Ich weiß nicht, Cole. Ich habe einen Anruf gekriegt, dass ich hierherkommen und die Wohnung des Opfers sichern soll, bis die Spurensicherung da ist. Genau das tue ich jetzt.«

»Sie müssen was wissen. Schließlich wurde sie so schnell identifiziert.«

»Wer auch immer sie gefunden hat, hatte sie identifiziert, noch bevor er uns angerufen hat. Sieht aus, als hätte sie schon seit gestern dort gelegen.«

»Wurde ihr Vater schon verständigt?«, fragte Pike.

Holstein betrachtete die Tätowierungen auf Pikes Schulter, dann sein Gesicht. »Ach du liebe Scheiße. Sie sind Joe Pike.«

Pike hatte damals die Polizei unter wenig erfreulichen Umständen verlassen. Viele Polizisten mochten ihn nicht, und nicht wenige hassten ihn.

»Wurde ihr Vater schon verständigt?«, wiederholte er mit leiserer Stimme.

Ich stellte mich vor Joe. »Ihr Vater hat uns engagiert, um sie zu suchen, jetzt ist unsere Arbeit erledigt. Wir sollten es ihm sagen.«

Holstein ging zum Sofa und ließ sich darauf fallen. Das Leder stöhnte. »Wir werden hier auf die Spurensicherung warten. Die Jungs werden wissen wollen, was Sie wissen.«

Pike fasste an meine Schulter. »Sie können uns später fragen. Gehen wir.«

Holstein griff unter seine Jacke. »Das glaube ich nicht.«

»Was wollen Sie tun, Holstein? Uns erschießen? Ist übrigens Lou Poitras heute der Dienst habende Officer?«

»Ja.« Lou Poitras war seit Jahren einer meiner besten Freunde. Vor Kurzem war er vom Polizeirevier North Hollywood zur Mordkommission von Hollywood gewechselt.

»Dann rufen Sie ihn an. Poitras und ich sind Freunde. Die Spurensicherung kann uns bei Karens Vater erreichen. Sie werden ihn sowieso sprechen wollen.«

Wir debattierten immer noch darüber, als das Telefon klingelte. Holstein hob ab und versuchte seine Stimme anonym klingen zu lassen. Dann sagte er nichts mehr, bis er mir den Hörer reichte. Er schien beeindruckt. »Für Sie, Sie Ass. Ich weiß nicht, was Sie hier für eine Rolle spielen, aber es ist der Wachkommandant.«

Ich nahm das Telefon und nannte meinen Namen. »Bleiben Sie dran«, sagte eine männliche Stimme, die ich nicht kannte.

Ein anderer Mann, diesmal mit leichtem spanischem Akzent, meldete sich schließlich. Er gab sich als Abbot

Montoya zu erkennen, Franks Anwalt. »Mr. Cole, ich bin auf Bitten von Mr. Garcia beim Wachkommandanten des Polizeireviers von Hollywood, zusammen mit einem Mitarbeiter aus dem Büro des Stadtratsmitglieds Maldenado. Ihnen ist doch klar, dass sich Mr. Garcia und Stadtrat Maldenado sehr nahestehen, oder?«

»Nein.« Das hatte er ohnehin nicht zu mir gesagt, sondern zu den anderen, die bei ihm auf dem Polizeirevier Hollywood waren.

»Frank hätte gerne, dass Sie und Mr. Pike den Tatort besichtigen. Er möchte Sie als Zeugen zur Situation seiner Tochter.« Situation. Was für ein hübsches Wort. »Anschließend möchte Frank, dass Sie zu ihm nach Hause fahren und die Lage beschreiben. Karen … für mich ist die Sache genauso unangenehm, Mr. Cole. Ich bin Karens Patenonkel.«

»Ich verstehe.«

»Sie sollen ihm erzählen, was Sie über den Tathergang herausgefunden haben. Ich weiß, dass Sie dafür nicht bezahlt werden, aber darum kümmern wir uns später.«

»Es gibt nichts, worum man sich da kümmern müsste.«

»Ja, gut, das besprechen wir später. Werden Sie und Mr. Pike die Sache übernehmen?«

»Ja, Sir. Wenn uns die Polizei lässt.«

»Das wird sie. Und danach werden Sie zu Mr. Garcia fahren?«

»Ja.«

»Der Wachkommandant würde jetzt gerne noch mit Detective Holstein sprechen.«

Holstein hörte eine Minute lang zu, dann sagte er »Ja,

Sir« und beendete das Gespräch. Nachdenklich legte er das Telefon zur Seite.

Wortlos ging er zur Tür und hielt sie auf. »Sie befindet sich an der Westseite des Speichersees. Der See ist abgesperrt, aber Lieutenant Poitras erwartet Sie.«

Wir gingen. Hinter uns knallte Holstein die Tür zu.

Es war früher Nachmittag, als wir den Lake Hollywood Drive wieder hinauffuhren. Polizisten in Uniform durchkämmten immer noch den Park. Jogger und Spaziergänger kamen uns auf dem Weg entgegen, und bald schon hatten wir ein halbes Dutzend Funkwagen und vier Zivilfahrzeuge erreicht, die mitten auf der Straße standen. Ein Mann mit asiatischem Einschlag fischte eine große Gerätekiste hinten aus einem weißen Kombi; auf der Seite stand L.A. COUNTY MEDICAL EXAMINER. Offenbar der Gerichtsmediziner. Als er durch das Gatter und weiter den Weg zum Wasser ging, stellte sich ein Polizist, eine Miniaturausgabe von King Kong, mit verschränkten Armen an den Straßenrand und wartete auf uns. Von langjährigem Gewichtheben war er so kräftig, dass seine Jacke aussah, als würde sie gleich wie eine Wurstpelle platzen.

»He, Lou«, grüßte ich.

Lou Poitras reichte mir die Hand. Pike überging er geflissentlich. »Ich habe gehört, ihr wart auf der Suche nach ihr.«

»Stimmt. Habt ihr schon einen Verdächtigen?«

»Immer mit der Ruhe. Ich bin noch nicht mal eine Stunde hier.« Poitras schielte zu Pike. »Hab gehört, du hast das Mädchen gekannt. Tut mir leid.«

Pike nickte.

»Bist du sicher, dass du da runtergehen willst, Pike? Du kannst auch hier oben beim Wagen warten.«

Pike ging an ihm vorbei durchs Tor.

Poitras stöhnte. »Immer noch so gesprächig, dieser Pike.«

Wir folgten einem schmalen, gewundenen Pfad zwischen den Bäumen hindurch. Das Blätterdach über uns rauschte im Wind, doch unten am Boden bewegte sich nichts. Asche von den Waldbränden im Norden schwebte durch die Luft. Poitras schlug nach den Partikeln wie nach Insekten.

»Was ist mit der Todesursache?«, erkundigte ich mich.

»Der Gerichtsmediziner ist gerade runtergegangen.«

»Wir haben ihn gesehen. Auf was tippst du?«

Poitras neigte den Kopf in Pikes Richtung, fühlte sich sichtlich unwohl und ging langsamer, damit Pike Abstand gewinnen konnte. »Inoffiziell – Kopfschuss. Sieht nach einer .22 aus, könnte aber auch eine .25 gewesen sein. Sie wurde hier auf dem Weg abgeknallt, dann stürzte sie einen kleinen Abhang hinunter. Keine Anzeichen eines Überfalls oder sexuellen Angriffs, aber das ist nur mein erster Eindruck. Bei der Obduktion muss ein Abstrich gemacht werden.« Einen Abstrich machen. Um Sperma zu suchen.

»Irgendwelche Zeugen?«

»Ich habe schon ein paar Leute für eine Haustürbefragung hier oben auf dem Hügel losgeschickt, aber du weißt ja, wie das ist.«

Der Weg verlief drei Meter oberhalb des Wassers entlang eines Vorsprungs und war an manchen Stellen von dichten Bäumen umgeben. Als wir das gelbe Absperrband erreichten, folgten wir einem frisch getrampelten Pfad zum See hinunter und gingen um eine kleine Bucht herum. Von hier aus hatten wir einen Blick auf den Tatort.

»Das Opfer liegt gleich da drüben.«

Pike ging die Böschung hinauf und blieb stehen.

Karen Garcia lag mit dem Gesicht nach unten in einer schmalen Schlucht, zum Teil verdeckt von Salbeibüschen mit purpurnen Blüten. Ihr rechter Arm war nach hinten gebogen, der linke seitlich ausgestreckt. Ihr linkes Bein war am Knie geknickt, der linke Fuß lag unter dem rechten Bein. Was ich von ihrem Gesicht sehen konnte, war käseweiß, und der ekelhafte Geruch von Verwesung hing wie ein Leichentuch über dem Wasser. Fette schwarze Schmeißfliegen und Wespen schwirrten um die Tote. Der Gerichtsmediziner schlug mit seinem Klemmbrett nach ihnen. »Verdammte Fleischfresser«, schimpfte ein Latino-Detective.

Ob Pike etwas fühlte, konnte ich nicht sagen.

Der Gerichtsmediziner trug Latexhandschuhe und beugte sich über etwas, auf das der Latino deutete. Die ausgestreckte Hand der Leiche steckte bereits in einer Plastiktüte, um Beweise zu sichern, die unter den Fingernägeln stecken konnten. Später im Leichenschauhaus würde man sich darum kümmern.

»Wer hat die Leiche entdeckt?«

»Zwei Spaziergänger. Sie haben sie hier unten gefunden und dann oben vom Wagen aus die Polizei angerufen. Kennt ihr Kurt Asana?«

Der Gerichtsmediziner winkte leicht mit der Hand. Asana.

»Wieso habt ihr sie so schnell identifiziert?«, fragte Pike.

»Wegen der Blödmänner, die sie gefunden haben. Der Führerschein steckte in ihrer Hosentasche.« Ein Polizist würde eine Leiche nie anfassen, wenn er einen Tatort betrat. Niemand durfte das Opfer berühren, bevor nicht der Gerichtsmediziner an der Reihe gewesen war. Ansonsten könnte im Falle einer Gerichtsverhandlung der Verteidiger argumentieren, dass tollpatschige Beamte die Beweise verunreinigt hätten. Wenn die Spaziergänger die Leiche nicht durchsucht hätten, hätte sich die Polizei so lange gefragt, wer sie war, bis Asana ihre Taschen geleert haben würde.

»He, Kurt«, rief Poitras. »Kannst du mir schon ungefähr sagen, wann es passiert ist?«

Asana versuchte ihr Schultergelenk zu beugen, das steif war, aber trotzdem nachgab. »Die Leichenstarre lässt schon nach. Ich würde sagen, vor etwa vierundzwanzig Stunden.«

»Sie kam gestern Morgen zwischen halb zehn und zehn hier hoch.«

»Na ja, ich rate im Moment nur, aber das passt. Wenn ich die Körpertemperatur gemessen habe, kann ich den Zeitpunkt ziemlich genau berechnen.«

Asana holte aus seiner Kiste ein Skalpell und ein langes Thermometer aus Metall und verkroch sich wieder ins Gebüsch. Pike und ich drehten uns zur Seite. Asana würde die Temperatur der Leber messen und unter Berücksichtigung der Außentemperatur in den Tabellen nachschlagen. Dies würde ihm Aufschluss darüber geben, wie lange die Leiche schon am Auskühlen war.

Wir warteten darauf, dass Asana seine Messungen abschließen würde, als drei Männer in schicken Anzügen um die kleine Bucht herumkamen, als würde ihnen der ganze

See gehören. Lou Poitras stellte sich ihnen in den Weg. »Kann ich Ihnen helfen?«

»Krantz«, sagte Pike hinter mir.

Derjenige mit Namen Krantz hielt seine goldene Detective-Marke Poitras etwa fünf Zentimeter entfernt vor die Nase. Er war ein großer, ledriger Mann mit hoher Stirn und hohlen Wangen. Ihm schien es Spaß zu machen, sein Kinn vorzuschieben, um zu zeigen, dass er es ernst meinte. Genau das tat er jetzt.

»Harvey Krantz, Dezernat für Raub und Mord. Detective Stan Watts. Detective Jerome Williams.« Watts war ein älterer Typ mit kräftigen Schultern und rundem Kopf. Williams war schwarz und jünger. »Sind Sie Lieutenant Poitras?«

»Der bin ich.«

»Der Polizeibezirk Hollywood ist draußen aus dem Fall. Ab sofort übernimmt ihn das Dezernat für Raub und Mord.« Er sprach vom Elite-Dezernat des LAPD mit seiner Zentrale im Parker Center in der Stadtmitte, das die schwierigen Mordfälle aus ganz L.A. übernahm.

Poitras bewegte sich nicht. »Sie machen wohl Witze.«

Dies war vielleicht der größte Fall, den Poitras zu bearbeiten hatte, und er wollte ihn sich nicht wegnehmen lassen.

»Ziehen Sie Ihre Leute zurück, Lieutenant. Der Tatort gehört uns.« Krantz steckte seine Dienstmarke wieder weg und schob den Kiefer noch ein Stück vor. Ich schätzte ihn auf Mitte vierzig, aber er konnte auch älter sein.

»Einfach so?«

»Einfach so.«

Poitras öffnete den Mund, als wollte er etwas sagen, trat aber einen Schritt zurück. Mit ausdruckslosem Gesicht blickte er zum Tatort zurück. »Two Gun, Chick – wir sind draußen.«

Der Latino-Polizist und Asana sahen auf. »Was sagst du da?«

»Wir sind draußen. Das Dezernat für Raub und Mord übernimmt den Fall.«

Der Latino-Polizist und einer seiner Kollegen, die im Gebüsch herumgesucht hatten, traten zur Seite, als Watts und Williams zu ihnen kamen. Keinen der Dezernatsbeamten schienen die Fliegen zu stören.

Krantz wollte an Poitras vorbei zu seinen Leuten gehen, als er seine Augen weit aufriss. »Joe Pike«, sagte er.

»Seit wann wird ein Scheißhaufen wie Sie beim Dezernat für Raub und Mord beschäftigt, Krantz?«, fragte Pike.

Krantz' Gesicht wurde leuchtend rot. Er starrte Poitras wütend an und schrie so laut, dass Asana herübersah: »Wissen Sie, wer dieser Mann ist? Warum ist er am Tatort?«

Poitras sah gelangweilt aus. »Ich weiß, wer er ist. Der andere ist Elvis Cole. Sie arbeiten für den Vater des Opfers.«

»Das ist mir scheißegal. Von mir aus können sie für den Heiland arbeiten! Die beiden haben hier nichts zu suchen, und Ihr Arsch wird in einen Sling gehängt, dafür dass Sie Leute an den Tatort gelassen haben, die hier nichts verloren haben!«

Ein schwaches Lächeln umspielte Poitras' Lippen. Poitras und Krantz hatten etwa die gleiche Größe, doch während Krantz knochig war, wog Poitras gut hundertdreißig Kilo. Ich hatte einmal gesehen, wie Lou Poitras einen VW-Käfer

Baujahr '68 vorne hochgehoben und um hundertachtzig Grad gedreht hatte. Poitras blieb ganz ruhig. »Der Wachkommandant hat mir befohlen, ihnen vollen Zugang zu gewähren, Krantz. Genau das habe ich getan. Der Vater des Opfers ist mit dem Stadtrat verbandelt, und Pike hat das Opfer persönlich gekannt.«

Krantz hörte nicht zu. Er stürmte, vielleicht von einem Todeswunsch beseelt, an Poitras vorbei zu Joe.

»Ich kann einfach nicht glauben, dass Sie so dreist sind, an einem Tatort zu erscheinen, Pike. Diese Unverfrorenheit ist mir unbegreiflich.«

»Hände weg.« Pikes Stimme war wieder leise.

Doch Krantz sprang Pike beinahe ins Gesicht. Sie standen genau am Rand der kleinen Schlucht. »Und wenn nicht, Sie Mistkerl? Werden Sie mich dann auch erschießen?«

Poitras schob Krantz zurück und trat zwischen die beiden. »Was ist mit Ihnen los, Krantz? Jetzt kriegen Sie sich mal wieder ein.«

Als Krantz grinste, sah er aus wie eine Eidechse. Ich fragte mich, was hier gespielt wurde. »Ich will diesen Mann verhören, Lieutenant«, verlangte Krantz. »Wenn er das Opfer kennt, weiß er vielleicht, wie sie in diese Situation kam.«

»Das wird nicht passieren, Hose«, erwiderte Pike.

Krantz wurde knallrot im Gesicht, und ein hässliches Netz aus Adern pulsierte auf seiner Stirn.

Ich trat nahe an Pike heran. »Geht hier etwas vor, über das ich Bescheid wissen sollte?«

Pike zuckte mit den Schultern. »Nicht viel. Ich bin dabei, Krantz zum Schweigen zu bringen.«

Krantz' Gesicht wurde noch dunkler. »Sie werden mitkommen, Pike. Wir werden uns mit Ihnen auf dem Revier unterhalten.«

Hinter uns knatterte Poitras' Sprechfunkgerät. Poitras murmelte etwas, das wir nicht verstanden, dann reichte er das Gerät an Krantz weiter. »Es ist Assistant Chief Mills.«

»Ja, hier Harvey Krantz.«

Poitras wartete nicht, sondern führte uns über den Pfad zurück. »Vergesst Krantz. Der einzige Ort, wo ihr jetzt hingeht, ist zu Mr. Garcia. Der A-Chief ist schon bei ihm, und der Alte fragt nach euch.«

Pike und ich gingen weiter zwischen den Bäumen hindurch. Als der Abstand zu den Polizisten groß genug und nur noch das Knistern der Blätter unter unseren Schuhsohlen zu hören war, sagte ich: »Es tut mir leid wegen Karen, Joe.«

Pike nickte.

»Willst du mir nicht erzählen, was das alles zu bedeuten hat?«

»Nein.«

Die Fahrt zurück zum Hancock Park dauerte eine Ewigkeit.

5

Vor Frank Garcias Haus parkten ein Funkwagen und zwei Zivilfahrzeuge des LAPD, eine schwarze Stretch-Limousine und drei weitere Fahrzeuge. Wieder öffnete die ältliche Latino-Frau die Tür, doch bevor wir eintreten konnten, schob sich ein Latino-Mann, der etwa im gleichen Alter wie Frank war, an ihr vorbei und begrüßte uns mit einem festen Händedruck. Seine alten Pockennarben und das stahlgraue Haar verliehen ihm etwas Hartes, doch seine Stimme war sanft. »Mr. Cole, Mr. Pike. Ich bin Abbot Montoya. Danke, dass Sie gekommen sind.«

»Wie geht's Frank?«, fragte Pike.

»Nicht gut. Der Arzt ist schon auf dem Weg.«

Irgendwo von hinten war Frank Garcias Stimme zu hören. »Ihr Arschlöcher seid daran schuld, dass mein Mädchen umgebracht wurde, und jetzt will ich, dass ihr mein Haus verlasst!«

Das rief er nicht zu uns.

Wir folgten Montoya in das riesige Wohnzimmer mit gewölbter Decke, die ich bei meinem ersten Besuch nicht bemerkt hatte. Zwei uniformierte Commander, ein Mann im Anzug und ein älterer Herr in fescher Tenniskleidung von Nike drängten sich zusammen wie ein Gospelquartett, als Frank sie anschrie. Franks Augen waren hohle rote Schatten, und die Falten in seinem Gesicht sahen aus, als wären sie mit etwas unglaublich Scharfem dort eingeritzt worden. Aus seinen Augen sprach so viel Schmerz, dass es wehtat, ihn anzusehen.

Stadtrat Henry Maldenado hielt sich von den Polizisten so weit entfernt wie möglich, doch Frank schrie auch ihn an. »Ich sollte dir auch einen Arschtritt verpassen und dich mit den anderen nach draußen befördern, Henry, bei der Hilfe, die ich von dir kriege! Vielleicht sollte ich mein Geld das nächste Mal diesem Bastard Ruiz geben!« Melvin Ruiz war in der Vorrunde zu den Stadtratswahlen gegen Maldenado angetreten.

Montoya eilte zu Garcia hinüber. »Bitte beruhige dich, Frank«, wollte er ihn besänftigen. »Wir werden die Sache schon in den Griff kriegen. Mr. Cole und Mr. Pike sind hier.«

Franks suchender Blick glitt an Montoya vorbei. Die verzweifelte Hoffnung darin war genauso schwer zu ertragen wie sein Schmerz, als hätte Joe die Macht zu sagen, dass alles nur ein grässlicher Albtraum wäre, dass diese Männer einen furchtbaren Fehler begangen hatten und sein einziges Kind nicht ermordet worden war.

»Joe?«

Joe kniete sich neben den Sessel. Ich verstand nicht, was er sagte.

Während sich die beiden unterhielten, führte mich Abbot Montoya durchs Wohnzimmer und stellte mich vor. »Mr. Maldenado, dies ist Mr. Cole. Der Herr an Franks Seite ist Mr. Pike. Wir hätten gerne, dass sie Mr. Garcia während der Ermittlungen vertreten.«

Das überraschte mich. »Was meinen Sie mit ›vertreten‹?«

Der Mann im Anzug ignorierte mich. »Einen Außenseiter reinzulassen wäre ein großer Fehler, Herr Stadtrat. Wenn er in unsere Ermittlungsergebnisse eingeweiht würde, hätten wir keine Kontrolle mehr über die Sicherheitslage.«

Der Typ in der Tenniskluft stimmte zu. »Wir sind immer sehr bemüht, mit den Familien zusammenzuarbeiten und sie auf dem Laufenden zu halten, Henry. Aber ein solcher Störfaktor könnte die Ermittlungen behindern oder die Lösung des Falls sogar aufs Spiel setzen.«

Der Mann im Anzug war Captain Greg Bishop, Chef des Dezernats für Raub und Mord. Die Tenniskleidung trug Assistant Chief Walter Mills. Ich denke, er war von seinem üblichen Spielchen am Sonntagvormittag weggerufen worden, was ihn sicherlich nicht glücklich stimmte.

Ich räusperte mich. »Ich hoffe, dass ich nicht zu begriffsstutzig bin, aber bin ich der fragliche Außenseiter?«

Montoya blickte auf Frank. »Ob zu Recht oder Unrecht, aber Frank gibt der Polizei die Schuld am Tod seiner Tochter«, sagte er leise. »Er glaubt, sie hätten nicht in gebührender Weise reagiert, und jetzt zieht er es vor, seine eigenen Vertreter zu haben, die die Ermittlungen überwachen und ihn auf dem Laufenden halten sollen. Er hat mir gesagt, dass Mr. Pike und Sie dies übernehmen würden.«

»Hat er das?«

Montoya war überrascht. »Wären Sie dazu nicht bereit?«

Bishop und Mills hatten mich ins Visier genommen, und die beiden Uniformierten beäugten mich wie zwei Wanderfalken, die einem Huhn auflauerten.

»Wenn die Polizei eingeschaltet ist, weiß ich nicht genau, was ich dabei für Sie tun kann, Mr. Montoya«, sagte ich.

»Ich denke, das ist doch klar.«

»Nein, Sir, ist es nicht. Wir reden über Ermittlungen in einem Mordfall. Joe und ich können nichts tun, was das LAPD nicht besser könnte. Sie verfügen über die nötigen Leute und die Technik, und sie sind gut bei dem, was sie machen.« Die Uniformierten reckten sich, und der Assistant Chief wirkte erleichtert, als wäre er gerade einem wild gewordenen Pitbull entkommen.

Bishop schaltete sich ein. »Mr. Montoya, ich persönlich werde mit Ihnen und Mr. Garcia in Kontakt bleiben, um Sie über jeden Fortschritt bei den Ermittlungen zu informieren. Ich gebe Ihnen meine Privatnummer. Wir können jeden Tag miteinander telefonieren.«

Maldenado nickte aufmunternd. »Das klingt doch vernünftig, Abbot.« In diesem Moment wurde Krantz, der weder erleichtert noch aufmunternd wirkte, von der Hausangestellten hereingeführt. Langsam trat er hinter Bishop.

Montoya berührte den Stadtrat am Arm, als würden sie beide nichts von alldem verstehen. »Es geht nicht um die Bereitschaft der Polizei, Mr. Garcia auf dem Laufenden zu halten, Henry. Es geht um Vertrauen.«

»Als ich gestern meine Kleine als vermisst gemeldet habe, habe ich diese Leute angerufen«, sagte Frank Garcia hinter uns. »Aber sie haben, verdammt noch mal, nichts unternommen. Ich wusste, wohin sie gegangen war. Ich habe ihnen gesagt, wo sie suchen sollten, aber nein, sie meinten, sie könnten nichts machen. Und jetzt soll ich denselben

Leuten zutrauen, dass sie herausfinden, wer sie getötet hat? Nein. Niemals.«

Maldenado spreizte die Finger. In seiner Stimme schwang etwas Drängendes mit. »Frank, wenn du ihnen wenigstens eine Chance geben würdest.«

»Sie sind gerade bei Karen und bringen wahrscheinlich alles genauso durcheinander wie bei O. J. Simpson, und ich bin an diesen verdammten Stuhl gefesselt. Ich kann nicht hingehen und auf sie aufpassen, und das heißt, dass es jemand anders für mich tun muss.« Er drehte sich zu Joe. »Mein Freund Joe. Sein Freund Mr. Cole.« Dann drehte er sich zurück zu Stadtrat Henry Maldenado. »Genau so wird es gemacht, Henry.«

»Wir hätten gerne, dass Mr. Cole und Mr. Pike auf allen Ebenen vollen Zugang zu allen Ermittlungsergebnissen haben«, sagte Montoya. »Wir verlangen nicht, dass sie an den offiziellen LAPD-Ermittlungen beteiligt werden oder sich überall einmischen dürfen, aber wenn Sie den beiden Herren Zugang gewähren, können sie Frank in einer Art auf dem Laufenden halten, die ihm Trost bietet. Den braucht er nämlich genau jetzt. Mehr verlangen wir nicht.« Montoya drehte sich wieder zu mir. »Dazu wären Sie doch bereit, oder? Sie sollen nur beobachten und Frank erzählen, was vor sich geht.«

Ich sah Joe an, der nickte.

»Ja.«

Montoya wandte sich wieder an Maldenado mit dem Lächeln eines Priesters, der erklärt, warum man seine Taschen leeren muss, wenn man in den Himmel kommen möchte. »Frank wird es sehr zu schätzen wissen, Henry. Er wird sich bei den nächsten Wahlen daran erinnern.«

Maldenado und der Assistant Chief sahen sich an wie zwei Gedankenleser, während Maldenado an Wahlspenden, der Assistant Chief aber daran dachte, dass er so viele Freunde wie möglich im Stadtrat brauchte, sollte er es je bis zum Chief schaffen wollen.

Schließlich nickte Stadtrat Maldenado. »Das scheint mir eine vernünftige Position zu sein, Walt. Ich glaube, dass wir Mr. Garcia diesen kleinen Gefallen tun können, oder nicht?«

Assistant Chief Mills reichte Maldenado die Hand, als würde er schon gerade als Chief vereidigt werden. »Herr Stadtrat, uns ist klar, was Mr. Garcia gerade durchmacht, und wir werden einen Weg finden, damit alles so läuft wie gewünscht.«

Montoya legte seine Hand auf meine Schulter. In seiner leisen Stimme schwang Zufriedenheit mit. »Dann ist ja alles bestens. Die Einzelheiten werden wir noch ausarbeiten und Sie heute Abend anrufen. Ist das in Ordnung?«

»Das wäre nett.«

»Karen ist immer noch da oben«, meldete sich Frank hinter uns wieder zu Wort. »Ich will, dass jemand bei ihr ist.«

Alle blickten ihn an.

Frank Garcia ergriff meinen Arm, wie er es bei Joe getan hatte – mit der Kraft einer Greifzange. »Sie sorgen dafür, dass man sich um sie kümmert. Sie gehen da rauf, behalten diese Jungs im Auge und sorgen dafür, dass alles mit rechten Dingen zugeht.«

Bishop machte ein Gesicht, als hätte jemand einen chirurgischen Eingriff verlangt. Krantz sah Joe an, aber sein

Blick war nicht hart, sondern eher nachdenklich und unsicher.

Montoya warf einen fragenden Blick zum A-Chief, der seine Einwilligung mit einem Nicken gab.

»Gut, Sir, das werde ich tun«, sagte ich.

»Das werde ich nicht vergessen.«

»Ich weiß. Es tut mir leid wegen Karen.«

Frank Garcia nickte, aber ich denke, er nahm mich nicht wahr. Hinter den Tränen in seinen Augen sah er wahrscheinlich nur seine Tochter.

Krantz verabschiedete sich vor mir. Pike wollte noch bei Frank bleiben und sagte, er würde mich später anrufen.

Montoya führte mich durch das große Haus zur Tür. »Mr. Cole, ich weiß, es geht hier um eine Arbeit, die Sie normalerweise nicht machen. Ich möchte Ihnen persönlich dafür danken, dass Sie die Sache übernehmen.«

»Ich tue das aus Gefälligkeit für einen Freund. Danken Sie Joe.«

»Das werde ich, aber ich wollte auch Ihnen danken. Frank und ich sind schon so lange Freunde, wie ich denken kann. Brüder. Kennen Sie die White Fence?«

»Ja, Sir. Ich weiß, dass Mr. Garcia in jungen Jahren Mitglied war.« Die White-Fence-Gang.

»Genauso wie ich. Wir sind auf dem Whittier Boulevard und der Camulos Street marschiert. Wir haben gegen die Hazard-Gang und die Garrity-Lomas-Gang auf der Oregon Street gekämpft, und wir haben den *veteranos* unsere Ehre erwiesen. Es ist ein langer Weg vom spanischen Viertel zum Jurastudium an der UCLA.«

»Das kann ich mir gut vorstellen, Mr. Montoya.«

»Ich sage Ihnen das, damit Sie verstehen, wie tief meine Loyalität gegenüber Frank und meine Liebe für ihn – und für Karen – ist. Wenn die Polizei nicht kooperiert, rufen Sie mich an, und ich werde mich darum kümmern.«

»Ja, Sir, ich werde anrufen.«

»Sie helfen meinem Bruder, Mr. Cole. Wenn Sie uns brauchen, werden wir da sein.«

»In Ordnung.«

Er streckte seine Hand aus. Ich reichte ihm meine.

Latinos.

Ich trat in die Hitze hinaus und ging die Einfahrt zur Straße hinunter. Vom Himmel schwebte Asche herab. Krantz und Stan Watts standen neben einem klotzigen Zivilfahrzeug des LAPD und rauchten.

»Wo ist Ihr Freund, dieser Arsch?«, fragte Krantz.

Ich ging weiter. Ich war nicht gerade glücklich darüber, dass ich zum See zurückgehen und den Rest des Tages mit einer toten Frau verbringen sollte.

»Lassen Sie das, Krantz. Sonst endet das Ganze so, wie Sie es sich absolut nicht vorgestellt haben.«

Krantz schnippte seine Zigarette auf die Straße und folgte mir. »Wir werden sehen, wo das für Sie endet. Sie wandern in den Männerknast, und ich kassiere Ihre Lizenz.«

Ich stieg in den Wagen. Krantz stand vor mir auf der Straße, Asche sammelte sich auf seinen Schultern wie Schuppen.

»Vielleicht hat dieser Alte die Macht, dafür zu sorgen, dass Sie mir aufs Auge gedrückt wurden, aber wenn Sie sich in meine Ermittlungen einmischen, schnappe ich mir Ihre Lizenz.«

»Dieser Alte hat gerade seine Tochter verloren, Sie Affe. Versuchen Sie doch mal menschlich zu sein.«

Krantz starrte mich etwa fünf Jahrhunderte lang an, bevor er zurück zu Stan Watts ging.

Ich fuhr weg.

Ich bildete mir ein, Frank Garcia immer noch weinen zu hören, selbst als ich schon auf dem Weg hinauf zum Speichersee war.

6

Das Dezernat für Raub und Mord arbeitete am Tatort noch weitere sechs Stunden. Alle wirkten professionell und kompetent, wie ich es auch erwartet hatte. Selbst Krantz. Ein junger Kriminologe namens Chen, der sich mit den Detectives absprach, fotografierte haarklein den Bereich um die Leiche. Ich wusste genug über Ermittlungen in Mordfällen, um zu wissen, dass sie erst das Gebiet nach Beweisen und anschließend Karens Leben auf Verdächtige hin durchstöberten, um zu sehen, ob die Beweise zu jemandem passten. Jede Ermittlung läuft auf diese Weise ab, weil in den meisten Fällen das Opfer seinen Mörder kennt.

Ich versuchte mich mit den Detectives zu unterhalten, doch keiner gab mir eine Antwort. Dann verscheuchte ich ein paar Schmeißfliegen, von denen mir nur allzu bewusst war, wo sie sich vorher befunden hatten. Ich wollte nicht hier sein, es machte mir keinen Spaß. Viel lieber hätte ich mit Lucy Cherniers Sofa gekämpft. Als die Schatten zwischen den Bergen die Sicht erschwerten, gab Krantz schließlich die Leiche frei.

Die Leute von der Gerichtsmedizin legten Karen Garcia in einen blauen Leichensack, zogen den Reißverschluss zu und schnallten den Sack auf eine Trage, die sie den gewundenen Pfad hinaufschleppten. Als die Leiche fort war, rief mich Krantz. »Das war der Grund, warum Sie hier rumgestanden haben. Also ist jetzt Schluss.«

Ich drehte mich wortlos um. Er war und blieb ein Arschloch.

Ich sah zu, wie sie die Leiche in den Wagen des Leichenbeschauers schoben, und fuhr anschließend hinunter zur kleinen Einkaufszeile unten am Lake Hollywood, von wo ich Lucy anrief.

»Ich habe das Sofa ohne dich umgestellt«, war das Erste, was sie sagte.

»Die Frau, nach der wir gesucht haben, wurde tot aufgefunden. Ihr Vater wollte, dass ich dort bleibe, um die Spurensicherung bei der Arbeit zu beobachten. Die Frau war zweiunddreißig und hat studiert, um später mit Kindern arbeiten zu können. Jemand hat ihr am Lake Hollywood beim Joggen in den Kopf geschossen.« Lucy sagte nichts, ebenso wenig wie ich, bis ich merkte, dass ich sie einfach mit der Sache zugeschüttet hatte. »Tut mir leid«, sagte ich.

»Sollen wir heute Abend was zusammen machen?«

»Ja klar, sehr gerne. Wollt ihr zum Abendessen kommen?«

»Sag mir, was ich mitbringen soll.«

»Ich besorge was. Einkaufen ist gut für die Seele.«

Im Lucky Market kaufte ich Shrimps, Sellerie, grüne Zwiebeln und Gemüsepaprika, dazu eine Flasche Bombay Sapphire Gin, zwei Limonen und eine Palette Falstaff-Bier. Eine Dose trank ich bereits in der Schlange vor der Kasse, wofür ich mir missbilligende Blicke der anderen Einkäufer einhandelte. Ich tat so, als würde ich sie nicht bemerken.

Wahrscheinlich hatten sie den Tag nicht in Gesellschaft einer Frau mit einem Loch im Kopf verbracht.

»Und, wie war Ihr Tag?«, fragte die Kassiererin.

»Hätte nicht besser sein können.« Ich bemühte mich, ihr nicht den Bierdunst ins Gesicht zu pusten.

Zwanzig Minuten später fuhr ich auf den Parkplatz des kleinen Dachhauses, das ich im Laurel-Canyon seitlich an einen Hang gleich abseits des Woodrow Wilson Drive gebaut hatte. Eine feine Ascheschicht lag auf dem Parkplatz, unterbrochen nur von einer Katzenspur, die von der Seite aufs Haus zuführte und in der Katzenklappe verschwand, die ich in meine Haustür eingebaut hatte. In Minnesota sieht man so was nur bei Schnee.

Der Kater wartete neben der Wasserschüssel. Sie war leer. Ich stellte die Lebensmittel auf die Küchentheke, gab dem Kater etwas Wasser und setzte mich auf den Boden, um ihm beim Trinken zuzuhören. Er ist groß und schwarz, durchsetzt mit Grau, das sich von dem Netz aus Narben auf seinem Kopf und seinen Schultern ausbreitet. Als er das erste Mal zu mir gekommen war, hatte er mich immer im Auge behalten, während er trank, aber jetzt ignorierte er mich und schnurrte, wenn ich ihn berührte. Wir waren eine Familie geworden.

Nachdem ich die Lebensmittel weggeräumt hatte, machte ich mir einen Drink, den ich fast in einem Zug leerte, und ging nach oben, um zu duschen. Ich duschte zweimal, ließ das heiße Wasser so lange laufen, bis es kalt wurde, doch der Geruch des Tatorts blieb an mir haften, und auch das rauschende Wasser konnte das Summen der Schmeißfliegen in meinen Ohren nicht übertönen. Ich zog mir eine weite Baumwollhose an und ging barfuß und mit nacktem Oberkörper wieder nach unten.

Lucy stand in der Küche und betrachtete das Gemüse, das ich ins Spülbecken gelegt hatte.

»Hallo«, grüßte ich.

»Selber hallo.« Ausdruckslos betrachtete sie mein leeres Glas. »Was trinken wir da?«

»Sapphire und Tonic.«

»Eingießen. Und was kochen wir?«

»Ich habe gehofft, du zeigst mir, wie man gedünstete Shrimps macht.«

Sie lächelte leise in sich hinein. »Das wäre nett.«

»Wo ist Ben?«

»Draußen auf der Terrasse. Wir haben ein Video für ihn ausgeliehen, das er sich anschauen kann, während wir beide kochen.«

»Bin in fünf Minuten wieder da.«

»Lass dir Zeit.«

Ihr Lächeln schob die Schmeißfliegen ein Stück weiter weg.

Ben stand auf der Terrasse hinter dem Haus. Er hing über dem Geländer, um nach den Schwarzwedelhirschen Ausschau zu halten, die oft im wild wachsenden Gras zwischen den Olivenbäumen unter meinem Haus weideten. Hier, mitten unter den vierzehn Millionen Einwohnern, gibt es Hirsche, Kojoten, Wachteln und Rotschwanzbussarde. Einmal habe ich sogar einen Rotluchs auf meiner Terrasse gesehen.

Ich ging hinaus und lehnte mich ebenfalls über das Geländer. Doch ich sah nur Schatten auf dem Abhang.

»Mama hat gesagt, die Frau, die du gesucht hast, wurde ermordet.«

»Stimmt.«

»Das tut mir leid.«

Sein Gesicht war besorgt und traurig. Neun Jahre.

»Mir auch, Kumpel.« Dann lächelte ich ihn an, weil Neunjährige nicht so traurig sein sollten. »He, wann fährst du ins Tenniscamp?« Lucy und Ben waren eifrige Tennisspieler.

Ben beugte sich ein Stück weiter übers Geländer. »In ein paar Tagen.«

»Du siehst aber gar nicht glücklich darüber aus.«

»Da muss man auf Pferden reiten. Und es riecht nach Kacke.«

Das Leben ist hart, wenn die Welt nach Kacke riecht.

Im Wohnzimmer stellte ich ihm den Videorecorder ein, dann ging ich zu Lucy zurück in die Küche. »Er sagt, im Tenniscamp riecht es nach Kacke.«

»Ja«, meinte sie. »Das stimmt. Aber er kann dort drei Jungs kennenlernen, die in seine neue Schule gehen.«

»Gibt es etwas, woran du nicht gedacht hast?«

»Nein, schließlich bin ich Mama.«

Ich nickte.

»Außerdem haben wir dadurch zwei Wochen für uns.«

»Mamas wissen alles.«

Es dauerte etwa eine Stunde, bis das Essen fertig war. Wir pulten die Shrimps ab, sautierten das Gemüse in Rübsamenöl und taten Tomaten und Knoblauch hinzu. Dank der leichten praktischen Arbeit und weil ich Lucy über Frank, Joe und Karen Garcia erzählen konnte, fand ich meinen Frieden wieder. Kochen dient der Heilung.

»Jetzt kommt das Wichtigste«, sagte sie. »Pass gut auf.«

»Gut.«

Sie zog mein Gesicht herunter, strich mit ihren Lippen über meine und ließ sie dort.

»Geht's dir besser?«

Ich hob meine Hand. Sie schob ihre Finger zwischen meine, und ich küsste sie.

»Besser.«

Wir warteten darauf, dass der Reis gar wurde, als Joe Pike einfach so hereinkam. Ich hatte ihn nicht erwartet, aber er kommt immer unangemeldet hereingeschneit. Lucy stellte ihr Glas ab und umarmte ihn herzlich. »Ich habe gehört, dass du sie kanntest, Joe. Es tut mir leid.«

Joe wirkte gigantisch neben ihr, wie ein riesiger Golem, der selbst in meiner hellen Küche in Schatten gehüllt war.

»He, Joe!«, rief Ben. »Ich habe *Men in Black*! Willst du mitgucken?«

»Heute nicht, junger Mann.« Er sah zu mir. »Montoya hat mit Bishop ein Geschäft ausgehandelt. Wir können uns morgen früh beim Dezernat für Raub und Mord im Parker Center melden. Sie benennen uns eine Kontaktperson, und wir erhalten einen Bericht.«

»In Ordnung.«

»Sie geben uns Kopien von sämtlichen Berichten, Abschriften und Zeugenaussagen.«

All das hätte er mir auch am Telefon mitteilen können. Warum war er dann also gekommen?

»Was ist?«, fragte ich.

»Kann ich mit dir über die Sache reden?«

»Klar.«

Lucy und ich folgten Joe hinaus auf die Terrasse. Die Katze tauchte wieder auf und schlich Joe zwischen den Beinen herum. Joe ist der einzige andere Mensch, den ich kenne, der diese Katze anfassen darf.

»Wie geht's Frank?«

»Betrunken.«

Mehr sagte Pike nicht. Er hob die Katze hoch und streichelte sie. Lucy hakte sich bei mir ein und lehnte sich gegen mich, während sie ihn beobachtete. Sie beobachtet ihn oft, und immer frage ich mich, was sie dabei denkt.

»Die Garcias sind meine Freunde, nicht deine«, begann Joe schließlich, »aber jetzt bist du derjenige, der sich mit der Polizei rumschlagen muss.«

»Redest du von Krantz?«

»Nicht nur von Krantz. Du wirst mit dem ganzen Parker Center zu tun haben. Ich kann das nicht übernehmen.« Er redete über alle Polizeikräfte von Los Angeles.

»Das hatte ich mir schon gedacht, Joe. Ist kein Problem.«

»Was meinst du damit – mit dem Parker Center zu tun haben?«, fragte Lucy.

»Ich werde von Frank kein Geld nehmen«, erklärte Joe. »Aber von dir kann ich nicht dasselbe erwarten.«

»Vergiss es.«

Er sah die Katze an, und ich merkte, dass er verlegen war. »Ich will nicht, dass das einfach unter den Tisch fällt. Ich möchte dich für deine Zeit bezahlen.«

»Jesses, Joe. Wie kannst du nur so was tun wollen?« Jetzt war ich ebenfalls verlegen.

»Nehmen wir doch einfach mal an, ich hätte eine Frage gestellt«, meinte Lucy.

Ich antwortete ihr, nur um das Thema zu wechseln. »Das Parker Center ist die Zentrale des LAPD. Die Polizisten vom Dezernat für Raub und Mord haben dort ihre Büros. Ich muss morgen dahin, um mir von den Ermittlungen berichten zu lassen. Das ist keine große Sache.«

»Aber warum würden sie nicht mit Joe zusammenarbeiten?«, wollte Lucy wissen. Sie wollte kein großes Aufhebens um die Sache machen, sie war nur neugierig. Doch auf einmal wünschte ich, sie wäre nicht bei uns hier draußen.

»Joe und das LAPD kommen nicht gut miteinander zurecht. Sie haben ihn rausgeekelt.«

Lucy lächelte mich an. Sie verstand immer noch nicht. »Aber warum sollten sie so was tun?«

Joe setzte die Katze ab und sah sie an. »Ich habe meinen Partner erschossen.«

»Oh.«

Die schwarzen Brillengläser blieben noch eine Weile auf Lucy gerichtet, dann ging Joe. Der Wind hatte sich gelegt, und der Rauch hing über dem Canyon wie ein Vorhang, in dem die glitzernden Lichter unter uns verschwammen.

Lucy befeuchtete ihre Lippen, bevor sie von ihrem Glas trank. »Ich hätte meine Nase nicht da reinstecken sollen.«

Wir gingen hinein und aßen die gedünsteten Shrimps, ohne viel zu reden.

Nichts kann eine Unterhaltung so ersterben lassen wie der Tod.

Edward Deege, Zimmermannsmeister, Bürger der freien Welt und Dave-Matthews-Fan, wartete zwischen den wilden Akazien, die den Hang über dem Lake Hollywood überzogen, bis der dämmrige Himmel ganz im Dunkeln lag und sich der See düster und rot vor ihm ausbreitete. Die Schatten würden ihn für die Polizei unsichtbar machen.

Den größten Teil des Tages hatte er sie bei ihrer Arbeit am Tatort beobachtet, bis sie vom schwächer werdenden Licht zum Aufgeben gezwungen waren. Zwei Streifenbeamte – ein Mann und eine Frau – waren zur Bewachung zurückgelassen worden, doch sie schienen mehr aneinander interessiert zu sein als daran, das gelbe Absperrband abzulaufen.

Edward kannte die Tote nicht, war nicht am Tatort interessiert und wollte auch nicht von der Polizei vernommen werden. Sein Interesse war viel einfacher: Er war auf ein Abendessen aus. Restaurants säumten die Einkaufszeilen am Fuß des Berges, wo er gut genährte Menschen veranlassen konnte, einen oder zwei Dollar herauszurücken. Eine Stunde lang betteln, und er würde sich neue Batterien für seinen Discman kaufen können. Anschließend würde er auf dem Ventura Boulevard an den Imbissbuden vorbeischlendern, wo er zwischen einem Black-Angus-Hamburger, einem Carne-Asada-Burrito oder einer vietnamesischen Frühlingsrolle wählen könnte. Das Angebot war grenzenlos.

Später, nach dem Essen, würde er den Aufstieg zu seiner selbst gezimmerten Hütte oberhalb des Sees genießen. Dort würde er sein Marihuana rauchen, sich in seinem Tagebuch

Notizen über die Welt-Ökobilanz machen und sich über seine Darmtätigkeit freuen.

Jetzt allerdings hielt sich Edward zwischen den Bäumen, bis er an den Funkwagen vorbei war, dann arbeitete er sich nach unten durch das Spinnennetz aus Straßen, das sich über den Berg zog. Er kannte dieses Viertel sehr gut, da er mehrmals am Tag hier entlangging, um während der kühleren Stunden des Tages an den Ampeln und Freeway-Ausfahrten zu betteln. Nur nachts, und wenn es zu warm wurde, kehrte er zum See zurück.

Edward, der wegen der zahllosen Polizisten seinem abendlichen Terminplan hinterherhinkte, hatte Sorge, dass er die beste Zeit zum Betteln verpassen würde. Verlorene Zeit bedeutete verlorenes Einkommen. Er nahm die kürzeste Strecke, passte seinen Schritt dem hektischen multikulturellen Takt von Mr. Dave Matthews an, der aus seinen Ohrhörern dröhnte. Edward huschte zwischen zwei Häusern hindurch, rutschte an einem Wasserlauf entlang hinunter und tauchte hinter einem entkernten Haus wieder auf, das derzeit umgebaut wurde. Er war diesen Weg schon Hunderte Male gegangen und dachte sich nichts dabei. Die Baustelle befand sich in einer Sackgasse, in der die meisten Häuser hinter Büschen oder Mauern versteckt lagen. Gesichtslose Häuser. Edward fragte sich oft, ob sie wirklich bewohnt oder nur Kinofassaden waren, die nach Belieben abgerissen und woanders wieder aufgebaut werden konnten. Diese Art von Gedanken beschlich ihn oft, aber er versuchte immer, sie zu verscheuchen. Das Leben war ohnehin schon unsicher genug.

Er huschte gerade um einen blauen Müllcontainer herum, dachte, ihn würde das erwarten, was er immer sah – die gleiche dunkle Straße, die er schon Hunderte Male gesehen hatte. Doch – o Wunder – in der unbeleuchteten Gasse stand ein Geländewagen mit Vierradantrieb. Edward blieb stehen, wollte im ersten Moment schon wegrennen, doch es war spät, und der Hunger ließ ihn zögern.

Der Wagen kam ihm vertraut vor. Edward brauchte einen Moment, bis ihm klar war, dass es genau das Fahrzeug war, das er am Nachmittag den beiden Männern beschrieben hatte, die nach der Joggerin gesucht hatten.

Wegrennen oder nicht wegrennen?

Der Hunger gewann die Oberhand. Ebenso die primitive Habgier.

Edward drehte sein Gesicht zur Seite und schob sich vorwärts in der Hoffnung, dass er an dem Wagen vorbeihuschen und zwischen den Häusern verschwinden konnte, ohne von demjenigen, der darin saß, angehalten zu werden. Er war schon ziemlich weit gekommen, doch dann stieg der Mann aus. Obwohl es schon dunkel war, trug er immer noch eine Sonnenbrille.

»Edward?«

Edward legte noch einen Zahn zu. Er mochte diesen Mann mit seinen muskulösen Armen nicht, die im Mondlicht schimmerten.

»Edward?«

Edward ging schneller, doch plötzlich war der Mann neben ihm und zerrte ihn hinter den Container. Edwards Kopfhörer hingen schief, und Dave Matthews' Stimme war nur noch aus weiter Ferne zu hören.

»Bist du Edward Deege?«

»Nein!«

Edward hob seine Hände, weigerte sich, in die unergründlichen schwarzen Brillengläser zu schauen. Angst schnürte ihm den Magen zu und jagte einen Adrenalinstoß durch seine Adern.

Die Stimme des Mannes wurde weicher und ruhiger. »Ich glaube, du bist es. Edward Deege, Zimmermannsmeister, auf der Suche nach Arbeit, egal, auch irgendwas Kleines.«

»Lassen Sie mich in Ruhe!«

Der Mann trat einen Schritt näher, und in diesem wahnsinnigen, verrückten Moment wusste Edward, dass er sterben würde. Das Einzige, was dieser Fremde ausstrahlte, war Feindseligkeit. Die reine Wut.

Gerade warst du noch dabei, dir deinen Lebensunterhalt ehrlich zu verdienen, im nächsten Moment stehst du am Rand des Abgrunds.

Das Leben war komisch.

Edward stolperte rückwärts, doch der Mann ließ nicht von ihm ab.

Angetrieben von einer dreifachen Dosis Adrenalin, schnappte sich Edward seinen Discman und holte so weit aus wie möglich. Doch der Fremde packte ihn am Arm und drehte ihn um. Es tat höllisch weh, bevor Edward das Knacken hörte.

Edward Deege, Zimmermannsmeister, ließ sich nach hinten fallen und versuchte zu schreien …

… doch der Kerl hatte ihn schon an der Kehle gepackt …

… und zugedrückt.

7

John Chen im Einsatz

Am nächsten Morgen, als John Chen sich unter dem gelben Absperrband hindurchduckte, das den Weg zum Lake Hollywood hinunter versperrte, fiel seine Stiftebox heraus, und der gesamte Inhalt landete verstreut im Gras.

»Scheiße.«

Chen schielte hinauf zur Straße, wo die beiden uniformierten Polizisten an ihrem Funkwagen lehnten, doch sie sahen in die andere Richtung und hatten nichts bemerkt. Gut. Eine Polizistin und ein Polizist. Die Polizistin sah ziemlich gut aus, weswegen John Chen nicht wollte, dass sie dachte, er wäre trottelig.

John sammelte die Stifte ein und stopfte die Dose wieder in seine Tasche. Doch er besann sich eines Besseren und legte sie in seinen Beweismittelkoffer. Er würde sich heute viel bücken müssen, und diese dämliche Dose würde ständig herausfallen und ihn wie einen Hanswurst erster Güte aussehen lassen. Es war gleich, dass ihn am Tatort niemand mehr sehen könnte. Er würde sich trotzdem wie ein Trottel vorkommen, und John hatte eine Theorie, die er in die Tat umsetzen wollte: Wenn man versuchte, kein Trottel zu sein, solange man alleine war, färbte es vielleicht ab, und man benahm sich auch nicht wie ein Trottel, wenn eine gut aussehende Tussi in der Nähe war.

John Chen war Anfänger beim SID, der Abteilung Wissenschaftliche Spurensuche beim LAPD. Dies war erst sein dritter Fall, den er in eigener Regie bearbeiten durfte. Chen war kein Polizeibeamter. Wie jeder beim SID war er Zivilangestellter, und wenn man es genau nahm (wie John es tat), hätte er ohnehin nicht die körperlichen Eignungstests bestanden, mit dem er den Hauptpreis gewonnen hätte – sich vom Hasen des Monats einen blasen zu lassen. Bei einer Körpergröße von fast eins neunzig, einem Gewicht von achtundfünfzig Kilo und einem Adamsapfel mit starkem Eigenleben war John Chen seiner eigenen gnadenlosen Beschreibung nach ein Trottel. Seine Brille mit den erschreckend dicken Gläsern, die zu tragen er verdammt war, hatte er dabei noch gar nicht berücksichtigt. Zu seinem Plan, diesen Nachteil zu überwinden, gehörte, dass er im SID mehr als jeder andere arbeiten wollte, um so schnell wie möglich bei gleichzeitiger Gehaltserhöhung auf einen leitenden Posten befördert zu werden und sich dann umgehend einen Porsche Boxster zu kaufen, womit er sich mehr Chancen beim Aufreißen ausrechnete.

Als der für den Fall verantwortliche Kriminologe musste Chen alle Beweisspuren sammeln, die den Detectives bei der Identifizierung und Überführung des Täters dienen könnten. Chen hätte schon gestern die Besichtigung des Tatorts vornehmen und alles Mögliche markieren und eintüten können, um es von den Detectives begutachten zu lassen, doch wegen der schlechten Lichtverhältnisse in der einsetzenden Dämmerung nach dem Abtransport von Karen Garcias Leiche hatte er entschieden, am nächsten Tag wiederzukommen, und veranlasst, dass die diensthabenden Detectives den Tatort absperrten. Die beiden uniformierten Beamten hatten ihn in der Nacht bewacht. Da der männliche Beamte einen Knutschfleck am Hals hatte, der am Tag zuvor noch nicht zu sehen gewesen war, hegte Chen den Verdacht, dass die beiden in der Nacht sehr gut miteinander ausgekommen waren, was die unbestreitbare Tatsache bestätigte, dass jeder irgendjemanden abbekam – außer ihm.

Grimmig verdrängte Chen alles Glück der anderen aus seinen Gedanken und ging den Weg weiter, bis er zu der kleinen Lichtung kam, auf der das Opfer ermordet worden war. Irgendwann in der Nacht hatte sich der Wind gelegt, sodass die Bäume reglos in die Höhe ragten und der See eine glatte Fläche bildete. Es herrschte sozusagen die sprichwörtliche Grabesstille.

John stellte seinen Beweismittelkoffer ab, der aussah wie ein großer Werkzeugkasten, aber viel schwerer war, und beugte sich über den Vorsprung, um zu sehen, wo die Leiche gelegen hatte. Gestern hatte er vor dem Abtransport der Leiche den Tatort fotografiert und eine Probe von der Stelle genommen, an der das Blut des Opfers auf eine Schicht Olivenblätter getropft war. Ein kleiner Metalldraht mit einer weißen Flagge markierte nun diese Stelle. Er hatte auch versucht, die verschiedenen Fußspuren um die Leiche herum zu isolieren und zu identifizieren, und war mit seinem Ergebnis zufrieden: Schuhabdrücke der beiden Männer, die die Leiche entdeckt hatten – beide hatten leichte Wanderschuhe mit dickem Profil getragen, der eine vielleicht Nautica, der andere möglicherweise Red Wing –, und der Polizisten und des Gerichtsmediziners. Wie Erstklässler auf einem Schulausflug waren sie hier herumgetrampelt. Der verdammte Gerichtsmediziner müsste eigentlich wissen, was ein Tatort war, doch in Wirklichkeit scherte er sich einen Dreck darum. Ihn interessierte nur sein Kadaver. Chen hingegen hatte pflichtbewusst jeden Fußabdruck gekennzeichnet und vermessen und auf dem Tatortdiagramm eingetragen, wie er es auch mit der Leiche, der Stelle der Blutprobe, einer leeren Smarties-Hülle, drei Zigarettenkippen, die er jedoch für bedeutungslos hielt, und allen notwendigen topografischen Merkmalen getan hatte. Das Vermessen und Eintragen in das Diagramm hatte viel Zeit in Anspruch genommen, und oben an der kleinen Lichtung, wo der Schuss abgegeben worden war, hatte er nur noch Zeit gehabt, die eingedrückten und abgebrochenen Stellen an Büschen und Gras zu markieren, wo das Opfer hingefallen war. Dann hatte er an dieser Stelle nur noch ein weißes Fähnchen platziert und den Detectives gesagt, er würde lieber am nächsten Tag wiederkommen. Vielleicht könnte er sich mit seinem Wiederkommen Rabattmarken für die nächste Beförderungswelle verdienen und sich somit näher an seinen Aufreißerschlitten heranarbeiten.

Während John Chen oben auf dem Vorsprung stand, stellte er sich das Opfer an der Stelle vor, wo er es zuerst gesehen hatte, dann widmete er sich dem Pfad. Der Rand des Vorsprungs war dort abgebröckelt, wo das Opfer hinuntergestürzt war, und wenn Chen einen Schritt nach hinten hinaufging, sah er eine helle, aufgescharrte Stelle. Möglicherweise war die Frau dort von der Kugel getroffen worden, hatte den linken Fuß beim Fallen hinter sich hergezogen, und der Rand hatte nachgegeben, während sie hinuntergepurzelt war. Am Rand des Wegs, neben der aufgescharrten Stelle, bemerkte Chen etwas Weißes, ein dreieckiges Stück Plastik, pro Seite vielleicht einen halben Zentimeter lang und stellenweise scheinbar mit einer Art grauem Gummi beschichtet. Vielleicht hatte es keine Bedeutung, wie so vieles, was man an Tatorten findet, aber er nahm einen Markierungsdraht aus dem Beweismittelkoffer, steckte ihn dorthin, wo er das Plastikteilchen gefunden hatte, und machte sich ein Zeichen in sein Tatortdiagramm.

Anschließend beschäftigte er sich wieder mit dem Pfad. Er wusste, wo das Opfer gewesen war, aber wo hatte der Mörder gestanden? Der Wunde nach zu schließen hatte sich der Mörder auf dem Pfad direkt vor dem Opfer befunden. Chen ging in die Hocke, um herauszufinden, wo der Mörder gestanden haben könnte, aber es war nichts mehr zu machen. Bis das Opfer entdeckt worden war, die Polizei das Gebiet abgeriegelt und Chen mit seiner Arbeit begonnen hatte, waren unzählige Fußgänger und Jogger vorbeigekommen und hatten praktisch alles niedergetrampelt. Seufzend betrachtete Chen den Pfad und schüttelte, schachmatt gesetzt, den Kopf. Er hatte auf Fußabdrücke gehofft, aber es war nichts zu erkennen. So viel dazu, dass er an diesem Tag noch einmal hergekommen war. So viel zu seiner schnellen Beförderung und einem Aufreißer-Porsche. Sein Vorgesetzter würde ihm wegen der verschwendeten Überstunden eher einen Arschtritt verpassen.

John Chen lauschte auf den Wind und fragte sich, was er als Nächstes tun sollte, als eine leise Stimmte hinter ihm sagte: »Auf die Seite.«

Chen sprang auf, stolperte über seine eigenen Füße, und eins der Diagramme fiel ins Unkraut.

»Wir wollen doch keine weiteren Fußabdrücke auf dem Pfad«, meinte der Mann.

Der Mann selbst stand neben dem Weg im Unkraut. Chen wunderte sich, dass er ihn nicht hatte kommen hören. Der Mann war fast so groß wie Chen, aber von Kopf bis Fuß mit Muskeln bepackt. Er trug eine dunkle Sonnenbrille, sein Haar war kurz wie das eines Soldaten. Chen hatte höllische Angst vor ihm, und ihm war klar, dass dieser Typ der Mörder war, zurückgekommen, um sein nächstes Opfer umzupusten. Er sah aus wie ein Mörder. Er sah aus wie ein Psychopath, der gerne den Abzug drückte. Und diese Polizistin verpasste ihrem Kollegen wahrscheinlich gerade Knutschflecke in der Größe von Virginia, während sie mit ihm schon wieder eine Nummer schob.

»Das ist ein von der Polizei abgesperrter Tatort«, sagte Chen. »Sie dürfen sich nicht hier aufhalten.«

»Lassen Sie mich mal sehen«, gab der Mann stattdessen zurück.

Er streckte seine Hand aus. Chen war klar, dass er das Diagramm meinte, und er reichte es ihm. Ihm kam gar nicht in den Sinn, es nicht zu tun.

»Wo steht der Mörder?«, fragte der Typ als Erstes.

Chen merkte, dass er rot wurde. »Ich kann ihn nirgendwo unterbringen. Es sind schon zu viele Spuren verwischt worden.« Er klang weinerlich, als er das sagte, was ihn noch ärgerlicher machte. »Oben an der Straße sind Polizeibeamte. Sie werden gleich hier unten sein.«

Der Mann blickte nur auf das Diagramm und schien ihn nicht zu hören. Chen überlegte, ob er weglaufen sollte.

Der Mann gab ihm das Diagramm zurück. »Gehen Sie vom Pfad runter, John.«

»Woher wissen Sie meinen Namen?«

»Er steht dort oben auf dem Blatt.«

»Oh.« Chen kam sich vor wie ein Fünfjähriger und schämte sich. Er war sich sicher, dass er diesen Porsche nie kriegen würde. »Haben Sie hier was verloren? Wer sind Sie?«

Der Mann senkte den Kopf weit zum Boden hinunter und suchte den Pfad ab. Eine Zeit lang betrachtete er die aufgescharrte Stelle, dann ging er ein Stück weiter und ließ sich auf die Hände hinunter, als wollte er Liegestütze machen. Ohne Mühe blieb er in dieser Position. Er schien sehr kräftig zu sein, dachte Chen. Schlimmer war noch, dass er wohl so viele Frauen abschleppen konnte, wie es seine Kräfte zuließen. Chen überlegte schon, dass er vielleicht regelmäßig ins Sportstudio gehen sollte, als dieser Kerl, der offenbar in einem solchen Studio wohnte, sich vom Pfad entfernte und seinen Blick ins Gebüsch und aufs Unkraut richtete.

»Wonach suchen Sie?«, fragte Chen.

Der Mann antwortete nicht, drehte nur geduldig Blätter und Zweige um und hob das Efeu an.

Chen trat einen Schritt näher. Der Mann hob nur einen Finger, und der Finger sagte: Nein.

John erstarrte.

Der Mann suchte weiter, dehnte das Gebiet aus, während John Chen wie angewurzelt stehen blieb. Vielleicht sollte er nach Hilfe rufen, überlegte er, aber mürrisch kam er zu dem Schluss, dass die beiden da oben im Funkwagen so laut am Schnaufen waren, dass sie seine Rufe nicht hören würden.

»Ihren Beweismittelkoffer«, verlangte der Mann.

John schnappte sich den Koffer.

Der Mann hob wieder seinen Finger und deutete einen großen Bogen abseits des Pfads an. »Da lang.«

John schob sich zwischen den niedrigen Büschen hindurch. An zwei Stellen riss er sich die Hose auf, holte sich unzählige Kratzer, wurde wütend. Schließlich war er bei dem Kerl angelangt. »Hier«, sagte dieser.

Eine 22er-Patronenhülse aus Messing unter einem Olivenblatt.

»Heiliger Strohsack.« John sah den Kerl an, der zurückzuschauen schien, was sich aber wegen der dunklen Brille nicht genau sagen ließ. »Wie haben Sie die gefunden?«

»Kennzeichnen Sie sie.«

Der Mann ging, diesmal geduckt, auf den Pfad zurück. John rammte einen Draht in die Erde neben die Patronenhülse, bevor er dem Kerl hinterhereilte. »Schauen Sie. Hier, auf der Seite«, sagte er zu John.

John konnte nichts erkennen. »Was?«

»Schuhe.« Der Mann zeigte genauer hin. »Hier.«

John sah kleine Teile vieler Abdrücke, konnte sich aber nicht vorstellen, wovon dieser Typ sprach. »Ich sehe überhaupt nichts.«

Eine Weile sagte der Mann nichts.

»Beugen Sie sich weit vor, John. Nutzen Sie die Sonnenstrahlen. Schauen Sie so, dass Sie den Schatten erkennen. Ein Abdruck, der noch zu drei Vierteln zu sehen ist.« Seine Stimme drückte unendliche Geduld aus, wofür ihm John dankbar war.

John legte sich bäuchlings ins Gestrüpp neben dem Pfad und schaute eine Ewigkeit in die Richtung, in die der Mann zeigte. Er wollte schon sagen, dass er, verdammt noch mal, gar nichts sehen würde, als er ihn entdeckt hatte – einen noch zu drei Vierteln erhaltenen Fußabdruck, der auf dem harten Rand des Pfades höchstens drei Sandkörnchen tief war. Er schien von einem Freizeitschuh zu stammen, wie ihn Polizisten tragen, aber vielleicht auch nicht.

»Der Mörder?«, fragte John.

»Er weist in die richtige Richtung. Hier muss der Mörder gestanden haben.«

John blickte zurück zur Patronenhülse. »Dann denken Sie also an eine Automatik? Deswegen haben Sie sich an dieser Stelle umgesehen?« Eine Automatik würde die Hülse nach rechts auswerfen, und eine 22er würde etwa ein Meter zwanzig entfernt auf der Erde landen. Doch John kam ein Gedanke, und er sah sein Gegenüber schräg an. »Aber was ist, wenn der Typ einen Revolver verwendet hat? Bei einem Revolver würde nichts zurückbleiben.«

»Dann hätte ich auch nichts gefunden.« Der Mann legte den Kopf zur Seite, als wäre er amüsiert. »Bei den vielen Menschen hier in der Gegend hätte jemand den Schuss gehört. Einen Revolver kann man nicht dämpfen, John.«

Wieder spürte John, dass er rot wurde. »Ja, ich weiß.«

Der Mann ging weiter den Pfad entlang, legte sich aber

etwa jeden Meter in den Liegestütz. John dachte, dass jetzt der ideale Zeitpunkt wäre, zu den beiden Polizisten loszurennen, doch stattdessen rammte er einen Draht in die Erde, um den Fußabdruck zu kennzeichnen, und folgte dem Mann zu einer Gruppe dicht stehender Essigbäume am Rand einer kleinen Lichtung gleich oben am Pfad. Der Mann ging um die Bäume herum, zuerst in die eine Richtung, dann in die andere, und bückte sich zweimal ganz tief.

»Er hat hier gewartet, bis er sie gesehen hat.«

John trat näher, sorgsam darauf bedacht, sich hinter dem Mann zu halten. Ja, dort waren drei perfekte Fußabdrücke im harten Boden zu erkennen, die aussahen wie der teilweise erhaltene Abdruck neben der Patronenhülse. Auch hier waren die Abdrücke nicht tief und verdammt schlecht zu erkennen, obwohl der Mann darauf zeigte. Aber John bekam langsam Übung dabei.

Als John die Lage endlich überblickte, ging der Mann schon weiter. Rasch markierte John die Stelle und eilte ihm hinterher.

Sie kamen an einen Maschendrahtzaun entlang der Straße, wo sie am Gatter stehen blieben. John vermutete, dass die gepflasterte Straße die natürliche Grenze für ihre Nachforschungen bilden würde, doch der Mann sah auf die andere Seite, als würde die Böschung dort zu ihm sprechen. Der Funkwagen stand links von ihnen an der Kurve, doch so, wie die beiden Beamten auf dem Rücksitz herumrangelten, hätte hinter ihnen eine Atombombe einschlagen können, ohne dass sie etwas bemerkt hätten. Drecksgesindel.

Der Mann sah die Böschung hinauf. Links standen Häuser, rechts war nichts. Der Blick des Mannes wanderte zu einer kleinen Gruppe Palisadenholzbäume an der Straße rechts von ihnen. Er überquerte, gefolgt von John, die Straße.

»Glauben Sie, dass er hier rübergekommen ist?«, fragte John.

Der Mann gab keine Antwort. Ja gut, er war eben nicht gesprächig. Damit konnte John leben.

Der Mann suchte den Abhang vor den Palisadenholzbäumen ab und fand etwas, das seinen Mund zucken ließ.

»Was ist da? Los, sagen Sie schon«, bat John.

Der Mann zeigte auf etwas lose Erde, die auf den Straßenbelag gerutscht war. »Er hat sich hinter den Bäumen versteckt, bis die Leute vorbei waren, dann ist er durchs Gatter gegangen.«

»Sauber.« John Chen fand Gefallen an der Sache. Das war absolut spitze.

Sie stiegen den Abhang hinauf, wo sich die Abdrücke des Täters im lockeren Boden gut abzeichneten. Oben angekommen, gingen sie weiter zu einem Weg, der für die Feuerwehr durch den Wald gezogen worden war. John hatte gar nicht gewusst, dass es hier oben eine Feuerpiste gab.

»Oh, verdammt«, sagte er nur.

Der Mann ging etwa zehn Meter den Fahrweg entlang, bevor er stehen blieb und wieder ins Nichts starrte. John biss sich lieber von innen auf die Wangen, als noch einmal zu fragen, wonach der Mann suchte.

Doch er hielt es nicht lange aus. »Was ist da, verdammt noch mal?«

»Ein Wagen.« Der Mann streckte den Finger aus. »Hat

hier geparkt.« Zeigte wieder. »Tropfen von Kühlflüssigkeit oder Öl. Und da sind Radspuren.«

John kennzeichnete die Stellen bereits mit Draht.

»Reifenspuren von einem Geländewagen. Weiter Radstand.«

»Geländewagen. Wie ein Jeep?«

»Wie ein Jeep.«

John machte sich rasch Notizen und überlegte, dass er in seinem Büro anrufen musste, um sich die Sachen bringen zu lassen, die er für einen Reifenabdruck brauchte.

»Er hat hier geparkt, weil er schon vorher hier gewesen war. Er wusste, wohin er wollte.«

»Sie meinen, er kannte sie?«

Der Mann sah John Chen an und ging wie im Reflex einen Schritt zurück. John wusste nicht, warum.

»Sieht aus wie Schuhgröße vierundvierzig, oder nicht, John?«

»Hm-mh.«

»Ziemlich tief auf dem harten Untergrund. Deutet darauf hin, dass er schwerer ist, als ihm guttut.« Ziemlich tief. Drei Sandkörnchen. »Mit Hilfe der Schuhgröße und des Gewichts können Sie den Körpertyp bestimmen. Mit dem Abguss können Sie die Schuhmarke bestimmen.«

»Ich weiß.« John war verärgert. Vielleicht hätte er keinen dieser Beweise von sich aus gefunden, aber ein Idiot war er nicht.

»Machen Sie einen Abdruck von den Radspuren. Bestimmen Sie Größe und Hersteller. Damit können Sie eine Liste der Fabrikate erstellen.«

»Ich *weiß*.«

Der Mann sah jetzt zum See hinunter. John fragte sich, was wohl hinter dieser dunklen Brille vor sich gehen mochte.

»Sind Sie einer der Detectives aus der Stadt?«

Keine Antwort.

»Sie müssen mir doch Ihren Namen und Ihre Dienstnummer für den Bericht geben.«

Der Mann richtete seine Sonnenbrille wieder auf John. »Wenn Sie sagen, dass ich die Beweise gefunden habe, wird man sie anzweifeln.«

John Chen blinzelte ihn an. »Aber … was soll ich denn in meinen Bericht schreiben?«

»Ich war nie hier, John. Was für eine Möglichkeit bleibt dann?«

»*Ich* habe die Beweise gefunden?«

»Wenn Sie dabei mitspielen, ja.«

»Ja, also, klar doch.« Seine Handflächen waren feucht vor Aufregung. Sein Herz legte einen Zahn zu.

»Besorgen Sie sich das Fabrikat der Reifen und die Liste der Wagen. Ich werde Sie anrufen. Das ist doch kein Problem, oder, John?«

»Nein, Sir.« Die Anrede kam automatisch.

Der Mann blickte ihn eine Zeit lang an, dann sagte er etwas, woran sich John hin und wieder in seinem restlichen Leben erinnern und sich fragen würde, was er wohl damit gemeint hatte. »Kehren Sie Ihrer Liebe nie den Rücken, John.«

Der Mann war schon den Hang hinab- und zwischen den Büschen hindurchgehuscht, noch bevor John überhaupt merkte, dass er gegangen war.

Langsam verzog John Chen sein Gesicht zu einem breiten Grinsen. Dann rannte er los, jagte durchs Gestrüpp, strauchelte, stolperte, fiel einmal hin, kam wieder auf die Beine, rannte, so schnell er konnte, am Funkwagen vorbei zu seinem SID-Wagen, während er den beiden ewig Geilen zurief, sie sollten endlich mal ihre saugenden Lippen voneinander lassen.

Plötzlich schien die Beförderung viel näher zu sein.

Plötzlich sah er seinen Aufreißerwagen schon in der Garage.

Einen zweiten Tag hier herauszukommen hatte sich schließlich doch bezahlt gemacht.

8

Das Parker Center ist ein achtstöckiges, weiß gestrichenes Gebäude im Zentrum von L.A., nur ein paar Blocks von der *Los Angeles Times* und zwei Dutzend Bars entfernt. Die Bars sind klein, und hier treffen sich nach dem Schichtwechsel die meisten Polizisten; die Reporter stehen den ganzen Tag über Gewehr bei Fuß. Seitlich am Parker Center steht »Police Department – City of Los Angeles«, doch die Buchstaben sind klein, und das Schild wird von drei dürren Palmen verdeckt, die irgendwie verärgert wirken.

Die Wache am Eingang gab mir einen Besucherausweis, den ich mir ans Revers klemmen sollte, telefonierte hoch ins Dezernat für Raub und Mord, und vier Minuten später öffneten sich die Fahrstuhltüren. Stan Watts spähte zu mir heraus, als sei ich ein wandelnder Popel.

»Hallo, Stan. Wie geht's?«

Watts ignorierte mich.

»Na, was denn, es gibt doch keinen Grund für uns, schon von vornherein einen auf Feindschaft zu machen.«

Er drückte den Knopf für den vierten Stock.

Oben führte er mich in einen großen, hell erleuchteten Raum in der Mitte eines langen Großraumbüros mit Trennwänden. Die Männer hier schienen schon mindestens fünfzehn Jahre vor ihrer Gold-Shield-Polizeidatenbank zu sitzen. Die meisten hingen am Telefon, einige tippten, und so ziemlich alle schienen sich bei der Arbeit wohlzufühlen. Krantz unterhielt sich an der Kaffeemaschine mit einem übergewichtigen Kerl. Williams lehnte an einem Schreibtisch und lachte. Man konnte sich nicht vorstellen, dass sie zwölf Stunden zuvor Schmeißfliegen von einer Toten verjagt hatten.

Krantz runzelte die Stirn, als er mich sah. »Dolan! Dein Typ ist hier!«, rief er.

Die einzige Frau im Mannschaftsbüro saß alleine an einem Schreibtisch in der Ecke und schrieb auf einen gelben Notizblock. Als Krantz sie rief, schob sie den Block in die Schublade, schloss diese ab und erhob sich. Sie war groß und wirkte stark, als ob sie ruderte oder mit Pferden zu tun hätte. Andere Frauen arbeiteten zwar auch hier, aber man merkte, dass sie keine Detectives waren. Diese Frau hier war es. Schätze, wenn ich sie wäre, würde ich meinen Schreibtisch auch abschließen.

Dolan sah Krantz an wie einen Scheidenabstrich-Spatel. Der Blick, den sie mir zuwarf, war noch schlimmer.

»Dolan, das hier ist Cole. Cole, das ist Samantha Dolan«, stellte Krantz uns vor. »Sie wird für Sie zuständig sein.«

Samantha Dolan trug einen schicken grauen Hosenanzug mit einer Kameen-Brosche. Ihr dunkelblondes Haar war kurz geschnitten, ohne dass es kerlig wirkte. Ich schätzte sie auf Anfang vierzig, doch sie konnte auch jünger sein. Als Krantz ihren Namen nannte, wusste ich, wer sie war, weil ich sie oft genug im Fernsehen gesehen hatte.

»Freut mich, Sie kennenzulernen, Dolan«, sagte ich. »Mir hat Ihre Serie gut gefallen.«

Vor sechs Jahren hatte CBS eine Fernsehserie mit ihr gedreht. Anlass war ein Fall gewesen, bei dem sie während der Festnahme eines Serienvergewaltigers beinahe getötet worden war. Die Serie hatte eine halbe Saison überdauert und war nicht sehr gut gewesen, doch für eine kurze Zeit war sie nach Joe Wambaugh zur berühmtesten Polizeibeamtin von Los Angeles geworden. Ein Artikel in der *Times* hatte sich mit ihrer Aufklärungsquote beschäftigt, der höchsten, die je von einer Frau erreicht wurde, und der dritthöchsten in der Geschichte des Departments. Ich erinnerte mich, dass ich beeindruckt war. Aber dann wurde mir klar, dass ich seitdem nichts mehr von ihr gehört hatte.

Samantha Dolans Stirnrunzeln wandelte sich zu einem definitiv finsteren Gesichtsausdruck. »Ihnen hat die Fernsehserie gefallen, die man über mich gemacht hat?«

Ich lächelte sie freundlich an. »Ja.«

»Die war beschissen.«

Ich weiß immer genau, wenn man mich mag.

Krantz sah auf die Uhr. »Wir werden Ihnen im Besprechungszimmer alle Informationen vorlegen, sodass keiner hier Zeit verliert. Ihnen muss klar sein, Cole, dass uns der Mörder genau in diesem Moment entwischen könnte, weil sich einer unserer Detectives mit Ihnen beschäftigt, statt eine Spur zu verfolgen.«

»Sie sind der reine Wahnsinn, Krantz.«

»Genau. Bring ihn schon mal runter, Dolan. Ich komme in einer Minute nach.«

Dolan führte mich in ein kleines Besprechungszimmer,

wo Watts und Williams zusammen mit einem dünnen Detective, Bruly, und einem Latino-Detective namens Salerno warteten. Bruly flüsterte Salerno etwas zu, als wir eintraten, worüber Salerno lächelte. Dolan setzte sich, ohne mich vorzustellen oder etwas zu den anderen zu sagen.

»Das ist Elvis Cole«, stellte Williams mich vor. »Er vertritt die Familie. Er wird uns im Auge behalten, damit wir keine Scheiße bauen.«

»Ich habe der Familie schon von Ihnen erzählt, Williams.« Ich dachte, ich könnte sie mit gescheiter Schlagfertigkeit für mich gewinnen.

Salerno grinste. »Mit diesem Namen handeln Sie sich bestimmt viel Kummer ein, oder?«

»Mit welchem? Mit Cole?«

Salerno lachte. Klappt doch gut mit der Schlagfertigkeit, oder?

Krantz stürmte mit einem Becher und einem Klemmbrett in der Hand herein. »He, Leute, wollt ihr noch mehr Zeit verplempern oder endlich aufhören, Quatsch zu machen?«

Salernos Lächeln erstarb.

Krantz trank seinen Kaffee, während er die Notizen auf dem Klemmbrett überflog. »Also, wir haben Folgendes«, begann er. »Karen Garcia wurde am Sonntagmorgen um etwa zehn Uhr von einem oder mehreren Unbekannten am Lake Hollywood Reservoir getötet. Wir haben ihren Wagen auf einem Parkplatz auf dem Barham Boulevard gefunden und beschlagnahmt. Wir glauben, der Täter hat einen Schuss aus einer kleinkalibrigen Pistole aus nächster Nähe abgegeben. Ihre Leiche wurde am Tag darauf von zwei Joggern entdeckt. Wir haben ihre ersten Aussagen protokolliert. Wir haben auch andere Leute befragt, von denen wir wissen, dass sie am Sonntag am See waren oder in der Nähe wohnen, sowie von Personen, die mit dem Opfer zu tun hatten. Detectives von den Polizeibezirken Rampart, Hollywood, West L.A. und Wilshire unterstützen uns dabei. Derzeit gibt es keine Verdächtigen.« Krantz hörte sich an wie Jack Webb.

»Das ist alles?«

Krantz spannte verärgert seine Kiefermuskeln an. »Die Ermittlungen laufen erst seit zweiundzwanzig Stunden. Was wollen Sie noch?«

»Das sollte keine Kritik sein.«

Ich zog zwei Blätter heraus, die ich getippt hatte, und schob sie über den Tisch. Krantz fasste sie nicht an.

»Das ist alles, was mir Frank Garcia über die Aktivitäten seiner Tochter an besagtem Sonntag erzählt hat, außerdem das, was ich während der Suche nach ihr in Erfahrung gebracht habe. Ich dachte, das könnte Ihnen helfen. Pike und ich haben mit ein paar Angestellten im Jungle Juice geredet, die wussten, wann und wo Karen joggte. Ihre Namen stehen auch da drauf.«

»Wir haben schon mit ihnen geredet, Cole. Wir haben uns auch ein bisschen Mühe gegeben. Sagen Sie das dem Vater des Opfers.« Schlimmer konnte sein Ärger kaum sein.

»Wir haben unterhalb des Sees einen Obdachlosen namens Edward Deege getroffen. Er behauptet, er hätte eine Joggerin gesehen, neben der ein roter oder brauner Geländewagen angehalten hatte. Er ist zwar wirr im Kopf, aber vielleicht möchten Sie ihn verhören.«

Krantz blickte gereizt auf seine Uhr, als würden wir

mehr Zeit verschwenden, als er uns zugestanden hatte. Drei Minuten. »Pike hat uns gestern Abend davon erzählt, Cole. Wir sind dran an der Sache. Also, gibt's noch was?«

»Ja, ich muss bei der Autopsie dabei sein.«

Krantz und Watts tauschten Blicke mit hochgezogenen Augenbrauen, dann grinste mich Krantz an. »Sie verarschen mich, oder? Will ihr Vater ein paar Bilder?«

»Der gleiche Grund, warum ich zum See hinaufgehen sollte. Er will, dass jemand dabei ist.«

»Mein Gott.«

Watts hatte Krantz die ganze Zeit über beobachtet und räusperte sich. »Die Gerichtsmediziner sind im Rückstand. Die Leichen stapeln sich, müssen zwei oder drei Wochen warten. Wir versuchen die Sache voranzutreiben, aber ich weiß nicht, ob's klappt.«

Krantz und Watts blickten sich immer noch an. Schließlich zuckte Krantz mit den Schultern. »Ich weiß nicht, wann die Autopsie vorgenommen wird. Ich weiß nicht, ob Sie dabei sein können. Das muss ich rausfinden.«

»Gut. Ich möchte Kopien von allen Zeugenaussagen und dem Bericht des Kriminologen sehen.«

»Der Bericht ist noch nicht da. Er arbeitet noch am Tatort. Bis jetzt gibt's nur Zeugenberichte von den beiden Typen, die die Leiche gefunden haben.«

»Wenn Sie Mitschriften haben, hätte ich gerne die Kopien davon.«

Krantz verschränkte die Arme und lehnte sich zurück. »Wenn Sie das Zeug lesen wollen, dann tun Sie das, aber Sie machen keine Kopien, und Sie nehmen nichts mit raus aus diesem Gebäude.«

»Ich soll aber Kopien bekommen. Wenn Sie ein Problem damit haben, werden wir den A-Chief anrufen und ihn fragen.«

Krantz seufzte. »Dann werden wir ihn fragen müssen. Ich verstehe, dass Sie die Berichte haben wollen, Cole, aber bis jetzt haben wir keine, die wir Ihnen zeigen können. Was die Kopien betrifft, werde ich das mit Bishop besprechen müssen. Wenn er zustimmt, dann von mir aus.«

Damit konnte ich leben. »Wer führt das Mordbuch, Sie oder Watts?«

»Ich. Warum?«, wollte Watts wissen.

»Ich würde es gerne sehen.«

»Nichts da.«

»Was ist schon dabei? Wir sparen uns einen Haufen Zeit.« Das Mordbuch war ein chronologischer Bericht aller Fakten rund um die Ermittlung. Es würde Bemerkungen der beteiligten Beamten, Zeugenlisten und gerichtsmedizinische Beweise enthalten – einfach alles. Es wäre auch die einfachste Möglichkeit, mich über die Arbeit am Fall auf dem Laufenden zu halten.

»Vergessen Sie das«, meinte Watts. »Wenn es vor Gericht geht, müssen wir einem Verteidiger erklären, warum sich ein Zivilist mit unseren Aufzeichnungen beschäftigt hat. Wenn wir etwas nicht herausbekommen können, wird er behaupten, dass Sie mit unserem Beweismaterial rumgemacht und wir das aus Inkompetenz zugelassen haben.«

»Kommen Sie schon, Watts. Ich werde es doch nicht mit nach Hause nehmen. Sie können sogar die Seiten für mich umblättern, wenn Sie wollen. Es wird für alle einfacher sein.«

Krantz sah schon wieder auf die Uhr und erhob sich.

»Das mit dem Buch geht nicht. Wir müssen ein paar Hundert Leute verhören, deswegen ist die Lagebesprechung jetzt offiziell zu Ende. Es gibt folgende Regel, Cole: Solange Sie sich in diesem Gebäude aufhalten, wird Dolan bei Ihnen sein. Sie ist für Sie zuständig. Wenn Sie pinkeln müssen, wird sie vor der Tür warten. Tun Sie irgendwas ohne sie, verletzt das die Abmachung, die wir mit Montoya getroffen haben, und Sie sind Geschichte. Haben Sie das verstanden?«

»Die Verhörmitschriften möchte ich aber immer noch lesen.«

Krantz wies auf Dolan. »Sie wird sich darum kümmern.«

Dolan sah zu Watts hinüber. »Ich soll mit den beiden Beamten reden, die als Erste zum Tatort kamen, nachdem die Leiche gefunden wurde.«

»Salerno kann mit den Beamten reden«, wehrte Krantz ab. »Du bleibst bei Cole. Das schaffst du doch, oder?«

»Ich würde lieber am Fall arbeiten, Harvey.« Sie sprach seinen Namen aus, als wäre er ein anderes Wort für Scheißkerl.

»Deine Aufgabe besteht darin, das zu tun, was ich dir sage.«

Ich räusperte mich. »Was ist mit der Autopsie?«

»Ich habe doch gesagt, dass ich mich darum kümmere, also werde ich es tun. Du meine Güte, wir versuchen einen Mörder zu schnappen, und jetzt muss ich noch Babysitter für Sie spielen.«

Krantz ging hinaus, ohne ein weiteres Wort zu verlieren. Außer Dolan folgten ihm alle anderen Detectives. Wütend und mürrisch blieb sie sitzen.

»Wer hat Sie denn auf dem Kieker, dass Sie mich jetzt am Hals haben?«, fragte ich.

Dolan ging hinaus, ließ aber die Tür offen, damit ich ihr folgen oder es bleiben lassen konnte. Krantz wollte nicht, dass ich eigenmächtig herumlief, aber ich denke, ihr war es egal.

Keiner hatte die beiden getippten Seiten mit meinen Informationen auch nur angefasst oder angeschaut. Ich schnappte sie mir und holte Dolan im Flur ein. »Es wird schon nicht so schlimm werden, Dolan. Das könnte der Beginn einer wunderbaren Freundschaft werden.«

»Seien Sie kein Arschloch.«

Mit einer resignierten Geste folgte ich ihr und versuchte kein Arschloch zu sein.

Als Dolan und ich ins Mannschaftsbüro zurückkamen, unterhielten sich Krantz und Williams mit drei Männern, die wie Cadillac-Verkäufer nach einem schlechten Monat aussahen. Einer der Männer war älter und hatte schneeweiße, kurz rasierte Haare und von der Sonne ausgedörrte Haut. Die anderen beiden warfen mir nur einen kurzen Blick zu und drehten sich wieder weg, doch der rasierte Kopf glotzte mich an, als hätte ich einen Wurm in der Nase.

»Schnappen Sie sich diesen Stuhl und stellen Sie ihn hier rüber«, verlangte Dolan.

Sie stieß einen kleinen Bürostuhl zu mir und deutete zur Wand neben dem Schreibtisch. Auf diesem Platz würde ich aussehen wie ein Schultrottel.

»Kann ich denn nicht an einem Schreibtisch sitzen?«

»An den Schreibtischen wird gearbeitet. Wenn Sie da nicht sitzen wollen, dann gehen Sie nach Hause.«

Sie stolzierte quer durchs Büro. Ihre raschen Schritte wollten sagen, dass sie jedem, der ihr nicht aus dem Weg ging, eins über den Arsch ziehen würde. Mit zwei Akten kam sie zurück und knallte sie auf den kleinen Stuhl. »Die beiden Typen, die das Opfer gefunden haben, heißen Eugene Dersh und Riley Ward. Wir haben sie gestern Abend verhört. Wenn Sie die Protokolle lesen wollen, setzen Sie sich hier hin und lesen Sie. Machen Sie keine Notizen auf die Blätter.«

Dolan ließ sich auf den Stuhl hinter ihrem Schreibtisch fallen, schloss die Schublade auf und holte ihren gelben Block heraus. Sie zog eine regelrechte Schau ab.

Die Akten enthielten die Reinschriften der Verhöre von Dersh und Ward, jede etwa zehn Seiten lang. Ich las die Einleitungen, dann sah ich zu Dolan hinüber. Sie saß immer noch über ihrem Notizblock, ihr Gesicht war grau vor Wut.

»Dolan?«

Sie drehte ihre Augen in meine Richtung, sonst bewegte sich nichts.

»Solange wir zusammenarbeiten, könnten wir doch auch nett zueinander sein, meinen Sie nicht?«

»Wir arbeiten nicht zusammen. Sie sind wie eine von diesen Kakerlaken, die sich unter der Kaffeemaschine eingenistet haben. Je schneller Sie hier weg sind, desto eher kann ich wieder Polizistin sein. Sind wir uns einig darüber?«

»Och, Dolan. Ich bin doch ein ganz netter Kerl. Wollen Sie wissen, was ich über Boris Badenov denke?«

»Heben Sie sich's auf für jemanden, den es interessiert.«

Ich beugte mich vor. »Wir könnten Krantz Grimassen schneiden«, sagte ich leise.

»Wenn Sie das Zeug nicht lesen wollen, verschwenden Sie nicht meine Zeit.« Sie widmete sich wieder ihrem Notizblock.

»Dolan?«

Sie sah auf.

»Lächeln Sie auch mal?«

Wieder zum Notizblock gewandt.

»Ich glaube nicht.«

Ein weiblicher Joe Pike.

Ich las beide Verhöre zweimal. Eugene Dersh war ein selbstständiger Grafikdesigner, der manchmal für Riley Ward arbeitete. Ward war der Besitzer einer kleinen Werbeagentur im Westen von Los Angeles, und die beiden hatten sich drei Jahre zuvor kennengelernt, als Dersh von Ward den ersten Auftrag erhalten hatte. Sie waren auch gute Freunde, wanderten oder joggten dreimal die Woche, gewöhnlich im Griffith Park, zusammen. Dersh ging regelmäßig zum Lake Hollywood, war an dem Samstag dort oben gewesen, an dem Karen Garcia umgebracht worden war, und hatte Ward überredet, ihn am Sonntag zu begleiten, an dem Tag, an dem sie die Leiche entdeckt hatten. Laut Dersh waren sie dem Pfad gleich oberhalb des Sees gefolgt, bis sie durchs Gebüsch hinunter ans Ufer gegangen waren. Ward mochte den Weg nicht besonders, fand ihn schwer zu gehen. Sie wollten gerade wieder zum Pfad hinaufklettern, als sie die Leiche fanden. Keiner der beiden hatte einen Verdächtigen gesehen. Beiden Männern war klar gewesen, dass sie die Spuren am Tatort zerstört hatten, als sie Karen Garcia nach einem Ausweis oder dergleichen durchsucht hatten. In beiden Aussagen stand, dass Ward gemeint hatte, das sollten sie lieber nicht tun, aber Dersh hatte die Leiche dennoch durchsucht. Nachdem Dersh den Führerschein gefunden hatte, hatten sie einen Jogger angehalten und mit dessen Mobiltelefon die Polizei angerufen.

»Habt ihr Dersh auch wegen Samstag verhört?«, fragte ich.

»Er ist zu einer anderen Tageszeit auf der anderen Seite des Sees gelaufen. Er hat nichts gesehen.«

Daran erinnerte ich mich nicht aus dem Verhör und blätterte zurück. »Davon steht hier nichts. Nur, dass er am Samstag oben am See war.«

Ich hielt die Abschrift hoch, doch sie nahm sie nicht.

»Watts hat sich darum gekümmert, nachdem wir den Fall vom Polizeirevier Hollywood übernommen haben. Sind Sie damit jetzt fertig?« Sie streckte ihre Hand aus.

»Nein.«

Ich las im Dersh-Verhör weiter. Wenn Watts Dersh über den Samstag verhört hatte, hatte er möglicherweise Notizen gemacht und diese mit größter Wahrscheinlichkeit genau dort, in dem Mordbuch, niedergeschrieben.

Ich drehte mich zu Watts, der jedoch den Raum verlassen hatte. Und Krantz war auch noch nicht zurück.

»Wie lange kann es dauern, bis er die Sache mit der Autopsie geklärt hat?«

»Krantz kann von Glück reden, wenn ihm klar ist, wo er seinen Arsch findet. Warten Sie's ab.«

»Sagen Sie mir eins, Dolan. Packt Krantz so einen Fall überhaupt?«

Sie sah nicht auf.

»Ich habe ein bisschen rumtelefoniert. Ich weiß, dass Sie eine Top-Polizistin sind. Ich weiß, dass Watts gut ist. Krantz scheint mir eher ein Politiker zu sein, und er ist nervös. Packt er die Sache mit den Ermittlungen, oder wächst sie ihm über den Kopf?«

»Er hat die Leitung, Cole, nicht ich.«

»Wird er die Aussagen von Deege weiterverfolgen? Ist er so gescheit, dass er Dersh zum Samstag befragt?«

Einen Moment schwieg sie, dann beugte sie sich über ihren Block zu mir und richtete den Kugelschreiber auf mich.

»Machen Sie sich keine Sorgen darüber, wie wir die Ermittlungen durchführen. Wenn Sie quatschen wollen, dann tun Sie es mit sich selber. Ich habe keinen Bock darauf. Sind wir uns darüber einig?«

Sie widmete sich wieder ihrem Block, ohne auf eine Antwort zu warten.

»Klar.«

Sie nickte.

Ein muskulöser junger Typ in leuchtend gelbem Bowling-T-Shirt schob einen Postkarren durch die Doppeltür und ging zur Kaffeemaschine. An seinem Gürtel hing eine Dienstmarke, die ihn als Zivilangestellten auswies. Wie auf den meisten Polizeirevieren wurden auch im LAPD Zivilangestellte beschäftigt, um Kosten zu sparen. Die meisten Stellen waren mit jungen Männern besetzt, die hofften, einmal ganz bei der Polizei unterzukommen. Dieser Typ hier verbrachte seinen Tag vielleicht damit, dass er Anrufe beantwortete, Memos von einem Büro ins nächste brachte oder, wenn er Glück hatte, bei Haustürbefragungen half, wenn Kinder vermisst wurden. Weiter würde er es bei seiner Polizeiarbeit wohl nie bringen können.

Ich drehte meinen Kopf zu Dolan. Sie sah mich an.

»Ist es in Ordnung, wenn ich mir einen Kaffee hole?«

»Bedienen Sie sich.«

»Möchten Sie auch einen?«

»Nein. Lassen Sie die Abschriften auf dem Stuhl. Bleiben Sie da, wo ich Sie im Auge habe.« Sieg heil!

Ich schlenderte zur Kaffeemaschine und lächelte den Zivilangestellten an. »Wie ist er?«

»Beschissen.«

Ich goss mir trotzdem eine Tasse ein und probierte. Beschissen.

Auf dem Namensschild stand, dass er Curtis Wood hieß. Da Curtis den ganzen Tag hier war und von Büro zu Büro und von Stockwerk zu Stockwerk ging, wusste er wahrscheinlich, welcher Schreibtisch Stan Watts gehörte. Oder gar, wo Watts das Buch verwahrte. »Diese Dolan ist schon eine Nummer, was?« Der professionelle Detektiv schaltet auf ausgereifte Geheimdiensttätigkeit um, baut unbemerkt eine Beziehung zu dem ahnungslosen zivilen Möchtegern-Polizisten auf. Ich dachte, ich könnte mir einen Weg zu Watts und dem Mordbuch bahnen.

»Man hat eine Fernsehserie über sie gedreht, wissen Sie das?«

»Ja, weiß ich. Hat mir gefallen.«

»Ich würde es nicht erwähnen. Sie wird irgendwie komisch, wenn man damit anfängt.«

Ich lächelte Curtis so freundlich an, wie ich konnte, und

streckte meine Hand aus. »Den Fehler habe ich schon begangen. Elvis Cole.«

»Curtis Wood.« Sein Handschlag verriet, dass er viel Zeit im Sportstudio verbrachte, wahrscheinlich, weil er die Gesundheitsprüfung bestehen wollte. Er schaute auf mein Namensschild.

»Ich helfe Dolan und Stan Watts im Fall Garcia. Kennen Sie Watts?« Der geschulte Detektiv lässt so nebenbei den Namen Watts fallen.

Curtis nickte. »Sind Sie derjenige, der für die Familie arbeitet?«

Diese Typen kriegen doch auch alles mit. »Stimmt.« Man beachte die entspannte Haltung. Man beachte, wie das Subjekt auf den Trick reagiert hat.

Curtis trank seinen Kaffee aus und drehte sich mit seinen breiten Schultern zu mir. »Das Dezernat für Raub und Mord hat die besten Detectives, die es gibt. Wie kann sich ein Arsch wie Sie einbilden, er könnte es besser machen?«

Ohne auf eine Antwort zu warten, schob er den Karren weiter.

So viel zur Geheimdiensttätigkeit.

Ich stand immer noch an der Kaffeemaschine, als Krantz durch die Doppeltür stürmte, mich sah und zu mir kam. »Was machen Sie da?«

»Ich warte auf Sie, Krantz. Seit einer Stunde.«

Er warf einen finsteren Blick auf Dolan, die sich in ihrem Stuhl zurückgelehnt hatte. »Du lässt ihn einfach so rumlaufen?«

»Mein Gott, Harvey, ich bin doch hier. Ich kann ihn erschießen, wenn es sein muss.«

»Ich habe einen Kaffee getrunken«, erklärte ich. Als handelte es sich um einen Fall auf Bundesebene.

Krantz beruhigte sich und drehte sich wieder zu mir. »Gut. Also, Folgendes: Was mit der Autopsie ist, erfahren wir erst heute Nachmittag. Wir geben Ihnen dann Bescheid.«

»Dafür musste ich eine Stunde lang hier warten?«

»Es zwingt Sie keiner hierzubleiben. Bishop meint, Sie können die Berichte haben. Wenn Sie also morgen wiederkommen, kriegen Sie die Kopien davon. Das war's dann.«

Stan Watts tauchte im Flur auf, hinter ihm der rasierte Schädel, nicht aber die beiden anderen Typen. Der rasierte Schädel starrte mich an, als würde ich ihm Geld schulden und er sich überlegen, wie er es zurückbekommen könnte.

Krantz nickte in ihre Richtung. »Gut, Cole, das wär's dann für heute. Sie gehen jetzt.«

»Wenn ich die Berichte kriege, kann ich dann auch eine Kopie von den Dersh- und Ward-Verhören mitnehmen?«

Krantz drehte sich um auf der Suche nach Dolan. »Mach ihm schnell die Kopien.«

»Soll ich ihm auch einen blasen?«

Krantz wurde rot im Gesicht.

»Tja, diese Frau hat's in sich, Krantz.«

»Besorg ihm die dämlichen Kopien, und dann schaff ihn hier raus.« Krantz war schon dabei zu gehen, kehrte aber noch einmal um. »Ach, Cole, ich bin übrigens nicht überrascht, dass Sie alleine hier sind. Ich wusste, dass Pike nicht den Mumm hat, sich hier blicken zu lassen.«

»Oben am See, als er Ihnen direkt ins Gesicht gesehen hat, haben Sie aber nicht solche Reden geschwungen.«

Krantz trat näher. »Denken Sie dran, Ihr zwei seid hier nur geduldet. Das ist immer noch mein Laden, und ich bin immer noch der Chef. Auch das sollten Sie nicht vergessen.«

»Warum hat Pike Sie ›Hose‹ genannt?«

Krantz wurde knallrot, drehte sich um und ging. Ich schielte rüber zu Dolan. Sie lächelte, doch als sie sah, dass ich es bemerkte, verblasste ihr Lächeln. »Bleiben Sie hier, ich mache die Kopien«, sagte sie.

»Ich kann sie doch machen. Zeigen Sie mir nur, wo.«

»Man muss einen Code eingeben. Man will vermeiden, dass wir Gewerkschaftsprospekte oder Drehbücher kopieren.«

Polizisten.

Ein paar Minuten später reichte mir Dolan die Kopien der beiden Verhöre.

»Danke, Dolan. Ich denke, das war's dann.«

»Ich muss Sie nach draußen bringen.«

»Gut.«

Am Fahrstuhl drückte sie den Knopf und starrte auf die Türen, während wir warteten.

»Ich hab's geschafft, was?«, meinte ich.

Sie sah mich an.

»Gerade eben mit Krantz. Sie haben gelächelt.«

Die Fahrstuhltüren öffneten sich, und ich ging hinein.

»Ich sehe Sie dann morgen, Dolan.«

Sie antwortete erst, als sich die Türen bereits schlossen.

»Nicht, wenn ich's irgendwie vermeiden kann.«

Detective-Three Mike McConnell vom Dezernat Interne Ermittlungen war sich sicher, dass er eine schlechte Muschel erwischt hatte. Vor etwa zwei Stunden hatte er in der Kantine der Polizeiakademie zu Mittag gegessen. Als Spezialität hatte es Muscheleintopf nach Neuengland-Art gegeben, und seitdem rumorte es in seinem Darm, als würde der Sturmbock des LAPD zum Einsatz kommen. Er hatte Panik, dass ihn das Schicksal ausgerechnet in der immer belebten Eingangshalle des Parker Centers ereilen würde, wo das Dezernat Interne Ermittlungen seine Büros unterhielt. Oder, schlimmer noch, dass er gerade in dem verdammten Fahrstuhl stehen würde, zusammengepfercht mit der gesamten Leitung des LAPD, ganz zu schweigen von den gottverdammten Mitarbeitern des Bürgermeisters.

Doch bisher lief alles glatt, und Mike McConnell, vierundfünfzig Jahre alt und zwei Jahre vor seiner Pensionierung nach dreißig Dienstjahren, hatte es bis in sein Büro geschafft, um die Fallakte zu holen, und saß jetzt im Verhörzimmer, wo er als Leiter des Dezernats Interne Ermittlungen bei der Befragung durch diesen übereifrigen Hund Harvey Krantz Dampf machen wollte, bevor er sich noch in die Hosen scheißen würde.

Als er eintrat, saß Detective-Two Louise Barshop bereits am Tisch. Innerlich runzelte McConnell die Stirn. Der leitende Ermittler in diesem Fall war dieser Wichser Harvey Krantz, den McConnell hasste, doch er hatte vergessen, dass die dritte Person im Ermittlungsausschuss eine Frau war. Er konnte Louise gut leiden, und sie war eine gute Beamtin, doch in ihm blubberten die schlecht gewordenen Gase des Herrgotts persön-

lich. Er fühlte sich nicht wohl dabei, in Gegenwart einer Frau zu furzen. »Hi, Louise. Wie geht's der Familie?«

»Gut, Mike. Und deiner?«

»Oh, auch gut.« Er überlegte, ob er sie wegen seiner Blähungen warnen oder abwarten sollte, was passieren würde. Im Notfall könnte er ja so tun, als wäre Krantz der Schuldige.

McConnell setzte sich. Er hatte sich für die zweite Strategie entschieden, als Krantz mit einem dicken Stapel Akten unter dem Arm eintrat. Krantz war groß und knochendürr, und seine eng stehenden Augen und die lange Nase ließen ihn aussehen wie einen Papagei. Zum Ermittlungsausschuss war er vor weniger als einem Jahr gekommen, nachdem er die Ermittlungen zu einem Einbruchsdelikt in West Valley mit großem Erfolg abgeschlossen hatte. Weil es sein Fall war, würde er auch die meisten Fragen stellen. Krantz machte keinen Hehl daraus, dass er den Ermittlungsausschuss als Sprungbrett in die obere Führungsebene des LAPD nutzen wollte. Er hatte seine Uniform so schnell wie möglich ausgezogen – McConnell hegte den Verdacht, Krantz hatte Angst auf der Straße – und sich in seiner speichelleckerischen Art alle Sprungbrett-Jobs an Land gezogen, die er für seinen Aufstieg kriegen konnte. Dieses jammernde kleine Aas ließ nie eine Gelegenheit aus, einen wissen zu lassen, dass er seinen Abschluss an der University of Southern California mit Auszeichnung gemacht hatte und an seinem Master-Abschluss arbeitete. McConnell, dessen persönliche Erfahrung mit dem College darin bestand, dass er Ende der Sechziger pflichtbewusst gegen Randalierer gekämpft hatte, war gleich nach der Highschool zu den Marines gegangen und stolz darauf, wie weit er es ohne College-Abschluss gebracht hatte. McConnell hasste Harvey Krantz nicht nur wegen seiner hochmütigen und überheblichen Art, sondern auch, weil dieser kleine Arschkriecher zwei Monate zuvor über seinen Kopf hinweg zum Captain-Supervisor des Ermittlungsausschusses, McConnells Chef, gegangen war und ihm berichtet hatte, dass McConnell bei drei Fällen, an denen Krantz arbeitete, Mist baute. Dieser Wichser. McConnell hatte geschworen, dass er diesen dürren Bastard und seine Karriere zugrunde richten würde, und wenn es das Letzte war, was er während der zwei Jahre leistete, die er noch aussitzen musste, bevor er sich zu seinem Wohnwagen am Strand von Mexiko zurückzog. Mein Gott, nur diesen kleinen Wichser anzuschauen verschaffte McConnell eine Gänsehaut. Ein menschlicher Papagei.

Krantz nickte energisch. »Hallo, Louise. Mr. McConnell.« Immer mit dem »Mr.«, als wollte er den Altersunterschied unterstreichen.

»Hallo, Harvey«, grüßte Louise zurück. »Bist du bereit?«

Krantz glotzte mit seinen Papageienaugen zum leeren Zeugenstuhl. »Wo ist das Subjekt?«

»Meinen Sie den Officer, den wir verhören werden?«, fragte McConnell. Man merkte doch gleich, was Krantz für einer war. Das »Subjekt« – wie in einem Labor für Menschenversuche!

Louise Barshop unterdrückte ein Lächeln. »Er sitzt im Wartezimmer, Harvey. Können wir jetzt anfangen?«

»Ich würde zuerst gern noch ein paar Dinge durchgehen.«

McConnell beugte sich vor, um ihm das Wort abzuschneiden. In seinem unteren Darmbereich hatte sich was gelockert, und er bekam einen Krampf. »Ich kann Ihnen gleich sagen, dass ich mit dieser Sache hier nicht viel Zeit verschwenden will.« Er blätterte in seiner Akte. »Dieser Junge ist Wozniaks Partner, oder?«

Krantz schielte auf seine Papageiennase, und McConnell wusste, dass er sauer war. Gut. Soll er sich doch bei seinem Chef auskotzen. Sein Ruf als Heulsuse ist ihm sicher. »Das stimmt. Wozniak. Ich habe die Ermittlungen selbst in die Wege geleitet, Mr. McConnell, und ich glaube, an der Sache ist was dran.« Er ermittelte gegen einen uniformierten Polizisten namens Abel Wozniak wegen Diebstahl und Hehlerei von Diebesgut. »Als Wozniaks Partner weiß dieser Kerl doch bestimmt Bescheid, selbst wenn er nicht darin verwickelt ist, und ich hätte gerne Ihre Zustimmung, ihn unter Druck zu setzen. Unter heftigen Druck, wenn nötig.«

»Gut, gut, egal. Hauptsache, es dauert nicht lange. Es ist Freitagnachmittag, und ich will hier raus. Wenn sich was ergibt, folgen Sie der Spur, aber wenn dieser Kerl ein unbeschriebenes Blatt ist, will ich keine Zeit damit verschwenden.«

Harvey gab ein stöhnendes Geräusch von sich, mit dem er seinen Missmut ausdrückte, dann eilte er hinaus ins Wartezimmer.

»Harvey ist ein ziemlicher Draufgänger, oder?«, meinte Louise.

»Er ist ein Wichser. Wegen Leuten wie ihm nennt man uns das Ratten-Dezernat.«

Louise drehte ihren Kopf zur Seite, ohne eine Antwort zu geben. Vielleicht war es genau das, was sie auch dachte, doch sie war nicht mit achtundzwanzig Dienstjahren gepolstert, um solche Dinge sagen zu können. Beim Ermittlungsausschuss hatten die Wände Ohren, und man musste vorsichtig sein, in welchen Arsch man heute trat, weil es morgen schon einen selbst treffen konnte.

Der zu Verhörende war ein junger Officer namens Joe Pike.

McConnell hatte am Morgen Pikes Akten gelesen und war beeindruckt. Der Junge war drei Jahre dabei und hatte in seiner Akademieklasse als Viertbester abgeschnitten. Alle Gesundheitstests, die er seitdem absolviert hatte, wiesen Pike als hervorragend aus. Dank seiner Erfahrung wusste McConnell, dass dies an sich keine Garantie gegen Korruption war; viele gescheite und mutige junge Männer würden einen bis auf den letzten Cent ausrauben, wenn man sie nur ließe. Aber selbst nach achtundzwanzig Dienstjahren glaubte Mike McConnell immer noch, dass die Polizisten und Polizistinnen dieser Stadt die besten jungen Menschen waren, die sie zu bieten hatte. Über die Jahre hatte er es sich zur Pflicht – zur Verpflichtung – gemacht, ihren Ruf vor den wenigen unter ihnen zu schützen, die ihn besudeln wollten. Nachdem er Joe Pikes Akte gelesen hatte, freute er sich, diesen Mann kennenzulernen. Wie McConnell war Pike in Camp Pendleton gewesen, doch anders als McConnell, der einfacher Marine gewesen war, hatte Pike seinen Abschluss bei der Elitetruppe der Marines, der Force Recon, gemacht und anschließend in Vietnam gedient, wo er mit zwei Bronzenen Sternen und zwei Roten Herzen ausgezeichnet worden war. Lächelnd blickte McConnell in die Akte und dachte, dass Krantz, dieser blasierte Scheißkerl, der sich zudem noch um seinen Militärdienst gedrückt hatte, es nicht verdiente, sich im selben Raum wie dieser Junge aufzuhalten.

Die Tür ging auf, und Krantz zeigte auf den Stuhl, auf den sich Pike setzen sollte. Die drei Detectives des Ermittlungsausschusses saßen nebeneinander an einem langen Tisch; der Befragte saß in einigem Abstand ihnen gegenüber, um sein Gefühl der Isolierung und Verletzbarkeit zu verstärken. Die übliche Praxis beim Ermittlungsausschuss.

Als Erstes stellte McConnell fest, dass dieser junge Officer ein Musterpolizist war. Makellose Uniform, messerscharfe Bügelfalten an Hose und Hemd, spiegelblank polierte Lederausrüstung und Schuhe. Pike und Krantz waren gleich groß, doch während Krantz dünn und knochig war, war Pike kernig und hart, und sein Hemd war über dem Rücken und an den Oberarmen gespannt. »Officer Pike«, begann McConnell.

»Ja, Sir.«

»Ich bin Detective McConnell, das hier ist Detective Barshop. Die Brille müssen Sie absetzen.«

Pike nahm die Sonnenbrille ab und brachte zwei leuchtend blaue Augen zum Vorschein. Louise Barshop rutschte auf ihrem Stuhl hin und her.

»Brauche ich einen Anwalt, der dabei ist?«, fragte Pike.

McConnell schaltete den Recorder ein, bevor er antwortete. »Sie können einen Anwalt hinzuziehen, aber wenn Sie jetzt nicht auf unsere Fragen antworten – und wir befehlen Ihnen hiermit, uns Rede und Antwort zu stehen – und wir warten müssen, bis irgendein Verteidiger der Polizeigewerkschaft dahergelatscht kommt, werden Sie vom Dienst freigestellt und wegen der Verweigerung behördlicher Befehle eines ranghöheren Officers verklagt. Haben Sie das verstanden?«

»Ja, Sir.« Pike hielt McConnells Blick stand. McConnell dachte, dass das Gesicht dieses Jungen nichts preisgab. Falls er Angst hatte, wusste er sie gut zu verbergen.

»Wünschen Sie einen Anwalt?«

»Nein, Sir.«

»Hat Ihnen Detective Krantz erklärt, warum Sie hier sind?«, fragte Louise Barshop.

»Nein, Ma'am.«

»Wir untersuchen die Behauptung, nach der Ihr Funkwagenpartner Abel Wozniak in einer Reihe von Lagerhauseinbrüchen involviert war oder ist, die während des vergangenen Jahres begangen wurden.«

McConnell wartete auf eine Reaktion, doch Pikes Gesicht war so glatt wie Pisse auf einem Teller. »Wie geht's Ihnen damit, mein Sohn? Was denken Sie, wenn Sie das hören?«

Pike blickte ihn einen Moment an, dann zuckte er fast unmerklich mit den Schultern.

»Seit wann fahren Sie mit Officer Wozniak Streife?«, bellte Krantz.

»Zwei Jahre.«

»Und Sie erwarten, dass wir glauben, Sie hätten von alldem nichts gewusst?«

Die blauen Augen schwenkten zum Papagei. McConnell fragte sich, was wohl hinter diesen Augen stecken mochte. Pike gab keine Antwort.

Krantz erhob sich. Er wanderte gern hin und her, was McConnell ärgerte, aber er wusste, dass es auch die Befragten ärgerte. »Haben Sie jemals Schmiergeld erhalten oder eine Tat begangen, von der Sie wissen, dass sie gegen das Gesetz verstößt?«

»Nein, Sir.«

»Waren Sie jemals Zeuge einer Tat, die Officer Wozniak begangen hat und von der Sie wissen, dass sie gegen das Gesetz verstößt?«

»Nein, Sir.«

Jetzt war Louise Barshop an der Reihe. »Hat Officer Wozniak Ihnen gegenüber jemals erwähnt, dass er solche Taten begeht oder begangen hat, oder hat er jemals Dinge gesagt, woraus Sie schließen konnten, dass er solche Taten begangen hat?«

»Nein, Ma'am.«

»Kennen Sie Carlos Reena oder Jesus Uribe, auch bekannt als die Chihuahua-Brüder?«, fragte Krantz. Reena und Uribe waren Hehler, die von einem Schrottplatz in der Nähe des Whiteman Airport in Pacoima aus agierten.

»Ich weiß, wer sie sind, aber ich kenne sie nicht persönlich.«

»Haben Sie jemals Officer Wozniak mit einem von ihnen gesehen?«

»Nein, Sir.«

»Hat Officer Wozniak die beiden Ihnen gegenüber jemals erwähnt?«

»Nein, Sir.«

Krantz schoss gleich die nächste Frage ab, sobald Pike geantwortet hatte, wurde aber immer wütender, weil Pike die Pausen zwischen Frage und Antwort immer unterschiedlich lang gestaltete, sodass Krantz keine Möglichkeit hatte, einen Rhythmus zu entwickeln. McConnell merkte, dass Pike dies mit Absicht tat, weswegen er ihm einen weiteren Sympathiepunkt gab. Er wusste, dass Krantz wütend war, weil er sein Gewicht von einem Fuß auf den anderen verlagerte. McConnell mochte kein Rumgezappel. Seine erste Frau hatte rumgezappelt, und er hatte sie sich vom Hals geschafft. »Officer Pike«, warf McConnell ein, »ich möchte Sie darauf hinweisen, dass Sie bezüglich dieses Verhörs unter absoluter Schweigepflicht stehen. Sie dürfen niemandem weder von der Tatsache an sich noch vom Inhalt des Verhörs etwas mitteilen. Andernfalls werden Sie wegen Missachtung eines gesetzeskräftigen behördlichen Befehls verklagt und gefeuert. Haben Sie das verstanden?«

»Ja, Sir. Darf ich eine Frage stellen?«

»Schießen Sie los.« McConnell sah auf die Uhr und spürte,

wie sich kalter Schweiß auf seiner Haut bildete. Sie waren erst acht Minuten hier drin, und der Druck in seinem Darm wurde immer stärker. Ob sonst noch jemand das Grummeln da unten hörte?

»Haben Sie den Verdacht, dass ich mit der Sache zu tun habe?«

»Derzeit nicht.«

Krantz starrte McConnell wütend an. »Darüber sind wir uns noch nicht einig, Officer.« Steifbeinig ging Krantz um den Tisch herum und beugte sich vor, sodass die drei ihre Köpfe zusammenstecken konnten. »Lassen Sie mich die Fragen stellen, Mr. McConnell«, sagte er. »Ich versuche, in diesem Menschen eine gewisse Stimmung aufzubauen. Ich muss dafür sorgen, dass er Angst vor mir kriegt.« Als ob McConnell ein inkompetentes altes Arschloch wäre, das Harvey Krantz auf dem Siegeszug bei seiner Wahl zum Chef der Polizei unseres Herrn Jesus Christus im Weg stand.

»Ich glaube nicht, dass das funktioniert, Harvey«, flüsterte McConnell zurück. »Er sieht nicht aus, als hätte er Angst, und ich will die Sache zu Ende bringen.« McConnell war sicher, dass eine größere Explosion bevorstehen würde, wenn er nicht bald ein bisschen Gas ablassen könnte.

Krantz wandte sich zu Pike um und schritt entlang des Tisches hin und her. »Sie erwarten nicht, dass wir Ihnen das glauben, oder?«

Pikes blaue Augen folgten Krantz, doch er sagte nichts.

»Wir sind alles Officer hier. Wir sind alle Streife gefahren.« Krantz kramte in seinem Aktenstapel. »Das Gescheiteste wäre zu kooperieren. Wenn Sie kooperieren, können wir Ihnen helfen.«

»Warum sind Sie zur Polizei gegangen?«, fragte McConnell.

Krantz warf ihm einen finsteren Blick zu. McConnell hätte alles gegeben, um ihm diesen Blick aus dem Gesicht zu prügeln.

»Ich wollte Gutes tun«, antwortete Pike.

Na also, so sind sie, dachte McConnell. Er mochte diesen Jungen. Hatte ihn richtig gern.

Krantz zischte, damit auch ja jeder wusste, dass er sauer war, dann schnappte er sich einen gelben Notizblock. »Sagen Sie uns, ob Sie eine der folgenden Firmen kennen. Baker Metalworks«, bellte er.

»Nein, Sir.«

»Chanceros Electronics.«

»Nein, Sir.«

Vierzehn verschiedene Namen von Firmen ratterte er herunter, die alle im Gebiet des Polizeibezirks Rampart lagen und ausgeraubt worden waren. Auf jeden Namen reagierte Pike mit einem »Nein, Sir«.

Während Krantz die Namen nannte, wurde sein Kreis um Pike immer enger, und McConnell hätte schwören können, dass Pike Krantz mit den Ohren folgte, sich mit den Augen diese Mühe aber nicht machte. McConnell schob eine Hand unter den Tisch und rieb sich den Bauch. Mein Gott.

»Thomas Brothers Auto Parts.«

»Nein, Sir.«

»Wordley Aircraft Supply.«

»Nein, Sir.«

Frustriert knallte Krantz den Block auf den Tisch und beugte sich zu Pike hinab. »Wollen Sie etwa behaupten, Sie kennen keine einzige dieser Firmen?«

»Ja, Sir.«

Mit hochrotem Kopf und vorquellenden Augen beugte sich Krantz über Pike. »Sie lügen!«, schrie er. »Sie stecken mit ihm unter einer Decke, und Sie wandern in den Knast!«

»Ich glaube, auf diesem Weg sind wir weit genug gegangen«, schaltete sich McConnell ein. »Officer Pike scheint die Wahrheit zu sagen.«

»So ein Quatsch, Mike!«, blaffte Krantz zurück. »Dieser Hurensohn weiß was!« Während er dies sagte, stieß er Pikes Schulter mit dem rechten Zeigefinger, und der Rest ging so schnell, dass McConnell kaum etwas erkennen konnte.

McConnell würde später sagen, dass Pike für jemanden, der so ruhig aussah, als würde er gleich einschlafen, wie eine zustoßende Giftschlange aus seinem Stuhl hochgeschnellt war. Mit der linken Hand hatte er Krantz' rechte Hand zur Seite gedreht, mit seiner rechten Krantz an der Kehle gepackt und hochgehoben. So drückte er ihn nach hinten an die Wand, wo er ihn mindestens zehn Zentimeter über dem Boden in der Luft hängen ließ. Harvey Krantz ließ ein Gurgeln hören, und seine Augen quollen hervor. Louise Barshop sprang zurück, griff nervös nach ihrer Handtasche. Auch McConnell sprang zurück. »Treten Sie zurück!«, rief McConnell. »Officer, lassen Sie ihn los und treten Sie zurück!«

Pike ließ ihn nicht los, sondern drückte Harvey Krantz gegen die Wand. Dessen Gesicht wurde dunkelrot, die Augen auf Pike gerichtet wie die eines Rehs, das in Autoscheinwerfer starrt.

»Lassen Sie ihn los, Pike. Lassen Sie ihn sofort los!«, rief Louise Barshop. Sie hatte ihre Tasche mittlerweile gefunden; McConnell dachte, sie würde ihre Beretta rausziehen und auf den Putz hauen wollen.

McConnells Magen zog sich zusammen, als Pike, der nicht

losließ, Krantz etwas ins Ohr flüsterte, das sonst niemand verstehen konnte. Noch jahrelang und bis weit über seine Pensionierung hinaus fragte sich Detective-Three McConnell, was Pike gesagt hatte, weil in diesem Moment der Stille zwischen Schreien und dem Lärm der umfallenden Stühle ein Tröpfeln zu hören war. Alle blickten nach unten, wo der Urin aus Krantz' Hose lief. Dann wurden sie von einem äußerst üblen Geruch eingehüllt. »O Gott«, stöhnte Louise Barshop.

Harvey Krantz hatte sich in die Hosen geschissen.

»Lassen Sie ihn jetzt runter«, forderte McConnell den jungen Officer mit aller Strenge auf, die er aufbieten konnte.

Pike gehorchte, und Harvey kauerte sich zusammen. Seine Augen blitzten vor Wut, gedämpft von seiner Scham, als sich die Sauerei zwischen seinen Beinen ausbreitete. X-beinig torkelte er aus dem Zimmer.

Pike setzte sich wieder, als wäre nichts passiert.

»Also, ich weiß nicht«, sagte Louise Barshop verlegen.

Auch Mike McConnell setzte sich wieder und betrachtete den jungen Officer, der gerade etwas getan hatte, wofür er entlassen werden konnte. »Er hätte Sie nicht anfassen dürfen, mein Sohn«, sagte er zu Pike. »Das ist gegen die Regeln.«

»Ja, Sir.«

»Das ist alles. Wir werden mit Ihnen Kontakt aufnehmen, wenn wir Sie noch einmal brauchen.«

Wortlos stand Pike auf und ging.

»Also, wir können ihn doch nicht einfach so ziehen lassen«, meinte Louise. »Er hat Harvey angegriffen.«

»Überleg doch mal, Louise. Wenn wir ihn verklagen, wird Harvey für den Bericht angeben müssen, dass er sich in die Hosen geschissen hat. Meinst du, dass er das will?«

McConnell schaltete den Recorder ab. Sie würden diesen Teil des Bandes löschen müssen, um den Jungen zu schützen.

Louise drehte den Kopf zur Seite. »Nein. Ich glaube nicht. Aber wir fragen ihn lieber, wenn er wiederkommt.«

»Das ist gut. Wir werden ihn fragen.«

Harvey Krantz wäre dafür, die Sache auf sich beruhen zu lassen, nicht aber Mike McConnell. Während er und Louise peinlich berührt auf Krantz warteten, fiel ihm ein, wie er diesen arroganten, blasierten kleinen Wichser dafür an den Arsch kriegen könnte, dass er ihn einfach übergangen hatte. In weniger als sechs Stunden würde McConnell mit Detective Lieutenant Oscar Munoz und Assistant Chief Paul Winnaeker Karten spielen. Jedermann wusste, dass Winnaeker das größte Klatschmaul im Parker Center war. McConnell plante bereits, wie er die Geschichte einfließen lassen könnte, und freute sich schon, dass sich das Gerücht von Harveys »Unfall« im Polizeirevier so schnell ausbreiten würde wie eine, sagen wir, ansteckende Magen-Darm-Grippe mit kräftigem Durchfall. In der Macho-Welt des Los Angeles Police Departments war nur eins schlimmer als ein Spitzel – ein Feigling. McConnell hatte schon einen Namen, den er dem kleinen Wichser verpassen wollte: Krantz, die Hose. Warte nur, bis Paul Winnaeker das mitkriegt!

Dann spürte McConnell, wie sich sein eigener Darm verknotete, und er wusste, dass die gottverdammte Muschel endlich durchgerutscht war. Er schaukelte vor, erhob sich und sagte Louise, er würde nach Harvey sehen. Seine Arschbacken hatte er fester zusammengekniffen als eine Jungfrau im Puff, als er aufs Männerklo eilte und es gerade noch in die erste freie Kabine schaffte, bevor diese gottverdammte Muschel und der ganze unheilvolle Rest mit lautem Getöse ans Tageslicht kamen.

Als die erste Welle vorüber war, hörte er in der Nachbarkabine Harvey Krantz, der vor Scham schluchzte. »Ist schon gut, Junge. Wir behalten das für uns. Ich glaube nicht, dass es Ihrer Karriere allzu sehr schaden wird.«

Das Schluchzen wurde lauter. Mike McConnell lächelte nur.

9

Den Nachmittag verbrachte ich in meinem Büro damit, auf den Anruf von Krantz wegen der Autopsie zu warten. Anschließend ging ich nach Hause, um dort zu warten. Als ich ins Bett ging, hatte er sich immer noch nicht gemeldet. Ich war sauer. Um zwanzig vor zehn am nächsten Morgen hatte ich immer noch nichts von ihm gehört. Ich rief im Parker Center an und verlangte nach Krantz.

»Er hat keine Zeit«, erklärte Watts.

»Was soll das heißen? Er hat gesagt, er würde anrufen.«

»Wollen Sie auch wissen, wann wir uns den Arsch abputzen?«

»Ich will mich wegen der Autopsie erkundigen. Es sind schon drei Tage seit dem Mord vergangen, und ich sollte dabei sein. Haben Sie die Obduktion vorziehen können oder nicht?« Einen Teil meiner Wut lud ich bei ihm ab.

»Bleiben Sie dran.«

Er schaltete mich in die Warteschleife. Beim LAPD gibt es Musik zu hören. Es wurde das Thema von *Dragnet* gespielt.

Fast zehn Minuten musste ich warten, bis Watts sich wieder meldete. »Die Leiche wird heute Nachmittag geöffnet. Kommen Sie her, und ich lasse Sie hinbringen.«

»Gut, dass ich nachgefragt habe.«

Um Viertel vor elf parkte ich schon wieder in der Sonne vor dem Parker Center, stellte mich der Wache am Eingang vor und verlangte einen Besucherausweis. Diesmal durfte ich alleine hinauffahren, nachdem der Mann das Dezernat für Raub und Mord angerufen hatte. Vielleicht bekamen sie langsam Vertrauen zu mir.

Stan Watts wartete bereits auf mich, als sich die Türen öffneten.

»Sind Sie heute mein Führer, Stan?«

Watts schnaubte verächtlich. »Klar. Ich habe ja schließlich sonst nichts zu tun.«

Im Mannschaftsbüro des Dezernats war es ruhiger als am Tag zuvor. Das einzige Gesicht, das ich wiedererkannte, war das von Dolan. Sie hing mit verschränkten Armen am Telefon und starrte mich an, als hätte sie mich erwartet.

Ich blieb stehen, Watts ebenso. »Schon wieder Dolan?«

»Dolan.«

»Ich glaube nicht, dass sie mich mag.«

»Sie mag niemanden. Nehmen Sie es nicht persönlich.«

Watts führte mich zu ihr. »Dann lasse ich euch zwei Turteltäubchen mal alleine.«

Dolan legte die Hand über den Hörer. »Ach, komm schon, Stan. Kann ich denn nicht diesen Anrufen nachgehen? Wieso bringt ihn nicht jemand anderes dorthin?«

Watts war schon auf dem Rückmarsch. »Krantz sagt, du machst das.«

Sie zog eine Grimasse. »Diese beschissene Hose.«

Watts lachte, drehte sich aber nicht um.

»Hallo, Dolan. Lange nicht gesehen«, grüßte ich.

Sie zeigte auf den kleinen Bürostuhl, auf den ich mich aber nicht setzte.

Dolan dankte wem auch immer am anderen Ende der Leitung für die Kooperation, bat um einen Rückruf, falls er oder sie sich noch an etwas anderes erinnern sollte, und legte auf. Oder vielmehr knallte sie den Hörer auf die Gabel.

»Sieht aus, als ob wir heute noch so einen schönen Tag haben werden«, meinte ich.

»Ganz wie Sie meinen.«

Die Fahrt vom Parker Center zum gerichtsmedizinischen Institut dauert normalerweise fünfzehn Minuten, doch schon als Dolan aus dem Parkhaus fuhr, dachte ich, wir würden es in fünf schaffen, selbst in dem klapprigen LAPD-Wagen, den sie von der Fuhrparkleitung zugewiesen bekommen hatte. Wütend hatte Dolan das mobile Funkgerät ausgeschaltet, sobald sie sich hinter das Lenkrad gesetzt hatte, und das Radio auf einen alternativen Rocksender gedreht, in dem »Shove« von L7 geplärrt wurde, einer Mädchenband mit aggressiven, provokanten Texten als Markenzeichen.

»Ist irgendwie schwer, sich zu unterhalten, wenn die Musik so laut ist, meinen Sie nicht?«, sagte ich.

Mit einer rauchenden Gummispur hinter uns jagten wir vom Parkplatz. Ich nehme an, sie war nicht meiner Meinung.

Die L7-Sängerin schrie, dass ihr ein Typ in den Arsch gekniffen hätte. Die Worte klangen wütend; die Musik war es noch mehr. Genauso war Samantha Dolan. Alles in ihrem Benehmen drückte das aus und machte gleichzeitig klar, dass ich es auch mitbekommen sollte.

Ich legte den Sicherheitsgurt an, lehnte mich zurück und schloss die Augen. »Die Musik trifft's zu gut, Dolan. Sie sollte im Widerspruch zu Ihrem Charakter stehen, dann wäre die Botschaft viel dramatischer. Versuchen Sie es mal mit Shawn Colvin.«

Dolan riss den Wagen um einen Lieferwagen herum und überfuhr an einer Kreuzung eine Ampel, die gerade auf Rot geschaltet hatte. Lautes Hupen, das sie mit einem Stinkefinger überging.

Ich machte eine große Schau aus meinem Gähnen. Noch so ein Tag beim Auto-Crash.

Wir röhrten an einer Gruppe kleiner, gedrungener Leute vorbei, die die Straße überqueren wollten, um ihren Bus noch zu erwischen. Wir verpassten sie um mindestens fünf Zentimeter. Ein bisschen Platz wäre ja noch gewesen.

»Dolan, gehen Sie doch vom Gas runter, bevor Sie noch jemanden umbringen.«

Sie drückte das Pedal noch weiter durch, als wir die Auffahrt zum Freeway hinaufrasten.

Ich griff auf die Fahrerseite hinüber und drehte den Zündschlüssel um. Der Motor erstarb.

»Sind Sie jetzt völlig durchgedreht?«, schrie sie.

Sie trat auf die Bremse und kämpfte mit der eingerasteten Lenkung, als sie den Wagen am Rand der Auffahrt zum Stehen bringen wollte. Schwer atmend blickte sie mich schließlich an.

»Es tut mir leid, dass Sie die Scheiße von einem einfallslosen Arschkriecher wie Krantz fressen müssen, aber das ist nicht meine Schuld.«

Hinter uns wurde gehupt. Vielleicht hatte ich da einen

wunden Punkt getroffen, weil ihre Augen zuckten und sie tief Luft holte.

»Ich vermute, dass Sie die Leitung an dem Fall übernehmen sollten. Ich vermute, es ist schwer zu akzeptieren, dass es nicht so gekommen ist.«

»Sie kennen mich zu wenig, um so was sagen zu können.«

»Ich weiß, dass Krantz Angst vor Ihnen hat, Dolan. Er hat vor jedem Angst, der seine Stellung bedroht, deswegen müssen Sie Arbeiten erledigen, die kein anderer tun will. Auf mich aufpassen, zum Beispiel, und Kopien machen und im Auto hinten sitzen. Ich weiß, dass Ihnen das nicht gefällt. Das muss es auch gar nicht, weil Sie zu gut dafür sind.« Ich zuckte mit den Schultern. »Außerdem sind Sie eine Frau.«

Sie blickte mich an, diesmal aber nicht wütend. Sie hatte hübsche Hände mit langen, schlanken Fingern. Kein Ehering. Sie trug eine Armbanduhr von Piaget, und die Nägel waren so gut manikürt, dass ich bezweifelte, dass sie sie selbst so hinbekommen hatte. Ich vermute, die Fernsehserie, war sie auch noch so beschissen gewesen, hatte auch ihr Gutes für Dolan gehabt.

Sie befeuchtete ihre Lippen und schüttelte den Kopf. Als würde sie sich wundern, woher ich diese Dinge wusste.

Ich spreizte die Finger. »Ich bin ein guter Ermittler, Dolan. Ich sehe und höre alles.«

Sie blickte aus dem Fenster, dann nickte sie.

»Wenn Sie wollen, dass wir miteinander auskommen, können wir's ja mal versuchen.«

Widerwillig. Keinerlei Bestätigung dessen, was ich gesagt

hatte. Nicht einmal Krantz gab sie die Schuld. Na gut, sie war schon ein harter Brocken.

Dolan ließ den Wagen wieder an. Zehn Minuten später hatten wir die lange, gebogene Einfahrt zum rückwärtigen Parkplatz des gerichtsmedizinischen Instituts erreicht, das hinter der medizinischen Fakultät der University of Southern California lag.

»Waren Sie schon mal hier?«, fragte Dolan.

»Zweimal.«

»Ich war schon zweihundertmal hier. Versuchen Sie nicht, den harten Mann zu spielen. Wenn Sie kotzen müssen, gehen Sie raus an die frische Luft.«

»Klar.«

Der Hintereingang führte in einen gelb gekachelten Flur, wo uns bereits der typische Geruch entgegenschlug. Er war gar nicht so unerträglich, erinnerte eher an ein schlecht gewordenes Hühnchen, aber man wusste, dass man ihn sonst nirgends zu riechen bekam. Eine Kombination aus Desinfektionsmitteln und Fleisch. Irgendwo auf einer primitiven Ebene unterhalb des Bewusstseins wurde einem klar, dass dieses Fleisch dem eigenen sehr ähnlich war und dass man den eigenen Tod roch.

Dolan zeigte einem älteren Mann hinter dem Empfangsschalter ihre Dienstmarke, und wir erhielten jeweils einen kleinen Mundschutz aus Papier. »Die müssen wir aufsetzen. Hepatitis.«

Echt super.

Nachdem wir die Masken aufgesetzt hatten, führte mich Dolan den Flur entlang und durch eine Doppeltür hindurch in eine lange gekachelte Höhle mit acht Stahltischen.

Um jeden Tisch herum standen Lampen und Beistellwagen mit Instrumenten, die ganz ähnlich aussahen wie die beim Zahnarzt. An jedem Tisch arbeiteten in Grün gehüllte Mediziner. Da ich wusste, dass sie an menschlichen Wesen arbeiteten, versuchte ich so zu tun, als wäre dem nicht so. Man muss auch mal die Augen vor den Tatsachen verschließen können.

Am letzten Tisch hatten Krantz und Williams ihre Köpfe mit dem rasierten Schädel und seinen beiden Begleitern zusammengesteckt. Die fünf unterhielten sich mit einer älteren, übergewichtigen Dame, die grüne OP-Kleidung, Gummihandschuhe und eine Baseballmütze der Los Angeles Dodgers trug. Die Gerichtsmedizinerin.

Karen Garcia lag auf dem Tisch, und schon aus dieser Entfernung konnte ich sehen, dass die Autopsie zu Ende war. Die Leichenbeschauerin sagte etwas zu zwei Laboranten, von denen einer die Leiche mit einem kleinen Schlauch abspritzte. Blut und Körperflüssigkeit flossen durch eine Rinne im Tisch und verschwanden in einem Rohr. Die Leiche war geöffnet worden, und nun verdeckte ein blaues Tuch den oberen Teil des Kopfes. Die Autopsie hatte ohne mich stattgefunden.

Der rasierte Schädel bemerkte uns zuerst und sah uns schief an. Krantz drehte sich um, als wir näher kamen. »Wo waren Sie bloß, Cole? Die Autopsie war um neun. Alle wussten das.«

»Sie hätten mich anrufen sollen. Sie wussten, dass Karens Vater wollte, dass ich dabei bin.«

»Ich habe eine Nachricht hinterlassen, dass man Sie verständigt. Hat Sie niemand angerufen?«

Ich wusste, dass er log. Ich war nicht sicher, warum er log oder weswegen er mich nicht bei der Autopsie dabeihaben wollte, aber dass er log, war so sicher wie das Amen in der Kirche. »Was soll ich jetzt ihrer Familie erzählen?«

»Sagen Sie ihr, wir hätten die Sache vermasselt. Ist es das, was Sie hören wollen? Ich werde es ihrem Vater selbst erklären, wenn Sie wollen.« Er deutete zur Leiche. »Lasst uns hier rausgehen. Dieser Gestank ruiniert meine Klamotten.«

Wir gingen hinaus in den gekachelten Flur, wo wir die Masken absetzten. Williams sammelte sie ein und warf sie in einen speziellen Behälter.

Ich trat zum rasierten Schädel. »Wir kennen uns noch nicht. Ich bin Elvis Cole, derjenige, der von der Familie beauftragt wurde. Und wer sind Sie?«

Der rasierte Schädel grinste Krantz an. »Wir warten im Wagen, Harvey.«

Ich drehte mich wieder zu Krantz. »Was ist mit Ihnen los, Krantz? Wer sind diese Typen? Warum wollten Sie mich nicht dabeihaben?«

»Irgendwie habe ich mich vertan, Cole. Mehr brauche ich wohl nicht zu sagen. Hören Sie, wenn Sie wieder da reingehen und die Leiche selbst untersuchen wollen, bitte schön. Wenn Sie mit der Medizinerin reden wollen, tun Sie das. Das Mädchen starb an einer 22er-Kugel, genau so, wie wir gedacht hatten. Wir haben die Kugel gefunden, aber sie ist wohl zu deformiert, um Rückschlüsse auf die Waffe ziehen zu können. Das weiß ich allerdings noch nicht mit Sicherheit.«

Williams schüttelte den Kopf. »Auf keinen Fall. Über die Waffe wird man nichts sagen können. Glauben Sie mir.«

Krantz zuckte mit der Schulter. »Gut, der Experte sagt: keine Rückschlüsse. Was wollen Sie sonst noch wissen? Es gab keine Anzeichen eines Kampfes oder eines sexuellen Angriffs. Wir haben die Leiche auf Fingerabdrücke und Fasern überprüft, haben aber nichts gefunden. Hören Sie, Cole, ich weiß, dass Sie dabei sein sollten, aber das waren Sie nicht. Was hätten wir tun sollen? Wenn wir den Zeitplan nicht eingehalten hätten, hätten wir wieder drei oder vier Tage warten müssen. Wollen Sie die Leichen sehen, die dort in den Kühlfächern liegen?«

»Ich will den Autopsiebericht.«

»Klar. Sie wollen den Bericht, in Ordnung. Könnte morgen oder übermorgen fertig sein.«

»Den Tatortbericht will ich auch.«

»Habe ich doch schon gesagt, dass Sie den bekommen, oder? Wir werden Ihnen den Bericht ausdrucken, wenn wir den Autopsiebericht haben. Auf diese Weise kriegen Sie alles auf einmal. Die Sache tut mir wirklich leid, Cole. Wenn es für den Vater ein Problem ist, werde ich auch ihm sagen, dass es mir leid tut.«

»Es tut also allen leid, versteh ich das richtig?«

Krantz wurde rot im Gesicht. »Ich brauche mir von einem Freiberufler wie Ihnen keine Frechheiten anzuhören. Sie sind doch bloß ein Gaffer. Wären Sie Polizist, würden Sie wissen, dass wir uns den Arsch aufreißen. Bruly und Salerno klopfen oben am See an jeder Tür. Keiner hat irgendwas gesehen. Wir haben bisher zwei Dutzend Leute verhört, keiner weiß irgendwas. Alle haben dieses Mädchen gemocht, und keiner hatte ein Motiv, sie zu töten. Wir sitzen nicht einfach bloß rum.«

»Haben Sie Dersh nach dem Geländewagen gefragt?«

»Ach, Cole, jetzt hören Sie schon auf.«

»Was ist mit dem Obdachlosen? Hat ihn jemand verhört?«

»Verdammte Scheiße. Ich brauche niemanden, der mir sagt, was ich zu tun habe.«

Krantz und Williams gingen davon.

»Das ist die totale Verarsche, Dolan, und das wissen Sie.«

Dolan öffnete den Mund, als wollte sie etwas sagen, dann schloss sie ihn wieder. Diesmal schien sie nicht wütend zu sein. Sie wirkte verlegen. Ich dachte, wenn die Typen ein Geheimnis hatten, wusste sie Bescheid.

Wir fuhren im selben rasanten Tempo zum Parker Center zurück, doch diesmal bat ich sie nicht, langsamer zu fahren. Als sie mich im Parkhaus absetzte, ging ich zu meinem Wagen, der die Mittagszeit über in der Sonne gestanden hatte. Er war heiß, aber wenigstens hatte niemand darin herumgewütet. Selbst vor dem Polizeigebäude kann so was passieren.

Ich fuhr los, aber nur einen Block weit, wo ich vor einem Taco-Laden anhielt und vom Münztelefon aus eine Freundin bei der Kfz-Zulassungsstelle anrief. Fünf Minuten später hatte ich die Adressen von Eugene Dershs Wohnung und Büro sowie die Telefonnummer. Die Adressen waren identisch.

Ich rief ihn an. »Mr. Dersh, mein Name ist Elvis Cole«, meldete ich mich. »Ich rufe aus dem Parker Center an. Macht es Ihnen was aus, wenn ich kurz vorbeikomme und Ihnen noch ein paar Fragen über die Sache am Lake Hollywood stelle? Es wird nicht lange dauern.«

»Kein Problem. Arbeiten Sie mit Stan Watts zusammen?« Watts war derjenige, der ihn verhört hatte.

»Stan ist auch hier im Parker Center. Ich habe gerade mit ihm geredet.«

»Kennen Sie den Weg?«

»Ich werde ihn finden.«

»Gut, bis später.«

Wenn Krantz ihn nicht wegen des Geländewagens befragen wollte, würde ich das eben übernehmen.

Dersh wohnte in einem kleinen Bungalow im California-Stil im alten Teil von Los Feliz gleich südlich des Griffith Park. Die meisten Häuser waren mit spanischem Stuck verziert, die Dachschindeln ausgebleicht, und die meisten Bewohner schienen schon etwas älter zu sein, aber wenn sie starben, kauften jüngere Leute wie Dersh die Häuser und renovierten sie. Dershs Haus war ordentlich in hellen Santa-Fe-Erdfarben gestrichen, und nach dem äußeren Eindruck zu urteilen, hatte er viel Arbeit reingesteckt.

Ich stellte meinen Wagen ab, ging zur Haustür und klingelte. Um einige Häuser herum war noch die Asche von den Waldbränden zu sehen, doch bei Dersh war alles sauber. Offenbar hatte er hier draußen nass aufgewischt. Eine Matte vor der Tür begrüßte mich mit »Willkommen an Bord«.

Ein kleiner, gedrungener Mann Ende dreißig öffnete lächelnd die Tür. »Sind Sie Detective Cole?«

»Ja, ich bin der Detective.«

Er streckte seine Hand aus. »Gene Dersh.«

Dersh führte mich in ein hübsches Zimmer mit gebleichtem Eichenboden und in leuchtenden Farben gehaltenen modernen Bildern an den weißen Wänden. »Ich trinke gerade Kaffee. Möchten Sie auch eine Tasse? Es ist kenianischer.«

»Nein, danke.«

Das Zimmer führte in ein anderes an der Rückseite des Hauses. Darin standen ein großer Ateliertisch, Töpfe mit Pinsel und Markierstiften und ein High-End-Power-Mac. Im Hintergrund spielte klassische Musik, und in der Luft hing der Geruch von Markierstiften und Kaffee. Es war gemütlich hier. Dersh trug Hosen mit Bügelfalte und ein weites Polo-Hemd, bei dem oben eine Menge Brusthaare hervorquollen. Einige davon waren schon grau. An den Fingern hatte er Tintenflecke. Offenbar war er am Arbeiten.

»Es wird nicht lange dauern, Mr. Dersh. Ich habe nur ein paar Fragen.«

»Sagen Sie ruhig Gene zu mir.«

»Danke, Gene.« Wir setzten uns auf das dick gepolsterte grau-grüne Sofa.

»Sie brauchen sich nicht so zu beeilen. Ich meine, was muss das für ein Horror für die arme Frau gewesen sein, so umgebracht zu werden. Wenn es irgendwas gibt, womit ich helfen kann, werde ich das gerne tun.« Beim Verhör mit Watts war er genauso auf seine Kooperationsbereitschaft bedacht gewesen. Manche Menschen sind so – begeistert davon, zu den Ermittlungen über ein Verbrechen beitragen zu können. Riley Ward war zurückhaltender gewesen und hatte sich sichtlich unwohl in seiner Haut gefühlt. Tja, so können Menschen auch reagieren.

»Sie sind heute nicht der Erste«, sagte er. »Als Sie angerufen haben, dachte ich, es seien wieder welche vom Fernsehen.«

»Das Fernsehen hat angerufen?«

Er trank von seinem Kaffee und stellte den Becher auf den Tisch. Seine Augen leuchteten. »Ein Reporter von Channel 4 war heute Morgen hier. Channel 7 hat auch angerufen. Sie wollten wissen, wie es war, als wir ihre Leiche gefunden haben.« Er versuchte missbilligend zu klingen, aber man merkte, dass er es prickelnd fand, dass Nachrichtensender mit Kameras und Scheinwerfern gekommen waren, um mit ihm zu reden. Noch nach Jahren würde er diese Geschichte auskosten.

»Ich werde heute Abend mal den Fernseher einschalten. Vielleicht erwische ich Sie.«

Er nickte lächelnd. »Ich werde es auf Video aufnehmen.«

»Gene, Sie waren doch am Samstag auch oben am See, oder?«

»Ja, das stimmt.«

»Erinnern Sie sich an einen roten oder braunen Geländewagen, so was Ähnliches wie einen Range Rover oder Toyota Four Runner oder eins von diesen Dingern? Vielleicht hatte der Wagen geparkt? Vielleicht kam er gerade an oder fuhr weg?«

Dersh schloss die Augen, dachte darüber nach, dann schüttelte er enttäuscht den Kopf. »Nein, ich glaube nicht. Aber diese Dinger gibt's doch wie Sand am Meer.«

Ich beschrieb ihm Edward Deege. »Haben Sie einen Kerl wie ihn da oben gesehen?«

Er runzelte die Stirn, dachte wieder nach. »Am Samstag?«

»Samstag oder Sonntag.«

Das Stirnrunzeln wurde zu einem Schielen, doch er schüttelte wieder den Kopf. »Tut mir leid. Ich kann mich absolut nicht daran erinnern.«

»Ich wusste, dass die Chancen schlecht stehen würden, aber es war einen Versuch wert.«

»Heißt das, dass der Mann oder der Wagen was mit dem zu tun haben, was passiert ist?«

»Weiß nicht, Gene. Wenn wir eine Spur finden, müssen wir ihr nachgehen, das wissen Sie doch, oder?«

»Klar. Ich wünschte nur, ich könnte Ihnen helfen.«

»Kennen Sie jemanden, der vielleicht am Samstag auch da oben war?«

»Hm-mh.«

»Mr. Ward war am Samstag nicht mit Ihnen oben?« Wenn Ward auch dort gewesen war, könnte ich ihn ebenfalls befragen.

»Nein, Riley war mit mir am Sonntag am See. Vorher war er noch nie da gewesen. Können Sie sich das vorstellen? Riley, der hier geboren ist! Er wohnt drei Kilometer vom See entfernt und war noch nie da.«

»Ich kenne Leute, die noch nie in Disneyland waren.«

Dersh nickte. »Erstaunlich.«

Ich erhob mich und dankte ihm für die Zeit, die er sich für mich genommen hatte.

»Mehr wollten Sie nicht wissen?«

»Hab doch gesagt, dass es nicht lange dauern würde.«

»Vergessen Sie nicht. Channel 4.«

»Ich werde einschalten.«

Dersh nahm seine Tasse Kenia-Kaffee mit zur Tür. »Detective Cole? Werden Sie, äh, die Familie der Frau sehen?«

»Ja.«

»Würden Sie ihnen sagen, wie leid es mir tut? Und Ihnen mein Beileid ausdrücken?«

»Sicher.«

»Ich dachte, ich könnte einmal vorbeischauen, da ich ja derjenige war, der die Leiche entdeckt hat. Ich und Riley.«

»Ich werde es ihrem Vater sagen.«

Mit gerunzelter Stirn hob er die Tasse zum Mund. »Wenn ich mich noch an irgendwas erinnere, werde ich auf jeden Fall anrufen. Ich möchte Ihnen helfen. Ich will wirklich helfen, damit derjenige geschnappt wird, der das getan hat.«

»Wenn Ihnen noch etwas einfällt, rufen Sie Watts an. Okay?«

»Ich soll Stan anrufen, nicht Sie?«

»Ja, das wäre besser.«

Ich dankte ihm nochmals, dann ging ich zum Wagen. Ich hatte eigentlich nicht erwartet, dass Dersh den Geländewagen gesehen hatte, aber, wie ich ihm erklärt hatte, wenn man eine Spur hat, muss man ihr nachgehen. Vor allem wenn die Polizei es nicht tut.

»He, Krantz, was war jetzt so schwierig daran? Hat doch nur eine Viertelstunde gedauert.« Der Detektiv, der mit sich selber spricht.

Ich arbeitete mich die Hänge südlich nach Franklin hinab, dann nach Osten Richtung Hollywood. Der Verkehr war furchtbar, aber mir ging es besser, auch wenn ich nicht viel in Erfahrung gebracht hatte. Handeln ist besser als Zuschauen, und jetzt fühlte ich mich wie ein Macher, auch wenn ich gar nichts hätte machen sollen. Ich überlegte, ob ich Dolan anrufen und ihr sagen sollte, dass Krantz wegen des Geländewagens nicht mehr zu Dersh zu gehen bräuchte. Es würde mir bestimmt leicht fallen, mich ziemlich blasiert dabei anzuhören, aber Dolan wäre wahrscheinlich nicht beeindruckt. Außerdem würden sie früher oder später ohnehin herausfinden, dass ich bei Dersh gewesen war. Käme ich Krantz mit einem Geständnis zuvor, wäre der Schlag, der ihn treffen würde, vielleicht weniger schlimm, aber man konnte ja nie wissen. Ich hoffte, der Schlag würde heftiger ausfallen.

Ich fuhr aus Franklin heraus in der Hoffnung, dem Verkehr zu entkommen, doch auf den Straßen sah es überall übel aus. In Hollywood war an einer U-Bahn-Baustelle die Erde wie eine Aknenarbe eingesunken, und Cal Trans hatte mehrere Straßen gesperrt. Ich bog nach Westen ab Richtung Hollywood Boulevard, wo der Verkehr aber noch dichter war. Schließlich fuhr ich in eine der kleinen Seitenstraßen, um dem Schlimmsten zu entkommen. Dies war der Moment, in dem ich die dunkelblaue Limousine hinter mir bemerkte, die ich schon gesehen hatte, als ich die Hügel hinuntergefahren war.

Zuerst hielt ich es für nichts Besonderes. Auch andere Autos bogen ab, um vor dem Verkehr zu fliehen, andererseits aber waren sie mir nicht seit Franklin gefolgt.

In Hollywood floss der Verkehr etwas freier. Ich fuhr unter dem Freeway hindurch, bog nach Norden ab und hielt vor einem Blumenladen mit großen, auf Spanisch beschriebenen Schildern. *Rosas $2,99.*

Die Limousine fuhr vorbei. Zwei Männer mit Sonnenbrille saßen darin. Sie machten sich über etwas lustig und gaben sich Mühe, so zu tun, als hätten sie kein Interesse an mir. Das hatten sie ja vielleicht auch gar nicht. Vielleicht war das alles nur Zufall.

Ich notierte mir ihr Kennzeichen, bevor ich ein Dutzend Rosen für Lucy kaufte. Glückliche Zufälle sollte man nicht ungenutzt lassen.

Ich wartete, bis der kleine Salvadorianer vor dem Blumenladen sein Gespräch am Münztelefon beendet hatte, dann rief ich meine Freundin bei der Kfz-Zulassungsstelle wieder an. Ich bat sie, die Nummer zu überprüfen, und wartete.

Nach ein paar Sekunden war sie wieder dran. »Bist du dir sicher mit der Nummer?«

»Ja, warum?«

»Ich habe die Meldung »keine ID« erhalten. Soll ich noch mal prüfen?«

»Nein, danke. Ist schon in Ordnung.«

Ich hängte ein, nahm die Rosen mit zum Auto und stieg ein.

»Keine ID« bedeutet, dass ein Wagen beim Los Angeles Police Department zugelassen ist.

10

Wie ein schlapper Luftballon ging die Sonne hinter der Stadt unter, als ich zu Lucys Wohnung kam. Außer den Blumen hatte ich noch Lebensmittel besorgt und war an einem Spirituosenladen vorbeigefahren, hatte aber die ganze Zeit über den Rückspiegel im Auge behalten. Die blaue Limousine war nirgends mehr zu sehen gewesen, und falls mich jemand anderes verfolgt hatte, hatte ich es nicht bemerkt.

Lucy nahm eine kleine Tasche für die Nacht mit, als wir kurze Zeit später wieder zum Auto gingen.

»Hat alles geklappt mit Bens Tennislager?«

»Sobald er die anderen Kinder gesehen hatte, war alles in Butter. Ich habe die Rufumleitung auf dein Telefon eingestellt. Ich hoffe, es macht dir nichts aus.«

»Natürlich nicht. Bist du sicher, dass du nicht deinen eigenen Wagen nehmen willst?«

»Das ist viel romantischer so. Mein Liebhaber entführt mich in sein Liebesnest in den Bergen zu einer leidenschaftlichen Nacht. Ich kann meinen Wagen morgen holen.«

Ich hatte mein Haus nie als Liebesnest gesehen, aber irgendwann ist immer das erste Mal.

»Was ist in der Tasche?«

Sie lächelte mich von der Seite her an. »Etwas, das dir gefallen wird. Eine Überraschung.«

Ein Liebesnest zu haben war vielleicht gar nicht so schlecht.

Es tat gut, mit ihr zusammen zu sein – und allein mit ihr zu sein. Wir hatten viel gemeinsam unternommen, seit sie in L.A. wohnte, aber immer waren Ben oder andere Leute dabei gewesen. Zudem hatten wir den größten Teil unserer Zeit mit ihrem Umzug verbracht. Dieser Abend jedoch gehörte nur uns. Ich wollte es so, und zu wissen, dass sie es auch wollte, machte die Sache zu etwas Besonderem. Wir fuhren schweigend, wechselten kaum ein Wort, lächelten uns aber an, wie Verliebte es tun. Die Rosen lagen auf ihrem Schoß, und hin und wieder hob sie sie an ihre Nase.

Als wir ans Liebesnest kamen, parkte Joes Jeep davor.

Lucy lächelte mich an. »Bleibt Joe auch über Nacht?«

Ha-ha. Diese Lucy. Was für ein Scherzkeks, hä?

Wir brachten die Lebensmittel und die Rosen durch die Küche ins Haus. Pike stand in meinem Wohnzimmer. Jeder andere hätte gesessen, aber er stand einfach da und hielt die Katze auf dem Arm. Als die Katze Lucy sah, wand sie sich aus Joes Armen, rannte zur Treppe und fauchte.

»Wie nett«, sagte Lucy. »Immer ein herzliches Willkommen.«

Joe sah auf die Rosen und die Einkaufstüten. »Tut mir leid. Ich hätte anrufen sollen.«

»Hätte nichts geschadet.«

Lucy ging zu ihm und küsste ihn auf die Wange. »Sei nicht albern. Nimm dir einfach vor, nicht allzu lange zu bleiben.«

Pikes Mundwinkel zuckte. »Ich habe den Bericht des Kriminologen. Ich dachte, du würdest ihn sehen wollen.«

Ich blieb mit den Einkaufstüten stehen. »Krantz hat gesagt, er wäre frühestens morgen fertig.«

Pike nickte in Richtung des Esszimmertisches.

Ich stellte die Tüten auf den Küchentresen und ging zum Tisch, wo ein Exemplar des kriminologischen Berichts von der Spurensicherung lag, unterzeichnet von John Chen. Ich blätterte durch ein paar Seiten und sah, dass der Bericht die Beweise aufführte, die am Tatort gefunden worden waren. »Woher hast du das?«

»Von dem Typen, der ihn geschrieben hat. Habe die Kopie heute Morgen erhalten.«

»An der ganzen Sache ist was komisch, Joe.«

»Irgendwas ist immer komisch hier«, entgegnete Lucy. »Schließlich sind wir in Los Angeles.« Sie zog eine Flasche Dom Pérignon aus einer der Tüten. Neunundachtzig fünfundneunzig, im Sonderangebot. »Nicht übel, Mr. Cole. Ich fange gleich an zu schnurren.«

Ich winkte ab, als sei es nichts Besonderes. »Standardverpflegung im Liebesnest.«

»Liebesnest?«, wiederholte Pike.

Ich sah ihn an und runzelte die Stirn. »Pass auf, dass du uns nicht die Illusion nimmst.«

Pike ging zum Kühlschrank, holte eine Flasche Abita-Bier raus und hielt sie in meine Richtung.

»Klar.«

Und in Lucys Richtung.

»Nein, Süßer, aber trotzdem danke.« Joe Pike wird Süßer genannt. Wunderbar.

Joe nahm eine zweite Flasche und brachte sie mir. Abita-Bier ist dieses supergeile Zeug, das aus Louisiana kommt. Lucy hatte fünf Kästen mitgebracht, als sie hierher gezogen war.

»Luce, macht's dir was aus, wenn ich das hier lese?«, fragte ich.

»Überhaupt nicht. Ich räume die eingekauften Sachen weg und tue so, als ob wir es zusammen täten. Ich tue so, als hätten wir nette romantische Musik aufgelegt und als würdest du mir ein Gedicht vorlesen. Auf diese Weise kann ich so tun, als würde ich in Ohnmacht fallen.«

Ich sah zu Joe hinüber. Er zuckte mit den Schultern.

Der Bericht war einfach geschrieben und wegen seiner Klarheit leicht zu lesen. Auf zwei detaillierten Zeichnungen waren die Position der Leiche, die Blutflecke und die Beweisstücke vermerkt. Die erste Zeichnung zeigte den unteren Teil, die kleine Schlucht, wo Karens Leiche gefunden worden war, die zweite den Teil oben auf dem Vorsprung, wo der Schuss gefallen sein musste. Chen hatte den Fund mehrerer Kaugummipapiere, eines noch nicht identifizierten dreieckigen Plastikteils und einer Patronenhülse eines Federal Arms Long Rifle Kaliber .22 sowie mehrerer Schuhabdrücke notiert, die als Ganzes oder auch nur teilweise erhalten waren. Die Kaugummipapiere, das Plastikteil und die Patronenhülse würden untersucht werden, doch aus der Größe des Schuhabdrucks hatte Chen auf das Körpergewicht des Mörders geschlossen. Diesen Teil las ich laut. »Der Täter trägt Schuhgröße vierundvierzig bei einem geschätzten Körpergewicht von neunzig Kilo. Fotos des Schuhabdrucks wurden zur Feststellung der Schuhmarke ans FBI in Washington weitergeleitet.«

»Oje, ist das romantisch«, meinte Lucy. Sie setzte sich neben mich. Unsere Füße berührten sich unter dem Tisch.

Chen war den Spuren bis zu den Reifenabdrücken gefolgt, die er auf einer Feuerpiste oberhalb des Sees entdeckt hatte. Er hatte einen Abdruck der Reifenprofile gemacht und Bodenproben von Stellen genommen, wo offenbar Öl ausgetreten war. Auch dies hatte er dem FBI zur Feststellung der Marken geschickt. Die Reifen hatte er als »F205 Radial« bestimmt, eine Sorte, die auf ungefähr allen amerikanischen und ausländischen Geländewagen gefahren werden konnte. Die Abdrücke in diesem speziellen Fall jedoch zeigten an den Vorderrädern unterschiedliche Abnutzung, woraus sich schließen ließ, dass die Vorderradaufhängung verzogen war.

Ich legte den Bericht zur Seite und sah Joe an. »Um die Wahrheit zu sagen, ich dachte, Deege hätte Quatsch erzählt, als er sagte, der Wagen hätte wie deiner ausgesehen und du seist der Fahrer gewesen.«

Pike zuckte mit den Schultern.

»Dann hat er also wirklich etwas gesehen und sich einen Spaß mit uns erlaubt.« Ich sah wieder auf den Bericht. »Wow. Dieser Chen macht seine Arbeit echt gut.«

Pikes Mund zuckte.

»Was ist?«

»Nichts.«

Ich tippte auf die Seiten. »Krantz hat mich nicht nur hiermit angelogen.« Ich erzählte ihnen, wie mich Krantz mit der Autopsie an der Nase herumgeführt hatte. »Ich bin sicher, Krantz wusste die ganze Zeit, wann der Termin angesetzt war. Fünf Menschen standen um den Tisch herum, als wir dazukamen, und Williams meckerte rum, weil die Autopsie so lange gedauert hatte.«

»Das würde doch passen«, unterbrach mich Lucy. »Du hast gesagt, er mag dich nicht. Vielleicht hat er dir von dem Termin nichts gesagt, um dich zu ärgern.«

»Nach der Autopsie habe ich einen Besuch bei Dersh gemacht. Als ich von ihm wieder weggefahren bin, wurde ich von zwei Typen in einer blauen Limousine verfolgt. Sie war auf das LAPD zugelassen.«

Pike dachte darüber nach. »Bist du sicher, dass sie dir nicht schon vom Parker Center aus gefolgt sind?«

»Niemand wusste, dass ich zu Dersh fahren wollte, was bedeutet, dass sie schon vor mir dort waren. Aber warum haben sie Dersh beschattet?«

Pike nickte. »Jetzt wird's echt komisch.«

»Stimmt.«

Lucy berührte meinen Arm und ließ ihre Finger in meine Hand gleiten. Lächelnd schlang sie ihr Bein um meins.

Joe erhob sich. »Ich denke, ich gehe jetzt.«

Lucy merkte, was passiert war, und zog, rot im Gesicht, ihre Hand zurück. »Ich hab doch vorhin nur Quatsch gemacht, Joe. Du bist natürlich zum Essen eingeladen.«

Joes Mund zuckte wieder, dann war er weg.

Lucy stöhnte und bedeckte ihr Gesicht. »Gott. Er muss denken, ich bin eine Schlampe.«

»Er denkt, du bist verliebt.«

»Ja, klar. Ich begrabsche dich, als wäre ich rollig.« So verlegen hatte ich sie noch nie gesehen.

»Er freut sich für uns.«

»Der Mann mit dem steinernen Gesicht? Woher soll man denn wissen, was er denkt? Gott, das ist mir ja so peinlich.«

Schweigend blickten wir uns an. Der bewegte Ausdruck, der in ihren Augen schimmerte, hielt mich in Bann, bis ich sagte: »Warte.«

Der Champagner war nicht so kalt, wie ich ihn gerne gehabt hätte, aber das war okay so. Ich legte »One Fine Day« von Natalie Merchant auf und öffnete die breiten Glastüren. Im Canyon war alles still. Die Abendluft war kühl, und der süße Geruch von Geißblatt hing in der Luft. Zuerst reichte ich Lucy meine Hand, um ihr beim Aufstehen zu helfen, dann ein Glas Champagner.

Lucy sah hinüber zu ihrer kleinen Reisetasche, die noch in der Küche stand. »Ich möchte mich umziehen«, sagte sie heiser. »Ich habe doch eine Überraschung für dich.«

Ich berührte ihre Lippen. »Du bist meine Überraschung, Lucille.«

Mit geschlossenen Augen legte sie ihren Kopf an meine Brust.

Einen Moment lang dachte ich an tote Mädchen, an alte Männer mit gebrochenen Herzen und an Dinge, die ich nicht verstand, doch dann lösten sich diese Gedanken auf.

Natalie sang mit ihrer lieblichen Stimme von zwei Menschen, deren Vorhersehung es war, sich zu finden. Wir tanzten zu der langsamen Musik, unsere Körper eng aneinandergeschmiegt, trieben auf einer unsichtbaren Welle hinaus auf die Terrasse und schließlich hinauf in mein Bett.

Der Junge war von einer grünen Welt umgeben. In den breiten, pelzigen Ulmenblättern, die ihn schützten, fing sich das Nachmittagslicht wie fließende Prismen und hüllte ihn in einen warmen smaragdgrünen Schimmer. Hier, versteckt zwischen den Blättern, sah er zum kleinen Holzhaus, in dem er wohnte, und fühlte sich sicher. Drei schwarze Ameisen krabbelten über seinen nackten Fuß, doch er spürte sie nicht.

Joe Pike, neun Jahre alt. Groß für sein Alter, aber dünn. Ein Einzelkind. Seine Hose war knapp über den Knien abgeschnitten, die Farbe des gestreiften T-Shirts hatte sich durch den Schmutz in ein dunkles Grau verwandelt. In der Schule galt er als nachdenklich und ruhig. Ein gescheites Kind, das lieber allein blieb und, wie manche Lehrer dachten, trübsinnig war. Dritte Klasse. In der ersten Klasse hatte ihn der Lehrer testen wollen, ob er geistig behindert war. Dieser Lehrer war aus einem anderen Bundesstaat frisch von einem Lehrer-College gekommen. Joes Vater hatte ihm gedroht, ihn zu Tode zu prügeln, und ihn als Schwuchtel beschimpft. Joe wusste nicht, was eine Schwuchtel war, doch der Lehrer war blass geworden und hatte mitten im Jahr die Schule verlassen.

Mit gekreuzten Beinen saß Joe unter den jungen Bäumen am Waldrand. Die tief hängenden Äste zerschnitten sein Blickfeld wie ein Laubsäge-Puzzle. Er beobachtete, wie sein Vater in den Hof fuhr, und spürte die gleiche Angst wie jeden Tag um diese Zeit.

Der blaue Kingswood-Kombi hielt vor der vorderen Veranda. Er glänzte, als hätte ihn sein Vater gerade erst aus dem Autohaus geholt. Ein kräftig gebauter Mann stieg aus, ging die drei Holzstufen hinauf zur Veranda und verschwand im Haus.

Daddy.

Joes Vater hatte das Haus drei Jahre vor Joes Geburt mit eigenen Händen gebaut. Es stand am Rande einer kleinen Stadt nur drei Kilometer vom Sägewerk entfernt, in dem Mr. Pike Schichtführer war. Hier draußen gab es nicht viel außer ein paar Wäldern, einem kleinen Fluss und etwas Rotwild. Das Haus war ein schlichtes Gebäude mit Außenverschalung und kleinen einfallslosen Zimmern auf einem erhöhten Fundament. Es war hellgelb gestrichen, die Umrandungen waren weiß abgesetzt. Alles in allem sah es so makellos aus wie der Wagen, sah aus wie ein glückliches Heim. Jeden Mittwochabend nach der Arbeit wusch Joes Vater das Haus ab. Dreimal die Woche wusch er den Kombi. Joes Vater arbeitete hart für sein Geld und glaubte daran, dass er sich um die Dinge, die er besaß, kümmern musste. Man kümmerte sich um diese Dinge, indem man sie putzte.

Fünf Minuten später trat Joes Mutter auf die Veranda und rief ihn zum Essen. Sie war groß, hatte breite Hüften, dunkles Haar und einen besorgten Blick. Sie war fast so groß wie ihr Mann. Das Essen stand immer Punkt vier Uhr auf dem Tisch, weil es Joes Vater so wollte. Er ging früh zur Arbeit, kam nach Hause, nachdem er sich den ganzen Tag über den Arsch aufgerissen hatte, und wollte essen, wann er es bestimmte. Sie aßen um vier. Bis um sieben würde er so viel getrunken haben, dass er müde war.

Mrs. Pike trat an den Rand der Veranda und rief ins Leere, weil sie nicht wusste, dass ihr Sohn sie beobachtete. »Komm rein, Joseph! Es gibt gleich Essen.«

Joe antwortete nicht.

»Essenszeit, Joe! Komm jetzt lieber nach Hause!«

Als er seine Mutter hörte, spürte er, wie sein Herz schneller schlug, während sich die Angst in seinen Armen und Beinen ausbreitete. Vielleicht würde es heute Abend anders sein und nichts passieren, aber darauf konnte er sich nicht verlassen. Joe konnte es nie vorher wissen, weswegen er schweigend wartete, bis sie wieder im Haus war. Er ging nie gleich hinein, wenn sie ihn das erste Mal rief. Er kam um drei Uhr von der Schule nach Hause, verschwand dann aber wieder, so schnell er konnte, und blieb bis zur letzten Minute draußen. Im Wald war es besser. In Sicherheit vor der Angst zu sein war besser.

Doch zehn Minuten später erschien seine Mutter wieder. Diesmal blickte sie gequält und verängstigt. »Gottverdammt, Junge, ich warne dich! Lass deinen Vater nicht warten! Schaff deinen Hintern hier rein!«

Sie stolzierte zurück ins Haus und knallte die Tür hinter sich zu, und erst jetzt schlich Joe zwischen den Zweigen hervor.

Joe roch den Alkohol, sobald er die Tür öffnete; bei dem Geruch und dem Wissen, was dieser Geruch bedeutete, zog sich sein Magen zusammen.

Sein Vater saß mit hochgelegten Füßen am Küchentisch, las die Zeitung und trank Old Crow pur mit Eis aus einem Erdnussbutterglas. Der Tisch war gedeckt, doch Mr. Pike hatte die Teller zur Seite geschoben, um Platz für seine Füße zu machen. Er beobachtete Joe, der zur Tür hereinkam, leerte sein Glas und klimperte mit dem Eis, um Joes Aufmerksamkeit auf sich zu lenken. »Auffüllen, Sportsfreund.«

Joes ganz große Aufgabe. Das Glas seines Vaters mit Old Crow auffüllen.

Joe holte die Flasche aus dem Schrank unter der Spüle, zog den Korken heraus und schenkte ein bisschen ein. Sein Vater machte ein finsteres Gesicht. »Das ist ja noch nicht mal ein Schluck, Junge. Du musst einem Mann einen kräftigen Highball einschenken, damit er nicht denkt, du seist geizig.«

Joe goss so lange weiter, bis sein Vater brummte.

»Bist du fertig zum Essen?«, fragte seine Mutter.

Als Antwort nahm Mr. Pike die Füße vom Tisch und zog den Teller zu sich heran. Joe und sein Vater sahen sich überhaupt nicht ähnlich. Während Joe groß und dünn war und für sein Alter ein schmales, kantiges Gesicht hatte, war sein Vater kräftig gebaut, hatte muskulöse Unterarme und ein rundes Gesicht. »Mein Gott, kannst du deinem Alten nicht hallo sagen?«, schimpfte er. »Wenn ein Mann nach Hause kommt, will er schließlich, dass sich seine Familie um ihn kümmert.«

»Hallo, Daddy.«

»Hol die Milch«, sagte Mrs. Pike.

Joe wusch sich die Hände an der Spüle, holte die Milch aus dem Kühlschrank und setzte sich. Seine Mutter machte sich an ihrem eigenen Highball zu schaffen und rauchte eine Salem. Sie hatte ihm erzählt, dass sie den Alkohol nur trank, damit sein Vater nicht die ganze Flasche allein leerte. Er wusste auch, dass sie manchmal einen Teil des Whiskeys ausgoss und mit Wasser wieder auffüllte, weil er sie dabei beobachtet hatte. »Joe, dein Vater ist ein gemeiner Säufer«, hatte sie ihm gesagt.

Das dachte Joe auch.

Mr. Pike stand morgens um vier auf, goss sich ein paar Kurze hinter die Binde, »um wieder einen klaren Kopf zu kriegen«, dann ging er zum Sägewerk. In der Kneipe trank sein Vater nie, sondern kam fast immer direkt nach Hause, außer wenn er gerade einen Nebenjob als Zimmerer angenommen hatte, was er manchmal tat. Wenn Joes Vater keinem Nebenjob nachging, kam er schon um halb vier nach Hause und leerte seinen ersten Whiskey, noch bevor er die Zeitung aufgeschlagen hatte, sodass er vor dem Essen schon zwei oder drei Gläser intus hatte. Nach dem Essen schaltete er den Fernseher ein, lehnte sich in seinem Sessel zurück, um sich die Nachrichten anzusehen, und trank, bis er einschlief.

Sofern ihn nicht irgendwas aufregte.

Wenn ihn was aufregte, würde man es schwer zu büßen haben.

Joe kannte die Anzeichen. Die Augen seines Vaters schrumpften zu winzig kleinen Vertiefungen, und sein Gesicht wurde knallrot. Seine Stimme wurde lauter, womit er jeden wissen ließ, dass er gleich loslegen würde, doch Joes Mutter gab selbst dann noch ständig Widerworte. Davor hatte Joe am meisten Angst – die Art, wie seine Mutter dies tat. Es war, als würde sein Vater sie ehrlich warnen, als wollte er ihnen sagen, dass er gleich die Beherrschung verlieren würde, doch dass immer noch Zeit war, ihn zu beruhigen. Aber Mrs. Pike schien das einfach nicht zu merken. Joe war erst neun, doch er sah es mit der gleichen Angst kommen, wie man einem Güterzug entgegenblickte, der auf einen zuraste, während man an die Gleise gefesselt war. Joe sah die Anzeichen und war entsetzt, dass seine Mutter sie nicht bemerkte und seinen Vater immer weiter anstachelte. Als wollte sie seinen Ausbruch provozieren, während Joe doch nur wollte, dass sie aufhörte, dass nur noch Dinge gesagt und getan würden, die seinen Vater beruhigten, dass er den Mut hätte, wie der Teufel aus dem Haus und in den Wald zu rennen, um sich an einem sicheren Ort zu verstecken.

Aber nein.

Seine Mutter war blind dafür, und Joe konnte nur zusehen, wie sie das Fass immer weiter zum Überlaufen brachte. Manchmal bekam Joe solche Angst, dass er weinte und sie bat, seinen Vater in Ruhe zu lassen, was aber alles nichts nutzte, bis dieser schließlich genug hatte, aufsprang und schrie: »Das werdet ihr mir büßen.«

Das sagte sein Vater jedes Mal.

Das war der Moment, in dem er anfing zu schlagen.

Mrs. Pike stellte einen Rinderbraten auf den Tisch, damit ihn sein Vater aufschnitt, dann ging sie zum Herd zurück, um das Kartoffelpüree und die grünen Bohnen zu holen. Seine Eltern schauten einander nicht an und wechselten kaum ein Wort, was Joe beunruhigte. Seit Samstag, als sich sein Vater das Spiel der Woche mit Pee Wee Reese und Dizzy Dean angesehen hatte, stieg die Spannung zwischen den beiden. Seine Mutter hatte Staub gesaugt, worüber sich sein Vater ohnehin schon aufgeregt hatte, aber dann war sie am Antennenkabel hängen geblieben und hatte den Männern am Ende des achten Innings in einem Drei-zu-zwei-Spiel, also kurz vor der Entscheidung, den Empfang vermasselt. Seitdem wurde es jeden Tag schlimmer zwischen den beiden, sie versteckten sich hinter ihrem Schweigen und ihrer Feindseligkeit, bis die Luft im Haus zu explodieren drohte.

Der neunjährige Pike, das einzige Kind in diesem Haus, spürte, wie die Stimmung immer aggressiver wurde. Die Gewissheit darüber, was so sicher wie das Amen in der Kirche kommen würde, war erschreckend.

Mr. Pike trank noch einmal von seinem Whiskey, bevor er sich an den Braten machte. Zwei Scheiben schnitt er ab, dann runzelte er die Stirn. »Was hast du denn da für ein billiges Fleisch gekauft? Da läuft doch eine Vene mittendurch.«

Jetzt ging's los.

Wortlos stellte Joes Mutter die Kartoffeln und grünen Bohnen auf den Tisch.

Sein Vater legte das Messer und die Serviergabel ab. »Hast du die Sprache verloren? Wie kannst du erwarten, dass ich so was esse? Sie haben dir ein Stück schlechtes Fleisch angedreht.«

Sie sah ihn immer noch nicht an. »Warum beruhigst du dich nicht einfach und isst? Ich wusste nicht, dass da eine Vene drin ist. Sie kleben keinen Zettel drauf, auf dem steht, dass in dem Fleisch keine Vene ist.«

Joe wusste, dass seine Mutter Angst hatte, aber sie ließ es sich nicht anmerken. Sie wirkte eher wütend und trotzig.

»Ich sag's ja nur«, meinte Joes Vater. »Schau dir das doch mal an. Du siehst ja gar nicht hin.«

»Ich werde diese dämliche Vene essen. Leg sie auf meinen Teller.«

Langsam und unerbittlich wurde Mr. Pikes Gesicht immer röter, während er seine Frau anstarrte. »Was soll denn diese Bemerkung? Was erlaubst du dir überhaupt für einen Ton?«

»Ich werde sie essen, Daddy. Ich mag Venen«, sagte Joe.

Die Augen seines Vaters blitzten wie kleine Stahlkugeln. »Niemand isst diese gottverdammten Venen.«

Mrs. Pike nahm den Braten. »Du meine Güte, wie kann man sich nur über so was Bescheuertes streiten. Ich schneide die Vene raus, dann musst du sie nicht mehr sehen.«

Mr. Pike riss ihr den Teller aus der Hand und knallte ihn auf den Tisch. »Ich habe sie schon gesehen. Das ist Müll. Willst du sehen, was ich mit Müll mache?«

»Mein Gott! Hör auf.«

Ihr Mann sprang von seinem Stuhl auf, griff nach dem Teller, trat die Küchentür mit dem Fuß auf und warf den Teller in den Hof. »Das ist es, was ich essen soll. Müll. Wie ein Hund im Hof.«

Joe schien auf seinem Stuhl immer kleiner zu werden und wünschte sich, dass es wirklich so wäre – dass er immer mehr zusammenschrumpfen würde und schließlich verschwunden wäre. Der Güterzug war nicht mehr aufzuhalten und würde gleich das Haus rammen.

Auch seine Mutter war aufgesprungen. »Ich werde das nicht wieder aufheben!«, schrie sie, rot im Gesicht.

»Verdammt, natürlich hebst du das auf, sonst wirst du es mir büßen.«

Die magischen Worte. Sonst wirst du es mir büßen.

»Ich werde es aufheben«, flüsterte Joe. »Ich räume es weg, Daddy.«

Sein Vater packte ihn am Arm und riss ihn zurück auf seinen Platz. »Einen Scheißdreck wirst du tun! Deine bescheuerte Mutter wird das wegräumen.«

*Mrs. Pike, jetzt aschfahl im Gesicht, schrie ebenfalls. Sie zitterte, und Joe wusste nicht, ob vor Angst oder Wut oder beidem. »*Du *hast dem Jungen sein Essen zur Tür rausgeworfen!* Du *räumst das weg. Ich lasse es da liegen, damit es jeder sehen kann.«*

»Ich sag dir, das wirst du mir büßen.«

»Wenn du das Leben hier so hasst, dann solltest du lieber gehen. Geh dahin, wo es keine Venen gibt!«

Die Augen seines Vaters zogen sich zu winzigen Punkten zusammen. Die Adern in seinem Gesicht quollen auf. Er raste durch die Küche und schlug seiner Frau mit der Faust ins Gesicht, dass sie über den Tisch fiel. Joe kreischte. Die Whiskey-Flasche fiel auf den Boden, Glasscherben und billiger Fusel spritzten in alle Richtungen.

Seine Mutter spuckte Blut. »Siehst du, was dein Vater für ein Mann ist? Siehst du das?«

Wieder hieb sein Vater mit der Faust auf sie ein. Sie fiel auf die Knie. Sein Vater schlug nie mit der flachen Hand, immer nur mit der Faust.

Joe spürte, wie alle Kraft aus seinen Armen und Beinen wich und er unfähig wurde, sich zu bewegen. Er keuchte, er heulte Rotz und Wasser. »Daddy, nicht! Bitte hör auf!«

Mit einem Schlag gegen den Hinterkopf beförderte er sie flach auf den Boden. Als sie wieder aufsah, war ihr linkes Auge fast zugeschwollen, und Blut tropfte aus ihrer Nase. Sie sah nicht ihren Mann an, sondern ihren Sohn.

Mr. Pike trat sie mit dem Fuß, schlug sie in die Seite. In den Augen seiner Mutter las Joe die pure Angst. »Joe, ruf die Polizei«, schrie sie. »Sie sollen dieses Schwein einsperren.«

Der neunjährige Joe Pike heulte, und mit plötzlich vom Urin warmen Hosen rannte er auf seinen Vater zu und wollte ihn mit aller Kraft wegzerren. »Tu Mama nicht weh!«

Mr. Pike holte weit aus, traf den Jungen an der Schläfe und stieß ihn zur Seite. Dann trat er ihm mit seinen schweren Arbeitsschuhen mit Stahlkappe in den Oberschenkel, dass sich der Junge vor Schmerz kerzengerade aufrichtete.

Und noch ein Tritt, dann war sein Vater über ihm, zog seinen Gürtel aus der Hose. Er sagte nichts, sondern legte nur den dicken Ledergürtel doppelt und schlug auf den Jungen ein, während seine Mutter Blut hustete. Joe wusste, dass sein Vater ihn nicht sehen konnte. Die kleinen roten Augen seines Vaters waren leblos und leer, vernebelt von einer Wut, die Joe nicht verstand.

Immer wieder traf ihn der dicke Gürtel. Schreiend bettelte er seinen Vater an aufzuhören, bis er endlich wieder auf die Beine kam und durch die Tür entwischen konnte, hinaus in die Sicherheit der Bäume.

Der neunjährige Joe Pike rannte, so schnell er konnte, preschte durch die niedrigen, scharfen Zweige. Seine Beine gehörten nicht mehr zu ihm. Er wollte stehen bleiben, doch er hatte seine Beine nicht mehr unter Kontrolle; sie trugen ihn immer weiter vom Haus fort, bis er über eine Wurzel stolperte und hinfiel.

Dort lag er eine Zeit lang, hatte den Eindruck, es wären Stunden. Arme und Beine brannten, Hals und Nase waren voller Schleim. Dann kroch er an den Rand des Wäldchens zurück. Im Haus waren immer noch Rufe und Schreie zu hören. Sein Vater trat die Tür auf, warf den Topf mit Kartoffelpüree in den Hof und ging wieder hinein, um dort weiter zu wüten.

Joe Pike saß versteckt zwischen den Bäumen und beobachtete das Haus. Allmählich beruhigte er sich, seine Tränen versiegten, und langsam machte sich die Scham in ihm breit, die er immer spürte, wenn er fortgerannt war und seine Mutter mit seinem Vater allein gelassen hatte. Angesichts der Stärke seines Vaters fühlte er sich schwach, und dessen Wut jagte ihm Angst ein.

Nach einiger Zeit hörte der Lärm im Haus auf, und um Joe herum wurde es ruhig. Eine Drossel begann zu singen, und winzige kleine Insekten wirbelten in den Säulen des schwächer werdenden Sonnenlichts, das sich in den Bäumen brach, nach oben.

Joe Pike starrte das Haus an. Zeit und Raum schienen zu verschwimmen. Er war einfach nur da, er existierte, war aber unsichtbar hier am Rand des Wäldchens, wo er sich versteckt hielt.

Hier fühlte er sich sicher.

Der Himmel wurde rot, der Wald immer dunkler, und Joe Pike bewegte sich immer noch nicht.

Er nahm den Schmerz, die Angst und die Scham und stellte sich vor, er würde sie in kleine Schachteln legen, die er in eine schwere Eichentruhe unter einer steilen Treppe packte.

Er verschloss die Truhe und warf den Schlüssel fort. Drei Versprechen nahm er sich ab:

Es wird nicht immer so bleiben.

Ich werde stark sein.

Ich werde keinen Schmerz empfinden.

Als die Sonne untergegangen war, kam sein Vater aus dem Haus, stieg in seinen Kingswood-Kombi und fuhr fort.

Joe wartete, bis der Wagen um die Ecke gebogen war, dann ging er hinein, um nach seiner Mutter zu sehen.

Ich werde stark sein.

Ich werde keinen Schmerz empfinden.

Es wird nicht immer so bleiben.

11

Die Morgensonne strahlte durch die verglaste Rückseite meines Hauses und badete das Dachgeschoss in Licht. Lucy schlief nackt auf dem Bauch, ihr Haar zerzaust von unserem stundenlangen Spiel. Ich kuschelte mich an sie, passte mich der Linie ihrer Hüfte an, genoss ihre Wärme.

Sanft berührte ich ihr Haar, küsste ihre Schulter. Die salzige Wärme tat gut auf meinen Lippen. Wie dankbar war ich, dass ich diesen Anblick genießen durfte.

Ihre Haut war sonnengebräunt, Beine und Rücken wirkten selbst im Schlaf noch stark. Lucy hatte an der Louisiana State University ein Stipendium als Tennisspielerin bekommen, und sie hatte hart trainiert. Sie bewegte sich mit der Leichtigkeit einer natürlichen Athletin und agierte im Bett wie auf dem Tennisplatz – aggressiv und leidenschaftlich, unterbrochen von Momenten der Schüchternheit, die mich berührten.

Der Kater thronte auf dem Geländer am Rande des Dachgeschosses und sah auf Lucy hinunter. Sie lag zwar auf seinem Platz, aber er schien deswegen nicht sauer zu sein. Einfach nur neugierig. Vielleicht gefiel auch ihm der Anblick.

»Schlaf weiter«, murmelte Lucy dösig und mit halb geöffneten Augen.

Als der Kater sie hörte, schoss er die Treppe hinunter und miaute vom Wohnzimmer aus nach oben. Ab und zu muss man ihn einfach ignorieren.

»Wir haben deine Überraschung vergessen.«

Sie schmiegte sich an mich. »Da kannst du dich heute Abend ja auf was freuen.«

Ich berührte ihren Rücken mit meiner Zunge. »Ich freue mich aber jetzt schon.«

Sie kicherte. »Du bist unersättlich.«

»Nach dir.«

»Ich muss zur Arbeit.«

»Ich rufe an und sage, dass du mit dem weltbesten Detektiv Liebe machen musst. Das werden sie verstehen. Das tun sie immer.«

Sie stützte sich auf einen Ellbogen. »Immer?«

»Ist mir nur so rausgerutscht. Tut mir leid.«

»Dir wird es gleich noch mehr leid tun.«

Mit einem Satz war sie auf mir, was ich aber ganz und gar nicht bedauerte.

Später an diesem Morgen brachte ich Lucy zu ihrem Wagen und fuhr weiter zum Parker Center, ohne mich bei Krantz anzukündigen. Ich dachte, er würde mir die Hölle heiß machen, weil ich zu Dersh gegangen war, aber als ich durch die Tür kam, sagte er nur: »Ich hoffe, Sie haben wegen der vermasselten Autopsie keine Probleme gekriegt.«

»Nein, aber die Familie möchte den Bericht.«

»Er kommt in ein paar Minuten. Sind Sie bereit für die Besprechung?«

Das sagte er wie zu einem Kumpel und als wäre er richtig glücklich, mich im Team zu haben.

»Klar. Haben Sie übrigens den Bericht des Kriminologen schon?«

»Sollte bald fertig sein. Ich gebe sie Ihnen beide auf einmal.«

Lächelnd ging er weiter den Flur hinunter.

Vielleicht hatte ihm jemand ein Antidepressivum verabreicht. Vielleicht war seine gute Laune ein Trick, um mich in die Besprechung zu locken, wo mich Watts und Williams für meinen Besuch bei Dersh zu Tode prügeln würden. Auf jeden Fall log er mich hinsichtlich des Berichts immer noch an.

Wir trafen uns im Besprechungszimmer, wo Stan Watts mich ins Bild setzte und mir erzählte, dass sie Karens Exmann überprüft hatten – zum Zeitpunkt des Mords hatte er im Central Park Softball gespielt –, die Befragung in den Häusern rund um Lake Hollywood abgeschlossen hatten – niemand hatte etwas gesehen oder gehört – und dabei waren, diejenigen zu befragen, mit denen Karen zusammengearbeitet oder die Schule besucht hatte. Ich fragte Watts, ob sie eine Theorie über den Täter entwickelt hätten, doch es war Krantz, der antwortete, dass sie noch daran arbeiten würden. Krantz nickte bei jedem Punkt, den Watts abhakte. Ich hatte ihn noch nie so entspannt erlebt, und immer noch wurde mein Besuch bei Dersh mit keinem Wort erwähnt. Da sie darüber Bescheid wissen mussten, fand ich das noch viel seltsamer als Krantz' Verhalten.

»Wann kann ich mit den Berichten rechnen?«, fragte ich. »Ich würde gerne so schnell wie möglich weg hier.«

Krantz erhob sich, spielte den Verständnisvollen und tat

ganz geschäftig. »Dolan, sieh zu, dass du die Berichte herschaffst. Und begleite Mr. Cole danach nach draußen.«

Dolan ließ hinter seinem Rücken den Stinkefinger in die Luft schnellen, als sie ging.

Nach der Besprechung wollte ich zu ihr ins Mannschaftsbüro, doch sie saß nicht an ihrem Schreibtisch. Krantz war nicht der Einzige, der gute Laune hatte. Bruly und Salerno klatschten an der Kaffeemaschine hoch in der Luft ihre Hände aneinander und gingen lachend weiter. Williams und der rasierte Schädel kamen durch die Doppeltür. Krantz und der rasierte Schädel – sogar er lächelte – reichten sich die Hände.

Die letzten beiden Male war die Stimmung im Raum angespannt gewesen, als wäre alles von einem elektrischen Feld umgeben, das jedem die Haare zu Berge stehen ließ. Doch jetzt war etwas passiert, das das Eis gebrochen hatte. Das veränderte Klima hatte die Leute im Büro von ihren elektrisch geladenen Haaren befreit und ließ sie über die Tatsache hinwegsehen, dass ich mich in ihre Ermittlungen eingemischt hatte und zu Dersh gefahren war. Das war ja keine Kleinigkeit, die man einfach übergehen konnte.

Ich holte mir eine Tasse Kaffee, setzte mich auf den Narrenstuhl, um auf Dolan zu warten, und dachte über die ganze Sache nach, bis der Kerl mit seinem Postkarren durch die Tür kam. Bruly und er schlugen ihre Hände aneinander und lachten über etwas, das ich nicht verstand. Salerno beteiligte sich eine Weile an dem Gespräch, bis der Kerl wieder abzog. Auch er lächelte, und ich fragte mich, ob er dies wegen der gleichen Sache tat wie alle anderen.

»He, Curtis«, hielt ich ihn auf, als er an mir vorbeiging. »Darf ich Sie was fragen?«

Er beäugte mich misstrauisch. Das letzte Mal, als ich Curtis Wood wegen Infos anzapfen wollte, hatte es nicht so gut geklappt.

»Aber zuerst muss ich sagen, dass Sie recht hatten damit, dass die Jungs hier die Besten sind. Ich habe richtig Respekt vor ihnen gekriegt. Sie erzielen ja echt Ergebnisse.«

»M-hm.«

»Haben Sie vielleicht gehört, was man über mich erzählt?«

Jetzt schien er weniger misstrauisch als vielmehr verwirrt zu sein.

»Was meinen Sie damit?

»Rein beruflich. Ich habe wirklich Respekt vor diesen Typen gekriegt, und ich hätte gerne, dass sie mich auch respektieren.«

Ich blickte ihn voller Hoffnung an, und als er verstand, worauf ich abzielte, zuckte er mit den Schultern. »Sie denken, Sie sind in Ordnung, Cole. Den Jungs hier gefällt es zwar nicht, dass Sie sich hier rumtreiben, aber sie haben Sie überprüft. Ich habe gehört, wie Dolan gesagt hat, dass Ihr Schwanz dreißig Zentimeter lang sein müsste, wenn Sie nur halb so gut sind, wie man hört.«

»Diese Dolan ist echt eine klasse Frau.«

»Sie ist die Beste.«

Diesmal lief es besser. Ich hatte eine Beziehung aufgebaut und unser Gespräch auf eine vertraute Basis gestellt. Bald würde er mir aus der Hand fressen.

»Das ist gut, dass Sie mir das erzählen, Curtis. Nachdem

heute schon so viel getuschelt wurde, dachte ich, man würde mich nur verarschen.«

»Nee.«

Ich seufzte laut, als wäre ich erleichtert, und sah mich demonstrativ zu Bruly, Salerno und den anderen um. »So, wie die hier alle grinsen, muss es einen Durchbruch bei dem Fall gegeben haben.«

Curtis Wood drehte sich wieder zu seinem Postkarren. »Ich weiß nichts, Cole.«

»Nichts wovon?« Ganz der Unschuldsengel.

»Sie sind so leicht zu durchschauen, Cole. Sie versuchen mir Informationen zu entlocken, die ich nicht habe. Wenn Sie meinen, hier geht was nicht mit rechten Dingen zu, dann trauen Sie sich wenigstens, jemanden zu fragen, statt ständig nur rumzuschnüffeln.«

Er schüttelte den Kopf, als wäre er enttäuscht, und zog murmelnd mit seinem Postkarren weiter.

»Dreißig Zentimeter, wer's glaubt.«

Wieder einmal bloßgestellt von dem zivilen Möchtegern-Polizisten. Vielleicht würde er mich das nächste Mal gleich erschießen.

Ein paar Minuten später kam Dolan aus dem Kopierraum und reichte mir einen großen Umschlag, ohne mir dabei in die Augen zu schauen. »Das sind die Berichte, die ich Ihnen geben soll.«

»Was geht hier vor, Dolan?«

»Nichts.«

»Warum habe ich dann das Gefühl, dass ich aus irgendwas rausgehalten werden soll?«

»Sie sind paranoid.«

So viel zum Direktangriff.

Ich ging runter zu meinem Wagen und nahm das Verdeck ab, um mich von der Sonne bescheinen zu lassen, während ich wartete. Vierzig Minuten später schob sich der rasierte Schädel hinter dem Steuer eines braunen Ford Taurus vorsichtig aus der Parkgarage. Er fuhr zum Harbor Freeway, von dort westlich durchs Zentrum von Los Angeles und anschließend Richtung Norden auf die 405 nach Westwood hinein. Er hatte es nicht eilig und war leicht zu verfolgen. Er war auch entspannt. Und lächelte. Ich schrieb mir die Autonummer auf, um die Zulassung zu überprüfen, aber diese Mühe hätte ich mir sparen können. Ich wusste, was er war, als er auf die lange, gerade Einfahrt zum United States Federal Building auf dem Wilshire Boulevard einbog.

Der rasierte Schädel war vom FBI.

Ich fuhr am Gebäude des FBI vorbei bis zu einem kleinen vietnamesischen Restaurant, in dem mir der Tintenfisch mit Minze besonders gut schmeckte. Sie machten ihn hier besonders scharf. Während des Essens überlegte ich, warum das FBI in die Ermittlungen am Mord von Karen Garcia eingeschaltet worden war. Die örtliche Polizei bittet das FBI oft um Hilfe, um dessen Informationssysteme und Erfahrungen zu nutzen, doch der rasierte Schädel war bei fast jedem Schritt in diesem Tanz beteiligt gewesen. Das war seltsam. Und als ich mich bei der Autopsie vorgestellt hatte, hatte er sich geweigert, mir seinen Namen zu nennen. Auch das fand ich seltsam. Und vorhin hatte dieser FBI-Typ noch gelächelt, was so einer wie er nur selten tut. Wenn man einen von diesen Jungs zum Lächeln bringen will, muss man sich schon sehr anstrengen.

Während ich darüber sinnierte, kam die Inhaberin des Restaurants. »Wir Tintenfisch machen, der Ihnen schmeckt?«

»Ja. Sehr lecker.«

Die Frau war klein und zierlich, von anmutiger Schönheit. »Sie kommen oft hierher.«

»Mir schmeckt das Essen.« Ich hätte auch ohne dieses Gespräch leben können.

Sie beugte sich zu mir herunter. »Älteste Tochter macht dieses Essen, das Ihnen schmeckt. Sie meint, Sie sehr hübsch.«

Ich folgte ihrem Blick in den hinteren Teil des Restaurants. Eine jüngere Version der Inhaberin spähte, schüchtern lächelnd, von der Küchentür zu mir herüber.

Ich sah ihre Mutter an. Mamas Lächeln wurde breiter, und sie nickte. Ich drehte mich wieder zur Tochter, die jetzt auch nickte.

»Ich bin verheiratet«, erklärte ich. »Habe neun Kinder.«

Die Mutter runzelte die Stirn. »Sie nicht tragen Ring.«

Ich blickte auf meine Hand hinab. »Ich bin allergisch gegen Gold.«

Die Mutter blickte skeptisch. »Sie verheiratet?«

»Tut mir leid. Neun Kinder.«

»Ohne Ring?«

»Allergie.«

Die Frau ging zu ihrer Tochter und sagte etwas auf Vietnamesisch, woraufhin diese in die Küche zurückstiefelte.

Ich aß meinen Teller leer und fuhr nach Hause, um die Berichte zu lesen. An manchen Tagen sollte man sein Essen einfach an einem Drive-in holen.

Der Autopsiebericht bot keine Überraschungen: Karen Garcia war durch eine einzelne Kugel Kaliber .22 getötet worden, die sie 3,5 Zentimeter oberhalb des rechten Auges getroffen hatte. Um die Wunde herum hatten sich leichte Spuren von Schießpulver befunden, die darauf hindeuteten, dass der Schuss aus einer Nähe von sechzig Zentimeter bis ein Meter zwanzig abgegeben worden war. Ein Fall von Mord durch Pistolenschuss wie aus dem Bilderbuch, ohne dass gegenteilige Beweise aufgetaucht wären.

Ich las auch den Bericht des Kriminologen noch einmal und dachte, ich müsste Montoya anrufen und mit ihm darüber reden, doch während ich überlegte, was ich ihm sagen würde, fiel mir auf, dass in dem Bericht das weiße Plastikteil nicht erwähnt wurde.

Ich erinnerte mich, dass in Chens Bericht, den mir Pike am Abend zuvor gebracht hatte, stand, dass er ein dreieckiges weißes Plastikteil auf dem Pfad entdeckt hatte. Es sei mit etwas Grauem überzogen, das erst noch überprüft werden müsste.

Doch in diesem Bericht hier stand nichts von diesem Plastikteil.

Ich prüfte anhand der Seitenzahlen, ob auch keine Seite fehlte, und verglich die beiden Berichte. Ein dreieckiges weißes Plastikteil in Pikes Bericht. Kein dreieckiges weißes Plastikteil in Krantz' Bericht.

Ich rief Joe an. »Hast du den Bericht, den du mir gegeben hast, direkt von John Chen bekommen?«

»Ja.«

»Er hat ihn dir persönlich gegeben?«

»Ja.«

Ich erzählte ihm von dem fehlenden Plastikteil.

»Dieser Hurensohn Krantz hat an dem Bericht rumgepfuscht. Deswegen hat es so lange gedauert, bis er ihn mir geben konnte.«

»Wenn er in Chens Bericht was gestrichen hat, frage ich mich, was er bei der Autopsie unterschlagen hat.«

Das fragte ich mich auch.

»Vielleicht kann uns Rusty Swetaggen helfen«, meinte Pike.

Ich legte auf und rief diesen Typen namens Rusty Swetaggen in seinem Restaurant in Venice an. Rusty war den größten Teil seines Lebens in einem Funkwagen des LAPD gefahren, bis sein Schwiegervater gestorben war und ihnen das Restaurant hinterlassen hatte. Er hatte sich an dem Tag von der Polizeiarbeit zurückgezogen, an dem das Testament eröffnet worden war, und seine Entscheidung nie bereut. Überbackenen Käse und Bier vom Fass zu servieren machte mehr Spaß, als in einem Funkwagen Trübsal zu blasen. Und war besser bezahlt. »O Mann, Elvis, ist ja schon eine Ewigkeit her«, sagte Rusty. »Emma hat gedacht, du seist schon tot.« Emma war seine Frau.

»Arbeitet dein Cousin immer noch in der Gerichtsmedizin?« Er hatte ab und zu davon geredet.

»Du meinst Jerry. Klar. Er ist immer noch da.«

»Eine Frau namens Karen Garcia wurde vor zwei Tagen seziert.«

»Die von dem Tortilla-Typen? Dem Monsterito?«

»Seine Tochter. Ich arbeite mit dem Dezernat für Raub und Mord an dem Fall, und ich glaube, sie verheimlichen was vor mir.«

Rusty pfiff durch die Zähne. »Warum hat das Dezernat für Raub und Mord den Fall übernommen?«

»Sie sagen, weil sich der Tortilla-Typ einen Stadtrat gekauft hat.«

»Aber du meinst, das ist nicht der Grund?«

»Ich meine, dass da irgendwas geheim gehalten wird, und ich will wissen, was. Eine Leichenbeschauerin namens Evangeline Lewis hat die Autopsie durchgeführt. Ein anderer Bericht, den ich von der Polizei bekommen habe, war getürkt. Deswegen vermute ich, dass auch der Autopsiebericht geändert wurde. Könnte dein Cousin was darüber rausfinden?«

»Er arbeitet nicht im Labor, Elvis. Er ist in der Verwaltung.«

»Ich weiß.«

Ich wartete und ließ Rusty darüber nachdenken. Sechs Jahre zuvor hatte er mich gebeten, seine Tochter zu suchen. Sie war mit einem Crack-Dealer durchgebrannt, der sein Geschäft finanziell stützen wollte, indem er Rustys Tochter in die Pornoindustrie gesteckt hatte, wo sie vor laufender Kamera mehrere Männer gleichzeitig bedienen musste. Ohne es ihr vorher zu sagen. Ich hatte Rustys Tochter gefunden und die Aufnahmen vernichtet. Jetzt war seine Tochter mit einem netten jungen Mann verheiratet, den sie in ihrer Therapiegruppe kennengelernt hatte. Sie hatten ein Kind zusammen. Ich durfte bei Rusty nie wieder ein Getränk oder das Essen bezahlen, und nachdem ich aus Verlegenheit über seine Großzügigkeit nicht mehr hingegangen war, schickte er mir die Sachen nach Hause und ins Büro, bis ich ihn eindringlich bat, das zu lassen. Wenn es eine Möglichkeit geben würde, mir zu helfen, würde es Rusty Swetaggen tun.

»Jerry würde an die Akten zum Fall rankommen müssen. Oder an die persönlichen Akten der Leichenbeschauerin.« Er dachte laut nach.

»Würde er das tun und mal mit mir reden?«

»Wie hieß die Leichenbeschauerin noch mal?«

»Evangeline Lewis.«

»Er wird mit dir reden, oder ich schlage ihn tot.« Das sagte Rusty völlig trocken, so ganz ohne Humor. »Ich rufe ihn an, aber ich kann nicht sagen, wann ich ihn erreiche.«

»Danke, Rusty. Ruf mich zu Hause an.«

»Elvis.«

»Ja, Rusty?«

»Ich bin dir immer noch was schuldig.«

»Du schuldest mir gar nichts, Rusty. Grüß Emma von mir. Und alles Liebe für die Kinder.«

»Jerry wird das für dich übernehmen, und wenn ich ihn dafür erwürgen muss.«

»So weit würde ich nicht gehen, Rusty. Aber trotzdem danke.« Schon klar, was ich meine, oder?

Die nächste Stunde verbrachte ich damit, das Haus zu putzen, dann ging ich hinaus auf die Terrasse und arbeitete mich durch zwei *asanas* und zwei *katas*. Währenddessen dachte ich über Rustys Bedürfnis nach, mir für eine Sache etwas zurückzuzahlen, wofür eine Bezahlung gar nicht nötig war. Psychologen würden sagen, Rusty wollte sich wenigstens indirekt an der Rettung seiner Tochter beteiligen, als würde er sich krampfhaft darum bemühen, seine Männlichkeit zurückzuerlangen, die er durch den Missbrauch seiner Tochter verloren hatte. Ich dachte anders. Ich kannte Rusty Swetaggen, und ich kannte Männer wie ihn. Ich glaube, dass er eine furchtbare, starke Liebe für seine Tochter – und für mich – empfand, dass er dem großen Druck dieser überfließenden Liebe nachgeben musste, um nicht daran zugrunde zu gehen. Menschen sterben häufig aus Liebe, eine Sache, die wir oft nicht wahrhaben wollen.

Als ich wieder hineinging, hatte jemand eine Nachricht hinterlassen. Es war Rusty. Er sagte, ich könne seinen Cousin am nächsten Morgen vor der Arbeit um fünf Uhr in Tara's Coffee Bar treffen. Er nannte die Adresse und gab eine Wegbeschreibung an.

Ich hatte gewusst, dass er dies für mich tun würde.

12

Um Viertel nach vier am nächsten Morgen verließ ich das Haus. Lucy lag noch im warmen Bett.

Am Abend zuvor war sie nach der Arbeit zu mir gekommen, und wir hatten beschlossen, dass sie während der zwei Wochen, in denen Ben fort sein würde, bei mir wohnen könnte. Wir fuhren zu ihrer Wohnung hinunter, um ein paar Klamotten und die persönlichen Dinge zu holen, die sie in der Zeit brauchen würde. Ich sah ihr zu, wie sie ihre Sachen in meinen Schrank räumte und im Bad verteilte, und ich spielte mit dem Gedanken, wie so etwas auf Dauer sein würde. Schon seit langer Zeit lebte ich alleine, doch mein Haus mit ihr zu teilen hatte was Normales und Ungezwungenes, als hätte ich schon mein ganzes Leben mit ihr verbracht. Wenn das keine Liebe ist, dann auf jeden Fall etwas, das dem sehr nahekommt.

Wir aßen die Gerichte, die wir aus einem italienischen Restaurant im Laurel-Canyon mitgenommen hatten, tranken dazu Rotwein und lauschten dem Swing von Big Bad Voodoo Daddy.

Wir liebten uns auf dem Sofa, und während sie im Bronzeschimmer des Kerzenlichts mit ihrem Finger die Narben auf meinem Körper nachfuhr, spürte ich etwas Feuchtes an meinem Rücken. Als ich mich umdrehte, sah ich, dass sie weinte.

»Luce?«, fragte ich sanft.

»Wenn ich dich verlieren müsste, würde ich sterben.«

Ich berührte ihr Gesicht. »Du wirst mich nicht verlieren. Bin ich nicht der weltbeste Detektiv?«

»Natürlich.« Ich konnte sie kaum hören.

»Du wirst mich nicht verlieren, Lucille. Du wirst es nicht einmal schaffen, mich loszuwerden.«

Wir küssten uns und schliefen, eng aneinandergeschmiegt, ein.

Ich fuhr die dunkle, kurvenreiche Bergstraße hinunter, über mir der hell erleuchtete, klare Himmel, an dem kein einziger Stern funkelte.Die Waldbrände waren erloschen, und es war kühl. Die Hitze ließ noch eine Weile auf sich warten.

Als ich nach Los Angeles kam, war ich gerade aus der Armee entlassen worden und daran gewöhnt, die Sterne als Wegweiser zu benutzen. Doch der Himmel über L.A. wird so stark von den Lichtern der Stadt erleuchtet, dass nur die hellsten Sterne zu sehen sind, und auch diese nur schwach. Ich machte immer Witze darüber, dass so viele Menschen wegen dieser fehlenden Sterne die Orientierung verloren, doch damals hatte ich noch geglaubt, die Antworten seien immer so einfach. Heute weiß ich es besser. Manche Menschen finden ihren Weg, wenn sie nur von einem einzigen Licht geführt werden; andere verirren sich, wenn der Sternenhimmel so hell leuchtet wie Neonlicht. Ethik mag allgemeingültig sein, aber Gefühle sind es nicht. Wir lernen, uns anzupassen, und mit der Zeit haben wir die Sterne verinnerlicht, die uns den Weg zeigen.

O Mann. Bin schon ganz gut drauf, morgens um vier, was?

Um zwanzig vor fünf fuhr ich vom Freeway ab und hinein in die leeren Straßen von Downtown bis zu einem Fleck aus gelben Lichtern, Tara's Coffee Bar. An der Theke saßen zwei uniformierte Polizisten sowie ein Dutzend übergewichtige Männer, die aussahen, als würden sie in der Druckerei der *Times* arbeiten. Alle aßen Eier mit Speck und Toast mit Butter. Niemand schien sich um Cholesterin oder Kalorien zu scheren.

Nur ein Mann trug einen Anzug. »Sie sind Cole, stimmt's?«, fragte er so leise, dass ihn niemand hören konnte.

»Stimmt. Danke, dass Sie sich Zeit für mich genommen haben.«

Jerry Swetaggen saß über seinen Kaffee gebeugt wie über einem kleinen Feuer, das ihn wärmte. Er war so kräftig wie Rusty, hatte ein rosiges Gesicht und aschblonde Haare. Er sah jünger aus, als er wohl war, wie ein aufgeblähter Vierzehnjähriger in einem Anzug von der Stange, der offenbar seit Wochen nicht gebügelt worden war, aber vielleicht war Jerry auch nur die ganze Nacht nicht im Bett gewesen.

»Haben Sie die Garcia-Akte?«

Nervös sah er zu den beiden Polizisten hinüber. »Ich riskiere meinen Arsch für diese Sache. Sagen Sie das Rusty. Dafür schuldet ihr mir was.«

»Klar. Der Kaffee geht auf mich.« Man würde meinen, ich hätte um den Verrat eines Staatsgeheimnisses gebeten.

»Sie haben doch keine Ahnung. O Mann, Sie haben nicht die leiseste Ahnung.«

»Die einzige Ahnung, die ich bis jetzt habe, ist, dass ich einschlafen könnte. Haben Sie eine Kopie der Garcia-Akte?«

»Die Akte konnte ich nicht mitnehmen, aber ich habe, was Sie wollten.« Jerrys Hand glitt zum Revers, als würde dort unter dem verknitterten Jackett etwas Lebendiges nach draußen drängen. Wieder sah er zu den Polizisten, die mit ihren kugelsicheren Westen unter den Hemden breiter aussahen, als sie waren. »Nicht hier drin. Trinken Sie Ihren Kaffee aus, dann gehen wir ein Stück spazieren.«

»Was ist an der Sache so kompliziert? Was ist mit Karen Garcia, dass alle so komisch tun?«

»Trinken Sie Ihren Kaffee aus.«

Ich legte zwei Dollar auf den Tisch und folgte ihm nach draußen. Ein warmer Wind war aufgekommen, der uns feinen Sand ins Gesicht blies.

»Ich habe keine Kopie für Sie machen können, aber ich habe die Akte gelesen.«

»Das nutzt mir nichts. Ich wollte die Akte mit einem Bericht vergleichen, den ich habe.«

»Sie haben den Bericht schon? Warum musste ich dann meinen Arsch riskieren?«

»Das Exemplar, das ich bekommen habe, ist vielleicht getürkt. Vielleicht wurde was ausgelassen, und ich will wissen, was. Vielleicht nur eine Kleinigkeit, aber ich will nicht, dass mich jemand verarscht.«

Er war enttäuscht. »Du meine Güte, Sie wollten Zahlen? Sie wollten Tabellen und Grafiken? Wie soll ich mich an den ganzen Mist in Lewis' Bericht erinnern?«

»Ich wollte wissen, ob es bei dem Mord irgendwas gibt, das die Polizei verheimlichen will.«

Überrascht zog Jerry Swetaggen seine Augenbrauen hoch. »Das wissen Sie nicht?«

»Was weiß ich nicht?«

»Ich dachte, Sie wüssten schon Bescheid, wenn Sie an Garcia so interessiert sind. He, Rusty schuldet mir wirklich was. Und Sie auch.«

»Das haben Sie schon gesagt. Wofür schulden wir Ihnen was?«

»Bei der Hautprobe wurden um die Schusswunde herum Partikel von vierzehn verschiedenen Substanzen gefunden. Es wird gerade eine Spektralanalyse durchgeführt. Das Ganze dauert achtundvierzig Stunden, sodass Dr. Lewis die Ergebnisse erst morgen haben wird. Aber man weiß schon, dass sie das Bleichmittel finden wird.«

»Das Bleichmittel?« Als müsste ich wissen, was das bedeutete.

»Das weiß man wegen dem Plastikteil. Es ist immer auf dem Plastik.«

Ich starrte ihn an. »Weißes Plastik.«

»Genau.«

»Sie haben weißes Plastik in ihrer Wunde gefunden.« In dem Autopsiebericht, den ich gelesen hatte, waren keine Plastikrückstände erwähnt worden. Auch kein Bleichmittel.

»Das Plastik stammt von einer Plastikflasche mit Bleichmittel, die der Täter als selbst gebauten Schalldämpfer verwendet. Wahrscheinlich findet man auch Klebstoffreste vom Klebeband drauf.«

»Woher wissen Sie, dass man das findet?«

Jerry griff wieder an sein Revers, doch in diesem Moment kamen die beiden Uniformierten aus der Bar. Jerry drehte sich um und tat so, als würde er etwas fortwischen.

»Die beiden wissen doch gar nicht, dass wir überhaupt leben, Jerry.«

»He, Ihr Arsch steht schließlich nicht auf dem Spiel.«

Der kleinere der beiden Polizisten schüttelte sich, um seine Ausrüstung wieder in die richtige Position zu bringen, dann marschierten die beiden die Straße hinauf. Von uns fort. Bereit zur Verbrechensbekämpfung.

Als sie nicht mehr zu sehen waren, zog Jerry ein gefaltetes Blatt Papier heraus. »Sie wollen wissen, was sie verheimlichen? Sie wollen wissen, was an der Sache so besonders ist?«

Er faltete das Blatt auf und präsentierte es mir, als erwartete er, dass es mich von den Socken hauen würde. Das tat es dann auch.

»Karen Garcia ist das fünfte Opfer, das während der vergangenen neunzehn Monate auf diese Weise ermordet wurde.«

Ich blickte auf den mit Maschine geschriebenen Zettel – fünf Namen mit kurzer Beschreibung der jeweiligen Personen. Der fünfte war Karen Garcia. Fünf Namen, fünf Daten.

»Fünf?«, vergewisserte ich mich.

»Genau. Alle mit Kaliber .22 im Kopf erledigt, bei allen Reste von weißem Plastik und Bleichmittel und manchmal kleine Stücke von Klebeband. Diese Daten hier sind die Todestage.« Jerry rieb seine Hände, als hielten wir uns irgendwo im Osten bei null statt hier bei zwanzig Grad auf. »Ich konnte den Bericht nicht rausschmuggeln, weil er zusammen mit anderen in der Abteilung Sonderfälle verwahrt wird, aber ich habe die Namen und das andere Zeug abgeschrieben. Ich dachte, das wär's, was Sie wollten.«

»Was ist die Abteilung Sonderfälle?«

»Wenn die Polizei einen Fall mit einer Nachrichtensperre versehen hat, werden dort die Akten verwahrt. Da kommt man nur mit einer Sondergenehmigung rein.«

Ich blickte auf die Namen. Fünf Morde, nicht nur einer. Julio Munoz, Walter Semple, Vivian Trainor, Davis Keech und Karen Garcia.

»Sie sind sich bei dieser Sache ganz sicher, Jerry? Das ist kein Schwindel?«

»Gottverdammich, klar bin ich mir sicher.«

»Deswegen hat das Dezernat für Raub und Mord den Fall übernommen. Deswegen waren sie so schnell am Tatort.«

»Klar. Seit einem Jahr arbeitet eine Sonderkommission an dieser Sache.«

»Gibt es eine Möglichkeit, dass ich an Kopien der Akten rankomme?«

»Gott, nein. Hab ich doch gerade gesagt.«

»Kann ich da rein und die Berichte lesen?«

Er zeigte mir die Handflächen und wich zurück. »Keine Chance. Und es ist mir egal, wie sehr Rusty mir auch droht. Wenn jemand rauskriegt, dass ich Ihnen das gesagt habe, bin ich am Arsch. Ich ziehe mich zurück.«

Ich sah ihm hinterher. »Jerry.«

Er blieb stehen. »Was ist?«

Irgendetwas mit hundert klebrigen Füßen krabbelte an meinem Rücken hinauf. »Gibt es irgendeine Verbindung zwischen den fünf Opfern?«

Jerry Swetaggen lächelte, doch diesmal zeigte sich Panik

darin. »Nein. Die Polizei sagt, es sind willkürlich ausgesuchte Opfer. Stehen absolut in keiner Verbindung.«

Ich nickte.

Jerry Swetaggen verschwand in dem trüben Licht, das dem Morgengrauen vorangeht. Ich schob den Zettel in meine Tasche, zog ihn aber wieder heraus und betrachtete die Namen.

»Na gut, die Polizei hat ihre Geheimnisse.«

Offenbar musste ich unbedingt eine menschliche Stimme hören, sei es auch meine eigene.

Ich steckte den Zettel wieder ein und überlegte mein weiteres Vorgehen. Der Fall war so monströs, dass es kaum zu fassen war, ebenso wenig wie man seine Arme um das Goodyear-Luftschiff legen konnte. Nun hatte ich eine Erklärung, warum das FBI am Fall beteiligt war und warum mich die Polizei nicht dabeihaben wollte. Wenn die Polizei ihre Sonderkommission geheim hielt, hatte sie womöglich ihre Gründe dafür, aber Frank Garcia würde trotzdem fragen, was die Polizei im Mordfall seiner Tochter unternahm, und ich würde immer noch keine Antwort haben. Ich wollte ihm nicht sagen, dass alles in Ordnung war, wenn es gar nicht stimmte. Wenn ich ihm erzählen würde, was ich gerade von Jerry Swetaggen erfahren hatte, wäre die Sache nicht mehr geheim. Das würde vielleicht die Bemühungen der Polizei behindern, den Täter festzunageln. Andererseits hatte Krantz die Wahrheit vor mir geheim gehalten, sodass ich nicht wusste, was sie herausgefunden hatten oder auf welchem Stand ihre Ermittlungen waren. Ich könnte ihnen und ihren Bemühungen Vertrauen schenken, aber Frank Garcia war nicht auf Vertrauen aus.

Es war schließlich seine Tochter, die umgebracht worden war.

Ich ging zurück in die Bar, wo ich vom Münztelefon aus Samantha Dolans Büro anrief. Manchmal kommen die Leute von der Tagesschicht schon früh ins Büro. Aber darauf konnte man sich nicht verlassen.

»Dezernat für Raub und Mord, Taylor«, meldete sich eine Kettenraucherstimme beim vierten Klingeln.

»Ist Samantha Dolan schon da?«

»Nö. Wollen Sie ihr eine Nachricht hinterlassen?«

»Ich rufe wieder an. Danke.«

Ich ließ mir einen Becher Kaffee zum Mitnehmen geben und fuhr zum Parker Center, wo ich gegenüber dem Eingang im korallenroten Licht des nahenden Sonnenaufgangs parkte.

Ich versuchte mir vorzustellen, was und wie ich etwas unternehmen könnte, doch meine Gedanken purzelten nervös durcheinander und brachten mich einer Lösung keinen Schritt näher.

Seit fast zwei Jahren lauerte jemand in den Straßen von Los Angeles Menschen auf. Wenn Opfer und Täter miteinander in Verbindung stehen, lassen sich leichter Rückschlüsse auf den Mörder ziehen.

Schwieriger wird es, wenn der Täter seine Opfer zufällig auswählt.

13

Nach und nach rückte die Nachtschicht ab und die Tagschicht an. Samantha Dolan fuhr mit einem dunkelblauen BMW vor. Um ihr Nummernschild herum stand: »ICH WILL BARBIE SEIN, DIESE SCHLAMPE HAT ALLES«. Die meisten anderen Polizisten fuhren amerikanische Limousinen oder Pick-ups, und fast an allen Autos befanden sich Anhängerkupplungen, da Polizisten Boote mögen. Das ist in ihrer Erbsubstanz verankert. Dolan allerdings hatte keine Anhängerkupplung, andererseits fuhr keiner der anderen Polizisten einen BMW. Vielleicht machte sie das wieder gleich.

Ich fuhr ihr in die Tiefgarage hinterher und parkte neben ihr. Sie erkannte mich und hob die Augenbrauen, beobachtete mich beim Aussteigen, sah mir ins Gesicht, als ich in ihren Wagen stieg. Die teuren Ledersitze passten hervorragend zu ihrer Armbanduhr von Piaget. »Offenbar lief's mit der Serie gar nicht so schlecht. Hübscher Wagen.«

»Was, um Himmels willen, machen Sie hier so früh? Ich dachte, ihr Privatschnüffler schlaft immer aus.«

»Ich wollte mit Ihnen reden, ohne dass Krantz dabei ist.«

Sie lächelte, und auf einmal war sie richtig hübsch. Wie das böse Mädchen von nebenan.

»Sie werden mir jetzt aber keine schmutzigen Sachen erzählen, oder? Sonst könnte ich rot werden.«

»Diesmal nicht. Ich habe diese Berichte gelesen, die Sie mir gegeben haben, und gesehen, dass ein paar Sachverhalte fehlen, zum Beispiel das kleine Stück Plastik, das der Kriminologe gefunden hat, oder die weißen Partikel, die die Leichenbeschauerin in Karen Garcias Wunde entdeckt hat. Ich habe gehofft, dass Sie mir vielleicht die echten Berichte besorgen könnten.«

Dolans Lächeln erstarb. Auf ihrem Schoß lagen ein Tagesplaner aus braunem Leder sowie eine Brieftasche und eine 9-mm Sig Sauer. Die Sig steckte in einem Halfter mit Clipverschluss und hatte wahrscheinlich unter dem Vordersitz gelegen. Die meisten Polizisten haben eine Beretta, doch eine Sig ist treffsicher und leicht in der Handhabung. Ihre hatte für den Nachteinsatz Tritium-Leuchtpunkte.

»Tun Sie uns beiden den Gefallen und sagen Sie nicht, Sie wüssten nicht, wovon ich rede«, fuhr ich fort. »Das würde Sie irgendwie gewöhnlich aussehen lassen.«

Abrupt griff Dolan in die Mittelkonsole, schnappte sich ihr Mobiltelefon und steckte es in ihre Handtasche. »Ich habe Ihnen die Berichte gegeben, die ich von Krantz bekommen habe. Wenn Sie ein Problem damit haben, sollten Sie mit ihm darüber reden. Vielleicht haben Sie das vergessen, aber ich arbeite für ihn.«

»Und für wen arbeitet Krantz? Fürs FBI?«

Sie sammelte weiterhin ihre Sachen zusammen.

»Ich bin dem Typen mit dem rasierten Schädel gefolgt, Dolan. Ich weiß, dass er vom FBI ist. Ich weiß, warum sie an dem Fall arbeiten, und ich weiß, was ihr zu verbergen versucht.«

»Sie haben wohl zu viel *Akte X* geguckt. Steigen Sie aus. Ich muss zur Arbeit.«

Ich zog das Blatt Papier mit den fünf Namen heraus und reichte es ihr.

»Wenn ich Mulder bin, sind Sie dann Scully?«

Dolan las die fünf Namen, dann blickte sie mir forschend ins Gesicht. »Woher haben Sie das?«

»Ich bin der weltbeste Detektiv, Dolan. Es ist nicht früh für mich. Ich schlafe nie.«

Dolan gab mir das Blatt zurück, als könnte sie dadurch so tun, als hätte sie nichts gesehen, weil sie nicht glauben konnte, was hier gerade passierte.

»Warum sind Sie damit zu mir gekommen? Krantz hat die Leitung in dem Fall.«

»Ich denke, wir beide können das inoffiziell erledigen.«

»Was erledigen?«

»Ihr habt mir doch völligen Scheiß untergejubelt. Ich will wissen, was bei diesen Ermittlungen wirklich vor sich geht.«

Dolan schüttelte den Kopf, noch bevor ich den Satz beendet hatte, und hob ihre Hände. »Völlig ausgeschlossen. Damit will ich nichts zu tun haben.«

»Ich weiß bereits, wer die Opfer sind und wie und wann sie ermordet wurden. Bis heute Abend werde ich ihre Lebensgeschichten kennen. Ich weiß, dass Sie Dersh beschatten, obwohl ich nicht weiß, warum. Ich weiß, dass das Dezernat für Raub und Mord eine Sonderkommission eingerichtet hat, dass das FBI eingeschaltet und die Angelegenheit mit dem Siegel des Schweigens belegt wurde.«

Dolan beobachtete mich, während ich redete, und so etwas wie ein Lächeln umspielte ihre Lippen. Nicht das Lächeln eines bösen Mädchens; es schien eher, als würde ihr gefallen, was ich sagte.

»Mein Gott«, sagte sie, als ich fertig war.

»Nicht ganz, aber fast.«

»Ich denke, Sie sind ein ziemlich guter Ermittler, Cole. Wirklich, ein ziemlich guter.«

Ich spreizte die Finger und versuchte bescheiden zu wirken. Keine leichte Aufgabe. »Der welt…«

»… beste. Ja, ich weiß.« Sie atmete tief ein, und plötzlich fand ich ihr Lächeln ausgesprochen anziehend. »Vielleicht sind Sie das ja wirklich. Sie waren ein fleißiges Bürschchen.«

»Dann reden Sie mit mir, Dolan. Sagen Sie mir, was vor sich geht.«

»Sie wissen, dass Sie mich damit in Teufels Küche bringen können?«

»Ja, das weiß ich. Ich will niemandem Knüppel zwischen die Beine werfen, Dolan, aber Frank Garcia wird mich fragen, wie die Ermittlungen laufen, und ich muss entscheiden, ob ich ihn anlüge oder nicht. Sie kennen mich nicht, und vielleicht halten Sie nichts von mir, aber Sie können sicher sein, dass ich die Sache nicht auf die leichte Schulter nehme. Ich lüge nicht gerne. Einen Kunden lüge ich noch weniger gerne an und werde es auch nie tun, solange es keinen zwingenden Grund gibt. Sie müssen verstehen, Dolan, dass ich nicht Ihnen oder Krantz oder der Unverletzlichkeit der Ermittlungen verpflichtet bin, sondern Frank Garcia, der mich heute noch zu dem Fall ausfragen wird. Jetzt sitze ich hier neben Ihnen und frage Sie, warum ich ihm diese Infos nicht geben sollte.«

»Was ist, wenn Ihnen nicht gefällt, was ich sage?«

»Machen Sie doch nicht den zweiten Schritt vor dem ersten.«

Eine starke senkrechte Falte bildete sich zwischen ihren Augenbrauen, als sie überlegte, was sie mir sagen sollte. Ich hatte noch nicht viele Frauen kennengelernt, die attraktiv aussahen, wenn sie finster dreinschauten, aber diese hier tat es.

»Erinnern Sie sich an David Berkowitz, den ›Sohn von Sam‹?«

»Klar. Er hat in New York Menschen in geparkten Autos erschossen.«

»Berkowitz ist einfach zu den Autos gegangen, hat denjenigen erschossen, der im Auto saß, ganz gleich ob Mann oder Frau, und ist wieder weggegangen. Immer wieder hat er Menschen erschossen, und ihm war es egal, wen es erwischte. Beim FBI gelten sie als diejenigen, die am schwersten zu schnappen sind. Sie verstehen, warum?«

»Weil sie ihre Opfer willkürlich auswählen. Es gibt keine Verbindung zu den Opfern, und man kann nicht vorhersagen, wer als Nächstes dran ist.«

»Genau. Die meisten Mörder töten Menschen, die sie kennen, weswegen sie auch geschnappt werden. Der Ehemann tötet seine Frau. Ein Junkie tötet einen Dealer. So in der Art. Die meisten Morde werden nicht durch Hinweise wie in *Mord ist ihr Hobby* oder durch gerichtsmedizinische Gutachten wie in den Romanen von Patricia Cornwall aufgeklärt. Die Wahrheit ist ganz einfach: Fast alle Morde werden aufgeklärt, weil jemand einen anderen verpfeift, weil jemand sagt: ›Elmo hat gesagt, er würde ihn erschießen.‹ Dann geht die Polizei zu Elmo nach Hause, wo sie die unter Elmos Bett versteckte Tatwaffe findet. Schlicht und ergreifend. Und wenn es niemanden gibt, der mit dem Finger auf Elmo zeigt, kommt er ungeschoren davon.

Genau diesen Fall haben wir hier, Cole. Julio Munoz war das einzige auffällige Opfer. Ein ehemaliger Straßenstricher, der mit seiner Vergangenheit Schluss gemacht hatte und als Berater in einem Rehabilitationszentrum in Bellflower gearbeitet hat. Semple war Subunternehmer für Dachdeckerarbeiten und hat in Altadena gewohnt. Ganz anders als Munoz. Nicht vorbestraft, Diakon in seiner Kirche, Ehefrau, Kinder und der ganze Quatsch eben. Vivian Trainor war Krankenschwester, rechtschaffen und anständig wie Semple. Keech, ein Stadtpark-Wächter in Rente, wohnte in einem Seniorenheim in Hacienda Heights. Und jetzt Karen Garcia. Wir reden über einen Straßenstricher, einen Sonntagsschullehrer, eine Krankenschwester, einen Wachmann in Rente und eine wohlhabende College-Studentin. Zwei Latinos, zwei Anglos und einen Schwarzen, alle aus unterschiedlichen Stadtteilen. Wir sind zu allen Familien der Opfer gegangen und haben sie mit den Namen der anderen Opfer konfrontiert, aber wir waren nicht in der Lage, sie miteinander in Verbindung zu bringen. Wir versuchen Garcia einzubauen, aber auch hier ist das Ergebnis gleich null. Vielleicht können Sie uns dabei helfen.«

»Wie?«

»Krantz hat Angst, den Vater zu bedrängen, aber wir müssen mit ihm reden. Krantz sagt immer, wir müssten warten, bis er sich beruhigt hat, aber ich glaube, wir können es uns nicht leisten zu warten. Ich will ihm die Namen vorlegen. Ich will die Sachen seiner Tochter untersuchen.«

»Haben Sie ihre Wohnung nicht bereits durchsucht?«

»Doch, natürlich. Dafür brauchten wir seine Einwilligung nicht. Aber vielleicht hat sie noch Sachen von sich im Haus ihres Vaters gelassen. Bei mir jedenfalls war das so, als ich ausgezogen war.«

»Was wollen Sie dort finden?«

»Etwas, das sie in Verbindung mit den anderen Opfern bringt. Irgendwas in der Art, denn dann reden wir hier nicht mehr von einem willkürlichen Mord. Damit wird dieses Arschloch viel einfacher zu schnappen sein.«

»Ich werde mit Pike reden. Es wird schon klappen.«

»Dieser Typ ist schlau. Fünf Kopfschüsse, alle mit Kaliber .22, und keine der Kugeln passt zu den andern. Das heißt, dass er jedes Mal eine andere Waffe benutzt. Vielleicht schmeißt er sie weg, sodass wir bei ihm nie eine Tatwaffe finden werden. Jeder Mord findet an einem einsamen Ort statt, drei von den fünfen in der Nacht, sodass es keine Zeugen gibt. Wir haben zwei Patronenhülsen vom Kaliber .22 gefunden. Keine Fingerabdrücke, beide aus unterschiedlichen halb automatischen Waffen unterschiedlicher Marken abgefeuert. An drei Tatorten haben wir Schuhabdrücke gefunden, aber, das muss man sich mal vorstellen, von unterschiedlichen Schuhgrößen: vierundvierzig, fünfundvierzig und sechsundvierzig. Er will uns an der Nase herumführen.«

»Dann schmeißt er die Schuhe wahrscheinlich auch weg.«

Ihr Blick verfinsterte sich immer mehr, aber nicht mehr meinetwegen.

»Kann sein, aber wer weiß. Jemand, der so durchgeknallt ist, nimmt seine Morde vielleicht auf Video auf. Mein Gott, ich will diesen Wichser einfach nur schnappen.«

Eine Weile saßen wir schweigend nebeneinander, bis Dolan auf ihre Uhr sah.

»Sie haben mir viele Hintergrundinfos geliefert, Dolan, aber bis jetzt weiß ich immer noch nicht, warum ich sie nicht an Frank weitergeben sollte.«

»Oft nehmen diese Typen Kontakt auf, wie der ›Sohn von Sam‹ mit seinen Briefen, verstehen Sie?«

»Ich bin ganz Ohr.«

»Also, dieser Berkowitz, dieser Serienmörder. Er wurde lange nicht erwischt, weshalb er sich stark fühlte. Er wollte mit der Tatsache protzen, dass die Polizei ihn nicht zu fassen bekam, sodass er Hinweise an die Zeitungen geschickt hat.«

»So weit, so gut.«

»Nun, unser Typ hier hat das noch nicht getan. Die FBIler sagen, unser Typ will nicht an die Öffentlichkeit, könnte sogar deswegen in Panik geraten. Das ist einer der Gründe, warum wir den Fall unter Verschluss halten. Wenn wir an die Öffentlichkeit gehen, ändert er vielleicht seine Vorgehensweise, zieht vielleicht sogar in eine andere Stadt und beginnt dort von vorne. Verstehen Sie, was ich damit sagen will?«

»Aber wenn ihr an die Öffentlichkeit geht, kriegt ihr vielleicht einen Tipp, mit dem ihr den Typen festnageln könnt.«

Ihr Blick verhärtete sich, drückte Ärger aus. Sie hatte hübsche Augen. Braun.

»Genau das ist doch die Scheiße, Sie Weltgrößter, oder?

Es steht in keinem Lehrbuch, wie man sich einen solchen Mörder schnappt. Man beschließt den nächsten Schritt während der laufenden Ermittlungen und hofft, dass man das Richtige tut. Meinen Sie nicht, dass wir darüber auch schon geredet haben?«

»Ja, mit Sicherheit habt ihr darüber geredet.«

Ich dachte an den Stimmungswechsel, den ich im Dezernat beobachtet hatte – entspannte Situation, Lächeln, in Siegermanier sich gegenseitig auf die Hände klatschen. Als mir der grinsende FBIler einfiel, wusste ich plötzlich, dass das nicht alles war.

»Wer wird verdächtigt, Dolan?«

Sie blickte mich an, als würde sie gerade etwas entscheiden, dann befeuchtete sie ihre Lippen. »Dersh.«

»Eugene Dersh?« Deswegen hatte die Polizei ihn beschattet.

»Wahnsinnige wie er halten es nicht aus, wenn sie über die Ermittlungen nicht Bescheid wissen. Sie sind gerne nahe am Geschehen dran und wollen rauskriegen, was man über sie denkt. Eine ihrer Möglichkeiten ist zu behaupten, sie hätten zu dem Verbrechen irgendeinen Bezug. Sie tun so, als wären sie Zeuge gewesen, oder sagen, sie hätten in einer Kneipe was gehört oder so ähnlich. Die Leute vom FBI haben gesagt, das könnte die Schwachstelle des Mörders sein, und Krantz meint, dass Dersh sie uns bietet.«

»Weil Dersh die Leiche gefunden hat.«

»Nicht nur deswegen. Krantz und ein paar vom FBI sind nach Quantico geflogen, um mit einem der Verhaltensforscher dort zu reden. Anhand der Beweise haben sie ein Profil erstellt – Dersh passt ziemlich gut in das Bild.«

Ich runzelte die Stirn. »Sie geben hier zwar die offizielle Linie wieder, Dolan, aber Sie wirken alles andere als überzeugt.«

Sie schwieg.

»Also gut, wenn das Profil auf Dersh passt, welche Rolle spielt Riley Ward dabei?«

»Wenn die FBI-Leute recht haben, war er nur Dershs Vorwand, um die Leiche zu finden. Sie haben die Protokolle gelesen. Ward hat ausgesagt, dass Dersh den Weg vorgeschlagen hatte, auf dem sie die Leiche gefunden haben. Wenn Dersh die Geschichte erzählt, stellt er ganz anders dar, wie und warum sie zum See hinuntergegangen sind. Man fragt sich doch, welche Geschichte stimmt und warum sie so unterschiedlich sind.«

»Mit anderen Worten, Sie haben nichts. Es gibt keine harten Sachbeweise, und nur aufgrund dieses Profils vom FBI versucht ihr die Sache Dersh anzuhängen.«

Ihre braunen Augen hielten meinem Blick stand, doch sie zuckte mit den Schultern. »Nein, wir versuchen die Sache Dersh anzuhängen, weil Krantz Druck von oben kriegt. Bishop hat ihm vor einem Jahr die Sonderkommission übertragen, die bis jetzt nichts vorweisen kann. Die Oberfuzzis schreien Zeter und Mordio, und das heißt, dass Bishop Krantz nicht ewig den Rücken freihalten kann. Sobald die nächste Leiche auftaucht und Krantz noch keinen Verdächtigen vorweisen kann, ist er draußen.«

»Vielleicht kriegen Sie dann die Leitung der Kommission, Dolan.«

»Ja, genau.« Sie sah zur Seite.

Ich dachte über Dersh und seinen kenianischen Kaffee

nach. Dersh mit seinen leuchtenden Bildern und dem nach Markierstiften riechenden Haus. »Was ist mit Ihnen? Glauben Sie, es war Dersh?«

»Krantz glaubt, Dersh sei der Mörder. Ich glaube, gegen Dersh spricht ein begründeter Verdacht. Das ist ein Unterschied.«

Ich holte tief Luft und nickte, überlegte immer noch, was ich tun sollte. »Im Bericht des Kriminologen steht, dass der Täter vermutlich einen Geländewagen fuhr. Erinnern Sie sich an den Obdachlosen, von dem ich Ihnen erzählt habe?«

»Krantz mag vielleicht eine Niete sein, Cole, aber nicht alle von uns sind mit einem Besucherausweis ins Dezernat für Raub und Mord gekommen. Ich bin gestern zum See hochgefahren, konnte Mr. Deege aber nirgends finden. Der Polizeibezirk Hollywood bleibt am Ball.«

Plötzlich hatte ich eine Idee, was ich Frank Garcia erzählen würde, und war erleichtert.

»Also gut, Dolan. Ich werde dichthalten.«

»Sie werden Garcia nichts erzählen?«

»Nein. Der Einzige, dem ich was erzählen werde, ist mein Partner.«

»Pike.« Plötzlich funkelten ihre Augen – das freche Mädchen war wieder da. »Puh, Krantz wird das gar nicht gefallen – Joe Pike kennt sein großes Geheimnis.«

Ich streckte meine Hand in ihre Richtung. »Schön, dass wir miteinander ins Geschäft gekommen sind, Dolan. Ich rufe Sie später an wegen dem Gespräch mit Frank Garcia.«

Ihre Hand war kühl, trocken und kräftig. Ich hatte ein gutes Gefühl dabei, aber genau aus diesem Grund auch irgendwie ein schlechtes Gewissen.

Sie drückte einmal zu, dann öffnete ich die Tür, um auszusteigen.

»He, Cole.«

Ich hielt inne.

»Diese getürkten Berichte habe ich Ihnen nicht gern gegeben.«

»Ich weiß. Das habe ich gemerkt.«

»Das war gute Arbeit, wie Sie alles miteinander kombiniert haben. Sie hätten einen guten Polizisten abgegeben.«

Ich stieg aus und ging fort, gefolgt von ihrem Blick.

14

Kurz nach sieben war ich in meinem Büro, wo ich mir nur die Verhöre von Dersh und Ward schnappte und in ein Bagel-Café auf der anderen Straßenseite ging, das mir ganz gut gefiel. Ich bestellte Räucherlachs auf einem Zimt-Rosinen-Bagel und setzte mich an einen Tisch am Fenster. Eine ältere Dame am Nebentisch wünschte mir mit einem Lächeln einen guten Morgen, ein Gruß, den ich erwiderte. Der ältere Mann neben ihr las Zeitung und kümmerte sich nicht um uns. Er sah schlecht gelaunt aus.

Es war ein idealer Ort, um über Mehrfachmorde nachzudenken.

Ich ging zu den Münztelefonen neben den Toiletten und rief Joe Pike an. Beim zweiten Klingeln hob er ab.

»Ich bin im Bagel-Café gegenüber vom Büro. Karen Garcia war das fünfte Opfer in einer Mordserie, die schon neunzehn Monate andauert. Die Polizei weiß das, und sie haben einen Verdächtigen.« Wenn man etwas sagen muss, sollte man nicht lange drum herumreden.

Pike erwiderte darauf nichts.

»Joe?«

»Ich bin in zwanzig Minuten da.«

Während ich wartete, las ich die Verhöre von Dersh und

Ward noch einmal durch, in Gedanken immer bei Eugene Dersh. Dersh wirkte auf mich nicht wie ein mörderischer Irrer, aber vielleicht hatte man das über Ted Bundy und Andrew Cunanan auch gesagt.

Sowohl Dersh als auch Ward sagten in ihren jeweiligen Versionen der Ereignisse aus, dass Dersh derjenige war, der den Ausflug zum Lake Hollywood vorgeschlagen hatte, wichen aber wesentlich voneinander in der Schilderung darüber ab, warum sie den Pfad verlassen hatten und am Ufer weitergelaufen waren. Ward behauptete, es sei Dershs Idee gewesen und Dersh habe die Stelle bestimmt, an der sie den Pfad verlassen hatten. Die Polizei nannte diesen Sachverhalt »zielgerichtet«, als hätte Dersh den Verlauf der Ereignisse, die zur Auffindung der Leiche führten, bewusst gelenkt. Doch während Dersh den Sachverhalt klar und eindeutig beschrieb, machte Ward widersprüchliche und unsichere Aussagen, was mich wunderte.

Die ältere Dame beobachtete mich, und wieder lächelten wir uns zu. Ihr Begleiter war immer noch in seine Zeitung vertieft, sodass die beiden kein Wort miteinander gewechselt hatten, seit ich hier war. Vielleicht hatten sie sich schon vor Jahren alles gesagt, was es zu sagen gab. Vielleicht aber auch nicht. Vielleicht rührte ihr Schweigen nicht daher, dass sie nebeneinanderher lebten, sondern weil sie so perfekt zusammenpassten, dass Liebe und Kommunikation allein durch die bloße Nähe erreicht wurde. In einer Welt, in der Menschen ohne Grund andere Menschen töten, glaubt man gerne an so etwas.

Als Joe eintrat, blickte der ältere Mann von seiner Zeitung auf und runzelte die Stirn. Ja, ja, die Nachbarschaft.

»Gehen wir ein Stück«, schlug ich vor. »Hier drin will ich über die Sache nicht reden.«

Wir gingen auf der Südseite des Santa Monica Boulevard Richtung Osten, der Sonne entgegen. Ich reichte Pike das Blatt mit den fünf Namen.

»Sagt dir einer der Namen etwas?«

»Nur Karen. Das sind die anderen Opfer?«

»Ja. Munoz war das erste.« Ich gab ihm über die einzelnen Namen die Informationen weiter, die ich von Samantha Dolan und Jerry Swetaggen erhalten hatte. »Die Polizei hat versucht, diese Leute in einen Zusammenhang zu bringen, aber bis jetzt ohne Erfolg. Deswegen glauben sie, der Mörder wählt seine Opfer willkürlich aus.«

»Du hast gesagt, es gibt einen Verdächtigen.«

»Krantz tippt auf Dersh.«

Pike blieb stehen und sah mich mit der ganzen Ausdrucksfähigkeit einer weißen Wand an. Bei dem starken Berufsverkehr fragte ich mich, wie viele Autos in diesen wenigen Minuten, die wir hier entlanggingen, schon an uns vorbeigefahren waren.

»Der Mann, der die Leiche gefunden hat?«

»Krantz hat man die Pistole auf die Brust gesetzt. Er muss einen Verdächtigen vorweisen. Er würde gerne glauben, dass es Dersh ist, aber es gibt keine Sachbeweise, die auf ihn als Mörder schließen lassen. Sie haben nur ein Täterprofil vom FBI, weswegen Krantz diesen Typen rund um die Uhr beschatten lässt. Deshalb konnten sie mir auch folgen, als ich bei ihm war.«

»Hmm.«

Der vorbeifließende Verkehr spiegelte sich in Pikes Brille.

»Diese Sache war von Anfang an streng geheim gehalten worden, Joe, und die Polizei will das auch weiterhin so handhaben. Ich habe mit Dolan abgemacht, dass wir das respektieren. Wir können Frank nichts davon erzählen.«

Pikes Brustkorb weitete sich, während er auf die Straße blickte. Seine einzige Bewegung. »Ziemlich viel verlangt, dass wir nichts sagen sollen, Elvis.«

»Krantz mag ja ein Scheißkerl sein, aber Dolan gehört zur Spitzentruppe, ebenso wie Watts. O Mann, die meisten von ihnen sind Topleute, sonst wären sie nicht beim Dezernat für Raub und Mord. Selbst wenn Krantz danebenliegt, arbeiten die anderen immer noch an einer gerechten Sache. Ich glaube, wir müssen ihnen Zeit geben, damit sie ihren Arbeitsansatz weiterverfolgen können, und das heißt, Stillschweigen darüber zu wahren, was hier vor sich geht.«

Pike ließ ein leichtes Schnauben hören. »Ich soll Krantz helfen.«

»Dolan muss Frank über die vier anderen Opfer befragen und sich Karens Sachen anschauen. Wirst du mit ihm reden?«

Pike nickte, aber ich weiß nicht, ob dieses Nicken mir galt.

Schweigend gingen wir weiter, und bald hatten wir Pikes Jeep erreicht. Er öffnete die Tür, stieg aber nicht ein.

»Elvis?«

»Ja?«

»Kann ich die mal sehen?« Er meinte die Verhöre.

»Klar.« Ich gab sie ihm.

»Glaubst du, es war Dersh?« So wie die Frage klang,

wollte man bei einer positiven Antwort lieber nicht in Dershs Haut stecken.

»Ich weiß nicht, Joe. Die immer zuverlässige, wenn auch überstrapazierte Intuition sagt Nein, aber ich weiß es einfach nicht.«

Pikes Kiefer zuckte einmal, dann war keine Regung mehr zu sehen.

»Ich werde mit Frank reden und gebe dir dann Bescheid.«

Joe Pike stieg in seinen Jeep und zog die Tür zu. In diesem Moment hätte ich alles gegeben, um einen Blick in sein Herz zu werfen.

Pike wollte sich ein Bild von Eugene Dersh machen.

Er wollte ihn in seiner eigenen Umgebung sehen und selbst entscheiden, ob er ihn für Karen Garcias Mörder hielt. Wenn Dersh als Täter in Frage kam, würde Pike überlegen, wie er weiter vorgehen sollte.

Pike wusste aus den Abschriften der Polizeiverhöre, dass Dersh zu Hause arbeitete. Das LAPD begann alle Verhöre auf die gleiche Weise: Nennen Sie bitte für die Akten Ihren Namen und die Adresse. Nennen Sie Ihren Beruf. Pikes Ausbilder an der Akademie hatte erklärt, dass man immer so begann, weil es das Gegenüber in die Stimmung versetzte, auch die folgenden Fragen zu beantworten. Später musste Pike verwundert feststellen, wie oft sein Gegenüber dadurch in die Stimmung versetzt wurde zu lügen. Selbst Unschuldige logen, erfanden einen Namen und eine Adresse, unter der, wenn man den Befragten Wochen später aufsuchen wollte, ein Autoteileladen oder ein Haus voller illegaler Einwanderer zu finden war, von denen keiner ein Wort Englisch sprach.

Pike hielt vor einer Chevron-Tankstelle und suchte auf seinem Stadtplan Dershs Haus. Dersh wohnte in einer älteren Wohngegend in Los Feliz, wo sich die Straßen den Konturen der Bergausläufer angepasst hatten. Sich die Lage der Straßen anzuschauen war wichtig, weil Krantz' Leute Dershs Haus beobachteten und Pike wissen wollte, von wo aus.

Als Pike die Straßennamen rund um Dershs Haus herausgefunden hatte, rief er von seinem Mobiltelefon aus eine Immobilienmaklerin an, die er kannte, und fragte, ob in diesen Straßen ein Haus zu verkaufen oder zu vermieten sei. Die Polizei würde, wenn nötig, ihren Beobachtungsposten in einem Lieferwagen beziehen, aber ein Haus war ihr lieber. Nach einer kurzen Computer-Recherche fand Pikes Freundin in dieser Gegend drei Häuser, die zum Verkauf angeboten wurden. Zwei davon standen leer. Sie gab Pike die Adressen. Er stellte fest, dass eins der Häuser an der Straße direkt nördlich von Dersh schräg gegenüber von einem Durchgang stand. Dort müsste sich die Polizei eingenistet haben.

Pike fuhr durch Hollywood und weiter hinauf in das ruhige Wohnviertel, bis er zu Dershs kleinem, hübschem Häuschen kam. Gleich vorn beim Durchgang stand ein einstöckiges Wohnhaus, der vermutete Unterschlupf der Polizei. In dem kurzen Moment, in dem er an der Wegeinmündung vorbeifuhr, sah er, wie im offenen Fenster im ersten Stock etwas glitzerte. Die Beamten benutzten mit Sicherheit Ferngläser, Fernrohre und vielleicht auch eine Videokamera, doch wenn sich Pike Dershs Haus von der anderen Seite nähern würde, würden sie ihn nicht sehen.

Die Anlage des Viertels machte es ihm einfach. Kleine

Häuser, von der Straße zurückgesetzt, üppige Bäume und Büsche mit wenig freien Flächen dazwischen. Niemand schnitt vor dem Haus Blumen, kein Hausbesitzer spähte durchs Wohnzimmerfenster, kein Spaziergänger kam vorbei, kein Hund kläffte.

Zwei Häuser westlich von Dershs Grundstück stellte Pike seinen Wagen ab und verschwand zwischen den Büschen des nächsten Hauses, huschte von einem Versteck zum anderen. Immer wenn er von den Blättern eingehüllt war, überkam ihn völlige Ruhe.

Er schlich am Haus vorbei, hielt sich geduckt unter den Fenstern, bis er zwischen den Bäumen hindurch zu den Dornenbüschen rannte, von denen Dershs Haus umgeben war. Ohne die Pflanzen zu berühren oder umzuknicken, wie er es schon als kleiner Junge gelernt hatte, bewegte er sich um sie herum und zwischen ihnen hindurch.

Schließlich schlich er zur Ecke, wo sich das Wohnzimmerfenster befand, spähte kurz in das helle Zimmer hinein und sah, dass sich weiter hinten im Haus etwas bewegte. Er hörte Musik. Yves Montand sang auf Französisch.

Pike ging an der Westseite des Hauses entlang durch eine kleine Gruppe von Gummibäumen, zwischen denen Farn und Lilien gepflanzt waren, und lief geduckt am Badezimmerfenster vorbei bis zu den Fenstern von Dershs Arbeitszimmer, in dem er zwei Männer sah. Dersh, der kleinere von beiden, trug Jeans und ein Hawaii-Hemd. Er musste Dersh sein, weil der andere, der Jüngere, einen Anzug trug. Dersh bewegte sich, als wäre er hier zu Hause, der andere, als wäre er der Besucher. Pike lauschte. Dersh saß vor einem Computer, der andere stand hinter ihm und deutete über

Dershs Schulter hinweg auf den Bildschirm. Pike hörte Yves Montand singen und schnappte hin und wieder ein Wort des Gesprächs auf. Die beiden Männer unterhielten sich über das Layout einer Zeitschriftenanzeige.

Pike versuchte einen Eindruck von Dersh zu gewinnen. Dersh sah nicht aus, als wäre er zu den Dingen fähig, deren ihn die Polizei verdächtigte, doch Pike wusste, dass das Äußere allein keine Rückschlüsse auf den Charakter zuließ. Er hatte viele Menschen gekannt, die stark aussahen und sich wie Starke verhielten, im Innern aber schwach waren, und er hatte Menschen kennengelernt, die schüchtern wirkten, dann aber die Stärke und Fähigkeit bewiesen hatten, furchtbare Dinge zu tun.

Pike atmete gleichmäßig ein und aus, lauschte den Vögeln in den Bäumen und erinnerte sich an Karen Garcia, mit der er so viel Zeit verbracht hatte, und an die Umstände ihres Todes. Joe beobachtete Dersh, wie er seine Finger über die Tastatur bewegte, wie er saß, wie er über etwas lachte, das der andere sagte. Er dachte, er würde Dersh vielleicht auslöschen, sollte er Karen umgebracht haben. Er würde Gerechtigkeit walten lassen und wie ein Leichentuch über Dersh ausbreiten. Das würde er in diesem Moment fertigbringen, selbst bei Tageslicht, während die Polizei das Haus beobachtete.

Doch nach einer Weile schlich Pike vom Fenster fort. Eugene Dersh sah nicht aus wie ein Mörder, und Pike wollte warten, welche Beweise die Polizei zutage fördern würde. Erst dann würde er eine Entscheidung fällen.

Er hatte noch viel Zeit, um Gerechtigkeit walten zu lassen.

»Jeden gottverfluchten Tag machten wir achthundert Liegestütze, manchmal mehr als zweihundert Klimmzüge, und sie ließen uns rennen. Gott, wir rannten jeden Morgen fünfzehn Kilometer und noch mal sieben in der Nacht und manchmal sogar noch mehr. Wir waren nicht so groß wie die Linienrichter beim Football oder wie Rambo mit seinen schwuchteligen, von Eiweiß-Shakes aufgepumpten Muskeln. Wir waren größtenteils dürre Jungs, abgemagert und hungrig, aber wir konnten einen ganzen verdammten Tag lang marschieren und dabei einen Fünfundvierzig-Kilo-Rucksack, vierhundert Patronen und ein Maschinengewehr einen Berg raufschleppen. Wissen Sie, was wir waren? Wir waren Wölfe. Gemeine, dürre Wölfe, und man hatte uns nicht gerne im Rücken. O Mann, wir waren echt gefährlich. Genau das wollten sie. Die von Recon. Und wir wollten das auch.«

Auszug aus: *Junge Männer im Krieg: Eine Fallstudie zum posttraumatischen Stress-Syndrom,* von Patricia Barber, Ph. D. M. F. C. C. Duke University Press, 1986

Gunnery Sergeant Leon Aimes stand auf dem Kamm eines flachen Höhenzugs mit Blick über die ausgedörrten Hügel nahe des Marine-Trainingslagers Camp Pendleton, südlich von Oceanside in Kalifornien, und beobachtete das Gebiet mit seinem Zeiss-Fernglas, das er von seiner Frau als Geschenk erhalten hatte. Er war total sauer gewesen, als er an seinem vierund-

vierzigsten Geburtstag die Schachtel geöffnet hatte, weil das Fernglas die Familie um drei Monate vom Haushaltsgeld gebracht hatte. Doch es war das beste Fernglas der Welt, und später war er wie ein Hund zu seiner Frau geschlichen und hatte sich für sein Theater entschuldigt. Also gut, dieses Zeiss-Fernglas war das beste. Er würde es diesen Herbst für die Schwarzwedelhirschjagd verwenden, und in einem Jahr würde er es als abkommandierter Ausbilder der Force Recon zu seiner vierten Gefechtstour nach Vietnam mitnehmen – für die Jagd auf die Vietcongs.

Aimes saß in seinem Jeep, neben ihm sein bester Saufkumpan, Gunnery Sergeant Frank Horse. Beide trugen schwarze T-Shirts und die gesamte Feldausrüstung, um ihre Oberkörper hatten sie ALICE-Trageriemen geschnallt, und beide rauchten beschissene Zigarren, die sie vor zwei Monaten unten in TJ gekauft hatten. Horse war ein Vollblut-Mescalero-Apache, den Aimes für den besten Infanterie-Ausbilder von Camp Pendleton sowie für einen hervorragenden Krieger hielt. Aimes selbst war Afroamerikaner, doch seine Großmutter hatte ihm einmal erzählt, er habe Apachenblut in sich – was er gerne glaubte – und sei ein Nachkomme großer Krieger – da war er sich absolut sicher. Deswegen rissen er und Horse oft Witze darüber, dass sie demselben Stamm angehörten, wenn sie mal ein bisschen zu viel Tequila intus hatten.

Horse verzog seine Lippen, zwischen denen die Zigarre klemmte, zu einem Grinsen. »Du siehst ihn nicht, oder?«

Aimes rollte seine Zigarre im Mund hin und her. Mehr als ein Quadratkilometer Wüste erstreckte sich unter ihnen entlang der Küste. Das Relief tauchte ab in ein schmales Flussbett, bevor es sich ein paar hundert Meter weiter wieder zu einem kleinen Kamm erhob. Irgendwo da draußen in diesem gut einen Quadratkilometer großen Flecken war ein junger Marine, den Horse für einen echten Krieger hielt. »Noch nicht, aber ich suche.«

Horses Grinsen wurde breiter, und er nickte in keine bestimmte Richtung. »Er sitzt genau vor deiner dämlichen Nase, Leon.«

»Einen Scheißdreck tut er. Wenn er da draußen ist, werde ich ihn finden.« Leon Aimes' Gesicht verfinsterte sich noch mehr, und in Gedanken legte er ein riesiges Gitternetz über die Landschaft. Sorgfältig suchte er jedes Quadrat ab, notierte sich in seinem Kopf die Gruppen von Bärentraubenbäumen und die Flecken mit dem frischen Gras, um festzustellen, ob sich etwas verändert hatte, seit er das Terrain einige Minuten zuvor überflogen hatte. Er bemerkte keine Veränderungen, obwohl er wusste, dass irgendwo da draußen ein junger Marine langsam auf sie zugekrochen kam.

Horse zog kräftig und gespielt übertrieben an der Zigarre und blies eine große Rauchwolke in den Wind. »He, Kumpel, wir sind schon fast zwei Stunden hier draußen.« Rieb es ihm ordentlich unter die Nase. »Du weißt, dass er gut ist, ansonsten hättest du ihn schon gefunden. Müssen wir den Kerl den ganzen Tag da draußen lassen, oder ist das zu einer persönlichen Sache zwischen dir und ihm geworden?«

Seufzend nahm Aimes das Fernglas herunter. Sein Freund Frank Horse war nicht nur ein Krieger, sondern auch ein weiser Mensch. »Gut, verdammt, wo ist er?«

Um Horses Augen bildeten sich kleine Fältchen, als hätte er eine mit sich selbst geschlossene Wette gewonnen. Sein Lächeln verriet Aimes, dass Horse diesen Jungen mochte. Na gut. Horse deutete mit seiner Zigarre nach vorn. »Richtung drei-vier-null. Siehst du die kleine Vertiefung da hinten, in etwa dreihundert Meter Entfernung?«

Aimes sah sie sofort, auch ohne Fernglas. Ein ganz schwacher Schatten. »Ja.«

Horse griff nach hinten zum Megafon. »Er kam durch diesen kleinen Einschnitt am Hochufer des Flussbetts, hat sich nach rechts gewendet und sich von dort aus weiter vorgearbeitet.«

Verärgert spuckte Aimes braunen Zigarrensaft aus. »Verdammt, wie hast du ihn gesehen?«

»Einen Scheißdreck habe ich gesehen.« Horse spuckte seine eigene Ladung aus, bevor er seinen Freund ansah. »Ich hatte ihm gesagt, er soll diesen Weg nehmen.«

Ihre Blicke trafen sich, und Aimes lächelte. »Der Junge soll herkommen, dann reden wir mit ihm.«

Horse schaltete das Megafon ein. »Das Programm ist beendet, Soldat«, rief er. »Richten Sie sich auf.«

In der leichten Vertiefung dreihundert Meter weiter vorn in Richtung drei-vier-null bewegte sich nichts. Stattdessen erhob sich rechts von ihnen, keine zweihundert Meter entfernt, ein loser Klumpen aus Ästen, Jute und Dreck vom Boden. Horse fiel beinahe die Zigarre aus dem Mund. Aimes brach in Lachen aus und klopfte seinem alten Freund auf den Rücken. »Echt gut. Drei-vier-null.«

»Ich hätte schwören können …«

»Zum Glück wollte uns dieser Junge nicht unsere alten Ärsche wegschießen.«

Nachdem sich die beiden Kriegsveteranen wieder eingekriegt hatten, nickte Aimes seinem Freund Horse zu. Der schaltete das Mikrofon erneut an. »Hierher, Soldat. Aber zack-zack!«

Während der Junge über den aufgerissenen Boden zu ihnen rannte, dachte Aimes, dass der Soldat in seinem mit Laub gespickten Tarnanzug wie ein verfilzter Pekinese aussah, bei dem die Strähnen auf und ab hüpften. »Ist er gut in Form?«, fragte Aimes.

»Er war gut in Form, als er hier ankam.«

»Bauer?«

»Hat auf dem Land gewohnt, aber ich glaube nicht, dass sie Bauern sind.« Aimes mochte Jungs, die auf dem Land aufgewachsen waren und sich mit dem Leben dort auskannten.

»Was für ein Name ist das – Pike? Englisch? Irisch?«

»Weiß nicht. Er redet nicht über seine Familie. Er redet überhaupt kaum was.«

Aimes nickte. Das war ja nicht schlimm. »Vielleicht hat er nichts zu sagen.«

Jetzt wirkte Horse ein bisschen nervös, als ob ihm etwas über den Weg gelaufen wäre, das ihm überhaupt nicht passte und wovon er gehofft hatte, dass es ihm nicht begegnen würde. »Ja, gut, nur damit du Bescheid weißt, dass er nicht viel redet. Ich glaube nicht, dass er dumm ist.«

Aimes warf seinem Freund einen strengen Blick zu. »Du wirst mich meine Zeit ja wohl nicht mit einem Idioten verschwenden lassen.« Er sah zu dem Marine hinüber, der auf sie zukam. »Ein Junge, der in seinen Prüfungen so gut abschneidet wie dieser hier, kann nicht dumm sein.« Schließlich hatte er die Aufnahmeprüfungen besser gemeistert als die meisten Jungs vom College, und in allen Pflichtkursen war er der Beste.

»Also, einige der DIs finden ihn etwas merkwürdig, und manche aus seiner Kompanie auch. Bleibt meistens für sich und liest. Albert während seiner Freizeit nicht rum, macht

überhaupt nichts in der Art. Ich glaube nicht, dass ich ihn jemals habe lächeln sehen, seit er bei mir ist.«

Das beunruhigte Aimes. »Das Lachen eines Menschen verrät viel über ihn.«

Sie beobachteten ihn, während er näher kam, und schließlich seufzte Aimes. »Einen Mann, der keinen Gruppengeist hat, kann ich nicht brauchen.«

Horse spuckte aus. »Wir würden nicht hier stehen, wenn er keinen hätte. Dieser Junge reagiert pfeilschnell, aber draußen im Gelände schaltet er einen Gang zurück, um seinen Kameraden zu helfen. Auch wenn das keiner von ihm verlangt hat.«

Aimes nickte. Das gefiel ihm. »Was soll dann die Sache, dass er komisch ist? Du sagst, er ist der beste junge Mann in deiner Trainingseinheit, du zeigst mir die Akte des Jungen, in der steht, dass er Klassenbester ist, dann bringst du mich hier raus, und wir beide werden von einem Siebzehnjährigen an der Nase rumgeführt, als hätte er schon drei Jahre als Späher und Scharfschütze auf dem Buckel.«

Horse zuckte leicht mit den Schultern. »Ich wollte nur, dass du Bescheid weißt, mehr nicht. Er wird nicht einer deiner Standardrekruten sein.«

»Force Recon ist nicht an Standardrekruten interessiert, und wir beide wissen das besser als sonst jemand. Ich will charakterfeste junge Männer, aus denen ich Berufskiller machen kann. Punkt.«

Horse hob die Hände. »Ich wollte nur, dass du Bescheid weißt.«

»Also gut.« Aimes kaute auf der ekligen Zigarre, während er den jungen Marine beobachtete. »Was liest er denn so?«

»Er liest eben. Alles, was er zwischen die Finger kriegt.

Romane, Geschichte. Einmal habe ich ihn mit Nietzsche erwischt, und in seinem Spind habe ich auch was von Matsuo Basho gefunden.«

»Echt?«

»Ich wusste, dass dir das gefallen würde.«

»Na, und ob mir das gefällt!«

Leon Aimes betrachtete den Soldaten mit neuem Interesse, da er glaubte, dass alle guten Krieger Dichter waren. Die alten japanischen Samurais waren der Beweis dafür, und Aimes hatte seine eigene Theorie über das Warum. Er wusste, dass man den Kopf eines jungen Mannes mit noch so viel Worten über Pflicht, Ehre und Vaterland vollpumpen konnte – wenn die Kacke am Dampfen war und einem die Kugeln um die Ohren flogen, stellten sich auch die tapfersten jungen Männer nicht hin, um für ihre kleine Sally, die zu Hause auf sie wartete, oder für ihr Vaterland zu sterben. Wenn sie überhaupt durchhielten, dann taten sie es für ihre Kameraden. Ihre Liebe für sie und ihre Angst vor der Schande zwangen sie weiterzukämpfen, auch wenn ihr Arsch schon auf Grundeis ging und die Welt zur Hölle geworden war. Man brauchte einen besonderen Menschenschlag, der dort alleine stehen blieb, ohne dass er das Gewicht seiner Kameraden spürte, das ihn wie mit Ketten dort hielt, und Aimes suchte nach jungen Kriegern, die er so ausbilden konnte, dass sie sich alleine bewegten, alleine kämpften und alleine gewannen. Und bei Bedarf auch alleine starben. Dazu war nicht jeder Mann in der Lage. Aber Dichter waren anders. Man konnte einen Dichter nehmen und sein Herz mit den Begriffen Pflicht und Ehre erfüllen, und manchmal, wenn man besonderes Glück hatte, reichte das. Aimes hatte vor langer Zeit gelernt, vielleicht sogar schon in einem früheren Leben, dass ein Dichter bereit sein konnte, für eine Rose zu sterben.

Horse fuchtelte mit seiner Zigarre herum, als der Soldat zu ihnen heraufstapfte und Haltung annahm. In dem absurden Tarnanzug sah er aus wie ein großer, dürrer Strauch.

»Ziehen Sie diesen Tarnanzug aus und rühren Sie sich, Soldat. Das hier ist Gunnery Sergeant Aimes, der, abgesehen von Chesty Puller und mir, der beste Marine in diesem Corps ist. Sie werden seinem Befehl gehorchen, ist das klar?«

»Jawohl, Gunnery Sergeant!«, rief der junge Mann.

Soldat Pike wand sich aus dem Tarnanzug, verstaute ihn hinten im Jeep und kam wieder nach vorne. Weder Aimes noch Horse sagten währenddessen ein Wort, und auch danach ließ ihn Aimes eine Minute lang stehen und dachte nach. Aimes erinnerte sich aus der Akte, dass der junge Mann Joseph Pike hieß, ohne zweiten Vornamen. Er war groß, vielleicht einsfünfundachtzig, schlank, sehnig und von der Sonne Südkaliforniens braun gebrannt. Gesicht und Hände waren mit Tarncreme eingeschmiert, aber er hatte die blauesten Augen, die Aimes je gesehen hatte. Augen wie die von richtigen weißen Nordlichtern, vielleicht von Norwegern oder Schweden oder einem anderen Land im Norden, was für Aimes auch in Ordnung war. Er hatte riesigen Respekt vor den Wikingern, für ihn waren sie fast genauso gute Krieger wie seine afrikanischen Vorfahren. Aimes sah in diese blauen Augen und dachte, dass sie Ruhe, aber weder List noch Reue ausstrahlten. »Wie alt sind Sie, Soldat?«, fragte Aimes. Aimes wusste natürlich, wie alt der Rekrut war, aber er wollte ihn befragen, um sich ein Bild von ihm zu machen.

»Siebzehn, Gunnery Sergeant!«

Aimes verschränkte die Arme, und über den dicken Muskeln

spannte sich das schwarze T-Shirt der Marines. »Hat Ihre Mutter die Papiere unterschrieben, damit Sie so früh beitreten konnten, oder haben Sie die Unterschrift gefälscht?«

Der Junge gab keine Antwort. Von seinem Kopf liefen Schweißtropfen herab und hinterließen Spuren in seinem ausgemergelten Gesicht. Sonst bewegte sich nichts an ihm.

»Ich habe Sie nicht gehört, Soldat.«

Der Junge stand einfach so da, ohne eine Antwort zu geben. Horse stellte sich hinter seinen Rücken, sodass der Junge sein Grinsen nicht sehen konnte.

Gunnery Sergeant Leon Aimes trat nahe an den Soldaten heran und flüsterte ihm ins Ohr: »Ich rede nicht gerne mit mir selbst, junger Mann. Ich würde vorschlagen, Sie antworten mir.«

Und der junge Marine antwortete. »Weiß nicht, ob Sie das was angeht, Gunnery Sergeant.«

Horse sprang dem jungen Soldaten schneller ins Gesicht, als eine frisch geladene M16 ihr Magazin leert. Er schrie so laut, dass sein Gesicht knallrot anlief. »Alles auf dieser Welt geht den Gunnery Sergeant was an, Soldat! Sind Sie tatsächlich so dumm, dass Sie mich vor einem Marine in Verlegenheit bringen, der aus zwei Kriegen als Held hervorgegangen ist und ein besserer Mensch, als Sie je hoffen können, es in Ihren besten Tagen zu sein?«

Aimes wartete. Der Junge wirkte weder ängstlich noch arrogant, was ebenso gut war. Er wirkte nachdenklich.

»Mein Vater«, sagte er schließlich.

»Haben Sie irgendwelche Probleme, dass Ihr Vater Sie in mein Corps gesteckt hat? Sind Sie Autodieb oder Unruhestifter oder so was?«

»Nein, Gunnery Sergeant.« Der Blick seiner blauen Augen traf den von Aimes. »Ich habe ihm gesagt, dass ich ihn umbringen würde, wenn er nicht unterschreibt.« In diesen Worten steckte kein Funken Humor. Sie ließen auch nichts von der Haltung eines rotzfrechen Lümmels erkennen, die Aimes so sehr hasste. Der junge Marine sagte die Worte so, wie man alles andere sagen würde, und Aimes wusste sofort, dass sie der Wahrheit entsprachen. Aimes wunderte sich darüber, aber es brachte ihn nicht aus der Fassung. Es kamen oft gewalttätige junge Männer ins Corps, wo sie lernten, diese Gewaltbereitschaft zu kanalisieren. Wenn sie dies nicht taten, flogen sie wieder raus. Bisher würde es der Junge auf jeden Fall schaffen.

»Sie wissen, was die Force Recon ist?«, fragte Aimes.

»Kleine Spähtrupps, Gunnery Sergeant.«

»Richtig. Kleine Trupps von Männern, die mutterseelenallein in das Todestal gehen und die Gegend ausspionieren, den Feind jagen und ihn töten. Ich selbst bin Force-Recon-Krieger und gehöre zur stolzesten Menschengattung, die sich der liebe Gott ausgedacht hat. Gibt keine besseren.«

»Erste Sahne, Kumpel. Gibt keine besseren«, warf Horse ein.

»Recon braucht besondere Männer, das ist nichts für Nullachtfünfzehn-Typen. Force-Recon-Krieger sind auf diesem Planeten die besten Krieger, die es gibt, und mir ist scheißegal, was diese Tintenfische von SEAL und diese grünen Narrenkappen von den Army's Special Forces behaupten.«

Der Soldat stand einfach da, sah Aimes vielleicht an, vielleicht auch nicht, und Aimes war enttäuscht. Gewöhnlich entlockte ihnen dieses Gequatsche zumindest ein Grinsen, aber der hier stand einfach nur so da.

»Die Force-Recon-Ausbildung ist die härteste Ausbildung in

diesem und jedem anderen Corps. Wir rennen dreißig Kilometer am Tag mit vollem Gepäck. Wir machen mehr Liegestütze als Herkules. Wir lernen, im Dunkeln zu sehen wie diese durchgeknallten Ninjas und den Feind allein mit der Kraft unseres Geistes zu töten, und ich will wissen, wieso Sie nicht lächeln, Soldat, weil das hier der lustigste Schwachsinn ist, der Ihnen je untergekommen ist!«

Immer noch keine Reaktion.

Horse stand kopfschüttelnd hinter dem Soldaten und grinste. Hab ich doch gesagt, meinte er damit.

Aimes seufzte, nahm die verschränkten Arme auseinander und trat hinter Pike, sodass er mit den Augen rollen konnte. Horse konnte sein Lachen kaum noch zurückhalten. »Also gut, junger Mann. Vielleicht bin ich nicht Flip Wilson, aber Gunnery Sergeant Horse, der ein tierisch guter Krieger ist, der beste, den ich kenne, glaubt, Sie hätten das, was meine jungen Männer brauchen, und ich denke, er könnte recht haben.« Aimes ging wieder um Pike herum und blieb vor ihm stehen, doch diesmal hatte er alles aus seinen Augen gelöscht, was auch nur im Entferntesten an Humor erinnerte. »Der Gunnery Sergeant sagt, Sie seien gut im Nahkampf.«

Wieder nichts, und Aimes fragte sich, warum dieser Junge so wenig sagte. Vielleicht stammte er aus einer Familie, in der nicht viel geredet wurde.

Aimes zog sein Messer aus der Scheide und hielt es dem Jungen mit dem Griff nach vorne hin. »Wissen Sie, was das ist?«

Die blauen Augen senkten sich nicht einmal zum Messer hinab. »Es ist kein K-Bar.«

Aimes betrachtete sein Messer. »Das üblicherweise im Corps verwendete K-Bar-Kampfmesser ist eine tierisch gute Waffe, es gibt keine bessere. Aber nicht für einen Krieger wie mich.« Er drehte das Messer über die Außenseiten seiner Finger. »Das ist ein Kampfdolch, speziell handangefertigt nach meinen Angaben von einem Meister seines Fachs. Diese Klinge ist so verdammt scharf, dass das Arschloch neben dir anfängt zu bluten, wenn du dich schneidest.«

Horse nickte und schürzte wissend die Lippen, als seien noch nie im Leben wahrere Worte gesprochen worden.

Aimes warf das Messer herum, fing es an der Spitze auf und reichte es dem Jungen, der es in die rechte Hand nahm.

Aimes breitete die Arme aus. »Versuchen Sie es mir in die Brust zu rammen.«

Aimes hatte eigentlich erwartet, dass der Junge einen Moment zögern würde, doch dieser schnellte in einem solchen Tempo nach vorne, dass Aimes keine Zeit hatte zu überlegen – er blockierte den Arm des Jungen und drehte das Handgelenk nach hinten. Ein furchtbares Knacken war zu hören, als das Gelenk nachgab und der Junge auf dem Rücken landete.

Der Junge verzog keine Miene und sagte kein Wort.

Aimes und Horse waren außer sich, halfen dem Jungen auf die Beine. Aimes fühlte sich furchtbar und kam sich wie der letzte Dreck vor, weil er diese Schau abgezogen hatte, als der Soldat ihn mit seinen blauen Augen ansah und fragte: »Was haben Sie gemacht?« Nicht um ihn anzuklagen oder um einen Vorwurf zu äußern, sondern weil er genau wissen wollte, was passiert war.

Aimes half dem jungen Mann auf den Rücksitz des Jeeps. »Das war ein Armhebel«, begann er. »Der wird bei einer Kampfsportart verwendet, die Wing Chun heißt. Eine Chinesin hat sie vor achthundert Jahren erfunden.«

»Eine Frau.« Der Junge schien fast zu nicken, nicht richtig, aber fast, während er nachdachte. Er schien sich überhaupt nicht zu ärgern, dass ihm Aimes das Handgelenk gebrochen hatte. »Sie haben meine Kraft gegen mich gekehrt«, sagte er. »Eine Frau, die kleiner ist, müsste so was tun.«

Aimes sah ihn an. »Richtig. Sie sind nach vorne geschnellt. Ich habe diese Energie blockiert und Ihren eigenen Schwung genutzt, um Ihre Hand zu drehen und in Ihre Richtung zu lenken.«

Der Junge blickte auf seine Hand hinab, als würde er sie zum ersten Mal sehen, und legte sie schützend in den anderen Arm.

»Mein Gott, Junge, Sie sind schnell«, sagte Aimes. »Sie sind so verdammt schnell, dass mir die Sache etwas entglitten ist. Es tut mir leid.«

Der Junge sah zu Aimes auf. »Zeigen Sie das im Recon-Training?«

»Das gehört nicht zum normalen Ausbildungsplan, aber ich unterrichte einige Männer darin. Hauptsächlich lernen wir Bodennavigation, Flucht- und Ausweichmanöver und Techniken für den Hinterhalt – die Kunst des Krieges eben.«

»Werden Sie es mir zeigen?«

Aimes sah zu Horse hinüber, und Horse nickte. Seine Aufgabe war jetzt erledigt. Er setzte sich hinter das Lenkrad und wartete.

»Ja, Soldat«, sagte Aimes. »Sie werden einer meiner jungen Männer. Ich werde Sie zum gefährlichsten Menschen auf Erden machen.«

Der junge Soldat sagte kein Wort mehr, bis sie in der Krankenstation waren, wo Aimes das Formular für den Unfallbericht ausfüllte und die volle Verantwortung für die Verletzung auf sich nahm. »Es macht nichts, dass Sie mich verletzt haben«, sagte der Junge nur.

Am Abend – die beiden hatten immer noch ein schlechtes Gewissen – übten sich Aimes und Horse mit solch einer rohen Wildheit im unbewaffneten Nahkampf, dass Blut floss – ihre verzweifelte Methode, die Scham zu besiegen. Später tranken sie zusammen, und noch später beichtete Leon Aimes alles seiner Frau, wie er es immer tat, wenn einer seiner jungen Männer verletzt worden war und er sich verantwortlich fühlte. Dann hielt sie ihn bis zum Morgengrauen in ihren Armen.

Als Krieger und als Mann war Leon Aimes über jeden Zweifel erhaben. Es gab keinen Besseren.

Eine Woche später beendete PFC Pike, Joseph, kein zweiter Vorname, sein Advanced-Infantry-Training trotz seines gebrochenen Handgelenks und wurde zur Zusatzausbildung der Force Recon Company überstellt. Er wurde in den Jahren nach Vietnam geschickt, in denen die Beteiligung der Vereinigten Staaten an dem dortigen Krieg sich dem Ende zuneigte. Leon Aimes verfolgte die Entwicklung des jungen Marine, wie er es mit allen seinen jungen Männern tat, und stellte befriedigt fest, dass Soldat Pike seinen Dienst mit Auszeichnung absolvierte.

Es gab keinen Besseren, wie Leon Aimes immer sagte.

15

Pike rief mich an, um mir zu sagen, dass Frank uns am Nachmittag um drei sehen wolle. Ich gab die Nachricht an Dolan weiter. »Ich bin beeindruckt, Weltbester. Ich denke, Sie sind ganz nützlich.«

»Werden Sie mich in Zukunft immer so nennen, Dolan?«

»Das ist besser als so manch anderes, was mir noch zu Ihnen einfällt.«

Diese Polizisten glauben, sie seien zum Schreien komisch.

Frank Garcias Haus war so ruhig wie ein schlafender Pitbull – und genauso einladend. Keine Polizeifuzzis, keine Stadträte; nur ein trauernder alter Mann und seine Haushälterin. Ich fragte mich, ob Frank die Lüge in meinen Augen erkennen würde, und überlegte, ob ich mir Pikes Sonnenbrille ausleihen sollte.

Ich parkte im Schatten eines der riesigen Ahornbäume und wartete auf Pike und Dolan. Im Viertel war es so ruhig, dass man gehört hätte, wenn eins der großen, grünen Ahornblätter auf die Straße gefallen wäre. Der teuflische Wind hatte sich gelegt, aber ich wurde das Gefühl nicht los, dass er sich nur ausruhte, sich in den harten, ausgetrockneten Canyons im Norden versteckte, um neue Kraft zu sammeln und gleich wieder unerwartet aus irgendeiner Richtung seine Klauen über die Stadt auszubreiten.

Pike traf ein paar Minuten später ein und stieg in meinen Wagen. »Ich habe Dersh gesehen.«

Bei jedem anderen hätte ich es für einen Witz gehalten, aber Pike machte keinen Witz. »Du hast Dersh gesehen. Hast du mit ihm *gesprochen*?«

»Nein. Hab ihn nur gesehen.«

»Du bist also hingegangen, um ihn dir anzuschauen.«

»Mh-hm.«

»Mein Gott, und was hattest du davon?«

»Das war nötig.«

»Ah ja, das erklärt alles.«

Man sieht, womit ich ständig zu kämpfen habe.

Dolan parkte ihren BMW auf der anderen Straßenseite. Sie rauchte und ließ die Kippe auf die Straße fallen, nachdem sie ausgestiegen war. Wir gingen ihr entgegen.

»Was weiß er?«

»Er weiß, was ich weiß.« Er. Als wäre Pike nicht da.

Dolan musterte Pike einen Moment, dann befeuchtete sie ihre Lippen. »Können Sie den Mund halten?«

Joe gab keine Antwort.

Dolan runzelte die Stirn. »Also?«

»Sie haben Ihre Antwort schon, Dolan«, sagte ich.

Dolan grinste Pike an. »Ja. Ich habe gehört, dass Sie nicht viel reden. Halten Sie das auch weiterhin so.«

Dolan ging in Richtung des Hauses. Pike und ich sahen uns an.

»Sie ist ziemlich hart drauf.«

»Mh-hm«, machte Pike.

Die Haushälterin ließ uns hinein und führte uns ins Wohnzimmer. Dabei schielte sie nervös zu Dolan, als spürte sie, dass diese Polizistin war und es Schwierigkeiten geben könnte.

Frank saß im Wohnzimmer und sah hinaus durch die Terrassentür auf den Swimmingpool und die Obstbäume, wo die Steinlöwen umherschlichen. Ich war erst vor drei Tagen hier gewesen, jetzt jedoch war Franks Haut vom Alkohol aufgeschwemmt und mit Schweiß überzogen, sein Haar war fettig, und in der Luft hing der scharfe Geruch von Achselschweiß. In seinem Schoß lag ein leeres Schnapsglas. Vielleicht war es immer so, wenn man sein einziges Kind verlor.

»Frank«, grüßte Pike.

Frank sah Dolan ausdruckslos an, dann blickte er zu Pike.

»Ist alles in Ordnung mit Karen?«

»Wie viel hast du schon getrunken?«

»Fang nicht so an, Joe. Fang bloß nicht so an.«

Joe ging zu ihm und nahm ihm das Glas weg. »Das ist Detective Dolan, von der ich dir erzählt habe. Sie muss ein paar Fragen stellen.«

»Hallo, Mr. Garcia. Es tut mir leid wegen Ihrer Tochter.« Dolan hielt ihre goldfarbene Dienstmarke hoch.

Blinzelnd betrachtete Frank die Marke, bevor er Dolan ansah, als hätte er Angst, das zu fragen, was er am dringlichsten wissen wollte. »Wer hat meine Tochter umgebracht?«

»Deswegen bin ich hier, Sir. Das versuchen wir rauszufinden.«

»Ihr arbeitet doch schon seit einer Woche daran. Habt ihr denn keine Idee, wer es gewesen sein könnte?«

Er hätte die Sache nicht besser auf den Punkt bringen können.

Dolan lächelte freundlich und sagte, sie würde seinen Schmerz verstehen und vielleicht sogar teilen. »Ich muss Ihnen ein paar Fragen über Leute stellen, die Sie oder Karen möglicherweise gekannt haben.«

Frank Garcia schüttelte den Kopf, und als er sprach, war er kaum zu verstehen. »Wen?«

»Kannte Karen jemanden, der Julio Munoz heißt?«

»Ist das das Schwein, das sie umgebracht hat?«

»Nein, Sir. Wir nehmen mit jedem aus Karens Adressbuch Kontakt auf, aber bei vier Namen stimmt die Telefonnummer nicht mehr. Wir wollen herausfinden, mit wem sie zuletzt Kontakt hatte, was sie ihnen gesagt hat und solche Dinge.« Dolan war gut. Sie log mit einer Sicherheit und ohne jedes Zögern, als würde sie die reine Wahrheit erzählen.

Frank schien sich zu ärgern, dass es nur um solche Kleinigkeiten ging. »Ich kenne keinen Julio Munoz.«

»Was ist mit Walter Semple, Vivian Trainor oder Davis Keech? Vielleicht kannte Karen sie von der Schule, oder vielleicht haben die Leute für Sie gearbeitet.«

»Nein.« Man merkte, dass er sich zu erinnern versuchte und enttäuscht war, dass ihm nichts einfiel.

»Karen hat Ihnen gegenüber die Namen nie erwähnt?«

»Nein.«

»Mr. Garcia, als ich aus meinem Elternhaus ausgezogen bin, habe ich ein paar Kartons mit meinen Sachen dort gelassen«, fuhr sie fort. »Alter Schulkram. Alte Bilder. Falls Karen irgendwas hier gelassen hat, dürfte ich es mir mal anschauen?«

Er drehte seinen Rollstuhl gerade so weit herum, dass er seine Haushälterin sehen konnte. »Maria, führe sie in Karens Zimmer, *por favor.*«

Ich war schon dabei, Dolan zu folgen, als Frank mich aufhielt. »Ich möchte kurz mit euch beiden reden.«

Er wartete, bis Dolan durch die breite Tür verschwunden war. »Sie weiß mehr, als sie sagt«, begann er leise. »Und ich verwette meine letzte Tortilla, dass diese Leute, von denen sie geredet hat, nicht das sind, was sie behauptet hat. Behaltet sie im Auge. Schaut mal, ob ihr nicht rauskriegt, wonach sie wirklich sucht.«

Ich denke, ein Steinmetz bringt es nicht zum Multimillionär, wenn er nichts auf dem Kasten hat.

Joe blieb bei Frank. Ich ging allein durch den Flur zu Maria, die vor der Tür zu Karens Zimmer auf mich wartete.

»*Gracias*, Maria. Wir kommen zurecht.«

Ich betrat Karens ehemaliges Zimmer, das aber in gewisser Weise ihres geblieben war. Die Jugendmöbel vermittelten den Eindruck, als hätte die Zeit stillgestanden. Bücher, ausgestopfte Tiere, Posters von Bands, die es seit mehr als zehn Jahren nicht mehr gab, ließen die Tür zu einer Zeitschranke werden, die mich in die Vergangenheit führte. Ein Bild von *A Flock of Seagulls*. Du meine Güte.

Dolan war gründlich. Außer den Kleidern und dem Schnickschnack, den junge Frauen sammeln, war nicht mehr viel in dem Zimmer, doch wir verbrachten fast drei Stunden damit, uns die College- und Highschool-Hefte, die Jahrbücher ihrer Highschool und die Relikte eines Lebens anzuschauen, die sich in den dunklen Ecken eines Mädchenzimmers anhäufen. Außer mit Kleidern war der Schrank vom Boden bis zur Decke mit Brettspielen vollgestopft – Pachisi, Monopoly, Cluedo. Wir öffneten jede Schachtel.

Irgendwann brachte uns Maria süßen mexikanischen Eistee mit Limone und Minze. Unter dem Bett entdeckten wir weitere Kartons. In den meisten waren Kleider, doch einer war randvoll mit Aufzeichnungen und Briefen einer Brieffreundin namens Vicky Quesada aus der Zeit von Karens ersten beiden Jahren an der UCLA. Wir überflogen jeden einzelnen Brief, suchten nach den vier Namen, fanden aber nichts. Ich fühlte mich wie ein Fremder, während ich die Briefe las, bis in einem von ihnen Joe erwähnt wurde. Laut Datum war Karen im zweiten Jahr ihrer Ausbildung gewesen. Vicki hatte geschrieben, dass sich die Geschichte mit Joe echt heiß anhöre, und sie wollte, dass Karen ihr ein Bild schickte. Ich lächelte. »Dieser Joe.«

»Was ist das?«

»Nichts.«

Dolan runzelte die Stirn und griff sich an die Hüfte. »Oh, Scheiße.«

»Was ist?«

»Mein Pager. Verdammt, es ist Krantz. Ich bin gleich zurück.«

Dolan schnappte sich ihre Handtasche und verließ das Zimmer.

Ich fand in den Briefen noch sechs weitere Hinweise auf Joe. Vicky hatte das Bild erhalten, und Joe sei ja »soooo hübsch«. Die Briefe waren chronologisch sortiert, sodass ich leicht folgen konnte, doch die meisten Hinweise auf Joe waren Fragen: *Wie ist es, sich mit einem Polizisten zu treffen? Werden deine Freunde in seiner Nähe nicht nervös? Nimmt er dich in seinem Wagen mit?* Bei den ersten zwei oder drei Stellen, an denen Joe erwähnt wurde, musste ich lächeln, nicht aber beim letzten Brief. Vicky schrieb, dass es ihr leidtue, dass es mit Joe nicht klappe, und dass Männer Schweine seien und immer das haben wollten, was sie nicht kriegen könnten. »Wieso glaubst du, dass er eine andere liebt?«

Ich kam mir komisch vor und schämte mich, als hätte ich durch ein Schlüsselloch in einen Teil von Joes Leben gespäht, der mich nichts anging. Ich legte die Briefe in die Schachtel zurück und schob sie wieder unters Bett.

Dolan kam zurück. Sie wirkte verärgert. »Irgendwas gefunden?«

»Nein.«

»Ich habe gute Nachrichten für den Alten. Wir geben die Leiche des Mädchens frei. Er kann sie endlich beerdigen.«

»Ja, da wird er erleichtert sein.« Ich dachte immer noch über Joe nach.

»Und die schlechte Nachricht: Krantz wird niemanden auf die Beerdigung ansetzen.«

Ich erstarrte. »Na, aber hören Sie mal, Dolan. Der Einsatz auf einer Beerdigung ist doch ein Kinderspiel.« Manchmal gehen die Mörder zur Beerdigung ihrer Opfer. Manchmal verraten sie sich sogar dabei.

»Das *weiß* ich, Cole, aber es liegt nicht an mir. Krantz hat Angst, so viele Überstunden für den Fall aufzuwenden, weil er allein schon sieben Leute braucht, um Dersh rund um die Uhr zu beschatten. Er meint, er könnte das mit der Beerdigung nicht rechtfertigen, wenn wir eh schon wüssten, wer es war.«

»Gegen Dersh hat er doch nichts in der Hand. Der letzte Provinzpolizist würde die Beerdigung überwachen lassen.«

Sie presste die Lippen aufeinander, bis ihre Mundwinkel weiß wurden. »Wir werden das erledigen, Weltbester, oder? Ich werde hingehen. Vielleicht kann ich ein paar Leute zusammentrommeln, die ihre Freizeit opfern. Ich frage zwar nicht gerne, aber meinen Sie, Sie könnten aushelfen?«

Ich sagte zu.

»Was ist mit Deege? Hat mal jemand versucht, ihn aufzutreiben, oder fällt das auch flach wegen der Überstunden?«

»Sie sind echt ein Arsch, wissen Sie das?«

»Ich weiß, dass Sie nicht schuld daran sind, Dolan. Es tut mir leid.«

Kopfschüttelnd hob sie die Hände. Sie hatte es satt.

»Ich habe doch gesagt, dass die Streifenpolizisten die Augen offen halten. Bis jetzt ist er noch nicht wieder aufgetaucht. Okay?«

»Ich weiß, dass Sie nicht schuld sind.«

»Ja, stimmt.«

Sie warf einen finsteren Blick durch das Zimmer, als fürchtete sie, wir hätten die eine Stelle übersehen, wo wir das gefunden hätten, wonach wir suchten. »Ich denke, wir sind hier fertig, Cole«, sagte sie schließlich. »O Gott, es ist schon sechs Uhr durch. Wollen Sie was trinken oder so?«

»Ich bin zum Abendessen mit meiner Freundin verabredet.«

»Oh. Gut.« Die Hände in die Hüften gestemmt, ließ sie wieder ihren finsteren Blick durchs Zimmer gleiten. »Tja, vielen Dank für die Hilfe. Ich bin Ihnen sehr dankbar, dass Sie das hier für mich arrangiert haben.«

»Null Problemo.«

Sie ging vor mir aus dem Zimmer. Als sie das Haus verlassen hatte, fragte Frank: »Sie hat doch nichts mitgenommen, oder?«

»Nein, Frank.«

Mit mürrischem Blick hing er in seinem Rollstuhl. »Haben Sie herausgefunden, was sie gesucht hat?«

»Wie sie schon gesagt hatte – nur Namen.«

»Dieses Luder hat gelogen.«

Joe und ich schlichen wie zwei geprügelte Hunde aus dem Haus. »Wir haben in einer Schachtel unter ihrem Bett einige Briefe gefunden«, sagte ich, als wir an den Autos waren. »In einigen warst du erwähnt. Ich musste sie lesen.«

Pike hörte einfach nur zu.

»Es tut mir leid, dass es zwischen dir und Karen nicht geklappt hat. Sie schien ein nettes Mädchen gewesen zu sein.«

Pike blickte zum hellgrünen Baldachin hinauf, den die Ulmen über uns bildeten. Die Blätter hingen so regungslos an den Zweigen, als wären sie gemalt.

»Was stand in den Briefen?«

Ich gab einiges von dem Inhalt wieder.

»Mehr nicht?« Als wüsste er, was es sonst noch gab, und als wollte er mir dies mitteilen.

Ich erzählte ihm von dem Brief, in dem stand, dass er eine andere liebte.

»Stand darin, wen?«

»Nein. Das geht mich auch nichts an.«

Familientag beim Polizeirevier Rampart …

Juni, vierzehn Jahre zuvor

Drei Autos waren zwischen ihnen und dem braunen Caprice, der sie in dem ruhigen Sonntagmorgenverkehr verfolgte. Darin saßen zwei Weiße der Internal Affairs Group mit Bürstenschnitt und Sonnenbrillen. CIA-Möchtegerns.

Sie waren ziemlich gut, aber Pike war besser. Er hatte sie auf dem Weg zu Karen entdeckt.

Als Pike seine Freundin zu seinem Wagen geführt hatte, hatte er sie nicht gesehen, aber als er auf dem Hollywood Freeway einen angenehmen Rhythmus gefunden hatte, waren sie wieder hinter ihm. Er war sich sicher, dass sie wussten, wohin er fuhr. Wenn nicht, müssten sie sich auf eine Überraschung gefasst machen. »Sehe ich gut aus?«, fragte Karen.

»Mehr als gut.« Er hatte in den Rückspiegel geschaut.

Sie schielte ihn aus dem Augenwinkel heraus an. »Wie viel mehr als gut?«

Er streckte Daumen und Zeigefinger aus und hielt sie höchstens einen halben Zentimeter auseinander.

Sie schlug ihm aufs Bein.

Er spreizte Daumen und Zeigefinger so weit auseinander, wie er konnte.

»Besser.«

Sie rutschte auf der vorderen Sitzbank des Ford Ranger auf seine Seite und kuschelte sich an ihn, ohne sich des Wagens hinter ihnen, der Männer darin oder dessen bewusst zu sein, was wegen des Wagens passieren könnte. Sie trug ein leuchtend gelbes Sommerkleid und Sandalen. Das Gelb passte gut zu ihrer braunen Haut und den weißen Zähnen. Ihr schwarzes Haar roch nach Lavendel und schimmerte in der Sonne. Sie war eine hübsche junge Frau, immer fröhlich und lustig. Pike war gern mit ihr zusammen.

Als er auf dem Golden State Freeway die Abfahrt Stadium Way nahm, gab das andere Fahrzeug die Verfolgung auf. Das hieß, sie wussten, wohin er fuhr, und waren entweder froh, dass sie ihn nicht mehr verfolgen mussten, oder ein anderes Fahrzeug hatte schon bereitgestanden, um die Überwachung auf dem Gelände der Polizeiakademie fortzusetzen.

Auf dem Stadium Way fuhr er an den sauber gemähten Wiesen des Elysian Park entlang zur Academy Road. Hier wurde bereits ab dem Eingang zum Dodger Stadium an der Straße geparkt. Auch Joe hielt am Bordstein an. »Jetzt guck dir mal all diese Autos an.« Karen war verblüfft. »Wie viele Leute werden denn kommen?«

»Fünf- oder sechshundert, vermute ich.« Wozniak würde mit seiner Frau und seiner Tochter auch da sein. Pike fragte sich erneut, ob auch hier eins der Gespenster des Ermittlungsausschusses aufpassen würde.

Pike ging vorne um den Wagen herum und half Karen beim Aussteigen. Wilt Deedle, auf dem Polizeirevier Rampart für Betrug zuständig und fast hundertfünfunddreißig Kilo schwer, hielt hinter Pikes Ranger und nickte ihm zu. Joe nickte zurück. Die beiden kannten sich eigentlich nicht, waren aber hinreichend vertraut miteinander, um sich zu grüßen. Deedles Frau und die vier Kinder saßen zusammengepfercht im Wagen. Das Ehepaar und drei der Kinder trugen die gleichen Hawaii-Hemden; nur eine der Töchter, schon im jugendlichen Alter, trug ein schwarzes T-Shirt. Sie wirkte trotzig.

Familien und Paare stiegen aus den Autos und gingen eine kleine Straße entlang zum Canyon. Pike nahm Karen an der Hand, und sie folgten ihnen. »Hier sieht's ganz anders aus, als ich dachte«, sagte Karen. »Fast wie ein Kurpark.«

Pikes Mundwinkel zuckten – seine Reaktion sowohl auf die Verblüffung in den Augen des Mädchens als auch auf ihre Bemerkung, dass das Gelände der Los Angeles Police Academy wie ein Kurpark aussehe. »Das hat nicht viel von einem Kurpark, wenn du bei vierzig Grad einen Hindernislauf absolvieren musst. Warst du noch nie hier?«

»Ich wusste, dass die Police Academy hier ist, aber weiter als bis zum Dodger-Stadion habe ich es nicht geschafft. Es ist nett hier.«

Die Academy lag zwischen zwei Kämmen in den Ausläufern des Elysian Park. Die Gebäude waren im spanischen Stil erbaut und standen unter alten Rotkiefern und Eukalyptusbäumen. Vom Parkplatz der Academy aus konnte man über den riesigen Stadionparkplatz hinweg und an der überdachten Tribüne vorbei bis zu den guten Plätzen am First Base sehen. So nah war das Stadion. Der beim Polizeirevier Rampart für solche Veranstaltungen zuständige Beamte hatte in weiser Voraussicht den Termin für das Familien-Picknick auf einen Sonntag gelegt, an dem die Dodgers auswärts spielten. Der Stadionverkehr würde also keinen Ärger bereiten – aber die Veranstaltung der Polizei sorgte schon selbst für genug Probleme. Warren Steiner, Detective beim Einbruchsdezernat, und einer der leitenden uniformierten Beamten vom Polizeirevier Rampart, Captain Dennis O'Halloran, versuchten das Schloss zum Parkplatz des Stadions mit einem Dietrich zu öffnen, damit die vielen Familien ihre Wagen auch hier abstellen konnten, doch ihre Bemühung war nicht von Erfolg gekrönt.

Pike führte Karen den Hügel hinauf, vorbei an der Wachhütte und der Waffenkammer und entlang einer kleinen Teerstraße, die zwischen den Kiefern hindurch zum Schießübungsplatz und dem Trainingszentrum für Rekruten führte. Ein paar Hundert Besucher hatten sich bereits um den Sportplatz verteilt, einige hatten schon Decken ausgebreitet, andere spielten Frisbee oder Nerf-Ball, doch die meisten standen einfach nur rum, weil sie noch nicht genug Bier getrunken hatten, um locker zu werden. Am anderen Ende des Sportplatzes waren neben den Picknicktischen drei lange Grillanlagen aufgebaut worden, die die Bäume in Rauch hüllten. In der Luft hing der Geruch von angekokelten Hühnern. Die Beamten des Morddezernats hatten dieses Jahr die Chefkoch-Rolle übernommen und sich passende T-Shirts mit dem Aufdruck »Fragt nicht, woher wir das Fleisch haben« *anfertigen lassen.*

Polizistenhumor.

»Siehst du jemanden, den du kennst?«, fragte Karen.

»Ich kenne die meisten.«

»Mit wem bist du befreundet?«

Joe wusste nicht, was er darauf antworten sollte. Er suchte Wozniak und hielt Ausschau nach Gesichtern, die er im Parker Center schon gesehen hatte. Es könnte ja sein, dass der Ermittlungsausschuss einen der Chefs von Rampart bearbeitet hatte, damit sie einen Beamten herschickten, der die Beschattung fortsetzte, aber eigentlich hielt Pike das nicht für möglich.

Wozniak war schon viele Jahre dabei, und der Ermittlungsausschuss würde nicht sicher sein können, wem die Loyalität der Chefs von Rampart gelten würde.

Karen hakte sich bei ihm ein und grinste ihn an. »Wir können nicht einfach so stehen bleiben. Los!«

Vor einer Betonmauer mit dem Symbol der Academy und dem Motto des LAPD, »Schützen und dienen«, befand sich ein Stand mit nichtalkoholischen Getränken. Während Pikes Zeit als Rekrut war seine Klasse einmal an einem heißen Wintertag auf dem Sportplatz gewesen. Der Ausbilder hatte gerufen, wenn sie noch länger so lahmarschig hier rumhängen würden, wären sie nicht mal dazu in der Lage, einen Haufen Hundescheiße zu beschützen oder jemanden mit einem warmen Bier zu bedienen. Elihu Gimble, ein Schwarzer, hatte mit überschnappender Stimme entgegnet, er würde gerne dienen, aber erst nach Kaffee und Kuchen. Die gesamte Klasse musste sieben Kilometer extra rennen. Fünf Monate später, als Streifenpolizist auf Probe, war Gimble im Osten von L.A. von hinten erschossen worden, während er dem Notruf einer Frau nachgegangen war. Den Mörder hatte man nie gefunden.

Pike führte Karen zum Tisch, wo sie sich in die Schlange vor der Getränkeausgabe einreihten. Karen war immer noch bei ihm untergehakt, und es dauerte nicht lange, bis sie mit allen Umstehenden ins Gespräch gekommen war. Pike bewunderte sie. Während er kaum etwas sagte, redete sie ununterbrochen. Während er stets befürchtete, sich eine Blöße zu geben, und anderen gegenüber immer reserviert war, strahlte sie eine Offenheit aus, die schnell erwidert wurde. Als sie schließlich ihr Mineralwasser hatten, hatte sie ein anderes Paar gefunden, mit dem sie zusammensitzen wollte, eine blasse Frau mit Zwillingen, deren

Mann uniformierter Polizist war und Casey hieß. Casey arbeitete in der Abendschicht, Pike hatte ihn nie zuvor gesehen.

Sie wollten gerade die Decken ausbreiten, als Paulette Wozniak hinter ihnen auftauchte. »Hallo, Joe. Ist das die junge Dame, von der wir schon so viel gehört haben?«

Karen lächelte freundlich über das ganze Gesicht und streckte ihre Hand aus. »Karen Garcia. Ich kann mir zwar nicht vorstellen, dass Joe überhaupt viel redet, aber wenn er über mich geredet hat, freut es mich. Das ist ein gutes Zeichen.«

Die beiden schüttelten sich die Hände. Paulette lächelte auf ihre Weise zurück – ein langsames, echtes und ehrliches Lächeln, das Pike an einen sauberen, tiefen See erinnerte. »Paulette Wozniak. Ich bin die Frau von Abel, Joes Partner. Alle nennen ihn nur Woz.« Sie deutete auf die andere Seite des Sportplatzes zu den Bäumen jenseits der Stelle, wo die Jungs vom Morddezernat ihr geheimnisvolles Fleisch brieten. Abel Wozniak und ein kleines Mädchen kamen gerade zwischen den Bäumen hervor. Pike vermutete, Wozniak hatte seiner Tochter den Hindernisparcours gezeigt. »Der dort hinten ist es, der mit den O-Beinen und dem Mädchen.«

Paulette war acht Jahre älter als Joe. Sie hatte kurzes hellbraunes Haar, sanfte braune Augen und schöne Zähne. Um ihre Augen und den Mund herum bekam ihre helle Haut bereits Falten, die sie aber nicht zu stören schienen, was Pike sehr zusagte. Die Falten machten ihr Gesicht interessant und intelligent. Außerdem war sie nur selten geschminkt. Auch das gefiel Joe an ihr.

Paulette berührte Joe am Arm. »Darf ich dich kurz entführen, Joe?« Sie wandte sich mit ihrem Lächeln an Karen. »Ich bring ihn bald zurück.«

»Ich werde in der Zwischenzeit die Decken ausbreiten«, sagte Karen.

Joe folgte Paulette auf die Aschenbahn. Er merkte, dass sie sich so hinstellte, dass sie ihren Mann im Auge behielt. Sie lächelte nicht mehr, und ihre Augenbrauen hatten sich zu einer starren Linie zusammengezogen. Woz war stehen geblieben, um sich mit einem schwarzen Paar zu unterhalten. »Joe, was ist mit Woz los?«

Pike gab keine Antwort.

»Warum schiebt er so viele Extraschichten?«

Pike schüttelte den Kopf. Innerlich sackte er zusammen.

Sie blickte ihn finster an. Er hätte alles gegeben, damit sie nicht mehr so streng schaute, hatte aber keine Ahnung, wie er das anstellen sollte. Es war wohl kaum seine Aufgabe, ihr Dinge zu erzählen, die Woz ihr erzählen sollte. »Vor mir brauchst du nicht den Schweigsamen zu spielen, Joe. Ich habe Angst, und ich mache mir Sorgen um ihn.«

»Ich weiß nicht, was ich dir sagen soll.« Das war nicht gelogen. Er wusste es wirklich nicht.

Sie schwenkte den Blick zu ihrem Mann, dann verschränkte sie die Arme. »Ich glaube, er hat eine Freundin.« Sie drehte ihren Kopf wieder zu Joe. Sie wirkte jetzt sehr stark. Die Stärke weckte in ihm das Verlangen, sie in den Arm zu nehmen, doch sobald er sich dessen bewusst wurde, trat er einen halben Schritt zurück. Sie bemerkte es nicht. »Ich will wissen, ob er eine hat.«

»Ich weiß nichts von einer Freundin, Paulette.«

»Auch wenn er keine Sonderschichten macht, verlässt er das Haus. Wenn er nach Hause kommt, ist er immer stinksauer. Er ist ganz anders als sonst.«

Pike sah zu Woz hinüber. Sein Blick wurde erwidert. Das schwarze Paar ging weiter, doch Woz blieb stehen. Er lächelte nicht. Pike sah zum Getränkestand hinüber, wo zwei Männer, die er nicht kannte, mit dem Leiter des Dezernats redeten. Hinter ihnen hatte ein anderer Typ das Teleobjektiv seines Fotoapparats auf sie gerichtet. Die Kamera hätte auch den Dezernatsleiter und die beiden Männer im Visier haben können, aber Pike wusste, dass dem nicht so war. Ein Bild von ihm im Gespräch mit Wozniaks Frau. Selbst hier auf dem Picknick beobachteten sie ihn.

»Soll ich mal mit ihm reden?«, fragte Pike. »Ich rede mit ihm, wenn du willst.«

Paulette sagte eine Zeit lang nichts, bis sie den Kopf schüttelte. Als sie wieder Joes Arm berührte, spürte er ein Kribbeln in Armen und Beinen, und er zwang sich zur Ruhe. Er zog sich weiter in die Stille zurück. »Danke, Joe«, sagte sie. »Aber das muss ich selbst erledigen. Sag ihm bitte nicht, dass ich mit dir darüber geredet habe.«

»Werde ich nicht.«

»Da kommt er. Ich sage ihm, dass ich dich und deine Freundin zu uns nach Hause eingeladen habe. Ist das okay?«

»Ja.«

»Eigentlich stimmt das ja. Weil ihr eingeladen seid.«

Paulette Wozniak drückte mit ihrer warmen, trockenen Hand seinen Arm, dann ging sie über den Sportplatz ihrem Mann entgegen.

Joe Pike blieb auf der Aschenbahn stehen, sah ihr hinterher und wünschte, dass das Geheimnis, das sie beide teilten, ganz anderer Art wäre.

Karen strich die Ecken der Decke glatt und hörte Marybeth Casey zu, die über ihre Zwillingsjungen – einer machte noch ins Bett –, über ihren Mann – er war nicht gerne Polizist, aber im Moment wäre die Abendschule noch zu viel – und über diese Picknicks erzählte, die so viel Spaß machten, weil man immer neue Menschen kennenlernte.

Als Marybeth gerade dabei war, von den Fasergeschwülsten in ihrer linken Brust zu erzählen, merkte Karen, dass sie nicht mehr zuhörte. Sie beobachtete Joe und Paulette Wozniak auf der Aschenbahn. Karen sagte sich, dass ihre ängstliche Latino-Seele mit ihr durchging, als sie sah, wie Paulette ihre Hand auf Joes Arm legte. Sie waren Freunde. Paulette war mit Joes Partner verheiratet, und sie war viel älter als Joe.

Karen starrte Joe so intensiv an, dass sich ihr Blick auf sein Gesicht zu zoomen schien, sodass jede Pore erkennbar, jede Regung übertrieben zu sein schien. Von allen Männern, die sie je kennengelernt hatte, war Joe am schwierigsten zu durchschauen. Er war so verschlossen, als hätte er sich selbst in eine kleine geheime Kiste gepackt, die er tief in seinem Innern verwahrte. Zum Teil war genau dies der Grund, warum sie sich von ihm angezogen fühlte. Sie hatte genug über Psychologie gelesen, um sich das eingestehen zu können – dass sie von dem Geheimnis angezogen war, dass ein großer, bedürftiger Anteil in ihr diese Kiste öffnen wollte, um das Geheimnis zu lüften.

Sie liebte ihn. Sie hatte sogar ihren Freundinnen erzählt, dass sie ihn liebte, ihm selbst jedoch noch nicht. Er war so schweigsam, dass sie Angst hatte, er würde ihr nicht das Gleiche erwidern. Seine Zurückhaltung verunsicherte sie.

Karen beobachtete die beiden und spürte, wie sich Eifersucht in ihr breit machte, als Paulette Wozniak ihn berührte, doch

Joe war bei Paulette ebenso undurchschaubar wie bei ihr. Du bist dumm, sagte sie sich. Er ist doch bei jedem so.

Paulette Wozniak berührte Joe abermals am Arm, dann ging sie über den Sportplatz ihrem Mann entgegen. Und Karen wusste, dass sie sich geirrt hatte.

Bittere Angst durchströmte sie, als sie Joes Blick bemerkte, den er Paulette Wozniak hinterherwarf. Alles, was sie aus Joes Gesicht und Haltung lesen konnte, sagte ihr, dass sein Herz einer anderen gehörte.

16

Am Morgen des Tages von Karen Garcias Beerdigung stand ich im Dunkeln nackt auf meiner Terrasse und streckte mich. Die Sonne war noch nicht aufgegangen, und eine Zeit lang beobachtete ich die wenigen Sterne, die so hell leuchteten, dass ihr Schein die Lichtkuppel über der Stadt der Engel durchbrach. Ich fragte mich, ob irgendwo da draußen ein Mörder auch diese Sterne beobachtete, so wie ich jetzt gerade, kam aber zu dem Schluss, dass dem nicht so wäre. Durchgeknallte Mörder schlafen wahrscheinlich länger.

Während sich mein Körper aufwärmte, wurde ich nach und nach beweglicher, und ich wechselte aus der Ruhe des Hatha Yoga in die dynamische Spannung der *katas* im Taekwondo. Ich begann langsam, steigerte das Tempo, bis meine Bewegungen explosiv und wild wurden. Am Ende der *kata*-Übungen, als ich nass geschwitzt war, wurde der Canyon unter meinem Haus vom ersten roten Schimmer der aufgehenden Sonne bestrahlt. Ich wartete, bis der Schweiß abgekühlt war, dann sammelte ich meine Sachen zusammen und ging hinein. Einmal war ich zu lange draußen geblieben, und als mich die Frau vom Haus nebenan gesehen hatte, hatte sie durch die Zähne gepfiffen. Dann war auch ihr Mann auf die Terrasse gekommen und hatte ebenfalls gepfiffen. Leben in L.A.

Ich stand in der Küche, trank Orangensaft und sah zu, wie die Eier kochten, als das Telefon klingelte. Ich ging sofort dran, damit Lucy nicht wach wurde.

»Ich habe zwei Jungs aufgetrieben, die mit mir zum Forest Lawn gehen«, sagte Samantha Dolan.

»Zwei! Eh, super, Dolan. Das wird echt eng für die Trauergäste.« Ich war immer noch stinkig wegen Krantz.

»Sparen Sie sich Ihren Sarkasmus und halten Sie lieber die Augen offen. Mit Ihnen und Pike sind wir immerhin schon fünf.«

»Pike wird bei Frank sein.«

»Er hat aber trotzdem noch zwei Augen, oder? Wir suchen nach einem männlichen Weißen zwischen zwanzig und vierzig. Vielleicht treibt er sich hinterher noch dort rum und nähert sich dem Grab. Manchmal hinterlassen sie etwas, oder sie nehmen ein Andenken mit.«

»Haben Ihnen das Krantz' Kumpel vom FBI erzählt?« Es war das typische Verhalten von Serienmördern.

»Die Beerdigung ist für zehn angesetzt. Ich werde um halb zehn dort sein. Und, Cole ...«

»Was?«

»Versuchen Sie mal, kein Arschloch zu sein.«

Der Forest Lawn Memorial Park besteht aus eineinhalb Quadratkilometern grüner hügeliger Wiesen am Fuß der Hollywood Hills in Glendale. Mit seinen gepflegten Anlagen, den Nachbildungen berühmter Kirchen und Gräberabschnitten mit Namen wie Slumberland, Vale of Memory und Whispering Pines erinnert mich dieser Friedhof eher an eine Art Disneyland der Toten.

Da Dolan vorhatte, um halb zehn dort zu sein, wollte ich noch früher eintreffen. Doch als ich auf das Gelände einbog und Karen Garcias Grab fand, war Dolan bereits da – und mit ihr etwa Hundert andere Trauergäste. Sie parkte so auf dem Weg, dass sie die Menge gut im Auge hatte. In ihrem Schoß lag eine Konica mit Teleobjektiv. Sie wollte Fotos von den Leuten schießen, um sie später identifizieren zu können.

Ich setzte mich auf den Beifahrersitz ihres BMW und holte erst einmal tief Luft. »Dolan, ich weiß, dass Sie tun, was Sie können. Ich habe mich heute Morgen echt dämlich benommen. Ich entschuldige mich.«

»Das haben Sie, aber ich nehme die Entschuldigung an. Vergessen Sie's.«

»Ich wollte das nur klarstellen. Gibt mir sonst das Gefühl, klein und hässlich zu sein.«

»Das ist das Problem Ihrer Freundin.«

Ich sah sie an, doch sie blickte nach vorne aus dem Fenster. Autsch.

»Sie wissen, wo Krantz heute Morgen ist?«

»Bei Dersh?«

»Ein Überwachungsteam ist auf Dersh angesetzt. Krantz und Bishop gehen zum Gottesdienst. Mills geht auch hin. Sie wollen sich so hinsetzen, dass Stadtrat Maldenado sie sehen kann.«

Zu dem, was sie tat, wäre ich nicht in der Lage gewesen. Ich könnte mit Typen wie Krantz und Bishop nicht zusammenarbeiten. Vielleicht bin ich deswegen selbstständig.

»Sie hatten doch gesagt, Sie kämen erst um halb zehn.«

»Ich dachte mir, dass Sie vor mir hier sein wollten, deswegen bin ich noch früher gekommen.«

Ich sah zu ihr hinüber – sie lächelte.

»Sie sind mir so eine, Samantha.«

»Ich schätze, wir stammen aus demselben Wurf, Weltgrößter.«

Ich lächelte zurück. »Gut. Dann sind wir also zu viert: Sie, ich und zwei andere. Wie wollen Sie das durchziehen?«

Sie blickte den Hügel hinauf zu einem Mausoleum aus Marmor. »Einer der Jungs steht da oben am Mausoleum, ein anderer unten. Sie schauen sich jeden an, der verdächtig aussieht, und sie schreiben alle Autonummern auf.« Vor dem Mausoleum saß ein Mann auf dem Rasen. Eine kleine Straße lief davor vorbei, die genauso aussah wie die, auf der wir standen. Falls der Mörder zuschauen wollte, könnte er dort oben parken. Unterhalb von uns ging Dolans zweiter Mann inmitten der Trauergäste unter. »Ich habe mir gedacht, Sie können sich bei den Leuten aufhalten, da Sie einige von ihnen kennen. Ich bleibe hier und mache Bilder von dem Trauerzug, dann komme ich rauf.«

»Gut.«

»Warum gehen Sie nicht gleich mal außen rum.«

Es war keine Frage.

Sie sah mich an. »Also?«

»Ja, Ma'am.« Offenbar darf man jeden herumkommandieren, wenn man in seiner Freizeit arbeitet.

Ich stieg aus ihrem BMW aus. »Übrigens«, hielt sie mich kurz zurück, »es war das erste Mal, dass Sie mich Samantha genannt haben.«

»Hm, ja, stimmt.«

»Passen Sie auf, dass es nicht wieder vorkommt.«

Aber sie lächelte, und ich musste grinsen, als ich mich auf die Socken machte.

Während der nächsten Minuten umkreiste ich die Gruppe der Trauergäste und zählte sechzehn männliche Weiße zwischen zwanzig und vierzig. Als ich zu Dolan hinuntersah, zielte sie mit dem Fotoapparat auf mich. Wahrscheinlich war ihr langweilig.

Kurz vor zehn kam ein blauer Nissan Sentra den Hügel heraufgefahren und parkte bei den anderen Autos. Eugene Dersh stieg aus.

»O Mann«, sagte ich nur.

Dersh sah in seinem beigefarbenen Sportmantel und den Freizeithosen konservativ aus. Er schloss den Wagen ab und ging den Hügel hinauf, als zwei Zivilfahrzeuge der Polizei aufkreuzten und vor dem Haupttor stehen blieben. Die Insassen wussten nicht, was sie tun sollten. Im zweiten Wagen saß Williams, im ersten dieselben Typen, die mir damals gefolgt waren.

Der Polizist vor dem Mausoleum stand auf und blickte zu ihnen hinunter. Dersh hatte er nicht gesehen, aber er erkannte die Fahrzeuge vom Dezernat für Raub und Mord.

Ich marschierte zu Dolan hinunter. »Sieht aus, als sei die ganze Bande hier versammelt.«

Dersh sah, dass wir zu ihm hinüberschauten, erkannte mich und winkte.

Ich winkte zurück.

Um Viertel nach zehn begleiteten vier LAPD-Motorräder den Leichenwagen durchs Haupttor, gefolgt von drei blitzblanken schwarzen Limousinen, denen wiederum zahlreiche andere Autos hinterherfuhren, die so lange gewachst und poliert worden waren, bis sie in der Sonne nur so funkelten. Dersh, ein bisschen neugierig geworden, sah ihnen entgegen.

Als uns der Autokorso erreicht hatte, stiegen ein Dutzend Gäste aus, die wie Familienmitglieder aussahen. Der Fahrer des ersten Wagens holte Franks Rollstuhl aus dem Kofferraum, während Joe und ein anderer Mann Frank heraushalfen. Joe trug einen rabenschwarzen Dreiteiler. Mit der Sonnenbrille sah er aus wie ein Geheimdienstler, doch da wir in L.A. waren, hatte jeder eine Sonnenbrille auf. Selbst der Priester.

Stadtrat Maldenado und Abbot Montoya stiegen aus der letzten Limousine. Bishop, Krantz und Assistant Chief Mills schälten sich aus dem sechsten Wagen und beeilten sich, um den Stadtrat nicht zu verpassen – eifrig darauf bedacht, ihn zu schützen und ihm zu dienen, denke ich.

Dolan und ich waren gerade auf dem Weg zu den anderen, als Krantz und Bishop uns sahen. »Was, zum Teufel, machen Sie mit Cole hier?«

Dolan zeigte auf Dersh.

Krantz und Bishop drehten sich um und sahen, dass Dersh herüberschaute. Dersh lächelte breit und winkte.

»Heiliger Strohsack!« Das kam von Krantz.

Bishop stupste Krantz an. »Wink zurück, verdammt, bevor er Verdacht schöpft.«

Sie winkten zurück.

»Lächeln!«, verlangte Bishop.

Krantz lächelte.

Joe hatte Frank bereits fast bis zum Mausoleum hinaufgeschoben, als ein Pressefahrzeug eines der örtlichen Sender durchs Haupttor fuhr. Zehn Sekunden später sausten die Fahrzeuge eines anderen Regionalsenders, gleich gefolgt von weiteren desjenigen Senders, bei dem Lucy arbeitete, aufs Friedhofsgelände und bremsten neben dem Leichenwagen. Ihre Satellitenschüsseln wurden schon ausgefahren, noch während die Kameraleute und Live-Berichterstatter aus den Fahrzeugen sprangen.

»Das kann nicht gut gehen«, meinte Krantz.

Dolan und ich legten einen Zahn zu, Krantz und Bishop hinter uns.

Die drei Reporter rannten auf Frank zu, zwei mit Mikros, einer ohne.

»Aufwachen, Bishop«, sagte ich. »Sorgen Sie dafür, dass die uniformierten Polizisten die Presse fernhalten.«

Dolan und ich schoben uns zwischen Frank und die Reporter, während Krantz zu den Polizisten auf ihren Motorrädern rannte. Eine gut aussehende rothaarige Frau beugte sich seitlich an mir vorbei und hielt Frank ihr Mikrofon hin. »Mr. Garcia, hat die Polizei bei der Suche nach dem Serienmörder Erfolge verzeichnen können?«

»Oh, Scheiße«, stöhnte Bishop.

Ein großer afroamerikanischer Reporter, ein ehemaliger Profi-Football-Spieler, versuchte sich zwischen mir und einem der Uniformierten durchzudrücken, doch keiner von uns gab nach. »Mr. Garcia, glauben Sie, dass ein Mann namens Eugene Dersh Ihre Tochter umgebracht hat, und wenn ja, warum?«

Bishop riss Krantz am Arm. »Woher wissen diese Ärsche davon?«, flüsterte er voller Panik.

»Was soll das?«, meldete sich Frank hinter uns zu Wort. »Wovon reden die? Ein Serienmörder? Wer ist dieser Dersh?«

Stadtrat Maldenado trat vor und versuchte die Presse abzuwimmeln. »Bitte. Seine Tochter wird gerade beerdigt.«

Eugene Dersh war an den Rand der wachsenden Menge getreten. Er war genauso neugierig wie alle anderen, aber zu weit entfernt, um etwas verstehen zu können.

Der Kameramann der Rothaarigen entdeckte Dersh und boxte ihr in den Rücken. Er tippte ihr nicht auf den Rücken, er boxte sie. »Himmel Arsch! Da ist Dersh!«

Sie schob den schwarzen Reporter zur Seite und stürmte auf Dersh los, der Schwarze gleich hinter ihr her. Dersh war ebenso überrascht und verwirrt wie alle anderen.

Frank Garcia versuchte einen Blick von Dersh zu erhaschen, doch da er im Rollstuhl saß, wurde seine Sicht von den anderen blockiert. »Wer ist das?« Er drehte sich zu Maldenado. »Henry, weißt du, wer Karen umgebracht hat? Hat dieser Mann Karen umgebracht?«

Dersh oben am Hügel wirkte eingeschüchtert und verlegen, als die beiden Reporter mit ihren Fragen losbellten. Die Trauergäste um das Grab herum hörten die Reporter, die Dersh bedrängten, und begannen sich umzudrehen und zu murmeln.

Als einzige Reporterin blieb eine Asiatin bei Frank. »Es gab auch andere Opfer, Mr. Garcia. Hat Ihnen die Polizei das nicht erzählt? Fünf Menschen wurden umgebracht. Karen war die Fünfte.« Die Reporterin sah zu Maldenado, dann wieder zu Frank. »Ein Wahnsinniger ist in den letzten neunzehn Monaten hier in Los Angeles auf Menschenjagd gegangen.« Man merkte, dass es ihr gefiel, so zu reden, weil sie wusste, welche Wirkung ihre Worte in den Nachrichten haben würden. Sie zeigte auf Dersh. »Die Polizei verdächtigt diesen Mann. Eugene Dersh.«

Frank drückte sich in seinem Stuhl nach oben und reckte den Hals in Dershs Richtung. »Dieser Mann hat Karen umgebracht? Dieses Schwein hat meine Tochter getötet?«

Maldenado drückte sich mit seinen Schultern dazwischen und drängte die Reporterin zur Seite. »Das ist nicht der passende Moment. Ich werde eine Erklärung abgeben, aber nicht jetzt. Lassen Sie diesen Mann seine Tochter beerdigen.«

Oben am Hügel schob sich Dersh an den beiden Reportern vorbei und ging eilig hinunter zu seinem Wagen. Sie blieben ihm auf den Fersen, bombardierten ihn mit Fragen, die Kameras ständig auf ihn gerichtet. Dersh würde sich wieder in den Nachrichten sehen können, diesmal aber wohl mit weniger Stolz.

Franks Gesicht hatte die Farbe von getrocknetem Blut. Er ruckte hin und her, während er mit den Rädern kämpfte, um Dersh hinterherzujagen. »Ist er das? Ist das dieses Schwein?«

Dersh, unablässig von den Fragen der Reporter verfolgt, stieg in seinen Wagen. Seine hohe, ängstliche Stimme war in der ruhigen Luft weit zu hören. »Wovon reden Sie? Ich habe niemanden ermordet. Ich habe nur ihre Leiche gefunden.«

»Ich bringe dich um!«, schrie Frank.

Er zuckte so heftig hin und her, dass er nach vorne schnellte und aus dem Rollstuhl fiel. Seine Familie schnappte nach Luft, und zwei der Frauen ließen einen spitzen Schrei hören. Pike, Montoya und mehrere Familienmitglieder drängten sich um ihn. Pike hob ihn in seinen Stuhl zurück, als wäre er leicht wie eine Feder.

Dersh fuhr davon. Als er das Haupttor passiert hatte, nahmen die beiden Zivilfahrzeuge unauffällig die Verfolgung wieder auf.

Der Priester bat Franks Brüder, dafür zu sorgen, dass die Familienmitglieder so schnell wie möglich ihre Plätze einnahmen. Jedem war die Angelegenheit peinlich und unangenehm, und Franks Haushälterin weinte laut, doch die Trauergäste beruhigten sich, als sich die Sargträger am Leichenwagen versammelten. Ich suchte Dolan, aber sie stand zusammen mit Mills, Bishop und Krantz am Rand der Menge. Alle vier diskutierten heftig miteinander. Krantz sah mich und stürmte auf mich zu. »Sie und Ihr Kumpel Pike schaffen Ihren Arsch zum Parker Center, sobald sie unter der Erde ist. Wir werden, verdammt noch mal, rauskriegen, was hier passiert ist.« Und schon war er wieder weg.

Die Sonne brannte inzwischen sengend vom Himmel, als endlich die Familie ihre Plätze einnahm und die Sargträger Karens Leiche in das Grab senkten. Hitze durchströmte meine Schultern und mein Gesicht, bis kitzelnde Schweißperlen aus meinem Haar liefen. Um mich herum weinten nur wenige, die meisten starrten nur geradeaus, überwältigt von Trauer und Verwirrung.

Die drei Kameraleute standen mit ihren Geräten unterhalb von uns in einer Reihe und zeichneten Karen Garcias Beerdigung auf.

Sie sahen aus wie ein Erschießungskommando.

17

Die Fahrzeuge der Presse standen Schlange vor dem Parker Center. Reporter und Techniker trieben sich nervös auf dem Bürgersteig herum, stürzten sich auf jeden Polizisten, der zum Rauchen herauskam, wie Piranhas auf ein schlechtes Stück Fleisch. In der Stadt durfte man in keinem öffentlichen Gebäude rauchen, sodass die nikotinabhängigen Beamten entweder heimlich in Treppenhäusern und auf Klos an ihren Glimmstängeln saugen mussten oder eben draußen vor der Tür. Die Jungs wussten allerdings genauso wenig über Dersh oder die Morde wie alle anderen, was die Reporter aber nicht glaubten. Die Gerüchte hatten schnell ihre Runde gedreht, und irgendjemand musste den Hunger der Presse jetzt stillen.

Die drei dürren Palmen vor dem Parker Center wirkten krumm und zerbrechlich, als ich zwei Wagen hinter Dolan in die Einfahrt fuhr. Franks Limousine stand bereits am Straßenrand, und Franks Fahrer und Abbot Montoya hoben ihn in seinen Rollstuhl.

Wir parkten zwischen einem silbergrauen Porsche Boxster und einem grau-grünen Jaguar XK8. Anwälte, die hier ihre Abmachungen treffen würden. Wir stiegen aus, und einen Moment lang sah Pike zu dem gedrungenen Gebäude hoch. Die Sonne an diesem späten Vormittag warf ihre stechenden Strahlen von den sieben Streifen aus blauem Glas auf uns herunter, die sich in Pikes Sonnenbrille spiegelten.

»Lange her, dass ich zuletzt hier war.« Pikes Worte überraschten mich.

»Wenn du nicht reingehen willst, warte doch einfach draußen.«

Das letzte Mal war Joe Pike an dem Tag hier gewesen, an dem Abel Wozniak gestorben war.

Pike zeigte sein kleines Nicht-Lächeln. »So schlimm wie im Mekong wird's schon nicht werden.«

Er zog sein Jackett aus, schnallte seinen Revolvergurt ab und wickelte die Riemen um den .357 Python. Dann legte er sein Jackett hinter die Sitze, knöpfte seine Weste auf und legte sie zur Jacke. Er nahm seine Krawatte ab und zog auch das Hemd aus. Er trug ein weißes, eng anliegendes T-Shirt – und dabei beließ er es. Mit dem T-Shirt, den schwarzen Hosen und den schwarzen Lederschuhen in Kombination mit seinen durchtrainierten Muskeln und den leuchtend roten Tätowierungen sah er richtig flott aus. Eine Polizistin, die zu ihrem Wagen ging, fand das auch und drehte sich extra nach ihm um.

Wir nannten der Wache am Eingang unsere Namen, und einige Minuten später kam Stan Watts herunter.

»Frank Garcia ist oben?«, fragte ich.

»Ja. Ihr seid die Letzten.« Watts trat neben den Fahrstuhl und blickte Pike an.

Pike starrte hinter seiner dunklen Brille zurück.

»Ich habe Abel Wozniak gekannt«, sagte Watts.

Pike gab keine Antwort.

»Falls sich die Chance nicht mehr ergibt – ich wollte dir auf jeden Fall gesagt haben, dass du ein Arsch bist.«

Pike legte den Kopf schräg. »Wenn du eine Schlägerei suchst, komm ruhig her.«

»He, Watts«, unterbrach ich die beiden. »Glauben Sie wirklich, dass Dersh dazu in der Lage ist?«

Watts antwortete nicht. Vermutlich dachte er über Joe nach.

Wir fuhren bis zum vierten Stock hinauf und folgten Watts durch den Mannschaftsraum des Dezernats. Die meisten Detectives waren am Telefonieren, andere Telefone klingelten vor sich hin. Hier herrschte reges Treiben wegen der durchgesickerten Nachrichten, doch als wir eintraten, richteten sich alle Augen auf Joe und verfolgten ihn durchs Büro.

Hinter uns hörte ich eine Stimme, die ich nicht erkannte, die aber gerade laut genug war, um sie zu verstehen.

»Polizistenmörder.«

Pike drehte sich nicht um.

Watts führte uns ins Besprechungszimmer, wo Frank Garcia gerade sagte: »Ich will wissen, warum dieses Schwein immer noch frei rumläuft. Wenn der Kerl meine Tochter umgebracht hat, warum ist er dann noch nicht im Gefängnis?«

Stadtrat Maldenado stand mit verschränkten Armen auf der einen, Abbot Montoya mit den Händen in den Taschen auf der anderen Seite seines Rollstuhls. Dolan saß so weit von allen weg, wie sie konnte, wie schon in den anderen Besprechungen zuvor. Krantz und Bishop standen bei Frank, und Krantz mühte sich mit einer Erklärung ab. »Dersh wird verdächtigt, Mr. Garcia, aber wir müssen ihn erst noch festnageln. Der Bezirksstaatsanwalt wird ohne ausreichende Beweise, die zu einer Verurteilung führen werden, keine Klage erheben. Wir wollen keinen weiteren Fall O. J. Simpson.«

Frank rieb sich übers Gesicht. »Oh, mein Gott. Machen Sie darüber bloß keine Witze.«

Bishop forderte uns auf, Platz zu nehmen. »Ich weiß, dass Sie sich fragen, was passiert ist. Wir erklären Mr. Garcia gerade, dass hinter den Ermittlungen mehr steckt, als wir rausgelassen haben.«

Bishop war gut. Seine Stimme war sanft und sicher, und sowohl Montoya als auch Maldenado wirkten viel ruhiger als auf dem Friedhof, obwohl Frank deutlich zitterte.

Maldenado war nicht einverstanden damit, wie die Sache abgelaufen war. »Ich wünschte nur, Sie hätten uns wenigstens darüber informiert, dass Sie einige Dinge geheim halten müssen, Captain. Es hätte Mr. Garcia den Schock darüber erspart, was gerade passiert ist. Und lassen Sie mich betonen, wir sind *alle* schockiert. Fünf Menschen wurden getötet. Ein Serienmörder. Und der Mann, den Sie für den Täter halten, kommt zur Beerdigung.«

Krantz saß mit nur einer Pobacke auf dem Tisch und blickte Frank geradeheraus an. »Ich will das Schwein drankriegen, das Ihre Tochter umgebracht hat, Mr. Garcia. Es tut mir leid, dass Sie auf diese Weise mit den Ergebnissen konfrontiert wurden, aber wir hatten die richtige Entscheidung getroffen, diese Sache unter Verschluss zu halten. Jetzt, wo Dersh weiß, dass wir ihn verdächtigen, sind wir nicht mehr im Vorteil. Wenn ich wüsste, von wem die verdammte Presse das erfahren hat, würde ich dem Kerl ordentlich die Hölle heiß machen.«

»Hören Sie, es ist mir egal, dass Sie mir nichts davon erzählt haben«, sagte Frank. »Am Anfang war ich sauer auf euch, aber vielleicht hatte ich damit unrecht. Mir geht es nur darum, dieses Schwein zu schnappen, das Karen umgebracht hat. Mehr nicht.«

»Warum bringst du sie nicht auf den aktuellen Stand, Harve?«, fragte Bishop.

Krantz machte einen guten Eindruck, und Bishop war erfreut darüber.

Krantz erzählte ihnen alles, gab zu, dass es bis jetzt insgesamt fünf Morde gegeben hatte und vor fast einem Jahr eine Sonderkommission eingerichtet worden war. Montoya erkundigte sich nach den fünf Opfern, und Krantz zählte die Namen auf, beginnend mit Julio Munoz.

Nachdem Krantz die Namen genannt hatte, reckte sich Frank auf seinem Rollstuhl und sah erst mich, dann Dolan an. »Das sind die Leute, nach denen Sie sich erkundigt haben.«

Krantz schüttelte den Kopf, sicher, dass hier ein Missverständnis vorlag. »Nein, Sir. Cole hätte nicht danach fragen können. Er wusste nichts davon.«

»Nicht Cole. Sie«, berichtigte Frank und deutete auf Dolan.

Dolan räusperte sich und rutschte auf ihrem Stuhl hin und her. Einen Moment lang betrachtete sie ihre flach auf dem Tisch liegenden Hände, bevor sie Krantz in die Augen sah. »Cole wusste über alles Bescheid.«

Grabesstille legte sich übers Besprechungszimmer.

»Wovon redest du, Dolan?«, fragte Krantz.

»Cole hat mir von den fünf Opfern erzählt. Er kannte

ihre Namen und wusste über sie Bescheid, sodass ich ihm von der Sonderkommission erzählt habe. Er hat dafür gesorgt, dass ich mich mit Mr. Garcia treffen konnte, weil ich ihn wegen der ersten vier Opfer befragen wollte.«

Krantz musterte Pike und schien in gewisser Weise zufrieden zu sein. »Wenn Cole Bescheid wusste, dann auch Pike.«

»Ja«, sagte Pike.

»Ich denke, wir wissen jetzt, wer sein Maul nicht halten konnte.«

»Das ist doch Quatsch, Harvey«, entgegnete Dolan. »Sie haben nichts verraten.«

Frank Garcia war gekränkt. »Ihr wusstet es und habt mir nichts gesagt?«

»Es war sinnvoll, dir nichts zu sagen«, meinte Pike. »Krantz hat in diesem Punkt recht – es war besser für die Ermittlungen.«

»Er wollte mit der Information zu Mr. Garcia gehen«, erklärte Dolan. »Aber ich habe ihn davon überzeugt, es nicht zu tun, Harvey. Warum hätte er es der Presse denn verraten sollen? Das hätte ihm doch gar nichts genutzt.«

»Woher wussten Sie von den anderen Opfern, Cole?«, fragte Bishop.

»Ich bin Ermittler. Also habe ich ermittelt.«

Krantz glitt vom Tisch und hob empört die Hände in Bishops Richtung. »Siehst du, was passiert, wenn man Leute zu nah ranlässt? Seit einem Jahr arbeiten wir an dem Fall, und jetzt sind wir angeschissen wegen diesem Typen. Und wegen Dolan.«

Dolan erhob sich. Ihr Blick war hart wie Pistolenkugeln.

»Hose, du bist ein Arsch. Es war die einzige Möglichkeit, die Sache durchzuziehen.«

Krantz wurde knallrot.

Bishop räusperte sich und trat näher zu Maldenado. »Wir sind nicht angeschissen, Harvey. Wir werden ihn trotzdem verhaften.« Dies sagte er für den Stadtrat, drehte sich aber zu Dolan. »Ich kann nicht glauben, dass Sie unsere Ermittlungen derart gefährdet haben, Dolan. Das ist ein ernst zu nehmender Vertrauensbruch. Wirklich ernst.«

»Ich hatte die Infos doch schon«, fuhr ich dazwischen. »Ich wusste von den Opfern, vom FBI und von der Sonderkommission. Ich wollte nur noch herausfinden, warum ihr Dersh die Morde in die Schuhe schiebt.«

Krantz spannte wieder den Kiefer an. »Was wollen Sie damit sagen? Wir lasten es Dersh an, weil Dersh der Mörder ist.«

»Ihr habt nichts gegen ihn in der Hand. Ihr versteift euch auf Dersh, weil ihr unter Druck steht.«

Frank schob sich mit dem Rollstuhl vorwärts und stieß zufällig gegen Montoya. »Moment mal. Dersh war es gar nicht?«

»Doch. Es ist Dersh«, schnappte Krantz zurück.

»Sie haben nur ein Profil, das besagt, dass der Mörder wahrscheinlich ein Mensch wie Dersh ist. Sie haben überhaupt keine Beweise, dass er es tatsächlich war. *Nada.*«

Williams beugte sich vor. »Da liegen Sie völlig falsch, Cole. Das FBI hat gesagt, der Täter würde versuchen, sich an den Ermittlungen zu beteiligen, zum Beispiel durch eine Zeugenaussage, und genau das hat Dersh getan. Sie haben die Verhöre gelesen. Dersh hat Ward gedrängt, den Weg runter zum See einzuschlagen, damit sie auf die Leiche stoßen konnten.« Williams merkte, was er sagte, und wirkte verlegen. »Tut mir leid, Mr. Garcia.«

Frank nickte. Er wollte, dass die Sache einen Sinn ergab, weil er wissen wollte, wer seine Tochter umgebracht hatte.

»Also, Sie sagen, Dersh ist der Mörder, aber Sie können es nicht beweisen?«

Krantz spreizte, zu Zugeständnissen bereit, die Hände. »Noch nicht. Wir glauben, dass er es war, aber, wie Cole schon gesagt hat, haben wir im Moment noch keinen direkten Beweis, der ihn mit den Morden in Verbindung bringt.«

»Was tun Sie denn, um das Schwein zu schnappen?«

Krantz und Bishop tauschten Blicke aus, dann zuckte Krantz mit den Schultern. »Na ja, jetzt, wo wir unseren Stellungsvorteil verloren haben, können wir ihn nur noch zum Schwitzen bringen. Wir müssen ihn bearbeiten, sein Haus nach Beweisen durchsuchen und ihm Druck machen, bis er entweder gesteht oder einen Fehler begeht.«

Ich schüttelte den Kopf. »Sie sind wahnsinnig, Krantz.«

Krantz hob eine Augenbraue in meine Richtung. »Gut, dass Sie nicht die Ermittlungen leiten.«

Bishop beobachtete Maldenado, um zu sehen, ob dieser irgendwie reagierte. »Wie hört sich das an, Herr Stadtrat?«

»Unser einziges Ziel ist es, den Mörder zu fassen, Captain. Natürlich wegen des Mordes an Karen Garcia, aber auch zum Wohle der Stadt und wegen der anderen Opfer. Wir wollen Gerechtigkeit.«

Krantz deutete mit seinem Kopf in meine und Pikes Richtung. »Bevor wir weitermachen, müssen wir erst die undichte Stelle stopfen.«

»Das waren nicht wir, Krantz«, sagte ich. »Es kann auch

ein uniformierter Polizist gewesen sein, der irgendwas mitgekriegt hat, oder vielleicht ein gewiefter Reporter, der was rausgefunden hat. Vielleicht waren Sie es auch selbst.«

Krantz lächelte verständig. »Ich habe gehört, dass Ihre Freundin für KROK arbeitet. Ich frage mich, ob es hier einen Zusammenhang gibt.«

Alle hier im Zimmer sahen mich an. Sogar Dolan.

»Ich habe niemandem davon erzählt, Krantz. Weder meiner Freundin noch sonst jemandem.«

Krantz setzte sich wieder auf den Tisch und warf Maldenado einen durchdringenden Blick zu. »Also, wir werden es rauskriegen, aber im Moment müssen wir erst mal einen Wahnsinnigen aus dem Verkehr ziehen. Es gab eine undichte Stelle, eine weitere können wir uns nicht leisten. Sie könnte darüber entscheiden, ob wir diesen Typen fassen oder nicht.«

Frank sah von mir zu Joe. Joe blickte zu Frank zurück. Was er wohl denken mochte?

»Ich kann nicht glauben, dass sie etwas gesagt haben«, meinte Frank.

Maldenado hielt dem Blick von Krantz stand, dann hob er die Schultern. »Frank, ich glaube, die Polizei hat bewiesen, dass wir ihren Bemühungen trauen können. Ich hoffe natürlich, dass Mr. Pike und Mr. Cole nicht hinter diesem … äh … Missgeschick stecken, aber solange wir Vertrauen in die Polizei haben, gibt es keinen Grund, dass wir nicht auch direkt mit ihnen zusammenarbeiten.«

»Schnappt euch diesen Dersh«, sagte Frank.

»Sie haben recht, Mr. Garcia«, erwiderte Krantz. »Wir müssen uns Dersh schnappen. Wir können uns keine Ablenkung leisten.«

Frank nickte wieder und deutete in Joes Richtung. »Klar. Das ergibt doch Sinn, Joe, oder? Ich glaube nicht, dass du es jemandem erzählt hast. Aber solange die Polizei so gut arbeitet, brauchst du wegen mir deine Zeit nicht zu verschwenden, oder?«

Pike redete so leise, dass man ihn kaum verstehen konnte. »Du hast recht, Frank.«

Krantz ging zur Tür und öffnete sie. Niemand sagte ein Wort, während wir den Raum verließen.

Wir gingen durch den Mannschaftsraum und hinaus zu meinem Wagen. »Spinne ich, oder wurden wir gerade gefeuert?«

»Du spinnst nicht.«

Pikes Jeep stand immer noch an der Kirche. Ich fuhr den Weg entgegen der Einbahnstraße hinauf und hielt an seinem Wagen. Wir hatten während der Fahrt kein einziges Wort gesprochen, und wie so oft fragte ich mich, was er wohl hinter seiner dunklen Brille und der undurchdringlichen Maske, die sein Gesicht bildete, denken mochte.

Es musste ihm wehtun. Er musste doch den Verlust spüren, so etwas wie Wut und Scham empfinden.

»Willst du mit zu uns nach Hause kommen und darüber reden?«

»Es gibt nichts zu reden. Wir sind draußen, Krantz ist drin.«

Pike nahm seine Waffe aus dem Handschuhfach und die Kleider, die er hinter dem Sitz verstaut hatte, stieg aus und fuhr in seinem Jeep davon.

Ich hatte den Eindruck, als müsste ich diese Dinge für uns beide aufarbeiten.

18

Die Frau von nebenan stand auf ihrem Gartenweg und goss leuchtend rotes Eiskraut. Der Santa Ana hatte sich gelegt, doch die Ruhe gab mir das Gefühl, dass der Wind wiederkehren würde. Die Luft in Los Angeles ist nie so ruhig wie in den Momenten, bevor der Wind wieder losbricht und die Welt um uns erneut in ein Flammenmeer taucht. Vielleicht ist es die sprichwörtliche Ruhe vor dem Sturm.

Die Nachbarin war so weit weg, dass ich sie kaum verstand. »Wie geht's denn so?«

»Heiß. Was machen die Jungs?«

»Was Jungs so machen. Hab dich im Fernsehen gesehen.«

Ich wusste nicht, wovon sie redete.

»In den Mittagsnachrichten. Bei der Beerdigung. Oh, das Telefon klingelt.«

Sie stellte den Schlauch ab und rannte hinein.

Ich ging durch die Küche ins Haus und schaltete den Fernseher ein, doch es liefen auf sämtlichen Programmen nur Seifenopern. Wahrscheinlich hatte ich meinen Fünfzehn-Minuten-Auftritt verpasst.

Ich zog Jeans und ein T-Shirt an und machte mir Rühreier, die ich am Spülbecken aß, während ich aus dem Fenster schaute und Milch aus der Tüte trank. Der Boden in meiner Küche besteht aus mexikanischen Fliesen, von denen einige seit dem Erdbeben von 1994 immer noch locker waren. Wenn man arbeitslos ist, hat man Zeit, darüber nachzudenken, solche Dinge zu reparieren, nur dass ich nicht wusste, wie. Aber ich konnte es lernen. Damit hätte ich was zu tun, und vielleicht wäre diese Arbeit ja auch befriedigend. Anders als die Arbeit eines Privatermittlers.

Ich trat von einer Fliese auf die andere, bis ich auf jeder einmal gestanden hatte, und schaukelte darauf leicht hin und her, um zu testen, ob sie locker waren – ich hatte sechs Richtige.

Der Kater kam herein und setzte sich, den Blick zu mir gewandt, neben seine Schüssel. Er hatte etwas in der Schnauze.

»Was hast du denn da?«

Dieses Etwas bewegte sich.

»Ich glaube, ich werde diese sechs Fliesen neu verlegen. Willst du mir helfen?«

Der Kater trug das Etwas wieder hinaus. Er kannte meine Versuche, etwas zu reparieren.

Um zwanzig vor fünf hatte ich schon vier Fliesen herausgehebelt. Überall auf dem Boden waren kleine Zementklumpen verstreut. Ich schaltete den Fernseher ein, weil ich neben der Arbeit Nachrichten sehen wollte – Eugene Dersh stand vor seinem Haus, während ein Dutzend Polizeibeamte Kisten mit Beweismaterial an der Kamera vorbei heraustrugen. Dersh wirkte ängstlich. Auf einem anderen Sender wurde ein aufgezeichneter Bericht gezeigt, in dem Dersh durch einen Spalt seiner Haustür hindurch sagte: »Ich weiß gar nicht, was das soll. Ich habe doch nur die Leiche dieser

armen Frau gefunden. Ich habe niemanden umgebracht.«
Ich schaltete wieder um. Jetzt war Krantz von Reportern umzingelt. Jedes Mal, wenn ein Reporter eine Frage stellte, antwortete Krantz: »Kein Kommentar.«

Ich schaltete den Apparat wieder aus. »Krantz, du Wichser.«

Um zwanzig nach sechs zementierte ich die Fliesen gerade wieder ein, als Lucy mit einer großen weißen Tüte mit chinesischem Essen hereinkam. »Ich habe versucht dich anzurufen, um dich zu warnen, dass die Geschichte an die Öffentlichkeit kommt.«

»Ich weiß. Ich war auf dem Friedhof.«

Sie stellte die Tüte auf die Theke. »Was ist das da auf dem Boden?«

»Ich repariere die Fliesen.«

»Oh.«

Sie schien genauso beeindruckt zu sein wie der Kater.

»Elvis, glaubst du, dass er es war?« Dersh war schon »er«.

»Ich weiß nicht, Luce. Ich glaube nicht. Krantz will glauben, es war Dersh, und er denkt, er kann es dadurch beweisen, dass er Dersh so lange unter Druck setzt, bis er auspackt. Alles, was uns da jetzt präsentiert wird, ist auf Krantz' Mist gewachsen. Er war schon dabei, die Sache auszutüfteln, als ich das Parker Center verlassen habe. Diese Reporter geben nur wieder, was Krantz ihnen als Futter vorwirft – dass Dersh schuldig ist, weil es so im Profil steht.«

»Moment mal. Sie haben nichts in der Hand, was Dersh mit diesen Morden in Verbindung bringt?«

»Nichts.«

Ich saß im Zementstaub auf meinem Küchenboden und

erzählte Lucy alles, was ich wusste, beginnend mit Jerry Swetaggen, aber ohne seinen Namen zu nennen. Ich fuhr fort mit den gerichtsmedizinischen Berichten und den Autopsieergebnissen sowie allen Einzelheiten, an die ich mich aus den Besprechungen mit Dolan erinnerte. Während ich redete, zog sie Schuhe und Jacke aus und setzte sich zu mir auf den Boden in den Dreck. Sie trug einen sechshundert Dollar teuren Hosenanzug und setzte sich zu mir in den Dreck. Liebe.

»Bin ich in Nazi-Deutschland aufgewacht?«, fragte sie, als ich fertig war.

»Es kommt noch besser.«

»Was?«

»Frank hat uns gefeuert.«

Mit unendlicher Sorge sah sie mich an und strich mir über den Kopf. »Das war bestimmt ein übler Tag, oder?«

»Das Letzte.«

»Soll ich dich in den Arm nehmen?«

»Welche Möglichkeiten habe ich sonst noch?«

»Egal, was du willst.«

Egal, wie schlecht ich mich fühle, sie kann mir immer ein Lächeln entlocken.

Nachdem ich die Küche gesaugt hatte, legte Lucy Jim Brickman auf, während ich die Drinks zubereitete. Gemeinsam schoben wir die Schalen mit dem Essen zum Aufwärmen in den Ofen. In diesem Moment klingelte es an der Tür.

Es war Samantha Dolan.

»Ich hoffe, es stört Sie nicht, dass ich hier einfach so reinschneie.«

»Überhaupt nicht.«

Sie trug Jeans und ein weißes Männerhemd, das hinten heraushing. Ihre Augen glänzten, aber nicht vom Weinen. Sie hatte leichte Schlagseite.

Beim Eintreten entdeckte sie Lucy, die immer noch in der Küche stand, und zupfte mich am Arm. »Ich denke, das ist die Freundin.«

Na gut, sie hatte sich ein oder zwei Gläser hinter die Binde gekippt.

Dolan folgte mir in die Küche, wo ich die beiden einander vorstellte. »Lucy, das ist Samantha Dolan. Dolan, das ist Lucy Chenier.«

»Jetzt hören Sie doch mal auf, mich Dolan zu nennen.« Sie streckte ihre Hand in Lucys Richtung.

»Freut mich, Sie kennenzulernen«, sagte Lucy. »Sie arbeiten also bei der Polizei.«

Dolan hielt immer noch Lucys Hand. »Bis jetzt.« Dann entdeckte sie unsere Gläser. »Oh, Sie sind am Trinken. Stört wohl nicht, wenn ich mitmache.«

Also gut, mehr als zwei.

»Sind Gin und Tonic okay?«, fragte ich.

»Haben Sie Tequila?« Dann waren es wohl wenigstens drei oder vier gewesen.

Als ich das Getränk für Dolan zubereitete, schielte sie zu den Fliesen hinunter. »Was ist mit dem Fußboden los?«

»Reparaturmaßnahmen.«

»Wette, es war das erste Mal?«

Musste wohl jeder seinen Senf dazugeben.

»Wir wärmen gerade chinesisches Essen auf. Möchten Sie bleiben?«

Dolan lächelte Lucy an. »Sie haben ja einen kräftigen Akzent. Woher stammen Sie?«

Lucy lächelte freundlich zurück. »Louisiana. Und Sie?«

»Bakersfield.«

»Dort betreibt man Rinderzucht, oder?«

Ich reichte Dolan den Tequila. »Also, was gibt's, Dolan.«

»Krantz hat mich aus der Sonderkommission geworfen.«

»Tut mir leid.«

»Ist nicht Ihre Schuld. Ich hätte die Sache nicht so durchziehen müssen, wie ich es getan habe, und ich glaube nicht, dass Sie es waren, der die Sache an die Presse verpfiffen hat.« Sie deutete mit ihrem Glas in Lucys Richtung. »Nicht einmal deswegen, weil Ihre Freundin eine von denen ist. Egal, ich jedenfalls gebe Ihnen nicht die Schuld. Ich wollte, dass Sie das wissen.«

»Was werden Sie jetzt tun?«

Sie lachte, aber in einer Art, wie man es nur tut, wenn die einzige andere Wahl ein Heulkrampf wäre. »Ich kann nichts tun. Bishop hat mich wieder in die Mannschaft zurückgeholt, aber er will die Sache nicht auf sich beruhen lassen. Er meint, er will ein paar Tage warten, bis sich alle wieder etwas beruhigt haben, dann will er es mit den Assistant Chiefs durchsprechen und sich angemessene Schritte überlegen. Mich versetzen, zum Beispiel.«

»Nur weil Sie bestätigt haben, was Elvis schon wusste?«, fragte Lucy.

»Mit ihren Geheimnissen sind sie immer ganz pingelig, Frau Anwältin. Man nennt es Gefährdung der Ermittlungen – genau das, was ich ihrer Meinung nach getan habe.

Wenn ich jetzt das brave Mädchen spiele und Bishop die Füße lecke, darf ich vielleicht dabeibleiben.«

Lucy runzelte die Stirn. »Wenn das zu einer sexistischen Angelegenheit wird, könnten Sie auf Rechtsmittel zurückgreifen.«

Dolan lachte. »Schätzchen, Sexismus ist der einzige Grund, warum ich noch dort bin. Aber deswegen bin ich nicht hergekommen.« Sie sah wieder zu mir. »Wegen Dersh bin ich mit Ihnen einer Meinung. Der arme Kerl gerät zwischen die Mühlsteine, aber es gibt im Moment nicht viel, was ich tun kann, ohne das bisschen Karriere aufs Spiel zu setzen, das mir noch geblieben ist.«

»Okay.«

»Mit einer Sache hat Krantz ja recht. Dersh und Ward lügen in einem Punkt. Ich saß hinter dem Einwegspiegel, als Watts sie verhört hat. Man ahnt es, wenn man die Protokolle liest, aber ganz sicher konnte man es in diesem Zimmer spüren. Deswegen ist Krantz so überzeugt.«

»Ich höre. Worüber lügen die beiden?«

»Ich habe keine Ahnung, aber ich bin sicher, Ward hat Angst. Er weiß was, worüber er nicht reden will. Ich bin nicht in der Position, diesbezüglich etwas unternehmen zu können, aber Sie, Weltbester, könnten es.«

Ich nickte. »Ja. Vielleicht könnte ich es.«

Dolan leerte ihr Glas und stellte es ab. Es hatte nicht lange gereicht. »Ich gehe jetzt lieber. Entschuldigen Sie den Überfall.«

»Sind Sie sicher, dass Sie nicht zum Abendessen bleiben wollen?«

Dolan ging zur Tür und drehte sich wieder zu Lucy um.

»Trotzdem danke, aber wahrscheinlich wäre nicht genug für uns beide da.«

Lucy lächelte wieder sehr freundlich. »Nein, wäre es nicht.«

Als ich zurück in die Küche kam, hatte Lucy bereits die Behälter mit dem Essen aus dem Ofen gezogen und öffnete sie.

»Sie mag dich.«

»Wovon redest du?«

»Du glaubst doch nicht, dass sie nur hergekommen ist, um über Eugene Dersh zu reden. Sie mag dich.«

Ich sagte nichts.

»Miststück.«

»Bist du eifersüchtig?«

Jetzt zeigte Lucy mir ihr freundlichstes Lächeln.

»Wenn ich eifersüchtig wäre, müsste sie sich jetzt schon bei einem Arzt wieder zusammenflicken lassen.«

Es gibt nicht viel, was man darauf erwidern kann.

»Wirst du es also tun?«, fragte Lucy schließlich leise.

»Was?«

»Versuchen, Dersh zu helfen.«

Ich dachte darüber nach, dann nickte ich. »Ich glaube nicht, dass er der Mörder ist, Lucille. Und wenn er es nicht ist, dann ist er ein ganz einsamer Bursche, der das Gewicht einer ganzen Stadt auf seinen Schultern trägt.«

Lucy trat nah an mich heran und legte ihre Arme um mich.

»Ich glaube, du hast deine Rolle gefunden – der letzte weiße Ritter, mein Süßer.«

So bin ich eben.

19

Am nächsten Morgen war es still am Lake Hollywood, die Luft kühl. Gleich nach Sonnenaufgang fuhr ich hinauf in der Hoffnung, den Presseleuten und den krankhaft Neugierigen zuvorzukommen. Ich schaffte es. Spaziergänger und Jogger drehten wieder ihre Runden um den See, doch keiner begaffte den Tatort.

Nachdem die Polizei den Tatort freigegeben hatte, hatte sie das gelbe Absperrband abgenommen und die Wachen abgezogen. Ich ließ meinen Wagen am Gatter stehen und folgte dem Pfad hinunter durchs Gestrüpp zu der Stelle, an der Karen Garcias Leiche gefunden worden war. Die Fußspuren des Gerichtsmediziners und seiner Leute, die den Boden aufgerissen hatten, als sie die Leiche nach oben trugen, waren immer noch zu sehen. Die Stelle, wo die Leiche gelegen hatte, war markiert durch Blutflecke in der Farbe von toten Rosen.

Eine Weile starrte ich auf diese Stelle, dann ging ich am Ufer entlang Richtung Norden, zählte aber die Schritte. An zwei Stellen stieg die Böschung so steil auf und war so überwuchert, dass ich die Schuhe ausziehen und durchs Wasser waten musste, doch meistens war das Ufer flach und kaum bewachsen, sodass ich gut vorankam.

Zweiundfünfzig Schritte von den Blutflecken entfernt fand ich ein fünfzehn Zentimeter langes Stück Absperrband an der Stelle, wo Dersh und Ward ans Wasser gelangt waren. An dem steilen Abhang, an dem die beiden zwischen einem Wirrwarr aus kleinen Bäumen hinuntergerutscht waren, waren ihre lang gezogenen Fußspuren immer noch zu sehen. Ich ging den Hang hinauf, und schon bald schob ich mich durch dichtes Gestrüpp, bevor ich wieder auf den Weg kam. Hier hing ein weiteres Stück Absperrband, das die Stelle markierte, wo die beiden laut Dersh den Pfad verlassen hatten.

Ich ging den Pfad etwa Hundert Meter weiter, dann vom Absperrband etwa gleich weit in die andere Richtung. Von weiter oben konnte ich den See sehen, doch nicht vom orangefarbenen Absperrband aus, und ich fragte mich, warum sie genau diese Stelle gewählt hatten, um den Weg zu verlassen. Das Unterholz war dicht, und das Laub der Bäume ließ nur wenig Tageslicht hindurch. Kein Kind, das mal ein paar Jahre bei den Pfadfindern gewesen war, hätte diesen Weg genommen. Und wohl auch sonst niemand. Vielleicht sind weder Dersh noch Ward jemals Pfadfinder gewesen, oder vielleicht hatten sie nur pinkeln müssen. Vielleicht hatten sie sich auch gedacht, was soll's, diese Stelle ist so gut wie jede andere auch, obwohl sie es nicht war.

Ich ging zurück zum Wagen und fuhr den Hügel hinab zum Jungle Juice, wo ich mir aus dem Telefonbuch Adresse und Telefonnummer von Riley Ward & Associates herausschrieb. Dann fuhr ich nach West Hollywood.

Ward hatte sein Büro in einem umgebauten Handwerkerhaus in einer ehemaligen Wohnstraße südlich des Sunset

Boulevard. An der Vorderseite befand sich eine hübsche Veranda, und das aufwändige Holzwerk war in leuchtendem Pfirsich und Türkis gestrichen, Farben, die beide nicht zu den zwei Pressefahrzeugen passten, die vor dem Haus parkten.

Ich stellte meinen Wagen auf dem kleinen Parkplatz einer Zahnarztpraxis ab und wartete. Zwei Männer betraten Wards Bürogebäude, von denen ich einen als Live-Reporter erkannte, weil er wie ein Surfer-Typ aussah. Sie waren vielleicht drei Minuten drin, als sie wieder herauskamen und enttäuscht neben ihrem Fahrzeug stehen blieben. Ward weigerte sich immer noch, Interviews zu geben. Oder er war nicht da.

Ein dritter Wagen traf ein. Zwei junge Typen stiegen aus, ein Asiat mit schwarzer Hornbrille und ein Blonder mit kurzem Haar. Der Asiat im Euro-Trash-Look hatte weiße Strähnen im Haar. Die beiden gingen zu dem Surfer-Typen und dessen Freund. Sie lachten gerade über irgendwas, als eine junge Frau aus dem anderen Wagen ausstieg und zu ihnen ging. Sie trug ein leuchtend gelbes Frühlingskleid, Schuhe mit dicken Sohlen, mit denen sie bestimmt kaum laufen konnte, und eine schrille Brille. Modesklaven.

Ich ging zu ihnen mit einem Grinsen, als wäre ich ein Kollege von ihnen. »Seid ihr hier, um Ward abzufangen?«

Der Surfer schüttelte den Kopf. »Er ziert sich noch. Aber wir werden warten.«

»Vielleicht ist er nicht da.«

»Natürlich ist er da. Ich habe ihn heute Morgen reingehen sehen«, sagte die junge Frau in dem kanariengelben Kleid.

»Aha.«

Ich ging über die Straße.

»Vergiss es, *amigo*«, rief mir die Frau hinterher. »Er wird nicht mit dir reden.«

»Wir werden sehen.«

Die kleine Veranda lag vor dem ehemaligen Wohnzimmer, das nun als Empfang diente. Der Geruch von frisch gebrühtem Kaffee hing in der Luft; er überlagerte den von etwas Süßem, vielleicht von noch warmem Blätterteiggebäck. Eine junge Frau in schwarzem Bodyshirt und Weste sah mir misstrauisch entgegen. Sie saß an einem gläsernen Schreibtisch, auf dem kleinen Namensschild stand Holly Mira. »Kann ich Ihnen helfen?«

»Hallo, Holly. Ich bin Elvis Cole und möchte Mr. Ward sprechen.« Ich reichte ihr meine Karte. »Es ist wegen Karen Garcia«, erklärte ich mit leiser Stimme.

Sie legte die Karte hin, ohne sie anzuschauen. »Es tut mir leid. Mr. Ward gibt keine Interviews.«

»Ich bin nicht von der Presse, Holly. Ich arbeite für die Familie der Toten. Sie verstehen sicher, dass sie ein paar Fragen haben.«

Sie war etwas milder gestimmt, weigerte sich aber immer noch, die Karte anzuschauen. »Sie arbeiten für die Familie.«

»Die Familie Garcia. Ihr Rechtsanwalt heißt Abbot Montoya. Sie können ihn anrufen, wenn Sie möchten.« Ich zog die Karte heraus, die Montoya mir gegeben hatte, und legte sie neben meine. »Sagen Sie bitte Mr. Ward, dass die Familie es sehr schätzen würde. Ich kann ihm versprechen, dass ich seine Zeit nicht sehr in Anspruch nehmen werde.«

Holly las beide Karten und warf mir ein schüchternes Lächeln zu. »Sie sind wirklich Privatdetektiv?«

Ich versuchte bescheiden auszusehen. »Nun, man könnte mich als das Vorzeigeexemplar dieser Spezies bezeichnen.«

Hollys Lächeln wurde breiter. »Ich weiß, dass er bald eine Telefonkonferenz hat, aber ich bin sicher, dass er mit Ihnen reden wird.«

»Danke, Holly.«

Zwei Minuten später kam Riley Ward mit den Visitenkarten in der Hand hinter Holly in den Empfangsraum. Er trug ein burgunderfarbenes, bis oben zugeknöpftes Hemd, graue Bundfaltenhosen und weiche italienische Mokassins, doch auch die hübsche Kleidung konnte seine Anspannung nicht überdecken.

»Mr. Cole?«

»Ja. Ich freue mich, dass Sie mit mir reden wollen, trotz allem, was passiert ist.«

Er bog die Karten hin und her. Er wirkte nervös und unsicher. »Sie würden es nicht glauben. Es war ein Albtraum.«

»Doch, doch, das glaube ich gern.«

»Ich meine, wir haben sie doch bloß gefunden, und jetzt – na ja, Gene ist doch kein Mörder. Sicher nicht. Sagen Sie das bitte der Familie. Ich weiß, dass sie mir nicht glauben werden, aber er ist keiner.«

»Ja, Sir. Ich werde es ihnen sagen. Ich bin allerdings nicht wegen Mr. Dersh hier. Ich versuche nur einige Sorgen der Familie aus dem Weg zu räumen, wenn Sie wissen, was ich meine. Wegen der Leiche.« Ich blickte zu Holly rüber und schwieg, um anzudeuten, dass die Sorgen der Familie eher unter vier Augen besprochen werden sollten.

Ward nickte. »Na ja, gut. Kommen Sie doch mit in mein Büro.«

In dem geräumigen Büro standen ein schlichter Schreibtisch aus Bohlen, ein dick gepolstertes Sofa und zwei dazu passende Sessel. Bilder von Ward mit einer attraktiven Frau und zwei Kindern mit vorstehenden Zähnen standen auf einem niedrigen Tisch hinter dem Schreibtisch. Ward zeigte auf das Sofa. »Möchten Sie eine Tasse Kaffee?«

»Nein, danke.«

Riley spähte zum Fenster hinaus auf die Pressefahrzeuge, dann setzte er sich auf den Sessel mit Blick zu den Bildern. »Die machen mich noch wahnsinnig. Sie waren bei mir zu Hause, und sie waren heute Morgen hier, als ich ins Büro kam. Das ist doch krank.«

»Ja, sicher.«

»Jetzt muss ich meine Zeit verschwenden mit der Suche nach einem Anwalt, und für den armen Gene ist es noch viel schlimmer.«

»Ja, Sir, das ist es.« Ich zog einen Block heraus, als wollte ich mir Notizen machen, dann beugte ich mich zu ihm vor und schielte zu den Fenstern. »Mr. Ward, ich bitte Sie, das, was ich hier sagen werde, nicht weiterzutragen, ja? Das wäre der Familie nicht recht. Wenn etwas davon rauskommt, könnte es die Ermittlungen behindern.«

Ward sah mich nervös und besorgt an. Man konnte fast hören, wie er dachte: Und, weiter?

Ich schwieg.

Er merkte, dass ich auf eine Antwort von ihm wartete, und nickte. »Gut. Ja. Natürlich.«

»Die Familie glaubt, dass die Polizei mit Mr. Dersh ganz

falsch liegt. Wir glauben nicht, dass sie den richtigen Mann haben.«

Hoffnung blitzte in seinem Gesicht auf – ich kam mir vor wie ein Stück Dreck.

»Natürlich können sie das nicht glauben. Gene hätte es gar nicht gewesen sein können.«

»Dem stimme ich zu. Deswegen führt die Familie, also, führen wir unsere eigenen Ermittlungen durch, wenn Sie verstehen, was ich meine.«

Er nickte, weil er für seinen Freund Gene einen Ausweg sah.

»Deswegen habe ich ein paar Fragen, verstehen Sie?«

»Ja klar. Ich werde Ihnen gerne in jeder Hinsicht behilflich sein, soweit es in meiner Macht steht.«

Jetzt war er ganz versessen darauf, weiterzumachen.

»Gut. Prima. Es hat mit dem Grund zu tun, warum Sie den Pfad verlassen haben.«

Er runzelte die Stirn und schien gar nicht mehr so versessen zu sein. »Wir wollten uns den See anschauen.«

Ich lächelte. Ganz der Freundliche.

»Ja, gut, das weiß ich, aber nachdem ich Ihre Aussagen gelesen habe, bin ich zum See hinauf- und mit der Polizei zusammen durch das Gelände gegangen.«

Ward schürzte die Lippen und sah auf seine Uhr. »Holly, hat sich denn dieser dämliche Anwalt noch nicht gemeldet?«, rief er.

»Noch nicht, Riley«, rief sie zurück.

»Ich habe ein Stück von dem Absperrband gefunden, mit dem die Stelle markiert wurde, an der Sie den Hauptpfad verlassen haben. Das Unterholz war hier sehr dicht.«

Er verschränkte die Arme, und sein Blick wurde immer finsterer. Er fühlte sich ganz offensichtlich unwohl. »Das verstehe ich nicht. Das sind Sachen, die die Familie wissen will?«

»Ich bin nur neugierig, warum Sie den Weg genau an dieser Stelle verlassen haben. Es gab Stellen, an denen Sie einfacher zum See gelangt wären.«

Riley Ward starrte mich volle dreißig Sekunden an, ohne sich zu bewegen. Einmal leckte er sich über die Lippen. Er dachte so intensiv nach, dass man förmlich sah, wie sich die Zahnräder und Riemen in seinem Hirn drehten. »Also, wir hatten darüber nicht geredet. Ich meine, wir hatten nicht nach dem besten Weg *gesucht*. Wir sind einfach runtergegangen.«

»Zehn Meter weiter war das Gestrüpp viel dünner.«

»Wir wollten zum See runter, also sind wir da runtergegangen.« Plötzlich erhob er sich, ging zur Tür und rief wieder nach Holly. »Würdest du bitte versuchen, ihn zu erreichen? Ich halte diese Warterei nicht aus.« Er schob die Hände in die Hosentaschen, zog sie aber gleich wieder heraus und winkte in meine Richtung. »Wen kümmert es denn, warum wir den Weg genau da verlassen haben? Kann das irgendwie von Bedeutung sein?«

»Wenn Sie den Weg an dieser Stelle verlassen haben, weil Sie vielleicht von jemandem bedroht wurden und Angst hatten, dann ist es sehr wohl von Bedeutung. Die Person könnte der Mörder sein.«

Ward blinzelte mich an, dann war er plötzlich ganz entspannt. Als hätte sich das, was ihn bekümmert hatte, zu einem kleinen Fleck am Horizont verwandelt. Ein Lächeln zuckte in seinen Mundwinkeln. »Nein, tut mir leid. Niemand hat uns auf dem Weg Angst eingejagt. Wir haben niemanden gesehen.«

Ich tat so, als würde ich schreiben.

»Dann hat Gene also gesagt: ›Gehen wir hier zum See runter‹, und Sie sind einfach da runtergegangen? Mehr war da nicht?«

»Mehr war da nicht. Ich wünschte, ich hätte jemanden da oben gesehen, Mr. Cole. Besonders jetzt. Es tut mir leid wegen des Mädchens. Ich wünschte, ich könnte Ihnen helfen, aber ich kann nicht. Ich wünschte, ich könnte Gene helfen.«

Ich blickte auf den Notizblock, als wüsste ich, dass da etwas fehlte, und tippte mit dem Kugelschreiber darauf. »Hätte es noch einen anderen Grund geben können?«

»Ich weiß nicht, was Sie meinen.«

»Einen Grund, warum Sie den Pfad genau an dieser Stelle verlassen haben.« Ich sah ihn an. »Vielleicht um etwas zu tun, das sonst niemand sehen sollte.«

Riley Ward wurde kreidebleich.

Holly erschien in der Tür. »Riley, Mr. Mikkleson ist dran.«

Ward taumelte, als hätte ihn jemand mit dem Viehstock geschlagen. »Gott sei Dank! Das ist der Anwalt, Mr. Cole. Das muss ich jetzt ganz dringend erledigen.« Er ging hinter seinen Schreibtisch und griff zum Telefon. Das Klingeln war seine Rettung.

Ich steckte meinen Block ein und ging zur Tür zu Holly. »Vielen Dank für Ihre Zeit, Mr. Ward.«

Er zögerte, legte die Hand über den Hörer.

»Mr. Cole, drücken Sie der Familie bitte mein Beileid

aus. Gene hat dem Mädchen nichts getan. Er wollte nur helfen.«

»Ich werde es ihnen sagen. Danke.«

Ich folgte Holly in den Empfangsraum am Vordereingang. Die Reporter standen immer noch draußen auf der Straße in einem Haufen zusammen. Mittlerweile waren es vier Pressefahrzeuge.

»Er scheint nett zu sein«, sagte ich.

»Oh, Riley ist echt klasse.«

»Ich kann es ihm nicht verübeln, dass er so nervös ist.«

Holly hielt mir die Tür auf und unterdrückte ein leichtes Lächeln. »Na ja, er musste eine Menge heikler Fragen beantworten.«

Ich sah sie an. »Was meinen Sie mit ›heikel‹?«

»Riley und Gene sind sehr enge Freunde.«

Sie blickte zurück.

»*Sehr* eng.«

Ich trat auf die Veranda hinaus, doch sie blieb drin.

»Enger als Laufkumpel?«, fragte ich.

Sie nickte.

»Wir reden von *wirklich* eng?«

Jetzt kam sie zu mir heraus und zog die Tür hinter sich zu. »Riley glaubt, wir wissen nichts davon, aber wie kann man so was verheimlichen? Gene hat sich beim ersten Mal, als er hier ins Büro kam, Hals über Kopf in Riley verknallt und ihn schamlos bedrängt.«

»Wie lange geht das schon?«

»Nicht lange. Riley joggt dreimal in der Woche mit Gene, aber wir wissen Bescheid.« Sie hob ihre Augenbrauen, während sie sprach, dann lehnte sie sich nach hinten und schielte über ihre Schulter, um sicherzugehen, dass ihr niemand zuhörte. »Ich wünschte, mich würde auch mal ein gut aussehender Kerl so bedrängen.«

Ich schenkte ihr mein schönstes Lächeln. »Ich denke, es wird ganz bestimmt einen Kerl geben, der Ihretwegen den Kopf verliert, Holly.«

Sie blinzelte mit ihren großen Augen. »Meinen Sie?«

»Ich hab allerdings 'ne Freundin. Tut mir leid.«

»Na ja, wenn Sie mal was Besseres suchen …« Sie ließ es offen, lächelte noch netter als vorher und wollte wieder hineingehen.

»Holly?«

Sie lächelte immer noch.

»Erzählen Sie niemandem, was Sie mir gerade gesagt haben, okay?«

»Das bleibt eine Sache zwischen uns.« Sie schloss die Tür und war fort.

Ich trat von der Veranda des kleinen hübschen Hauses und ging über die Straße zu meinem Wagen, gefolgt von den Blicken der Reporter und Kameraleute. Der Surfer-Typ schien sauer zu sein. »He, hat Ward mit dir geredet?«, rief er.

»Nö. Aber ich durfte aufs Klo gehen.«

Die Reporter seufzten erleichtert wie aus einem Mund und entspannten sich. Fühlten sich beruhigt.

Ich setzte mich hinters Steuer, ließ den Motor aber nicht an. An einem Fall zu arbeiten ist, wie ein Leben zu führen. Man kann mit gesenktem Kopf den Pflug kräftig vor sich herschieben, aber dann passiert etwas, und die Welt ist nicht mehr das, für was man sie hielt. Plötzlich sieht man alles anders, als ob die Welt ihre Farbe gewechselt hätte und

Dinge verstecken würde, die vorher da waren, und andere Dinge zum Vorschein brächte, die man vorher nicht gesehen hatte.

Einmal stand ich einem Mann nahe, einem Polizisten, der schon sechzehn Jahre im Dienst gewesen war, ein guter und bescheidener Mensch, verheiratet und seiner Frau in all den Jahren treu. Er hatte drei Kinder mit ihr, sie besaßen ein Haus in Big Bear und führten ein glückliches Leben – bis zu dem Tag, an dem er sie verließ und eine andere Frau heiratete. Als er mir davon erzählt hatte, hatte ich gemeint, ich hätte von den Problemen zwischen ihm und seiner Frau nichts gewusst. Er hatte geantwortet, er hätte es auch nicht gewusst. Seine Frau war verzweifelt, und mein Freund fühlte sich furchtbar schuldig. Ich fragte ihn als Freund, was passiert war. Seine Antwort war gleichzeitig einfach und schrecklich. »Ich habe mich verliebt«, hatte er geantwortet. Er hatte sich in eine Frau verliebt, während er in der Bank in der Schlange gestanden hatte, und im Verlauf einer einzigen Unterhaltung hatte sich seine Welt auf den Kopf gestellt und war nie wieder gewesen wie vorher. Er war blind geworden vor Liebe.

Ich dachte an Riley Ward und an die Frau und die beiden Kinder auf den Bildern in seinem Büro. Ich dachte, dass er auf seine Weise auch geblendet worden war, und plötzlich ergab alles einen Sinn – die Ungereimtheiten in seiner und in Dershs Version der Ereignisse am See und warum Riley Ward in seinem Verhör ausweichend und abwehrend reagiert hatte. All das hatte einen Teufel zu tun mit den Theorien von Polizisten, die zu viel Zeit hatten.

Dersh und Ward hatten den Pfad verlassen und sich ins

Dickicht geschlagen, um sich vor den anderen Passanten zu verstecken. Sie waren nicht darauf aus gewesen, etwas zu sehen – sie wollten nicht gesehen werden.

Sie waren zum Wasser hinuntergegangen, gerade weil das Gelände dort unwegsam war. Aber sie hatten nicht damit rechnen können, dass Karen Garcias Leiche dort lag und sie sich eine Ausrede zusammenzimmern mussten, warum sie sich wider alle Wahrscheinlichkeit an diesem Ort aufgehalten hatten. Sie hatten gelogen, um die Welt zu schützen, die sie sich jeweils aufgebaut hatten, doch ihre Angst hatte eine noch größere Lüge geboren.

Als ich so in meinem Wagen saß, hatte ich Mitleid mit Riley Ward, seiner Frau, seinen beiden Kindern und seinem heimlichen schwulen Liebhaber.

Ich fuhr los, um Samantha Dolan anzurufen.

Das Büro war in gelbes Licht getaucht, als Dolan zurückrief. Es war mir egal. Ich war bei der zweiten Dose Falstaff und dachte schon an die dritte. Den größten Teil des Tages hatte ich Post beantwortet, Rechnungen bezahlt und mit der Pinocchio-Uhr geredet. Sie hatte noch keine Antwort gegeben, würde es aber vielleicht nach ein paar weiteren Dosen tun.

»Mein Gott, sie hört sich an wie Scarlett O'Hara«, sagte Dolan. »Wie halten Sie das nur aus?«

»Ich bin heute Morgen zu Ward gegangen. Sie hatten recht. Die beiden lügen.«

Ich kippte den Rest Bier runter und schielte zum kleinen Kühlschrank. Ich hätte vor dem Gespräch das dritte aufmachen sollen.

»Ich höre.«

»Ward und Dersh sind vom Pfad runtergegangen, weil sie was miteinander haben.«

Dolan sagte nichts.

»Dolan?«

»Ich bin da. Hat Ward das gesagt? Er hat Ihnen gesagt, dass das der Grund war, warum sie den Pfad verlassen haben?«

»Nein, Dolan, nicht Ward hat das gesagt. Ward hat eine Frau und zwei Kinder, und ich denke mir, er würde fast alles tun, damit sie es nicht erfahren.«

»Nehmen Sie's nicht so schwer.«

»Ich habe es von einer Frau, die in seinem Büro arbeitet. Man muss nur mit den Leuten reden, Dolan. Ich habe etwa zwanzig Minuten gebraucht, um das herauszubekommen. Sieht so aus, als hätten sich Ihre Leute nicht gerade ein Bein ausgerissen, um den Hintergrund der beiden auszuleuchten.«

»Nehmen Sie's nicht so schwer, habe ich gesagt.«

Ich lauschte ihrem Atem. Ich vermute, sie lauschte meinem.

»Alles in Ordnung bei Ihnen?«, fragte sie.

»Ich bin sauer wegen Dersh. Ich bin sauer, weil das alles rauskommen und Wards Familie zerstören wird.«

»Sollen wir was trinken gehen?«

»Dolan, ich komme ganz gut alleine zurecht.«

Eine Zeit lang sagte sie nichts mehr. Ich überlegte, ob ich mir das nächste Bier holen sollte, tat es aber nicht. Pinocchio beobachtete mich.

»Ich wollte Sie ohnehin gerade anrufen«, fuhr sie fort.

»Warum?«

»Wir haben Edward Deege gefunden.«

»Hat er was gewusst?«

»Wenn, dann werden wir es nicht erfahren. Er ist tot.«

Ich lehnte mich zurück und blickte aus der Terrassentür. Manchmal fliegen Möwen vorbei oder lassen sich im Wind treiben, doch im Moment war der Himmel leer.

»Ein paar Bauarbeiter haben ihn in einem Müllcontainer in der Nähe des Sees gefunden«, erklärte Dolan. »Sieht aus, als sei er erschlagen worden.«

»Sie wissen nicht, was passiert ist?«

»Wahrscheinlich hat er sich mit einem anderen Obdachlosen in die Wolle gekriegt. Sie wissen, wie das geht. Vielleicht wurde er ausgeraubt, oder vielleicht hat er jemanden ausgeraubt. Das Polizeirevier von Hollywood bearbeitet den Fall. Es tut mir leid.«

»Was werden Sie wegen Ward unternehmen?«

»Ich gebe die Info an Stan Watts weiter und lass ihn die Sache weiterverfolgen. Stan ist ein guter Kerl. Er wird versuchen, vorsichtig zu sein.«

»Prima.«

»Es ist die einzige Chance, die Dersh hat.«

»Prima.«

»Sind Sie sicher, dass wir nichts trinken gehen sollen?«

»Ja. Vielleicht ein andermal.«

Als sie schließlich weitersprach, war ihre Stimme ruhig.

»Wissen Sie was, Sie Weltgrößter?«

»Was?«

»Sie sind nicht nur wegen Ward stinkig.«

Sie legte auf und ließ mich mit der Frage allein, was sie damit gemeint hatte.

20

Jener Tag

Der Schmerz brennt in ihm wie damals die Haut, als er als Kind geschlagen worden war. Er brennt so heftig, dass sich seine Nerven unter der Haut winden wie Würmer, die sich durch sein Fleisch bohren. Manchmal ist es so schlimm, dass er sich in den Arm beißen muss, um nicht zu schreien.

Es geht nur um die Kontrolle.

Das weiß er.

Wenn man sich unter Kontrolle hat, können sie einem nichts antun.

Wenn man sich selbst beherrscht, werden sie bezahlen.

Der Mörder füllt die erste Spritze mit Dianabol, einem Methandrostenolon-Steroid, das er in Mexiko gekauft hat, und spritzt es sich in den rechten Schenkel. Die nächste füllt er mit Somatropin, einem ebenfalls aus Mexiko stammenden synthetischen, zur Rinderzucht verwendeten Wachstumshormon. Dieses injiziert er sich in den linken Schenkel, genießt das Brennen, das der Injektion jedes Mal folgt. Vor einer Stunde hat er zwei Androsteron-Tabletten geschluckt, um die Testosteron-Produktion seines Körpers anzukurbeln. Er wird noch einige Minuten warten, bevor er sich auf die Bank legen und trainieren wird, bis seine Muskeln schreien und schlappmachen. Erst dann wird er sich Ruhe gönnen. Wer schön sein will, muss leiden, und er will schön, kräftig, stark und gut in Form sein, weil es mit dem Morden noch nicht zu Ende ist.

Er bewundert seinen Körper in dem bodenlangen Spiegel und spannt die Muskeln an. Schwellende Muskeln. Waschbrettbauch. Tätowierungen, die seine Haut entweihen. Insgesamt ganz hübsch. Er setzt die Sonnenbrille auf. Besser.

Der Mörder legt sich nach hinten auf die Trainingsbank und wartet, bis die Substanzen seine Adern durchströmt haben. Er freut sich, dass die Polizei endlich die Leiche von Edward Deege gefunden hat. Dies gehört zu seinem Plan. Wegen der Leiche wird man die Bewohner des Viertels befragen. Beweise, die er platziert hat, werden gefunden werden – auch das ein Teil seines Plans; ein Plan, den er so sorgfältig ausgearbeitet hat, wie er es mit seinem Körper und seiner Rache tut.

Er ermahnt sich zu Geduld.

In den Militärhandbüchern steht, dass ein Aktionsplan niemals den ersten Kontakt mit dem Feind überdauert. Man muss anpassungsfähig bleiben. Man muss zulassen, dass sich der Plan entwickelt.

Sein Plan hatte sich schon öfter gewandelt – auch Edward Deege war solch eine Änderung – und würde es wieder tun. Wie bei Dersh. Die ganze Aufmerksamkeit, die Dersh auf sich gezogen hatte, hatte ihn geärgert, bis ihm klar wurde, dass Dersh, ebenso wie Deege, Teil des Plans werden konnte.

Als wären sie vom Himmel geschickt worden. Ein herrlicher Moment, als sich der Plan – durch Dersh – von der Todesstrafe zu lebenslanger Haft gewandelt hatte. Erniedrigung. Schmach.

Anpassungsfähigkeit ist alles.

Er selbst ändert sich auch. Alle halten ihn für einen ruhigen Menschen. Alle denken, er sei beherrscht.

Er ist, was er sein muss.

Der Mörder entspannt sich, lässt seine Gedanken schweifen, doch sie treiben nicht zu Dersh, zum Plan oder seiner Rache, sie treiben zurück zu dem schrecklichen Tag. Er sollte es besser wissen. Sie gehen immer zu diesem Tag zurück, als wollte er sich selber quälen. Es ist besser, sich in dem ständigen Spiel mit seinem Plan zu üben, als sich im Schmerz zu suhlen, doch so viele Jahre lang war der Schmerz alles, was er hatte. Schmerz ist das, was ihn ausmacht.

Er spürt die Tränen, die er bisher keiner Menschenseele gezeigt hat, und presst die Augen zusammen. Die Tränen kriechen unter seiner Sonnenbrille hervor und ziehen eine Spur aus bitteren Erinnerungen hinter sich her.

Er spürt die Schläge, den Gürtel, bis seine Haut taub ist. Faustschläge prasseln ihm auf Schulter und Rücken. Er schreit und bettelt und heult, doch die Menschen, die ihn am meisten lieben, sind diejenigen, die ihn am meisten hassen. *So etwas wie ein Zuhause gibt es nicht.* Rennen. Gehen. Eine Busreise. Er flieht von einem Ort, an dem Freundlichkeit das Gleiche wie Grausamkeit ist und Liebe und Ekel nicht zu unterscheiden sind. Er steht vor einem Restaurant, als sich ihm ein Mann nähert. Ein freundlicher Mann, der seinen Schmerz erkennt. Der Mann berührt ihn an der

Schulter. Worte des Trosts und der Freundschaft. Der Mann kümmert sich um ihn. Der Rest läuft wie von alleine. Liebe. Abhängigkeit. Verrat. Rache. Bedauern.

An jenen Tag hat er lebhafte Erinnerungen. Er sieht die Bilder einzeln, als wäre der Film über sein Leben in Stücke zerrissen und jede Szene deutlich und in leuchtenden Farben zu sehen. Der Tag, an dem die Verhassten ihm den Mann wegnahmen. Ihn wegnahmen, ihn zerstörten, ihn töteten. Der Tag, der nach all diesen Jahren und den vielen Veränderungen immer noch so tief in ihm brennt, dass jede Zelle seines Körpers davon in Mitleidenschaft gezogen wird.

Jahrelang hatte er sich völlig aufgegeben, bis er wieder die Kontrolle über sich gefunden, seine Gefühle und sein Leben in den Griff bekommen hatte. Sich selbst wieder in den Griff bekommen hatte, sich wieder beherrschen und vorbereiten konnte, um dies hier zu tun.

Die Tränen versiegen, und er öffnet die Augen. Er wischt die Tränen fort und richtet sich auf.

Kontrolle.

Er hat sich unter Kontrolle.

Sein Verlust muss heimgezahlt werden, und nun hat er die Möglichkeit dazu. Er ist nicht mehr schwach, nicht mehr hilflos.

Er hat einen Racheplan gegen denjenigen, der ihm am meisten wehgetan hat, und eine Liste der Verschwörer.

Er tötet einen nach dem anderen, weil Rache eine harte Sache ist. Und er ist der Härteste, der je mit den Engeln durch die Straßen dieser Stadt gegangen ist.

Beim Militär nennt man dies »Hingabe an den Auftrag«.

Seine Hingabe an den Auftrag ist unübertroffen.

Sie werden bezahlen.

Er legt sich wieder nach hinten auf die Bank und spannt seine Muskeln im Spiegel an, bis sich die Haut strafft, seine Venen anschwellen und die leuchtend roten Pfeile auf seinen Deltamuskeln glühen.

Dersh.

Pikes Traum

Er rannte abseits des Wegs, weil es schwieriger war. Abgestorbene Zweige von umgestürzten Bäumen kratzten über seine Beine wie Klauen, die aus der Erde nach ihm greifen wollten. Braune Blätter überzogen den Waldboden mit einer glitschigen Schicht, während er angestrengt Bäumen, Dornengestrüpp und Erdlöchern auswich, um nicht das Gleichgewicht zu verlieren. Er konnte in keinen gleichmäßigen Laufschritt verfallen, weil er nicht nur rannte, sondern genauso oft über totes Geäst kletterte und über gefällte Stämme sprang. Aber das wollte er so. In einem Fitnesshandbuch des Marine Corps, das er sich in einem Antiquariat gekauft hatte, wurde diese Art des Laufens »Fartlek-Training« genannt, die schwedischen Bergtruppen hatten es sich ausgedacht und es stellte die mörderische Grundlage für den legendären Hindernislauf des Corps dar. Im Fitnesshandbuch stand, dass hartes Training notwendig sei, wenn man harte Männer heranziehen will.

Joe Pike im Alter von vierzehn Jahren.

Er mochte den Geruch des winterlichen Waldes und den Frieden, den die Einsamkeit mit sich brachte. Hier verbrachte er so viel Zeit, wie er konnte, las, dachte nach und befolgte die Anweisungen aus dem Handbuch, das zu seiner Bibel geworden war. Die Erschöpfung befriedigte ihn, und der Schweiß war ein Beweis dafür, dass er etwas erreicht hatte. Joe hatte beschlossen, an seinem siebzehnten Geburtstag zu den Marines zu gehen. Jeden Tag dachte er daran, und nachts träumte er davon. Er sah sich selbst, wie er hoch aufgeschossen in Ausgehuniform dastand oder durch einen asiatischen Dschungel robbte, in einem Krieg, der auf der anderen Seite der Erdhalbkugel tobte, aber wahrscheinlich schon bald zu Ende sein würde und den er nicht mehr miterleben würde, weil er erst vierzehn war. Er hatte Tausende von Fantasien von sich als Mitglied der Marines, doch in Wirklichkeit sah er meistens, wie er einen Bus bestieg und vor seinem Vater abhaute. Hier zu Hause hatte er seinen eigenen Krieg auszufechten. Der in Vietnam konnte nicht schlimmer sein.

Joe war auch jetzt noch groß für sein Alter und bekam langsam eine kräftigere Statur. Er hoffte, dass er mit sechzehn alt genug aussehen würde, sodass er seine Mutter überreden könnte, die Papiere zu fälschen, um schon ein Jahr früher dem Corps beitreten zu können. Vielleicht würde sie es für ihn tun.

Wenn sie noch so lange leben würde.

Joe versuchte noch mehr aus sich herauszuholen, als er dem Ende seiner Strecke näher kam. Sein Atem kondensierte in der kalten Luft zu kleinen Dampfwolken, dennoch glänzte er vor Schweiß und spürte die Kälte nicht, obwohl er außer den hohen Turnschuhen nur eine rote kurze Sporthose und ein ärmelloses grünes T-Shirt trug. Fast eine Stunde lang war er dem Flüsschen bergauf gefolgt, bevor er umgedreht war. Jetzt befand er sich fast wieder am Ausgangspunkt, als er jemanden lachen hörte und stehen blieb. Das Flüsschen verlief am Fuß eines Abhangs unterhalb einer Kiesstraße. Pike sah, wie zwei Jungs und ein Mädchen oben am Abhang erschienen und einen ausgetrampelten Pfad entlang zum Flüsschen hinuntergingen.

Pike versteckte sich zwischen den Bäumen.

Sie waren älter und die Jungs größer als Joe. Vielleicht waren sie in der Highschool, in der er gerade erst angefangen hatte, ein paar Klassen über ihm. Dann wären sie etwa siebzehn.

Der größere der beiden Jungs hatte ein grobes, rotes Gesicht mit Narben. Er führte die anderen an, schob tief hängende Zweige zur Seite und trug einen Essensbeutel, in dem sich etwas befand. Der andere Junge ging am Schluss. Er hatte lange Haare wie ein Hippie und einen dünnen Schnurrbart, der dümmlich wirkte, doch seine Schultern waren breit und seine Schenkel kräftig. Zwischen seinen Lippen hing eine Zigarette. Das Mädchen mit ihrem breiten Hintern hatte eine Figur wie eine Birne. Am auffälligsten war ihr zusammengequetschtes Gesicht mit zwei schlitzförmigen, gemein aussehenden Augen. Sie trug einen kleinen Benzinkanister, wie Joe einen verwendete, um den Rasenmäher aufzufüllen, und sie lachte. »Wir müssen doch nicht bis Afrika gehen, Daryl. Es wird schon niemand in der Nähe sein.«

Als sie den Namen nannte, erkannte Joe den Jungen mit dem Beutel. Daryl Haines hatte die Highschool abgebrochen und arbeitete an der Shell-Tankstelle. Eine Zeit lang hatte er in einem kleinen Laden ausgeholfen und Zigaretten und nichtalkoholische Getränke verkauft, aber man hatte ihn gefeuert, weil er Geld aus der Kasse geklaut hatte. Er war mindestens achtzehn, wenn nicht älter. Einmal hatte Daryl den Kingswood von Mr. Pike betankt, doch Mr. Pike hatte Benzinspritzer auf dem Lack entdeckt. Er hatte sich das Arschloch geschnappt und ihm die Hölle heiß gemacht. Jetzt bediente sich Mr. Pike an der Shell-Tankstelle selbst, und Daryl hielt sich von seinem Wagen möglichst weit fern. Einmal hatte Mr. Pike ihm Daryl gezeigt. »Dieser Junge da ist ein Stück Dreck«, hatte er gesagt.

Jetzt hörte Joe, wie Daryl sagte: »Immer mit der Ruhe, Kleine. Ich weiß schon, wo ich hinwill.«

Das Mädchen lachte wieder, und ihre kleinen Schlitzaugen sahen nicht nur gemein, sondern sogar richtig böse aus. »Ich hab keinen Bock, den ganzen Tag zu warten, bis es endlich losgeht, Daryl. Zieh also nicht den Schwanz ein und erzähl uns keine Hühnerkacke.«

Der Junge, der am Schluss ging, machte ein gackerndes Geräusch. »Gack-gack-gack.« Die Zigarette wippte auf und ab.

Daryl blieb abrupt stehen und blickte wütend nach hinten. »Willst du, dass ich dir deinen Arsch zu fressen gebe, du blöder Sack?«

Der andere Junge hob abwehrend beide Hände. »He, Mann. Ich hab doch gar nichts gesagt.«

»Blöder Sack.«

Jetzt drehte sich auch das Mädchen nach hinten und machte »Gack-gack-gack« zu dem Jungen mit der Zigarette.

Das gefiel Daryl, und sie gingen weiter.

Joe folgte ihnen. Er bewegte sich vorsichtig, ließ sich Zeit, um keine Äste und Zweige zu berühren, hielt sich vom Laub fern, so gut es ging, oder schob mit der Schuhspitze die knisternden Blätter beiseite, um seinen Fuß auf den feuchten Boden darunter zu setzen. Pike verbrachte so viel Zeit im Wald, dass er wusste, wie er sich darin zu bewegen hatte. Er konnte sogar den Weißwedelhirschen auflauern und ihnen dann hinterher-

schleichen. Für ihn war es ein Trost, so mit diesem Ort zu verschmelzen, dass er unsichtbar wurde. Einmal hatte ihn sein Vater in den Wald hinter dem Haus gejagt, doch Joe war ihm entwischt. Sich zu verstecken bedeutete Sicherheit.

Die drei gingen nicht sehr viel weiter.

Daryl führte sie das Flüsschen hinauf zu einer kleinen Lichtung. Hier wurden oft Trinkgelage abgehalten, und der Boden war durch die Reste von Lagerfeuern und Bierdosen verschandelt. »Also!«, begann das Mädchen. »Pack aus, und los geht's mit der Show!«

Der Junge mit der Zigarette sagte etwas, das Joe nicht verstand, und lachte. Gack-gack-gack. Wie ein Schwachkopf.

Daryl legte den Beutel auf den Boden und zog eine kleine schwarze Katze heraus. Er hielt sie am Genick und den Hinterbeinen. »Wehe, du kratzt mich, du Mistvieh!«

Pike schlich ins Flussbett, um sich von dort näher heranzuarbeiten. Die Katze war klein, aber ausgewachsen, vielleicht ein Weibchen, überlegte Pike. Zudem zog sie sich aus Angst zusammen – Angst vor der Tasche, diesen Leuten und auch vor dem Wald. Katzen mögen keine unbekannten Orte, wo immer eine Gefahr lauern kann. Ihr quiekendes Miauen kam Pike traurig vor. Sie hatte nur ein Ohr, und Pike fragte sich, wo sie wohl das andere verloren haben mochte.

Mit einem Grinsen, als hätte sie gerade einen Preis gewonnen, schraubte das Mädchen den Kanister auf. »Mach sie gut nass damit, Daryl!«

»Wir hätten Benzin nehmen sollen«, meinte der Junge mit der Zigarette.

»Terpentin ist besser!«, schnauzte das Mädchen zurück. »Du hast keine Ahnung.«

Als hätte sie es schon Hunderte Male getan. Pike dachte, dass es vielleicht sogar so war.

Zum ersten Mal seit zwei Stunden spürte Joe die Kälte. Sie würden dieses Tier verbrennen. Es anzünden. Zuhören, wie es schrie. Zusehen, wie es zuckte und sich wand, bis es starb.

»Nimm den Kanister«, verlangte Daryl. »Los, schnell, bevor mich das Biest beißt.«

Daryl drückte die Katze mit ausgestreckten Armen auf den Boden, während der Junge mit der Zigarette das Terpentin über das Fell goss. Die Katze machte einen Buckel und wollte wegrennen.

»Ich will sie anzünden«, verlangte das Mädchen mit leuchtenden, hässlichen Augen.

»Oh, mein Gott, aber pass auf, dass du nicht mich dabei erwischst«, warnte Daryl sie.

Der Junge mit der Zigarette kramte ein paar Streichhölzer aus seiner Hemdtasche. Die meisten fielen auf den Boden. Das Mädchen schnappte sich eins und versuchte es am Reißverschluss ihrer Jeans anzuzünden.

»Beeil dich, verdammt«, drängte Daryl. »Ich kann dieses Mistvieh nicht ewig halten!«

Joe Pike beobachtete die beiden Jungs, die größer waren als er, und das hässliche Mädchen. Seine Brust hob und senkte sich, als würde er immer noch rennen.

»Scheiße!«, schimpfte das Mädchen. Das erste Streichholz war abgebrochen. Sie hob ein zweites auf, zog es über den Reißverschluss. Eine Flamme blitzte auf.

»Prima!«, sagte der Junge mit der Zigarette.

»Beeil dich«, drängte Daryl wieder.

Joe zog einen toten Ast aus dem Matsch. Er war etwa einen

Meter lang und ein paar Zentimeter dick. Die drei hörten das schmatzende Geräusch und drehten sich um. In diesem Moment trat Pike aus dem Flussbett.

Der Junge mit der Zigarette sprang zurück, stolperte dabei fast über seine eigenen Füße. »He!«

Die drei starrten Joe an, bis das Überraschungsmoment verflogen war.

Das Mädchen verbrannte sich am Streichholz und ließ es schnell wieder fallen. »Scheiße, das ist doch nur ein Kind.«

»Verschwinde, du Hosenscheißer, bevor ich dir einen Arschtritt verpasse«, schimpfte Daryl.

Die Katze wand sich. Joe roch das Terpentin.

»Lass sie los.«

»Leck mich, du Schwachkopf«, entgegnete das Mädchen. »Du wirst gleich sehen, wie das Ding rumhüpft.« Sie beugte sich nach unten, um das nächste Streichholz aufzuheben.

Joe hoffte, sie würden einfach gehen. Einfach die Katze auf den Boden setzen und gehen, weil man sie erwischt hatte. Er trat auf sie zu. »Ich werde nicht zulassen, dass ihr die Katze anzündet.«

Daryls Blick wanderte zum Stock, dann zu Joe. Er lächelte. »Sieht aus, als hättest du schon dein Fett weggekriegt, Scheißkopf. Wenn du willst, kann ich dir dein anderes Auge auch noch blau hauen. Ich kann dir alle Innereien rausschlagen, wenn du's brauchst.«

Der Junge mit der Zigarette lachte.

Die roten und grünen Flecken an Joes linkem Auge wurden bereits schwächer. Reste der Schläge, die er eine Woche zuvor von seinem Vater kassiert hatte. Er dachte, dass ihn vielleicht auch die Jungs schlagen würden, aber er hatte schon so oft Prü-

gel bezogen, dass es auf einmal mehr nicht ankäme. Joe fand den Gedanken lustig, und er wollte lachen, dachte, er würde in brüllendes Gelächter ausbrechen, doch alles, was sich zeigte, war ein leises Zucken an seinen Mundwinkeln.

Die Katze richtete ihre Augen auf Joe, und Joe dachte, dass er wohl genauso blicken musste, wenn sein Vater ihn schlug.

Er trat auf Daryl zu. »Nur ein Arschloch vergreift sich an einer hilflosen kleinen Katze.«

Daryls Grinsen wurde breiter. »Zünd sie an, verdammt«, sagte er zu dem Mädchen. »Dann werde ich diesem Scheißer in den Arsch treten.«

Das zweite Streichholz flammte auf. Das Mädchen konnte es kaum noch erwarten.

Die Welt, wie Joe Pike sie sah, zog sich zusammen, als würde er durch das falsche Ende eines Fernglases schauen. Er spürte nur Ruhe in sich, als er den Stock hob und so schnell auf Daryl zurannte, wie er konnte. Daryl schrie, überrascht, dass Joe ihn tatsächlich angriff, und richtete sich auf, um den Schlag abzuwehren. Die Katze, plötzlich frei, huschte zwischen die Bäume und verschwand.

»Sie haut ab!«, schrie das Mädchen, als wäre ihre kleine Schau vorbei und sie hätte den Höhepunkt verpasst.

Mit aller Kraft schlug Joe zu, doch der Stock war morsch und zerbrach mit einem dumpfen Knacks auf Daryls Unterarm.

Wie eine Windmühle wirbelten Daryls Arme herum und trafen Pike an der Stirn und in der Brust. Der andere Junge boxte ihm in den Rücken. Joe spürte die Schläge, seltsamerweise jedoch keinen Schmerz. Er hatte das Gefühl, als hätte er sich irgendwo tief in sich zurückgezogen, ein kleiner Junge allein im Wald, der beobachtete, was passierte, ohne dazuzugehören.

Das dicke Mädchen hatte die Enttäuschung überwunden und sprang auf und ab; sie wirbelte mit den Fäusten, als würde sie ihr Football-Team zum Sieg anfeuern. »Bring ihn um! Bring dieses Arschloch um!«

Joe stand zwischen den beiden älteren Jungs und schlug wild um sich. Der Junge mit der Zigarette versetzte ihm einen Treffer hinterm rechten Ohr, und als sich Joe zu ihm umdrehte, trat ihm Daryl von hinten ins Bein, sodass er zu Boden ging.

Daryl und der Junge mit der Zigarette beugten sich über Joe und ließen eine Salve von Faustschlägen auf Gesicht, Kopf, Rücken und Arme herabregnen. Aber immer noch spürte er keinen Schmerz.

Sie waren groß, aber sein Vater war größer.

Sie waren stark, aber sein Vater war stärker.

Joe stemmte sich auf die Knie und kam trotz ihrer Faustschläge und Tritte wieder auf die Füße.

Daryl Haines' Faust traf Joe immer wieder ins Gesicht. Joe versuchte dem anderen auch ein paar Schläge zu versetzen, doch die meisten gingen daneben oder kamen zu kurz.

Dann stellte ihm jemand ein Bein, und er fiel wieder hin.

Daryl Haines trat ihn, doch sein Vater trat fester.

Und wieder schaffte es Joe, auf die Füße zu kommen.

Das Mädchen schrie immer noch, doch als Joe wieder aufrecht vor Daryl Haines stand, machte dieser ein seltsames Gesicht. Der Junge mit der Zigarette keuchte von den vielen Schlägen, die er ausgeteilt hatte. Seine Arme, schwer wie Blei, hingen seitlich herab. Auch Daryl keuchte, und sein Gesicht sagte, dass er nicht glauben konnte, was er sah. Seine Hände waren blutrot.

»Schlag ihn, Daryl!«, kreischte das Mädchen. »Mach ihn richtig fertig!«

Joe griff nach vorne in dem Versuch, Daryl die Augen auszustechen, traf aber ins Leere und fiel wieder hin, diesmal auf die Seite.

Daryl stand über ihm. Blut tropfte von seinen Händen. »Bleib unten, Kleiner.«

»Schlag ihn tot, Daryl! Hör nicht auf!«

»Bleib unten.«

Joe drückte sich wieder auf die Knie. Er versuchte Daryl anzuschauen, doch Daryl stand hinter einer roten Nebelwand. Joes Augen hatten sich mit Blut gefüllt.

»Bist du durchgeknallt? Bleib unten.«

Joe erhob sich schwankend auf die Füße und holte so weit aus, wie er konnte.

Daryl wich aus, dann sprang er vor und haute Joe mitten auf die Nase. Joe hörte und spürte ein Knacken. Er wusste, dass Daryl ihm die Nase gebrochen hatte. Dieses Geräusch kannte er schon.

Wieder lag Joe auf dem Boden, versuchte aber sofort wieder auf die Beine zu kommen.

Daryl packte ihn am Hemd und drückte ihn nach unten. »Du kleiner Scheißhaufen! Was ist los mit dir?«

Der Junge mit der Zigarette drückte seine Hand gegen die Taille, als hätte er Seitenstechen. »He, Mann, lass uns verschwinden. Ich hab keine Lust mehr.«

»Ich werde dich besiegen«, sagte Joe. Er hatte Mühe, mit den aufgerissenen Lippen zu sprechen.

»Es ist vorbei!«

Joe versuchte Daryl vom Boden aus zu schlagen, verpasste ihn aber um ein gutes Stück.

»Es ist vorbei, verdammt. Du bist alle!«

Wieder haute Joe mit der Faust nach oben, diesmal aber um einen ganzen Meter daneben.

»Es ist erst vorbei … wenn ich gewinne.«

Voller Wut trat Daryl einen Schritt zurück. »Okay, du Arsch, ich habe dich gewarnt.«

Daryl holte aus und trat Joe mit aller Wucht zwischen die Beine. Die Welt um ihn herum schien zu explodieren. Er sah nur noch Sterne, dann wurde es dunkel.

Joe hörte sie lachen, zumindest dachte er das. Es schienen Stunden vergangen zu sein, bevor er sich wieder bewegen konnte, und als er endlich auf die Knie kam, war im Wald alles ruhig. Zwischen seinen Beinen tat es weh, und ihm war schlecht. Er fasste sich ans Gesicht – seine Hand wurde rot. T-Shirt und Arme waren voller Blut.

Es dauerte eine Weile, bis er das Terpentin wieder roch. Die einohrige Katze kauerte unter den morschen Ästen eines umgefallenen Baumes und beäugte ihn.

»Hallo, Katze«, sagte Joe Pike.

Die Katze verschwand.

»Ist schon in Ordnung, mein Mädchen. Du bist in Ordnung.«

Wahrscheinlich hatte sie Angst.

Er fragte sich, warum er keine hatte.

Kurz darauf ging er nach Hause.

Drei Tage später blickte Daryl Haines finster auf den Umschlag. »Verdammte Scheiße.«

Es war abends fünf vor acht. Daryl saß an der Shell-Tankstelle auf dem Holzstuhl, den er sich immer vorne vor den Cola-Automaten stellte. In seine Daunenjacke gehüllt, hatte er den Stuhl nach hinten gekippt, wie er es immer tat. Aber er war stinkig wegen des Briefs. Der Musterungsbescheid der verdammten Armee.

Daryl Haines, achtzehn Jahre alt, kam nicht in den Genuss, dass seine Einberufung wegen eines College-Besuchs verschoben wurde. Er war bestes Infanteriematerial. Er musste am kommenden Samstag den Bus in die Stadt nehmen, um sich von so einem schwuchteligen Arzt den Finger in den Arsch schieben und anschließend nach Vietnam verschiffen zu lassen.

»Totale Scheiße«, sagte Daryl.

Vielleicht sollte er zur Luftwaffe gehen.

Daryls älterer Bruder Todd war schon drüben. Er hatte einen bequemen Job auf einem Luftwaffenstützpunkt in Saigon, wo er mit Lastwagen zu tun hatte. Er meinte, es sei gar nicht so schlimm. Man dürfe so viel rumvögeln und Marihuana rauchen, wie man konnte, und für fünfundzwanzig Cent eine von diesen Schlitzaugen ficken. Bei seinem Bruder hörte es sich wie ein Besuch in Disneyland an, aber für sich selbst vermutete Daryl eher, dass man ihm bei all dem Pech, das er hatte, eine Waffe verpassen würde und er erschossen werden würde.

»Scheiße.«

Um acht Uhr schaltete Daryl die Lichter aus und die Pumpen ab, schloss die Tankstelle ab und ging die Straße hinunter. Könnte er doch nur in eine Kneipe gehen. Mit achtzehn war man alt genug, um Schlitzaugen zu töten, aber nicht, um ein Bier zu trinken, wenn einem gerade der Sinn danach stand.

Daryl dachte, dass er seinen Kummer zwischen den Schenkeln von Candy Crowley ertränken könnte, sofern ihm die fette, durchgeknallte Schlampe über den Weg laufen würde. Letzten Sonntag war er fast am Ziel gewesen, als sich diese verrückte Kuh in den Kopf gesetzt hatte, eine Katze abzufackeln. Man konnte wirklich nur den Kopf schütteln, mit was für Sachen sie manchmal ankam. Aber sie schien davon richtig feucht zu werden, und Daryl hatte schon gedacht, dass er endlich den Ball zwischen die Pfosten kriegen würde, als dieser Kleine ihm das Spiel versaut hatte. Dieser Kleine hatte die beste Tracht Prügel bezogen, die Daryl Haines je ausgeteilt hatte, hatte aber immer noch nicht genug gehabt. Hatte noch nicht mal geheult, auch nicht, als Daryl Rühreier aus ihm gemacht hatte. So wie er sich aufgeführt hatte, hätte man meinen können, diese blöde Katze hätte ihm gehört, doch Daryl hatte sie von seiner Nachbarin geklaut, der alten Lady Wilbur.

Man konnte nur den Kopf schütteln.

Daryl dachte immer noch darüber nach, als ihn eine Stimme rief. »Daryl.«

»Ja?«, antwortete Daryl.

Der Kleine kam hinter einer großen Azalee hervor und baute sich vor ihm auf. Sein Gesicht war geschwollen und voller Flecken. Ein großes Pflaster klebte über seiner Nase, und schwarze Stiche säumten seine Lippen und die linke Augenbraue wie Eisenbahngleise.

Daryl war wegen des Musterungsbescheids ohnehin bereits mies drauf – zu Recht, wie er meinte. »He, du kleines Arschloch, wenn du noch mehr willst, kommst du gerade richtig. Ich gehe nach Vietnam.«

Das beeindruckte den Kleinen aber nicht. Plötzlich sah Daryl, dass er einen Baseball-Schläger in den Händen hielt. Diesen donnerte er Daryl von außen aufs linke Knie, als hätte er zum entscheidenden Schlag für die Weltmeisterschaft ausgeholt.

Daryl Haines schrie, als er umfiel. Er hatte das Gefühl, als hätte in seinem Knie jemand M80-Sprengstoff gezündet. Jaulend umklammerte er es, als er sah, wie der Kleine zum zweiten Schlag ausholte. Daryl hob die Hände, und die zweite Ladung M80 traf seinen rechten Arm. »Mein Gott!«, schrie er. »Hör auf! Hör auf! Nicht noch mal schlagen!«

Der Kleine warf den Schläger zur Seite und blickte Daryl an. Sein Gesicht war ausdruckslos, was Daryl noch mehr Angst machte als all die Schlitzaugen in Vietnam.

Der Kleine trat Daryl gegen die Schläfe, immer wieder, dann beugte er sich vor und boxte Daryl dreimal ganz schnell ins Gesicht. Der schwarze Himmel über Daryl war übersät mit unzähligen funkelnden Sternen, dann musste er kotzen.

»Daryl?«

»Hä …«

»Es ist erst vorbei, wenn ich gewinne.«

Daryl spuckte Blut. »Du hast gewonnen. Mein Gott, du hast gewonnen. Ich gebe auf.«

Der Kleine trat einen Schritt zurück.

Daryl heulte so sehr, dass er sich wie ein Baby vorkam. Dieser Knirps hatte ihm einen Arm und ein Bein gebrochen. Mein Gott, tat das weh.

»Daryl.«

»Bitte, schlag nicht wieder zu.« Er hatte Angst, dass der Kleine noch einmal auf ihn eindreschen würde.

»Wie konntest du dich an so etwas Schwachem vergreifen?«

»Mein Gott. O mein Gott.«

»Wenn du das noch mal machst, bringe ich dich um! Das

schwöre ich dir! Diese Katze würde dich umbringen, wenn sie könnte, aber sie kann nicht. Das werde ich für sie erledigen.«

»Ich schwöre beim Heiligen Jesus, dass ich das nicht mehr tue! Ich schwöre!«

Der Kleine hob seinen Schläger auf und ging.

Drei Monate später, nachdem die Gipse abgenommen worden und die letzten Nähte verheilt waren, führten die Ärzte von der Armee schließlich die Musterung durch. Daryl Haines wurde wegen seines dauerhaft behinderten linken Knies ausgemustert. Untauglich für den Militärdienst.

Er ging nicht nach Vietnam.

Nie wieder versuchte er eine Katze anzuzünden.

21

Als Pike die Augen öffnete, war er sofort hellwach, als wäre es mitten am Tag und nicht erst zwei Uhr in der Nacht. Nach diesem Traum würde er nicht wieder einschlafen können. Deswegen stand er auf und zog sich die Unterhose und darüber eine kurze Hose an. Kurz überlegte er, ob er lesen sollte, doch nach seinen Träumen trainierte er gewöhnlich. Zu trainieren war besser für ihn.

Ohne das Licht einzuschalten, zog er die blauen Nike-Laufschuhe an und schnallte sich eine kleine Hüfttasche um. Er kam im Dunkeln ganz gut zurecht. Vor Jahren hatten ihm die Ärzte der Marines erzählt, Grund für seine hervorragende Fähigkeit, nachts sehen zu können, seien der hohe Vitamin-A-Spiegel und das »schnelle Rhodopsin«, was hieß, dass die Pigmente in seiner Netzhaut, die auf dämmriges Licht reagierten, sehr empfindlich waren. »Katzenaugen«, hatten sie gesagt.

Er trat hinaus in die kühle Luft und begann mit Dehnübungen, um die Kniesehnen zu lockern. Obwohl er in der Woche oft mehr als sechzig Kilometer lief, waren seine Muskeln dank jahrelangem Kampfsport-Training und Yoga locker und schnell. Er drehte die Hüfttasche auf die Seite, dann rannte er über das Gelände der Wohnanlage, durch die Sicherheitstür hindurch und hinaus auf die Straße. In dem Hüftbeutel befanden sich seine Schlüssel und eine kleine schwarze Beretta Kaliber .25. Man konnte ja nie wissen.

Er lief oft so früh und fand dabei am ehesten zu sich selbst. Die Stadt war ruhig. Wenn er wollte, konnte er mitten auf der Straße, durch Parks oder quer über einen Golfplatz rennen. Ihm gefiel es, über Gras und Erde zu laufen, und er wusste, dass dieses Verlangen nach Natur aus seiner Jugendzeit stammte.

Er rannte auf dem Washington Boulevard nach Westen Richtung Meer, auf den ersten fünfhundert Metern zuerst langsam, um seinen Körper warm werden zu lassen. Erst dann schlug er sein übliches Lauftempo an. Die Luft war kühl, und Bodennebel hatte sich über die Straßen gelegt, in dem sich das Licht der Laternen fing und so die Sterne verhüllte, was Pike überhaupt nicht mochte. Er orientierte sich gerne an den Gestirnen. Als junger Marine hatte sein Leben davon abgehangen, und die Gesetzmäßigkeit der Himmelsbewegungen hatte etwas Tröstendes für ihn gehabt. Zwei- oder dreimal pro Jahr gingen er und sein Freund Elvis Cole in entlegenen Gebieten jagen oder wandern, und während dieser Zeit konnten sie sich selbst und gegenseitig testen, indem sie sich an Sonne, Mond und Sternen orientierten. Öfter jedoch machte sich Pike allein auf den Weg in abgelegene, unbekannte Gegenden. Schon vor langer Zeit hatte er gelernt, dass Kompass und GPS versagen können. Man musste sich auf sich selbst verlassen können. Man durfte sich nur auf sich selbst verlassen.

Bilder kamen. Blitzlichtartige Schnappschüsse von seiner

Kindheit, von Frauen, die er gekannt hatte, von Männern, die er hatte sterben sehen, und von Männern, die er getötet hatte. Von seinem Freund und Partner Elvis Cole, von den Menschen, die in seinen verschiedenen Unternehmen für ihn gearbeitet hatten. Manchmal brütete er über diesen Bildern, doch andere Male faltete er sie immer kleiner zusammen, bis sie ganz weg waren.

Er folgte dem Washington Boulevard auf seiner Nordkurve durch Venice und bog von der Main Street zur Ocean Avenue ab, wo er hören konnte, wie die Wellen unten am Strand gegen die Steilküste brandeten.

Pike legte noch einen Zahn zu, als er am Santa Monica Pier, an den Einkaufswagen und den Lagern der Obdachlosen vorbeikam, und machte größere Schritte, als er in seinen Sechzehn-Stundenkilometer-Schritt fiel. Es ging vorbei am Ivy-by-the-Shore, dem Feinschmeckerrestaurant, und vorbei an den Hotels. Pike hielt dieses Tempo, trieb sich schließlich zur Höchstleistung an, hielt auch diese eine Weile, bis er das Tempo wieder drosselte und zum Geländer am Rand des Steilufers ging, wo er stehen blieb und aufs Meer hinausschaute.

Er beobachtete die Schiffe und Sterne am schwarzen Horizont. Eine leichte Brise strich über seine Wangen, Luft vom Land, die aufs warme Meer hinausgezogen wurde. Über ihm raschelten trockene Palmwedel. Ein Wagen glitt einsam und verloren in der Nacht vorbei.

Hier auf dem Steilufer, wo er das Meer überblicken konnte, gab es grüne Rasenflächen, Fahrradwege und hoch aufragende Palmen. Im Busch rechts von ihm raschelte es, und er wusste, dass es eine Frau war, noch bevor er sie sah.

»Bist du Matt?«

Sie war vorsichtig, aber nicht ängstlich. Ende zwanzig, vielleicht auch jünger als zwanzig, hatte weiß gebleichtes Haar und große braune Augen, die ihn erwartungsvoll anblickten. Über ihrer Schulter hing ein verschlissener grüner Rucksack.

»Bist du Matt?«

»Nein.«

Sie schien enttäuscht zu sein, war aber völlig entspannt, als ob ihr die Tatsache, dass sie in so einer verlassenen Gegend vor einem Fremden Angst haben sollte, noch nie bewusst geworden wäre. »Das dachte ich mir. Ich bin Trudy.«

»Joe.«

Er wandte sich den Lichtern am Horizont zu.

»Freut mich, dich kennenzulernen, Joe. Ich renne auch weg.«

Er wandte sich noch einmal für einen Moment zu ihr, überlegte kurz, warum sie diese Worte gewählt hatte, und widmete sich dann wieder den Schiffen.

Trudy lehnte sich gegen das Geländer und versuchte über den Rand des Steilufers hinweg auf die Palisades Beach Road zu blicken. Sie machte keine Anstalten, wieder zu gehen. Pike dachte, dass er für seinen Teil jedenfalls weiterrennen könnte.

»Bist du echt?«, fragte sie.

»Nein.«

»Jetzt verarschst du mich aber. Ich will es wissen.«

Er streckte seine Hand aus.

Trudy berührte sie mit einem Finger, dann griff sie um sein Handgelenk, als traute sie der ersten Berührung nicht.

»Na ja, du hättest auch eine Vision oder so was sein können. Ich habe so was. Manchmal stelle ich mir Dinge vor.«

Als Pike darauf nichts erwiderte, fuhr sie fort. »Ich habe meine Meinung geändert. Ich glaube nicht, dass du wegläufst. Du rennst auf was zu.«

»Ist das eine Vision? Oder etwas, das du dir vorgestellt hast?«

Sie blickte ihn an, als würde sie nachdenken, was es sein könnte. »Eine Beobachtung«, sagte sie schließlich.

»Sieh mal.«

Drei Kojoten waren die Steilufer von der Palisades Beach Road heraufgeklettert und am Rand der Lichtkegel aufgetaucht. Zwei von ihnen schnüffelten an den Mülleimern, die über den Park verteilt waren, der dritte trabte über die Ocean Avenue und verschwand in einem Seitenweg. Sie sahen aus wie dünne graue Hunde. Aasfresser.

»Ist es nicht verblüffend, dass so etwas Wildes hier in der Stadt leben kann?«, fragte Trudy.

»Das Wilde gibt es überall.«

Wieder grinste Trudy ihn an. »Oh, das klingt wirklich tiefsinnig.«

Die beiden Kojoten spitzten plötzlich die Ohren und drehten die Köpfe Richtung Palisades Beach Road. Gleich darauf trug der Wind das Geheul eines Rudels Kojoten von den Hügeln herunter. Pike schätzte, dass es zwischen acht und zwölf Tiere waren. Die beiden Kojoten an den Mülltonnen blickten einander an und hoben schnuppernd die Schnauzen in die Luft. Ihr seid hier sicher, dachte Pike. Die anderen waren noch mindestens fünf Kilometer entfernt, hoch oben in den Canyons der Palisades Beach Road.

»Das hört sich aber schrecklich an«, meinte die Frau.

»Es bedeutet, dass sie was zu fressen haben.«

Sie hob ihren Rucksack hoch. »Sie fressen unsere Haustiere. Sie locken einen Hund von seinem Haus weg, dann umzingeln sie ihn und reißen ihn in Stücke.«

Pike wusste, dass es stimmte, aber trotzdem. »Sie müssen leben.«

Das Geheul wurde immer schriller. Die beiden Kojoten an den Mülltonnen blieben stocksteif stehen.

Die Frau blickte in die andere Richtung. »Jetzt haben sie was. Genau in diesem Moment töten sie es.«

Geistesabwesend blickte sie in die Ferne. Als ob sie nicht bei sich selbst, sondern bei dem Rudel wäre, dachte Pike.

»Sie reißen das Tier in Stücke, und manchmal, wenn einer der Kojoten zu viel Blut auf sein Fell kriegt, wird er von den anderen mit der Beute verwechselt, und sie stürzen sich auch auf ihn.«

Pike nickte. Auch Menschen konnten so sein.

Plötzlich hörte das Geheul auf, und das Mädchen fand wieder zu sich selbst. »Du redest nicht viel, oder?«

»Du hast für uns beide genug geredet.«

Das Mädchen lachte. »Ja, das stimmt. Ich hoffe, ich habe dich nicht verunsichert, Joe. Manchmal passiert mir das nämlich bei Leuten.«

Pike schüttelte den Kopf. »Noch nicht.«

Ein schwarzer Minivan bog vom Wilshire Boulevard auf die Ocean Avenue und tauchte die beiden in sein Scheinwerferlicht. Mitten auf der Straße blieb er stehen, ungefähr dort, wo die Kojoten hinübergegangen waren.

»Das muss Matt sein«, sagte Trudy. »War nett, mit dir zu quatschen, *Running Man*.«

Sie hob den Rucksack hoch und ging zum Van. Trudy sprach mit jemandem durchs geöffnete Fenster auf der Beifahrerseite, die Tür ging auf, und Trudy stieg ein. Der Wagen hatte keine Nummernschilder und keinen Aufkleber vom Händler, obwohl er so glänzte, als wäre er gerade erst vom Autohaus abgeholt worden. In Nu war er verschwunden.

»Tschüs, *Running Girl«,* sagte Pike.

Er sah zu den Mülltonnen hinüber, doch die Kojoten waren fort, auf dem Weg zu ihrem Versteck in den Hügeln. Das Wilde, das mit der Dunkelheit verschmilzt.

Pike lehnte sich gegen das Geländer, um seine Waden zu dehnen, dann rannte er landeinwärts den Wilshire Boulevard hinauf.

Er rannte hinein in die Dunkelheit, fort von Autos und Menschen, und genoss die Einsamkeit.

»Die wären wir los!«, meinte Amanda Kimmel zufrieden.

Sie war achtundsiebzig Jahre alt und ihre Haut so runzelig, dass sie wie eine blasse Rosine aussah. Ihr Bein kribbelte, als würden sich in den vielen Falten Wanzen tummeln, während sie die beiden Detectives beobachtete, die aus dem Haus schlichen, von dem aus sie Eugene Dersh observiert hatten, und davonfuhren. Entrüstet schüttelte sie den Kopf. »Diese beiden Scheißkerle sehen aus wie zwei Warzen auf einem Babyarsch, was, Jack?«

Jack gab keine Antwort.

»In *Hawaii fünf null* würden die auch nicht gerade durch

Leistung glänzen. Die würden ihre faulen Ärsche schneller wieder ans Festland schaffen, als eine Ratte ficken kann.«

Amanda Kimmel zog ihr schweres Gewehr, ein M1 Garand, zurück zum Fernseher und ließ sich in den Sessel fallen. Das Gerät war das einzige Licht, das sie sich in diesen Tagen gönnte. Wie ein Maulwurf hatte sie sich in der Dunkelheit vergraben, um die vielen Bullen, Reporter und bescheuerten Gaffer im Auge zu behalten, die sich hier rumtrieben, seit sie erfahren hatten, dass ihr Nachbar, Mr. Dersh, durchgeknallt war. So ein Pech, dass sie genau neben einem verdammten Serienkiller wohnte.

»Das ist der totale Scheiß, stimmt's, Jack?«, fragte Amanda.

Jack gab keine Antwort, weil sie den Ton ausgeschaltet hatte.

Sie sah sich jeden Abend im Spätprogramm *Hawaii fünf null* an. Für sie war Jack Lord der beste Polizist auf Gottes Erden und *Hawaii fünf null* die beste Krimiserie, die je gedreht worden war. Was waren schon Chuck Norris und Jimmy Smits! Von Jack Lord würde sie nie genug bekommen.

Amanda lehnte sich zurück, nahm einen kräftigen Schluck von ihrem Scotch und tätschelte liebevoll ihr M1. Ihr zweiter Mann hatte es vor ewigen Zeiten aus dem Krieg gegen die Japsen mitgebracht und unter dem Bett versteckt. Oder war es ihr erster Mann gewesen? Das M1 war so groß wie ein Telefonmast; Amanda konnte das verdammte Ding kaum hochheben, doch angesichts all der Fremden, die dieser Tage hier herumschlichen, und angesichts dieses Durchgeknallten, der neben ihr wohnte, musste ein Mädchen tun, was eben zu tun war.

»Stimmt's, Jack?«

Jack grinste, und sie wusste, dass er ihr recht geben würde.

In den ersten Tagen waren Horden von Menschen durchs Viertel gepilgert. Autos voller Gaffer, den Mund sperrangelweit aufgerissen. Schwachköpfe, die unbedingt ein Foto von sich in Dershs Garten haben wollten – ja, hier tobt der Bär. Reporter mit Kameras und Mikrofonen, die einen Höllenlärm veranstalteten und sich einen Dreck darum scherten, ob sie jemandem auf die Nerven gingen. Einen Reporter hatte sie sogar dabei erwischt, diesen unsäglichen kleinen Kerl von Channel 2, als er durch ihr Rosenbeet getrampelt war beim Versuch, hinter Dershs Haus zu schleichen. Sie hatte ihn aufs Übelste beschimpft, aber er war einfach weitergegangen. Dann hatte sie die Sprinkleranlage eingeschaltet und diese Ratte von einem Hurensohn bis auf die Knochen nass gespritzt.

Nach den ersten Tagen war die Flut von Reportern und Schwachköpfen etwas abgeebbt, weil die Bullen nicht mehr wussten, wo sie sonst noch suchen sollten, sodass es für die Fernsehheinis nicht mehr viel Neues zum Aufnehmen gab. Die Bullen hielten sich weiterhin vor Dershs Haus auf, gingen oder fuhren gleichzeitig mit ihm weg und kamen mit ihm zurück. Vor Ort blieben nur die Bullen, die sich in dem leeren Haus gegenüber versteckten und Dersh in Vier-Stunden-Schichten beobachteten. Amanda dachte sich, dass die Reporter von den Bullen im Haus nichts wussten, was ihr ganz recht war, weil die Bullen schon für sich genommen genug Lärm machten und sie bei jedem Schichtwechsel weckten, wo sie doch, nicht zuletzt wegen ihres Beines, ohnehin schon schlecht schlief.

»Altsein ist die Hölle, nicht wahr, Jack? Man kann nicht schlafen, man kann nicht scheißen, und man wird nicht mehr flachgelegt.«

Jack Lord boxte einem fetten Hawaiianer auf die Nase. Ja, Jack wusste, dass Altsein die Hölle war.

Amanda leerte den Rest ihres Scotchs, und mit einem schielenden Blick zur Flasche dachte sie, dass es Zeit zum Nachschenken war, als eine Autotür zugeschlagen wurde. Schon wieder diese verdammten Bullen mit ihrem Lärm, dachte sie. Wahrscheinlich hatten sie ihre Zigaretten oben im Haus vergessen.

Amanda schaltete den Fernseher aus und schleifte das große M1 wieder zum Fenster. Vielleicht sollte sie die Arschlöcher einfach mal anschreien, weil sie sie nicht schlafen ließen – aber es waren nicht die beiden Bullen.

Zwischen dem Halbmond und der Straßenlaterne konnte sie trotz ihrer achtundsiebzigjährigen Augen und einem Magen voller Scotch sehr gut einen Mann erkennen. Er ging von der Straße durch die kleine Gasse auf Dershs Haus zu. Mit Sicherheit war er kein Reporter oder Bulle. Er war groß, trug Jeans und ein ärmelloses Sweatshirt. Aber eins war auffällig: Mitten in der Nacht, wo es so dunkel war wie im Hintern einer Katze, trug dieser Depp eine Sonnenbrille.

Ihr erster Gedanke war, dass er ein Verbrecher sein musste, ein Einbrecher oder Vergewaltiger, sodass sie ihr Gewehr hob, um dem Mistkerl eine Kugel zu verpassen, doch noch bevor sie ihn ins Visier nehmen konnte, war er hinter den Hecken verschwunden.

»Verdammt! Komm zurück, du Mistkerl!«

Sie wartete.

Nichts.

»Verdammt!«

Amanda Kimmel stützte das Gewehr am Fenster ab und ging zum Sessel zurück, wo sie sich Scotch nachschenkte und einen Schluck nahm. Vielleicht war der Kerl ein Freund von Dersh. Schließlich bekam er zu jeder Tages- und Nachtzeit Besuch von Männern, und sie wusste natürlich, was das zu bedeuten hatte. Vielleicht war er aber auch nur ein Gaffer, der Überstunden machte. Gott wusste, dass es genug von ihnen gab, und oft waren sie komischer angezogen als der hier.

Das kurze, laute *Peng* riss sie beinahe aus dem Sessel.

Dieses Geräusch hatte Amanda zwar nie zuvor in ihrem Leben gehört, aber sie hatte keinerlei Zweifel, was es zu bedeuten hatte.

Ein Schuss.

»Heiliger Strohsack, Jack! Ich glaube, dieser Mistkerl war doch kein Gaffer!«

Amanda Kimmel griff zum Telefon, rief die Polizei an und erzählte, dass Eugene Dersh soeben von einem Mann mit einer Tätowierung aus roten Pfeilen an den Armen erschossen worden sei.

TEIL ZWEI

22

Der Geruch von wildem Salbei entfaltete sich in der morgendlichen Hitze und wurde vom Canyon heraufgetragen. Das Grummeln in der Ferne klang wie das gedämpfte Donnern schwerer Bomben, die jenseits des Horizonts explodierten. Seit Jahren hatte ich nicht an den Krieg gedacht und zog die Decke bis über den Kopf.

Lucy kuschelte sich an mich. »Da ist jemand an der Tür.«

»Was?«

Sie schmiegte ihr Gesicht an mich und ließ ihre trockene, warme Hand an meiner Seite hinabgleiten. Schön. »An der Tür.«

Es klopfte.

Sie drückte sich noch enger an mich. »Nimm deine Waffe.«

Ich zog eine kurze Turnhose und ein Sweatshirt über und ging hinunter, um nachzusehen. Die Katze hockte knurrend mit angelegten Ohren vor dem Eingang. Wozu braucht man schon einen Dobermann, wenn man eine solche Katze hat?

Stan Watts und Jerome Williams standen vor der Tür und sahen aus, als wären sie schon eine Weile auf. Watts kaute auf einem Pfefferminzbonbon.

»Was machen Sie denn hier?«

Sie traten ein, ohne mir zu antworten. Die Katze machte einen Buckel und fauchte.

»He, das ist aber mal eine Katze«, meinte Williams.

»Es ist besser, wenn Sie aufpassen, er beißt.«

Williams ging auf den Kater zu. »Ach was, Katzen mögen mich. Sie werden gleich sehen.«

Williams streckte seine Hand aus. Der Kater stellte die Haare auf, und sein Knurren war so laut wie das Geheul einer Polizeisirene. Schnell wich Williams wieder zurück.

»Hat er was gegen Schwarze?«

»Er hat gegen jeden was. Es ist sieben Uhr morgens, Watts. Hat Dersh gestanden? Wisst ihr, wer der Mörder ist?«

Watts saugte an seinem Bonbon. »Wir wollen nur wissen, wo Sie gestern Abend waren. Wir haben ein paar Fragen.«

»Worüber?«

»Darüber, wo Sie waren.«

Wieder sah ich zu Williams, der meinen Blick diesmal erwiderte.

»Ich war hier zu Hause, Watts. Was ist los?«

»Können Sie es beweisen?«

»Ja, kann er«, sagte Lucy. »Aber das braucht er nicht.«

Alle drei blickten wir nach oben, wo Lucy in meinem dicken weißen Frotteebademantel am Geländer stand.

»Lucille Chenier. Die Detectives Watts und Williams«, stellte ich sie einander vor.

»Waren Sie mit ihm zusammen?«, fragte Watts.

Lucy lächelte. Freundlich. »Ich glaube nicht, dass ich darauf antworten muss.«

Watts hielt seine Dienstmarke hoch.

»Nein, ich weiß, dass ich darauf nicht antworten muss.«

»O Mann. Erst diese Katze«, meinte Williams.

Watts zuckte mit den Schultern. »Wir haben gehofft, wir könnten es auf die freundliche Tour schaffen.«

Lucys Lächeln verblasste. »Sie können so nett sein, wie Sie wollen, aber solange Sie keine gerichtliche Verfügung haben, können und werden wir Sie bitten zu gehen.«

»Na, wenn's sein muss«, lenkte Williams ein.

»Lucy ist Anwältin, Watts. Es ist besser, wenn Sie hier nicht den Schlaumeier spielen. Lucy und ich waren im Ralph's zum Abendessen. Die Quittung ist vielleicht noch im Müll. Wir haben uns von Blockbuster einen Film ausgeliehen. Die Kassette steckt noch drüben im Videogerät.«

»Was ist mit Ihrem Kollegen Pike? Wann haben Sie ihn das letzte Mal gesehen?«

Lucy war die Treppe heruntergekommen und stand mit gekreuzten Armen neben mir. »Antworte ihm nicht, bis er dir nicht gesagt hat, warum er diese Fragen stellt. Auch dann brauchst du nicht zu antworten. Antworte ihm auf keine seiner Fragen.« Sie sah mich mit ernsten Augen an. »Das ist Sache von Anwälten.«

Ich spreizte die Hände. »Sie haben sie gehört, Watts. Also, entweder sagen Sie mir, was hier vor sich geht, oder Sie zischen ab.«

»Eugene Dersh wurde gestern Abend erschossen. Wir haben Joe Pike als Tatverdächtigen verhaftet.«

Ich starrte zuerst ihn, dann Williams an.

»Machen Sie Witze?«

Sie machten keine Witze.

»Hat es Krantz auf Pike abgesehen? Geht's darum?«

»Eine Augenzeugin hat gesehen, wie er ins Haus gegangen ist. Wir haben ihn für eine Gegenüberstellung mitgenommen.«

»Das ist doch totaler Quatsch. Pike hat niemanden umgebracht.« Ich war völlig aus dem Häuschen. Lucy legte ihre Hand auf meinen Rücken.

»Wollen Sie sagen, dass er mit Ihnen beiden hier zu Hause war?«, fragte Watts mit ruhiger Stimme.

Lucy trat direkt vor mich. »Werden Sie Mr. Cole verhaften?«

»Nein, Ma'am.«

»Haben Sie derzeit irgendwelche gerichtlichen Verfügungen in der Hand?« Sie klang äußerst professionell.

»Wir wollen uns nur unterhalten, mehr nicht.« Er sah an ihr vorbei. »Wir glauben nicht, dass Sie vernommen werden müssen. Wir wollten nur hören, was Sie wissen.«

Lucy schüttelte den Kopf. »Dieses Gespräch ist zu Ende. Wenn Sie weder ihn noch mich verhaften wollen, dann gehen Sie bitte.«

Das Telefon klingelte in dem Moment, als ich die Tür schloss.

Lucy schnappte sich den Hörer, bevor ich die Gelegenheit dazu hatte. »Wer spricht da, bitte?«

Sie war voll auf ihrem Beschützer-Trip, zwar immer noch meine Freundin und die Frau, die ich liebte, doch jetzt so konzentriert wie eine Tigerin, die ihren Gefährten beschützt. Mit gesenktem Kopf hörte sie zu, bis sie mir schließlich den Hörer reichte. »Ein gewisser Charlie Bauman. Er sagt, er sei der Anwalt, der Joe vertritt.«

»Ah, ja.«

Charlie Bauman war Bundesstaatsanwalt gewesen und

hatte Bundesfälle verfolgt, bis er sich entschlossen hatte, fünfmal so viel mit der Verteidigung derjenigen Typen zu verdienen, die er zuvor hinter Gitter hatte bringen wollen. Er hatte ein Büro in Santa Monica, drei Exfrauen und laut letzter Zählung insgesamt acht Kinder. Er zahlte mehr Alimente, als ich in einem guten Jahr verdiente, und er hatte mich und Joe schon in anderen Fällen vertreten.

»Wer, zum Teufel, ist diese Frau?«, fragte er.

»Lucy Chenier. Eine Freundin von mir. Sie ist auch Anwältin.«

»Du meine Güte, die ist ja knallhart. Hast du von Joe gehört?«

»Zwei Polizisten waren gerade hier. Ich weiß nur, dass Dersh umgebracht wurde, und sie haben eine Augenzeugin, die Joe am Tatort gesehen hat. Was soll das Ganze bloß?«

»Weißt du gar nichts darüber?«

»Nein, absolut nichts.« Ich ärgerte mich, dass er mich das fragte.

»Gut, gut. *Pass doch auf, du Arschloch! Meine Güte!*« Sirenengeheul. Charlie telefonierte vom Auto aus. »Ich bin gerade auf dem Weg zum Parker Center. Sie warten auf die Gegenüberstellung, um Pike anschließend erkennungsdienstlich zu erfassen.«

»Ich will dabei sein.«

»Vergiss es. Das werden sie nie zulassen.«

»Ich komme hin, Charlie. Ich werde dabei sein. Das meine ich auch so.«

Ohne ein weiteres Wort legte ich auf. Lucy sah mich nachdenklich an.

»Elvis?«

Ich war im Krieg gewesen. Ich hatte bewaffneten Männern gegenübergestanden, auch gefährlichen, stärkeren Männern, aber ich kann mich nicht daran erinnern, dass ich jemals mehr Angst gehabt hatte als jetzt. Meine Hände zitterten.

»Elvis? Ist dieser Mann gut?«, fragte Lucy.

»Charlie ist gut.«

Sie sah mich immer noch an, als suchte sie etwas.

»Joe hat das nicht getan«, sagte ich.

Sie nickte.

»Joe hat das nicht getan. Dersh hat Karen nicht umgebracht. Und Joe weiß das. Er hat kein Motiv, Dersh umzubringen.«

Lucy küsste mich auf die Wange. Ihre Augen strahlten eine besondere Art der Freundlichkeit aus, die mich beunruhigte.

»Ruf mich an, wenn du mehr weißt. Grüß Joe von mir.«

Ich sah ihr hinterher, als sie die Treppe hinaufging.

Im Parker Center werden die Verdächtigen im Erdgeschoss erkennungsdienstlich erfasst. Ein paar Minuten, nachdem ich hineingegangen war, trat Charlie eilig durch eine graue Metalltür.

»Gerade noch rechtzeitig. Noch fünf Minuten, und du hättest es verpasst.« Charlie Bauman ist ein paar Zentimeter kleiner als ich, hat ein schmales, pockennarbiges Gesicht, stechende Augen und riecht wie ein Aschenbecher.

»Kann ich Joe sehen?«

»Erst hinterher. Wir gehen in das Zimmer, in dem die Zeugin sitzt. Irgendeine alte Dame. Du lässt die Polizisten reden, ganz egal, was sie sagt.«

»Das weiß ich, Charlie.«

»Ich meine ja nur. Ganz egal, was sie sagt, du sagst nichts. Wir beide dürfen nicht mit ihr reden, wir dürfen ihr keine Fragen stellen, wir dürfen keine Bemerkungen machen. In Ordnung?«

»Verstanden.« Charlie wirkte nervös, was mir gar nicht gefiel.

Ich war an seiner Seite einen gekachelten Flur entlanggegangen, der in einen großen Raum mündete. Er sah aus wie ein beliebiger Raum in einer Firma, außer dass hier Poster mit Todesopfern von Autounfällen hingen, die sich unter Alkoholeinfluss ereignet hatten.

»Konntest du mit ihm reden?«

»Genug, um das Wesentliche zu erfahren. Wir werden uns hinterher noch weiter unterhalten können.«

Ich ließ ihn anhalten. Hinter uns platzierten zwei Detectives, die ich nicht kannte, einen Schwarzen vor einem Fotoapparat, der aussah wie die, mit denen man Bilder für den Führerschein macht. Allerdings war dieser Typ nicht hier, um den Führerschein erneuern zu lassen – er trug Handschellen, seine Augen waren vor Angst weit aufgerissen. »Das ist doch völlige Scheiße. Dass ich für drei läppische Ausrutscher gleich die Höchststrafe kriegen soll, ist totaler Scheiß.«

»Charlie, haben diese Typen irgendwas in der Hand?«

»Wenn die Zeugin Joe erkennt und Joe deswegen hier behalten wird, sehen wir weiter. Sie ist alt, und Alte sind oft verwirrt. Wenn wir Glück haben, wird sie den falschen Typen aussuchen, und wir kommen früh nach Hause.«

Das war nicht die Antwort auf meine Frage.

»Haben sie was gegen Joe in der Hand?«

»Sie haben schon einen Anklagevertreter benannt. Er wird uns die Sachlage erklären, wenn er kommt. Ich weiß nicht, was sie in der Hand haben, aber sie hätten den Anklagevertreter nicht bestellt, wenn sie nicht glauben würden, sie könnten Joe für die Sache drankriegen.«

Krantz und Stan Watts kamen aus einem anderen Flur. Krantz hielt einen Becher Kaffee in der Hand, Watts zwei.

»Okay, Krantz«, sagte Charlie. »Sind Sie bereit?«

Ich sah Krantz an. »Was werfen Sie Joe vor?«

Krantz wirkte ruhiger, als ich ihn je gesehen hatte. Als hätte er seinen Frieden gefunden. »Ich kann Ihnen Dershs Leiche zeigen, wenn Sie wollen.«

»Ich weiß nicht, was mit Dersh passiert ist. Ich sage nur, dass Joe es nicht getan hat.«

Krantz hob die Augenbrauen und sah zu Watts. »Stan hat mir erzählt, Sie seien letzte Nacht mit einer Frau bei sich zu Hause gewesen. Stimmt das etwa nicht?« Er wandte sich zu mir. »Waren Sie mit Pike zusammen?«

»Sie wissen, was ich meine.«

Krantz blies über seinen Kaffee und nahm einen Schluck. »Nein, Cole, das weiß ich nicht. Ich weiß nur eins: Um drei Uhr fünfzehn an diesem Morgen wurde ein Mann gesehen, dessen Beschreibung auf Pike passt, der sich auf den Hinterhof von Eugene Dershs Haus geschlichen hat. Kurz darauf wurde Dersh mit einem Schuss aus einem .357 Magnum in den Kopf getötet. Es könnte auch ein .38 gewesen sein, aber so, wie der Kopf zerfetzt wurde, wette ich, dass es ein .357 war. Die Kugel haben wir schon gesichert. Wir werden sehen, was uns die Untersuchungen bringen.«

»Haben Sie Fingerabdrücke? Irgendwelche Sachbeweise,

die darauf schließen lassen, dass es Joe war? Oder ist das wieder so eine Ermittlung wie die bei Dersh – wo Sie unter Druck stehen und einen Täter präsentieren müssen?«

»Ich werde den Anklagevertreter bitten, Pikes Anwalt den Fall zu erklären. Sie sind hier nur geduldet, Cole. Vergessen Sie das nicht.«

Hinter uns tauchte Williams auf. »Wir sind so weit.«

Krantz nickte in meine Richtung. Zuversichtlich. »Sehen wir, was die Zeugin sagt.«

Sie führten uns an sechs Verwahrzellen vorbei in einen düsteren Raum, in dem ein uniformierter Beamter und zwei Detectives mit einer geschrumpften Frau Ende siebzig warteten. Watts gab ihr den zweiten Becher Kaffee. Sie nippte daran und verzog das Gesicht.

»Amanda Kimmel«, flüsterte Charlie. »Sie ist die Zeugin.«

»Geht's Ihnen gut, Mrs. Kimmel?«, fragte Krantz. »Möchten Sie sich setzen?«

Sie blickte ihn finster an. »Ich will das hier hinter mich bringen und dann nichts wie raus. Ich setze meine Füße nicht gerne an seltsame Orte.«

In der Wand vor uns befand sich ein großes doppelverglastes Fenster, durch das man in einen engen, gleißend hell erleuchteten Raum blickte. Krantz griff zu einem Telefon, und dreißig Sekunden später wurde eine Tür rechts in dem kleinen Raum geöffnet. Ein schwarzer Polizist, der aussah wie ein Bodybuilder, führte sechs Männer hinein. Joe Pike war der dritte. Von den anderen fünf waren drei Weiße und zwei Latinos. Vier der Männer waren so groß wie Joe oder kleiner, einer war größer. Nur einer trug Jeans und ein ärmelloses Sweatshirt wie Joe, und zwar ein kleiner Latino mit dünnen Armen. Die anderen trugen Baumwollhosen, Arbeitshosen oder einen Overall, langärmlige Sweatshirts oder kurzärmlige T-Shirts, und alle sechs hatten Sonnenbrillen auf. Bis auf Joe waren alle sechs Männer in diesem Raum Polizisten.

Ich beugte mich zu Charly hinüber. »Ich dachte, sie müssten wie Joe angezogen sein«, flüsterte ich ihm ins Ohr.

»Laut Gesetz müssen sie nur ähnlich angezogen sein, was auch immer das bedeutet. Wir werden sehen. Vielleicht ist das ein Pluspunkt für uns.«

Als die sechs Männer in einer Reihe Aufstellung genommen hatten, erklärte Krantz: »Keiner auf der anderen Seite der Scheibe kann hier hereinschauen, Mrs. Kimmel. Machen Sie sich also keine Sorgen. Sie sind vollkommen sicher.«

»Ist mir doch scheißegal, ob die mich sehen können oder nicht.«

»Ist einer der Männer dort drüben identisch mit dem, den Sie auf Eugene Dershs Grundstück gesehen haben?«

»Er«, antwortete Amanda Kimmel.

»Welcher, Mrs. Kimmel?«

»Der dritte.«

Sie zeigte auf Joe Pike.

»Sind Sie sicher, Mrs. Kimmel? Schauen Sie noch einmal genau hin.«

»Genau der ist es. Ich weiß doch, was ich gesehen habe.«

»Scheiße«, flüsterte Charlie.

Krantz warf einen Blick auf Charlie, der jedoch zu Mrs. Kimmel sah.

»Gut, aber ich muss Sie noch einmal fragen«, meinte

Krantz. »Sie sagen, Sie hätten gesehen, wie dieser Mann, Nummer drei, den Weg neben Ihrem Haus entlanggegangen und hinter Eugene Dershs Haus verschwunden ist?«

»Haargenau. Ein Gesicht wie das da kann man nicht verwechseln. Solche Arme auch nicht.«

»Und als die Polizisten Ihre Aussage aufgenommen haben, war dies der Mann, den Sie beschrieben haben?«

»Verdammt, ja. Ich habe ihn richtig gut gesehen. Schauen Sie sich doch bloß mal diese Tätowierungen an.«

»Also gut, Mrs. Kimmel. Detective Watts wird Sie jetzt in mein Büro bringen. Vielen Dank.«

Krantz sah sie nicht an, als er sprach; er sah auf Joe. Er sah weder mich noch Charlie oder Williams oder jemand anderen im Raum an. Er sah nicht, wie Mrs. Kimmel hinausging. Er hielt seine Augen auf Pike gerichtet und griff zum Telefon.

»Leg dem Verdächtigen Handschellen an und bring ihn rein, bitte.«

Verdächtiger.

Krantz sah die ganze Zeit über zu, wie Joe gefesselt und hereingeführt wurde. Als Joe schließlich bei uns war, nahm Krantz ihm die Brille ab, legte sie zusammen und steckte sie in seine eigene Tasche. Für Krantz befanden sich keine anderen Menschen mehr in diesem Raum – nur er und Joe. Niemand sonst lebte oder hatte irgendeine Bedeutung. Nur das, was jetzt geschehen sollte, war wichtig. War das Einzige, worauf es ankam.

»Joe Pike, Sie sind verhaftet wegen Mordes an Eugene Dersh«, sagte er.

23

Krantz wickelte die erkennungsdienstliche Erfassung selbst ab – Fingerabdrücke abnehmen, Fotos für die Kartei machen und Formulare ausfüllen. Das Morddezernat vom Polizeirevier Hollywood hatte sich lauthals beschwert, um den Fall in seinem Zuständigkeitsbereich behalten zu können, da er in ihrem Gebiet erfolgt war, doch Krantz hatte ihn in sein schwarzes Loch des Dezernats für Raub und Mord gezogen. Hätte mit den Ermittlungen gegen Dersh zu tun, argumentierte er. Die beiden Fälle hingen zusammen, sagte er. Doch er wollte nur Pike.

Eine Zeit lang saß ich mit Stan Watts an einem leeren Schreibtisch und sah zu. Gerade liegt man noch schlafend in seinem Bett, und im nächsten Moment muss man zusehen, wie ein Freund wegen Mordes erkennungsdienstlich erfasst wird. Jetzt gilt es, sich nicht von seinen Gefühlen überwältigen zu lassen. Man muss sich zum Nachdenken zwingen. Amanda Kimmel hatte Joe bei einer Gegenüberstellung mit fünf anderen herausgegriffen, aber was hieß das wirklich? Das hieß, dass sie jemanden gesehen hatte, der Joe ähnlicher sah als die anderen fünf. Ich würde mehr wissen, nachdem ich mit Joe oder dem Anklagevertreter geredet hatte. Und sobald ich mehr wusste, konnte ich was tun.

Das sagte ich mir, weil ich es glauben musste. Ansonsten hätte ich losgeschrien.

»Das ist doch völliger Quatsch, Watts«, sagte ich. »Das wissen Sie.«

»Tatsächlich?«

»Pike hat diesen Typen nicht umgebracht. Er hat nicht einmal geglaubt, dass Dersh diese Morde begangen hat.«

Watts sah mich völlig ausdruckslos an. Er hatte schon mit Tausenden von Menschen zusammengesessen, die ihre Unschuld beteuert hatten, obwohl sie weiß Gott nicht unschuldig gewesen waren.

»Was kommt als Nächstes, Stan? Der Serienmörder ist tot. Erklärt ihr euch jetzt zum Sieger und schnappt euch die Donuts?«

Watts' Ausdruck änderte sich nicht. »Mir ist klar, dass Sie wegen Ihres Freundes so außer sich sind, aber verwechseln Sie mich nicht mit Krantz. Ich werde Ihnen Ihre verdammten Zähne einschlagen.«

Schließlich brachte Watts mich und Charlie in ein Verhörzimmer, wo Joe wartete. Jeans und Sweatshirt hatte er mit einem blauen Overall des LAPD-Gefängnisses tauschen müssen. Er saß am Tisch, die Hände gefaltet, die Augen so ruhig wie ein Bergsee. Es war seltsam, ihn ohne Sonnenbrille zu sehen. Ich konnte an zehn Fingern abzählen, wie oft ich seine Augen gesehen hatte. Das Blau ist verblüffend. Er blinzelte, weil er nicht an das Licht gewöhnt war.

Ich seufzte. »Es gibt so viele Menschen auf der Erde, die es verdient hätten, umgebracht zu werden, und du musstest dir unbedingt Dersh aussuchen?«

Pike sah mich an. »Soll das ein Witz sein?«

»Unangebracht« ist mein Zweitname.

»Bevor wir anfangen – willst du was zu essen?«, fragte Charlie.

»Nein.«

»Gut. Also, die Sache geht so vor sich. Der stellvertretende Staatsanwalt, der deinen Fall bearbeitet, heißt Robby Branford. Kennt ihr ihn?«

Pike und ich schüttelten die Köpfe.

»Er ist ein ehrlicher Kerl. Ein Kampfhund, aber ehrlich. Er wird bald hier sein, und wir werden sehen, was er dem Richter vorlegen wird. Die Anklagevernehmung findet heute Nachmittag im Municipal Court statt. Man behält dich zuerst hier, dann bringt man dich kurz vorher ins Gericht. Dort wird es höchstens eine oder zwei Stunden dauern. Branford wird die Beweise vorlegen, und der Richter wird entscheiden, ob es einen hinreichenden Grund gibt zu glauben, dass du derjenige bist, der Dersh kaltgemacht hat. Wenn dich der Richter festnagelt, ist damit aber noch längst nicht deine Schuld bewiesen, sondern das besagt nur, dass seiner Meinung nach hinreichende Gründe für eine Anklage vorliegen. Wenn die Sache so ausgeht, werden wir auf Kaution plädieren. In Ordnung?«

Pike nickte.

»Hast du Dersh umgebracht?«

»Nein.«

Ich stieß meinen Atem aus, als er das sagte. Pike musste es gehört haben, weil er mich ansah. Sein Mundwinkel zuckte.

»In Ordnung, Joe«, sagte ich.

Charlie schien weder beeindruckt noch bewegt zu sein. Auch er hatte es eine Million Mal gehört – *ich bin unschul-*

dig. »Dershs Nachbarin hat dich gerade bei der Gegenüberstellung herausgegriffen. Sie sagt, sie hätte gesehen, wie du heute Morgen sein Grundstück betreten hast, kurz bevor er umgebracht wurde.«

»Das war nicht ich.«

»Bist du in der Nacht dort gewesen?«

»Nein.«

»Wo warst du?«

»Joggen.«

»Du bist mitten in der Nacht gejoggt?«

»Ja, das tut er öfter«, antwortete ich.

Charlie warf mir einen finsteren Blick zu. »Hab ich dich gefragt?« Er schlug seinen Notizblock auf. »Also, von Anfang an. Erzähl alles, was du gestern Abend gemacht hast, sagen wir ab ungefähr sieben Uhr.«

»Um sieben bin ich im Geschäft vorbeigegangen. Dort war ich bis Viertel vor acht. Um acht war ich wieder zu Hause und habe zu Abend gegessen. Alleine.«

Charlie notierte sich die Namen von Joes Angestellten und ihre Privatnummern. »Gut. Du bist nach Hause gefahren und hast zu Abend gegessen. Was hast du nach dem Essen gemacht?«

»Ich bin zehn nach elf ins Bett gegangen. Kurz nach zwei bin ich aufgewacht und zum Joggen gegangen.«

Charlie schrieb. »Nicht so schnell. Was hast du zwischen acht und zehn nach elf gemacht?«

»Nichts.«

»Was heißt das, nichts? Fernsehen geguckt? Ein Video ausgeliehen?«

»Ich habe geduscht.«

»Du hast doch keine drei Stunden geduscht. Vielleicht ein Buch gelesen? Jemanden angerufen? Oder hat dich jemand angerufen? Hast du deine Wäsche gewaschen?«

»Nein.«

»Du musst doch, außer zu duschen, irgendwas getan haben. Denk nach.«

Pike dachte nach.

»Ich war einfach da.«

Charlie machte sich Notizen. Sein Mund bewegte sich. EINFACH DA.

»Gut. Also, du hast gegessen, geduscht, rumgesessen und bist einfach ›da gewesen‹, bis du ins Bett gegangen bist. Kurz nach zwei bist du aufgewacht und zum Joggen gegangen. Welchen Weg?«

Joe beschrieb den Weg, den er gerannt war. Jetzt machte ich mir auch Notizen. Ich würde die Route am Tag nachgehen, dann noch einmal zur selben Zeit wie er. Vielleicht würde ich jemandem begegnen, der Joe gesehen hatte.

»Ich habe am Steilufer auf der Ocean Avenue zwischen dem Wilshire Boulevard und San Vicente angehalten, dort, wo man auf das Meer schauen kann. Dort habe ich mit einer Frau geredet. Sie heißt Trudy.«

Pike gab eine Beschreibung von ihr.

»Keinen Nachnamen?«, hakte Charlie nach.

»Ich habe nicht gefragt. Sie hat auf einen gewissen Matt gewartet. Ein schwarzer Minivan kam angefahren. Ein neuer Dodge; das Nummernschild oder irgendeinen Aufkleber vom Händler habe ich nicht gesehen. Hinten ein Fenster in Tropfenform. Sie stieg ein, dann fuhren sie los. Derjenige, der da drin saß, muss mich auch gesehen haben.«

»Wann war das?«, fragte ich.

»Etwa um zehn vor drei war ich am Steilufer. Um drei bin ich weitergerannt.«

Charlie hob seine Augenbrauen. »Bist du dir sicher mit der Zeit?«

»Ja.«

»Nur etwa eine Viertelstunde später hat die alte Dame den Schuss gehört«, erklärte ich. »Du hattest keine Chance, in fünfzehn Minuten von der Küste zu Dersh zu kommen. Auch nicht nachts um drei.«

Charlie nickte. Er dachte darüber nach, und es schien ihm zu gefallen. »Gut. Das ist doch was. Vielleicht können wir das Mädchen auftreiben. Und bei dem vielen Rumgerenne haben wir vielleicht auch jede Menge möglicher Zeugen.« Er sah mich an. »Fängst du damit an?«

»Ja.«

Es klopfte an der Tür, und Charlie rief, sie sollten reinkommen.

Williams schob den Kopf herein. »Der Staatsanwalt ist da.«

»Bin gleich draußen.«

Williams schloss die Tür wieder. »Wie steht's mit Kaution?«, fragte Joe.

»Du hast deine Firma. Du hast ein Zuhause. All das zählt, wenn ich versuche, den Richter zu überzeugen, dass du nicht abhaust. Aber bei Mord hängt das von der Zuverlässigkeit der Beweislage ab. Branford wird die Sache mit dieser alten Dame groß aufbauschen, aber er weiß – ebenso wie der Richter –, dass Augenzeugen immer die unsichersten Faktoren sind. Wenn er nur die alte Dame hat, stehen wir gut da. Dann kannst du ganz beruhigt sein, okay?«

Pike sah mich mit seinen ruhigen blauen Augen an. Gerne hätte ich gewusst, was sich dahinter verbarg. Er wirkte friedlich, als hätte er schon Schlimmeres erlebt und als ob nichts, was hier geschehen könnte, damit vergleichbar sein würde. Nicht einmal hier, nicht einmal unter einer Mordanklage.

»Vergiss Karen nicht«, sagte er.

»Werde ich nicht, aber jetzt bist du zuerst dran. Edward Deege ist tot. Man hat ihn umgebracht.«

Pike legte den Kopf schräg. »Wie?«

»Dolan meint, es sehe aus wie eine Straßenkeilerei, aber das Polizeirevier Hollywood hat den Fall. Sie ermitteln.«

Pike nickte.

»Ich werde sehen, ob ich diese Trudy finde.«

»Ich weiß.«

»Mach dir keine Sorgen.«

»Mach ich nicht.«

Ich nahm meine Sonnenbrille aus meiner Tasche und hielt sie ihm hin.

Pike sah sie an.

»Krantz würde sie mir gleich wegnehmen.«

Charlie Bauman war ungeduldig. »Um Himmels willen, jetzt macht schon. Wir haben nicht den ganzen Tag Zeit.«

Ich schob die Brille in meine Tasche zurück und ging mit Charlie hinaus.

Robert Branford war groß, hatte breite Hände und buschige Augenbrauen. Er wartete auf dem Flur auf uns und führte uns in ein Besprechungszimmer, wo Krantz am Kopfende eines langen Tisches saß. In einer Ecke standen ein Fernseher und ein Videogerät, auf dem Tisch lag ein schmaler Stapel von Akten und Blöcken. Der Fernseher war eingeschaltet, zeigte aber nur einen leeren Bildschirm. Ich fragte mich, was sie wohl angesehen haben mochten.

Noch bevor wir ganz drin waren, sagte Charlie: »He, Robby, haben Sie mit Ihrer Augenzeugin schon gesprochen?«

»Mrs. Kimmel? Noch nicht. Ich werde sie nach der Anklagevernehmung sehen.«

»Besser, wenn Sie sie vorher sehen«, meinte Charlie.

»Wieso? Hat sie drei Köpfe?«

Charlie machte eine Bewegung, als würde er trinken. »Schnapsdrossel. Mein Gott, Krantz, ich bin überrascht, dass Sie bei der Gegenüberstellung so nah neben ihr stehen konnten. Ich wär beinahe umgekippt, als sie an mir vorbeiging.«

Branford war zu seinem Aktenkoffer gegangen und zog Blätter aus verschiedenen Schnellheftern heraus, während er mit Blick auf Krantz die Augenbrauen hob.

Krantz leugnete es nicht. »Sie trinkt.«

Charlie setzte sich, ohne seinen Aktenkoffer zu öffnen. »Hat Krantz Ihnen von dem MI erzählt? Wenn Sie zu ihr nach Hause gehen, wedeln Sie am besten mit einer weißen Flagge, bevor Sie aus dem Wagen steigen.«

»Ich hab's ihm erzählt, Bauman. Ist das irgendwie von Bedeutung?«

Charlie hob die Schultern – ganz das Unschuldslamm. »Ich wollte nur sichergehen, dass Robby weiß, worauf er sich einlässt. Eine achtundsiebzigjährige Säuferin ist Augenzeugin für einen Typen, dem sie mit einem M1 Garand eine Kugel verpassen will. Das wird eine richtig gute Nummer vor Gericht.«

Branford lachte. »Klar, Bauman. Sie sind ja so um mich besorgt.« Branford zog einen dünnen Stapel Papier aus seinem Aktenkoffer und reichte ihn Charlie. »Hier ist Mrs. Kimmels Aussage plus die Berichte von den Beamten, die den Anruf entgegengenommen haben. Von der Spurensicherung oder dem Kriminologen liegt uns noch nichts vor, aber das kriegen Sie, sobald wir was haben.«

Abwesend blätterte Charlie durch die Seiten. »Danke, Robby. Ich hoffe, Sie können dem Gericht noch mehr als nur Mrs. Kimmel vorweisen.«

Branfords Lippen waren angespannt, als er lächelte. »Das werden wir, aber fangen wir mit ihr an. Wir haben eine Augenzeugin, die Ihren Mann am Tatort gesehen und bei der Gegenüberstellung erkannt hat. Zweitens hat eine Untersuchung ergeben, dass Pike vor Kurzem eine Waffe benutzt hat.«

»Pike besitzt einen Waffenladen«, fiel ich ihm ins Wort. »Er schießt jeden Tag.«

Krantz lehnte sich zurück. »Ja. Und heute hat er einmal zu viel geschossen.«

Charlie überging ihn. »Das SID hat die Kugel mit Pikes Waffe verglichen?«

»Wissen Sie, wie viele Waffen wir bei ihm gefunden haben?«, fragte Krantz. »Zwölf Handfeuerwaffen, vier Schrotflinten und acht Gewehre. Zwei davon waren vollautomatische Sturmgewehre. Dieser Kerl würde sich gut auf einem Poster der Vereinigung gegen privaten Waffenbesitz machen.«

Charlie wedelte ungeduldig mit der Hand. »Ja, ja, ja, und alle Waffen sind registriert. Meine Vorhersage lautet, Robby: Ihr werdet keine Übereinstimmung finden.«

Branford zuckte mit den Schultern. »Vielleicht nicht, aber das ist egal. Er ist ehemaliger Polizist. Er weiß, dass er die Tatwaffe verschwinden lassen muss. Hat er ein Alibi?«

Jetzt war Charlie sauer. »Pike war in Santa Monica. Am Meer.«

»Gut. Ich höre.«

»Wir suchen derzeit nach den Augenzeugen.«

Branford brachte nicht einmal ein Lächeln zustande. »Und alles, was ich zu tun habe, ist, Ihnen zu glauben.« Er setzte sich auf den Stuhl neben seinem Aktenkoffer und lehnte sich zurück. Vielleicht hatten er und Krantz das geübt. »Als Motiv haben wir Karen Garcia. Pike gab Dersh die Schuld am Mord seiner Freundin. Er wusste über die Ermittlungen Bescheid, und es machte ihn wahnsinnig, dass jeder wusste, dass Dersh der Täter war, aber dass die Polizei den Fall nicht auf die Reihe brachte.«

»Ihre Beziehung war schon seit Jahren zu Ende«, erklärte ich. »Reden Sie mit ihrem Vater und überprüfen Sie das.«

»Was spielt das für eine Rolle? Männer werden immer komisch, wenn es um Frauen geht.«

Branford zog einen weiteren Schnellhefter aus seinem Aktenkoffer und pfefferte ihn auf den Tisch.

»Abgesehen davon haben wir es nicht gerade mit einer stabilen Persönlichkeit zu tun, oder? Schauen wir uns das Vorstrafenregister dieses Jungen mal an. Wissen Sie, an wie vielen Schießereien er beteiligt war? Wissen Sie, wie viele

Menschen er getötet hat? Dieser Kerl kennt doch nur die tödliche Gewalt, um seine Probleme zu lösen.«

Ich beobachtete Krantz, der bei jedem Punkt von Branfords Aufzählung nickte. Bis jetzt jedoch waren die Punkte wenig erhellend. Doch Krantz, selbstsicher und zuversichtlich, schien sich ganz und gar nicht von belanglosen Sprüchen wie »das ist doch Geschichte« beunruhigen zu lassen. Selbst Branford wirkte belustigt, als wüsste er, dass er nichts in der Hand hatte.

»Ich verstehe nicht, wie Sie die Sache Joe ankreiden wollen«, sagte ich.

Alle Augen richteten sich auf mich.

»Die alte Dame«, erwiderte Branford.

»Kennt sie Joe vom Sehen? Hat sie die 9-1-1 angerufen und gesagt, sie hätte gesehen, wie *Joe Pike* an ihrem Haus vorbeigeschlichen sei?«

Krantz beugte sich vor. »Zählen Sie doch mal eins und eins zusammen, Sherlock – wie viele Jungs rennen nachts mit einem ärmellosen Sweatshirt und einer Sonnenbrille herum und tragen Tätowierungen?«

»Jemand, der versucht hat, wie Joe Pike auszusehen, *Sherlock.*«

Krantz lachte. »Oh, ich bitte Sie, Cole. Um das herauszufinden, muss man nicht Einstein sein.«

Charlie steckte die Papiere, die Branford ihm gegeben hatte, in seinen Aktenkoffer und stand auf. »Ihr Jungs seid lustig. Echt lustig. Und ich dachte, ihr würdet echte Beweise vorlegen, zum Beispiel Joes Fingerabdrücke auf Dershs Türgriff, aber ich kriege nur zu hören, dass es euch nicht gefällt, dass er dem Waffenverband angehört. Ich bringe die

Alte so weit, dass sie erzählt, sie hätte den Weihnachtsmann gesehen, damit der Richter auch was zu lachen hat.«

Plötzlich zeigte Robby Branford ein blasiertes Gesicht. »Also, da gibt's noch was. Wollen Sie es jetzt sehen?«

Er wartete nicht auf eine Antwort. Er ging zum Videorecorder und drückte die Starttaste.

Der leere Monitor füllte sich mit der Farbaufnahme einer Überwachungskamera, die auf die Hinterseite eines Hauses gerichtet war. Es gab keinen Ton. Ich brauchte einen Moment, bis ich Dershs Haus erkannte, das ich bisher nur von vorne gesehen hatte.

»Das ist ein Überwachungsvideo von Dershs Haus. Sehen Sie das Datum da unten?«

In der unteren linken Ecke des Bildschirms befanden sich Uhrzeit und Datum – drei Tage vor der Beerdigung von Karen Garcia, der Tag, an dem ich die Wahrheit über die fünf Opfer erfahren hatte. Der Tag, an dem Pike zu Dersh gegangen war.

Wir sahen das große Panoramafenster von Dershs Büro, darin zwei verschwommene Gestalten, von denen ich einen als Eugene Dersh erkannte.

»Das ist nicht Pike«, sagte ich.

»Stimmt. Aber schauen Sie hier seitlich neben dem Haus, wo man die Straße sieht.«

Krantz tippte oben links auf den Bildschirm. Ein Teil von Dershs Einfahrt war sichtbar, dahinter die Straße.

Krantz drückte einen Knopf, und das Bild wurde langsamer. Ein paar Sekunden später schob sich die Schnauze eines roten Jeep Cherokee ins Bild. Als die Fahrerkabine zu sehen war, drückte Krantz die Pausentaste.

»Das ist Pike«, sagte er.

Charlie wurde blass, sein Mund zu einer dünnen, dunklen Linie.

Das Video wurde Bild um Bild weitertransportiert. Joe drehte den Kopf. Joe blickte zum Haus. Joe verschwand.

»Wenn das die Geschworenen sehen, werden sie das mit all dem anderen kombinieren, was wir haben, und dieselben Schlüsse ziehen wie wir. Pike ist vorbeigefahren, um die Gegend auszukundschaften und sich für den großen Coup vorzubereiten.«

Zufrieden mit sich und den Beweisen schob Robby Branford die Hände in die Taschen. »Sieht richtig gut aus jetzt, oder, Charlie? Ich würde sagen, Ihr Junge wandert in den Knast.«

Charlie Bauman ergriff meinen Arm. »Komm. Wir müssen draußen darüber reden.«

Charlie hielt mich am Arm, bis ich mich freimachte, als wir die Räume erreichten, in denen die Gefangenen erkennungsdienstlich erfasst wurden. »Zieh jetzt bloß keine falschen Schlüsse. Das hier ist drei Tage vor Karen Garcias Beerdigung passiert. Pike ist nur hingefahren, um sich Dersh anzusehen.«

»Sprich nicht so laut. Warum wollte er Dersh sehen?«

»Er hatte gerade von den anderen Opfern erfahren und rausbekommen, dass Krantz Dersh für den Mörder hielt.«

»Dann wollte Pike also den Verdächtigen überprüfen?«

»Ja. Mehr war da nicht.«

Charlie führte mich zu den Fahrstühlen, achtete aber darauf, dass uns niemand hören konnte. »Er ist zu Dersh gegangen, um mit ihm zu reden? Ihn zu fragen, ob er es war?«

»Nein. Er wollte ihn nur sehen.«

»Er hat ihn sich nur *angesehen*?«

»Er wollte sich ein Bild von Dersh machen, ob er der Mörder sein könnte.«

Seufzend schüttelte Charlie den Kopf. »Ich sehe mich schon, wie ich das den Geschworenen zu erklären versuche. *›Das müssen Sie verstehen, meine Damen und Herren Geschworenen, mein Mandant ist ein brahmanischer Meister und wollte nur über die Schwingungen herausfinden, ob das Opfer der Mörder war.‹*« Und wieder seufzte Charlie. »Das sieht wirklich übel für uns aus.«

»Wird es bei der Anklagevernehmung eine Rolle spielen?«

»Klar wird es das. Sieh mal, ich kann jetzt schon sagen, dass Joe vor Gericht gestellt wird. Er wird sich verteidigen müssen. Unser Problem ist nicht mehr der Richter bei der Anklagevernehmung, sondern das sind die Geschworenen.«

»Und was ist mit der Kaution?«

»Ich weiß nicht.« Charlie zog seine Zigaretten heraus und steckte sich eine in den Mund. Nervös.

»Hier ist Rauchen verboten«, sagte ein vorbeigehender Polizist. »Öffentliches Gebäude.«

Charlie zündete sich die Zigarette an. »Dann verhaften Sie mich.«

Lachend ging der Polizist weiter.

»Sieh mal, Elvis, ich werde den Geschworenen nicht erzählen, dass Pike nur vorbeigefahren ist, um sich den Typen anzuschauen. Ich werde eine bessere Geschichte konstruieren, aber es sieht immer noch schlecht aus.« Er sah auf die Uhr. »Sie werden ihn in ein paar Minuten zum Gericht bringen. Ich werde rübergehen und mich vor der Anklagevernehmung noch einmal mit ihm unterhalten.«

»Gut, ich sehe dich dann dort.«

»Nein, das wirst du nicht. Du suchst nach der Frau, die Pike am Strand begegnet ist. In einem Zimmer mit mir rumzusitzen nutzt niemandem.«

Die Fahrstuhltüren öffneten sich, und wir traten ein. Zwei Frauen und ein übergewichtiger Mann standen schon darin. Die kleinere der Frauen rümpfte die Nase über Charlies Zigarette. »Hier darf man nicht rauchen.«

Charlie blies eine dicke Rauchwolke aus und wedelte mit der Hand. »Tut mir leid. Ich mache sie gleich aus.«

Was er nicht tat.

»Wie schlimm steht es, Charlie?«

Bauman nahm einen tiefen Zug von seiner Zigarette und blies wieder eine riesige Wolke in Richtung der Frau.

»Weißt du, was man unter einem ›teilweisen Schuldeingeständnis‹ versteht?«

Er meinte die Verhandlung zwischen Anklagevertreter und Verteidiger, bei der sich der Angeklagte für ein geringeres Vergehen schuldig bekennt. Charlies Gegenfrage sagte mir genug.

24

Als ich durchs Parker Center ging, waren die Stimmen um mich herum in weite Ferne gerückt und klangen blechern. Die Welt hatte sich verändert. Karen Garcia und Eugene Dersh waren tot, und Frank Garcia hatte uns den Auftrag entzogen. Die Polizei dachte, ihr Serienmörder sei tot, aber selbst wenn dem nicht so war, spielte es keine Rolle für sie.

Es gab nur noch Joe im Knast – und die Notwendigkeit, ihn zu retten.

Den Nachmittag verbrachte ich damit, dieselben zehn Kilometer abzufahren, die Joe gerannt war. Ich notierte mir alle Geschäfte entlang des Wegs, die rund um die Uhr geöffnet haben könnten. Als ich den Teil der Ocean Avenue erreichte, wo Pike der Frau begegnet war, stieg ich aus und ging zu Fuß weiter. Obdachlose lungerten im Park herum, einige schliefen auf Decken in der heißen Sonne, andere hingen in Grüppchen zusammen oder wühlten in den Mülleimern. Wenn sie schliefen, weckte ich sie auf, wenn sie miteinander redeten, unterbrach ich sie. Ich fragte sie, ob sie Trudy oder Matt kannten oder ob sie vergangene Nacht jemanden gesehen hätten, der trotz der Dunkelheit eine Sonnenbrille trug. Fast alle sagten Ja, und fast alle logen. Trudy sei groß und dünn oder klein und dick gewesen, oder sie habe nur ein Auge gehabt. Der Jogger sei ein Schwarzer auf der Jagd nach den Organen unfreiwilliger Spender oder ein Regierungsbeamter gewesen, der sich mit Gedankenkontrolle beschäftigt habe. Schizophrene waren besonders kooperativ. Ich gönnte mir keine Mittagspause.

Ich arbeitete mich durch jedes Hotel auf der Ocean Avenue und fragte nach den Namen der Nachtportiers. Als ich fertig war, fuhr ich so schnell wie möglich nach Hause, um mit den Telefonaten anzufangen. Joes Route hatte mich fast fünf Stunden gekostet, doch ich hatte das Gefühl, ich würde der Zeit hinterherhinken.

Der Mord an Dersh war die Titelgeschichte in allen Vier-Uhr-Nachrichten der städtischen Sender. Das LAPD hatte den Namen von Joe als Verdächtigem bekannt gegeben, und ein Sender brachte ein Bild von ihm mit dem Untertitel DER SCHLAFLOSE MÖRDER. Immer wurde berichtet, Dersh sei der Hauptverdächtige in einer Serie von kürzlich erfolgten Morden gewesen. »Beamte aus den höheren Ebenen des LAPD« wurden zitiert, laut denen die Ermittlungen weitergeführt würden, obwohl man nicht mit einem weiteren Verdächtigen rechne. Während ich mir die Nachrichten ansah, kam der Kater herein und sah ebenfalls zu.

Um fünf rief Charlie Bauman an. »Die Anklagevernehmung ist gerade zu Ende gegangen. Sie behalten ihn da.«

Charlie klang dumpf.

»Was ist mit der Kaution?«

»Keine Kaution.«

Ich fühlte mich benommen und matt, als würde meine hektische Arbeitsweise jetzt ihren Tribut verlangen.

»In etwa einem Monat haben wir vor dem Superior

Court einen weiteren Termin zur Anklagevernehmung. Dort kann ich noch mal einen Kautionsantrag stellen, und vielleicht ist der Richter uns dann wohlgesonnen. Dieser hier war es nicht.«

»Und was passiert jetzt?«

»Sie behalten ihn noch ein paar Tage im Parker Center, dann verlegen sie ihn ins zentrale Männergefängnis. Sie isolieren ihn von den anderen Gefangenen, weil er mal Polizist war, sodass wir uns um seine Sicherheit keine Sorgen zu machen brauchen. Wir müssen uns nur darum kümmern, wie wir seine Verteidigung aufbauen. Hast du jemanden gefunden, der ihn gesehen hat?«

»Noch nicht.« Ich erzählte ihm, wie ich den Tag verbracht hatte.

»O Gott, wie viele Namen hast du?«

»Zweihundert von Leuten aus Geschäften und Hotels.«

»Mann, du arbeitest schnell.«

Für mich hatte es gar nicht den Anschein.

»Hör mal, fax mir doch die Liste einfach in mein Büro. Meine Sekretärin soll sich morgen dranmachen. Dann kannst du weiterhin das Pflaster treten.«

»Ich erledige das mit den Anrufen.«

Charlie zögerte. »Dass du mir ja nicht ausflippst, Elvis«, sagte er schließlich völlig ruhig.

»Wovon redest du?«

»Es ist sechs Uhr durch. Die Geschäfte schließen gleich, und die Leute von der Nachtschicht sind noch nicht da. Wen willst du anrufen?«

Ich wusste es nicht.

»Joe geht es im Moment prima. Wir haben Zeit. Lass uns

die Arbeit einfach nur gut machen, ja?« Als wäre ich ein kleiner Junge, der seinen besten Freund verloren hatte, und als wäre er mein Vater, der mir sagte, ich müsste Ruhe bewahren, bis sich alles wieder eingerenkt haben würde.

»Ich faxe dir die Liste rüber, Charlie.«

»Gut. Wir reden morgen.«

Nachdem ich aufgelegt hatte, schickte ich Charlie die Liste, dann schnappte ich mir ein Bier und ging auf die Terrasse hinaus. Es war heiß, doch im Cañon herrschte klare Sicht. Über mir drehten zwei Rotschwanzbussarde träge ihre Kreise. Sie hatten nichts Bestimmtes im Visier, sondern neigten die kleinen Köpfe geduldig nach rechts und links auf der Suche nach Feldmäusen und Taschenratten. Ich habe Rotschwanzbussarde schon stundenlang so beobachtet. Geduldige Jäger sind erfolgreich. Charlie hatte recht. Auf der Ranger-Schule von Fort Benning in Georgia hatte man uns beigebracht, dass Panik tödlich sein kann. Männer, die schon in drei Kriege gezogen waren, hatten uns erzählt, man würde aufhören zu denken, wenn man in Panik geriet, und wenn man aufhört zu denken, stirbt man. Ein Sergeant namens Zim hat uns täglich acht Kilometer mit dreißig Kilo Feldausrüstung, einem vollen Satz Munition und unseren M16s rennen lassen. Immer wieder mussten wir rufen: »Mein Verstand ist meine tödlichste Waffe. Das sagt Sergeant Zim, und Sergeant Zim hat immer recht. Sergeant Zim ist Gott. Danke, Gott.«

Wenn man achtzehn ist, lässt man sich gerne von so was beeindrucken.

»Also gut, du Trottel, denk nach«, sagte ich mir.

Wenn Amanda Kimmel einen Mann gesehen hatte, der

wie Joe angezogen war, eine Sonnenbrille wie Joe trug und wie Joe tätowiert war, dann gab jemand vor, Joe zu sein. Diese Person zu finden wäre ein weit besserer Weg, Joe freizubekommen, als Trudy oder Matt zu suchen, aber den einzigen Anhaltspunkt, den ich bis jetzt in der Hand hatte, schien sonst niemand mit mir zu teilen: den absoluten und unumstößlichen Glauben, dass Joe Pike die Wahrheit sagte. Ich bezweifelte seine Aussage nicht. Das würde ich nie tun. Sie hätten Joe beim Betreten dieses Hauses auf Video aufzeichnen können, und wenn Joe auf den Fernseher gezeigt und gesagt hätte: »Das bin ich nicht«, hätte ich ihm geglaubt.

Man arbeitet mit dem, was man hat, und ich hatte nur meinen Glauben. Für sehr viele Menschen hatte sich das bereits als ausreichend erwiesen.

Man sucht nach Zusammenhängen.

Krantz kam zu seinem Schluss, indem er Leute suchte, die ein Motiv für den Mord an Dersh hatten. Er dachte, Pikes Motiv sei Rache für Karen. Frank Garcia hatte das gleiche Motiv und verfügte über das Geld, Dersh umbringen zu lassen, aber er würde es nicht Joe anhängen. Das hieß, es war jemand anderes, und ich fragte mich, ob dieser Jemand mit Dersh in Verbindung stand oder Dersh nur als Mittel zum Zweck benutzt hatte. Um Pike dranzukriegen. Vielleicht ging es gar nicht um Dersh, sondern um Pike.

Ich holte mir von drinnen einen Schreibblock, auf dem ich entlang einer Achse die Ereignisse notierte. Von Karens Tod bis zu dem Zeitpunkt, als herauskam, dass Dersh verdächtigt wurde, waren es sechs Tage. Von da an bis zu Dershs Tod waren es nur drei Tage. Ich versuchte mir einen Typen vorzustellen, der einen Groll gegen Pike hegte, während er vor dem Fernseher saß. Er hasst Pike, und er hat nie zuvor in seinem Leben von Karen Garcia oder Eugene Dersh gehört. Aber er sieht all das im Fernsehen, und ihm geht ein riesiges Licht auf. *He, ich könnte mir diesen Dersh angeln, um an Pike ranzukommen!* Das Ganze passiert innerhalb von drei Tagen.

Oh-oh.

Das hieß, er hatte schon von Dersh gewusst, bevor es publik geworden war, und Zeit gehabt, darüber nachzudenken. Außerdem hatte ganz L.A. gewusst, dass die Polizei Dersh rund um die Uhr beschattete. Doch dieser Kerl hatte einen Zeitpunkt gewählt, an dem die Beschattung nicht mehr mit voller Intensität durchgeführt wurde. Das brachte mich ins Grübeln.

Ich nahm mein Bier mit in die Küche, goss es aus und ging zurück auf die Terrasse. Die Bussarde schwebten immer noch in der Luft. Ich hatte gedacht, sie würden jagen, hätten eine Beute ins Visier genommen, doch vielleicht genossen sie einfach nur die Luft da oben, hatten Spaß am Fliegen und amüsierten sich miteinander. Sich liebende Bussarde.

Beziehungen sind oft ganz anders, als sie auf den ersten Blick zu sein scheinen.

Der Mörder musste sowohl mit Joe als auch mit Dersh in irgendeiner Verbindung stehen. Zwischen Joe und Frank einerseits und Dersh andererseits gab es ein Verbindungsglied – Karen. Vielleicht stand auch der Mörder über Karen mit Joe in Verbindung.

Ich ging wieder hinein, suchte Samantha Dolans Privatnummer raus und rief sie an.

»Hallo, das ist ja der weltbeste Mann für alle Fälle, der mich altes Haus anruft.«

Sie klang betrunken.

»Geht's Ihnen gut, Dolan?«

»Jesses, jetzt sagen Sie doch Samantha zu mir.«

»Samantha.«

»Sie rufen wegen Ihrem Kumpel an, oder? Ich meine, Sie rufen nicht bloß an, um zu flirten.«

»Wegen Joe.«

»Ich bin draußen, erinnern Sie sich? Ich bin nicht mehr in der Sonderkommission. Ich weiß nicht, was Krantz tut. He, nach allem, was ich gehört habe, könnte man Pike den Mord wirklich zutrauen.«

»Ich weiß, dass Branford das Verfahren gegen ihn eröffnet hat, aber ich kann Ihnen sagen, dass Pike es nicht getan hat.«

»Oh, bitte. Sie waren doch gar nicht dabei, oder? Sie haben es nicht gesehen.«

»Ich kenne ihn. Das reicht. Pike würde nicht mitten in der Nacht in Dershs Haus gehen und ihn einfach so erschießen. Das ist nicht Pikes Stil.«

»Wenn Sie ihn schon so gut kennen: Wie ist denn sein Stil, wenn er jemanden umbringt?«

»So, dass man es nicht sieht. Pike könnte es tun, und man würde nie erfahren oder auch nur denken, dass er es gewesen ist. Die Opfer würden einfach verschwinden, von heute auf morgen, und Sie würden sich fragen, wo sie geblieben sind. So würde es Pike anstellen, und glauben Sie mir, Sie würden die Leiche niemals finden. Ich habe viele gefährliche Menschen kennengelernt, aber Pike ist der gefährlichste von allen. Einen wie ihn finden Sie sonst nirgends.«

Dolan erwiderte nichts.

»Dolan? Sind Sie noch da?«

»Ich habe das Gefühl, dass Sie auch ziemlich gefährlich sein können.«

Darauf erwiderte ich nichts. Sollte sie denken, was sie wollte.

Dolan seufzte. »Also gut, Sie Weltbester. Was wollen Sie?«

»Dershs Mörder könnte durch Karen Garcia mit Joe in Verbindung stehen, und das ginge auf die Zeit zurück, in der Joe noch Streife fuhr. Joes Partner war ein Typ namens Abel Wozniak.«

»Ah, ja. Der Polizist, den Pike umgebracht hat.«

»So dürfen Sie das nicht sagen, Dolan.«

»Es gibt nur eine Art, das zu sagen.«

»Ich will rauskriegen, wer von damals Pike so sehr hasst, dass er Dersh umbringt und Pike dafür die Schuld in die Schuhe schiebt. Ich werde Akten und Aufzeichnungen brauchen, aber an die komme ich ohne Hilfe nicht ran.«

Wieder schwieg sie nur.

»Dolan?«

»Sie haben vielleicht Nerven, wissen Sie das? Wo ich eh schon so tief in der Scheiße stecke.«

Sie legte auf.

Ich wählte ihre Nummer noch einmal, doch sie hatte den Hörer neben die Gabel gelegt. Besetzt. Während der nächsten halben Stunde probierte ich es alle fünf Minuten wieder. Besetzt.

»Blöde Kuh.«

Zwanzig Minuten später saß ich am Esstisch und dachte darüber nach, ob ich es bei Dolan noch einmal versuchen sollte, als Lucy hereinkam. Sie zog ihre Kostümjacke und die Schuhe aus und ging zum Kühlschrank, ohne mich eines Blickes zu würdigen.

»Du hast vermutlich von Joe gehört«, sagte ich.

»Ich habe die Geschichte auf der Arbeit verfolgt. Leute von uns waren bei der Anklagevernehmung.«

»Aha.«

Noch immer hatte sie mich nicht angesehen, geschweige denn, dass sie mir einen Kuss gegeben hätte.

»Soll ich dir was zu essen machen?«

Sie schüttelte den Kopf.

»Ein Glas Wein?«

»Vielleicht etwas später.«

Sie starrte in den Kühlschrank.

»Was ist los?«

Ihr starrer Blick löste sich vom Kühlschrank, und sie schloss die Tür.

»Ich wusste diese Sachen über Joe gar nicht.«

Die Spannung des Tages machte sich in meinen Schultern wieder unangenehm bemerkbar.

»Ich habe eine Aufnahme gesehen, in der Branford gegen die Kautionsforderung argumentiert. Er hat von all den Schießereien erzählt, in die Joe verwickelt war, und von den Menschen, die er getötet hat.«

Die Spannung verwandelte sich in einen stechenden Schmerz.

»Ich hielt Joe immer für einen starken, ruhigen Mann, der dein Freund ist, aber jetzt habe ich das Gefühl, ich kenne ihn nicht. Ich mag solche Dinge nicht hören. Ich mag keinen Menschen kennen, der solche Dinge macht.«

»Du kennst ihn als einen Menschen, der sich dir gegenüber korrekt verhält und dich mit Respekt behandelt. Du weißt, dass er auch Ben gegenüber korrekt und außerdem mein bester Freund ist.«

In ihren Augen machten sich Verwirrung und Angst breit. »Branford hat gesagt, dass er vierzehn Menschen auf dem Gewissen habe.«

Ich zuckte mit den Schultern. »Wenn man es in L.A. schafft, schafft man es überall.«

»Ich finde das gar nicht lustig.«

Ich versuchte den Schmerz zu bekämpfen, aber es gab nichts dagegen. Ich wollte Dolan noch einmal anrufen, aber ich tat es nicht. »Die Menschen, die er getötet hat, haben versucht, ihn oder mich oder einen anderen zu töten, den er beschützen wollte. Er ist kein Killer. Er hat nie einen Mord gegen Bezahlung begangen oder jemanden getötet, nur um ihn zu töten. Wenn er getötet hat, dann nur, weil er sich in Situationen gebracht hat, in denen es notwendig war. Genauso wie ich. Vielleicht stimmt mit uns beiden was nicht. Ist es das, worauf du hinauswillst?«

Lucy blieb an der Tür stehen. »Nein, das meine ich nicht. Es gibt nur so viel, was ich hier erst mal verdauen muss. Tut mir leid. Ich wollte nicht so weit gehen.« Sie setzte ein gezwungenes Lächeln auf. »Ich habe dich den ganzen Tag nicht gesehen und dich vermisst, und diese ganze Geschichte um Joe hat mir nur noch mehr gezeigt, dass ich dich vermisse. Ich weiß einfach nicht, was ich davon halten soll. Ich habe die Akten gelesen, die Branford dem Gericht vorgelegt hat, und was da drinstand, hat mir Angst gemacht.«

»Das war doch die Absicht, Lucy. Mit diesen Akten

wollte Branford die Kautionsforderung abschmettern. Das weißt du genau.«

Ich hatte das starke Bedürfnis, aufzustehen und zu ihr zu gehen, doch ich konnte nicht. Vielleicht wollte sie, dass ich das tat, oder sie wollte zu mir kommen, aber irgendwie wurde auch sie davon abgehalten.

»Elvis?«

»Was?«

»Hat Joe diesen Mann umgebracht?«

»Nein.«

»Bist du sicher?«

»Ja. Ich bin mir sicher.«

Sie nickte. Mit leiser Stimme, die aus weiter Ferne zu kommen schien, fuhr sie fort: »Ich glaube nicht, dass ich mir sicher bin. Ich glaube, dass er es getan haben könnte. Vielleicht glaube ich sogar, dass er es getan hat.«

Einen Moment lang standen wir uns schweigend gegenüber, dann ging ich ins Wohnzimmer und schaltete das Radio ein. In die Küche ging ich nicht zurück.

Ich setzte mich aufs Sofa und starrte in den dunkler werdenden Himmel. Dort, wo Joe jetzt saß, konnte er nur Wände sehen.

Was mochte der Mörder wohl sehen?

Nummer sechs

Der heiße Wind trägt den Gestank der öffentlichen Toiletten bis zu einer Gruppe roter Oleanderbüsche, hinter der sich der Mörder versteckt. Der McArthur Park ist zu dieser nächtlichen Stunde ruhig. Die perfekte Zeit für die Jagd.

Der Mörder ist aufgedreht, weil die Dinge so gut laufen. Die Sonderkommission hat immer noch nicht das Verbindungsglied zwischen den fünf Morden gefunden, die Detectives vom Polizeirevier Hollywood haben angefangen, Beweise im Mordfall Edward Deege zutage zu fördern, und der Mord an Dersh hat sich als glänzender Coup erwiesen.

Joe Pike sitzt im Knast und wird dort den Rest seines Lebens verbringen, bis ihm irgendein Lebenslänglicher ein Messer zwischen die Rippen jagt.

Und wäre das etwa keine passende Strafe?

Allein der Gedanke daran entlockt dem Mörder ein Lächeln. Er lächelt nicht oft, ein Zug, den er von Pike gelernt hat, weil er ihn schon seit langer Zeit beobachtet; Pike, den er mehr hasst als jeden anderen Menschen auf der Welt. Doch in dieser besonderen Zeit ist die Welt ohnehin voller Hass.

Pike, der sich völlig unter Kontrolle hat.

Pike, der alles um sich herum vollkommen unter Kontrolle hat.

Pike, der ihm alles genommen und ihm dann Sinn und Zweck gegeben hat.

Rache ist ein hartes Geschäft.

Das einzige Problem ist diese Trudy. Der Mörder hat alles getan, um sich vor Menschen wie ihr zu schützen: Er hat Pikes Wohnung beschattet, sich vergewissert, dass Pike allein war, hat gewartet, bis die Lichter ausgegangen waren, dann hat er noch eine Weile gewartet, um sicherzugehen, dass Pike eingeschlafen war, bevor er sich auf den Weg machte, um Dersh umzubringen. Der Mörder vermutet, dass es keine Trudy gibt, dass Pike sie nur erfunden hat, aber man kann ja nie wissen. Deswegen will er sich selbst auf die Suche nach Trudy machen. Er kann ihren Namen durch die Computer der NCIC jagen, des National Crime Information Center des FBI, und durch das VICAP. Und sollte ihm jemand zuvorkommen, nun, dann würde er es genauso schnell erfahren. Und sich um sie kümmern.

Aber der schwierigste Teil der Arbeit ist erledigt, jetzt muss er nur noch den Rest der Leute umbringen und dafür sorgen, dass Pike verurteilt wird.

Das heißt, sich auf Pikes Partner vorzubereiten. Auf Elvis Cole.

Was für ein dämlicher Name.

Der Mörder überlegt, was er mit Cole anstellen wird, als er hört, wie Jesus Lorenzo näher kommt. Er umklammert den Griff seiner Pistole Kaliber .22, die er in eine Clorox-Plastikflasche geklebt hat. Lorenzo kann man nicht verwechseln. Er ist einssiebenundsiebzig groß, trägt rote Schuhe mit zehn Zentimeter hohen Absätzen, eine ebenfalls rote Satinjacke und eine platinblonde Perücke. Der Mörder hat ihn sechsmal nachts um diese Uhrzeit beobachtet, wie er durch den MacArthur Park gestreift ist, und auf diesen Moment gewartet.

Als Jesus Lorenzo auf dem Männerklo verschwindet, tritt der Mörder hinter den Oleanderbüschen hervor und folgt ihm. Niemand sonst ist hier, niemand ist auf dem Männerklo. Das weiß der Mörder, weil er schon fast zwei Stunden hier wartet.

Alles läuft nach Plan.

Ich zahl's dir heim, du Arsch.

25

Die vorsichtige Zurückhaltung, mit der für mich und Lucy der nächste Tag begann, hinterließ ein unangenehmes Gefühl bei mir. In unserer Beziehung war ein neues Element aufgetaucht, und beide wussten wir nicht, wie wir damit umgehen sollten. Wir hatten nebeneinander, aber nicht miteinander geschlafen, wobei ich dachte, sie hätte nur so getan, als würde sie schlafen. Ich wollte mit ihr über Joe reden. Ich wollte, dass sich ihr Gefühl ihm gegenüber wieder normalisierte, wusste aber nicht, ob dies möglich war. Als ich mich entschloss, die Sache anzusprechen, musste sie zur Arbeit.

»Wirst du Joe heute sehen?«, fragte sie, als sie schon am Gehen war.

»Ja. Wahrscheinlich später.«

»Sag ihm einen schönen Gruß von mir.«

»Klar. Du könntest mitkommen und ihn auch besuchen.«

»Ich muss zur Arbeit.«

»Gut. Ich weiß.«

»Aber vielleicht.«

»Luce?«

Sie sah mich an.

»Du musst wissen, Joe und ich sind aus dem gleichen Holz geschnitzt.«

Wahrscheinlich wollte sie das gar nicht hören.

»Mich beunruhigt, dass du dich von diesen Dingen nicht aus der Ruhe bringen lässt. Du akzeptierst sie als etwas Normales, aber solche Dinge sind nicht normal.«

Darauf wusste ich nichts zu erwidern, was sich nicht wie eine Rechtfertigung meiner selbst angehört hätte. Ich zog es vor, zu schweigen.

Lucy schloss die Tür hinter sich und ging zur Arbeit.

Der nächste schöne Tag in der Stadt der Engel begann.

Ich wollte Charlie Baumans Sekretärin anrufen, um ihr zu sagen, was ich bereits erledigt hatte, doch vielleicht würde sie noch nicht im Büro sein. Charlie würde es ihr sagen, aber ich wollte mit ihr persönlich reden. Außerdem wollte ich sowohl mit dem FBI als auch den California State Sheriffs Kontakt wegen ihrer Datenbanken über vermisste oder ausgerissene Jugendliche aufnehmen. Ich wollte sehen, ob die Eingabe der Vornamen Trudy und Matt irgendwelche Ergebnisse liefern würde oder der Diebstahl eines schwarzen Dodge Minivan gemeldet war. Ich entschloss mich, zuerst Dolan anzurufen, bekam aber Williams an den Apparat.

»Hallo, Williams. Ist Dolan da?«

»Warum wollen Sie das wissen?«

»Ich will mit ihr reden.«

»Hab sie nicht gesehen. Wollen Sie wissen, was Krantz gesagt hat?«

»Das wird mir wohl nicht gefallen, oder?«

»Krantz sagt, dass Sie mit diesem Schwein Pike wahrscheinlich unter einer Decke stecken. Er sagt, sobald er Sie am Wickel hat, können Sie mit Pike zusammen Ringelpietz mit Anfassen spielen.« Williams gluckste.

»He, Williams.«

»Was?«

»Sie sind der weißeste Schwarze, den ich kenne.«

»Sie sind ein Arsch, Cole.«

»Selber Arsch.«

Ich legte auf mit dem Gefühl, selbst wenn meine Katze sterben würde, könnte der Tag nicht mehr viel schlimmer werden.

Ich war auf dem Weg nach oben, um zu duschen, als es an der Tür klingelte. Es war Samantha Dolan, die aussah, als hätte sie einen Kater.

»Ich habe Sie gerade angerufen.«

»War ich da?«

»Wissen Sie was, Dolan? Heute ist kein guter Tag für Witze.«

Auch diesmal ging sie an mir vorbei, ohne dass ich sie hereingebeten hatte, und spähte in die Küche. Sie trug Jeans und einen marineblauen Blazer, unter dem das schlichte weiße T-Shirt grell hervorstach, dazu eine Sonnenbrille mit ovalen Gläsern. Italienisches Design. »Schon gut. Ich habe auch manchmal solche Tage. Sie sind mit den Fliesen ja immer noch nicht fertig.«

»Ich will nicht unhöflich sein – aber was machen Sie hier?«

»Haben Sie Angst, dass die kleine Frau eifersüchtig wird?«

»Tun Sie mir den Gefallen und nennen Sie sie nicht die kleine Frau. Da werde ich ganz schnell sauer.«

»Egal. Meinen Sie, ich könnte ein bisschen Saft oder Wasser haben? Mein Hals ist so trocken.«

Ich führte sie in die Küche und schenkte zwei Gläser Mangosaft ein. Als ich ihr ein Glas reichte, nahm sie die Sonnenbrille ab. Ihre Augen waren blutunterlaufen, und eine Tequilafahne wehte mir entgegen. »Mein Gott, es ist acht Uhr morgens. Haben Sie schon so früh angefangen?«

Die blutunterlaufenen Augen schienen Funken zu sprühen. »Geht Sie das was an, wann ich anfange?«

Ich hob die Hände.

Dolan setzte die Sonnenbrille wieder auf.

»Ich habe darüber nachgedacht, was Sie gestern Abend gesagt haben. Dass der Mörder vielleicht durch Garcia mit Pike in Verbindung steht. Vielleicht sind Sie da auf was gestoßen. Aber ich konnte Sie unmöglich vom Büro aus anrufen, um mit Ihnen darüber zu reden.«

»Das heißt, Sie werden uns helfen?«

»Das heißt, ich möchte darüber reden.«

Der Kater schob seine Nase durch die Katzentür. Als er halb durch war, blieb er stehen und fixierte Dolan.

Dolan blickte ihn finster an. »Was gaffst du so?«

Der Kater legte den Kopf schräg, ohne den Blick abzuwenden.

»Stimmt mit der Katze was nicht?«

»Ich denke, er ist verwirrt. Der einzige Mensch, den er außer mir mag, ist Joe Pike. Vielleicht ist es wegen der Sonnenbrille.«

Dolans Blick verfinsterte sich noch mehr. »Wie nett – mit einem Hundert-Kilo-Schrank ohne Titten und mit rasiertem Kopf verwechselt zu werden.«

Dolan nahm die Brille ab und glotzte den Kater wieder an.

»Besser?«

Der Kater legte den Kopf auf die andere Seite.

»Warum hält der den Kopf immer so schräg?«

»Er wurde angeschossen.«

Dolan ging in die Hocke und streckte die Hand aus.

»Tun Sie das nicht, Dolan«, warnte ich sie. »Er beißt.«

»Samantha.«

»Samantha.«

Der Kater schnüffelte. Er kam näher und schnüffelte wieder.

»Auf mich wirkt er gar nicht so hinterhältig.«

Sie kraulte ihn am Kopf, dann leerte sie ihr Glas.

»Das ist doch bloß ein dämlicher Kater.«

Ich blickte zuerst ihn, dann sie an. In den letzten Jahren hatte er nach Hunderten von Menschen seine Krallen ausgestreckt, aber nie hatte ich gesehen, dass ihn jemand außer Joe oder mir berühren durfte.

»Was ist?«

Ich schüttelte den Kopf. »Nichts.«

Sie zog eine Schachtel Marlboro aus der Tasche. »Stört's, wenn ich eine rauche?«

»Ja, tut es. Wenn Sie eine rauchen müssen, gehen wir raus auf die Terrasse.«

Draußen hatte sich der Dunstschleier vom Vortag etwas gelichtet. Dolan trat ans Geländer und spähte in den Cañon. »Hübsch. Mit den Stühlen und dem Grill hier draußen.«

Sie zündete sich eine Marlboro an und blies eine dicke Rauchwolke in den Dunstschleier. Einladend.

»Was haben Sie sich also gestern Abend gedacht?«, begann ich.

»Ich war noch nicht bei der Polizei, als die Sache mit Wozniak und Pike passiert ist, aber Stan Watts war es schon. Ich habe ihn danach gefragt. Wissen Sie, was passiert ist?«

»Ja.«

Man hatte beobachtet, wie ein kleines Mädchen namens Ramona Ann Escobar mit einem Mann den Park verließ, den die Polizei für den einschlägigen Pädophilen und Kinderpornoproduzenten Leonard DeVille hielt. Pike und Wozniak erfuhren, dass DeVille angeblich im Islander Palms Motel abgestiegen war, und fuhren dorthin, um der Sache nachzugehen. Als sie das Zimmer betraten, war Ramona nicht da. Pike hatte mit mir nie darüber gesprochen, aber ich erinnerte mich aus den Zeitungsberichten, dass Wozniak, Vater einer kleinen Tochter, befürchtet hatte, dass DeVille dem Mädchen etwas angetan haben könnte. Er zog seine Waffe und schlug damit zu. Pike, der das Gefühl hatte, Wozniak könnte den Verdächtigen verletzen, schritt ein. In dem darauf folgenden Kampf entlud sich Wozniaks Waffe und tötete Wozniak. Das Dezernat Interne Ermittlungen führte eine Untersuchung gegen Pike durch, klagte ihn aber nie offiziell an. Was in den Artikeln, die ich gelesen hatte, nicht stand, war, dass Pike dennoch von allen Kollegen die Schuld an Wozniaks Tod zugeschoben bekam, vor allem deswegen, weil Pike damit ein Arschloch wie Leonard DeVille, einen Kinderschänder, geschützt hatte.

»Wenn Sie also nach jemandem suchen, der einen Groll gegen Pike hegt, müssen Sie bei ein paar Tausend Polizisten anfangen.«

»Das glaube ich nicht.«

»Eh, Junge, ich rede von *Hass*. Es gibt immer noch Polizisten, die Pike dafür hassen, was mit Wozniak passiert ist.«

»Denken Sie doch mal nach, was Sie sagen, Dolan. Sie glauben, irgendein Polizist hegt einen derart starken Groll gegen Pike, dass er bereit ist, einen unschuldigen Menschen wie Dersh zu töten, nur um es Pike anzuhängen?«

»*Sie* sagen, er sei unschuldig. Das ist Ihre Theorie, nicht meine. Wenn einer der Cowboys glaubt, Dersh sei ein Serienmörder, denkt er vielleicht, den könnte man ruhig auch noch opfern. Und wenn es kein Polizist ist, reden Sie vielleicht von einem der zwei- oder dreihundert Arschlöcher, die Pike eingesperrt hat. Das sind immer noch eine ganze Menge Verdächtige.«

Ich breitete die Hände aus. »Darauf werde ich mich nicht einlassen, Dolan. Es gibt so viele Variablen. Wenn ich versuchen würde, alle zu berücksichtigen, könnte ich genauso gut zu Hause sitzen und es Krantz überlassen, den Fall zu lösen.«

»Ich denke, das wäre Ihnen nicht recht.«

»Wäre es Ihnen recht?«

Sie lächelte. »Nein. Meine Güte, die Sonne ist ja knallheiß.«

Dolan zog ihren Blazer aus und hängte ihn über einen der Gartenstühle. Ihre Sig steckte in einem Halfter mit Clipverschluss auf der rechten Seite ihrer Jeans. Sie hatte kräftige, braun gebrannte Arme. Das weiße T-Shirt war so grell, dass ich blinzeln musste.

»Ich muss bei dem bleiben, was sich mir direkt anbietet, und das sind Wozniak und Karen Garcia und wie sie miteinander in Verbindung stehen. Ich muss so viel wie möglich über Wozniak und DeVille herausfinden, außerdem das, was damals in dem Hotelzimmer passiert ist. Ich möchte den ballistischen Bericht, den Unfallbericht und alles, was das Dezernat Interne Ermittlungen rausbekommen hat.«

Sie hatte begonnen, mit dem Kopf zu schütteln, noch bevor ich fertig war. »Ich kann schon jetzt sagen, dass Sie die Akten der Internen Ermittlung vergessen können. Sie sind unter Verschluss. Sie bräuchten eine gerichtliche Verfügung.«

»Ich brauche Wozniaks Personalakte und DeVilles Fallakte. Ich werde mit Joe reden und hören, was er sagt.«

»Meinen Sie nicht, Sie verlangen zu viel?«

»Was soll ich tun?«

Sie nahm einen kräftigen Zug von ihrer Zigarette. »Nichts, denke ich. Ich werde ein paar Anrufe für Sie erledigen. Es könnte eine Weile dauern.«

»Ich wäre Ihnen sehr dankbar, wenn Sie das für mich tun, Samantha.«

Sie stützte sich mit den Ellbogen auf dem Geländer ab und blickte hinaus in den Cañon. »Ich habe eh nichts Besseres zu tun. Wissen Sie, was Bishop mir für eine Aufgabe gegeben hat? Nachfass-Anrufe zu den Raubfällen vom letzten Jahr. Wissen Sie, was das ist?«

»Nein.«

»Wir müssen sämtliche ungelösten Fälle der vergangenen drei Monate noch einmal aufrollen, um sie am Leben zu erhalten. Man ruft die zuständigen Detectives an, fragt, ob sie was Neues erfahren haben, sie sagen Nein, und das wird dann protokolliert. Jeder Bürotrottel könnte das machen.

Und jedes Mal, wenn ich Bishop sehe, schüttelt er nur den Kopf und geht weiter.«

Ich wusste nicht, was ich sagen sollte.

Sie zog noch einmal an der Zigarette und warf sie in ihr Saftglas.

»Es tut mir leid, Samantha.«

Sie sah mich an. »Ihnen muss überhaupt nichts leid tun.«

»Ich habe Sie in eine miese Lage gebracht, als ich zur Sonderkommission kam, genau so wie jetzt. Dafür entschuldige ich mich. Ich hätte Krantz nicht erzählen sollen, was ich über den Fall wusste oder dass wir uns einmal morgens in Ihrem Wagen unterhalten haben.«

»Alles kommt immer irgendwann raus. Ich bewege mich heute auf dünnem Eis, aber wenn ich damals gelogen hätte und es hinterher rausgekommen wäre, wäre ich jetzt mit Sicherheit vom Dienst suspendiert. Wie schon gesagt, wenn ich in genügend Ärsche krieche, lässt mich Bishop vielleicht dabeibleiben.«

Ich nickte.

Sie wandte ihren Kopf in meine Richtung. »Ich bin ein bisschen neben der Spur.«

»Weil Sie sich heute Morgen schon ein paar hinter die Binde gekippt haben?«

»Nein, weil ich genau das jetzt gerne tun würde.«

Sie blickte mich immer noch an.

»Ich habe nicht wegen dem Mist auf der Arbeit getrunken, Sie Blödmann.«

Während ich sie ansah, dachte ich, dass sie nicht hätte zu mir nach Hause kommen müssen. Sie hätte anrufen können. Mir fiel ein, dass sie bei mir geklingelt hatte, nachdem Lucy erst ein paar Minuten zuvor das Haus verlassen hatte.

Dolan lehnte über dem Geländer, das weiße T-Shirt fest über dem lang gestreckten Rücken gespannt. Sie sah gut aus. Sie merkte, dass ich sie beobachtete, und verlagerte ihr Gewicht, sodass ihr Hintern in Bewegung kam. Ich sah weg, doch es war nicht leicht. Ich dachte an Lucy.

»Elvis.«

Ich schüttelte den Kopf.

Dolan trat nah an mich heran, legte die Arme um meinen Hals und küsste mich. Ich schmeckte Zigaretten, Tequila und Mangos, aber ich wollte den Kuss erwidern. Vielleicht einen kurzen Augenblick lang tat ich es.

Dann löste ich ihre Arme von meinem Hals.

»Ich kann nicht, Samantha.«

Rasch trat Dolan einen Schritt zurück. Sie wurde feuerrot im Gesicht, dann drehte sie sich um und rannte durchs Haus hinaus. Kurz darauf heulte der BMW auf.

Ich berührte meine Lippen. Einen langen Moment blieb ich, in Gedanken versunken, auf der Terrasse stehen.

Dann ging ich hinein und rief Charlie Bauman an.

26

Charlie hörte mir wortlos zu, als ich erklärte, warum ich mit Pike reden wollte.

»Die Besuchszeit fängt um zehn an«, sagte er, als ich fertig war. »Sofern sie ihn nicht heute Morgen ins zentrale Männergefängnis bringen. Ich frage mal dort nach, dann rufe ich dich zurück.«

Der Kater kam die Treppe herunter und blickte mich an, während ich auf den Rückruf wartete. Er ging ins Gästezimmer, kam wieder zurück ins Wohnzimmer und sah mich erneut an.

»Sie ist weg«, sagte ich.

Er ließ sich auf die Seite fallen und leckte sich zwischen den Hinterbeinen. Kater.

Ich bekam Dolan nicht aus dem Kopf, und dass sie dort blieb, gab mir ein Gefühl von Schuld, wie ich sie nicht mehr gespürt hatte, seit ich zum ersten Mal einen Menschen getötet hatte. Dolan hatte über dem Geländer gelehnt und sich dann gegen mich gedrückt. Immer noch schmeckte ich ihre Zigarette. Ich ging in die Küche und trank ein Glas Wasser, doch der Geschmack blieb. Die Liebe, die ich für Lucy empfand, flammte zu etwas Grellweißem auf. Ich wünschte mir, sie wäre jetzt hier. Ich wollte sie festhalten und ihr sagen, dass ich sie liebte, und von ihr dasselbe hören. Ich wollte sie streicheln und den Trost ihrer Liebe spüren. Vor allem aber wollte ich mein Verlangen nach Samantha Dolan stoppen, doch ich wusste nicht, wie. Ich kam mir wie ein Verräter vor.

Eine Zeit lang sah ich zum Küchenfenster hinaus, dann wusch ich das Glas ab, räumte es fort und zwang mich, an meine Aufgaben zu denken.

Vier Minuten später rief Charlie zurück. Ich sollte mich mit ihm um elf in der Eingangshalle des Parker Centers treffen.

Ich nutzte die Zeit für die Suche nach Trudy und rief die Kfz-Zulassung an, um mir alle neuen Minivans, sortiert nach Farben, nennen zu lassen, die in den letzten zwei Monaten zugelassen oder umgemeldet worden waren. Ich sagte, ich sei nur an schwarzen Fahrzeugen interessiert. Es gab achtundzwanzig Treffer. Leider konnte man mir die Informationen nicht zufaxen, sondern nur per Post schicken. Die Verwaltung bei der Arbeit. Danach verbrachte ich fast zwei Stunden am Telefon mit dem FBI, den United States Marshals und den L.A. County Sheriffs. Die meiste Zeit hing ich in der Warteschleife, erfuhr aber schließlich, dass in den vergangenen drei Monaten kein neues Modell eines schwarzen Minivans gestohlen worden war. Ich veranlasste, dass die Namen von Trudy und Matt durch die VICAP- und NCIC-Computer der Polizeibehörden gejagt wurden, die aktuelle Steckbriefe aus dem ganzen Land sowie eine Datenbank vermisster oder entführter Kinder und Jugendlicher enthalten. Als ich gefragt wurde, warum ich mich dafür interessierte, verschwieg ich die Sache mit Pike, sondern erzählte, ich würde für die Eltern arbeiten. Auf diese Weise waren alle viel kooperationsbereiter, doch sie erzählten mir auch alle das Gleiche: Ohne Nachnamen war die Chance, verwertbare Informationen zu finden, sehr gering.

Ich kam überpünktlich am Parker Center an. Auf dem Weg hinein warf ich einen raschen Blick auf die Raucher, die vor dem Gebäude auf dem Gehweg standen. Dolan war nicht dabei. Ob sie wohl gerade die Akten besorgte, um die ich sie gebeten hatte? Würde sie es überhaupt noch tun? Dann kam mir in den Sinn, dass ich vielleicht aus einem ganz anderen Grund dort hinübersah – das Schuldgefühl, das in mir aufkeimte, war bitterer als Kaffee.

Obwohl ich so früh hier war, stand Charlie Bauman bereits in der Eingangshalle. »Du siehst beschissen aus«, sagte er. »Was ist los?«

»Nichts, verdammt.«

»Genau das, was ich brauche – Haltung.«

Ein übergewichtiger Polizist mit rotem Gesicht führte uns durch einen Flur in ein Besprechungszimmer. Fünf Minuten lang saßen Charlie und ich nebeneinander, ohne ein Wort zu wechseln, während wir auf Joe warteten. Joe trug denselben blauen Overall wie das letzte Mal, hatte aber die Ärmel hochgekrempelt. Die Venen an seinen Handgelenken und Unterarmen quollen heraus, als sei er gerade beim Training unterbrochen worden.

Der gleiche schwarze Polizist mit Gewichtheberarmen, der Joe zur Gegenüberstellung gebracht hatte, führte ihn jetzt zu uns ins Zimmer. »Wirst du schön brav sein?«

»Ja.«

Pike trug Hand- und Fußfesseln. Der Polizist löste die Handschellen und steckte sie ein.

»Die an den Füßen muss ich dranlassen.«

Pike nickte. »Danke für die an den Händen.«

Als der Polizist gegangen war, lächelte ich. Joe blinzelte nicht mehr. Er hatte sich an das Licht gewöhnt.

»Hast du Trudy gefunden?«, fragt Pike.

»Noch nicht.«

»Wie kommt's, dass du mich noch nicht befreit hast?«

»Das wäre zu einfach. Ich mach's lieber auf die komplizierte Tour und versuche rauszukriegen, wer dir die Suppe eingebrockt hat.«

Charlie beugte sich vor, als wollte er über den Tisch krabbeln. »Cole denkt, dass vielleicht derjenige, der Dersh umgepustet hat, über Karen Garcia auch mit dir in irgendeiner Verbindung steht. Kann sein, dass es derselbe Kerl ist, der sie umgebracht hat.«

Pike sah mich an. Vielleicht zeigte er Neugier, aber bei ihm wusste man nie.

»Wer auch immer Dersh umgebracht hat, hasst dich so sehr, dass er sich verkleidet hat, um so auszusehen wie du, und sogar einen .357 benutzt hat«, erklärte ich. »Das heißt, er kennt dich oder hat sich zumindest die Mühe gemacht, alles Nötige über dich zu erfahren.«

Pike nickte.

»Wenn er dich so sehr hasst, warum wartet er bis jetzt, und warum bringt er Dersh um, um es dir anzuhängen? Warum geht er nicht auf direkte Konfrontation?«

Pikes Mund zuckte. »Weil er nicht kann.«

Charlie rollte mit den Augen. »Ich hätte meine Gummistiefel anziehen sollen. Das Testosteron hier drin steht schon bis zur Hochwassermarke.«

Ich führte aus, was ich mir zu dem zeitlichen Ablauf und den Übereinstimmungen überlegt hatte. »Er hat das alles ausgeklügelt, Joe. Schon bevor die Sache mit Dersh an die Öffentlichkeit kam. Vielleicht schon bevor Karen umgebracht wurde. Er will dich nicht umbringen. Er will dich bestrafen. Dieser Kerl hegt seit langer Zeit einen Groll, und jetzt sieht er die Möglichkeit, seine Pläne umzusetzen. Deswegen frage ich mich, ob es nicht auch eine Verbindung zu Karen gibt.«

Als Pike den Kopf neigte, strahlten seine ruhigen blauen Augen einen neuen Zug aus: Tiefgründigkeit.

»Er muss nicht mit Karen in Verbindung stehen. Ich habe zweihundert Menschen eingesperrt.«

»Wenn es ein x-beliebiger Typ ist, warum dann hier und jetzt? Dann könnten wir das mit den Übereinstimmungen vergessen, aber das glaube ich einfach nicht.«

Charlie lächelte wie ein Wolf und nickte. Er fand langsam Geschmack an der Sache. »Er hat recht.«

»Leonard DeVille«, sagte Pike.

Der Mann, den Wozniak an dem Tag verhaften wollte, als er starb.

»Wer?«, fragte Charlie nach.

Wir erzählten es ihm.

»Wir haben DeVille erwischt, aber er war auch der Grund, warum Karen und ich uns kennengelernt haben. Woz und ich sind zu ihr gefahren, weil sie die Polizei wegen einem verdächtigen Pädophilen angerufen hat. Woz dachte, es könnte DeVille gewesen sein.«

»Dann ist es vielleicht DeVille«, meinte Charlie.

Joe schüttelte den Kopf. »DeVille ist im Gefängnis gestorben. Ein Kerl, der wegen Gruppenvergewaltigung saß, hat ihm, als er schon zwei Jahre im Knast war, die Kehle durchgeschnitten.« Kinderschänder überleben im Gefängnis nicht lange.

»Gut«, erwiderte ich. »Was ist mit Wozniak? Vielleicht kommen wir durch ihn auf eine Spur.«

»Nein.«

»Denk nach.«

»Woz ist auch tot, Elvis. Da gibt's nichts zum Nachdenken.«

An der Tür wurde zweimal fest geklopft. Charlie rief, sie könnten hereinkommen.

Es waren Krantz und Robby Branford.

Krantz warf Charlie einen mürrischen Blick zu, als er dessen Zigarette sah. »Hier drin ist Rauchen verboten, Charlie.«

»Tut mir leid, Detective. Ich mache sie gleich aus.« Charlie nahm noch einen Zug und blies den Rauch in Branfords Richtung. »Haben Sie vor, ohne mich mit meinem Mandanten zu reden, Robby?«

Branford wedelte verärgert mit der Hand den Rauch weg. »Man hat mir gesagt, dass Sie hier sind. Wenn Sie nicht hier wären, hätte ich Sie angerufen. Sie werden sich mit diesen Dingern noch selber umbringen, Charlie.«

»Ja«, meinte Charlie nur.

Weder mir noch Charlie gefiel, wie sie uns anschauten.

»Was ist?«, fragte er. »Ich bin mit meinem Mandanten mitten im Gespräch.«

Robby Branford zog ein kleines ledernes Notizbuch heraus und blickte hinein. »Heute Morgen um sieben Uhr zweiundzwanzig wurde ein Transvestit namens Jesus Lorenzo tot in einer öffentlichen Toilette im MacArthur Park aufgefunden. In der Wunde wurden eine Kugel Kaliber .22 sowie weiße Plastikrückstände gefunden. Todeszeit etwa drei Uhr heute Morgen.«

Er schlug das Notizbuch zu, steckte es weg und sah Pike an.

»Einen Tag, nachdem Sie Dersh umgebracht haben.«

Ich lehnte mich zurück und schaute Krantz an. »Dann hat Dersh also Karen Garcia und die anderen nicht umgebracht«, stellte ich fest.

»Und was hat das Ganze mit uns zu tun?«, wollte Charlie Bauman wissen. »Wollt ihr Pike diesen Mord auch unterschieben?«

Branford schüttelte den Kopf. »Nein, den nicht. Es ist schon schlimm, wenn jemand das Gesetz in die eigene Hand nimmt, um sich zu rächen, aber es ist noch schlimmer, wenn er Mist baut und den Falschen umbringt.«

»Pike hat niemanden umgebracht«, wehrte Charlie ab.

»Das lassen wir die Geschworenen entscheiden. Ich wollte Sie in der Zwischenzeit nur auf dem Laufenden halten.«

»Worüber?«

»Nächsten Monat bei der Anklagevernehmung plädieren wir auf besondere Umstände. Wir plädieren für die Todesstrafe.«

Unter Charlies linkem Auge begann es zu zucken. »Das ist doch Schwachsinn, Robby.«

Branford zuckte mit den Schultern. »Dershs Verwandte

sehen das vielleicht anders. Wir würden gerne nach dem Essen mit Ihrem Mandanten reden. Warum setzen wir beide uns nicht zusammen und legen einen Termin fest, wenn Sie hier fertig sind?«

Ich starrte Krantz immer noch an, und Krantz starrte zurück.

»Werden Sie gegen Krantz ein Verfahren eröffnen, weil er zugelassen hat, dass ein Unschuldiger getötet wurde?«

Branford ging hinaus, ohne zu antworten, doch Krantz blieb in der Tür stehen.

»Ja, Dersh war der Falsche«, sagte er. »Damit muss ich leben. Aber ich habe immer noch Pike.«

Dann schloss er die Tür hinter sich.

Sonntagnachmittag bei den Wozniaks

»Halt dich ganz fest«, sagte Pike.

Evelyn Wozniak, neun Jahre alt, hielt seine ausgestreckte Hand so fest, wie sie konnte.

»Ich wette, du kannst mich nicht hochheben! Ich bin zu groß!«

»Das werden wir sehen.«

»Lass mich nicht fallen!«

Joe hob sie mit ausgestreckten Armen hoch und drehte sich langsam im Kreis. Das Mädchen kreischte.

Abel Wozniak rief vom Grill. »Evie, sag deiner Mutter, ich brauche noch mehr Wasser für die Sprühflasche. Beeil dich, sonst verbrennt mir noch das Hühnchen.«

Pike ließ Evelyn wieder auf den Boden. Rot im Gesicht und

außer Atem rannte sie ins Haus. Vor ein paar Minuten hatten Joe und Abel einen Klapptisch auf die überdachte Veranda gestellt, während Karen und Paulette von drinnen Geschirr und frische Getränke geholt hatten. Jetzt hatte es sich Joe auf dem Gartenstuhl unter dem großen Sonnenschirm bequem gemacht und trank sein Bier. Auf der anderen Seite der Wiese stach Abel in das Hühnchen und verfluchte die heißen Kohlen.

Joe war schon immer von Abels Garten angetan gewesen. Er war schlicht und sauber. Die Wozniaks bewohnten ein bescheidenes Häuschen hier in San Gabriel, wo viele Polizisten mit ihren Familien lebten. Beide, Abel und Paulette, gaben sich alle Mühe, damit das Grundstück hübsch aussah. Das merkte man, und Joe kam sonntagnachmittags immer gerne hier heraus zum Essen.

Wieder fluchte Abel über die Kohlen, rief, dass er das verdammte Wasser bräuchte, dann deckte er den Grill ab, ging zu Joe hinüber und setzte sich. Auch er hielt ein Bier in der Hand. Es war nicht sein erstes.

»Bist du immer noch dabei?«, fragte Joe.

»Arschloch. Du hast ja keine Ahnung, wovon du redest.« Abel blickte auf den Rauch, der aus dem Grill quoll.

»Ich bin dir gefolgt, Woz. Ich habe dich mit den Chihuahua-Brüdern gesehen. Ich habe dich mit diesem Mädchen gesehen. Ich weiß, was los ist.«

Wozniak nahm eine Zigarette aus der Schachtel, die auf dem Boden neben seinem Stuhl lag, und zündete sie an. »Warum tust du das bloß?«, wollte Wozniak wissen.

»Ich kann nicht zulassen, dass das so weitergeht.«

»Ich bin dein Partner, verdammt noch mal.«

Joe leerte sein Bier und stellte die leere Flasche ins Gras.

Karen kam mit einer großen Schüssel Kartoffelsalat heraus, gefolgt von Paulette, die die Sprühflasche und ein Tablett mit Besteck und Servietten mitbrachte. Abel ging kurz zum Grill und besprühte die Kohlen mit dem Wasser, die Frauen waren mit Tischdecken beschäftigt.

»Dieses blöde Hühnchen sieht total beschissen aus«, murmelte Wozniak.

»Ich meine, was ich sage, Woz. Lange kann ich das nicht mehr mit ansehen.«

Nervös schnippte Woz an seiner Zigarette. »Ich habe Verpflichtungen.«

»Deswegen stelle ich dich vor die Wahl.«

Wozniak beugte sich so weit vor, dass der Stuhl nach vorne kippte. »Meinst du, mir gefällt das? Meinst du, ich will, dass es so läuft? O Mann, ich habe das Gefühl, ich stecke in einem Schraubstock.«

Karen warf Joe ein strahlendes Lächeln zu. Joe winkte zurück. Auch Paulette lächelte und winkte. Sie konnten nicht hören, worüber die Männer sprachen.

»Ich weiß, dass es ein Schraubstock ist. Ich versuche doch nur, dir zu helfen.«

»Blödsinn.«

»Du hast keine Wahl.«

Wozniak beobachtete die beiden Frauen, dann sah er Joe an. »Glaub nicht, dass ich nicht wüsste, was du für sie empfindest.«

Pike schwieg.

Wozniak nickte. »Ich habe gemerkt, dass du dich für Paulette interessierst. So eine tolle Frau wie Karen – und du interessiert dich für meine Frau.«

Pike erhob sich und sah auf seinen Partner hinunter.

»Du wirst kündigen, Woz. Und zwar schon bald.«

»Ich warne dich, du Dreckskerl. Wenn du dich nicht zurückhältst, wird einer von uns sterben.«

Paulette und Karen waren zum Grill gegangen, wo sie missmutig auf das Hühnchen blickten. »Abel!«, rief Paulette. »Ich glaube, das Huhn ist tot!«

Abel Wozniak hielt seinen Blick noch einen Moment auf Joe gerichtet, dann stapfte er zum Grill.

Pike beobachtete die drei, doch bald sah er nur noch Paulette. Es war, als würde alles andere um ihn herum verschwinden, bis nur noch sie übrig blieb.

Seit seiner Kindheit hatte er ein solches Gefühl nicht mehr gehabt.

27

Als ich das Parker Center wieder verließ, standen noch mehr Raucher draußen und beobachteten die ankommenden Pressefahrzeuge. Von der Anzahl der Polizisten auf dem Bürgersteig zu schließen, konnten nicht mehr viele im Gebäude sein. Samantha Dolan war nicht dabei, ebenso wenig wie Stan Watts. Die Hälfte der Typen war vielleicht vom Dezernat Interne Ermittlungen, von denen die meisten nicht rauchten, sondern sich wahrscheinlich die Namen derjenigen notierten, die einen Glimmstängel in der Hand hielten.

Ich ging hinunter zum überdachten Parkplatz, um nach Dolans BMW zu sehen. Nachdem ich ihn dort entdeckt hatte, ging ich zurück zum Münztelefon in der Eingangshalle und rief sie an. Nach dem zweiten Klingeln hob sie ab.

»Dolan.«

»Ich bin's.«

»Ich bin gerade beschäftigt. Ich möchte nicht reden.«

»Aber ich möchte mit dir reden. Ich bin unten, und ich brauche diese Akten.«

Sie senkte die Stimme. »Ich komme mir etwas gedemütigt vor, kannst du das verstehen? Normalerweise … mache ich solche Sachen wie heute Morgen nicht.«

»Ja, das verstehe ich. Ich komme mir selbst ein bisschen komisch vor.«

»Du hast ja keinen Korb bekommen.«

»Ich bin mit jemandem zusammen, Samantha. Das habe ich dir gesagt.« Ich hatte das Gefühl, als müsste ich mich rechtfertigen.

»Die kleine Frau.«

»Sag nicht kleine Frau zu ihr. Auch Lucy kann knallhart sein und dir ordentlich in den Arsch treten.«

Darauf erwiderte Dolan nichts.

»Das war ein Scherz, Dolan.«

»Ich weiß. Ich habe nichts gesagt, weil ich grinsen musste.«

»Oh.«

»Vielleicht fordere ich sie heraus, und wir werden sehen, wer mehr Stehvermögen hat.«

»Hast du was über die Akten rausgefunden, die ich wollte?«

»Ich kann gerade nicht so gut reden. Weißt du von dem neuen Opfer?«

»Ich war bei Pike, als Krantz und Branford damit reinplatzten. Könntest du zu deinem Wagen runterkommen? Ich brauche echt deine Hilfe, aber ich hätte gerne, dass deine Gefühle mir gegenüber und diese Sache hier nicht durcheinander geraten.«

Ihre Antwort kam eiskalt. »Ich glaube, ich schaffe es, nicht durcheinander zu kommen.«

»Samantha.«

Aber sie hatte bereits aufgelegt.

Dolan stand an der Einfahrt zur Garage und beobachtete

die Pressefahrzeuge. Sie rauchte nicht, aber vor ihrer Schuhspitze lag ein zertretener Zigarettenstummel. Wahrscheinlich würde sie sich gleich die nächste anzünden. Und die Akten hatte sie auch nicht dabei.

»Die werden die Sache jetzt bestimmt gewaltig aufbauschen«, sagte sie.

»Ja. Wie geht's denn so?«

Ein kühler Blick in meine Richtung. »Du meinst, ob mein Ego deine Zurückweisung überlebt hat oder ob ich den Verlust meines Selbstwertgefühls beweine?«

»So abgebrüht wie du ist sonst keine, oder?«

Sie drehte sich um und ging zu ihrem BMW. Ich folgte ihr.

»Also, ich habe Folgendes rausgefunden: Wozniak ist vor so langer Zeit gestorben, dass der Polizeibezirk Rampart keine Akten mehr hat. Sie wurden ins Zentralarchiv an der Union Station gebracht.«

»Im Computer habt ihr nichts?«

»Wir sind beim LAPD, Weltbester. Wir pfeifen auf Computer.«

Ich nickte.

»Das Dezernat Interne Ermittlungen hat sein eigenes Archiv und sein eigenes Verfahren, um die Akten freizugeben. Vergiss es. Aber im Zentralarchiv ist es anders. Dort haben wir eine Chance.«

»Gut.«

»Ich habe mit einem Detective geredet, den ich drüben in Rampart kenne. Er hat gesagt, mit den DeVille-Akten ist es ziemlich ähnlich gelaufen. Nachdem DeVille im Gefängnis gestorben war, haben die Detectives von der Sitte in Rampart den Fall eingetütet und ins Zentralarchiv geschickt. Wir könnten die Akten aus dem Fallarchiv des Bezirksstaatsanwalts bestellen, aber das ist gar nicht nötig.«

»Du hast eine Möglichkeit, an die Akten ranzukommen?«

»Ich bin fast jeden Tag dort, um diese Nachfassanrufe zu erledigen, aber trotzdem können wir nicht einfach hingehen und die Sachen mitnehmen. Verstehst du?«

»Was werden wir also tun?«

»Sie klauen. Bist du dabei?«

»Ja.«

»Schön, dass du wenigstens bei etwas mitmachst.«

Das Archiv des Los Angeles Police Departments befindet sich in einem alten roten Backsteingebäude in einem Industriegebiet gleich südlich des Rangierbahnhofs. Die Backsteine sahen verstaubt aus. Wahrscheinlich hätte das Gebäude niemals eine Inspektion auf Erdbebensicherheit überstanden, würde es nicht dem LAPD gehören. An solchen Orten verbrachte man die meiste Zeit damit, seine Angst vor größeren Erdstößen zu unterdrücken.

Dolan parkte ihren BMW in einiger Entfernung zu den anderen Autos und führte mich durch eine schlichte graue Tür in einen kurzen Flur.

»Heiß hier«, stellte ich fest.

»Die Klimaanlage muss schon wieder ausgefallen sein. Hör mal, tu uns den Gefallen und sag nichts. Nur ich rede.«

Ich gab keine Antwort.

»Und?«

»Du hast gesagt, ich soll nichts sagen.«

»Versuch nicht, den Schlaumeier zu spielen. Das würde danebengehen.«

Ein übergewichtiger Zivilangestellter namens Sid Rogin blätterte hinter seinem Empfangsschalter in einer Zeitschrift. Er war über sechzig, hatte schütteres, dünnes Haar und ein Glasauge. Er schien aufzublühen, als er Dolan sah, und legte die Zeitschrift zur Seite. Er schwitzte und versuchte sich mithilfe eines kleinen Ventilators Linderung zu verschaffen. Doch das war vergebliche Liebesmüh – ein schwanzwedelnder Chihuahua hätte mehr Luft zum Zirkulieren gebracht.

»He, Sammy, was ist los? Sie lassen dich immer noch diese Nachfassanrufe machen?« Der Mittelklasse-Weiße, der versucht, einen auf Schwarz zu machen.

Dolan warf ihm ein gewinnendes Lächeln zu. Ich denke, jeden anderen, der sie Sammy genannt hätte, hätte sie auf der Stelle niedergeknallt. »Ja, immer derselbe Scheiß. Wir müssen wegen einem verstorbenen Polizisten und wegen einem Gauner recherchieren, gegen den er ermittelt hat. Der Gauner heißt Leonard DeVille und ist auch tot.«

Rogin drehte das Empfangsbuch in ihre Richtung. »Namen und Dienstnummern. Über welchen Zeitraum reden wir hier bei dem Gauner?«

Sie schnappte sich seinen Stift und blickte zu mir. »Weiß ich schon. Kein Problem.« Sie nannte Rogin das Datum, an dem DeVille gestorben war.

»Nimmst du die Akten mit raus?«

»Wenn wir Glück haben, nicht. Wir müssen bloß ein paar Daten überprüfen.« Wieder dieses breite Lächeln. »Ich denke, mein Partner hier könnte die Akte des Polizisten durchsehen, während ich mich um die von dem Gauner kümmere. Da sparen wir alle ein bisschen Zeit.«

»Gut. Kommt hier nach hinten.«

Dolan und ich folgten Rogin durch eine Reihe von Räumen voller Lagerhausregale mit verstaubten Pappkartons.

»Wie hieß der Polizist?«

»Stuart Vincent.« Sie buchstabierte Vincent.

»Prima. Polizisten auf diesem Stock. Wir zwei müssen hoch in den zweiten Stock zu den Verbrechern.«

»Null Problemo.«

Wir folgten Rogin durch die langen Gänge. Diese vielen schäbigen Kartons wirkten auf mich eher wie kleine Grabnischen.

Wir bogen in einen Bereich ein, dessen Reihen mit *T-Z* gekennzeichnet waren. »Hier geht's rein, *V* wie in Vincent.« Auf sechs Kartons stand jeweils ein V. Er zog denjenigen heraus, der die Namen enthielt, die mit *Vi* begannen. »Sie brauchen die Akten nur durchzusehen?«

Dolan sah mich an und nickte.

»Ja, genau«, sagte ich.

Rogin nahm den Deckel ab und zog einen dicken Stapel Akten heraus, der mit einer Schnur zusammengehalten wurde. Er runzelte die Stirn. »Boh, die ist ja richtig dick, Sammy. Musst du das ganze Ding durchlesen?«

»Du wirkst ziemlich beschäftigt, Sid. Tut mir leid, falls ich dir auf den Keks gehe.«

»Nein, das ist es gar nicht. Es sollen nur keine Leute hier hinten bleiben.«

Dolan hob eine Augenbraue und erstarrte. »Also, Sidney, dann denke ich, dass ich lieber wieder ins Parker Center zurückgehe und hier anrufen lasse.« Sie wartete seine Reaktion ab.

»Quatsch, das brauchst du nicht. Es ist nur so, dass ich wieder raus- und den Eingang bewachen muss.«

»Das ist doch kein Problem. Ich werde hier fertig sein, bevor ihr zwei aus dem zweiten Stock wieder zurück seid«, beruhigte ich ihn.

»Sind Sie sicher?«

»Absolut.«

Dolan klopfte Sid auf die Schulter und grinste ihn wieder an. »Machen wir's doch so, Sid. Beeilen wir uns, dass wir aus dieser verdammten Hitze rauskommen.«

Ich tat so, als interessierte ich mich für die Akte Vincent, bis ich keine Schritte mehr hörte, dann suchte ich den Gang nach dem Buchstaben *W* ab. Es waren zwölf Kartons, auf dem achten und neunten stand *Wo*.

Wir hätten nach Wozniaks Akte fragen und deren Herausgabe beantragen können, aber wir wollten nichts Schriftliches hinterlassen, das Dolan mit unseren Aktivitäten in Verbindung bringen würde. Sie hatte schon genug Ärger am Hals, und falls etwas schieflaufen würde, wollte ich nicht, dass ihr noch mehr passierte.

Ich zog Wozniaks Akte heraus und schob die anderen Schachteln wieder zurück in die Reihe.

Wozniaks persönliche Akte war zu dick, um sie mir unters Hemd zu stecken, doch das meiste interessierte mich ohnehin nicht. Ich zog die Liste heraus, auf denen die Partner samt Dienstnummer aufgezeichnet waren, die vor Pike mit Wozniak auf Streife gefahren waren, dann blätterte ich zurück, wo der Anfang seiner Karriere dokumentiert war.

Hier zog ich die Liste mit seinen Ausbildern heraus. Wozniak war ein vorbildlicher Polizist gewesen: Zweimal war ihm die *Medal of Valor* verliehen, zwölf Belobigungsurkunden waren erwähnt und ein halbes Dutzend Mal war er für seine Arbeit in Schulen und mit schwierigen Jugendlichen ausgezeichnet worden. Die Liste der Verhaftungen war mehrere Seiten lang und führte den Namen des Verhafteten, das Datum der Verhaftung und den Tatvorwurf auf. Diese Seiten riss ich heraus und steckte sie zusammengefaltet in meine Jackentasche. Der nächste Teil enthielt die Disziplinarverfahren. Ich hatte nicht die Absicht gehabt, sie durchzulesen, doch dann sah ich, dass Abel Wozniak sechs Wochen vor seinem Tod zweimal zum Dezernat Interne Ermittlungen zitiert worden war. Der Beamte, der die Ermittlungen durchgeführt hatte, war ein gewisser Detective Harvey Krantz gewesen.

»Verdammt«, murmelte ich.

Außer der Anmerkung, dass die Ermittlungen eingestellt worden waren, und dem Datum fand ich darüber keine weiteren Informationen.

Krantz.

Auch diese Seite riss ich heraus und steckte sie zu den anderen.

»He, Kollege«, rief Dolan den Gang entlang. »Ich hoffe, du bist fertig. Wir müssen hier raus.«

Ich verstaute den Rest der Akte in der Schachtel, die ich wieder ins Regal schob, dann huschte ich zurück zu den *V*s. Genau in dem Moment, als Dolan und Rogin um die Ecke bogen, schnappte ich mir die Akte Vincent.

»Hast du gefunden, was du brauchst?«

»Ja, und du?«

Langsam schüttelte sie den Kopf.

»DeVilles Akte ist nicht hier.«

Ich hob die Augenbrauen. »Wo ist sie?«

Rogin winkte ab. »Wahrscheinlich hat sie jemand anderes rausgeholt. Wollt ihr, dass ich nachsehe?«

»Wenn's Ihnen nichts ausmacht«, meinte ich. »Vielleicht kann ich den Kerl anrufen und von ihm bekommen, was ich brauche.«

Wir folgten ihm zurück zum Empfangsschalter und warteten, während er durch einen kleinen Karteikasten blätterte. Er kratzte sich am Kopf, überprüfte ein paar Zahlen, die er sich auf einen kleinen Block notiert hatte, und runzelte die Stirn. »Mist, sie ist nicht da. Wenn sie rausgeholt wurde, müsste hier eine Ausleihkarte drin sein. Ist aber keine da.«

»Lässt sich sagen, wie lange die Akte schon weg ist?«

»Ohne Karte nicht. Das ist völlig bescheuert.«

Dolan sah wieder zu mir, dann zog sie an meinem Arm.

»Vielleicht hast du sie nur falsch einsortiert, Sid. Ist nicht so schlimm.«

Auf dem Weg zu ihrem Wagen sagte sie: »Ich glaube nicht an Zufälle.«

»Meinst du, jemand hat die Akte mitgehen lassen?«

»Ich meine, ich glaube nicht an Zufälle. Aber wir können uns die Akte trotzdem besorgen. Die Staatsanwaltschaft hebt auch alle Fallakten auf. Ich kann sie von dort anfordern.«

»Wie lange wird das dauern?«

»Ein paar Tage. Nur nicht verzagen, Weltgrößter. Was hast du gefunden?«

»Ein paar Namen und die Liste seiner Ehrungen. Und dann noch was ganz anderes.« Ich erzählte ihr von dem Hinweis auf die Ermittlungen, die gegen Wozniak geführt und von Krantz geleitet worden waren.

Dolan ließ ein Zischen hören. »O Mann, das ist das Dezernat Interne Ermittlungen. Krantz kann man nicht einfach fragen.«

Wir stiegen in ihren Wagen. Das Leder war so heiß, dass es durch meine Hose brannte. Dolan hob ihren Hintern an.

»Ich hätte keine schwarzen Sitze nehmen sollen.«

Sie startete den Motor und schaltete die Klimaanlage an, legte aber den Gang nicht ein.

Ich zog die Seiten raus und überflog die Liste mit den Verhaftungen, landete aber schließlich wieder bei der Seite mit dem Disziplinarverfahren und den beiden Treffen mit Krantz. »Wenn ich die Akten nicht bekomme und Krantz nicht fragen will, dann gibt es vielleicht einen anderen, an den ich mich wenden kann.«

Sie streckte ihre Hand nach den Blättern aus. »Diese Seiten nutzen uns einen Scheißdreck.«

»Stimmt.«

»Dort steht nicht, ob er derjenige war, gegen den ermittelt wurde, oder ob er zu den Ermittlungen gegen jemand anderes verhört wurde.«

»Nö.«

Sie reichte mir das Blatt zurück. Nach einer kurzen Bedenkzeit zog sie ihr Mobiltelefon raus und tippte eine Nummer ein.

»Warte.«

Sie führte drei Telefonate und redete fast zwanzig Minuten. Zweimal machte sie sich Notizen. »Dieser Typ könnte dir behilflich sein. Er war Beamter beim Dezernat Interne Ermittlungen, als Krantz auch dabei war.«

»Wer ist es?«

Sie reichte mir das Blatt. »Mike McConnell. Er ist jetzt in Pension und wohnt draußen in Sierra Madre. Das ist seine Nummer. Er betreibt Wiesenbau.«

»Wiesenbau.«

»Er züchtet Gras.«

»Ich weiß, was das bedeutet.«

»Ich war mir nicht sicher. Manchmal bist du ein bisschen dumm.«

Sie drückte das Gas durch, ließ den Motor aufheulen und fuhr mich zurück zu meinem Wagen.

28

Sierra Madre ist eine ruhige Gemeinde in den Ausläufern des San-Gabriel-Gebirges östlich von Los Angeles. Alte grüne Bäume säumen die Straßen, und die Kinder auf ihren Fahrrädern brauchen keine Angst zu haben, aus vorbeifahrenden Autos erschossen zu werden. Die Stadt ist friedlich und ländlich, ein Bild, das Los Angeles verloren hat, nachdem die Stadtplaner im Rathaus die Macht ergriffen hatten. Hier wurden auch alle Außenaufnahmen von Don Siegels *Die Dämonischen* gedreht. Bis jetzt habe ich hier noch keine seelenlose menschliche Hülle entdeckt, aber ich halte die Augen offen. Weiter im Westen, in L.A., gibt es haufenweise davon.

Mike McConnells Wiesenhof lag auf einer ausgedehnten Ebene in der Nähe des Eaton-Cañon-Reservoirs. Der Stausee ist seit Jahren ausgetrocknet, und die Grundstücke, die unterhalb des Sees liegen, wurden an Farmer und Pflanzschulen verpachtet, die den Boden gut zu nutzen wissen. Modellflugzeugbauer lassen ihre winzigen Maschinen über dem ungenutzten Land fliegen, das knochentrocken und voller Gestrüpp ist, aber die bewässerten Parzellen sind üppig bewachsen mit Blumen, einjährigen Pflanzen und Gras.

Ich bog von der asphaltierten Straße ab und folgte einem Kiesweg zwischen flachen grünen Feldern mit Buffalo-,

Bahia-, St.-Augustine- und Bermuda-Gras sowie anderen Grassorten, die ich nicht kannte. Die Sprinkleranlagen, mit denen die Felder übersät waren, sahen aus wie stählerne Vogelscheuchen, und die Luft roch nach Düngemittel. Hier, so hoffte ich, würde ich ein Feld mit diesen pulsierenden, seelenlosen Hüllen finden, doch stattdessen traf ich auf das Verkaufszentrum, das aus einem Wohnwagen und einer großen Metallhütte inmitten einer Gruppe dürrer Eukalyptusbäume bestand. Wo Leben ist, ist auch Hoffnung.

Drei Latinos saßen lachend auf der Ladefläche eines Ford Pick-up und aßen Sandwichs. Sie waren schmutzig von ihrer Arbeit auf den Feldern und braun gebrannt von der Sonne. Sie lächelten freundlich, als ich vorfuhr und ausstieg. Ein dünner brauner Hund lag hinten unter der Ladefläche des Pick-up. Auch er sah mich an.

»Señor McConnell?«, fragte ich.

Der Jüngste der drei nickte zum Wohnwagen, neben dem ein neueres Cadillac-Modell zwischen den Bäumen stand. »Er ist da drin. Wollen Sie, dass ich ihn hole?«

»Ist schon in Ordnung. Danke.«

McConnell kam heraus, als meine Schritte über den Kies knirschten. Er war über sechzig, und sein dicker Bauch hing über der khakifarbenen Hose. Er hatte Arbeitsstiefel an. Bei dem aufgeknöpften Hawaiihemd hatte man den Eindruck, McConnell war stolz auf seinen Bauch. In einer Hand hielt er eine Flasche Negro-Modelo-Bier, die andere reichte er mir. »Mike McConnell. Sie sind Mr. Cole?«

»Ja, Sir. Bitte nennen Sie mich Elvis.«

Er lachte. »Weiß nicht, ob ich das kann, ohne zu grinsen.«

Tja, was soll man dazu sagen?

»Ich würde Sie ja hereinbitten, aber drinnen ist es heißer als draußen. Möchten Sie ein Bier? Ich habe aber nur diesen mexikanischen Mist.«

»Nein, Sir. Trotzdem danke.«

Eine schlanke *chicana*, die nicht älter als zwanzig sein konnte, erschien in der Tür des Wohnwagens und sah ihn mürrisch an. Sie trug ein dünnes bedrucktes Baumwollkleid und war barfuß. Schien wirklich heiß da drin zu sein.

»No me hagas esperar«, sagte sie. *»No me gusta estar sola.«*

McConnell warf ihr einen empörten Blick zu. *»Cuidado con lo que dices o te regreso a Sonora.«*

Sie streckte ihre Zunge raus und zog sich schmollend in den Wohnwagen zurück. Die Jungs auf dem Pick-up stupsten sich gegenseitig an.

McConnell zuckte entschuldigend mit den Schultern. »Sie ist jung.«

Er führte mich zu einem Tisch aus Redwood-Holz, der im Schatten zwischen den Eukalyptusbäumen stand, und nahm einen Schluck von seinem Bier. Die Tätowierungen auf seinem rechten Unterarm, ein USMC-Globus und ein Anker, waren so verblasst, dass sie wie Tintenkleckse aussahen. »Heute Abend gehen zweitausend Quadratmeter St.-Augustine-Gras an einen Chinesen in San Marino. Falls Sie unbedingt St.-Augustine-Gras brauchen, kann ich Ihnen leider nicht dienen, aber ich habe zwölf andere Grassorten. Was schwebt Ihnen denn so vor?«

Ich reichte ihm meine Karte. »Tut mir leid, dass ich nicht ehrlich zu Ihnen war, Mr. McConnell. Dafür entschuldige ich mich, aber ich muss Ihnen ein paar Fragen zu einer Untersuchung des Dezernats Interne Ermittlungen stellen, die unter Ihrer Aufsicht liefen. Ich hoffe, Sie werden mit mir darüber reden.«

Er las die Karte, dann legte er sie auf den Tisch. Er griff nach hinten, als wollte er sich ein Taschentuch holen, brachte aber eine kleine schwarze .380 Automatik zum Vorschein. Er zielte nicht auf mich, sondern hielt sie nur in der Hand.

Die Männer auf dem Pick-up hörten auf zu essen.

»Eine Lüge ist ein schlechter Anfang, mein Sohn. Haben Sie auch eine?«

Ich versuchte nicht auf die Waffe zu sehen. »Ja, Sir, unter meinem linken Arm.«

»Ziehen Sie sie mit der linken Hand heraus. Mit nur zwei Fingern. Wenn ich mehr als zwei Finger auf dem Metall sehe, knalle ich Sie ab.«

Ich tat, wie er mir befohlen hatte. Zwei Finger.

»Halten Sie sie so von Ihrem Körper weg, als würde sie stinken. Gehen Sie rüber und legen Sie sie in Ihren Wagen, dann kommen Sie zurück.«

Die Arbeiter standen auf dem Wagen wie Schwimmer auf ihrem Startblock, bereit, unterzutauchen, wenn die Schießerei losgehen sollte. Das muss man sich mal vorstellen: den ganzen Weg von Zacatecas nach Norden gewandert, nur um sich hier auf einer Weide erschießen zu lassen.

Ich ließ die Waffe auf den Vordersitz fallen und ging zum Tisch zurück.

»Ich bin nicht gekommen, um Ihnen Schwierigkeiten zu machen, Mr. McConnell. Ich brauche nur ein paar Antworten. Aber meine Erfahrung hat mir gezeigt, dass Menschen dazu neigen, sich dünn zu machen, wenn ich angemeldet komme. Ich konnte es mir nicht leisten, dass Sie nicht da sind.«

McConnell nickte.

»Haben Sie immer diese kleine Waffe mit hier draußen?«

»Ich habe dreißig Jahre lang gearbeitet, fünfundzwanzig davon bei der Internen Ermittlung. Ich habe Polizisten verfolgt, die genauso verkommen waren wie die Gangster auf der Straße, und ich habe mir dadurch Feinde geschaffen. Mehr als einer von ihnen wollte mich besuchen.«

Ich denke, in dem Fall würde ich auch eine Waffe tragen.

»Ich versuche etwas über einen verstorbenen Polizisten namens Abel Wozniak in Erfahrung zu bringen. Gegen ihn wurde ermittelt, als Sie leitender Beamter waren, aber ich weiß nicht, zu welchem Ergebnis die Ermittlungen geführt haben. Erinnern Sie sich an ihn?«

Er wedelte mit seiner Waffe. »Warum sagen Sie mir nicht erst einmal, warum Sie daran interessiert sind?«

Detective-Three a. D. Mike McConnell verzog keine Miene, als ich ihm von Dersh und Pike erzählte. Wenn er etwas über die Schlagzeilen wusste, die nur ein paar Kilometer westlich die Zeitungen schmückten, ließ er sich davon nichts anmerken. So sind Polizisten nun mal. Das erste Mal, als ich Joe erwähnte, zuckten McConnells Augen, aber ansonsten zeigte er keine Reaktion mehr, bis ich erwähnte, dass der untersuchende Beamte beim Dezernat Interne Ermittlungen Harvey Krantz gewesen war.

McConnells verwittertes Gesicht verzog sich zu einem gemeinen Grinsen.

»Krantz, die Hose! Auweia, ich war dabei, als sich dieses windige Wiesel die Hosen vollgemacht hat!« Er hatte solchen Spaß an seiner Erinnerung, dass er mit seiner Waffe nicht mehr auf mich zielte. Die Jungs auf dem Pick-up entspannten sich, und bald knüllten sie ihre Papiertüten zusammen und stiegen ins Führerhaus. Die Vorstellung war vorbei. Zeit, sich wieder an die Arbeit zu machen.

»Dann ist Pike jetzt also Ihr Partner?«, fragte McConnell.

»Genau.«

»Pike war derjenige, wegen dem Krantz sich in die Hosen geschissen hat.«

»Ja, Sir. Ich weiß.«

McConnell lachte. »Der Junge hätte beinahe dafür gesorgt, dass ich mir auch in die Hosen scheiße, so, wie er sich Krantz vorgeknöpft hat. Verdammt, der Bursche war schnell. Hat die Hose einfach vom Boden hochgehoben. Ich erinnere mich, dass er bei den Marines war, genau wie ich.«

Ich überlegte, wie erniedrigt sich Krantz gefühlt haben musste. Es hatte seiner Karriere geschadet, und seinen Spitznamen hatte er bis heute behalten.

»Erinnern Sie sich, warum Krantz gegen Wozniak ermittelt hat?«

»Na klar. Wozniak hatte sich mit einer Einbrecherbande eingelassen.«

Das sagte er, als hätte es keine Bedeutung, aber ich erstarrte, als hätte er bei mir den Aus-Schalter betätigt.

McConnell nickte. »Ja, das stimmt. Krantz hat seine Theorie aufgrund der Aussagen zweier mexikanischer Hehler entwickelt, die von Pacoima aus agierten, das oben im Tal liegt. Kleine, bissige Kerle namens Reena und Uribe. Wir haben sie die Chihuahua-Brüder genannt, weil sie so mickrig waren. Soweit wir die Sache nachvollziehen konnten, hat Wozniak diesen Mexikanern Tipps gegeben, wenn die Alarmanlage in einem Geschäft kaputt war oder wenn er mitbekommen hatte, dass sich ein Wachmann krankgemeldet hat oder so. Dann haben sie Leute hingeschickt, um den Laden auszurauben. Autoteile, Stereoanlagen und solchen Kram.«

»Sie sagen also, Wozniak hätte Dreck am Stecken gehabt.«

»Genau.«

»Sie behaupten, dass Joe Pikes Partner zu einer Bande von Einbrechern gehörte.«

Als hätte ich ihn womöglich falsch verstanden und wollte mich vergewissern.

»Na ja, wir waren mit den Ermittlungen noch nicht so weit, um einen Fall daraus zu machen und ihn anzuklagen, aber eigentlich war die Sache klar. Nach seinem Tod hätten wir weiterermitteln können, aber ich habe beschlossen, die Sache fallen zu lassen. Schließlich gab es noch seine Frau und die Kinder, warum hätte man ihnen das zumuten sollen? Krantz allerdings hat sich deswegen schwarz geärgert. Er wollte weitermachen und Pike drankriegen.«

»Weil Pike ihn beleidigt hat?«

McConnell wollte einen Schluck von seinem Bier nehmen, hielt aber inne und sah mich an.

»Nein, deswegen nicht. Harvey hat geglaubt, dass Pike auch was mit der Sache zu tun hatte.«

Manchmal hört man Dinge, die man nie hören wollte. Dinge, die der eigenen Erfahrung so fremd sind, so exotisch, dass man glaubt, man sei direkt aus dem Bett mitten in einen Roman von Stephen King gefallen.

»Das glaube ich nicht.«

McConnell zuckte mit den Schultern. »Die meisten Leute dachten das, was Sie denken – dass Krantz nur heiß darauf war, Pike dranzukriegen, weil er sich wegen Pike in die Hosen geschissen hat. Aber Krantz hat mir gesagt, dass er wirklich glaubte, Pike sei darin verwickelt. Er hatte keine Beweise, aber sein Gefühl sagte ihm, dass es so war, wo doch Pike und Wozniak jeden Tag miteinander auf Streife fuhren. Ich habe nur gemeint, dass er besser Bescheid wissen würde, wenn er mehr Zeit als richtiger Polizist im Wagen verbracht hätte, statt sich durch seine Arschkriecherei nach oben zu arbeiten. Es ist wie in der Ehe. Man kann das ganze Leben miteinander verbringen, ohne den anderen zu kennen.« Er blickte zu seinen Feldern hinüber. Der Pick-up hatte am zentralen Regler der Sprinkleranlage gehalten. Die beiden älteren Männer machten sich dort zu schaffen, doch der jüngere war draußen im Gras, sprang herum, wedelte mit den Armen und spritzte mit dem Wasser umher.

McConnell rutschte vom Tisch. »He, was treibt dieser Wahnsinnige denn da?«

McConnell rief etwas auf Spanisch, doch die Männer konnten ihn nicht hören. Das Mädchen erschien wieder in der Tür, um zu sehen, warum er gerufen hatte. Sie schien genauso fassungslos zu sein wie McConnell.

McConnell kramte in seinen Taschen nach den Schlüsseln seines Caddies. »Dieses Lumpenpack. Ich muss da rausfahren.«

»Mr. McConnell, ich brauche nur noch ein paar Minuten. Wenn es keine Beweise gab, warum hat Krantz dann geglaubt, dass Pike darin verwickelt war? Nur weil sie im selben Wagen fuhren?«

»Harvey hat Pike seine Geschichte über die Ereignisse in dem Motelzimmer nicht abgenommen. Er dachte, sie hätten sich wegen der Ermittlungen gestritten und Pike hätte sich Sorgen gemacht, dass Wozniak ihn verpfeifen würde, um für sich was rauszuschlagen. Krantz hatte nämlich versucht, die beiden gegeneinander auszuspielen. Er war sicher, dass Pike Wozniak umgebracht hat, um ihn am Reden zu hindern.«

»Glauben Sie das?«

»Also, ich habe nie geglaubt, dass wir wissen, was wirklich in dem Zimmer passiert ist. Wozniak ist bei DeVille durchgedreht und hat ihn niedergeschlagen. Das wissen wir sicher, weil DeVille und Pike dieselbe Geschichte erzählt haben. Aber nachdem DeVille ohnmächtig wurde, wissen wir nur, was uns Pike erzählt hat, und einiges davon ergab keinen Sinn. Dieser Pike, jung und stark und frisch von den Marines – er kannte doch diesen ganzen Karatescheiß. Es ergibt nicht viel Sinn, wenn er behauptet, er hätte große Mühe gehabt, Wozniak zu beruhigen. Krantz dachte, Pike hätte uns einen Bären aufgebunden. Vielleicht hat er das auch wirklich getan, aber was sollten wir machen? Wir hatten nichts in der Hand, um Anklage zu erheben.«

Mir gefiel nicht, was ich hier zu hören bekam. Ich war verwirrt und ärgerte mich, dass sich McConnell von den Typen auf dem Feld ablenken ließ. Die beiden anderen gesellten sich zu dem Jüngeren und hüpften gemeinsam in dem künstlichen Regen herum.

»Jetzt wird mir die Sache langsam zu bunt«, schimpfte er.

»Glauben Sie, Krantz hatte recht?«

McConnell rief wieder etwas auf Spanisch, doch die Männer hörten ihn immer noch nicht.

Ich stand auf und trat vor ihn, sodass er mich statt der Männer ansehen musste.

»Hatte Krantz recht?«

»Krantz hatte nichts in der Hand, was für eine Anklage gereicht hätte. Ich war der Überzeugung, dass eine Tragödie genug war, und verlangte von Krantz, er solle die Sache fallen lassen. Es tut mir leid, wenn ich Ihnen nicht helfen kann, aber ich muss jetzt da raus. Diese Wahnsinnigen bringen mich noch um mein Geld.«

Als er um mich herumging, hielt ich seine Hand fest und entriss ihm die Waffe. Das hatte er nicht erwartet, und die Aktion hatte vielleicht nur eine Zehntelsekunde gedauert.

McConnell riss die Augen auf und erstarrte.

»Was ist mit diesen beiden Hehlern? Glauben Sie, einer von ihnen könnte versuchen, Pike was in die Schuhe zu schieben?«

»Wozniak hatte für die beiden keine Bedeutung. Reena hat seinen Arsch nach Tijuana gerettet, weil er Zoff mit irgendeinem Methamphetamin-Schlucker gekriegt hat. Uribe wurde bei einem Streit an einer Tankstelle erschossen.«

»In Wozniaks Akte steht, dass er in fünf voneinander unabhängigen Fällen eine Disziplinarstrafe erhielt und zweimal wegen übermäßiger Gewaltanwendung vom Dienst suspendiert wurde. Sieben Beschwerden, fünfmal davon im Zusammenhang mit Pädophilen oder Zuhältern, die mit Kinderprostitution zu tun hatten. Wissen Sie, wer der Informant war, der Wozniak den Tipp über DeVille gegeben hat?«

McConnells Blick zuckte zur Waffe und zurück zu mir.

»Nein. Wahrscheinlich hatte Wozniak mehrere. Deswegen war er so ein guter Streifenpolizist.«

»Wie könnte ich das rausfinden?«

»Die Dezernate führen eine Liste mit Informanten. Das müssen sie zum Schutz der Polizisten tun. Aber ich weiß nicht, ob es in Rampart noch eine Akte über Wozniak gibt, da der Fall schon so lange zurückliegt.«

McConnell sah wieder an mir vorbei zu den Feldern und schüttelte den Kopf. »Verdammt, entweder Sie erschießen mich, oder Sie lassen mich meiner Arbeit nachgehen. Jetzt sehen Sie doch mal, wie viel Wasser die verschwenden.«

Ich blickte zur Waffe hinunter und reichte sie ihm. Ich merkte, dass ich rot wurde.

»Tut mir leid. Ich weiß nicht, warum ich das gemacht habe.«

»Leck mich am Arsch.«

Er stapfte zu seinem Cadillac. An der Tür drehte er sich noch einmal um. Seine Wut hatte sich gelegt – jetzt sah er traurig aus.

»Sehen Sie, ich weiß, wie das ist, wenn der Partner in Schwierigkeiten gerät. Aber ich habe nie geglaubt, dass Pike irgendwas mit der Einbrecherbande zu tun hatte. Und ich glaube nicht, dass er Wozniak umgebracht hat. Ansonsten wäre ich weiter hinter ihm her gewesen. Stattdessen habe ich den Fall abgeschlossen.«

»Danke, Mr. McConnell. Es tut mir leid.«

»Schon gut.«

McConnell stieg in seinen Caddie und fuhr mit röhrendem Motor hinaus zu seinen Feldern.

Ich ging zu meinem Wagen zurück, steckte die Waffe in

den Halfter und blieb, in Gedanken versunken, sitzen. Der Geruch nach Düngemittel war stärker geworden. Regenbogen umrahmten die tanzenden Männer im Sprühnebel der Sprinkleranlage. Der Caddie hielt schlitternd hinter dem Pick-up. McConnell stieg wütend und laut brüllend aus. Nacheinander hörten die Männer auf zu hüpfen und machten sich wieder an die Arbeit. McConnell drehte das Wasser ab, und die Sprinklerkreuze kamen zum Stehen.

Ich las den LAPD-Bericht zu dem Vorfall noch einmal durch und stieß wieder auf diesen Satz: *Aufgrund des Hinweises eines anonymen Informanten betraten Officer Wozniak und Officer Pike im Islander Palms Motel das Zimmer Nr. 205.*

Je mehr ich darüber nachdachte, desto mehr überlegte ich, was dieser anonyme Informant wohl wissen mochte. Vielleicht gar nichts, aber wenn man, so wie ich, nichts in der Hand hat, sieht eine schlechte Chance gar nicht so schlecht aus.

Ich blätterte den Rest meiner Notizen durch, bis ich auf Wozniaks Witwe stieß, Paulette Renfro.

Vielleicht hatte Wozniak mit seiner Frau über seine Arbeit geredet, und vielleicht wusste sie etwas über den Informanten. Vielleicht wusste sie etwas über Harvey Krantz und wie es dazu kam, dass die Akte von Leonard DeVille verschwunden war.

Man sucht nach Verbindungen.

Ich ließ den Motor an, wendete in einem weiten Bogen und fuhr zurück Richtung Highway.

Hinter mir hatten die Wiesen bereits angefangen, in der Hitze zu kochen. Dampf stieg vom Boden auf wie Nebel aus der Hölle.

29

Tauchen die Dinosaurier am Horizont auf, ist man schon fast in Palm Springs.

Wenn man etwa hundertsechzig Kilometer östlich von L.A. über den Banning-Pass fährt, wo sich die Ketten der San-Bernardino- und San-Jacinto-Berge berühren und ein Tor zur hoch gelegenen Wüste des Coachella Valley bilden, landet man im Reservat der Morongo-Indianer. Ein hoch hinaufragender Aptosaurier und ein Tyrannosaurus Rex stehen gleich neben dem Freeway. Lange vor Michael Crichtons Roman *Jurassic Park* waren sie von einem sonnenstichigen Wüstengenie hier errichtet worden. Jahrelang waren sie der einzige Blickfang gewesen, riesige lebensgroße Nachbildungen, die hier draußen in der Hitze der Wüste standen, als wären Zeit und Raum um sie herum erstarrt. Für zehn Cent konnte man drum herumlaufen oder ein Bild knipsen lassen für Freunde und Verwandte zu Hause in Virginia. *Sieh mal, Ma, hier sind wir in Kalifornien.* Die Dinosaurier stehen schon seit Jahren hier, aber noch immer stolpern Betrunkene und Opiumraucher in die Bars von Cabazon und schwören, sie hätten draußen in der Wüste Ungeheuer gesehen.

Nachdem ich die Dinosaurier ein paar Kilometer hinter

mir gelassen hatte, fuhr ich vom Freeway ab und folgte dem State Highway am Fuß der San-Jacinto-Berge entlang bis nach Palm Springs.

Während der Wintermonate wird Palm Springs von Touristen und Wochenendbesuchern bevölkert, und auch die Schneevögel aus Kanada lassen sich auf ihrer Flucht vor der Kälte hier nieder. Doch Mitte Juni, wenn die Temperatur bis fast auf fünfzig Grad steigt, atmet die Stadt kaum noch, ihr Puls ist fast nicht mehr wahrnehmbar, und sie liegt schlaff in der Hitze wie ein überfahrenes Tier am Straßenrand, das auf den Tod wartet. Die Touristen sind fort, und nur Lebensmüde treiben sich während des Tages draußen herum.

Ich hielt vor einem T-Shirt-Laden, um eine Landkarte von der Gegend zu kaufen, suchte auf ihr nach Paulette Renfros Adresse und fuhr auf direktem Weg nach Norden in die Wüste. Von Dinosauriern und Indianern wechselte ich in die komische Science-Fiction-Welt mit ihren Hunderten von glänzenden, auf dem Computer geplanten Windrädern, deren zarte Flügel sich langsam im Wind drehen und ihm seine Energie rauben.

Palm Springs selbst ist eine Stadt voller Erholungsstätten, Ferienwohnungen und Hundesalons für die Reichen und Schönen, doch die Männer und Frauen, die die Stadt am Leben erhalten, wohnen in kleineren Gemeinden wie Cathedral City im Süden oder North Palm Springs, das angeblich auf der falschen Seite des Freeways liegt.

Paulette Renfro wohnte in einem kleinen, hübschen Haus am Rande der Berge oberhalb des Freeways mit Blick auf die Windräder. Es war mit beigefarbenem Stuck verziert und mit roten Ziegeln gedeckt, und die überdimensionierte Klimaanlage hörte ich bereits von der Straße aus. Unten in Palm Springs können es sich die Leute leisten, ihr Gras zu gießen, doch hier oben bestehen die Wiesen aus Geröll und Sand vermischt mit Wüstenpflanzen, die nur wenig Wasser benötigten. Das ganze Geld wird in Klimaanlagen gesteckt.

Ich parkte an der Straße und ging die Einfahrt hinauf, vorbei an einer riesigen blühenden hundertjährigen Aloe, deren Blätter wie grüne Schwerter in die Luft ragten. Ein nagelneuer VW-Käfer stand hinter einem Toyota Camry. Allerdings parkte nur der Toyota in der Garage, der Käfer stand dahinter in der Sonne. Besucher.

Eine große, attraktive Frau öffnete die Tür auf mein Klingeln hin. Sie trug einen hübschen Rock und war geschminkt, als hätte sie vor, gleich zu gehen, oder als wäre sie gerade zurückgekommen.

»Ms. Renfro?«, fragte ich.

»Ja?« Schöne Zähne und ein nettes Lächeln. Sie war fünf oder sechs Jahre älter als ich, was aber bedeutete, dass sie jünger als Abel Wozniak gewesen sein musste.

»Mein Name ist Cole. Ich bin Privatdetektiv aus Los Angeles. Ich muss mit Ihnen über Abel Wozniak reden.«

Nervös blickte sie ins Haus. »Im Moment ist es ungünstig. Abgesehen davon weiß ich nicht, wie ich Ihnen helfen könnte. Abel ist vor einigen Jahren gestorben.«

»Ja, Ma'am, ich weiß. Ich hatte gehofft, Sie könnten mir ein paar Fragen beantworten zu einem Fall, an dem er zu der Zeit arbeitete, als er starb. Es ist ziemlich wichtig. Ich habe extra den weiten Weg bis hierher gemacht.« Manchmal reicht es, einen Mitleid erregenden Blick aufzulegen.

Hinter ihr tauchte eine jüngere Frau auf. »Wer ist das, Mom?«, fragte sie.

Weil Paulette Renfro befürchtete, die Kälte könnte nach draußen entweichen, bat sie mich hinein, obwohl es ihr überhaupt nicht zu gefallen schien. »Das ist meine Tochter Evelyn. Evelyn, das ist Mr. Cole. Aus Los Angeles.«

»Ich muss mit meinem Umzug fertig werden.« Verärgert.

»Hallo, Ms. Renfro.« Ich streckte Evelyn die Hand entgegen, die sie aber ausschlug.

»Mein Name ist Wozniak. Renfro war *ihr* Fehler.«

»Evie, bitte.«

»Es dauert bestimmt nicht länger als zehn Minuten«, sagte ich. »Versprochen.«

Paulette Renfro warf einen Blick auf ihre Uhr, dann zu ihrer Tochter. »Ich denke, zehn Minuten habe ich noch. Aber ich muss ein paar Dinge erledigen, und in weniger als einer Stunde habe ich einen Termin für eine Hausbesichtigung. Ich bin Immobilienmaklerin.«

»Du brauchst mir nicht zu helfen«, wehrte ihre Tochter ab. »Ich muss nur noch den Rest von meinen Sachen reinbringen.«

Evie Wozniak stolzierte aus dem Haus und knallte die Tür hinter sich zu. Vom Gesicht her sah sie aus wie eine zwanzigjährige Version ihrer Mutter, doch wo Paulette Renfro hübsch und wohlgeformt war, zeigten sich bei ihrer Tochter runde Pölsterchen, und in ihrem Gesicht stand geschrieben, dass sie sich über fast alles ärgerte.

»Sieht aus, als hätte ich Sie gestört«, entschuldigte ich mich. »Tut mir leid.«

Ms. Renfro wirkte müde. »Es gibt immer was, bei dem

man unterbrochen wird. Sie hat Probleme mit ihrem Freund. Eigentlich hat sie immer Probleme mit ihren Freunden.«

Das Haus war beeindruckend und hübsch, hatte ein riesiges Panoramafenster und war mit bequemen Möbeln im Südweststaatenstil ausgestattet. Das Wohnzimmer ging über in eine Art Ess-und-Aufenthaltsraum mit der Küche auf der einen und einem Flur auf der anderen Seite, von dem aus es wahrscheinlich zu den Schlafzimmern ging. Hinter dem Esszimmer glitzerte ein kleiner blauer Swimmingpool in der Hitze. Durch das Panoramafenster sah man die sich langsam drehenden Windräder, die jenseits des Freeways standen, und weiter südlich Palm Springs.

»Das ist ja richtig schön, Ms. Renfro. Nachts ist der Ausblick auf Palm Springs sicherlich besonders hübsch.«

»Ja, das ist er. Tagsüber erinnern mich die Windräder ans Meer, wenn sie sich so langsam drehen, und nachts sieht Palm Springs aus wie eine dieser Märchenstädte aus *Tausendundeine Nacht*.«

Sie führte mich zu einem bequemen Sofa gegenüber vom Panoramafenster.

»Kann ich Ihnen was zu trinken anbieten? Bei der Hitze muss man aufpassen, dass man nicht austrocknet.«

»Danke. Wasser wäre gut.«

Das Wohnzimmer war klein, doch durch die offene Bauweise und sparsame Einrichtung wirkte es viel geräumiger. Ich hatte nicht erwartet, dass Paulette Renfro ein Andenken an Joe Pike verwahrte, doch während ich auf das Wasser wartete, bemerkte ich ein kleines gerahmtes Bild, das in einem Regal inmitten eines kleinen Urwalds aus Bowling-Trophäen stand. Paulette Wozniak stand in der Einfahrt eines bescheidenen Hauses mit ihrem Mann und Pike vor einem LAPD-Funkwagen. Sie trug Jeans und ein weißes Männerhemd; die Ärmel waren hochgekrempelt, vorne war es zu einer Art BH zusammengebunden.

Joe Pike lächelte.

Ich ging hinüber zum Regal und sah mir das Bild genauer an.

Ich hatte Pike nie lächeln sehen. Kein einziges Mal in all den Jahren, in denen ich ihn kannte. Ich hatte Tausende von Bildern mit Pike gesehen – bei den Marines, beim Fischen oder Zelten, mit Freunden, aber auf keinem dieser Bilder hatte er gelächelt.

Doch hier stand dieses Bild von ihrem früheren Ehemann und dem Mann, der ihn umgebracht hatte.

Und er lächelte.

Paulette Renfro kam zurück. »Hier ist Ihr Wasser.«

Ich nahm das Glas. Auch für sich hatte sie eins mitgebracht.

»Der links ist Abel. Wir haben damals in Simi Valley gewohnt.«

»Ms. Renfro, Joe Pike ist ein Freund von mir.«

Einen Augenblick sah sie mich an, während sie ihr Glas mit beiden Händen umklammerte, dann ging sie zum Sofa, wo sie sich auf den Rand setzte. Hoch aufgerichtet.

»Ich kann mir vorstellen, Sie finden es seltsam, dass ich dieses Bild aufhebe.«

»Ich finde gar nichts seltsam. Jeder hat seine Gründe.«

»Ich habe von dem ganzen Chaos in Los Angeles gelesen. Zuerst der Mord an Karen, und jetzt wird Joe beschuldigt, diesen Mann umgebracht zu haben. Es ist eine Schande.«

»Sie kannten Karen Garcia?«

»Joe war damals mit ihr befreundet. Sie war ein hübsches, nettes Mädchen.« Sie sah wieder auf ihre Uhr, bevor sie etwas zu entscheiden schien. »Sie sagen, Sie und Joe sind Freunde?«

»Ja, Ma'am. Das Detektivbüro gehört uns beiden.«

»Waren Sie auch bei der Polizei?« Als wollte sie über Joe reden, wusste aber nicht, wie sie es anfangen sollte.

»Nein, Ma'am. Nur Privatermittler.«

Sie blickte wieder auf das Bild, als müsste sie eine Erklärung abgeben. »Also, die Sache mit Abel ist schon vor langer Zeit passiert, Mr. Cole. Es war ein ganz fürchterlicher Unfall, und ich kann mir nicht vorstellen, dass jemand mehr darunter leidet als Joe.«

»Dein Kind leidet mehr darunter, Mutter«, meldete sich Evelyn Wozniak zu Wort. »Er war es schließlich, der meinen Vater umgebracht hat.«

Sie war mit einem großen Karton aus der Küche gekommen.

Paulettes Gesicht spannte sich an. »Brauchst du Hilfe mit dem Karton?«

Evelyn ging weiter durchs Wohnzimmer und verschwand im Flur, ohne zu antworten.

»Es war schwer für Evelyn«, erklärte Paulette. »Sie zieht gerade wieder hier ein. Dieser Freund, von dem sie sich getrennt hat, hat die Miete in die eigene Tasche gesteckt, sodass sie ihre Wohnung verloren hat. Das ist die Art von Männern, die sie findet.«

»Stand sie ihrem Vater nahe?«

»Ja. Abel war ein guter Vater.«

Ich nickte. Ob sie von Krantz' Ermittlungen wusste? Ob sie von Reena und Uribe und den Einbrüchen wusste?

»Ich muss wirklich gleich gehen. Was genau wollten Sie wissen?«

»Ich wollte wissen, was an jenem Tag passiert ist.«

Paulette versteifte sich ein wenig. Gerade nur so viel, dass ich es noch bemerkte.

»Warum wollen Sie das wissen?«

»Weil ich glaube, dass jemand versucht, Joe den Mord an Eugene Dersh in die Schuhe zu schieben.«

Sie schüttelte den Kopf, doch ihre steife Haltung blieb.

»Ich habe keine Ahnung, Mr. Cole. Mein Mann hat nie über seine Arbeit mit mir geredet.«

»Am Tag, als Ihr Mann starb, haben er und Joe einen Tipp von einem der Informanten Ihres Mannes bekommen, wo sich dieser DeVille aufhalten sollte. Haben Sie eine Ahnung, wer das gewesen sein könnte?«

Paulette Renfro erhob sich. Jetzt sah sie ganz und gar nicht mehr aus, als wollte sie mir helfen. Sie wirkte nervös und misstrauisch.

»Nein, tut mir leid.«

»Er hat mit Ihnen nicht über diese Art von Dingen geredet, oder Sie erinnern sich nicht?«

»Ich möchte nicht über diesen Tag reden, Mr. Cole. Ich weiß nichts darüber, genauso wenig wie über die Arbeit meines Mannes. Er hat mir nie was darüber erzählt.«

»Nehmen Sie sich einen Moment Zeit und denken Sie nach, Ms. Renfro. Es wäre sehr hilfreich, wenn Ihnen ein Name einfallen würde.«

»Ich bin sicher, ich habe nie was gewusst.«

Ihre Tochter kam mit leeren Kartons und Kleiderbügeln wieder durchs Wohnzimmer.

»Hast du alles?«, fragte Paulette Renfro.

»Ich muss noch mal hin, um den Rest zu holen.«

»Brauchst du Geld?«

»Nein, danke.«

Evelyn Wozniak stolzierte durchs Wohnzimmer und knallte wieder die Tür hinter sich zu.

Paulette Renfros Kiefer spannte sich an. »Haben Sie Kinder, Mr. Cole?«

»Nein, Ma'am.«

»Sie Glückspilz. Ich muss jetzt aber wirklich gehen. Es tut mir leid, dass ich Ihnen keine große Hilfe war.«

»Dürfte ich noch mal anrufen, wenn mir noch eine Frage einfällt?«

»Ich glaube nicht, dass ich Ihnen dann mehr helfen könnte als jetzt.«

Sie führte mich zur Tür. Paulette ging nicht mit mir hinaus in die Hitze.

Evelyn stand an ihrem Käfer. Sie hatte eine kleine Sonnenbrille aufgesetzt, blinzelte aber immer noch. Die Kartons und Bügel hatte sie in den Wagen gelegt.

»Sie wollte nicht über ihn reden, oder? Über meinen Vater.«

»Nur ungerne.«

»Sie redet nie über diesen Tag. Nie, außer um diesen Kerl zu verteidigen.«

»Joe?«

Evie sah zu den Windrädern hinüber und zuckte mit den Schultern, ohne sie zu sehen.

»Können Sie sich das vorstellen? Dieses Schwein hat ihren Mann umgebracht, und sie hebt immer noch dieses gottverdammte Bild auf. Ich habe immer darauf rumgemalt. Und ich kann schon gar nicht mehr zählen, wie oft ich den Rahmen zerdeppert habe.«

Schweigend erwiderte ich ihren Blick.

»Sie sind sein Freund, oder? Sie sind hergekommen, um ihm zu helfen.«

»Ja.«

»Wissen Sie, dass man gegen meinen Vater ermittelt hat? Das Dezernat Interne Ermittlungen?«

»Ja, ich weiß.«

»Sie hat versucht, es vor mir geheim zu halten. Ebenso wie Daddy.« Daddy. Als wäre sie immer noch zehn Jahre alt. »Männer sind zu uns nach Hause gekommen und haben sie verhört. Ich habe es mitgekriegt. Ich habe gehört, wie sie meinen Vater deswegen angeschrien hat. Können Sie sich vorstellen, wie das für ein Kind ist?«

Ich dachte, ich könnte es, sagte aber nichts.

»Sie will einfach nicht darüber reden. Sie redet über alles andere, aber nicht darüber, obwohl es das Wichtigste ist, was mir je passiert ist. Es hat mein ganzes verdammtes Leben ruiniert.«

Auf dieser Einfahrt aus Beton hatte man das Gefühl, an einem grellweißen Strand zu stehen. Die Hitze drang durch meine Schuhe. Ich wollte weg von dort, aber sie schien etwas sagen zu wollen, das ihr nicht leicht über die Lippen kam. Ich hatte Angst, ich könnte ihren Entschluss zunichtemachen, wenn ich mich rührte.

»Ich will Ihnen was erzählen. Sie sind ja sein Freund.

Dieser Mann hat meinen Vater umgebracht. Es war, als würde für mich die Welt untergehen. Ich habe meinen Vater so sehr geliebt, und am allerliebsten würde ich diesem Dreckskerl, der mir meinen Vater weggenommen hat, wehtun.«

Pike.

»Aber es gibt was, das ich noch lieber täte.«

Ich wartete.

»Sie hat alle Sachen von Daddy irgendwo gelagert. In einem von diesen Lagern, wo man sich ein Abteil mieten kann.«

»Wissen Sie, wo?«

»Das muss ich rausfinden. Ich weiß nicht, ob es dort irgendwas gibt, das helfen würde, aber Sie versuchen doch herauszufinden, was damals passiert ist, oder?«

Ich sagte, dass dem so sei, aber auch, dass ich ein anderes Ziel hatte. »Ich versuche Joe Pike zu helfen. Ich will, dass Sie das wissen, Evelyn.«

»Das ist mir egal. Ich will nur die Wahrheit über meinen Vater wissen.«

»Was ist, wenn sie schlecht ist?«

»Ich will sie wissen. Ich denke mir sogar, dass sie schlecht ist, aber ich will einfach wissen, warum er gestorben ist. Schon mein ganzes bescheuertes Leben lang will ich das wissen. Vielleicht bin ich deswegen so im Arsch.«

Ich wusste nicht, was ich darauf sagen sollte.

»Ich glaube nicht, dass es ein Unfall war. Ich glaube, Ihr Freund hat ihn umgebracht.«

Genau das, was Krantz auch dachte.

»Wenn ich Ihnen helfe, und Sie finden die Wahrheit heraus, werden Sie sie mir sagen?«

»Wenn Sie sie hören wollen, ja.«

»Sie sagen mir die Wahrheit? Egal, wie sie aussieht?«

»Wenn es das ist, was Sie wollen.«

Sie wischte sich über die Nase. »Es ist, als könnte ich weitergehen, wenn ich sie endlich kenne, verstehen Sie?«

Eine Zeit lang standen wir einfach so da, dann nahm ich sie in die Arme. Wir hatten so lange in der Sonne gestanden, dass ich das Gefühl hatte, ich würde auf heiße Kohlen fassen, als ich ihren Rücken berührte.

Ich betrachtete die Windräder, die über die Wüstenebene verteilt standen und sich in der beständigen Brise drehten.

Nach einer Weile trat Evie Wozniak zurück und wischte sich noch einmal über die Nase. »Das ist doch dumm. Ich kenne Sie ja gar nicht, und trotzdem erzähle ich Ihnen meine Lebensgeheimnisse.«

»Manchmal ist das eben so.«

»Ja. Sie geben mir am besten Ihre Telefonnummer.«

Ich überreichte ihr meine Karte.

»Ich rufe Sie an.«

»Gut.«

»Ihr dürfen Sie es aber nicht erzählen. Wenn sie es wüsste, würde sie es verhindern.«

»Ich erzähle nichts.«

»Unser kleines Geheimnis.«

»Genau, Evie. Unser kleines Geheimnis.«

Ich fuhr die Berge wieder hinunter. Palm Springs schimmerte in weiter Ferne in der Hitze wie eine Stadt, die es gar nicht gab.

Die Zelle war zwei Meter vierzig lang, ein Meter zwanzig breit und zwei Meter vierzig hoch. Fast vollständig vom Bett verdeckt, ragten eine Toilette ohne Deckel und Brille und ein Waschbecken aus der verputzten Wand wie Geschwülste aus Keramik hervor. An der Decke hingen grelle Leuchtstoffröhren hinter Schutzgittern, die verhinderten, dass sich potenzielle Selbstmörder durch einen elektrischen Schlag töten konnten. Die Matratze bestand aus einem Spezialstoff, der nicht zerschnitten oder zerrissen werden konnte, und der Bettrahmen und der Lattenrost waren zusammengeschweißt. Keine Schrauben, keine Muttern, nichts, das man zerlegen könnte. Das Einzelbett machte die Zelle zu einer Präsidentensuite im Gefängnis des Parker Centers, das den Berühmtheiten aus Hollywood vorbehalten war, den Mitgliedern der Medienwelt und ehemaligen Polizisten, die den Weg auf die falsche Seite der Gitterstäbe gefunden hatten.

Joe Pike lag auf dem Bett und wartete auf die Überführung ins zentrale Männergefängnis, das zehn Minuten entfernt lag und zweiundzwanzigtausend Insassen beherbergte. Sein Haar war immer noch feucht, nachdem er sich nach dem Training am Waschbecken gewaschen hatte, aber eigentlich hatte er Lust zu laufen, sich die Sonne aufs Gesicht scheinen zu lassen, die vorbeiziehende Luft auf seinem Körper und den Schweiß auf seinem Rücken zu spüren. Bewegung tat ihm gut, und durch die Anstrengung fand er gewöhnlich zur Ruhe. Nicht bei allem, was er tat, wusste er, ob es gut für ihn war, aber mit dem Laufen war es so.

Das Sicherheitstor am Ende des Gangs öffnete sich, und Krantz erschien auf der anderen Seite der Gitterstäbe. Er hielt etwas in der Hand.

Krantz starrte Pike lange an, bevor er zu reden begann. »Ich bin nicht hier, um Sie zu verhören. Also keine Sorge wegen des Rechtsanwalts.«

Pike machte sich keine Sorgen.

»Ich habe lange darauf gewartet, Joe. Ich habe richtig Spaß daran.« Joe. Als wären sie Freunde.

»Ihre Karten stehen schlecht, weil Sie mit Dersh auf den falschen Mann gesetzt haben.«

Pike sprach leise, wodurch Krantz gezwungen war, näher zu treten.

»Ich weiß. Um Dersh tut es mir leid, aber das FBI hat sich genauso blamiert. Haben Sie gehört, dass Dershs Familie schon Anklage erhoben hat? Zwei Brüder, seine Mutter und eine Schwester, die er seit zwanzig Jahren nicht gesehen hat. Wie gierige Schweine, die zum Futtertrog vordrängen.«

Pike fragte sich, was mit Krantz los war, dass er hierherkam, um seine Häme zu zeigen.

»Die Familie verklagt die Stadt, das Dezernat, jeden. Bishop und der Chief können mich nicht feuern, sonst sähe es so aus, als würde das Dezernat einen Fehler eingestehen. Deswegen behaupten sie, wir wären nur den Hinweisen des FBI gefolgt.«

»Wenn die Familie gewinnt, sind Sie verantwortlich, Krantz.«

»Vielleicht, aber Sie werden auch verklagt. Sie haben den Abzug betätigt.«

Darauf erwiderte Pike nichts.

Krantz hob die Schultern. »Aber Sie haben recht. Ich bin auch dran. In einem Jahr, wenn sich alles beruhigt hat, ist es aus für mich. Man wird mich auf eins der Polizeireviere versetzen. Das ist in Ordnung. Ich habe fünfundzwanzig Jahre voll. Vielleicht mache ich sogar dreißig, wenn mir nichts Besseres begegnet.«

»Warum sind Sie hier, Krantz? Weil ich Sie gedemütigt habe?«

Krantz wurde rot. Pike wusste, dass er es zu verhindern suchte, aber nicht schaffte.

»Ich habe Sie nicht ruiniert, Krantz. Das haben Sie selbst getan. Menschen wie Sie werden das nie verstehen.«

Krantz schien darüber nachzudenken, dann zuckte er mit den Schultern. »Wegen der Demütigung, ja, aber auch, weil Sie es verdienen, hier zu sein. Sie haben Wozniak umgebracht und sind um eine Strafe herumgekommen. Aber jetzt sind Sie hier, und das gefällt mir.«

Pike richtete sich auf. »Ich habe Woz nicht umgebracht.«

»Sie waren an seinen Einbrüchen beteiligt. Sie wussten, dass ich ihn einkassieren würde, und Sie wussten, dass ich auch Sie drankriegen würde. Sie waren ein hinterhältiges Aas, Pike, und Sie haben beschlossen, Wozniak auszuschalten, weil Sie ein unmoralischer, mordlustiger Knallkopf sind, der nicht zweimal überlegt, bevor er einen Menschen umlegt. Und Sie hatten genauso wenig Skrupel, auch Dersh zu töten.«

»Nach der ganzen Zeit, die Sie schon ermitteln, ist das alles, was Sie herausgefunden haben? Glauben Sie wirklich, ich habe Woz damals in dem Motelzimmer umgebracht, um ihn zum Schweigen zu bringen?«

Krantz lächelte. »Ich glaube nicht, dass Sie ihn umgebracht haben aus Angst, er würde Sie verpfeifen, Pike. Ich glaube, Sie haben ihn umgebracht, weil Sie seine Frau wollten.«

Pike starrte ihn an.

»Sie hatten doch was mit ihr, oder?«

Pike setzte sich auf und stellte die Füße auf den Boden. »Sie wissen nicht, wovon Sie reden.«

Krantz lächelte. »Wie Ihr Arschloch von einem Freund zu sagen pflegt – ich bin ein Ermittler. Ich habe ermittelt. Ich habe Sie beobachtet, Pike. Ich habe Sie mit ihr gesehen.«

»Damit liegen Sie falsch, ebenso wie mit Dersh. Sie liegen mit allem falsch.«

Krantz nickte zustimmend. »Wenn Sie ein Alibi haben, beschaffen Sie es. Wenn Sie mir beweisen können, dass Sie Dersh nicht auf dem Gewissen haben, bitte ich Branford persönlich, die Anklage fallen zu lassen.«

»Sie wissen, dass es keine Beweise gibt.«

»Es gibt keine, weil Sie es getan haben, Pike. Wir haben Sie auf Video aufgezeichnet, als Sie um Dershs Haus herumgeschnüffelt haben. Und die alte Dame hat Sie bei der Gegenüberstellung herausgepickt. Wir haben die Laborergebnisse und Ihr Verhältnis zu dem Mädchen. Wir haben das hier.«

Krantz zeigte Pike, was er in der Hand hielt – einen in Plastik eingewickelten Revolver.

»Das ist ein .357 Magnum. Die Spurensicherung vergleicht sie mit der Kugel, mit der Dersh umgebracht wurde. Es ist die Tatwaffe, Pike.«

Joe sagte nichts.

»Es ist eine saubere Waffe. Keine Fingerabdrücke, und die Seriennummer wurde herausgebrannt, sodass wir sie nicht zuordnen können. Aber wir haben sie am Santa Monica Boulevard im Wasser gefunden – genau an der Stelle, wo Sie angeblich mit dem Mädchen geredet haben. Das bringt Sie mit der Waffe in Verbindung.«

Pike blickte von der Plastiktüte zu Krantz und überlegte, welcher Zufall dafür gesorgt haben mochte, dass die Waffe dort auftauchte, wo er sich laut eigener Aussage aufgehalten hatte.

»Jetzt überlegen Sie doch mal, Krantz. Warum sollte ich aussagen, ich sei dort gewesen, wenn ich genau an der Stelle die Waffe ins Wasser geworfen habe?«

»Weil Sie jemand gesehen hat. Ich denke, Sie sind dorthin gegangen, um die Waffe verschwinden zu lassen, aber dann hat Sie jemand gesehen. Zuerst habe ich Ihnen die Sache mit dem Mädchen nicht geglaubt, aber vielleicht haben Sie in dem Punkt die Wahrheit gesagt. Vielleicht hat die junge Frau Sie dort gesehen, und Sie haben Angst gehabt, dass wir sie finden und damit Ihre Lüge aufdecken, wenn Sie leugnen, sodass Sie versucht haben, sich selbst zu decken.«

Pike sah wieder zur Plastiktüte. Er wusste, dass Polizisten einem Verdächtigen oft Dinge zeigten und logen, um ein Geständnis herauszulocken.

»Das ist doch Quatsch?«

Krantz lächelte wieder, aber voller Ruhe und vertrauensvoll. Seltsamerweise wirkte es auf Pike irgendwie herzlich. »Das ist kein Quatsch. Sie können Bauman fragen. Der Bezirksstaatsanwalt unterrichtet ihn gerade darüber. Ich habe

Sie, Joe. Mit Wozniak habe ich es nicht geschafft, aber diesmal habe ich Sie. Branford macht diesen ganzen Aufstand um ›besondere Umstände‹, aber der ist doch total daneben. Das würde mir wirklich ein bisschen den Spaß verderben, Pike, wenn Sie einfach nur die Todesspritze verpasst kriegen.«

»Ich habe die Waffe nicht dort reingeschmissen, Krantz. Das heißt, dass es jemand anderes getan hat.«

»Schon merkwürdig, dass Sie und die Waffe zufällig an derselben Stelle waren.«

»Das heißt, jemand kannte meine Aussage. Denken Sie doch mal darüber nach.«

»Ich denke mir, wir haben genug für eine Verurteilung. Charlie wird Ihnen das Gleiche erzählen.«

»Nein.«

»Bauman versucht bereits zu klären, was bei einem Schuldeingeständnis herausspringen könnte. Aber das hat er Ihnen nicht gesagt, oder? Ich weiß, dass Sie sich nicht darauf einlassen, und er wird so tun, als würde er zustimmen, aber er ist nicht doof. Charlie ist schlau. Er lässt Sie sechs Monate im zentralen Männergefängnis schmoren und hofft, Sie sagen die Wahrheit über das Mädchen, das Sie angeblich gesehen haben, aber wenn sie nicht auftaucht, wird er darauf drängen, dass Sie die Schuldanerkennung akzeptieren. Meine Vermutung ist, dass Branford auf zwanzig Jahre plädiert mit der Möglichkeit einer vorzeitigen Haftentlassung. Damit bleibt allen die Peinlichkeit erspart, dass wir mit Dersh falschgelegen haben. Zwanzig Jahre mit vorzeitiger Haftentlassung heißt, Sie sitzen zwölf Jahre ab. Das hört sich doch für Sie ganz gut an, oder?«

»Ich gehe nicht ins Gefängnis, Krantz. Nicht für etwas, das ich nicht getan habe.«

Krantz strich mit den Fingern die Gitterstäbe entlang wie über eine Geliebte.

»Sie sind aber schon drin, und dort bleiben Sie. Und wenn Sie so dämlich sind, vor Gericht zu gehen – und ich glaube, das tun Sie, weil Sie ein Dickkopf sind –, sitzen Sie für den Rest Ihres Lebens im Knast. Und das war dann mein Verdienst, Pike. Meiner. Sie gehören mir, das wollte ich Ihnen sagen. Deswegen bin ich hergekommen. Sie gehören mir.«

Der schwarze Wärter mit den dicken Armen trat vor die Zelle neben Krantz. »Zeit zum Aufbruch, Pike. Treten Sie in die Mitte der Zelle.«

Krantz blickte nur kurz zur Seite. »Oh, eins noch. Sie haben doch gehört, dass wir den Obdachlosen tot aufgefunden haben?«

»Deege.«

»Ja, Deege. Ist das nicht verrückt, dass er euch erzählt, ein Wagen wie Ihrer hätte neben Karen angehalten, mit einem Typen am Steuer, der wie Sie ausgesehen hätte?«

Pike wartete.

»Ein paar Jugendliche haben einen roten Jeep Cherokee da oben gesehen, Joe. Hatte mitten auf der Straße geparkt und gewartet – genau in der Nacht, in der Deege umgebracht wurde. Sie haben auch den Fahrer gesehen. Raten Sie mal, wen sie hinter dem Steuer gesehen haben.«

»Mich.«

»Das wird ja immer besser.«

Krantz blickte Pike noch eine Zeit lang an, dann drehte er sich um und ging.

Einige Zeit zuvor hatte Pike einen Gefangenen gehört, der wie ein Affe gebrüllt hatte – uh-uh-uh – und den Pike für sich als Monkeyboy bezeichnete, und ein anderer Gefangener hatte für alle hörbar gefurzt und seine Exkremente aus der Zelle geschmissen, während er »Ich bin der Gasmann!« gebrüllt hatte.

Sie waren weggebracht worden, und Pike hatte den Wärter mit den dicken Armen auf den Spitznamen Zirkusdirektor getauft.

Als Pike sich aufgestellt hatte, winkte der Zirkusdirektor den Flur hinunter. In Gefängnissen gibt es keine Schlüssel mehr. Die Zellen werden von der Sicherheitszentrale am Ende des Zellenblocks aus, wo zwei Polizistinnen hinter einer kugelsicheren Glasscheibe sitzen, elektronisch verschlossen. Als der Zirkusdirektor sein Zeichen gab, drückten sie einen Knopf, und Pikes Tür öffnete sich mit einem dumpfen Klick, der sich anhörte wie ein einrastender Gewehrbolzen.

Der Zirkusdirektor trat mit den Handschellen ein. »Die Fußfesseln können wir für die Fahrt weglassen, aber die hier müssen wir umlegen.«

Pike streckte seine Hände nach vorne.

»Hab Sie bei den Übungen gesehen«, sagte der Zirkusdirektor, als er die Handschellen anlegte. »Wie viele Liegestütze machen Sie?«

»Tausend.«

»Wie viele Barrenstütze?«

»Zweihundert.«

Der Zirkusdirektor grunzte. Er war groß, Arme, Schultern und Brustmuskeln waren übermäßig ausgebildet, sodass sich die Uniform wie eine zweite Haut darüber spannte. Nicht viele Gefangene würden eine Auseinandersetzung mit ihm wagen, und noch weniger würden einer standhalten, sollten sie sich trauen.

Der Zirkusdirektor ließ die Handschellen einrasten, überprüfte sie noch einmal und trat zurück.

»Ich weiß nicht, ob man bei dieser Geschichte mit Dersh fair mit Ihnen spielt oder nicht. Ich denke, wahrscheinlich haben Sie's getan, aber wenn irgendein Arschloch meine Lady poppen würde, würde ich meine Dienstmarke auch vergessen. Das macht einen Mann zum Mann.«

Pike erwiderte nichts.

»Ich weiß, dass Sie ein Expolizist sind, und ich habe schon gehört, was passiert ist, als Sie noch im Dienst waren. Mir ist das egal. Sie waren ein paar Tage hier in meinem Haus, deswegen wollte ich Ihnen nur sagen, dass ich Sie für einen ziemlich anständigen Kerl halte. Viel Glück.«

»Danke.«

Die beiden Polizistinnen entließen sie aus dem Zellenblock in den grauen Gefängnisflur, wo der Zirkusdirektor Pike eine Treppe hinunter in die Arrestzelle des Sheriffs führte. Fünf andere Gefangene saßen bereits dort, mit Handschellen an besondere Plastikstühle gekettet, die im Boden verschraubt waren – drei kleinere Latinos mit eintätowierten Bandenabzeichen und zwei Schwarze. Einer von ihnen war älter und hatte ein zerfurchtes Gesicht, der andere war jünger, doch fehlten ihm die Schneidezähne. Drei Sheriff Deputies, mit Elektroschockwaffen und Schlagstöcken ausgerüstet, standen an der Tür und unterhielten sich miteinander. Vermeidung von Aufruhr.

Als der Zirkusdirektor Pike in den Raum führte, sah der jüngere Schwarze Pike an und stupste den Älteren, der jedoch nicht reagierte. Der Jüngere war etwa so groß wie Pike, und seine Gefängnistätowierung war auf der dunklen Haut kaum zu sehen. Eine gezackte Narbe lief seitlich an seinem Hals entlang, als hätte man ihm einmal die Kehle durchgeschnitten.

Der Zirkusdirektor deutete mit dem Daumen auf eine Bank, dann nahm er von den Deputies ein Klemmbrett entgegen.

Pike saß regungslos auf der Bank und starrte ins Nichts. Er dachte über Krantz nach und was Krantz gesagt hatte. Der Typ mit der Narbe am Hals starrte ihn immer noch an. Pike hörte, wie der Ältere ihn Rollins nannte.

Eine Viertelstunde später wurden die Gefangenen von ihren Stühlen losgekettet und in einer Reihe ins Parkhaus zu einem grauen Gefängniswagen geführt. Sie stiegen hinten ein, während sie von zwei Deputies mit Mossberg-Shotguns bewacht wurden. Ein dritter Deputy, der Fahrer, saß hinter dem Steuer. Der Motor lief wegen der Klimaanlage.

Im Innern des Fahrzeugs war das Führerhaus vom hinteren Teil durch die gleichen schweren Gitter getrennt, mit denen auch die Fenster gesichert waren. Die hinteren Sitzbänke befanden sich längs zu den Seitenwänden, sodass sich die Gefangenen gegenübersaßen. Der Wagen war für zwölf Gefangene ausgerichtet, doch mit nur der halben Anzahl hatte jeder mehr als genug Platz.

Beim Einsteigen hatte der Deputy mit Namen Montana jedem auf die Schulter getippt und gesagt, ob er sich auf die rechte oder linke Seite setzen sollte. Einer der Mexikaner hatte es falsch verstanden, weswegen der Deputy einsteigen und die Sache klarstellen musste. Das kostete Zeit.

Rollins saß direkt gegenüber von Pike und starrte ihn jetzt unverwandt an.

Pike starrte zurück.

Rollins tat so, als wollte er die Zähne fletschen, zeigte aber nur die große Lücke mit den fehlenden Schneidezähnen.

»Hübsch«, sagte Pike.

Die Fahrt zum zentralen Männergefängnis würde inklusive der üblichen Verzögerungen durch den Verkehr etwa zwölf Minuten dauern. Als der letzte der sechs Gefangenen auf seinem Platz saß, rief Deputy Montana: »Alle herhören: Ihr redet nicht und bewegt euch nicht. Macht keinen Quatsch. Es ist eine kurze Fahrt, deswegen braucht niemand mit so einem Scheiß ankommen von wegen Pinkeln oder so.«

Er wiederholte seine Worte auf Spanisch, dann legte der Fahrer den Gang ein, fuhr aus dem Parkhaus und fädelte sich in den Verkehr ein.

Sie waren genau zwei Straßenblocks weit gefahren, als sich Rollins zu Pike vorbeugte.

»Du bist doch der Wichser, der mal Bulle war, oder?«

Pike sah ihn nur an, ohne ihn eigentlich zu bemerken. Er dachte immer noch über Krantz und über den Fall nach, bei dem mittlerweile alle Indizien gegen ihn sprachen. Er gab sich seinen Gedanken hin und schweifte zu Orten ab, die nichts mehr mit diesem Gefangenentransporter zu tun hatten.

Rollins stupste den älteren Schwarzen, der aussah, als wäre er lieber woanders auf diesem Planeten. »Ja, das ist dieser Wichser. Ich hab ein Näschen für Scheißhaufen wie den. Hab von ihm reden gehört.«

Pike hatte Hundert Männer wie Clarence Rollins ins Gefängnis gebracht und weitere fünfhundert zum Verhör mit auf die Dienststelle genommen. Pike hatte auf den ersten Blick gewusst, dass Rollins die meiste Zeit seines Lebens eingesperrt gewesen war. Der Knast war sein Zuhause. Und in die Welt kam er nur, wenn er gerade mal nicht zu Hause war.

»Du bist 'n echter arischer Wichser, weißt du das, du mit deinen blassen Augen. Ich sag dir was, du Wichser, mir ist es scheißegal, dass du so einen Wichser umgelegt hast. Ich habe so viele Wichser umgebracht, dass ich sie nicht mehr zählen kann, aber es gibt nichts, was ich mehr hasse als einen beschissenen Bullen wie dich. Guck mal hier.«

Rollins schob den Ärmel zurück, um Pike die Tätowierung eines Herzens mit der Inschrift *LAPD 187* zu zeigen: 187 war der LAPD-Code für Mord.

»Du weißt, was das heißt, du Wichser? LAPD eins siebenundachtzig? Das heißt, ich bin ein Bullenmörder. Genau das heißt es. Tätest gut daran, Angst vor mir zu haben.«

Rollins steigerte sich in was hinein. Es war vorhersehbar, als würde man einen Güterzug beobachten, der um eine Kurve bog, doch Pike achtete nicht darauf. Pike sah sich im Wald hinter dem Haus seiner Kindheit, roch die frischen Blätter und den Schlamm in dem kleinen Fluss. Er spürte die Hitze im Dampfbad von Song Be in Vietnam, als er achtzehn Jahre alt gewesen war, und hörte, wie sein Sergeant ihm von den Hügeln mit dem vertrockneten Gestrüpp in Camp Pendleton etwas zurief. Er hatte sich so sehr gewünscht, dass die Stimme seinem Vater gehörte. Er schmeckte den gesunden, sauberen Schweiß der ersten Frau, die er geliebt hatte, ein schönes, stolzes Bauernmädchen namens Diane. Sie stammte aus einer ordentlichen Familie, die Pike verachtet und dafür gesorgt hatte, dass sich das Mädchen nicht mehr mit ihm traf.

»Wie kommt's, dass du nichts sagst, du Wichser? Besser, du antwortest mir, wenn ich mit dir rede, du gottverdammter Wichser. Schließlich sitzt dein Arsch hier drin mit mir in der Falle.« Bei diesen Worten ließ er die lange, schlanke Klinge aufblitzen, die er in seinem Socken versteckt hatte.

Joes Gedanken an andere Orte und Menschen versanken, und nur der Wagen, er selbst und der Mann ihm gegenüber blieben in seiner Wirklichkeit. Pike spürte Frieden um sich herum, als säße er wie in seiner Kindheit zwischen den Bäumen hinter seinem Elternhaus.

»Nein«, flüsterte er. »Du sitzt mit mir in der Falle.«

Clarence Rollins sichtlich überrascht, zwinkerte einmal, dann stieß er sich mit aller Kraft von der Bank ab und ließ das Messer direkt auf Pikes Brust schnellen.

Pike ließ die Klinge an seiner Hand vorbeirutschen, dann schnappte er Rollins' Handgelenk und drehte es um, nutzte die Geschwindigkeit und Kraft von Rollins' Angriff aus, um das Messer abzulenken. Gunnery Sergeant Aimes hätte seine wahre Freude gehabt.

Rollins war groß und stark, sodass die Kraft, die in seinen Arm umgelenkt wurde, beachtlich war. Speiche und Elle knickten um wie frisches Holz, schnitten sich durch die Muskeln, Venen und Arterien und bohrten sich durch die Haut nach außen.

Clarence Rollins schrie.

Die Deputy Sheriffs Frank Montana und Lowell Carmody zuckten bei dem Schrei zusammen und brachten ihre Mossbergs in Anschlag. Die drei gefangenen Latinos hatten sich am Gitter zum Führerhaus zusammengekauert, sodass die Deputies kaum etwas sehen konnten, doch Rollins zappelte herum, als wäre er gebissen worden.

»He, was treibt ihr da hinten?«, rief der Fahrer.

»Sofort aufhören!«, befahl Carmody. »Setzt euch wieder hin!«

Pike befand sich mit Rollins im Mittelgang, wo Rollins wild um sich schlug. Er kreischte wie ein kleines Mädchen, als eine ein Meter hohe Blutfontäne durch den Transporter schoss.

»Scheiße«, meinte Montana. »Pike bringt ihn um!«

Montana und Carmody versuchten an den Latinos vorbei und über ihre Mossbergs hinweg etwas zu erkennen. »Lass ihn los, Pike!«, rief Montana. »Setz dich hin, verdammt!«

Als die Mexikaner die Waffen sahen, krabbelten sie zur Seite, darauf bedacht, nichts von dem Blut abzubekommen. Wahrscheinlich hatten sie Angst vor Aids.

Pike nahm die Hände von Rollins und setzte sich wieder.

Clarence wirbelte immer noch herum und schrie, als stünde sein ganzer Körper in Flammen.

»Halt's Maul, Rollins!«, schrie Montana. »Was ist denn da los?«

»Er ist verletzt«, erklärte der andere Schwarze. »Seht ihr das denn nicht?«

»Hör mit dem Scheiß auf und setz dich wieder hin, Rollins!«, befahl Montana. »Was, zum Teufel, treibst du denn da?«

»Er verblutet, verdammt«, fiel ihm der Ältere wieder ins Wort. »Das ist Blut.«

Rollins verspritzte sein Blut in alle Richtungen und hörte nicht auf zu brüllen. Der ältere Schwarze versuchte Abstand zu halten.

»Ich kann ihm helfen«, sagte Pike. »Ich kann die Blutung stoppen.«

»Du bleibst sitzen!«

Carmody spähte durch das Gitter. »Scheiße, der simuliert nicht. Der blutet wie ein Schwein. Einer von diesen Dreckskerlen muss ihn aufgeschlitzt haben.«

»Er wurde nicht aufgeschlitzt«, erklärte der andere Schwarze wieder. »Das sind Knochen, die da rausstehen! Sein Arm ist gebrochen. Seht ihr das denn nicht?«

Montana sah es, obwohl Rollins so herumtobte. Die Knochen sahen aus wie rosafarbenes Elfenbein.

Der Fahrer meinte, sie seien nur noch zehn Minuten vom Gefängnis entfernt, doch als er das sagte, steckten sie gerade im Verkehr fest. Der Transporter hatte weder Blaulicht noch Sirenen, sodass sie die anderen Fahrzeuge nicht vorantreiben konnten.

»Zehn Minuten sind zu lang!«, rief der Alte. »Dem Mann hier muss der Arm abgebunden werden. Wir haben keinen Gürtel oder so was hier hinten. Wollt ihr ihn denn verbluten lassen?«

»Scheiße, es ist besser, wir unternehmen was«, räumte Montana ein. In Gedanken sah er schon, wie der Kerl hinten verblutete und er mit seinen beiden Kollegen von der amerikanischen Bürgerrechtsvereinigung zur Rechenschaft gezogen wurde.

Montana ließ vom Fahrer per Funk einen Lagebericht an die Zentrale durchgeben und einen Arzt anfordern. Seine Shotgun und seine Pistole ließ er bei Carmody, weil er keinen dieser Kerle mit einer Waffe provozieren wollte, dann zog er sich Gummihandschuhe an. Ihm war klar, dass dieser Kerl Aids hatte. Alle diese Wichser hatten Aids.

»Du gibst mir Deckung«, verlangte er von Carmody.

Carmody rief laut nach hinten, um Rollins' Stöhnen und Poltern zu übertönen, dass alle auf ihren Sitzen bleiben sollten. Bei jedem Blutschwall aus Rollins' Arm zuckten die Latinos zusammen und rückten noch näher aneinander.

Montana ging um den Wagen herum, schloss die Tür auf und spähte hinein. O Scheiße, überall Blut.

»Beruhig dich, Rollins. Ich werde dir helfen.«

Wie ein Breakdancer wirbelte Rollins auf dem Rücken herum, trat mit den Füßen und schrie. Wie ein riesiges Baby zappelte Mr. 187 herum.

Pike saß links, der alte Mann rechts, die Mexikaner hatten sich vorne links zusammengekauert. Carmody hielt die Shotgun im Anschlag, und auch der Fahrer hatte seine Waffe gezückt.

»Zieh nur diesen Arsch da raus und schließ wieder ab. Wir können uns draußen um ihn kümmern«, meinte Carmody.

Das war der Plan.

»Braucht ihr Hilfe?«, fragte Pike.

»Bleib du bloß da sitzen, verdammt, und wehe, du bewegst dich.«

Montana stieg in den Transporter. Er versuchte, die Gefangenen im Auge zu behalten und gleichzeitig mit Rollins fertig zu werden.

Rollins wirbelte immer wieder herum, Blut spritzte auf Montanas Hose, dann fiel er nach hinten in Richtung der Mexikaner. Die drei sprangen vor Carmody von ihren Sitzen auf.

»Verdammt, Rollins. Wenn du Aids hast, schlag ich dich tot, du Dreckskerl. Das schwöre ich dir, ich bring dich eigenhändig um.«

Montana krabbelte den Gang entlang an Pike und dem anderen Schwarzen vorbei, dorthin, wo die Mexikaner versuchten, den hysterischen Rollins mit ihren Füßen auf Abstand zu halten.

Montana biss die Zähne zusammen und fluchte, dann schnappte er sich Rollins' Bein, um ihn den Gang entlangzuziehen. Plötzlich schrie der Fahrer: »Aus dem Weg! Aus dem Weg! Er haut ab!«

Beide Waffen zielten direkt auf Montana.

Frank Montanas Magen zog sich zusammen, als er sich auf die Knie fallen ließ und nach hinten blickte – Pike war durch die offene Tür geflohen.

30

Die fünf Spiegeltürme des Bonaventure Hotels erhoben sich aus dem Becken von Los Angeles wie eine Insel im Meer. Die Strahlen der untergehenden Sonne wurden zwischen den Gebäuden hin und her geworfen und ließen sie im Westen vor dem Hintergrund des lilafarbenen Himmels in heißem, orangefarbenem Licht erglühen. Auf dem Freeway ergoss sich eine Lavaflut aus roten Lichtern, die der Sonne hinterherjagten. Die Dämmerung setzte ein.

Wenn man auf dem Weg zu mir oben am Berg den Mulholland Drive erreicht, muss man scharf abbiegen, um auf den Woodrow Wilson Drive zu gelangen. Dieser gewundenen Straße folgt man zwischen den Bäumen hindurch, bis man zu meiner kleinen Straße kommt. Vom Mulholland Drive an der Einmündung zum Woodrow Wilson Drive ragen breite Vorsprünge nach außen, die von Besuchern der umliegenden Häuser oft als Parkplätze genutzt werden, sodass ich normalerweise nicht auf diese Fahrzeuge achte. Doch an diesem Abend stand nur eine kastenförmige Limousine mit einem Mann und einer Frau auf den Vordersitzen abseits der Straße. Sie drehten die Köpfe zur Seite, als ich sie ansah. Als ob auf ihrer Stirn in Neonbeleuchtung POLIZEI stünde.

Fünf Minuten später fuhr ich in den kühlen Schatten

meines Carports, betrat das Haus und wusste, warum die Polizei hier war.

Joe Pike lehnte mit verschränkten Armen in der dunklen Küche an der Theke. Die Katze saß neben ihm und blickte unterwürfig zu ihm auf.

»Überraschung«, grüßte Pike.

Es schien normal, dass er hier bei mir zu Hause war, nur dass kein Jeep vor der Tür stand und Pike eigentlich im Gefängnis sein sollte. Über der Hose trug er ein lockeres T-Shirt mit kleinen braunen Delfinen, die aus dem Wasser sprangen, seine Tätowierungen waren von den Ärmeln verdeckt. Wieder hatte er eine Sonnenbrille auf, selbst hier in der Dunkelheit meiner Küche.

Ich schaltete das Licht an.

»Nicht.«

Ich schaltete es wieder aus.

»Charlie hat dich nicht da rausgeholt, oder?«

»Es war mehr ein Selbsthilfeprogramm.«

Ich ging durchs Erdgeschoss, zog die Rollos herunter und die Vorhänge zu.

»Ich bin zu Hause. Es sähe komisch aus, wenn ich kein Licht anmachen würde.«

Er nickte, und wir schalteten die Lichter ein.

»Draußen auf dem Mulholland Ecke Woodrow Wilson Drive steht ein Wagen. Ist noch was, oder solltest du mir nicht einfach erzählen, warum du abgehauen bist?«

»Oben am Nichols Cañon steht noch ein Wagen. Unten, wenn man von Hollywood hochkommt, steht wahrscheinlich noch einer. Zwei Einheiten sind auf meine Wohnung angesetzt, eine andere auf meinen Waffenladen.«

»Früher oder später wird die Polizei herkommen und mich ausfragen.«

»Bis dahin bin ich weg.«

»Weißt du, wo du unterkommst? Hast du einen Wagen?«

Seine Mundwinkel zuckten, als wäre es albern von mir gewesen, diese Fragen zu stellen.

»Wahrscheinlich beobachten sie auch mein Haus. Vielleicht waren sie noch nicht hier, als du hergekommen bist, aber in der Zwischenzeit könnten sie sich draußen postiert haben. Warte, bis es richtig dunkel ist, bevor du gehst. Dann schaffst du es unbemerkt bis nach Hollywood runter.«

Er nickte.

»Mein Gott, Joe. Warum?«

»Ich bin lieber draußen, Elvis. Krantz hat den Fall eröffnet. Obwohl ich unschuldig bin, könnten sie gewinnen. Draußen kann ich mir selbst helfen. Im Knast wäre ich nur ihr Opfer. Ich bin nicht gerne Opfer.«

Pike erzählte, was passiert war. Währenddessen nahm er die Katze auf den Arm. Es gibt immer Momente, in denen auch ein harter Mann ein schlagendes Herz spüren muss.

Als er erzählte, dass die Tatwaffe an der Stelle gefunden worden war, wo er das Mädchen getroffen hatte, sagte ich: »Die hat jemand dort deponiert.«

»Genau. Ansonsten wären wir wieder beim Thema Zufall. Hast du von Deege gehört?«

»Er ist tot.«

»Ermordet. Ein paar Kinder haben an der Stelle einen roten Jeep gesehen, wo es passiert ist. Und sie haben einen Kerl hinter dem Steuer erkannt, der aussah wie ich.«

Ich starrte ihn an. Ich wollte etwas sagen, aber ich wusste nicht, was. Die Sache wurde immer verfahrener.

»Es passt alles ziemlich gut zusammen. Ich habe Dersh umgebracht. Ich habe Deege umgebracht. Bald wird es so aussehen, als hätte ich alle diese Leute umgebracht.«

»Außer Lorenzo. Du warst im Knast, als Lorenzo umgebracht wurde.«

Pike zuckte mit den Schultern, als gäbe es trotzdem noch einen Weg, ihm auch das anzuhängen.

»Krantz hasst dich«, fuhr ich fort. »Alle Fäden laufen bei Krantz zusammen.«

»Alle Fäden laufen bei mir und Woz und DeVille zusammen. Krantz ist nur ein Teil davon, ebenso wie Karen.«

»Vielleicht sind es nicht nur Karen und Dersh«, wandte ich ein. »Vielleicht lassen sich alle sechs Opfer auf diesen Tag zurückführen. Vor Dersh hatten wir einen Mörder, der fünf Menschen umgebracht hat. Er hat keine Briefe geschickt und keine Botschaften hinterlassen, aber alle fünf auf dieselbe Weise umgebracht. Das heißt, auf seine Art will er, dass die Polizei weiß, dass er es war.«

»Er will seine Macht demonstrieren.«

»Seine Art, uns die Zunge rauszustrecken. Die Opfer wurden im Abstand von drei Monaten getötet, niemand kann einen Zusammenhang herstellen, und alles deutet auf einen Serienmörder hin. Aber was ist, wenn es kein Serienmörder ist, der sein Opfer zufällig aussucht? Was ist, wenn es ein Mörder ist, der voller Wut steckt und seine Morde geplant hat?«

Pike nickte.

»Ich habe versucht, an DeVilles Akte ranzukommen,

aber sie ist verschwunden. Ich weiß, dass ihr DeVille durch einen Informanten gefunden habt, deswegen habe ich in Wozniaks Akte nachschauen wollen, aber da war nichts. Weißt du, woher er die Information hatte?«

»Nein. Wozniak hatte Leute auf allen Ebenen der Nahrungskette.«

»Ich habe seine Witwe besucht, aber sie weiß auch nichts.«

Pike hörte auf, die Katze zu streicheln.

»Du bist zu Paulette gegangen?«

»Sie heißt jetzt Renfro. Sie wollte nicht darüber reden, aber ihre Tochter versucht mir zu helfen.«

Pike sah mich lange an, dann ließ er die Katze auf den Boden springen, holte zwei Dosen Bier aus dem Kühlschrank und reichte mir eine. Etwas Bier goss er auf den Küchentresen. Die Katze leckte es auf.

»Es ist lange her, Elvis. Lass Paulette in Ruhe.«

»Sie könnte uns helfen.«

Ein Wagen hielt vor dem Haus. Joe verschwand im Wohnzimmer, aber ich wusste, wer es war.

»Es ist Lucy.«

Ich öffnete die Küchentür und ließ sie mit einer Tüte voller Lebensmittel und zwei Kostümen herein, die noch in den Plastiküberzügen aus der Reinigung steckten. Wahrscheinlich war sie bei sich zu Hause vorbeigefahren. Sie war aschfahl im Gesicht, bewegte sich mit kurzen schnellen Schritten, blickte sich nervös um. Die Katze fauchte einmal und huschte durch die Katzenklappe.

»Oh, halt's Maul. Es ist was passiert. Joe ist aus der Haft geflohen.«

»Ich weiß. Er ist hier.«

Als ich die Tür schloss, kam Joe aus dem Wohnzimmer herein.

Lucy blieb mitten in der Küche stehen und starrte ihn an. Sie war nicht glücklich, ihn zu sehen.

»Was hast du dir nur dabei gedacht?«, fragte sie ihn.

»Hallo, Lucy.«

Sie stellte ihre Handtasche und die Einkaufstüte auf die Theke, behielt aber die beiden Kostüme in der Hand. Ihr Gesicht hatte sich versteinert; sie war nicht mehr nervös, sondern wütend. »Du weißt ja wohl, dass das ein sehr schlechter Schachzug war.«

Pike erwiderte nichts.

»Er sitzt in der Falle, Lucy. Ich weiß nicht, ob das schlau war, was er gemacht hat, aber jetzt ist es passiert.«

Aus Lucys Gesicht sprach eine Wut, die mir überhaupt nicht gefiel. »Du brauchst ihn gar nicht zu verteidigen. Damit kein Zweifel besteht – ich kann euch versichern, dass es nicht schlau war.« Sie wandte sich zu Joe. »Hast du schon mit deinem Anwalt gesprochen?«

»Noch nicht.«

»Er wird dir sagen, dass du dich stellen sollst. Genau das solltest du auch tun.«

»Wird nicht passieren.«

Lucy drehte sich wieder zu mir. »Hast du irgendwas mit der Sache zu tun?«

Ich fühlte mich, als wäre Mama auf ihre zwei kleinen Jungs sauer, was mir noch weniger gefiel.

»Nein, ich habe nichts damit zu tun. Und was ist mit dir? Warum regst du dich so auf?«

Sie rollte mit den Augen, als wäre ich ein Idiot, dann legte sie die Kostüme über die Einkaufstüte. »Kann ich dich mal sprechen?«

Sie stolzierte ins Wohnzimmer.

Wir entfernten uns so weit wie möglich von Joe. »Deine Hilfsbereitschaft erschlägt einen ja geradezu«, meinte ich schließlich.

»Ich unterstütze das nicht, und das solltest du auch nicht tun.«

»Ich unterstütze das genauso wenig. Ich gehe damit um. Was soll ich deiner Meinung nach tun? Ihn rausschmeißen? Die Polizei anrufen?«

Lucy schloss die Augen, bis sich ihre Wut etwas gelegt hatte. Als sie sie wieder öffnete, sprach sie gleichmäßig und ruhig.

»Ich bin die letzten drei Stunden krank gewesen vor Sorge um ihn und um dich. Ich habe versucht, dich zu erreichen. Ich hatte guten Grund anzunehmen, dass du an der Sache beteiligt warst. Du und dieser Traumtänzer da drüben, zwei Partner, die gemeinsam von der Klippe springen.«

Ich wollte etwas sagen, doch sie hielt die Hand nach oben.

»Ist dir klar, dass du nach kalifornischem Recht deine Lizenz aufs Spiel setzt? Du bietest einem Flüchtling Unterschlupf. Das ist ein Verbrechen.«

»Er ist hier, weil wir zusammenarbeiten müssen, wenn wir aus dieser Sache herauskommen wollen. Er hat Eugene Dersh nicht umgebracht.«

»Dann soll er das vor Gericht beweisen.«

»Wir brauchen einen Beweis, um es zu beweisen. Die

Staatsanwaltschaft hat den Fall eröffnet, aber wir haben nichts, was wir dagegensetzen können. Wir müssen denjenigen finden, der Dersh umgebracht hat, und im Moment glaube ich, dass es der Gleiche ist, der Karen Garcia und die fünf anderen Menschen auf dem Gewissen hat.«

Lucys Lippen waren angespannt, ihr Gesicht war eine harte Maske, weil es nicht das war, was sie hören wollte.

»Es ist für ihn gefährlich hier, Lucy. Das weiß er genauso gut wie ich. Er wird nicht bleiben, aber er kann erst verschwinden, wenn es richtig dunkel ist.«

»Was ist, wenn die Polizei genau in diesem Moment an die Tür klopft? Mit einem Durchsuchungsbefehl?«

»Das werden wir sehen, wenn es so weit ist.«

Sie wich nach hinten zurück.

»Du bist nicht der Einzige, für den hier was auf dem Spiel steht.« Ihr ganzer Körper versteifte sich. »Ich bin nicht Joes Anwältin. Solange ich hier bei dir wohne, riskiere ich, meine Lizenz als Anwältin zu verlieren. Schlimmer noch: Was hier gerade passiert, könnte meine Eignung als Bens Mutter in Frage stellen, wenn Richard das Sorgerecht anficht.«

Ich sah zu Joe hinüber, dann wieder zu Lucy. Ihr kalter Blick durchbohrte mich.

»Wenn Joe bleibt, muss ich gehen.«

»Er wird gehen, sobald es dunkel ist.«

Sie schloss die Augen, dann wiederholte sie ihre Worte langsam und sorgfältig.

»Wenn Joe bleibt, muss ich gehen.«

»Verlang das nicht von mir, Lucy.«

Sie bewegte sich nicht.

»Ich kann nicht von ihm verlangen zu gehen.«

Vor langer Zeit und an einem anderen Ort war ich einmal schwer verwundet gewesen und konnte nicht sofort ärztlich versorgt werden. Kleine, heiße Stahlstücke hatten sich durch meinen Rücken gebohrt, Arterien und Gewebe aufgerissen, aber ich hatte nur warten können, bis ich gerettet wurde. Ich hatte versucht, die Blutung zu stoppen, doch die Wunden hatten sich hinten auf meinem Rücken befunden. Hose und Hemd waren blutdurchtränkt, und der Boden unter mir hatte sich in roten Matsch verwandelt. Ich hatte einfach nur dagelegen und mich gefragt, ob ich hier verbluten würde. Die Minuten hatten sich zu Stunden ausgedehnt, während das Blut aus mir heraussickerte, und die Zeit kroch so langsam vor sich hin, dass ich das Gefühl hatte, ich würde auf ewige Zeiten in diesem einzigen schrecklichen Moment gefangen sein.

Genauso langsam verging die Zeit jetzt.

Lucy und ich standen schweigend neben dem Kamin, blickten einander nur verletzt an.

»Ich liebe dich«, sagte ich.

Lucy ging in die Küche, schnappte sich ihre Kostüme, verließ das Haus und fuhr weg.

»Du solltest ihr hinterherfahren«, meinte Joe.

Ich hatte nicht gehört, dass er näher gekommen war, hatte nicht seine Hand auf meiner Schulter gespürt. Gerade eben war er noch in der Küche gewesen, und jetzt stand er hier neben mir.

»Wenn es wegen mir ist, wäre lieber ich gegangen.«

»Deine Chancen stehen besser, wenn es dunkel ist.«

»Meine Chancen sind das, was ich aus ihnen mache.«

Er ging zum Tisch, zog den Stuhl leise vor und setzte sich, ohne dass ich etwas hörte. Vielleicht lauschte ich auf andere Dinge. Die Katze tauchte wieder auf und sprang auf den Küchentisch, um in Joes Nähe zu sein.

Ich ging in die Küche zurück und sah in die Einkaufstüte. Lachssteaks, Brokkoli und eine Packung neuer Kartoffeln. Abendessen für zwei.

»Seit ich dich kenne, habe ich dich wegen deiner Weisheit geschätzt«, sagte Joe aus dem Esszimmer.

Ich sah nur Pikes Umrisse im Schatten. Der Kater stieß mit dem Kopf gegen seine Hände.

»Was willst du jetzt schon wieder damit sagen?«

»Du bist meine Familie. Ich habe dich richtig gerne, aber manchmal bist du ein Trottel.«

Ich räumte das Essen weg und ging zum Sofa. »Wenn du was willst, bedien dich.«

Zwei Stunden später war es völlig dunkel draußen. In der Zwischenzeit hatten wir unser weiteres Vorgehen geplant, dann huschte Joe durch die Küchentür hinaus in die Dunkelheit.

Jetzt war ich wirklich alleine.

31

Ich saß in meinem leeren Haus auf dem Sofa. Ich hatte ein komisches Gefühl, als hätte ich etwas Wertvolles verloren. Und ich dachte ja auch, dass es so war. Nach einer Weile rief ich Lucy an, erreichte aber nur ihren Anrufbeantworter.

»Ich bin's. Bist du da?«

Wenn sie da war, ging sie nicht ran.

»Luce, wir müssen über die Sache reden. Würdest du bitte rangehen?«

Als sie immer noch nicht abhob, legte ich auf und setzte mich wieder aufs Sofa. Nach einer Weile öffnete ich die Terrassentür, um die Geräusche der Nacht hereinzulassen. Irgendwo da draußen beobachteten mich ein paar Polizisten, aber musste ich mir darum Sorgen machen? Im Moment hätte ich am ehesten sie als meine Gesellschaft bezeichnen können.

Ich pochierte eins der Lachssteaks in Bier und machte ein Sandwich daraus, das ich neben dem Telefon in der Küche im Stehen aß.

Lucy Chenier war noch keinen Monat hier. Sie hatte ihr Leben umgekrempelt, um hier zu wohnen, und jetzt war alles beim Teufel. Es machte mir Angst. Wir waren nicht aneinandergeraten, weil wir unterschiedliche Filme mochten oder weil ich zu ihren Freunden grob gewesen wäre. Wir waren aneinandergeraten, weil sie mich vor die Wahl zwischen sich und Joe gestellt hatte, und ihrer Meinung nach hatte ich mich für Joe entschieden. Sie mochte wohl recht haben, aber ich wusste nicht, was ich tun sollte. Hätte sie mich noch einmal vor diese Wahl gestellt, hätte ich mich genauso entschieden, und ich war mir nicht sicher, was das über mich – oder uns – sagte.

An der Tür wurde laut geklopft. Ich dachte, es wäre die Polizei, und irgendwie war sie es auch.

Samantha Dolan stand schwankend in der Tür, die Hände in die Hüften gestemmt. Sie hatte eine Fahne.

»Ist noch was von dem Tequila übrig?«

»Der Zeitpunkt ist gerade nicht gut, Samantha.«

Sie wollte schon, wie das letzte Mal, an mir vorbei eintreten, doch diesmal machte ich keinen Platz.

»Was denn, bist du mit deiner kleinen Frau zugange?«

Ich blieb stehen. Ich roch den Tequila. Der Geruch war so stark, als würde er aus ihren Poren strömen.

Ihr typisch harter Blick wurde weicher. Sie schüttelte den Kopf, und die ganze Arroganz war wie weggewischt. »Für mich ist der Zeitpunkt auch nicht gut, Weltgrößter. Bishop hat mich rausgeschmissen. Er will mich nicht mehr im Dezernat für Raub und Mord haben.«

Ich trat zur Seite und ließ sie eintreten. Es war mir unangenehm, und ich kam mir armselig vor, hatte ein schlechtes Gewissen wegen der Art, wie man mit ihr umging. Das passte wunderbar zu dem schlechten Gewissen, das ich bereits wegen Lucy hatte.

Ich holte die Flasche Cuervo 1800 und goss ein paar Fingerbreit in ein Glas.

»Mehr.«

Ich schenkte nach.

»Willst du keinen mittrinken?«

»Ich trinke lieber ein Bier.«

Dolan nahm einen Schluck und atmete tief durch.

»Gott, tut das gut.«

»Wie viel hattest du schon?«

»Nicht annähernd genug.« Sie hob ihre Augenbrauen in meine Richtung. »Kleine Meinungsverschiedenheit gehabt?«

»Mit wem?«

»Ich rede nicht von deinem Kater, Dummkopf. Von der kleinen Frau.« Dolan wies mit ihrem Glas in Richtung Wohnzimmer. »Auf der Theke steht eine Handtasche. Du bist nicht der einzige Ermittler hier im Haus.« Sie merkte, was sie gerade gesagt hatte, und nahm noch schnell einen Schluck. »Na ja, vielleicht doch.«

Lucys Handtasche stand neben dem Kühlschrank, dort, wo sie die Einkaufstüte abgestellt hatte. Ihre Kostüme hatte sie mitgenommen, aber die Handtasche vergessen.

Wieder trank Dolan von dem Tequila, dann lehnte sie sich gegen die Theke. »Es war nicht sehr gescheit von Pike, was er gemacht hat. Wenn du mit ihm redest, solltest du ihn davon überzeugen, sich zu stellen.«

»Das würde er nicht tun.«

»Es lässt ihn nicht gerade wie einen Unschuldigen aussehen.«

»Wahrscheinlich will er seine Unschuld selbst beweisen, wenn das die Polizei schon nicht tut.«

»Vielleicht sollten wir nicht darüber reden.«

»Vielleicht.«

»Es sieht einfach nur schlecht aus, will ich damit sagen.«

»Reden wir nicht darüber.«

So standen wir also in der Küche. Im Chez Cole gibt's immer was zu lachen. Ich fragte sie, ob sie sich setzen wollte. Sie bejahte, also gingen wir ins Wohnzimmer hinüber. Der Tequila folgte uns.

»Das mit Bishop tut mir leid.«

Nachdenklich schüttelte Dolan den Kopf.

»Pike fuhr noch Streife, kurz bevor ich anfing. Weißt du, in welchen Bezirken er gearbeitet hat?«

»War ein Jahr in Hollenbeck, bevor er nach Rampart versetzt wurde.«

»Ich habe in West L.A. angefangen. Damals gab es noch nicht so viele Frauen bei der Polizei wie heute, und wir wenigen bekamen alle möglichen Scheißjobs aufgebrummt.«

Sie schien reden zu wollen, also ließ ich sie reden. Ich war zufrieden mit dem Bier.

»An meinem ersten Tag im Dienst, gleich nachdem ich von der Akademie gekommen war, sind wir zu einem Haus gefahren, wo zwei Füße aus dem Boden rausgeguckt haben.«

»Menschenfüße?«

»Ja. Also diese beiden Füße gucken einfach aus dem Boden raus.«

»Nackt?«

»Ja, Cole, aber lass mich doch einfach meine Geschichte erzählen, ja? Also, da sind zwei Füße, die hinter dem Haus aus dem Boden gucken. Wir machen Meldung, und unser Dienstleiter kommt raus und meint: ›Ja, das ist ein Paar

Füße, stimmt.‹ Allerdings wissen wir nicht, ob da noch ein Körper dranhängt. Ich meine, vielleicht ist da noch ein Körper unten dran, oder es stecken nur die beiden Füße in der Erde.«

»Vielleicht wollte jemand Hühneraugen züchten.«

»Mach keine Witze. Witz gehört auch in die lange Liste der Dinge, die du nicht beherrschst.«

Ich nickte. Eigentlich hielt ich mich für ziemlich witzig, aber ich hatte getrunken.

»Wir stehen also da mit diesen Füßen, und wir dürfen sie nicht anfassen, bis der Gerichtsmediziner da war, aber der erzählt uns, er könnte erst am nächsten Morgen kommen. Der Dienstleiter sagt, dass jemand die Füße bewachen muss. Wir konnten sie ja nicht so einfach allein lassen, oder? Also müssen ich und mein Partner die Füße bewachen.«

»Okay.«

Sie vernichtete den Rest ihres Tequilas und schenkte sich selbst nach, während sie mit ihrer Geschichte fortfuhr.

»Aber dann kommt ein Notruf rein, und der Dienstleiter sagt meinem Partner, er solle dem lieber nachgehen. Er soll das Mädchen bei den Füßen lassen.«

»Das Mädchen.«

»Ja, damit meinte er mich.«

»So weit hatte ich das schon kapiert, Samantha.«

Sie nahm einen kräftigen Schluck und zog ihre Zigaretten raus.

»Rauchen verboten.«

Mit mürrischem Blick legte sie die Zigaretten wieder weg.

»Alle hauen sie ab, und ich bleibe mit diesen Füßen allein hinter dem verlassenen Haus. Es ist richtig gespenstisch.

Eine Stunde vergeht. Zwei Stunden. Sie kommen nicht zurück. Ich versuche es über Funk, aber keiner antwortet. Ich bin sauer. Tierisch sauer. Drei Stunden. Dann höre ich das gruseligste Geräusch, das ich je in meinem Leben gehört habe, so ein Stöhnen – ooo-ooo-ooo.«

»Was war es?«

»Ein Geist kommt zwischen den Palmen heruntergeschwebt. Ein großer weißer Geist. ›Ooo-ooo-ooo, ich will meine Füße.‹ Echt gruselig und unheimlich.«

»Sag's nicht: dein Partner in einem Bettlaken.«

»Nein, es war der Dienstleiter. Er wollte versuchen, das Mädchen zu erschrecken.«

»Was hast du gemacht?«

»Ich reiße meine Smith raus und schreie: ›Bleib stehen, du Arsch, Polizei.‹ Dann jage ich alle sechs Schuss raus, so schnell ich kann.«

»Dolan, du hast diesen Typen umgebracht?«

Sie lächelte mich an, aber es war ein nettes Lächeln. »Nein, du Schwachkopf. Ich wusste, dass die Arschlöcher mir früher oder später so einen Streich spielen würden. Deswegen hatte ich immer Platzpatronen dabei.«

Ich lachte.

»Der Dienstleiter fällt auf den Boden, rollt sich zusammen, die Hände über dem Kopf, und schreit, ich solle nicht schießen. Ich lasse alle sechs Schüsse raus, dann gehe ich zu ihm hin und sage: ›He, Sergeant, ist das mit Fußstreife gemeint?‹«

Ich musste noch mehr lachen, doch Dolan atmete tief ein und schüttelte den Kopf. Ich hörte auf zu lachen.

»Sam?«

Ihre Augen wurden rot, doch sie unterdrückte die Tränen. »Ich habe alles, was ich hatte, in diese Arbeit investiert. Ich habe nicht geheiratet, und ich habe keine Kinder, und jetzt ist alles futsch.«

»Kannst du dagegen Beschwerde einlegen? Kannst du irgendetwas tun?«

»Ich könnte eine Anhörung vor dem Untersuchungsausschuss beantragen, aber diese Wichser könnten dafür sorgen, dass ich entlassen werde. Bishop will mich nur aus dem Dezernat für Raub und Mord draußen haben. Er meint, ich hätte meinen Teamgeist verloren. Er vertraut mir nicht mehr.«

»Es tut mir leid, Samantha. Wirklich, es tut mir leid. Was passiert jetzt?«

»Versetzung innerhalb der Verwaltung. Ich bin freigestellt, bis ich bei einer anderen Stelle wieder anfange. Sie stecken mich in eins der Polizeireviere, vermute ich. Mordabteilung Süd, vielleicht, unten in South Central.« Sie blickte zu ihrem Glas hinunter, schien überrascht zu sein, dass es leer war.

»Zumindest hast du deine Arbeit noch.«

Sie sah mich an, als wäre ich ein kleines Kind, das schwer von Begriff war. »Kapierst du denn nicht, Cole? Egal, wo ich hinkomme, es geht auf jeden Fall bergab. Das Dezernat ist der Gipfel. Es ist, als gehörte man zum Spitzenteam und müsste dann in die dritte Liga irgendwo am Arsch der Welt abwandern. Deine Karriere ist futsch. Du schlägst nur noch die Zeit tot, bis du wieder weggeschickt wirst. Weißt du, was das für mich bedeutet?«

Ich wusste nicht, was ich sagen sollte.

»In meiner ganzen verdammten Karriere musste ich

Männer wie Bishop zwingen, mich mitspielen zu lassen, und jetzt habe ich nichts mehr.« Sie sah zu mir herüber. »Gott, ich will dich.«

»Sam«, sagte ich nur.

Sie hob eine Hand und schüttelte den Kopf.

»Ich weiß. Es ist der Tequila.«

Seufzend blickte sie in ihr leeres Glas, stellte es auf den Tisch und verschränkte die Arme, als wüsste sie nicht, was sie mit sich anfangen sollte. Sie blinzelte, weil sich ihre Augen wieder mit Tränen füllten.

»Elvis?«

»Was?«

»Kannst du mich in den Arm nehmen?«

Ich bewegte mich nicht.

»So meine ich das nicht. Ich möchte einfach nur gehalten werden. Ich habe sonst niemanden, der das tut.«

Ich stellte mein Bier ab und ging zu ihr, um sie in den Arm zu nehmen.

Samantha Dolan legte ihr Gesicht an meine Brust, und nach einer Weile sickerten die Tränen durch mein Hemd. Sie löste sich von mir und wischte sich übers Gesicht. »O Gott, ist das pathetisch.«

»Nein, es ist nicht pathetisch.«

Sie schniefte und rieb sich wieder die Augen. »Ich bin hier, weil ich niemanden sonst habe. Ich habe alles, was ich hatte, in diese verdammte Arbeit gesteckt, und alles, was ich jetzt vorweisen kann, ist ein Kerl, der eine andere Frau liebt. Das ist doch echt zum Kotzen, wenn du mich fragst.«

»Niemand hat dich darum gebeten, Samantha.«

»Ich will dich, verdammt. Ich will mit dir schlafen.«

»Psst.«

Ihre Brust rieb gegen meinen Arm. »Ich will, dass du mich liebst.«

»Psst.«

»Mach nicht immer psst, verdammt.«

Sie fuhr mit ihren Fingern an meinem Oberschenkel entlang. Ihre Augen glänzten in dem dämmrigen Licht. Als sie zu mir aufsah, spürte ich ihren warmen Atem auf meiner Wange. Sie war hübsch und stark und lustig, und ich wollte sie. Ich wollte sie im Arm halten, und ich wollte, dass sie mich hielt. Wenn ich ihre Leere ausfüllen könnte, würde sie dasselbe vielleicht bei mir erreichen.

Stattdessen sagte ich: »Dolan, ich kann nicht.«

Die Küchentür ging auf, ein seltsames Geräusch, das in diesem Moment keinen Platz hatte.

Lucy stand in der Küche, den Türgriff noch in der Hand, in den Augen ein furchtbarer Schmerz.

Ich blieb stehen.

»Lucy.«

Lucy Chenier schnappte sich ihre Handtasche von der Theke und verließ, die Tür hinter sich zuknallend, die Küche wieder.

Draußen heulte ein Motor auf, der Anlasser pfiff.

Draußen quietschten die Reifen, als sie lospreschte.

Dolan ließ sich nach hinten aufs Sofa fallen. »Oh, Scheiße.«

Mein Herz tat so sehr weh, dass ich das Gefühl hatte, hohl zu sein, als wäre ich nur eine leere Hülle, die vom Druck der Luft zerquetscht zu werden drohte.

Ich fuhr ihr hinterher.

Lucys Lexus stand vor ihrer Wohnung. Der Motor knackte noch, als ich ausstieg. In ihrer Wohnung brannte Licht, aber der Schein der Lampen wirkte durch die zugezogenen Vorhänge wenig einladend. Oder vielleicht hatte ich einfach nur Angst.

Ich stand auf der Straße, sah zu ihren Fenstern hinauf und lauschte dem Knacken des Motors. Ich lehnte mich gegen den Kotflügel, legte eine Hand auf die warme Motorhaube. Eine Treppe hinauf bis in den ersten Stock – aber genauso gut hätten die Stufen ins Unendliche gehen können.

Ich stieg hinauf und klopfte leise an die Tür.

»Luce?«

Die Tür öffnete sich. Lucys Blick hatte nichts Dramatisches, doch sie weinte. Es waren traurige Tränen, die wie winzige Fenster einen Einblick in ihren tiefen Schmerz gestatteten.

»Dolan kam zu mir, weil sie rausgeschmissen wurde. Sie hat sich in mich verliebt, oder zumindest glaubt sie das, und sie wollte bei mir sein.«

»Du brauchst nichts zu erklären.«

»Ich habe ihr gesagt, dass ich nicht mit ihr zusammen sein kann. Ich habe ihr gesagt, dass ich dich liebe. Das hatte ich ihr in dem Moment gesagt, als du in die Küche gekommen bist.«

Lucy ließ mich eintreten. Kartons waren umgeräumt, Möbel umgestellt worden.

»Du hast mir Angst gemacht«, sagte sie.

Ich nickte.

»Ich meine nicht wegen Dolan. Ich meine die Sache vorher. Ich bin wütend auf dich, Elvis. Du hast mich verletzt.«

Joe.

»Du hast dein Leben verändert, um hierherzukommen, Luce. Du machst dir Sorgen wegen Richard und darüber, was mit Ben passieren wird. Meinetwegen brauchst du dir keine Sorgen zu machen. Du brauchst nicht zu bezweifeln, was wir haben, was ich fühle oder was du für mich bedeutest. Du bedeutest alles für mich.«

»Im Moment weiß ich das nicht.«

Ich hatte das Gefühl, als wäre die Welt unter mir weggekippt und ich würde frei und unkontrolliert im Raum schweben; als würde ich mich beim leichtesten Windhauch überschlagen, ohne etwas dagegen tun zu können.

»Wegen Joe.«

»Weil du bereit warst, alles aufs Spiel zu setzen, was mir wichtig ist.«

»Wolltest du, dass ich die Polizei rufe und ihn verrate?« Meine Stimme klang angespannter, als mir lieb war.

Sie schloss die Augen und hob eine Hand.

»Ich denke, du bist auf mich auch sauer.«

»Ich mag nicht vor solch eine Wahl gestellt werden, Luce. Ich mag nicht zwischen dir und Joe entscheiden müssen. Ich mag nicht, dass Dolan zu mir nach Hause kommt, nur weil sie sonst niemanden hat, zu dem sie gehen kann. Ich mag nicht, was zwischen uns beiden gerade passiert.«

Sie holte tief Luft und stieß sie wieder aus. »Dann sind wir vermutlich beide enttäuscht.«

Ich nickte.

»Dafür bin ich keine dreitausend Kilometer hergekommen.«

Ich schüttelte den Kopf.

»Liebst du mich?«, fragte ich.

»Ich liebe dich, aber ich weiß nicht, was für ein Gefühl ich im Moment für dich habe. Ich bin mir nicht sicher, was ich überhaupt fühle.«

Es klang so endgültig, dass ich dachte, ich hätte etwas verpasst. Ich suchte in ihrem Gesicht, versuchte in ihren Augen etwas zu erkennen, das ich in ihrer Stimme überhört hatte, aber falls es dort etwas gab, konnte ich es nicht finden. Ich wollte ein reinigendes Gewitter; ihre abgeklärte Ausdrucksweise schnürte mir den Magen zu.

»Was redest du da, Luce?«

»Ich sage, dass ich über uns nachdenken muss.«

»Wir haben im Moment ein Problem. Ist es so groß, dass du alles in Frage stellst, was wir füreinander empfinden?«

»Natürlich nicht.«

»Das ist es doch, was unsere Gemeinsamkeit ausmacht: Es passiert was, aber man hört nicht auf, ans Wir zu denken.«

Ich sah zu den Kartons hinüber. Der Kram, den sie für ihr Leben brauchte. Es lief nicht so, wie ich gehofft hatte. Ich hörte nicht die Dinge, die ich hören wollte. Und meine Leistung war schwach, wenn es darum ging, die Dinge zu sagen, die ich sagen wollte.

Luce griff nach meiner Hand.

»Du hast gesagt, ich hätte mein Leben verändert, als ich hierhergekommen bin, aber auch dein Leben hat sich dadurch verändert. Die Veränderung hat nicht aufgehört, sobald ich die Stadtgrenze überschritten hatte. Die Veränderung geht noch immer weiter.«

Ich legte meine Arme um sie. Wir hielten einander, doch

die Unsicherheit hatte sich wie eine Membran zwischen uns gelegt.

Nach einer Weile löste sie sich von mir. Sie weinte nicht mehr, sondern schien einen Entschluss gefasst zu haben.

»Ich liebe dich, aber du kannst nicht über Nacht bleiben.«

»Ist das so klar für dich?«

»Nein. Nichts ist klar. Das ist das Problem.«

Sie ergriff wieder meine Hand, küsste sanft meine Finger und bat mich zu gehen.

Opfer

Der Mörder drückt die Nadel tief in seinen Oberschenkelmuskel und injiziert sich die doppelte Menge Dianabol. Der Schmerz macht ihn wild, seine Wut lässt den Blutdruck in die Höhe schießen und färbt die Haut rot. Er lässt sich nach hinten auf die Bank fallen, greift zur Stange und stemmt das Gewicht.

Dreihundert Pfund.

Er lässt das Gewicht auf seine Brust herabsinken. Heben, senken, heben. Acht Wiederholungen, die trotz der unmenschlichen, herkulischen Kraftanstrengung die Wut um nichts mildern.

Dreihundert verdammte Pfund.

Er erhebt sich von der Bank und betrachtet sich im Spiegel seiner kleinen, beschissenen Mietwohnung. Geschwollene Muskeln, roter Oberkörper, mörderisches Gesicht. *Beruhige dich. Krieg dich wieder unter Kontrolle. Schiebe die Wut beiseite und verstecke dich vor der Welt.*

Sein Gesicht bekommt einen leeren Ausdruck.

Werde zu Pike, um Pike zu bekämpfen.

Der Mörder atmet einmal tief durch, um sich zu beruhigen, geht wieder zu seiner Bank und setzt sich.

Durch Pikes Flucht hat sich die Sachlage geändert, ebenso wie durch Cole und diese dämliche Dolan. Pike wird herausbekommen wollen, wer ihm die Morde anhängen will. Er wird kommen, um ihn zu holen. Cole und Dolan haben schon versucht, an DeVilles Akte ranzukommen, und das ist schlecht, aber er weiß auch, dass sie sie nicht gefunden haben. Ohne DeVilles Akte können sie die Spur bis zu ihm nicht verfolgen, doch sie kommen näher, und der Mörder muss einsehen, dass sie kurz davor sind, ihn zu identifizieren.

Er muss jetzt handeln. Er beschließt, rasch das Endziel anzustreben, und nichts darf ihn aufhalten. Pike ist für jede Überraschung gut, aber Cole ist berechenbar. Coles Gedanken müssen von Pikes Rettung abgebracht und auf etwas anderes gelenkt werden.

Der Mörder glaubt, dass Dolan als Ermittlerin schon immer überschätzt wurde. Also kann er sie außer Acht lassen. Doch mit Cole ist nicht zu spaßen. Er hat Cole kennengelernt und sich genau angesehen. Er ist gefährlich. Ein ehemaliger Soldat, der das Ranger-Abzeichen trägt und ein erfahrener Ermittler ist. Vordergründig wirkt Cole überhaupt nicht gefährlich, aber viele Polizisten haben Respekt vor ihm. Von einem älteren Officer hatte er gehört, man solle sich nicht von Coles dummen Sprüchen und grellen Hemden narren lassen. Egal, wie viel Gewicht man auf seinen Schultern ablade, er könne seinem Gegenüber immer noch in den Arsch treten. Der Mörder nimmt diese Aussage ernst.

Wenn man gegen den Feind kämpft, sucht man immer nach einer Schwachstelle, die man ausnutzen kann.

Cole hat eine Freundin.

Und die Freundin hat ein Kind.

32

Ich ging von Lucys Wohnung die endlosen Stufen hinab und setzte mich in meinen Wagen. Ich überlegte, ob ich ihn starten sollte, aber ich war innerlich noch nicht so weit. Ich versuchte, wütend auf sie zu sein, was mir aber nicht gelang. Ich versuchte, ihr die Sache übel zu nehmen, was mein Gefühl von Armseligkeit noch verstärkte. Also blieb ich in meinem offenen Wagen in der ruhigen Straße sitzen, und selbst als Lucy die Lichter löschte, rührte ich mich nicht von der Stelle. Ich wollte einfach in ihrer Nähe sein, auch wenn sie in ihrer Wohnung war und ich in meinem Wagen saß und die halbe Nacht überlegte, wie schnell doch alles schiefgelaufen war. Vielleicht hätte ein besserer Ermittler Antworten darauf gefunden.

Der Himmel war blassviolett, als ich schließlich losfuhr. Es störte mich nicht, dass ich nur kriechend durch den morgendlichen Verkehr vorankam. Die gedankenlose Monotonie am Lenkrad war mir vertraut und tröstend. Als ich nach Hause kam, war Dolan fort. Sie hatte einen Zettel auf den Küchentresen gelegt: *Ich rede mit ihr, wenn du willst.*

Ich wusch die Gläser ab, räumte den Tequila weg und

wollte gerade nach oben duschen gehen, als das Telefon klingelte.

Mein Herz klopfte, als ich auf den Apparat schaute. Ich ließ es ein zweites Mal klingeln, holte tief Luft und nickte mir selbst zu.

Beim dritten Klingeln ging ich dran, versuchte nicht zu klingen, als wäre ich gerade zehn Kilometer gerannt.

»Lucy?«

»Warum haben Sie nicht angerufen?«, meldete sich Evelyn Wozniak.

»Wovon reden Sie?«

»Ich habe Ihnen gestern eine Nachricht hinterlassen. Ich habe gesagt, Sie sollten mich zurückrufen, egal, wann Sie nach Hause kommen.«

Ich hatte nach dem Anrufbeantworter gesehen, als Pike noch im Haus gewesen war, es waren aber keine Nachrichten drauf gewesen. Auch jetzt war nichts aufgezeichnet.

»Gut. Jetzt haben Sie mich ja dran.«

Evelyn gab mir eine Wegbeschreibung zu einem Lager, das ihre Mutter in North Palm Springs nutzte. Sie hatte einen Nachschlüssel anfertigen und in einem Umschlag bei der Hausmeisterin für mich hinterlegen lassen. Ich fragte, ob sie dabei sein wollte, wenn ich die Sachen ihres Vaters durchsuchte, doch sie hatte Angst vor dem, was dort zu finden sein würde. Das verstand ich. Auch ich hatte Angst.

»Evelyn, haben Sie das auch auf dem Anrufbeantworter gesagt?«, fragte ich, als sie fertig war.

»Zum Teil. Ich habe den Namen des Ortes genannt. Ich wusste, dass es Ihr Anrufbeantworter war und nicht der von einem anderen, wenn es das ist, was Sie meinen. Bei wem sonst würde es auf der Ansage heißen, dass er das weltgrößte menschliche Wesen ist?«

Ich legte auf, ging nach oben, zog mich um und fuhr nach Palm Springs. Ob Pike die Nachricht abgehört hatte? Und wenn ja, hatte er sie gelöscht?

Und warum?

Solange ich über Pike nachdachte, musste ich nicht über Lucy nachdenken.

Zwei Stunden und zehn Minuten später bog ich vom Freeway ab und fuhr wieder durch die Windparks. In der Wüste war es schon heiß, und es roch nach verbrannter Erde.

Das Lager bestand aus einer Ansammlung weißer Schlackensteinhütten, die hinter einem Maschendrahtzaun mit einem dicken Metalltor inmitten des Nichts standen. An einer Hütte neben dem Tor stand ein Schild: NIEDRIGSTE PREISE IN DER UMGEBUNG. Da es sonst in der Umgebung nichts gab, war es nicht schwer, das zu versprechen.

Eine übergewichtige Frau mit einer Haut wie Pergament händigte mir den Schlüssel aus. Ihr Büro war klein, doch die Klimaanlage in der Wand war so groß, dass sie für ein Kühlhaus gereicht hätte. Die Anlage lief auf vollen Touren und blies direkt in ihre Richtung. Der Luftstrahl hätte nicht schmäler sein dürfen.

»Werden Sie lange da drinbleiben?«, fragte sie.

»Ich weiß nicht. Warum?«

»Wird heiß werden«, antwortete sie. »Passen Sie auf, dass Sie nicht umkippen. Wenn Sie umkippen, dürfen Sie mich nicht verklagen.«

»Werde ich nicht tun.«

»Ich warne Sie. Ich habe hier Wasserflaschen. Nur eineinhalb Dollar.«

Ich kaufte eine Flasche, um die Frau zum Schweigen zu bringen.

Paulette Renfros Lager befand sich im hinteren Teil der Anlage. Die Lagerhäuser bestanden aus Hütten, in denen einzelne Abteile mit Wellblech abgetrennt waren. In der Außenmauer gab es keine Türen, sodass man das Gefühl hatte, eine kleine Höhle zu betreten, bevor man zu den Abteilen gelangte.

Am angelaufenen Schloss konnte ich erkennen, dass Paulette selten oder gar nicht hier herauskam, doch der Schlüssel ließ sich leicht drehen. Das Lager selbst war etwa so groß wie ein Wandschrank. Verschieden große Schachteln standen entlang der Wand zusammen mit alten Ventilatoren, Koffern und zwei Lampen.

Ich begann, das Abteil auszuräumen. Die nicht verpackten Sachen stellte ich auf die Seite, dann trug ich die Kartons nach draußen. Zuerst wühlte ich mich durch die älteren Kartons. Darin fand ich die Notizbücher, an die sich Evelyn Wozniak erinnert hatte. Ihr Vater hatte sich tagebuchähnliche, mit Datum versehene Aufzeichnungen über die jungen Beamten gemacht, die er ausgebildet, über die Verbrecher, die er eingelocht, und die Kinder, denen er zu helfen versucht hatte. Sieben volle Ringbücher. Mit ziemlicher Sicherheit würden die letzten auch die relevanten sein.

Ich legte die sieben Ringbücher zur Seite und ging die restlichen Kartons durch. Doch die einzigen Sachen, die Abel gehört hatten, waren seine Dienstmütze in einer Plastiktüte, ein Kästchen mit seiner Dienstmarke und zwei gerahmte Belobigungen, als er die *Medal of Valor* verliehen bekommen hatte. Ich fragte mich, warum Paulette die Belobigungen hier verwahrte. Aber sie hatte ja noch einmal geheiratet und die Urkunden wahrscheinlich mit der Zeit vergessen.

Ich packte die Sachen gerade wieder in die Kartons, als sich ein Schatten in der Tür abzeichnete. »Ich wollte vor dir hier sein«, sagte Joe Pike.

Ich sah kurz zu ihm hinüber, dann packte ich weiter ein.

»Es ist so leicht, dich zu überführen.«

»Was gefunden?«

»Wozniaks Tagebücher.«

»Hast du sie schon durchgesehen?«

»Hier drin ist es viel zu heiß. Ich nehme sie mit und suche mir ein kühleres Plätzchen.«

»Soll ich dir helfen?«

»Klar.«

Er stellte die Kartons, die ich wieder eingepackt hatte, zurück ins Lager. Ich machte die beiden letzten zu und reichte sie ihm.

»Hast du Evelyns Nachricht gelöscht?«

Er nickte.

»Warum?«

»Ich wollte sichergehen, dass du nichts findest, was Paulette wehtun könnte.«

»Ich suche nach etwas, das dir hilft.«

»Ich weiß. Vielleicht haben wir Glück.«

»Aber vielleicht finden wir auch was, das Paulette wehtut.«

Pike nickte.

Sein Nicken sprach Bände.

»Warum hast du Karen Garcia das Herz gebrochen, Joe?«

Pike schob die letzte Kiste ins Regal und ging zur Tür, wo er Richtung Wüste schaute, als würde er etwas ganz Bestimmtes suchen. Ich sah nur Schlackensteingebäude mit den Erinnerungen anderer Menschen.

»Karen hat dich geliebt, aber du warst in Paulette verliebt«, sagte ich.

Pike nickte.

»Du warst mit Karen zusammen, aber du hast die Frau deines Partners geliebt.«

Er drehte sich mit seiner ausdruckslosen Sonnenbrille in meine Richtung.

»Paulette war verheiratet. Ich habe darauf gewartet, dass meine Gefühle für Paulette vergehen, aber das taten sie nicht. Wir hatte keine Affäre, Elvis. Nichts Körperliches. Woz war mein Freund. Aber meine Gefühle ließen sich nicht abschalten. Ich habe es mit anderen Frauen probiert, um anders zu empfinden, aber die Liebe kommt und geht nicht so einfach. Sie ist einfach da.«

Ich sah ihn an und dachte an Lucy.

»Was ist?«

Ich schüttelte den Kopf.

»Du weißt, dass Krantz geglaubt hat, Wozniak hätte mit einem Hehlerring zu tun?«

»Ja.«

»Es stimmte.«

Ich beobachtete ihn.

»Krantz glaubt, ich hätte Woz wegen Paulette umgebracht.«

»Hast du?«

Pikes Mundwinkel zuckten, und er wandte seine Brille in meine Richtung. »Glaubst du das?«

»Das weißt du genauso gut wie ich. Krantz glaubt auch, ihr hättet beide mit dem Hehlerring zu tun gehabt. Das glaube ich auch nicht.«

Pike wandte den Kopf in die andere Richtung. »Woher willst du das wissen?«

Ich spreizte die Hände.

»Genau.«

Pike atmete tief ein und schüttelte den Kopf. »Ich hatte keine Ahnung. Die ganze Zeit saß ich mit Woz im Wagen, und ich habe erst davon erfahren, als Krantz mit Paulette darüber geredet und ihr Angst gemacht hat. Sie hat Woz danach gefragt, aber er hat geleugnet. Also hat sie mich gefragt. So habe ich davon erfahren. Ich habe Woz beschattet und ihn mit den Chihuahua-Brüdern gesehen. Er hatte ein Mädchen geschwängert und sie in einer Wohnung in El Segundo untergebracht. Das Geld verdiente er sich mit Tipps an die Chihuahuas für ihre Raubzüge. Krantz hatte alles beisammen, er konnte es nur nicht beweisen.« Genau das, was McConnell gesagt hatte.

»Hast du Paulette davon erzählt?«

»Zum Teil. Nicht alles. Er war ihr Mann, Elvis. Sie hatten ein Kind.«

»Was ist dann passiert?«

»Ich habe von ihm verlangt, dass er sich vom Dienst zurückziehen soll. Ich habe ihn vor die Wahl gestellt und ihm Zeit zum Nachdenken gegeben. Das war die Abmachung zwischen ihm und mir. Deswegen ist er gestorben.«

Ich überlegte, ob Krantz mit vielen Dingen nicht doch recht hatte.

»Was ist im Motel passiert, Joe?«

»Er wollte nicht aus dem Dienst ausscheiden, aber ich habe ihm keine Wahl gelassen. Ich wollte ihn nicht Krantz ausliefern, aber ich konnte auch nicht zulassen, dass ein schlechter Officer im Dienst bleibt. Wenn er die Sache nicht aufgeben würde, wollte ich Paulette ins Spiel bringen und die Chihuahuas verhaften.«

»Die Chihuahuas hätten ihn verraten.«

»Wäre er aus dem Dienst geschieden, hätte ich mit ihnen einen anderen Weg gefunden, aber dazu kam es nicht. Wir haben die Meldung über das vermisste Mädchen und DeVille bekommen, und Woz hatte die Info über das Motel. Als wir dort ankamen, war Woz schon gereizt. Er hat die Kontrolle über sich verloren und DeVille mit seiner Waffe geschlagen. Ich denke, er hat sich da mit Absicht reingesteigert, weil er schon wusste, was er vorhatte. Es war meinetwegen, wegen der Zwickmühle, in der er saß und aus der er nicht mehr rauskommen würde.« Pike machte eine Pause, dann fuhr er fort. »Er hat sich an DeVille ausgetobt, und als ich ihn zur Seite schob, richtete er die Waffe auf mich.«

»Es war Selbstverteidigung, als du ihn erschossen hast?«

»Nein. Ich hatte meine Waffe gar nicht gezogen.«

Ich blickte ihn wortlos an.

»Er wusste, dass ich seine Frau liebte, und er wusste, dass sie mich liebte. Mit seiner Karriere war es vorbei, und wenn Krantz ihn drangekriegt hätte, hätte er ihn ins Gefängnis gesteckt. Nicht jeder hält das aus. Manche zerbrechen daran und tun alles, um dem Druck zu entgehen.«

»Abel Wozniak hat sich selbst umgebracht.« Pike berührte sein Kinn. »Hat die Waffe hier hingehalten und abgedrückt. Die Kugel ging durchs Kinn und trat oben aus dem Kopf wieder aus.«

»Warum hast du die Schuld auf dich genommen?«, fragte ich, obwohl ich die Antwort bereits vermutete.

»Man brauchte eine Erklärung. Wenn ich die Wahrheit gesagt hätte, hätte Krantz seinen Fall gehabt, und wenn Woz als Verbrecher überführt worden wäre, wären Rente und Versicherung nicht ausbezahlt worden. Paulette und das Mädchen hätten alles verloren. Vielleicht hätte es dem Parker Center leidgetan, und man hätte ein Auge zugedrückt, aber woher sollte ich das wissen? Bei einem Selbstmord hätte die Versicherung nicht gezahlt. So lauteten die Versicherungsbestimmungen.«

»Dann hast du die Schuld auf dich genommen.«

»Sobald DeVille wieder bei Bewusstsein war, würde er erzählen, dass Woz ihn geschlagen hat. Davon konnte ich ausgehen. Ich habe gesagt, dass wir gekämpft haben und es so passiert ist. Das passte mit dem zusammen, was DeVille aussagen würde, und war eine Erklärung für Wozniaks Tod.«

»Allerdings wurdest du dafür abgestempelt, dass du deinen Partner umgebracht hast, um einen Pädophilen zu retten.«

»Ich habe versucht, das Beste daraus zu machen.«

»Kennt Paulette die Wahrheit?«

Pike blickte zu Boden. »Wenn Paulette die Wahrheit erfahren hätte, wäre sie zum Dezernat gegangen, selbst wenn sie ihre Versicherungsansprüche verloren hätte.«

»Wäre das nicht ihre eigene Entscheidung gewesen?«

»Ich habe die Entscheidung für uns alle getroffen.«

»Dann weiß sie also nicht, dass sich ihr Mann selbst umgebracht hat.«

»Nein.«

Offenbar war es die einzige Möglichkeit für ihn gewesen, die Frau zu schützen, die er liebte, auch wenn er damit für immer und ewig jede Chance auf ihre Liebe vertan hatte.

Pike war so jemand, der das auf sich nahm.

»Du hast den Hass der gesamten Polizei für nichts auf dich gezogen«, stellte ich fest.

Pike legte den Kopf schräg, und selbst in dem düsteren Licht des kleinen Gebäudes schienen seine Brillengläser zu leuchten.

»Nicht für nichts. Für alles.«

»Gut. Und was wäre das?«

»Sie bekommt immer noch die Hinterbliebenenrente. Ich möchte sicherstellen, dass das nicht gefährdet wird, egal, was wir hier finden.«

»Auch wenn es dir helfen könnte?«

Pikes Mundwinkel zuckte. »Ich bin nicht so weit gegangen, nur um jetzt aufzugeben.«

»Dann schauen wir mal, was wir hier finden.«

Die nächsten zweieinhalb Stunden saßen wir in einem Schnellrestaurant gleich abseits des Freeways, tranken Tee und gingen die Tagebücher durch. Die Leute im Denny's störten sich nicht daran. Bei der Hitze herrschte kein großes Geschäft.

Wir begannen mit dem letzten Buch und arbeiteten uns

rückwärts durch. Acht Seiten fehlten, doch der Rest war da und lesbar. Anfangs waren Wozniaks Notizen unverständlich, doch bald ergaben sie einen Sinn für mich.

Einmal hörte Pike auf zu lesen. »Was ist?«, fragte ich.

Als er nicht antwortete, beugte ich mich zu ihm hinüber und las, was ihn aufgehalten hatte.

»Dieser Pike ist ein schlaues Kerlchen. Er wird mal ein guter Polizist.«

Pike zog das Buch wieder zu sich heran und las weiter.

Viele Einträge berichteten über Verhaftungen, die Wozniak vorgenommen hatte, und über Verbrechen, Verbrecher und Zeugen, die er für spätere Vernehmungen brauchte. Das meiste jedoch handelte von den Straßenkindern, denen Wozniak zu helfen versucht hatte. Was auch immer aus Wozniak geworden war, er hatte seine Aufgabe ernst genommen, den Menschen zu helfen und sie zu schützen, wie er es in seinem Amtseid geschworen hatte.

In allen sieben Büchern tauchten insgesamt nur drei Namen in einem Zusammenhang auf, der darauf schließen ließ, dass sie Informanten waren, und nur einer schien infrage zu kommen, da der Eintrag fünf Monate vor Wozniaks Tod gemacht worden war.

Ich las laut vor.

»Hör mal zu. *›Einen Stricher namens Laurence Sobek, vierzehn Jahre alt, aufgegriffen. Redet gern, könnte also eine gute Quelle sein. Wurde vom Coopster fallen gelassen. Identität? Völlig zugedröhnt. Werde ihn unterbringen.‹«* Ich blickte auf. »Was meint er mit ›unterbringen‹?«

»Ihn in einem Reha-Zentrum oder einem Programm unterbringen. Woz hat so was gemacht.«

»Wer ist der Coopster?«

Pike schüttelte den Kopf.

Ich blickte auf das Notizbuch.

»Könnte es DeVille sein?«

Pike dachte nach. »Wie ein Spitzname. Coupe DeVille.«

»Ja.«

»Schwach.«

»Erinnerst du dich an Laurence Sobek?«

»Nein.«

»Steht hier noch was drin, was uns einen Anhaltspunkt gibt?«

Wieder schüttelte Pike den Kopf.

»Dann werden wir eben genau damit weitermachen.«

Wir bezahlten und gingen mit den Notizbüchern zu unseren Autos. Ich behielt das Buch, in dem Laurence Sobek erwähnt wurde.

»Wie kann ich dich erreichen?«

»Ruf im Laden an und sag ihnen, du müsstest mich sprechen. Ich habe einen Pager.«

»Gut.«

Wir standen in der Hitze und beobachteten die Laster, die auf dem Freeway an uns vorbeibrausten. Hinter uns drehten sich die Windräder, so weit mein Auge reichte. Pike fuhr einen braunen Ford Taurus mit einem Nummernschild aus Oregon. Woher er den wohl hatte? Als ich meinen Blick schließlich wieder ihm zuwandte, merkte ich, dass er mich beobachtete.

»Was ist?«, fragte ich.

»Ich werde das Kind schon schaukeln. Mach dir keine Sorgen um mich.«

Ich machte einen auf Alfred E. Neuman. »Was, ich und Sorgen?«

»Irgendwo drückt dich doch der Schuh.«

Ich überlegte, ob ich ihm von Lucy erzählen sollte, entschied mich aber dagegen.

»Pass auf dich auf, Joe.«

Wir schüttelten uns die Hände, dann fuhr er davon.

33

Es war spät, als ich nach Hause kam, ich rief Dolan aber trotzdem an. Bei ihr privat versuchte ich es zweimal und hinterließ jedes Mal eine Nachricht, doch am nächsten Morgen hatte sie immer noch nicht zurückgerufen. Vielleicht war sie im Parker Center, um ihren Schreibtisch aufzuräumen, doch unter ihrer Durchwahl meldete sich Stan Watts.

»Hallo, Stan. Hier ist Elvis Cole.«

»Und?«

»Ist Dolan da?«

»Mit der ist es aus und vorbei hier. Dank Ihnen.«

Als müsste er mir das noch extra aufs Butterbrot schmieren.

»Ich dachte, sie wäre vielleicht da.«

»Ist sie nicht.«

Watts legte auf.

Erneut rief ich Dolan zu Hause an, und wieder meldete sich nur der Anrufbeantworter. Also schnappte ich mir Wozniaks Notizbuch und fuhr zu ihr.

Samantha Dolan wohnte in einem Bungalow auf dem Sierra Bonita Boulevard ein paar Blocks oberhalb von Melrose in einer Gegend, die eher als Wohnort für Künstler denn für Polizisten bekannt ist.

Ich parkte direkt hinter ihrem BMW. Die Musik aus dem Haus drang bis zu meinem Wagen heraus. Sneaker Pimps. Laut.

Sie reagierte nicht auf mein Klingeln. Ich versuchte die Tür zu öffnen, doch sie war verschlossen. Ich klopfte kräftig dagegen, dachte, dass Dolan tot sein könnte und ich das Schloss aufbrechen sollte, als sie plötzlich öffnete. Sie trug ein verblasstes METALLICA-T-Shirt und Jeans und war barfuß. Ihre Augen schillerten in neun verschiedenen Rottönen, und sie roch nach Tequila.

»Dolan, du hast ein Alkoholproblem.«

Sie schniefte, als würde ihre Nase laufen. »Genau das brauche ich heute – eine Lebensberatung von dir.«

Ich ging an ihr vorbei und drehte die Musik ab. Das Wohnzimmer war groß, hatte einen hübschen Kamin und Hartholzparkett, war aber leicht versifft. Das überraschte mich. Zwei Sessel standen gegenüber von einem Sofa, daneben auf dem Boden stand eine fast leere Flasche Perfidio Anejo Tequila. Der Deckel war abgeschraubt. Auf dem Fernseher thronte die Trophäe eines LAPD-Schießwettbewerbs. Es roch nach Zigarettenrauch. »Warum hast du mich nicht zurückgerufen?«, fragte ich.

»Ich habe meine Nachrichten nicht abgehört. Hör mal, wenn du willst, dass ich mit deiner Freundin rede, dann tue ich das. Es tut mir leid, was gestern Abend passiert ist.«

»Vergiss es.«

Ich warf ihr die Wozniak-Akte zu.

»Was ist das?« Sie schnappte sich eine Schachtel Zigaretten vom Boden, zündete sich eine an und stieß den Rauch wie ein ausbrechender Vulkan aus.

»Ein Tagebuch, das Abel Wozniak geführt hat.«

»Abel Wozniak, unser Partner von Pike?«

»Lies die Seiten, die ich gekennzeichnet habe.«

Mit finsterem Blick zog sie kräftig an ihrer Zigarette und las, blätterte mehrere Seiten zurück, dann weiter nach vorne über die Stelle hinaus, die ich markiert hatte. Als sie fertig war, sah sie mich an. Die Zigarette hatte sie vergessen.

»Du meinst, dieser Junge redet von DeVille?«

»Der Junge hatte regelmäßig Kontakt zu Wozniak, das zumindest wissen wir. Er wurde von jemandem fallen gelassen, der Coopster hieß. Wenn es sich um DeVille handelt, dann lässt sich über DeVille eine Verbindung zwischen Sobek und Karen Garcia herstellen.«

Dolan blinzelte. »Du behauptest also, Sobek hat Dersh umgebracht.«

»Ich behaupte, dass er vielleicht alle umgebracht hat. Krantz und das FBI jagen einen Serienmörder, der seine Opfer wahllos umbringt, aber dieser Typ hier verfolgt einen Plan, Dolan. Zuerst dachte ich, die Verbindung bestünde über Wozniak, aber vielleicht haben die Morde überhaupt nichts mit Wozniak zu tun. Vielleicht hängt alles mit DeVille zusammen.«

Mit finsterer Miene schüttelte sie den Kopf. »Erinnerst du dich, dass ich zu denen im Dezernat gehörte, die eine Verbindung gesucht haben? Wir haben keine gefunden.«

»Habt ihr DeVille überprüft?«

Sie wedelte mit der Zigarette. »Meine Güte, warum hätten wir das tun sollen?«

»Ich weiß nicht, Dolan. Ich weiß nicht, warum ihr nichts gefunden habt, aber du hast doch DeVilles Akte aus dem

Archiv des Staatsanwalts angefordert, oder? Ich würde gerne sehen, ob wir da drin was finden.«

Sie zog wieder an der Zigarette und blickte der Rauchwolke nach. Ich konnte fast sehen, wie sich in ihrem Kopf die Zahnräder bewegten, wie sie das Für und Wider abwägte und überlegte, was die ganze Sache für sie bedeuten könnte: eine Gelegenheit, wieder reinzukommen. Könnte sie etwas ans Tageslicht befördern, das den Fall weiterbringen würde, hätte sie vielleicht die Chance, im Dezernat für Raub und Mord zu bleiben und ihre Karriere zu retten.

Dolan erhob sich vom Sofa, ging zum Telefon und rief Stan Watts an. Sie fragte ihn, ob für sie Unterlagen aus dem Archiv der Staatsanwaltschaft eingetroffen wären. Als sie auflegte, sagte sie: »Gib mir fünf Minuten.«

Aus den fünf Minuten wurden fast zwanzig, in denen sie duschte und sich anzog.

»Fahr deinen Wagen zur Seite«, verlangte sie, als wir draußen waren. »Wir nehmen meinen.«

»Oh, nee, Dolan. Du jagst mir eine Heidenangst ein.«

»Fahr deinen verdammten Wagen weg, oder ich ramme ihn.«

Sie ließ den Motor ihres BMW aufheulen, als ich meinen Wagen zur Seite fuhr.

Ohne viel zu sagen, jeder in die eigenen Gedanken versunken, fuhren wir zum Parker Center. Sie hielt vor dem Eingang im absoluten Halteverbot, wies mich an, nichts anzurühren, und eilte hinein. Zehn Minuten später kam sie mit DeVilles Akte wieder heraus.

»Du hast nicht am Radio rumgespielt, oder?«

»Nein, ich habe an gar nichts rumgespielt.«

Wir fuhren einen Block weiter zu einem kleinen Parkplatz. Dolan ging die Akte zuerst durch, zog Seiten heraus und ließ sie auf den Boden fallen.

»Was ist das?«

»Anwaltsgeschwafel. Gibt uns keine Aufschlüsse. Wir brauchen die Falldarstellung der Polizei.«

Der leitende Detective in dem Fall war ein Mitarbeiter namens Krakauer vom Sittendezernat des Polizeibezirks Rampart gewesen. Dolan erzählte, die Falldarstellung sei die Summe aller Beweise, die bei der Konstruierung eines Falls zusammengetragen wurden, und enthalte alle Zeugenaussagen, Beweise und Verhöre, also absolut alles, was der Detective bis dahin gesammelt hatte.

Als Dolan das Anwaltsgeschwafel aussortiert hatte, nahm sie sich die eine Hälfte der Falldarstellung und reichte mir die andere. »Fang damit zu lesen an. Der Fall ist nach Personen und Chronologie geordnet.«

Ich hatte auf einen Hinweis gehofft, der Sobek mit DeVille in Verbindung bringen und beweisen würde, dass er der Informant gewesen war, der Pike und Wozniak an dem Tag zu dem Motelzimmer geführt hatte, in dem Wozniak gestorben war. Doch das meiste, was ich zu lesen bekam, handelte von Ramona Ann Escobar. Es gab Aussagen von Nachbarn, dem Leiter des Motels und ihren Eltern sowie eine von einer Bandaufnahme abgeschriebene Aussage von Ramona, in der sie erzählte, wie ihr DeVille zehn Dollar gegeben hatte, damit sie sich auszog. Ramona Ann Escobar war sieben Jahre alt gewesen. Es war nicht schön, diese Dinge zu lesen, doch ich las sie in der Hoffnung, etwas über Sobek zu finden.

»Au Backe«, unterbrach Dolan die Stille.

Stocksteif und bleich saß sie neben mir.

»Was ist?«

Sie reichte mir eine Zeugenliste, auf der die Namen derjenigen aufgeführt waren, die sich über DeVille beschwert hatten. Die Liste war lang, und zuerst verstand ich nicht, was Dolan meinte, bis sie auf einen Namen mitten in der Liste zeigte.

Karen Garcia.

»Lies weiter«, sagte Dolan, aschfahl im Gesicht.

Alle standen sie auf der Liste. Alle fünf Opfer, plus dem Letzten, Jesus Lorenzo. Dersh stand nicht darauf; er war die Ausnahme.

Dolan blickte mich an. »Du hattest recht, du Miststück. Diese Leute wurden nicht zufällig umgebracht. Sie stehen in Verbindung zueinander. Er tötet jeden, der geholfen hat, Leonard DeVille dingfest zu machen.«

Ich konnte nur nicken.

»Oh, verdammt, vielleicht bist du doch der weltgrößte Detektiv.«

Eigentlich war nur eins der sechs Opfer, Walter Semple, als Zeuge gegen DeVille aufgetreten. Er hatte DeVille in dem Park gesehen, aus dem das kleine Mädchen verschwunden war. Die anderen gehörten zu dem, was Dolan Dunstkreis nannte – Personen, die von Krakauer befragt worden waren, weil sie Beschwerden wegen sexueller Belästigung gegen einen Mann eingereicht hatten, den Krakauer für DeVille hielt. Mit dem Fall, wegen dem DeVille schließlich verurteilt worden war, standen sie in keiner direkten Verbindung.

Dolans Brust hob und senkte sich, als wir den Rest der Akte lasen. Eine beigefügte Liste von DeVilles Haftstrafen führte alle Pseudonyme auf, von denen eines Coopster war.

»Es ist Sobek«, sagte ich. »Es muss Sobek sein. Wir müssen den ganzen Kram Krantz bringen. Die anderen Personen auf dieser Liste müssen verständigt werden.«

»Noch nicht. Ich will mehr.«

»Was meinst du mit mehr? Damit wird der Fall neu aufgerollt. Das ist echt der Renner.«

»Es bringt Sobek mit DeVille in Verbindung, aber es beweist nicht, dass er der Mörder ist. Wenn ich ihnen den Mörder liefere, muss mich Bishop wieder im Dezernat aufnehmen.«

»Du bist mir echt so eine, Dolan. Wir haben eine Verbindung zwischen diesen Leuten gefunden, und wir haben eine Fährte. Du wirst diesen Fall in eine ganz andere Richtung lenken.«

»Ich will mehr. Ich will die ganze Sache vollständig präsentieren. Ich will meinen Namen in den Schlagzeilen sehen. Ich will Krantz auflaufen lassen. Ich will den Fall so wasserdicht haben, dass Bishop nicht drum rumkommt, mich wieder ins Team aufzunehmen.«

Ich sah sie an und dachte, dass ich an ihrer Stelle das gleiche Ziel hätte. Aber vielleicht wollte ich es sogar noch dringender. Würden wir den Mörder fassen, würde sich der Verdacht gegen Pike in Luft auflösen.

»Gut, Samantha. Suchen wir also diesen Kerl.«

Wir fuhren zu ihr nach Hause. Dolan musste fast zwei Stunden herumtelefonieren, bis wir herausbekommen hatten, dass Laurence Sobek als Erwachsener in keinem Strafregister geführt wurde und auch sein gegenwärtiger Aufenthaltsort unbekannt war. Dies konnte zweierlei bedeuten: Entweder er hatte sein Leben auf die Reihe gekriegt, oder er war vor seinem achtzehnten Lebensjahr weggezogen. Natürlich konnte er auch tot sein. Jungs, die ihr Leben auf der Straße mit Anschaffen verbringen, enden oft so.

Während Dolan die Anrufe erledigte, holte ich mir aus der Küche ein Glas Wasser. Am Kühlschrank waren unzählige Fotos mit Magneten befestigt, darunter auch einige, die Dolan mit der Schauspielerin zeigten, von der sie in der Fernsehserie gespielt worden war. Dolan sah aus, als könnte sie einem voller Freude in den Arsch treten, aber die Schauspielerin wirkte eher wie eine anorektische Heroinsüchtige. Filmgeschäft.

Das Foto, das Dolan von mir auf dem Friedhof gemacht hatte, hatte sie mit einem Wonder-Woman-Magneten neben dem Griff befestigt. Ich musste grinsen.

Ich trank mein Wasser leer und kam ins Wohnzimmer zurück, als sie gerade den Hörer auflegte.

»Wir müssen aufs Polizeirevier Rampart«, erklärte Dolan.

»Warum?«

»Weil Sobek dort als Jugendlicher eingesperrt worden war. Die von der Abteilung Jugendkriminalität werden wissen, wo wir seine Akte finden. Vielleicht haben sie sie schon im Computersystem, aber vielleicht muss sich auch jemand durch Papierberge wühlen.«

»Hattest du nicht gesagt, wir bräuchten eine gerichtliche Verfügung, wenn wir an die Jugendsachen rankommen wollen?«

Sie machte ein finsteres Gesicht. »Ich bin Samantha Dolan, du Idiot. Jetzt komm langsam mal in die Gänge.«

Und diese Frau wollte mit mir schlafen.

Das Polizeirevier Rampart ist ein gedrungenes braunes Backsteingebäude auf der Rampart Street ein paar Blocks westlich des MacArthur Parks, wo Joe Pike Karen Garcia kennengelernt hatte. Wir stellten den Wagen auf einem kleinen Dienstparkplatz hinter dem Haus ab und benutzten den Hintereingang. Diesmal wies mich Dolan nicht an, den Mund zu halten und ein intelligentes Gesicht zu machen. Intelligent auszusehen wäre in einer Polizeiwache ohnehin nicht angebracht.

Dolans Dienstmarke führte uns bis zur Abteilung Jugendkriminalität, die mit ihren vier Detectives mikroskopisch klein war und in einer Ecke des schäbigen Büros der Abteilung Einbruch angegliedert war. Während das Parker Center und die Büros im Dezernat für Raub und Mord modern und hell waren, wirkten die Mannschaftsbüros in Rampart schäbig und klein; die Möbel mit dem Charme von vorgestern sahen so müde aus wie die Detectives. Rampart war ein Revier mit hoher Kriminalitätsrate, und die Detectives rissen sich die Ärsche auf, doch selten schafften es die Fälle in die Schlagzeilen, und niemand lungerte hier im Sechshundert-Dollar-Mantel herum, um auf sein Fernseh-Interview mit den Nachrichten zu warten. Die meisten versuchten nur, ihre Schicht hinter sich zu bringen.

Dolan arbeitete sich zu dem jüngsten Detective im Büro vor, zeigte ihm ihre Dienstmarke und stellte sich vor. »Samantha Dolan. Dezernat für Raub und Mord.«

Murray – so hieß er – hob die Augenbrauen. »Ich kenne Sie doch, oder?«

Sie lächelte ihn an. »Tut mir leid, Murray, ich glaube nicht, dass wir uns kennen. Meinen Sie vielleicht wegen der Fernsehsendung?«

Murray konnte nicht älter als sechsundzwanzig oder siebenundzwanzig sein. Er war eindeutig beeindruckt. »Genau. Sie sind diejenige, über die die Sendung gemacht wurde.«

Dolan lachte. Das hatte sie nicht getan, als ich die Sendung erwähnt hatte, aber so ist es nun mal. »Diese Leute von Hollywood wissen gar nicht, was es wirklich heißt, Detective zu sein. Jedenfalls nicht wie wir.«

Murrays Lächeln wurde immer breiter. Hätte Dolan ihm gesagt, er sollte sich auf den Rücken legen und bellen, hätte er nicht gezögert. »Ach ja, das war echt ein toller Fall, den Sie da gelöst haben. Ich erinnere mich, dass ich davon gelesen habe. Sie haben für gute Nachrichten gesorgt.«

»Och, so ist das eben beim Dezernat für Raub und Mord. Wir kriegen die heißen Fälle, und die Presse ist uns ständig auf den Fersen. Aber wir machen auch nichts anderes als ihr hier.«

Dolan hatte Mühe, die Bescheidene zu spielen, aber vielleicht war das auch nur mein Eindruck.

Murray fragte, wie er ihr helfen könnte. Dolan meinte, sie müsse mal einen Blick in eine alte Jugendakte werfen, habe aber keine gerichtliche Verfügung dazu. Als Murray unsicher wurde, beugte sie sich mit ernstem Gesicht zu ihm vor. »Wir bearbeiten da was im Parker Center. Ein Fall für die Schlagzeilen. Ein echter Knüller.«

Murray nickte, begeistert darüber, wie geil es wäre, an einem echten Knüller zu arbeiten.

Dolan lehnte sich noch weiter vor. »Haben Sie je darüber nachgedacht, sich beim Dezernat für Raub und Mord zu bewerben, Murray? Wir brauchen schlaue Leute, die wissen, wo's langgeht.«

Murray leckte sich über die Lippen. »Meinen Sie, Sie könnten ein gutes Wort für mich einlegen?«

Dolan zwinkerte ihm zu. »Also, wir versuchen diesen Typen zu finden. Während wir seine Akte lesen, könnten Sie bei der Kfz-Zulassungsstelle anrufen und bei der Telefongesellschaft nachfragen, ob die irgendeine Adresse von ihm haben.«

Murray sah zu den älteren Detectives hinüber. »Meinem Chef würde das überhaupt nicht gefallen.«

Dolan blickte verdutzt. »Ach herrje, ich würde es ihm einfach nicht erzählen.«

Murray hielt ihrem Blick noch eine Weile stand, dann machte er sich an die Arbeit.

Ich konnte nur mit dem Kopf schütteln. »Du bist mir echt so eine.«

Dolan betrachtete mich, aber ohne zu lächeln. »So eine, ja, aber wohl nicht gut genug für dich.«

»Jetzt hör schon auf.«

Sie hob die Hände.

Zwanzig Minuten später hatten wir die Akte und ein Verhörzimmer. Murray erledigte die Anrufe.

Laurence Sobek war zwischen seinem zwölften und sechzehnten Lebensjahr siebenmal festgenommen worden, davon zweimal für Ladendiebstahl und viermal, weil er auf den Strich gegangen war. Laut Geburtsdatum musste er jetzt neunundzwanzig Jahre alt sein. Abel Wozniak hatte ihn zweimal verhaftet, zuerst bei einem Ladendiebstahl, später, weil er zum zweiten Mal als Stricher erwischt worden war. Sobeks letztes Foto aus der Verbrecherkartei zeigte ihn als sechzehnjährigen mageren Jungen mit dünnem Schnurrbart, schmierigen Haaren und starker Akne. Er wirkte schüchtern, wenn nicht gar eingeschüchtert.

Zum Zeitpunkt seiner Verhaftung hatte er bei seiner Mutter gewohnt, einer gewissen Mrs. Drusilla Sobek. Die Akte berichtete, dass sie geschieden war und bei keiner einzigen der sieben Verhaftungen gekommen war, um ihren Sohn abzuholen.

Dolan machte ein finsteres Gesicht. »Typisch.«

Murray unterbrach uns, klopfte einmal an die Tür, bevor er eintrat. Er wirkte niedergeschlagen.

»Hat keinen gültigen Führerschein, der in Kalifornien ausgestellt worden ist, und auch nie einen besessen. Auch die Telefongesellschaft hat nie von ihm gehört. Tut mir wirklich leid, Samantha.« Er sah schon, wie seine Chance auf einen echten Knüller den Bach runterging.

»Keine Sorge. Sie waren uns eine große Hilfe.«

In den Akten stand, dass seine Mutter in Maywood gewohnt hatte, einer Gegend südlich von L.A.

»Wenn sie noch lebt, kommen wir vielleicht durch sie an ihren Sohn heran«, meinte ich. »Glaubst du, sie ist unter dieser Adresse noch zu finden?«

»Das lässt sich leicht rauskriegen.«

Dolan machte eine Kopie vom Verbrecherfoto, dann rief sie von Murrays Telefon aus die Telefongesellschaft an.

Währenddessen machte sich Murray an mich ran. »Meinen Sie wirklich, ich habe eine Chance beim Dezernat für Raub und Mord?«

»Murray; Ihr Weg führt direkt ins Heiligtum.«

Drei Minuten später wussten wir, dass Laurence Sobeks Mutter immer noch unten in Maywood wohnte.

Also machten wir uns auf den Weg, um Drusilla Sobek einen Besuch abzustatten.

Detective Murray war enttäuscht, dass er nicht mitkommen konnte.

Drusilla Sobek war eine griesgrämige Frau, die in einem winzigen Stuckhaus in einem Teil von Maywood wohnte, der vor allem von illegalen Einwanderern aus Honduras und Ecuador bevölkert war. Die illegalen Einwanderer wohnten oft zu achtzehnt oder gar mit noch mehr Leuten in einer Wohnung und benutzten die Betten im Wechsel, wenn der andere gerade seiner unterbezahlten Arbeit nachging. Drusilla fand es abscheulich, dass sie das Viertel übernommen hatten. Sie machte uns gegenüber keinen Hehl daraus.

Mit ihrem faltigen Gesicht blickte sie uns finster an, ihr breiter Körper füllte den gesamten Türrahmen aus. »Ich will nicht den ganzen blöden Tag hier rumstehen. Wenn mich die Mexikaner hier an der offenen Tür sehen, könnten sie noch auf dumme Gedanken kommen.«

»Diese Leute sind aus Mittelamerika, Mrs. Sobek«, erklärte ich.

»Ja und? Wenn sie wie Mexikaner aussehen und reden, dann sind sie Mexikaner.«

»Wir suchen Ihren Sohn, Mrs. Sobek«, unterbrach sie Dolan.

»Mein Sohn ist ein schwuler Stricher.«

Einfach so.

Als sie die Tür geöffnet hatte, hatte ihr Dolan die Dienstmarke gezeigt, doch sie hatte gesagt, wir könnten nicht reinkommen. Sie würde keine Fremden reinlassen, worüber ich ganz froh war. Ein strenger Geruch zog durch die Tür nach draußen, und auch sie roch ziemlich übel. Hygienezustand unterhalb der Normkurve.

»Könnten Sie uns seine Adresse oder Telefonnummer geben?«, fragte ich.

»Nein.«

»Wissen Sie, wo wir ihn finden können?«

Ihre zusammengekniffenen Augen sahen in ihrem breiten Gesicht aus wie die von einem Schwein. »Gibt's so was wie eine Belohnung?«

»Nein, Ma'am. Keine Belohnung. Wir müssen ihm nur ein paar Fragen stellen. Es ist sehr wichtig.«

»Dann suchen Sie besser woanders, Lady. Mein Sohn, dieser schwule Stricher, ist auch nicht mal annähernd je wichtig gewesen.«

Sie wollte die Tür schließen, doch Dolan stellte den Fuß dazwischen. Ihr linkes Auge zuckte.

»He, verdammt noch mal!«, schimpfte Drusilla. »Was soll das?«

Dolan war nur wenig größer als Drusilla Sobek, doch ein paar hundert Pfund leichter. »Wenn Sie nicht gleich in die Pötte kommen, Sie fette Kuh, werde ich Sie windelweich schlagen.«

Drusilla Sobeks Mund formte sich zu einem kleinen, runden »o«, und sie trat überrascht zurück.

Ich wollte etwas sagen, doch Dolan hob nur einen Finger, um mir zu bedeuten, ich solle die Klappe halten. Also hielt ich die Klappe.

»Wo finden wir Laurence Sobek?«, fragte sie.

»Ich weiß nicht. Ich habe ihn seit drei oder vier Jahren nicht gesehen.« Drusillas Stimme war leiser und längst nicht so gewaltig wie vorher.

»Dann sagen Sie uns, wo er Ihres Wissens zuletzt gewohnt hat.«

»Oben in San Francisco mit diesen anderen Schwuchteln.«

»Lebt er heute noch dort?«

»Ich weiß nicht. Wirklich nicht.« Ihre Unterlippe zitterte, als würde sie gleich anfangen zu weinen.

Dolan holte tief Luft und zwang sich, sich zu entspannen. »Gut, Mrs. Sobek, ich glaube Ihnen. Aber wir müssen Ihren Sohn trotzdem suchen, und dazu wir brauchen wir Ihre Hilfe.«

Drusilla Sobeks Lippen zitterten, ihr Kinn legte sich in Falten, und eine kleine Träne kullerte ihre Wange hinab. »Ich mag es nicht, wenn man so grob mit mir redet. Das ist nicht richtig.«

»Haben Sie je eine Adresse oder Telefonnummer von Ihrem Sohn gehabt?«

»Ich glaube ja. Ist aber schon lange her.«

»Dann suchen Sie bitte danach.«

Drusilla nickte, weinte aber immer noch.

»Wir haben dieses Polizeifoto, als er sechzehn war, aber

ich hätte gerne ein neueres Foto. Hätten Sie eins von ihm als Erwachsenem?«

»M-hm.«

»Holen Sie die Sachen. Wir warten hier draußen.«

»M-hm. Lassen Sie bitte die Mexikaner nicht rein.«

»Nein, Ma'am. Jetzt gehen Sie.«

Drusilla schlurfte ins Haus, ließ die Tür aber offen. Eine strenge Duftwolke waberte uns entgegen.

»Meine Güte, Dolan, du bist echt hart drauf«, meinte ich.

»Ist ja kein Wunder, dass ihr Sohn durchgeknallt ist.«

Fast eine Viertelstunde standen wir draußen in der sengenden Sonne, bis Drusilla Sobek endlich wieder zur Tür geschlurft kam. Sie sah aus wie ein empfindliches Kind, das seine Familie enttäuscht hatte.

»Ich habe hier eine alte Adresse, wo er bei diesen Schwuchteln gewohnt hat. Und ein Bild, das er mir vor zwei Jahren gegeben hat.«

»Ist die Adresse von San Francisco?«

Ihr Doppelkinn wackelte, als sie nickte. »Ja, bei diesen Schwuchteln.«

Die Adresse und das Bild reichte sie Dolan, die im selben Moment erstarrte, als sie es sah. Ich denke, ich erstarrte auch. Die Adresse brauchten wir nicht mehr.

Er war größer, dicker und erwachsener geworden, hatte mehr Form bekommen, und seine Haare waren viel kürzer – aber wir erkannten den erwachsenen Laurence Sobek.

Er arbeitete im Parker Center.

Laurence Sobek – dies ist sein wirklicher Name und nicht der, unter dem er derzeit bekannt ist – hat alle Fenster, bis auf das im Badezimmer, zugenagelt und mit schwarzer Plastikfolie abgedeckt. Nur die Eingangstür bietet noch einen Durchgang. Drückende Hitze herrscht in der umgebauten Garage.

Der Plan war einfach und klar gewesen, sobald er sich die Fallakte von DeVille aus dem Archiv besorgt hatte. Dort standen schwarz auf weiß alle Personen, die den Beamten von der Sitte geholfen hatten, den Coopster hinter Gitter zu bringen, wo er gestorben war. Alle Personen, die Anzeige erstattet oder Aussagen gemacht und ihn den anderen Gefängnisinsassen wie ein Opfertier zum Fraß vorgeworfen hatten. Bei der Planung seiner Mordserie wollte Sobek die Schwäche des LAPD-Systems ausnutzen: Er hatte mit denjenigen begonnen, die mit den Ermittlungen am wenigsten zu tun gehabt hatten und die das LAPD unmöglich miteinander in Verbindung bringen konnte. Von dort aus wollte er sich beharrlich die Nahrungskette hinaufarbeiten, bis es zu spät sein würde, ihn aufzuhalten, selbst wenn die Sonderkommission schließlich erkennen würde, was da vor sich ging.

Nein, dank Cole und dieser blöden Kuh Dolan würde er die verbleibenden kleinen Fische auslassen und diejenigen Menschen umbringen müssen, die er für die wahren Schuldigen hielt. Krakauer, der leitende Detective im Sittendezernat, war zwei Tage nach seiner Pensionierung an einem Herzanfall gestorben – zu Sobeks Glück, da Krakauer als

Einziger in der Lage gewesen wäre, einen Zusammenhang zwischen den Namen der ersten Opfer herzustellen. Pike hatte den Coopster verhaftet und sich bei der Gerichtsverhandlung in den Zeugenstuhl gesetzt, um die Nägel in DeVilles Sarg zu hämmern, doch jetzt ist Pike auf der Flucht.

Bleibt also im Moment nur einer.

Jetzt, nachdem er die Wohnung rundum versiegelt hat, zieht Sobek die Fallakte von DeVille und vergilbte, spröde Zeitungsausschnitte über DeVilles Verhaftung aus dem Versteck im Schrank. Er hat die Artikel Hunderttausende Male gelesen, die grobkörnigen Fotos berührt, auf denen der Coopster in Handschellen aus dem Motel abgeführt wird. Auch jetzt berührt er sie. Er hasst Wozniak, der ihn an jenem Tag in einem Donut-Laden entdeckt und ihm sein Wissen entlockt hatte. *Dieses Arschloch benutzt dich*, hatte Wozniak gesagt. *Was dieser Kerl mit dir macht, ist falsch. Hilf mir, damit ich dir helfen kann.*

Das Islander Palms Motel. Verhaftung. Gefängnis. Tod.

Sobek schließt die Augen und schiebt das beiseite, was von seinen Gefühlen für DeVille noch übrig ist. Er hat Pike sehr genau beobachtet und viel gelernt. Lass das Menschsein hinter dir. Fühle nichts. Kontrolle ist alles. Wenn du dich unter Kontrolle hast, kannst du dich neu erschaffen. Größer werden. Alles kontrollieren.

Sobek schließt die Augen, atmet ruhig ein und aus und spürt eine innere Ruhe, die das Ergebnis von Gewissheit ist. Er bewundert sich im Spiegel: Jeans, Nikes, graues Sweatshirt mit abgeschnittenen Ärmeln. Er streicht mit der Hand über das sechs Millimeter kurze Haar und stellt sich vor, dass er nicht Laurence Sobek, sondern Joe Pike sieht. Er spannt die Muskeln an. Die Pfeile, die er sich auf die Armmuskeln gemalt hatte, sind verschwunden. Aber er überlegt sich, dass er sie sich dauerhaft eintätowieren lassen wird, wenn die Geschichte vorüber ist. Genießerisch reibt er sich vorne über die Hose.

Kontrolle.

Er setzt sich die dunkle Brille auf.

Aus dem Beweismittelraum im Parker Center hat er eine abgesägte doppelläufige Schrotflinte und eine Schachtel Patronen Kaliber zwölf mit Schrot Nummer vier mitgehen lassen. Er zieht die Trainingsbank in die Mitte des Zimmers und befestigt daran die Schrotflinte mit Klebeband. Vom Türgriff zum Abzug spannt er ein Seil, das den Abzug betätigt, sobald die Tür geöffnet wird, und spannt die Hähne.

Er legt die Beweise aus, die Cole und die Polizei finden sollen, dann steigt er aus dem Badezimmerfenster. Nie wieder wird er hierher zurückkehren.

Laurence Sobek fährt davon, um zu morden.

34

Zitternd vor Aufregung startete Dolan vor Drusilla Sobeks Haus den Wagen und raste los wie die Einsatzleiterin eines Zerstörungskommandos. »Wir haben den Hurensohn. Er saß die ganze Zeit direkt vor unserer Nase, aber jetzt haben wir ihn.«

»Nein, Dolan, wir haben ihn noch nicht. Es ist Zeit, die Sache zu melden.«

Ihr Blick sagte alles – dass sie ihm höchstpersönlich die Handschellen anlegen und Krantz und Bishop und ihre verdammte Sonderkommission aus dem Rennen schlagen wollte.

»Genau das wolltest du doch, Samantha. Damit wirst du wieder im Team aufgenommen, aber nur, wenn du Bishop nicht noch saurer machst, als er ohnehin schon ist.«

Ihr gefiel der Gedanke nicht, sie stimmte mir aber schließlich zu. »Der Kerl arbeitet in der Tagschicht und ist vielleicht genau im Moment im Parker Center. Ich lege Bishop persönlich die Akten und Wozniaks Tagebuch vor. Ich gebe alles Bishop, und Krantz ist der Gelackmeierte.«

»Egal. Ich muss telefonieren. Halt mal kurz an.«

»Nimm meins. Es ist in meiner Handtasche.«

»Ich nehme lieber ein Münztelefon. Es dauert nicht lange.«

Sie sah mich an, als wäre ich durchgedreht. *»Sobek ist im Parker Center.«*

»Ich muss telefonieren, Dolan.«

»Du willst Pike anrufen.«

Ich sah sie nur an.

»Hab ich's doch gewusst.«

Sie riss das Lenkrad herum und fuhr auf die nächste Tankstelle, raste an einer Gruppe von Leuten vorbei, die auf den Bus wartete, und blieb mit quietschenden Reifen vor den öffentlichen Telefonen stehen, ohne den Motor auszuschalten.

»Nicht, dass du den ganzen Tag brauchst.«

Ich tat das Gleiche, was ich schon zuvor getan hatte – ich rief Pikes Mitarbeiter an und gab die Nummer des Münztelefons durch, dann legte ich wieder auf. In weniger als zwei Minuten rief Pike zurück. Am Rauschen erkannte ich, dass er ein Mobiltelefon benutzte.

»Wir hatten recht, Joe. Es ist Sobek.«

»Ist er schon verhaftet?«

»Noch nicht. Ich wollte dir nur sagen, dass wir mit der Sache jetzt zu Bishop gehen. Wenn wir Glück haben, wird Sobek den Mord an Dersh zugeben. Wenn nicht, finden wir vielleicht jemanden, der ihn be- und dich entlastet.«

»Dabei wird Woz ins Spiel gebracht werden.«

»Ja. Wir werden Wozniaks Notizbuch vorlegen müssen, um die Verbindung von Sobek zu DeVille und Wozniak zu beweisen. Sobald die Geschichte bekannt wird, wird der Fall wieder aufgerollt werden, um zu klären, was zwischen dir und Wozniak im Motelzimmer passiert ist. Ich werde Charlie anrufen und dann zu Paulette und Evelyn gehen, damit es sie nicht eiskalt erwischt.«

»Das ist nicht nötig. Ich werde zu ihnen gehen.«

Ich wusste nicht, was ich sagen sollte, musste aber lächeln.

Dolan hupte.

»Es ist lange her«, fuhr Pike fort. »Es wird Zeit, dass wir miteinander reden.«

»Gut, aber sei vorsichtig, solange der Typ nicht die Verantwortung für den Mord an Dersh übernimmt. Du wirst immer noch gesucht, und wir wissen nicht, was wir von Sobek zu erwarten haben.«

Als ich wieder im Wagen saß, jagte Dolan über die Tankstelle zur Ausfahrt, schnitt einem Bus die Vorfahrt ab und raste in Richtung Los Angeles River.

»Dolan, hast du jemals einen Menschen mit diesem Ding umgebracht?«

»Zieh den Gurt fester, wenn du Schiss hast. Du bist hier absolut sicher.«

Sie lächelte, als ich zu ihr hinüberblickte. Ich denke, ich lächelte auch.

Am Parker Center machte sich Dolan erst gar nicht die Mühe, auf den Parkplatz zu fahren, sondern stellte den Wagen im absoluten Halteverbot direkt vor dem Eingang ab und zeigte dem Beamten an der Pforte die Dienstmarke. Ich musterte jeden, an dem wir vorbeigingen. Vor dem Fahrstuhl fragte ich mich, ob uns Sobek entgegenkommen würde. Die Türen öffneten sich – er stand nicht drin.

Im Dezernat für Raub und Mord hoben Watts und Williams die Augenbrauen, als wir eintraten. Dolan stürmte direkt in Bishops Büro und überraschte ihren Vorgesetzten am Telefon.

»Wir haben den Mörder«, sagte Dolan.

Verärgert hielt er die Hand über die Sprechmuschel. »Sehen Sie nicht, dass ich telefoniere?«

Sie legte das Foto von Laurence Sobek auf den Schreibtisch. »Sein richtiger Name ist Laurence Sobek. Hier ist noch ein Bild, ein Polizeifoto, als er unter seinem richtigen Namen als Jugendlicher verhaftet wurde. Er ist unser Mörder, Greg. Wir haben ihn.«

Bishop sagte demjenigen am anderen Ende, dass er in fünf Minuten zurückrufen würde, und legte auf. Er beugte sich über die Fotos. Sobek hatte Muskeln zugelegt und seine äußere Erscheinung geändert, aber als die Bilder nebeneinanderlagen, war klar, dass es sich um ein und denselben Typen handelte.

»Das ist Woody Soundso.«

»Sie kennen ihn als Curtis Wood«, erklärte ich. »Er ist Zivilangestellter hier. Er schiebt den Postwagen in der Gegend rum.«

Krantz und Watts erschienen in der Tür, dahinter stellte sich Williams auf seine Zehenspitzen, um auch etwas sehen zu können.

»Gibt's ein Problem, Captain?«, fragte Krantz.

»Oh, bitte, Krantz!« Dolan lachte. »Als ob du uns helfen könntest.«

»Sie behaupten, er sei unser Mörder, Harvey.« Bishop sah blinzelnd von den Fotos auf. »Woher habt ihr das Polizeifoto?«

»Sobeks Jugendakte«, antwortete ich. »Das neuere Foto haben wir von seiner Mutter.«

Ich legte ihm die Seiten vor, die wir aus Abel Wozniaks Notizbuch kopiert hatten, und zeigte ihm die Stellen über Sobek und DeVille und ihr Verhältnis, dann die Kopie von Sobeks Jugendakte, in der Wozniak als einer der Polizisten aufgeführt war, die Sobek verhaftet hatten.

Selbst während ich die Zusammenhänge erklärte, machte Krantz ein saures Gesicht, als hätte er in eine faulige Karotte gebissen. »Das beweist doch nur, dass hier jemand unter einem falschen Namen arbeitet. Soweit wir wissen, hat er ihn wegen seiner Probleme in der Kindheit legal geändert.«

»Nein, Krantz, wir haben mehr als das.«

»Hast du schon einen Zusammenhang zwischen den sechs Opfern gefunden, Harvey?«, fragte Dolan.

Krantz stierte sie misstrauisch an. Es war offensichtlich, dass er am liebsten gesagt hätte, es gebe keine Verbindung, aber er wusste, dass sie nicht gefragt hätte, wenn sie nicht gleich eine Bombe platzen lassen würde. »In welcher Verbindung stehen sie?«, fragte er, an mich gewandt.

»Wenn Sobek die sechs Opfer auf dem Gewissen hat, hat er vielleicht auch Dersh getötet.«

Krantz sah Bishop finster an. »Das ist doch reiner Schwindel. Nur ein Trick von Cole, um Pike zu retten.«

Bishop war misstrauisch, doch Stan Watts schien sich den Gedanken durch den Kopf gehen zu lassen. »In welcher Verbindung stehen sie?«

»Leonard DeVille war der Pädophile in dem Motelzimmer, als Abel Wozniak getötet wurde«, antwortete Dolan. »Wozniak und Pike haben, als sie ein kleines Mädchen namens Ramona Escobar gesucht haben, wahrscheinlich von Sobek den Tipp erhalten.«

Watts nickte. »Ich erinnere mich.«

»Cole hat sich von Dersh rückwärts herangearbeitet und sich gefragt, wer ein Motiv haben könnte, Pike den Mord an Dersh anzulasten.«

»Völliger Quatsch«, schimpfte Krantz. »Pike hat den Mann umgebracht.«

Nachdenklich hob Bishop die Hand.

Watts sah mich an. »Wie sind Sie auf DeVille gekommen?«

»Gar nicht. Ich dachte zuerst, die Verbindung bestünde über Wozniak, aber dann hat sich gezeigt, dass sie über DeVille läuft.«

Dolan fuhr fort. »Wir wollten uns DeVilles Fallakte aus dem Archiv besorgen, aber sie war nicht da. Sobek konnte sich ins Archiv geschlichen und sie mitgenommen haben. Diese Kopie habe ich aus dem Archiv der Staatsanwaltschaft angefordert. Das hier ist die Zeugenliste aus der Fallakte. Alle sechs Opfer stehen da drauf.«

Fast dreißig Sekunden lang starrte Bishop ausdruckslos auf die Liste. Keiner im Zimmer bewegte sich, dann sagte Bishop leise: »Verdammt. Oh, verdammt noch mal. Alle sechs Opfer stehen hier drauf.«

Während Krantz las, blickten Watts und Williams über seine Schulter. Williams ließ einen Pfiff hören.

»Okay, das sieht ganz gut aus«, meinte Bishop. »Das ist hervorragend, aber was habt ihr, das Sobek niet- und nagelfest mit den Morden in Verbindung bringt?«

»Bis jetzt nur das, was Sie hier sehen. Die Beziehungen. Sie müssen Sobek verhaften und unter Druck setzen. Sie haben mehr als genug, um sein Haus durchsuchen und sein Auto beschlagnahmen zu lassen.«

Williams las noch immer kopfschüttelnd die Liste. »Dieses Arschloch sehe ich jeden Tag. Wir haben erst vor Kurzem über den letzten Bruce-Willis-Film geredet.«

Krantz schob den Kiefer vor. Er hasste es, Dolan oder mir einen Erfolg zuzubilligen, aber ihm war klar, dass Bishop es so wollte. »Das Material ist gut, Captain. Suchen wir Sobek oder Wood oder wie auch immer der Typ heißt, und schaffen wir ihn hierher. Ich kann die Fahndung per Telefon veranlassen und die Hausdurchsuchung beantragen, während wir mit ihm reden.«

Bishop griff zum Telefon. Alle anderen schwiegen, während er sprach. Stan Watts zwinkerte Dolan zu, sie lächelte zurück. Nach ein paar Minuten notierte sich Bishop etwas und legte den Hörer wieder auf. »Wood ist heute nicht zur Arbeit gekommen. Gestern und vorgestern auch nicht.«

Krantz schielte zu Dolan hinüber. »Ich hoffe, du hast nichts unternommen, was ihn zum Abhauen gereizt hat.«

»Wir haben uns nicht an ihn rangemacht, Harvey, und niemand hätte ihm einen Tipp geben können. Seine Mutter haben wir erst vor zwanzig Minuten besucht, und sie weiß nicht, wie sie mit ihm Kontakt aufnehmen kann.«

»Wir wollen hier niemanden beschuldigen, Harve«, mischte sich Bishop ein. »Ich glaube, Sam hat gute Arbeit geleistet.«

Mit seinem aalglatten und freundlichen Lächeln kroch Krantz seinem Chef förmlich in den Arsch.

»Ich habe dich nicht beschuldigt, Samantha. Das ist gute Arbeit. Wirklich.« Er drehte sich zu Bishop. »Aber wir müssen jetzt einen Schritt nach dem anderen machen. Wenn das hier Hand und Fuß hat, und ich glaube, das hat es, Samantha, dann ist dieser Mann ein Zivilangestellter beim Los Angeles Police Department. Er hat Menschen umgebracht, während er hier gearbeitet hat, und er hat unsere Informationsquellen dafür benutzt. Wenn wir nicht vorsichtig sind, steht uns der nächste PR-Albtraum bevor. Wir müssen seine Fingerabdrücke überprüfen. Wir brauchen Sachbeweise, müssen die Tatzeiten der verübten Morde mit den Tagen überprüfen, die der Kerl freihatte oder fehlte. So was in der Art. Und dann auf Sachbeweise hoffen, wenn wir seine Wohnung durchsuchen.«

Er sah zuerst Dolan an, dann die anderen, als wollte er einen Punkt erzielen. Immer derjenige, der das Kommando und die Sache fest im Griff hatte.

»Wenn er nicht hier ist, müssen wir ihn suchen, und das könnte einige Zeit dauern. Ich möchte schneller vorwärts kommen, aber ich will nicht, dass uns dieser Kerl durch die Lappen geht, weil wir nicht alle Unterschriften haben, die wir brauchen. Und ich will nicht, dass er einen Tipp bekommt, nur weil es eine undichte Stelle gibt.« Krantz sah dabei wieder Dolan an, die einen roten Kopf bekam.

Bishop faltete die Hände und nickte. »Okay. Wie willst du die Sache durchziehen, Harvey?«

»Halten wir uns bedeckt, solange wir nicht wissen, womit wir es zu tun haben. Nur wir und vielleicht zwei Funkwagen, aber es ist das Beste, wenn wir innerhalb der Sonderkommission noch nicht so viel Staub aufwirbeln. Wenn was schiefläuft, hackt die Presse auf uns rum. Solange er nicht gefasst ist, soll er nicht wissen, dass wir hinter ihm her sind. Wenn er uns durch die Lappen geht, tritt die Presse die Geschichte breit, und wir werden ihn nie wieder zu Gesicht bekommen.«

»Okay, Harvey, das hört sich gut an. Bleib an der Sache dran und zieh sie durch, wie du es für richtig hältst.«

Krantz klopfte Stan Watts auf die Schulter und wollte gehen. Er sah aus wie Errol Flynn, der sich mit der Dawn Patrol auf den Weg macht.

»Ich will auch was von dem Kuchen«, meldete sich Dolan.

Alle Blicke richteten sich auf sie.

»Captain, ich habe mir einen Platz in der Geschichte verdient. Ich will dabei sein, wenn wir dieses Arschloch schnappen.«

Krantz' Lippen spannten sich an, und er schob den Kiefer leicht vor. Er hätte ihre Bitte so gerne abgeschlagen, dass er Krämpfe bekam, aber er behielt Bishop im Auge.

Dieser tippte einen Moment auf den Schreibtisch, dann lehnte er sich zurück und nickte. »Es ist Harveys Sonderkommission, Samantha. Ich zwinge nie einen Commander, jemanden zu nehmen, den er nicht dabeihaben möchte.«

Krantz nickte und schob wieder den Unterkiefer vor.

»Aber ich glaube, du verdienst eine zweite Chance. Wie steht's mit dir, Harve? Meinst du, du findest einen Platz für Dolan?«

Krantz war klar, was Bishop wollte, und er hasste ihn dafür. An seinem Unterkiefer zeigten sich Falten, so fest biss er die Zähne zusammen, aber er nickte bereitwillig. »Wir treffen uns auf dem Parkplatz, Dolan. Du bist herzlich eingeladen mitzumachen.«

Die Besprechung war zu Ende. Beim Hinausgehen klopfte Stan Watts Dolan auf den Rücken, und sogar Williams gab ihr die Hand. Das breite, fröhliche Grinsen, die funkelnden Augen und die Röte, die ihr die Aufregung ins Gesicht trieb, standen ihr hervorragend, als sie die Glückwünsche entgegennahm. Samantha Dolan war schön.

Es war das letzte Mal, dass ich sie so glücklich sah.

35

Als wir zu Dolans Wagen kamen, öffnete sie den Kofferraum und warf mir eine kugelsichere Weste zu. »Hier. Wird ein bisschen klein sein, aber du kannst die Gurte etwas weiter machen.«

Ich hielt mir die Weste vor den Oberkörper und legte sie wieder zurück. »Die Farbe steht mir nicht.«

»Deine Entscheidung.«

Mitten auf dem Parkplatz zog Dolan ihr T-Shirt aus und stand nur noch im BH da, als sie sich ihre eigene Weste überzog. Von der Los Angeles Street aus konnte sie jeder sehen, ebenso wie die Polizisten, die aus dem Parker Center kamen, aber sie schien sich nicht daran zu stören.

Dolan merkte, dass ich sie beobachtete, und grinste frech. »Greif nur zu, wenn du was siehst, das dir gefällt.«

Ich wartete im Wagen.

Als Dolan angezogen war, setzte sie sich hinters Steuer. »Ich habe über alles nachgedacht, Superman, und ich informiere dich hiermit, dass ich, was dich betrifft, nicht lockerlasse.«

Ich sah sie an.

»Ich gebe nicht auf, nur weil du deine Südstaatenschönheit hast. Ich will dich, und ich kriege immer, was ich will.

Vielleicht informiere ich Scarlett O'Hara auch. Ich habe vor, dich ihr wegzunehmen.«

Ich schüttelte den Kopf und sah aus dem Fenster.

»Ich werde das Beste sein, was du je hattest.«

»Dolan, lassen wir die Sache doch einfach auf sich beruhen, okay?«

»Ich weiß, dass du sie liebst«, sagte sie leise und mit sanftem Blick. »Ich werde nur dafür sorgen, dass du mich mehr liebst.«

Dann sah sie zur Seite, ebenso wie ich.

Nur die Klimaanlage war zu hören, während wir warteten, bis Krantz und Watts mit ihrem Dienstwagen aus dem Parkhaus kamen, gefolgt von Williams und Bruly. Dolan schaltete ein kleines schwarzes Funkgerät ein. »Ich bin dran.«

»Okay«, meldete sich Watts.

»Los«, befahl Williams.

Wir reihten uns hinter ihnen ein und fuhren vom Parkplatz.

»He, Dolan«, sagte ich.

»Hm?«

Ich blickte zu ihr rüber, bis sie zurückschaute.

»Ich hab dich richtig gern. Ich meine, so richtig, weißt du?«

Kleine Falten bildeten sich um ihre Augen, als sie lächelte, doch sie antwortete nicht.

Der Plan war einfach. Wir wollten direkt zu Sobek nach Hause fahren, das Areal auskundschaften und uns wieder zurückziehen, um zu entscheiden, was wir tun würden, während wir auf zwei Funkwagen vom Polizeirevier Rampart warteten, die als Verstärkung angefordert worden waren.

Zwei Blocks von Sobeks Wohnung entfernt drosselte Krantz das Tempo, als wir an einem rund um die Uhr geöffneten Laden vorbeikamen. »Wir treffen uns hier vor diesem Laden, wenn wir die Gegend sondiert haben«, meldete sich Krantz.

Jedes Funkgerät antwortete mit einem »Roger«.

»Dolan, du fährst von dieser Seite aus ran. Wir folgen in ein paar Minuten. Williams, du machst einen Bogen und kommst von Norden runter. Wir wollen nicht, dass man uns für eine Parade hält.«

Dolan betätigte zweimal ihr Funkgerät als Zeichen, dass sie verstanden hatte. »Das erste Gescheite, was dieser Blödian je von sich gegeben hat«, sagte Dolan mit Blick zu mir.

»Wahrscheinlich hat Watts den Vorschlag gemacht.«

Dolan lachte.

Williams bog in eine Nebenstraße ab, Dolan und ich fuhren geradeaus weiter.

Laurence Sobek alias Curtis Wood bewohnte etwa eineinhalb Kilometer vom Parker Center entfernt in einem heruntergekommenen Viertel eine umgebaute Garage. An einem zu klein geratenen Doppelhaus am Straßenrand, das wie eine zweigeteilte Schachtel aussah, führte seitlich eine Einfahrt zu einer kleineren Schachtel vorbei, in der Sobek wohnte. Eine gedrungene Latino-Frau und drei kleine Kinder spielten vor dem Haus mit dem Gartenschlauch. Das Viertel war dem nicht unähnlich, in dem Sobeks Mutter lebte: Reihen von mit Stuck verzierten Häusern wechselten sich mit älteren Mietskasernen ab, in denen zumeist Immigranten aus Mexiko oder Mittelamerika lebten. Sobeks Schachtel war heruntergekommen, ihr Anblick stimmte traurig.

»Ich erkenne zwei Türen, eine, die zum Doppelhaus rausgeht, die andere zur Seite. Sieht aus, als sei was über den Fenstern.«

»Siehst du jemanden im Haupthaus?«

»Kann ich schlecht sagen, aber es scheint ruhig zu sein.«

»Ich habe keinen Wagen gesehen.«

»Ich auch nicht. Seiner könnte aber hier auf der Straße stehen.«

Wir fuhren an Williams und Bruly vorbei, die uns entgegenkamen, bogen zweimal ab und fanden uns am vereinbarten Treffpunkt, dem Laden, ein. Zwei Funkwagen vom Polizeirevier Rampart warteten bereits dort. Wir hielten neben ihnen und stiegen aus, ließen aber Klimaanlage und Motor laufen. Dreißig Sekunden später kam Williams, etwa eine weitere Minute später Krantz. Wir trafen uns an seinem Wagen.

»Wir haben per Telefon einen Hausdurchsuchungsbefehl erhalten, sodass wir in seine Wohnung reindürfen«, erklärte Krantz. »Stan, wie würdest du die Sache durchziehen?«

Dolan stupste mich. Krantz, der die Sache schon wieder an Watts abgab.

»Zuerst das Doppelhaus vorne sichern«, antwortete Watts. »Ich will die Frau und die Kinder von dort wegschaffen. Einen der Funkwagen gleich hinter Sobeks Haus postieren, falls er nach hinten abhauen will. Der Rest hält Türen und Fenster in Schach. Wenn er nicht aufmacht, will ich die Tür nicht aufbrechen, damit er nicht weiß, dass wir hier waren. Vielleicht lässt sich das Schloss unbemerkt öffnen, wenn nicht, könnten wir eins der Fenster aufbrechen.«

»Wie soll die Annäherung ans Haus stattfinden?«, fragte ich.

Krantz warf mir einen finsteren Blick zu. »Das lassen Sie mal unsere Sorge sein.«

Doch es war ohnehin Watts, der mir eine Antwort gab. »Ich würde sagen, in zwei Gruppen, eine über die Einfahrt, die andere seitlich von Norden her. Aber auch hier wollen wir möglichst unauffällig bleiben. Wenn er nicht zu Hause ist, ist es am besten, wenn er nicht weiß, dass wir da waren.«

Krantz wies den Funkwagen ihre Plätze an, gab den Streifenpolizisten eine Beschreibung von Sobek und händigte ihnen Abzüge von Sobeks Foto aus, das die Personalabteilung gemacht hatte. Falls der Typ aus dem Haus stürmen würde, sollten sie ihn als gefährlich einstufen und entsprechend handeln.

Als die Streifenpolizisten zu ihren Wagen zurückgegangen waren, kehrte Krantz zu uns zurück. »Hat jeder eine Weste angelegt?«

»Cole hat keine«, antwortete Dolan.

Krantz zuckte mit den Schultern. »Egal. Er wird hier warten. Und du auch.«

»Bitte?«

»Bis hier und nicht weiter, Dolan. Es war in Ordnung, dass du mitgekommen bist, aber das war's dann auch. Dies ist eine Operation der Sonderkommission, zu der du nicht gehörst.«

Dolan preschte so schnell auf Krantz zu, dass er zurückwich. Williams drängte sich zwischen die beiden.

»Immer mit der Ruhe, Dolan!«

»Das kannst du nicht machen, verdammt!«, schrie Dolan. »*Cole und ich* haben diesen Typen gefunden!«

»Ich kann tun, was ich will. Das ist meine Operation.«

»Das ist doch Schwachsinn, Krantz«, mischte ich mich ein. »Wenn das Ihre Meinung ist, hätten Sie die schon in Gegenwart von Bishop äußern sollen.«

Krantz schob den Kiefer vor. »Ich habe die Umgebung inspiziert und festgelegt, dass es das Beste für die Operation ist, wenn nur die Teilnehmer der Sonderkommission mitmachen. Ansonsten würden wir eher wie eine Armee auftreten. Wir würden uns gegenseitig auf die Füße treten, wenn Sie und Dolan noch dabei wären, und die Gefahr, dass jemand verletzt wird, würde größer werden.«

Ich lächelte zu Watts hinüber, der jedoch auf den Boden starrte. »Klar. Es ist eine Frage der Sicherheit.«

Dolans Gesicht sah aus wie eine Maske aus Keramik. »Du kannst mich nicht ausschließen«, sagte sie leise. »Bishop hat gesagt, ich könnte mitkommen.«

»Das bist du ja. Du bist hier. Aber das reicht. Wenn der Ort sicher ist, können du und dein Liebhaber dazukommen.«

Diesmal schob er sein Kinn in meine Richtung vor, und ich überlegte, wie sich ein Schlag in sein Gesicht anfühlen würde. Der »Liebhaber« hatte tierische Lust dazu.

»Warum tun Sie das, Krantz?«, fragte ich. »Haben Sie Angst, dass Dolan die Lorbeeren für die Arbeit kriegt, die Ihre gewesen wäre?«

»Das ist keine hilfreiche Bemerkung«, sagte Watts.

Ich zuckte die Achseln und trat zurück. »Wenn ihr mich

draußen haben wollt, bitte. Ich bin draußen. Aber Dolan hat ihren Anteil verdient.«

Krantz sah mich eindringlich an, dann schüttelte er den Kopf. »Das ehrt Sie, Cole, dass Sie freiwillig zurücktreten, aber ich scheiß drauf, was Sie wollen oder nicht. Ich glaube immer noch, dass Ihr Partner Dersh umgebracht hat, und ich glaube immer noch, dass Sie was mit seiner Flucht zu tun haben. Bishop mag das ja bereitwillig übersehen, ich aber nicht.« Er sah Dolan an. »Und jetzt pass mal gut auf – ich leite diese Sonderkommission. Wenn du auch nur die geringste Chance haben willst, wieder ins Dezernat zurückzukommen, setzt du dich mit deinem Arsch in diesen Wagen und tust genau das, was ich sage. Sind wir uns darüber einig?«

Dolan wurde kreidebleich. »Willst du, dass ich hier das brave Mädchen spiele, Harvey?«

Krantz richtete sich auf und zerrte an seiner Weste, die ihn wie eine breite, unförmige Vogelscheuche aussehen ließ. »Ja, genau, das will ich. Wenn du ein braves Mädchen bist, werde ich dafür sorgen, dass du von den Lorbeeren was abkriegst.«

Dolan starrte ihn nur an.

Krantz stieg mit den anderen vier in seinen Wagen und fuhr fort.

»Du meine Güte, Dolan, das ist ja wirklich ein total blöder Wichser«, sagte ich. »Es tut mir leid.«

Sie sah mich an, als wäre ich verwirrt, dann lächelte sie.

»Du kannst hier sitzen bleiben, Weltgrößter, aber ich werde von hinten reingehen.«

Ich hielt es für keine gute Idee, aber das zählte nicht. Sie stieg in ihren BMW, ohne auf mich zu hören. Ich hatte die Möglichkeit, hier wie Krantz' Schoßhündchen zu warten oder mit ihr mitzufahren.

Krantz hatte die Straße genommen, die von vorne zum Haus führte, weswegen wir zur Rückseite fuhren, wo der zweite Funkwagen stand. Die beiden Beamten lehnten rauchend am Kotflügel und warteten auf Krantz' Befehl.

»Habt Ihr zwei schon von Krantz gehört?«, fragte Dolan.

Das hatten sie nicht.

»Gut. Wir werden uns vorarbeiten. Wartet auf den Funkspruch.«

»Dolan, das ist nicht klug«, wehrte ich ab. »Wenn wir einen von ihnen erschrecken, schießt er uns den Kopf weg.« Ich dachte an Williams, der so nervös wirkte, dass er gleich losballern würde, sollte hinter ihm jemand niesen.

»Ich hab dir gesagt, du sollst die Weste anziehen.«

Prima.

Hinter Sobeks Haus stand ein Einfamilienbungalow in der Größe einer Kühlbox. Außer einem Hund mit gelblichem Fell in einem engen Maschendrahtzwinger war niemand zu Hause. Ich hatte Angst, dass der Hund anfangen würde zu bellen, doch hoffnungsvoll blickend wedelte er nur mit dem Schwanz. Dolan und ich schlichen die Einfahrt entlang bis in den Hinterhof, der, durch einen Maschendrahtzaun abgetrennt, an den Hof hinter Sobeks Haus grenzte. Der Zaun war überwuchert mit Trichterwinden, die in der Hitze braun und spröde geworden waren. Die umgebaute Garage, in der Sobek wohnte, stand nahe am Zaun und war gut zu sehen.

Dolan zischte leise, um mich auf sich aufmerksam zu machen, dann gab sie ein Zeichen, dass wir über den Zaun klettern sollten.

Als wir auf Sobeks Seite waren, trennten wir uns und gingen in entgegengesetzten Richtungen um das Haus herum. Ich lauschte an den Fenstern und versuchte hineinzuspähen, konnte aber nichts sehen, weil die Scheiben mit schwarzen Plastikmüllbeuteln oder Ähnlichem zugeklebt waren. Die Beutel bedeuteten, dass er etwas verbarg – und das gefiel mir ganz und gar nicht.

Dolan und ich trafen an der Haustür wieder aufeinander, von dort gingen wir gemeinsam zur Seitenfront.

»Ich konnte drin nichts erkennen. Und du?«, flüsterte ich.

»Alle Fenster sehen so aus. Ich habe nichts gesehen und nichts gehört. Wenn er nicht der ist, den wir suchen, ist er ein gottverdammter Vampir. Versuchen wir es an der Tür.«

Stan Watts und Harvey Krantz kamen die Einfahrt entlang und erstarrten bei unserem Anblick. Krantz winkte uns wütend zu sich, doch Dolan zeige ihm nur den Stinkefinger.

»Du sorgst noch dafür, dass dir der Kerl die Kehle durchschneidet, Dolan.«

»Er hat mich lange genug verarscht. Hast du deine Waffe?«

»Ja.«

»Versuchen wir es an der Tür.«

Dolan ging zum Vordereingang und klopfte genau in der Art, wie es eine Nachbarin tut, wenn ihr der Zucker ausgegangen ist. Ich stand mit gezogener Waffe einen Meter neben ihr, bereit, mir Sobek zu schnappen, wenn er herauskommen würde.

Stan Watts zog seine Waffe und huschte an meine Seite, Krantz blieb vorne beim Doppelhaus. Williams und Bruly hörte ich auf dem Nachbarhof.

»Verdammt, Samantha«, schimpfte Watts, aber so leise, dass nur ich es hören konnte.

Dolans zweites Klopfen war fester. »Gaswerke. Es gibt ein Problem an Ihrem Haus.«

Keine Antwort.

»Wir haben ein Problem mit der Gasleitung hier draußen«, sagte sie lauter.

Immer noch keine Antwort. Watts blieb stehen, während Krantz mit rotem Gesicht auf uns zueilte. Er sah aus, als wollte er jemandem das Genick durchbeißen.

»Verdammt, Dolan, dafür kriege ich dich dran.« Er flüsterte, aber so laut und schroff, dass man es drinnen gehört haben musste, sollte sich dort jemand aufhalten. »Das ist meine Trophäe.«

»Er ist nicht da, Dolan«, sagte ich. »Komm weg hier, dann überlegen wir den nächsten Schritt.«

Krantz steckte die Waffe weg und stieß mit dem Finger auf mich. »Sie kriege ich dafür auch dran. Sie und die da. Stan, du bist Zeuge.«

Wir drei standen immer noch neben der Tür, als Dolan den Türgriff berührte. »He, ich glaube, sie ist offen.«

Ich wollte sie aufhalten. »Dolan, nicht.«

Samantha Dolan schob die Tür ein kleines Stück auf, um einen Blick hineinzuwerfen, konnte aber wahrscheinlich nichts sehen.

Sie entspannte sich.

»Keine Gefahr, Krantz. Sieht aus, als hätte ich mal wieder deine Arbeit gemacht.«

Schließlich schob sie die Tür ganz auf, wurde aber von etwas zurückgestoßen, das sich wie ein Donnerschlag anhörte.

»Waffe!«, schrie Watts und ließ sich auf den Boden fallen, doch ich hörte ihn nicht.

Geduckt schob ich mich durch die Tür und feuerte auf einen rauchenden Doppellauf, noch bevor ich überhaupt wusste, was es war. Ich glaube, ich habe geschrien.

Ich gab alle sechs Schuss ab, bevor nur noch ein Klicken zu hören war, dann rannte ich zurück in den Hof, wo Watts versuchte, die Blutung zu stoppen, doch es war zu spät.

Eine doppelte Ladung, aus nächster Nähe abgegeben, hatte sich durch ihre Weste gebohrt, als hätte sie keine angehabt.

Samantha Dolans wunderschöne braune Augen starrten blind in den Himmel.

Sie war tot.

36

Während Detective Samantha Dolans Blut in die trockene Erde von Los Angeles sickert, parkt Laurence Sobek seinen roten Cherokee in der Einfahrt seines nächsten Opfers. Er hat nicht mehr die kleine Kaliber .22 mit seinem aus einer Plastikflasche gebastelten Schalldämpfer dabei, sondern einen kraftstrotzenden .357 Magnum mit schnellen, leichten Hohlspitzgeschossen. Wenn er jetzt seine Opfer erschießt, werden sie auseinandergefetzt wie überreife Avocados, ohne Chance zu überleben.

Sobek trägt die Waffe im Hosenbund, die Hand fest um den Griff gelegt, während er zur Tür geht. Er klopft, aber niemand antwortet. Nachdem er noch einmal geklopft hat, geht er hinters Haus, wo er versucht, die Schiebetür zu öffnen. Er überlegt, die Scheibe einzuschlagen, bemerkt aber rechtzeitig die blinkende Alarmanlage.

Sobek ist bereit zu töten. Er ist bereit, einen Mord zu begehen, ist so gierig darauf, dass seine verschwitzte Handfläche auf dem hölzernen Pistolengriff abzurutschen beginnt.

Er geht zum Jeep zurück und fährt den Hügel hinauf, bis er einen Parkplatz findet, von dem aus er ungehindert das Haus beobachten kann.

Er wartet auf das Kind.

»Oh, mein Gott«, stöhnte Krantz. »Mein Gott.«

Er musste würgen und drehte sich zu einem Avocadobaum, an dem er sich abstützte. Williams und Bruly kamen mit gezogenen Waffen und wildem Blick um die Ecke gerannt, gefolgt von den vier Uniformierten, die ebenfalls ihre Waffen im Anschlag hielten. Aus einem der umliegenden Häuser drangen Rufe zu ihnen, und der gelbe Hund bellte.

»Ist sie tot?«, schrie Bruly. »Jesses, ist sie tot?«

Watts Hände waren rot von Samantha Dolans Blut. »Krantz, überprüf das Haus. Williams, überprüf das Haus, verdammt.«

Niemand achtete auf das Haus. Falls Sobek dort drin gewesen wäre, hätte er uns alle erschießen können.

»Alles in Ordnung«, sagte ich.

»Williams, sichere die Beweise«, brüllte Watts. »Halt die Augen offen, verdammt, und sei vorsichtig da drin. Fass nichts von den Beweisen an.«

Williams kroch mit vorgehaltener Waffe zur Tür. Watts ging zu einem Wasserhahn im Garten, wusch sich das Blut von den Händen und zog sein Funkgerät heraus, um Meldung zu machen.

Ich legte meine Jacke über Dolans Gesicht, weil ich nicht wusste, was ich sonst tun sollte. Meine Augen füllten sich mit Tränen, die ich mit einem Kopfschütteln abwehrte. Ich drehte mich zur Seite. Williams war vor der Tür stehen geblieben und blickte sie an. Auch er weinte.

Ich ergriff ihr Handgelenk, spürte aber keinen Puls, dann legte ich meine Hand auf ihren warmen Bauch. Ich blinzelte, um die Tränen zu unterdrücken, und schob Samantha Dolan und alle Gefühle aus meinem Kopf, um mich auf Joe zu konzentrieren.

Ich ging zu Sobeks Garage.

Krantz sah mich vom Baum aus. »Bleiben Sie da weg«, befahl er. »Das ist ein Tatort. Williams, halt ihn auf, verdammt.«

»Himmel Arsch, Krantz. Er könnte irgendwo da draußen sein und den Nächsten töten.«

Williams schaute wieder zu Dolan. »Sie ist wirklich tot.«

»Sie ist tot.«

Er weinte noch mehr.

»Cole, seien Sie vorsichtig«, rief Watts. »Vielleicht hat er im ganzen Haus Bomben versteckt.«

Ich ging hinein, ohne stehen zu bleiben, gefolgt von Krantz. Bruly wartete an der Tür.

Eine Schießpulverwolke hing in der Luft. Es war extrem heiß und dunkel im Haus, das einzige Licht kam durch die Tür. Mit dem Fingerknöchel betätigte ich den Lichtschalter.

Sobek hatte keine Möbel, er hatte Gewichte. Gedrungen und hässlich stand eine Trainingsbank mitten im Zimmer, darum herum waren schwarze Gewichtsscheiben wie eiserne Pilze verteilt. Niemand ging vor der Waffe vorbei, obwohl aus beiden Läufen Rauch aufstieg. Restangst. Artikel aus der *Times* über die Morde, über Dersh und Pike hingen an der Wand, daneben ein Werbeposter des Marine Corps und eins mit Scharfschützen der LAPD-Spezialeinheit.

»Jesses, jetzt sehen Sie sich diesen Mist an«, meinte Bruly. »Glauben Sie, er kommt zurück?«

Ich hielt meinen Blick streng auf den Boden gerichtet, wo ich nach Stolperdrähten und Druckplatten suchte. Ich schnupperte in der Luft, ob ich Benzin roch, weil ich Angst hatte, dass Sobek sein Haus in die Luft jagen wollte. »Man bastelt keine Bombe in seinem eigenen Haus, wenn man vorhat zurückzukommen. Er kommt nicht wieder.«

»Das wissen wir nicht, Cole«, meldete sich Krantz zu Wort. »Wenn wir Dolan schnell genug hier wegschaffen, können wir das Gebiet umzingeln und auf ihn warten.«

Selbst Bruly schüttelte den Kopf.

»Sie sind echt eine komische Type, Krantz«, erwiderte ich nur.

Bruly zog ein paar Bücher aus einem kleinen Karton. »Er hat das *Handbuch für Scharfschützen des Marine Corps*. Und *Nahkampf – ein Auszug aus dem Trainingshandbuch von Force Recon*. O Mann, dieser Mistkerl ist der ultimative Möchtegern.«

Krantz öffnete den Kühlschrank und nahm eine Glasampulle heraus. »Drogen. Steroide. Dieser Typ spritzt sich das Zeug.«

Die Behausung verdiente kaum die Bezeichnung Wohnung. Sie bestand nur aus einem großen Raum, der durch eine Theke von der Miniküche abgetrennt war, und aus einem Bad und einem Wandschrank. Ich suchte nach einem Zettel mit Dershs Adresse oder der Kleidung, die Sobek angezogen hatte, um wie Pike auszusehen – irgendwas, was Sobek mit Dersh in Verbindung bringen und Joe entlasten würde.

»Hierher, Lieutenant.«

Bruly hatte im Wandschrank sieben leere Clorox-Flaschen, drei Pistolen Kaliber .22 und Munition gefunden. Zwei der Clorox-Flaschen waren mit Klebeband verstärkt worden.

Krantz klopfte Bruly auf den Rücken. »Wir haben den Dreckskerl gefunden!«

»Dolan hat ihn gefunden«, wandte ich dagegen ein. »Sie sind nur mitgekommen.«

Krantz wollte etwas sagen, besann sich aber eines Besseren und ging zur Tür, wo er mit Stan Watts sprach. Sirenengeheul näherte sich.

Leonard DeVilles Originalfallakte lag ausgebreitet auf dem Küchentresen, daneben vergilbte Zeitungsausschnitte über Wozniaks Tod, die Zeugenliste des leitenden Detective sowie Adressen und Aufzeichnungen über alle sechs Opfer. Auch zu Karen Garcia. Dass sie immer am Lake Hollywood ihre Runden drehte, welche Route sie nahm. Und ähnliche Anmerkungen zu Semple, Lorenzo und den anderen. Es war unheimlich – als würde man einen flüchtigen Blick in das kalte, kranke Hirn bekommen, das einen Mord nach dem anderen plant. Er hatte einige dieser Menschen monatelang beobachtet und in dieser Zeit Buch über ihr Leben geführt.

»Ich muss Ihnen echt ein Lob aussprechen, Cole«, meinte Krantz schließlich. »Sie und Dolan haben richtig getippt. Gute Arbeit.«

»Schauen Sie, ob Sie was über Dersh finden.«

Krantz' Unterkiefer schob sich vor, doch er sagte nichts. Vielleicht zog er die Möglichkeit, dass Sobek für den Mord an Dersh verantwortlich war, mittlerweile auch in Betracht.

Während wir durch Sobeks Aufzeichnungen blätterten, stießen wir auf meinen Eintrag in den Gelben Seiten und auf einen Ausdruck meiner Adresse und Telefonnummer von der Kfz-Zulassungsstelle. Auch Dolans Privatadresse stand auf der Liste.

Bruly stieß einen Pfiff aus. »Er hat Sie auf dem Kieker. Ich weiß nicht, woher er es wusste, aber ihm war klar, dass Sie und Dolan hinter ihm her waren.«

Krantz wühlte sich durch die Blätter. »Er ist jeden Tag durchs ganze Parker Center gepilgert. Er hat bestimmt alles mitgekriegt. Er konnte fast jeden ausfragen, und niemand hätte sich was dabei gedacht.«

Es hörte sich für mich so an, als hätte sich Krantz mehr als einmal mit Sobek unterhalten.

Auch Bruly schob ein paar Seiten hin und her und legte einen Schnappschuss frei, der hier so fehl am Platz war, dass ich ihn fast nicht erkannte: drei Jungs, die mit einer Jugendlichen sprachen, die einen Tennisschläger in der Hand hielt. Sie hatte der Kamera den Rücken zugekehrt, doch die Gesichter der Jungs waren zu erkennen. Rechts stand Ben Chenier. Noch weitere zwei Schnappschüsse von Ben fanden sich zwischen den Blättern. Alle drei Fotos waren aus einiger Entfernung im Tennislager in Verdugo aufgenommen worden. In einer Ecke des Ausdrucks der Kfz-Zulassungsstelle war Lucys Privatadresse hingekritzelt.

Krantz blickte auf die Bilder – oder vielleicht sah er auch nur meinen Gesichtsausdruck. »Wer ist dieser Junge?«

»Der Sohn meiner Freundin. Er ist gerade in einem Tennislager. Krantz, das ist die Privatadresse von meiner Freundin, das hier ist meine. Und das ist der Fernsehsender, bei dem Lucy arbeitet …«

Krantz fiel mir ins Wort und rief nach Watts, der vor dem Haus war. Irgendwo draußen auf der Straße erstarb das Geheul einer Sirene, aber weitere näherten sich.

»Stan, wir haben hier ein Problem. Sieht aus, als ob

Sobek vorhat, Cole auszuschalten. Er könnte gerade bei Coles Freundin sein, oder bei ihrem Sohn oder bei Cole zu Hause.«

Ein unerträgliches Gefühl keimte in mir auf, breitete sich über Arme, Beine und die Haut am ganzen Körper aus, und ich begann zu zittern.

Watts sah die Blätter und Fotos durch, während Krantz sprach, und drehte sich mit seinem Mobiltelefon zur Seite, noch bevor Krantz ausgeredet hatte. Watts las die Adressen vor und forderte Streifenpolizisten auf Code drei an. Code drei heißt »zack-zack«. Blaulicht und Sirene. Watts legte die Hand übers Telefon und drehte sich zu mir um. »Kennen wir den Namen vom Tenniscamp?«

Ich gab ihm die Adresse. Zitternd ließ ich mir Brulys Telefon geben, um Lucy anzurufen.

Sie reagierte zögernd und zurückhaltend, was ich jedoch überging. Ich erzählte rasch, wo ich war und dass die Polizei auf dem Weg zu ihr war und warum.

»Cole, soll ich mit ihr reden?«, fragte Krantz.

Als ich ihr erzählte, dass Laurence Sobek Schnappschüsse von Ben gemacht hätte, wurde ihre Stimme höher und klang angespannter.

»Dieser Mann hat Ben beobachtet?«

»Ja. Er hat Fotos gemacht. Die Polizei ist schon auf dem Weg ins Tennislager. Sie haben die Highway-Streife angefordert.«

»Sagen Sie ihr, dass ein paar Polizisten auf dem Weg zu ihr sind«, unterbrach mich Krantz. »Ihr wird nichts passieren.«

»Ich fahre zu Ben«, sagte Lucy. »Ich werde ihn sofort von da wegholen.«

»Ja, gut. Ich bin gleich bei dir.«

»Ich kann nicht warten. Ich fahre sofort los.«

»Dann sehen wir uns dort, Luce.«

»Er muss in Sicherheit gebracht werden, Elvis.«

»Wir werden ihn schützen. Stan Watts spricht gerade mit dem Tennislager.«

Ich blickte hinüber zu Watts, der mir mit nach oben gerichtetem Daumen ein Zeichen gab.

»Ben ist okay, Luce«, sagte ich. »Die Leute vom Lager haben ihn. Er ist jetzt bei ihnen. Wir sind schon auf dem Weg dorthin.«

Ohne ein weiteres Wort legte sie auf.

Auf dem Weg nach draußen warf ich das Telefon Bruly zu und versuchte den anklagenden Unterton in Lucys Stimme zu vergessen.

Das Tennislager von Verdugo lag eine gute Stunde östlich von L.A. in den landwirtschaftlich geprägten Ausläufern der Verdugo Mountains. Krantz hatte ein Blaulicht auf seinen Wagen gesetzt und war, wo immer möglich, mit hundertsiebzig über die Straßen gerast. Watts hatte er beauftragt, die Bewachung von meinem Haus und Lucys Wohnung zu koordinieren, und während der Fahrt hatte er meistens mit Bishop telefoniert. Sobeks Vermieterin hatte uns das Autokennzeichen genannt, und sowohl die Verkehrspolizei des LAPD als auch die Highway-Streife waren verständigt. Es wurde festgestellt, dass Fabrikat und Modell von Sobeks Jeep mit dem von Pike identisch waren.

Williams saß weinend und vor sich hin murmelnd auf dem Beifahrersitz vor mir. »Eine verdammte Schrotflinte.

Er hat sie mit dem Ding fast in zwei Stücke gerissen. Dieses Schwein. Den mache ich einen Kopf kürzer. Das schwöre ich bei Gott, dieses Schwein mache ich einen Kopf kürzer.«

»Wir schnappen uns diesen Kerl lebendig, Williams«, sagte ich.

»Sie hat keiner gefragt, Himmel Arsch.«

»Krantz, wir schnappen uns diesen Kerl lebendig. Wenn er am Leben bleibt, wird er die Sache mit Dersh zugeben.«

Krantz tätschelte Williams Bein. »Kümmern Sie sich um sich selbst, Cole. Meine Leute schaffen das schon alleine, und wir werden dieses Arschloch zur Verantwortung ziehen. Stimmt's, Jerome?«

Jerome Williams blickte mit zusammengebissenen Zähnen aus dem Fenster.

»Wir werden dieses Arschloch zur Verantwortung ziehen. Stimmt's, Jerome?«

Jerome drehte sich zu mir. »Ich habe nicht vergessen, was Sie gesagt haben. Wenn die Sache vorbei ist, zeige ich Ihnen, wie schwarz ich wirklich bin.«

Die Sheriffs waren bereits im Tennislager, als wir eintrafen. Vier Funkwagen standen auf dem Kiesparkplatz. Die Organisatoren des Camps unterhielten sich nervös mit den Sheriffs, während hinter ihnen Pferde in ihren Ställen schnaubten. Ben hatte recht – es roch nach Pferdekacke.

Krantz hoffte, Sobek hier zu finden und festnehmen zu können. Deshalb ließ er die Funkwagen innerhalb des Lagers parken. Dann sprach er mit dem leitenden Sheriff über die Aufstellung der Wachposten. Die Besprechung fand im Speisesaal statt, einem Gebäude mit Blendmauern und unfertigem Holzboden. Die Kinder waren im Schlafsaal der Jungs zusammengerufen worden.

Vor Lucy waren bereits andere Eltern eingetroffen, die ihre Kinder abholten und so schnell wie möglich wieder verschwanden. Krantz war sauer, dass die Leiterin, Mrs. Willoman, die Familien angerufen hatte, doch dagegen konnte er nichts mehr unternehmen. Wenn einem die Polizei sagt, dass sich ein Mehrfachmörder in der Gegend herumtreibt, stehen einem nicht mehr so viele vertretbare Möglichkeiten zur Verfügung.

Lucy kam zehn Minuten später. Ihr Gesicht war angespannt, als ich ihr entgegenging. Sie nahm meine Hand, gab aber keine Antwort, während ich mit ihr sprach, sondern blickte stur geradeaus. Als ich ihr sagte, dass wir im Speisesaal seien, legte sie einen Zahn zu, sodass wir beinahe rannten.

Lucy ging direkt zu Mrs. Willoman. »Ich will mein Kind«, verlangte sie.

Ein Mitarbeiter des Jugendlagers führte Ben aus dem Schlafraum herein. Ben wirkte aufgeregt, als wäre das, was hier passierte, um einiges besser als Reiten oder Tennisspielen.

»Echt geil«, meinte er. »Was ist eigentlich los?«

Lucy umarmte ihn so heftig, dass er versuchte, ihr zu entkommen. »Das ist nicht geil«, schimpfte sie dann, rot im Gesicht vor Wut. »Solche Sachen sind nicht normal und schon gar nicht geil.«

Klar, die Worte waren eigentlich für mich bestimmt.

Krantz bat Lucy zu bleiben, bis wir die Nachricht erhalten würden, dass ihre Wohnung gesichert war. Danach wollten wir auf Nummer sicher gehen und ihnen bis nach Hause folgen. Lucy nahm Krantz' Angebot einer Rund-um-die-Uhr-Bewachung an. Sie sah zu Ben hinunter, rieb ihm den Rücken und meinte, dass sie vielleicht nach Louisiana zurückkehren sollten, sobald die Sache ausgestanden sei. Als ich ihr sagte, dass ich das für eine gute Idee hielte, ging sie hinüber zum Panoramafenster und schaute hinaus.

Ich denke, sie wollte nur irgendwo sein, wo sie sich sicher fühlte.

Wir setzten uns um einen runden Tisch und tranken etwas Rotes, das der Camp-Mitarbeiter Wanzensaft nannte. Krantz und ich erklärten Lucy und Ben die Geschichte mit Sobek. Die ganze Zeit über ließ Lucy eine Hand bei Ben, mit der anderen hielt sie meine fest, doch immer noch mied sie meinen Blick. Sie redete nur mit Krantz, drückte aber hin und wieder meine Hand, als würde sie mir eine Nachricht senden, die sie noch nicht laut aussprechen konnte.

Schließlich meldete sich Krantz' Pager. Er überprüfte die Nummer. »Das ist Stan.«

Krantz rief zurück, lauschte einen Moment und nickte Lucy zu. »Wir haben Ihre Wohnung gesichert. Der Hausmeister hat uns reingelassen, und Beamte sind auf dem Grundstück.«

Der Druck in ihr ließ nach, so wie die Luft aus einem Ballon strömt. »Oh, Gott sei Dank.«

»Lassen Sie mich das hier noch kurz zu Ende bringen, dann begleiten wir Sie nach Hause. Wenn Sie die Stadt verlassen wollen, lassen Sie es mich wissen, damit wir Sie zum Flughafen bringen können. Ich werde die Polizei von Baton

Rouge anrufen, wenn Sie möchten, und sie auf Trab bringen.«

Lucy lächelte Krantz an, als wäre er ein menschliches Wesen. »Danke, Lieutenant. Wenn ich mich entschließen sollte, nach Hause zu fliegen, rufe ich Sie an.«

Nach Hause.

Sie nahm wieder meine Hand und lächelte mich seit Langem zum ersten Mal an. »Es wird schon gut werden.«

Ich lächelte zurück, und plötzlich schien alles auf der Welt besser zu sein.

Während die Mitarbeiter Bens Sachen holten, nahm ich meinen Wanzensaft mit zur Tür und suchte die Baumgrenze in der Art ab, wie ich es als Achtzehnjähriger bei der Armee getan hatte. Ich dachte über Sobek und darüber nach, was wir in seiner Garage gefunden hatten. Sein Ziel war, diejenigen Menschen zu töten, denen er die Schuld dafür gab, dass DeVille ins Gefängnis kam, und er hatte mit den Menschen begonnen, die am wenigsten mit dem Fall zu tun gehabt hatten. Er dachte wohl, dass bei ihnen das LAPD die größte Mühe haben würde, sie in einen Zusammenhang mit DeVilles Tod zu bringen. Ich fragte mich aber, ob dies der einzige Grund war und er ihnen nicht die geringere Schuld gab, was hieß, er sparte sich diejenigen auf, die er am meisten für sein Unglück verantwortlich machte. Mit Sicherheit gehörte Pike dazu, aber auch Krakauer und Wozniak mussten, obwohl beide tot, auf seiner Liste stehen. Je mehr ich darüber nachdachte, desto mehr war ich beunruhigt, weil er eine persönliche Beziehung zu Wozniak gehabt hatte, aller Wahrscheinlichkeit nach war es ja Sobek gewesen, der Wozniak den Tipp über DeVilles

Aufenthaltsort gegeben hatte. Ich sah zu den Ställen hinüber und dachte an die Pferde darin; ich sah sie nicht, hörte und roch sie aber. Sie schnaubten und wieherten und sprachen offenbar miteinander. Sie waren echt, auch wenn sie für mich unsichtbar waren. Das Leben ist oft so – eine Realität überlagert die nächste, und die meisten sind zwar verborgen, aber dennoch da. Man kann sie nicht immer sehen, aber wenn man auf die Hinweise achtet, erkennt man sie.

Krantz ließ gerade zwei Sheriffs die Sachen von Ben einladen, als ich sagte: »Er kommt nicht hierher, Krantz.«

Krantz nickte. »Ja, kann sein.«

»Sie verstehen nicht. Er kommt nicht hierher und auch nicht zu mir nach Hause oder zu Lucy. Es ist ein Ablenkungsmanöver.«

Krantz runzelte die Stirn. Lucy, beide Hände auf Bens Schulter gelegt, sah zu mir herüber.

»Überlegen Sie mal, Krantz. Er will die Menschen umbringen, denen er die Schuld an DeVilles Verhaftung gibt. Aber dann merkt er, dass wir ihm auf die Spur gekommen sind. Sein Spiel ist aus, und das weiß er, oder?«

Krantz runzelte immer noch die Stirn.

»Er weiß, dass es nur eine Frage von wenigen Tagen ist, bis wir die Opfer miteinander in Verbindung bringen. Wenn wir das tun, haben wir einen Kreis von Verdächtigen, zu denen er gehört.«

»Ja, deswegen hat er sich entschieden, Sie aus dem Verkehr zu ziehen«, meinte Krantz.

»Aber wozu? Er kann nicht weiterhin im Parker Center arbeiten und noch ein paar Dutzend Menschen umbringen.

Wenn er glaubt, dass wir hinter ihm her sind, wird er die Jagd abkürzen. Wenn er denkt, dass sein Spiel aus ist, dann wird er diejenigen umbringen wollen, denen er die größte Schuld gibt. An Pike kommt er nicht ran, Krakauer ist tot. Dann bleibt nur noch Wozniak.«

»Wozniak ist auch tot.«

»Krakauer war Junggeselle. Wozniak hatte eine Frau und eine Tochter, und sie wohnen in Palm Springs. Dort habe ich Wozniaks Tagebuch gefunden. Dort sollten wir jetzt sein.«

Lucy verstärkte ihren Griff um Ben, als entglitte ihr die neu erlangte Sicherheit. »Aber warum hat er dann Fotos von Ben gemacht? Warum hatte er unsere Adresse?«

»Vielleicht hat er die Sachen für uns zurechtgelegt, um uns abzulenken. Deswegen sind wir jetzt hier bei dir statt bei Wozniaks Witwe, wo wir eigentlich sein sollten.«

»Das ist doch reine Spekulation. Hast du ihre Adresse bei ihm gefunden? Hatte er Bilder von ihr und ihrer Tochter?«

»Nein.«

»Wir *wissen*, dass er unsere Adresse hatte. Wir *wissen*, dass er ein Mörder ist.« Sie packte meinen Arm so fest wie Frank Garcia, als er mich gebeten hatte, seine Tochter zu suchen. »Ich brauche dich jetzt.«

Ich sah zu Krantz. »Krantz, er fährt nach Palm Springs.«

Krantz gefiel der Gedanke nicht, aber er konnte nicht abstreiten, dass etwas dran sein könnte. »Haben Sie ihren Namen und ihre Adresse?«

»Sie heißt Paulette Renfro. An die Adresse erinnere ich mich nicht, aber ich kann Ihnen sagen, wie man da hinkommt.«

Krantz tippte bereits eine Nummer in sein Telefon. »Die Staatspolizei kann die Adresse rauskriegen und schon mal einen Wagen hinschicken, bevor wir da sind.«

Krantz runzelte die Stirn, während er telefonierte, und ich wusste, was er vor seinem geistigen Auge sah: zwei Sheriffs, die Sobek die Handschellen anlegten, dafür in die Schlagzeilen kamen und von Katie Couric interviewt wurden.

Als ich mich zu Lucy umsah, warf ich ihr mein vertrauensvollstes Lächeln zu, doch sie war zu geistesabwesend, um es aufzunehmen.

»Er ist gerade auf dem Weg dorthin, Luce. Ich kann jetzt nicht mit dir kommen. Warte hier, bis ich zurück bin. Dann bringe ich dich nach Hause.«

Lucys Blick drückte Distanz und Kälte aus. Er tat weh.

»Ich kann durchaus alleine nach Hause fahren.«

Krantz ging zur Tür, während er mit Williams telefonierte. »Jerry«, rief er, »komm, einsteigen, wir fahren rüber.«

Als wir den Speisesaal verließen, warf ich einen Blick zurück zu Lucy, doch sie hatte sich abgewandt. Ich brauchte ihre Augen nicht zu sehen, um zu wissen, was sie ausdrückten:

Erneut hatte ich mich für jemand anderen entschieden.

37

Schon seit fast einer Stunde hat sich Sobek keinen Millimeter bewegt. Die Wüstensonne hat die Temperatur in seinem Jeep auf nahezu fünfundfünfzig Grad ansteigen lassen, sein Sweatshirt ist nass, doch er stellt sich vor, er sei eine räuberische Eidechse, die regungslos in der prallen Sonne sitzt und auf ihre Beute wartet. Muskeln und Entschlossenheit bilden seinen Panzer, und die Hingabe, mit der er seine Aufgabe verfolgt, findet so schnell nicht ihresgleichen. Wenn nötig, wird er den ganzen Tag und die Nacht und alle Tage der Zukunft warten.

Doch so lange dauert es nicht.

Durch die Wohnstraßen unten nähert sich ein Wagen und fährt in die Einfahrt des Opfers. Sobek greift nach seinem .357, als der Wagen einbiegt, glaubt, es sei sie, aber nein. Ein Mann steigt aus und blickt in der grellen Wüstensonne zum Haus hinauf. Er trägt Jeans, darüber ein abscheuliches Strandhemd, das über der Hose hängt, und eine Sonnenbrille.

Sobek beugt sich vor, bis er mit dem Oberkörper das Lenkrad berührt.

Es ist Joe Pike.

Pike geht durchs Gatter, klingelt und geht zur Hinterseite des Hauses. Dort kann Sobek ihn nicht sehen, und er denkt, dass Pike sich vielleicht auf die kleine Veranda setzt oder einen Weg gefunden hat, um hineinzugelangen.

Sobek wartet, doch Pike kommt nicht zurück.

Sein Herz pocht, als er den .357 mit beiden Händen umklammert. Die Waffe liegt zwischen seinen Beinen, wo er sie auf seinem Glied spürt. Es fühlt sich gut an.

Er gestattet sich ein Lächeln, der erste Gefühlsausdruck seit Tagen. Pike ist zu ihm gekommen.

Kontrolle.

Sobek lehnt sich zurück und wartet, bis Paulette Wozniak und ihre Tochter eintreffen.

Am Vormittag hatte Paulette ihre Tochter Evelyn aus Banning abgeholt, wo sie ihren kaputten VW-Käfer hingebracht hatte. Nun hatte Evelyn kein Fahrzeug. Zuerst der Freund, dann die Wohnung und jetzt der Wagen. Paulette hatte Evelyn ins Starbucks zur Arbeit gefahren und sie auch wieder abgeholt. Jetzt brachte sie sie nach Hause und wollte mit ihr dort warten, bis der Wagen am Abend fertig wäre. Evelyn war darüber natürlich nicht glücklich.

Sie hatte schlechte Laune und saß auf dem Beifahrersitz, als wollte sie einen Hund erwürgen. Das Einzige, was sie am Morgen gesagt hatte, war, ob Paulette von Mr. Cole gehört hätte. Das hatte Paulette nicht, fand es aber seltsam, dass Evelyn danach fragte.

Das alte Sprichwort stimmt schon, dachte Paulette Renfro, als sie in ihre Straße bog. Ein Unglück kommt selten allein. Und was wird als Nächstes kommen, welche Katastrophe erwartet mich?

Evelyn bemerkte den fremden Wagen in der Einfahrt. »Wer ist das?«

»Woher soll ich das wissen?«

Eine hübsche kleine Limousine stand am Rand der Einfahrt, sodass Paulette noch genügend Platz hatte, in die Garage zu fahren. Sie kannte den Wagen nicht und fragte sich, welcher von ihren Freunden sich einen neuen zugelegt hatte, ohne ihr davon zu erzählen. Draußen war es so heiß, dass die Besucher wahrscheinlich auf der Veranda warteten, obwohl sie sich nicht vorstellen konnte, wer unangemeldet kommen und auf sie warten würde.

Paulette drückte die Garagentor-Fernbedienung, fuhr hinein und betrat mit Evelyn das Haus durch die Waschküche.

Sie ging direkt zur Verandatür im Esszimmer. Dort sah sie ihn im Schatten stehen – braun gebrannt, schlank und groß. Dort wartete er, bis sie ihn sehen würde. Er trug ein geblümtes Hemd, das ihm eine Nummer zu groß war, und eine Sonnenbrille. Ihr erster Gedanke, wirklich ihr allererster Gedanke, als sie ihn sah, war: Er ist keinen Tag älter geworden, und ich muss ziemlich bescheuert aussehen.

»Da draußen steht ein Mann«, stellte Evelyn fest.

Joe hob grüßend eine Hand. Paulette merkte, dass sie lächelte.

»Kennst du den Kerl?«, fragte Evelyn.

Paulette öffnete die Tür und trat einen Schritt zurück, um ihn eintreten zu lassen.

»Hallo, Joe.«

»Es tut gut, dich zu sehen, Paulette.«

Sie hatte oft an diesen Moment gedacht, wenn sie ihn

wiedersehen würde – in ihren Träumen, beim morgendlichen Kaffee oder während der langen Fahrten durch die Wüste. Sie hatte sich vorgestellt, was und wie sie es sagen würde, aber alles, was sie jetzt herausbrachte, hörte sich albern an.

»Möchtest du ein Glas Wasser? Es ist so heiß da draußen.«

»Das wäre nett. Danke.«

Evelyn legte wieder ihre hässliche mürrische Miene auf, mit der sie jeden wissen ließ, dass sie unglücklich war. Dieses Zeichen nicht zu übersehen und etwas dagegen zu unternehmen war wichtig, sonst würde sie noch mürrischer werden.

»Du hast ihn Joe genannt«, meinte sie.

Paulette wusste, was kommen würde. »Joe, das ist Evelyn. Evie, du erinnerst dich an Joe Pike?«

Evelyn verschränkte die Arme und löste sie wieder. Ihr Gesicht bekam Flecken. »Oh, Scheiße«, antwortete sie nur.

»Paulette, ich muss mit dir reden«, sagte Joe. »Über Woz und etwas, das noch bevorsteht.«

Bevor Paulette etwas sagen konnte, beugte sich Evelyn in Joes Richtung. »Was könnte es denn hier noch zu reden geben?«, kreischte sie. »Du hast ihn umgebracht! Mutter, nach ihm wird gesucht! Er hat gerade erst wieder jemanden umgebracht!«

Paulette fasste ihre Tochter an den Armen, wollte sie beruhigen, aber auch Stärke zeigen.

»Evie, geh nach hinten. Ich rede später mit dir, aber jetzt möchte ich mich erst mit Joe unterhalten.«

Evelyn zog sich zurück, aschfahl im Gesicht und wütend

aufgrund ihrer jahrelangen Trauer um ihren Vater. »Red mit ihm, solange du willst! Ich jedenfalls rufe die Polizei an!«

Paulette schüttelte ihre Tochter mit einer Heftigkeit, die sie seit Jahren nicht mehr gespürt hatte. »Nein! Das wirst du nicht!«

»Er hat Daddy umgebracht!«

»Du wirst *nicht* anrufen!«

»Ist schon in Ordnung, Paulette«, sagte Joe mit ruhiger Stimme. »Lass sie anrufen.«

Beide Frauen waren überrascht, aber nur Evelyn sah man es an. Beide starrten sie Joe einen Moment lang an, bis Evelyn schließlich in ihr Zimmer rannte.

»Bist du sicher?«, vergewisserte sich Paulette. »Ich habe die Nachrichten gesehen.«

»Ich werde weg sein, bevor sie da sind. Du siehst gut aus, Paulette.«

Er strahlte beim Sprechen eine Ruhe aus, die sie immer bewundert und insgeheim beneidet hatte. Als wäre er sich seiner so sicher, als würde er so viel Vertrauen in sich haben, dass kein Platz für Zweifel war. Was auch immer kommen würde, er würde damit fertigwerden, würde jedes Problem lösen.

Sie wurde rot. »Ich bin älter geworden.«

»Du bist schöner geworden.«

Sie wurde noch röter, und es kam ihr komisch vor, dass sie nach dieser langen Zeit mit diesem Mann hier stand und rot wurde wie ein kleines Mädchen.

»Joe, nimm bitte die Brille ab. Ich kann dich nicht sehen.«

Er nahm die Brille ab.

Mein Gott, diese Augen waren unglaublich, so leuchtend blau, dass Evelyn sie ewig hätte anstarren können. Stattdessen ging sie in die Küche, um Wasser zu holen.

»Joe. Ich habe die Nachrichten gesehen. Ein Freund von dir war hier. Was ist passiert?«

»Darüber können wir später reden.« Er sah in die Richtung, in die Evelyn verschwunden war, und zuckte mit den Schultern. »Die Polizei ist auf dem Weg hierher.«

Sie nickte.

»Ich habe diesen Mann nicht umgebracht. Das war jemand anderes. Der gleiche Mensch, der sechs andere umgebracht hat.«

»Das hat dein Freund auch gesagt.«

»Er heißt Laurence Sobek. Er war einer der Informanten von Woz. Wenn die Geschichte öffentlich wird, werden Presse und Polizei alles aufs Tapet bringen, was damals passiert ist. Sie werden die alten Geschichten von Woz wieder aufwärmen. Verstehst du das?«

»Das ist mir egal.«

»Es könnte dir schaden.«

»Das kann es nicht.«

Hinter ihnen meldete sich Evelyn mit einer sanften Stimme zu Wort, die Paulette seit den Kindheitstagen ihrer Tochter nicht mehr gehört hatte. »Warum könnte es ihr schaden, und warum machst du dir Sorgen?«

Paulette drehte sich zu ihrer Tochter, die wie ein fünfjähriges Kind um die Ecke spähte. Evelyns Gesicht war distanziert und ruhig.

»Hast du die Polizei angerufen?«

Evie schüttelte den Kopf.

»Geh anrufen«, bat sie Pike. »Deine Mutter und ich müssen uns unterhalten.«

Evelyn ging zum Bücherregal und nahm das Bild mit ihrem Vater, Paulette und Joe herunter.

»Das stellt sie so auf, dass es jeder sehen kann.« Sie blickte zu ihrer Mutter. »Warum hebst du dieses verdammte Bild auf? Warum hebst du ein Bild von jemandem auf, der den Mann umgebracht hat, den du einmal geliebt hast?«

Paulette betrachtete ihre erwachsene Tochter eine Weile. »Weil der Mann, den ich liebe, noch lebt«, antwortete sie schließlich.

Evie starrte sie verblüfft an.

»Joe hat deinen Vater nicht umgebracht«, erklärte Paulette. »Dein Vater hat sich selbst umgebracht. Er hat sich das Leben genommen.« Sie wandte sich wieder Joe zu und blickte in die sanften blauen Augen, die ihr ein Lächeln entlockten. »Ich bin nicht dumm, Joe. Ich habe es mir schon vor Jahren gedacht, als ich seine Notizbücher durchgesehen habe.«

»Die fehlenden Seiten«, stellte Joe fest.

»Ja. Er hat über die Chihuahua-Brüder und dieses ganze Chaos geschrieben. Und später, ein paar Tage, bevor es passiert ist, hat er geschrieben, dass er in der Falle sitzen würde. Er hat nichts davon erwähnt, was er vorhatte oder wie er es durchziehen wollte, aber er hat geschrieben, dass es immer einen Ausweg gibt und schon viele Polizisten vor ihm diesen Weg gegangen waren.«

Evie zog an ihren Fingern und drehte sie, als wollte sie sie ausreißen. »Wovon redest du? Was meinst du damit?«

Paulette schnürte sich der Magen zu. »Ich war mir nicht

völlig sicher, bis ich nach seinem Tod seine Aufzeichnungen durchgegangen bin, und dann wollte ich einfach nicht, dass du die Wahrheit über ihn erfährst. Du hast ihn so sehr geliebt. Ich habe die Seiten rausgerissen und zerstört, damit sie niemand mehr finden konnte, aber in meinem Herzen wusste ich immer, was dort gestanden hatte. Joe hat deinen Vater nicht umgebracht. Dein Vater hat sich das Leben genommen, und Joe hat die Schuld auf sich genommen, um dich und mich zu schützen.«

Evie schüttelte den Kopf. »Das glaube ich nicht.«

»Es ist wahr, mein Schatz.«

Paulette versuchte einen Arm um Evelyn zu legen, doch Evelyn stieß sie fort. Paulette sah Joe an, als wüsste er in seiner sicheren Art, was zu tun wäre. Doch in diesem Moment trat ein großer, muskulöser Mann mit Sonnenbrille hinter Joe aus der Küche, richtete seine Waffe auf ihn und drückte den Abzug.

»Joe!«, schrie Paulette.

Ihr Schrei wurde von einem ohrenbetäubenden Knall übertönt, der sie wie ein Schlag traf und ihre Ohren klingeln ließ.

Joe kauerte sich zusammen und wirbelte so schnell herum, dass er sich überhaupt nicht bewegt zu haben schien, sondern, mit der eigenen Waffe in der Hand, dem Mann plötzlich ins Gesicht sah und dreimal hintereinander so schnell schoss, dass es sich wie ein einziges Pengpengpeng anhörte.

Der große Mann wurde nach hinten geschleudert und knallte keuchend auf den Küchenboden. Dann herrschte völlige Stille.

Bis Joe wieder in die Hocke ging und Paulette sah, wie

sich auf seinem Hemd Blut wie eine große rote Rose ausbreitete.

»O mein Gott, Joe!«, rief sie.

Joe zuckte zusammen, als er versuchte, sich aufzurichten, blickte aber lächelnd zu Paulette auf. Dieses Lächeln hatte sie so lange Jahre nicht gesehen, dass ihr Herz überlief und sie weinen wollte, auch wenn das Lächeln in diesem Moment nur schwach und durch Schmerzen verzerrt war.

»Ich muss jetzt los, Paulette. Pass auf deine Tochter auf«, sagte er.

Joe Pike erwiderte ihren Blick noch einen Moment, dann drehte er sich um und wollte gehen, als sich der Mann kerzengerade aufsetzte, als sei er von den Toten auferstanden, und Joe erneut in den Rücken schoss.

Joe stürzte schwer zu Boden.

Endlich treffen die beiden Frauen ein. Sobek geht den Hügel hinunter zu Paulettes Haus. Er weiß dank seiner Beobachtung, dass von den Nachbarn niemand zu Hause ist, sodass er ohne Angst, gesehen zu werden, die Einfahrt entlanggehen und die Garage von Paulette Wozniak betreten kann.

Er schleicht an Paulette Wozniaks noch warmem Wagen vorbei durch die Garage und legt sein Ohr an die Tür, hört aber nichts. Er weiß, dass Türen wie diese normalerweise in die Waschküche oder die richtige Küche führen, und entschließt sich, das Risiko einzugehen, dass Pike und die anderen auf der anderen Seite stehen. Er dreht am Griff, schiebt die Tür einen Spalt auf und sieht eine Waschmaschine und einen Wäschetrockner.

Jetzt hört er auch Stimmen, dann schreit eine Frau: »Was

könnte es denn hier noch zu reden geben? Du hast ihn umgebracht! Mutter, nach ihm wird gesucht! Er hat gerade erst wieder jemanden umgebracht!«

Sobek greift nach seinem .357, spannt den Hahn und huscht in die Waschküche. Er späht in die Küche. Niemand da. Schleicht weiter durch die Küche, darauf bedacht, kein Geräusch zu machen, nähert sich den Stimmen, die aus dem Esszimmer um die Ecke kommen. Zwei Frauen und dieser Pike.

Sobek holt einmal tief Luft, dann noch einmal, tritt um die Ecke und schießt Joe Pike in den Rücken.

Ka-bumm!

Der Rückstoß beim .357 ist stärker als bei den kleinen .22ern, und bevor er noch einmal auf Pike schießen kann, hat Pike schon seine Waffe in der Hand und schießt. Pengpengpeng. Als würden drei Ziegelsteine gleichzeitig auf seiner Brust landen, wird er flach nach hinten geworfen, und er sieht nur noch Sterne.

Er glaubt, dass er tot ist, dann merkt er, dass ihn die kugelsichere Weste unter seinem Sweatshirt gerettet hat. Die meisten Polizisten tragen leichte Westen, die die übliche Munition wie 9 mm oder .45 abhalten sollen, doch Sobek trägt das schwerere Modell, das ihn selbst vor den Kugeln aus einem .44 Magnum schützt.

Kontrolle.

Er hört Stimmen. Pike lebt noch, ist aber verwundet.

Zweite Chance.

Sobek setzt sich auf und schießt in dem Moment ein zweites Mal auf Joe Pike, als die jüngere der beiden Frauen einen Schrei ausstößt.

Wie ein nasser Sack fällt Pike auf den Boden. »Geil«, sagt Sobek nur.

Die ältere Frau fällt neben Pike auf die Knie und greift nach seiner Waffe, doch Sobek rennt los und tritt ihr in die Rippen. Er ist noch benommen von dem Aufprall der Kugeln, doch hinter seinem Tritt steckt Kraft und setzt die Frau schachmatt.

Blut sickert durch Pikes Hemd.

Sobek sieht zuerst Paulette Wozniak, dann die jüngere Frau an. »Bist du Abel Wozniaks Tochter?«

Keine Antwort.

Sobek richtet den .357 auf die Ältere, bis die Jüngere mit einem Ja antwortet.

»Gut. Holen wir ein paar Stühle. Auf die setzt ihr euch.«

Sobek ist immer noch nicht ganz klar im Kopf, und ihm ist schlecht, doch er schafft es, die Hand- und Fußgelenke der beiden Frauen mit Klebeband an zwei hölzerne Stühle aus dem Esszimmer zu fesseln. Auch über ihre Münder klebt er einen Streifen. Dann zieht er sein Sweatshirt und die Weste aus, um nach seinen Wunden zu sehen. Ein riesiger Bluterguss prangt auf seinem Oberkörper. Wahrscheinlich haben die Kugeln ein paar Rippen gebrochen. Gott, dieser Pike kann vielleicht schießen. Alle drei Kugeln hätten ihn mitten ins Herz getroffen.

Sobek spuckt auf Pikes Körper. »Du Drecksau!«, schreit er.

Durch das Schreien wird ihm noch schwindliger, und er muss sich hinsetzen, um nicht zu kotzen. Als der Schwindelanfall vorüber ist, mustert er die Frauen.

»Ihr seid die Nächsten.«

Er überlegt, wie er sie am besten umbringen könnte, als er draußen eine Wagentür hört und sieht, wie zwei Polizisten aufs Haus zukommen.

Sobek hat die beiden Frauen auf ihren Stühlen in dem Moment in den hinteren Teil des Hauses gezerrt, als an der Tür geklingelt wird. Er zieht sich das Sweatshirt über, ohne auf die drei Einschusslöcher zu achten, und eilt zur Tür, an der es erneut klingelt. Er setzt ein breites Lächeln auf und öffnet mit einem überraschten Gesichtsausdruck die Tür. »Oh, wow, die Verkehrsstreife. Sind wir jetzt verhaftet?«

Die beiden Polizisten blicken ihn einen Moment an, dann lächelt der, der ihm näher steht, freundlich zurück. Er hat den Witz kapiert. »Ist Mrs. Renfro zu Hause?«

»Ja, klar. Sie ist meine Tante. Wollen Sie sie sprechen?«

»Ja, wenn es geht.«

»Draußen ist es viel zu heiß. Kommen Sie rein. Ich bringe Sie nach hinten. Sie ist im Pool.«

Jetzt lächelt auch der andere Polizist und nimmt die Mütze ab. »O Mann, so was könnte ich jetzt auch gebrauchen«, sagt er.

Sobek nickt und grinst noch breiter. »He, warum nicht? Ich kann Ihnen ein Bier oder was Nichtalkoholisches bringen, wenn Sie möchten.«

Er hält die Tür auf und lässt sie an sich vorbei ins Wohnzimmer gehen. Dann schließt er die Tür, zieht seinen .357 und schießt den beiden Polizisten in den Rücken, legt die Mündung der Waffe an ihre Köpfe und schießt noch einmal.

38

Verdugo war weniger als eine halbe Stunde von Palm Springs entfernt. Paulette hatte nicht geantwortet, als ich sie angerufen hatte, was uns alle beunruhigte, aber ich hinterließ ihr eine Nachricht, dass sie direkt zur Polizei von Palm Springs fahren und dort auf uns warten sollte.

Während der Fahrt sprach Krantz mehrere Male ins Funkgerät. Einmal erhielt er die Mitteilung, dass zwei Sheriffs bei Paulette eingetroffen seien und alles in Ordnung sei.

Wir verließen die Interstate bei North Palm Springs und fuhren direkt zu Paulettes Haus zwischen den Hügeln oberhalb der Windräder. Eine nagelneue Limousine, die ich nicht kannte, stand in der Einfahrt. Das Garagentor war geschlossen, und nirgendwo sonst auf der Straße stand ein anderes Fahrzeug. Das Haus war, wie alle in der Nachbarschaft, ruhig.

»Ich dachte, die Sheriffs wären hier«, meinte ich.

»Waren sie auch.«

Krantz ging zu seinem Funkgerät, um sich die Sache mit den Sheriffs bestätigen zu lassen, und forderte ein weiteres Fahrzeug an.

Wir parkten neben der Limousine und stiegen aus.

»Verdammt«, stöhnte Williams. »Ist das heiß hier.«

Wir schafften es nicht bis zur Eingangstür. Als wir am großen Panoramafenster vorbeikamen, sahen wir, dass im Esszimmer jemand lag. Trotz der sengenden Hitze lief mir kalter Schweiß den Rücken hinunter.

»Das ist Joe.«

»Scheiiiße«, sagte Williams.

Krantz zog seine Waffe. »Jerome, gib einen Funkspruch durch. Sag ihnen, wir brauchen die Verstärkung *sofort*. Egal wen. Und einen Krankenwagen.«

Williams rannte zum Wagen zurück.

Zwei Blutspuren schlängelten sich vom Wohnzimmer durchs Esszimmer in die Küche. Sonst sah ich niemanden, dachte mir aber, dass auch Paulette und Evelyn verletzt oder tot sein könnten. Dann sah ich, dass die Schiebetür zur Veranda offen stand.

»Ich gehe rein, Krantz.«

»Verdammt, wir müssen auf die Verstärkung warten. Er könnte noch da drin sein.«

»Die da drin verbluten vielleicht. Ich gehe rein.«

Die Haustür war verschlossen. Also marschierte ich seitlich um das Haus herum und spähte in jedes Fenster, an dem ich vorbeikam. Ich bemerkte nichts Ungewöhnliches, bis ich Paulette und Evelyn im hinteren Schlafzimmer an der Ecke des Hauses entdeckte. Sie waren mit Klebeband an Stühle gefesselt, ein Streifen klebte über ihrem Mund. Verzweifelt versuchten sie sich zu befreien. Als ich ans Glas tippte, rissen sie die Augen weit auf. Evelyn bemühte sich noch mehr freizukommen, doch Paulette sah mich nur an. Ich deutete ihnen an, sich ruhig zu verhalten, und hob fragend die Augenbrauen, um zu erfahren, ob Sobek im Haus sei.

Paulette nickte.

»Wo?«, formte ich mit den Lippen.

Paulette schüttelte den Kopf. Sie wusste es nicht.

Ich schlich weiter bis hinters Haus zur Glastür, ging in den Liegestütz und spähte hinein. Joe lag auf der Seite, sein T-Shirt war am Rücken blutüberströmt. Ich beobachtete seinen Oberkörper, um zu sehen, ob er atmete, als ich eine Stimme hörte. Die beiden Blutspuren liefen an Pike vorbei durch die Küche bis in die Waschküche, aus der die Stimme kam. Wieder sah ich zu Pike – meine Nase schwoll zu, und die Augen füllten sich mit Tränen, die ich aber gewaltsam unterdrückte.

Krantz war andersherum ums Haus geschlichen und blieb auf der anderen Seite der Tür stehen. Die Waffe umklammerte er mit beiden Händen. »Einsatzfahrzeuge und Krankenwagen sind unterwegs.«

»Paulette und ihre Tochter leben. Sie sind im Zimmer am Ende des Flurs. Ich höre was in der Garage. Holen Sie die beiden Frauen da raus, ja? Bringen Sie sie in Sicherheit.«

»Was haben Sie vor?«

»Jemand ist in der Garage.«

Krantz schluckte. Jetzt hörte er ebenfalls die Stimme. »Äh, vielleicht sollte ich das übernehmen.«

Wahrscheinlich zum ersten Mal war er mir sympathisch. »Darin bin ich besser, Harvey. Ich mache das schon, okay?«

Er sah mich kurz an und nickte.

»Schaffen Sie sie nur aus dem Haus. Wo ist Williams?«

»Gibt uns Deckung von vorne.«

»Hat er ein Funkgerät?«

»Ja.«

»Sagen Sie ihm, dass wir reingehen und er mich nicht erschießen soll, dann holen Sie diese Frauen da raus.«

Ich ging ins Haus. Der Geruch von Blut hing in der Luft, und die fetten schwarzen Wüstenfliegen hatten bereits ihren Weg herein gefunden. Pike lag in der Mitte des Zimmers. Ich ging jedoch nicht zu ihm, sondern hielt mich an der Wand und versuchte so viele Türen im Auge zu behalten wie möglich.

»Nur du und ich, Kumpel«, flüsterte ich.

Die Blutspuren liefen in einem Bogen durch die Küche bis zur geschlossenen Tür der Waschküche. Dahinter hörte ich die Stimme. Vielleicht saß Sobek in der Garage und redete mit den Leichen. Durchgeknallte tun so was.

Es gab zwei Möglichkeiten: die Tür öffnen oder abhauen und auf die Polizei von Palm Springs warten. Wenn man abhaut, verbluten diejenigen, die sich in der Garage befinden, und man muss damit und mit dem Wissen leben, dass man Angst hatte hineinzugehen.

Ich schloss die Augen. »Ich will nicht erschossen werden«, flüsterte ich.

Dann spannte ich den Hahn meiner Pistole, atmete sechsmal schnell ein und aus und ging rein.

Direkt vor mir stand Sobeks roter Cherokee, daneben der Wagen der Sheriffs. Beide Motoren knackten noch. Die beiden Polizisten saßen auf den Vordersitzen ihres Wagens, die Reste ihrer Köpfe aneinandergelehnt. Die Stimme kam aus ihrem Funksprechgerät. Ich sah unter beide Autos, dann auf die Rücksitze. Sobek war nicht da.

Ich schloss die Tür hinter mir, als ich wieder in die Küche ging. Krantz hatte Paulette und ihre Tochter befreit. Sie kamen hinter ihm aus dem Flur ins Esszimmer. Ich dachte, wir würden es schaffen. Ich dachte, wir würden die beiden wohlbehalten hier rausbringen, als Jerome Williams von irgendwo draußen etwas rief und gleich darauf zwei Schüsse schnell hintereinander durchs Haus hallten.

»Jerome!«, rief Krantz.

Laurence Sobek kam am Ende des Flurs durch eine Tür gerannt. In diesem wahnwitzigen Moment hätte man ihn für Joe Pike halten können – groß, kräftig und angezogen wie er. Auch die Sonnenbrille fehlte nicht. Aber nein. Dies war ein mutierter Pike, ein Anti-Pike, verzerrt, aufgedunsen und hässlich. Er sah auch nicht wie Curtis Wood aus, sondern eher wie ein geklonter Gauner in einem Horrorfilm.

Paulette, Evelyn und Krantz standen in der Schusslinie zwischen mir und Sobek. »Runter!«, schrie ich. »Los, runter!«

Krantz schubste Paulette aus dem Weg, zielte an Evelyn vorbei und gab zwei Schüsse ab, die Sobek im Oberkörper trafen.

Sobek prallte von der Wand ab und schoss wild um sich. Eine der Kugeln traf mich mit voller Wucht unter dem rechten Arm. Während ich gegen den Kühlschrank prallte, flog mir die Waffe aus der Hand.

Paulette rannte zu ihrer Tochter – und wieder in die Schusslinie zwischen Krantz und Sobek.

»Kopfschuss, Krantz!«, schrie ich. »In den Kopf! Er hat eine Weste an!«

Sobek raste den Flur entlang direkt in Paulette hinein, legte seine Arme um sie und stieß Evelyn zur Seite. Er weinte, und seine Augen hüpften hin und her, als stünde sein Gehirn in Flammen. Seine Waffe hielt er Paulette an den Kopf.

»Ich bin noch nicht fertig. Ich bin nicht fertig.«

»Waffe runter!«, rief Krantz. »Nehmen Sie die Waffe runter, Curtis!«

Mein Arm war nass und kribbelte, als würden Würmer unter der Haut entlangkrabbeln. Ich versuchte nach meinem Revolver zu greifen, doch der Arm wollte nicht gehorchen.

Sobek rammte seine Waffe fest in Paulettes Hals. »Werfen Sie lieber Ihre dämliche Waffe weg, Krantz! Waffe weg, oder ich bringe diese Schlampe um. Jetzt gleich, in diesem Moment, du Schwein!«

Krantz wich zurück. Seine Waffe zitterte so heftig, dass er genauso gut Paulette statt Sobek erschießen würde. Ich denke, auch Krantz war sich dessen bewusst.

Ich versuchte meine Waffe mit der linken Hand zu greifen. Sobek schien überhaupt nicht mehr zu wissen, dass es mich noch gab. Seine Aufmerksamkeit war ausschließlich auf Krantz gerichtet.

»Krantz ich meine was ich sage verdammt ich werde es tun ich werde es genau jetzt tun ihr das Hirn wegblasen und dann bring ich mich selber um das ist mir egal so was von egal!«

Es verstößt gegen die Regeln beim LAPD, dass ein Beamter seine Waffe abgibt. Das bringen sie einem auf der Akademie bei, das ziehen sie im Einsatz durch, und das ist auch richtig so. Gibt man seine Waffe ab, ist man erledigt.

Aber wenn man nicht das tut, was so jemand wie Sobek verlangt, und einer stirbt, wird man sich ständig fragen, was passiert wäre, wenn. Es ist eine andere Möglichkeit und eine andere Tür, und man wird erst wissen, was sich dahinter befindet, wenn man hindurchgegangen ist.

Er würde sie umbringen.

»Gut, Curtis. Lassen Sie sie einfach los, und wir reden miteinander. Ich lege die Waffe weg, ganz wie Sie wollen. Aber tun Sie ihr nichts, Curtis. Bitte tun Sie ihr nichts.«

Krantz legte die Waffe auf den Boden, und zum zweiten Mal an diesem Tag war mir der Kerl ziemlich sympathisch.

»Sobek?«, fragte ich leise. »Warum haben Sie Dersh umgebracht? Er gehörte doch nicht in den Plan.«

Er richtete seine wahnsinnigen Augen auf mich. »Pike hat Dersh umgebracht. Guckst du keine Nachrichten?«

»Seien Sie still, Cole«, schimpfte Krantz. »Curtis, nehmen Sie die Waffe runter. Bitte.«

Sobek schob Paulette näher zu Krantz und schüttelte den Kopf. »Ich bin noch nicht fertig. Sie werden für den Coopster bezahlen. Alle werden sie dafür bezahlen.«

Hinter Sobek bewegte sich Pike.

»Erzählen Sie uns von Dersh, Sobek«, bat ich. »Erzählen Sie uns, warum Sie Pike die Schuld in die Schuhe schieben.«

Sobek richtete seine Waffe auf mich und spannte den Hahn. »Das tue ich nicht.«

Pike öffnete die Augen.

»Verdammt, Cole, halten Sie den Mund«, wiederholte Krantz. »Curtis, bringen Sie ihn nicht um. Und lassen Sie die Frau los.«

Pike drückte sich vom Boden ab, sein Gesicht eine Maske aus Blut und auch das Hemd blutdurchtränkt. Er griff zu seiner Waffe.

»Sie wird sterben«, sagte Sobek. »Und Wozniaks Tochter auch. Aber weißt du was, Harvey?«

»Was?«

Sobek richtete seinen .357 direkt auf Harvey Krantz.

»Du wirst der Erste sein.«

»DeVille ist nicht tot«, sagte ich.

Laurence Sobek erstarrte, als hätte ich ihm eins über den Kopf gezogen. Sein Gesicht verzog sich vor Wut, und er schwenkte den Lauf seiner Waffe zu mir und wieder zurück zu Krantz. Seine Hand spannte sich an.

»Das ist für den Tod meines Vaters«, sagte er.

»Nein!«, schrie Krantz.

Sobek drückte den Abzug in dem Moment, als Joe Pike seine Waffe hob und eine Kugel direkt in Laurence Sobeks Hinterkopf jagte. Sobek fiel in sich zusammen, dann herrschte Stille.

Pike fiel nach vorne auf seine Hände und versuchte im selben Augenblick wieder aufzustehen.

»Joe, bleib liegen. Bitte bleib liegen«, sagte Paulette.

Krantz stand einfach nur da. Sirenen heulten in weiter Ferne, doch sie kamen näher.

Ich hatte Mühe, wieder auf die Beine zu kommen, und ging zu Joe. Blut lief an meinem Arm hinunter und tropfte auf den Boden.

»Bleib unten, Joseph. Der Krankenwagen ist schon unterwegs.«

»Nein«, widersetzte sich Pike. »Wenn ich jetzt nicht verschwinde, sitze ich den Rest meines Lebens im Gefängnis. Stimmt's, Krantz?«

»Sie werden verbluten«, meinte Krantz.

Mit Paulettes Hilfe schaffte es Pike schließlich, auf die Beine zu kommen. Seine Pistole steckte er in den Bund seiner Hose. »Du bist getroffen worden«, sagte er zu mir.

»Du bist zweimal getroffen worden.«

Pike nickte. »Es ist so einfach, dich zu überführen.«

Er taumelte, doch ich fing ihn auf.

»Bitte, Joe«, flehte Paulette weinend.

Pike sah zu mir. »Vielleicht findet ihr was bei Sobek, das ihn mit Dersh in Verbindung bringt.«

»Da war nichts.«

Pike sah müde aus. Er zog ein Taschentuch heraus, das sich jedoch schon mit Blut vollgesaugt hatte.

»Oh, Mist«, stöhnte Paulette. Sie zog ihre Bluse aus und wischte sein Gesicht ab. Sie trug einen weißen BH, doch niemand schien davon Notiz zu nehmen. In diesem Moment dachte ich, dass auch ich sie immer und ewig lieben könnte.

Joes Mundwinkel zuckten, und er berührte ihr Gesicht. »Ich muss gehen.«

Paulette musste blinzeln, weil ihre Augen voller Tränen waren.

Joe ließ seinen Finger auf ihrem Gesicht. »Du bist wirklich schöner geworden.«

Dann drehte er sich zur Tür und hinterließ einen blutigen Fingerabdruck auf ihrer Wange.

Krantz wollte ihn aufhalten. »Ich kann Sie nicht gehen lasse, Pike. Ich weiß zu schätzen, was Sie für mich getan haben, und ich werde mich vor Gericht für Sie einsetzen, aber jetzt ist es aus.«

Krantz hatte seine Waffe wieder gezogen. Er war blass und zitterte, aber er hielt die Waffe in der Hand.

»Seien Sie nicht dumm, Krantz«, sagte ich.

»Es ist vorbei.«

Pike ging weiter.

Krantz zielte, zitterte aber so heftig wie zuvor, als er seine Waffe auf Sobek gerichtet hatte. »Ich meine, was ich sage, Pike. Sie werden steckbrieflich gesucht. Sie wurden verhaftet, und Sie werden vor Gericht gestellt. Ich lasse nicht zu, dass Sie einfach so weggehen.«

Krantz legte auch die andere Hand an die Waffe, um sie ruhiger zu halten. In diesem Moment schnappte ich sie ihm mit meiner unverletzten Hand weg und drückte ihn gegen die Wand.

»Sie behindern die Arbeit der Polizei, verdammt! Sie stellen sich gegen das Gesetz!«, schrie er.

Pike ging zur Haustür hinaus, ohne sie hinter sich zu schließen. Dann war er fort.

»Mach's gut, Joe«, sagte ich.

Krantz sackte auf dem Boden zusammen und bedeckte sein Gesicht mit den Händen. Die Sirenen arbeiteten sich den Hügel hinauf und würden bald da sein. Wahrscheinlich würden sie Pike begegnen. Ob sie wohl merken würden, dass der Wagen von einem Mann mit blutüberströmtem Gesicht gefahren wurde? Wahrscheinlich nicht.

»Das hätten Sie nicht tun dürfen, Cole«, sagte Krantz. »Sie haben ihm bei seiner Flucht geholfen. Ich werde Sie verhaften. Das wird Sie Ihre Lizenz kosten.«

Ich nickte.

»Damit haben Sie ihm weiß Gott nicht geholfen, Sie Arschloch. Er wird verbluten. Er wird sterben.«

Die Sirenen hielten vor dem Haus.

39

Von den beiden Schüssen, die Sobek auf Jerome Williams abgegeben hatte, hatte nur einer getroffen und eine Arterie in seinem Oberschenkel verletzt. Er würde es schaffen. Meine eigene Wunde war etwas komplizierter. Die Kugel hatte den rechten Brustmuskel durchbohrt und die dritte Rippe beschädigt und war durch meinen rechten breiten Rückenmuskel wieder ausgetreten. Einer der Assistenzärzte sah sich die Wunde an und machte »hmm«. Man muss sich ernsthaft Sorgen machen, wenn sie so etwas sagen.

»Ich kann Sie wieder in Ordnung bringen«, ermunterte er mich. »Aber wir müssen die Muskelgruppe operativ wiederaufbauen. Eine Sehne des Brustmuskels ist angerissen, und die vordere Gelenkkapsel muss repariert werden.«

»Wie lange wird das dauern?«

»Vier Stunden, höchstens.«

»Ich will nicht wissen, wie lange die Operation dauern wird. Wie lange muss ich hierbleiben?«

»Drei Tage.«

»Vergessen Sie's.«

»Ich wollte nur, dass Sie Bescheid wissen. Sie kriegen sowieso eine Vollnarkose, wenn ich mich um die Verletzung kümmere.«

»Örtliche Betäubung reicht. Sie werden mir keine Vollnarkose verpassen.« Ich wollte wach sein, um mich um Joes Angelegenheit kümmern zu können. Ich stellte mir vor, man würde ihn verblutet am Straßenrand finden. Ich wollte wach sein, wenn die Nachricht kam, weil ich dann zu ihm fahren wollte.

»Mit örtlicher Betäubung wird es höllisch wehtun.«

»Ach Gott, tun Sie so, als wären Sie ein Zahnarzt, und geben Sie mir eine Spritze.«

Er verpasste mir ungefähr zweitausend Injektionen, dann reinigte er die Wunde und nähte Muskeln und Haut wieder zusammen. Es tat mehr weh, als er versprochen hatte, was aber vielleicht nicht nur an der Schulter lag.

»Ich verschreibe Ihnen Percocet wegen der Schmerzen«, sagte er, als er fertig war. »Das werden Sie brauchen. Wenn die Betäubung nachlässt, wird es noch mehr wehtun. Percocet ist ein starkes Mittel, deswegen achten Sie darauf, dass Sie es genau nach meiner Anweisung einnehmen. Und morgen müssen Sie zu Ihrem Hausarzt gehen.«

»Morgen werde ich im Gefängnis sitzen.«

Seufzend reichte er mir das Rezept. »Dann nehmen Sie die doppelte Dosis.«

Er hatte zweiunddreißig Stiche gebraucht, um die Wunde zu schließen.

Krantz verhaftete mich offiziell in der Notaufnahme des Krankenhauses, während Williams gerade behandelt wurde. Stan Watts war ebenfalls herausgekommen und machte ein verlegenes Gesicht, als Krantz mir meine Rechte vorlas. »Stan«, sagte Krantz, »ich lasse ihn ins County-USC bringen, damit man dort mal nach ihm schaut. Vielleicht wollen sie ihn über Nacht auf der Krankenstation behalten.«

Watts erwiderte darauf nichts.

»Ich will, dass du dabei bist, wenn sie ihn untersuchen. Wenn sie ihn laufen lassen, bring ihn rüber ins Parker Center zur erkennungsdienstlichen Erfassung. Ich werde mich selber um ihn kümmern, wenn ich zurückkomme.«

Watts erwiderte immer noch nichts, hielt aber seinen verlegenen Blick weiterhin auf mich gerichtet.

Krantz ging hinaus, um mit der Presse zu reden.

»Ich habe während der ganzen Fahrt überlegt, ob ich Ihnen die Schuld wegen Dolan geben soll«, meinte Watts schließlich.

»Das habe ich mir auch überlegt.«

»Ja, das denke ich mir. Aber ich kenne Dolan mehr als zehn Jahre, und ich weiß, wie sie war. Als sie getroffen war, habe ich gesehen, wie Sie reingegangen sind. Sie wussten nicht, was da drin war, aber Sie sind einfach reingegangen. Und ich habe gesehen, wie Sie sie mit Ihrer Jacke zugedeckt haben.«

Eine Zeit lang stand er einfach so da, als wüsste er nicht, was er noch sagen sollte, dann streckte er seine Hand aus. Ich reichte ihm meine linke.

»Irgendwas von Pike gehört?«, fragte ich.

»Noch nicht. Krantz meinte, er sei schwer verwundet.«

»Ja, ziemlich. Seid ihr fertig mit der Durchsuchung von Sobeks Wohnung?«

»Fast. Im Moment ist die Spurensicherung draußen.«

»Irgendwas gefunden, das Pike entlastet?«

Watts schüttelte den Kopf. »Nein.«

Ich überlegte, ob mir das Mittel, das mir der Arzt verschrieben hatte, auch diese Art von Schmerz nehmen könnte.

»Kommen Sie«, forderte Watts mich auf. »Ich bringe Sie zurück.«

»Krantz hat einen Funkwagen bestellt.«

»Scheiß was auf den Funkwagen. Sie können mit mir fahren.«

Zwischen Palm Springs und L.A. wechselten wir keine zehn Worte, bis wir uns der Ausfahrt zum County-USC Medical Center näherten, zu dem ich gebracht werden sollte.

»Wo ist Ihr Wagen?«

»Bei Dolan.«

»Können Sie mit diesem Arm fahren?«

»Ich kann fahren.«

Ohne ein Wort fuhr er am County-USC vorbei bis zu Dolans Wohnung. Wir bogen in die Einfahrt ein und blickten am Haus hinauf. Jemand müsste ihren BMW abholen, der noch vor Sobeks Wohnung stand. Jemand müsste ihn nach Hause bringen.

»Ich werde Sie heute Abend nicht ins Parker Center bringen. Aber Sie müssen morgen kommen.«

»Krantz wird sauer sein.«

»Das lassen Sie mal meine Sorge sein. Kann ich mich auf Sie verlassen, oder muss ich mich morgen auf die Suche nach Ihnen machen?«

»Ich komme schon, keine Sorge.«

Er zuckte mit den Schultern, als hätte er nichts anderes erwartet. »Ich wette, sie hat eine gute Flasche Tequila da oben. Wie wär's, wenn wir einen auf ihr Wohl kippen?«

»Gerne.«

Dolan hatte im Garten hinter dem Haus unter einem Blumentopf einen Ersatzschlüssel versteckt. Ich fragte nicht, woher Watts davon wusste. Außerdem wusste Watts, wo sie ihren Tequila verwahrte.

Ihre Wohnung war so ruhig, wie eine Wohnung nur sein konnte. Als wäre mit ihrem Tod etwas verschwunden. Vielleicht war dem auch so. Wir setzten uns und tranken, und nach einer Weile ging Stan Watts in ihr Schlafzimmer. Lange Zeit blieb er dort, bis er mit einem kleinen Onyx-Kästchen wieder herauskam. Mit dem Kästchen im Schoß trank er weiter. Als er genug hatte, öffnete er das Kästchen und nahm ein kleines blaues Herz heraus, das er in seine Jackentasche gleiten ließ. Dann legte er sein Gesicht in die Hände und weinte wie ein kleines Kind.

Fast eine Stunde lang blieb ich neben ihm sitzen. Ich fragte ihn nicht nach dem Herz oder dem Kästchen, aber ich weinte mit ihm und um ihn, aber auch um Dolan. Und um Pike und um mich und weil mein Leben auseinanderbrach.

Das menschliche Herz ist es wert, dass man darum weint, selbst wenn es aus Onyx ist.

Nach einer Weile hörte ich über Dolans Telefon meinen Anrufbeantworter ab. Weder Joe noch Lucy hatten angerufen. Die Nachricht von Laurence Sobeks Identifizierung und die Ereignisse in Palm Springs waren mittlerweile an die Öffentlichkeit gelangt, und ich hatte gehofft, Lucy würde anrufen – aber so ist das Leben nun mal.

Ich überlegte, ob ich sie anrufen sollte, tat es aber nicht. Ich weiß nicht, warum. Ich hatte die Sache mit Laurence

Sobek austragen können, aber die Frau anzurufen, die ich liebte, überstieg meine Kräfte.

Stattdessen ging ich in Dolans Küche. Lange Zeit starrte ich auf das Foto, das sie auf dem Friedhof von mir gemacht hatte, dann nahm ich es an mich. Es hing gleich vorne am Kühlschrank, aber ich hoffte, dass Watts es nicht gesehen hatte. Ich wollte, dass es eine Angelegenheit zwischen mir und Samantha blieb und sich nicht zwischen Watts und sie schob.

Im Wohnzimmer sagte ich Watts, dass ich gehen müsste, doch er hörte mich nicht. Wenn er mich hörte, hielt er es offenbar nicht für nötig, mir zu antworten. Er hatte sich irgendwo tief in seinem Innern vergraben, sich vielleicht in das kleine blaue Herz zurückgezogen. Vermutlich war er irgendwo bei Dolan.

Ich ließ ihn da sitzen, löste mein Rezept ein und fuhr nach Hause mit dem Wunsch, selbst ein kleines blaues Herz zu haben. Ein geheimes Herz, in dem ich bei genauem Hinsehen die Menschen finden würde, die mir lieb waren.

40

Mein Haus fühlte sich groß und leer an. Ich rief die Jungs an, die für Joe arbeiteten, doch sie hatten nichts von ihm gehört und waren über die Berichterstattung in den Nachrichten empört. Ich wanderte im Haus umher, machte mir Mut, um Lucy anzurufen, dachte aber ständig an Samantha Dolan. Immer noch sah ich sie vor mir, wie sie am Morgen gesagt hatte, sie werde nicht von mir ablassen, sie bekomme immer, was sie wolle, und werde dafür sorgen, dass ich sie lieben würde. Jetzt war sie tot, und nie würde ich die Chance haben, ihr zu sagen, dass sie es bereits geschafft hatte.

In meiner Schulter pochte ein Schmerz, den ich in dieser Heftigkeit nie für möglich gehalten hätte. Ich nahm ein paar Schmerztabletten, wusch mir Gesicht und Hände und rief Lucy an. Selbst die Nummer zu wählen tat weh.

Ben hob nach dem dritten Klingeln ab und sprach leiser, als er merkte, dass ich es war.

»Mama ist durchgedreht.«

»Ich weiß. Ob sie wohl mit mir sprechen will?«

»Bist du sicher, dass du das willst?«

»Ja.«

Während des Wartens überlegte ich, was und wie ich es

sagen sollte. Als sie sprach, war ihre Stimme distanzierter, als ich erwartet hatte.

»Ich denke, du hattest recht«, sagte sie.

»Hast du von Joe gehört?«

»Lieutenant Krantz hat angerufen und gesagt, dass Joe verwundet vom Tatort abgehauen ist.«

»Das stimmt. Ich habe Krantz' Waffe zur Seite geschoben, sodass er fliehen konnte. Offiziell bin ich verhaftet. Morgen früh muss ich ins Parker Center und mich stellen.«

»Das nennt man Beihilfe zu einer strafbaren Handlung.«

Ich reagierte nur langsam und kam mir dumm vor. Mir war übel, und meine gesamte rechte Seite tat weh.

»Das stimmt, Lucy. Ich habe Krantz' Waffe weggestoßen. Ich habe mich eingemischt. Ich habe eine Straftat begangen, und wenn ich verurteilt werde, verliere ich meine Lizenz. Das war's dann. Ich werde mir eine Stelle als Kaufhausdetektiv suchen, oder vielleicht komme ich wieder bei der Armee unter. Mehr Möglichkeiten werde ich nicht haben.«

Ihre Stimme wurde weicher. »Wolltest du mir erzählen, dass du angeschossen wurdest?«

»Hat Krantz dir das erzählt?«

»Oh, Elvis.«

Sie klang müde und legte auf.

Eine Zeit lang blieb ich neben dem Telefon stehen und überlegte, sie noch einmal anzurufen, tat es aber nicht.

Schließlich kam der Kater nach Hause. Hoffnungsvoll hielt er die Nase in die Luft, als er die Küche betrat. Ich öffnete eine Dose Katzenfutter mit Thunfisch und setzte mich neben ihn auf den Boden. Thunfisch mag er am liebsten. Zweimal leckte er die Schüssel sauber, dann kam er zu mir und schnüffelte an meiner Schulter.

Ich ließ zu, dass er am Verband leckte.

So viel Liebe gibt es auf der Welt nicht, dass man sie zurückweisen kann, wenn sie einem angeboten wird.

Am nächsten Morgen brachte mich Charlie ins Parker Center, wo Krantz und Stan Watts die erkennungsdienstliche Erfassung vornahmen. Weder Krantz noch Watts verloren ein Wort darüber, dass ich die Nacht zu Hause verbracht hatte. Vielleicht hatten sie die Angelegenheit schon unter sich ausgemacht.

Die Anklagevernehmung fand am Nachmittag statt, und nach der Festsetzung des Gerichtstermins wurde ich ohne Kaution wieder auf freien Fuß gesetzt. Die ganze Zeit über jedoch hatte ich nicht an die Prozedur, sondern nur an Joe gedacht.

Paulette Renfro und Evelyn Wozniak waren zur Anklagevernehmung nach Palm Springs gekommen. Anschließend setzten sie sich mit mir und Charlie zusammen, um zu erörtern, was zwischen mir und Krantz passiert war. Paulette und Evelyn boten an, zu meinen Gunsten zu lügen, was ich jedoch ablehnte. Ich wollte, dass sie die Wahrheit sagten. Charlie hörte sich ihre Version der Ereignisse an, die mit meiner identisch war. Als sie fertig waren, lehnte sich Charlie zurück. »Du bist geliefert«, sagte er.

»Genau das liebe ich an dir, Charlie. Du bist immer so aufmunternd.«

»Wenn du meinen Rat als Anwalt willst, dann nimm das Angebot der Lüge an. Wir können uns eine gute Geschichte ausdenken, dann steht ihr mit eurer Aussage vor Gericht zu dritt gegen Krantz, und du bist aus dem Schneider.«

»Charlie, ich möchte die Sache aber nicht auf diese Weise durchziehen.«

»Warum nicht?«

Dieser Charlie ist schon eine Nummer.

Später unterhielt sich Charlie mit der zuständigen Staatsanwältin Gilstrap, einer jungen Frau, die ihren Abschluss an der Rechtsfakultät der University of Southern California gemacht hatte und Gouverneurin von Kalifornien werden wollte. Als er zurückkam, meinte er, ich könnte mich wegen Behinderung der Polizeiarbeit schuldig bekennen, dann würden sie die Anklage wegen Behinderung der Justiz fallen lassen. Wenn ich das Angebot annehmen würde, könnte eine Bewährungsstrafe für mich herausspringen. »Es läuft auf eine Straftat raus, Charlie. Das heißt, ich verliere meine Lizenz.«

»Wenn du halsstarrig bleibst, verlierst du deine Lizenz ebenfalls. Außerdem wirst du achtzehn Monate absitzen müssen.«

Ich nahm das Angebot an und wurde zum vorbestraften Verbrecher.

Am nächsten Tag ging ich ins Krankenhaus, um mir die Schulter wieder richten zu lassen. Es dauerte drei Stunden, keine vier, aber ich bekam einen Gips verpasst, der meinen Arm so vom Körper abhielt, als wäre meine Schulter an der falschen Stelle angewachsen. Ich sagte zum Arzt, ich sähe aus wie ein Kellner. Seine einzige Antwort war, dass Sobeks Kugel nur um einen Zentimeter an dem Nerv vorbeigegangen sei, der für die Muskeln in Hand und Unterarm zuständig war. Dann hätte ich ausgesehen wie verkochte Makkaroni.

Der Gedanke daran versöhnte mich etwas mit dem Gips.

Am Abend besuchte mich Lucy mit Blumen im Krankenhaus.

Als sie mit dem Finger über den Gips strich und meine Schulter küsste, sah sie gar nicht mehr so durchgedreht aus. Die Freundlichkeit in ihren Augen machte mir mehr Angst als Laurence Sobek oder angeschossen zu werden oder meine Lizenz zu verlieren.

»Ist es aus mit uns?«, fragte ich.

Lange sah sie mich an, bevor sie den Kopf schüttelte. »Ich weiß nicht. Es fühlt sich anders an.«

»Okay.«

»Seien wir ehrlich zueinander: Die neue Arbeit war für mich eine Entschuldigung herzukommen. Ich bin nach Los Angeles gekommen, weil ich dich liebe. Ich habe mein Leben verändert, weil ich mit dir zusammen sein wollte, aber auch, weil ich eine Veränderung brauchte. Du hast mir keine Versprechungen gemacht, und ich habe nicht erwartet, dass die Sache in eine bestimmte Richtung führen oder überhaupt funktionieren würde. Ich wusste, was du warst, und wusste auch schon, was das bedeutet hat, als wir uns kennengelernt haben.«

»Ich liebe dich.« Ich wusste nicht, was ich sonst sagen sollte.

»Ich weiß, aber ich vertraue dieser Liebe nicht mehr so wie früher. Verstehst du das?«

»Ja, das verstehe ich.«

»Sag das doch nicht so einfach.«

»Mir ist die Sache klar, Lucy, aber ich hätte nicht anders handeln können. Joe brauchte mich. Wenn er nicht tot ist, braucht er mich immer noch, und ich werde ihm helfen.«

»Du bist wütend.«

»Ja, ich bin wütend.«

Wir sagten nicht mehr viel, und nach einer Weile ging sie. Ich wusste nicht, ob wir uns jemals wieder sehen oder in Zukunft das Gleiche füreinander empfinden würden. Ich konnte es kaum fassen, dass ich diese Gedanken überhaupt hatte.

Manche Tage sind echt zum Kotzen.

Am nächsten Morgen wurde Frank Garcia von Abbot Montoya in mein Zimmer geschoben. Frank sah verwelkt und alt in seinem Rollstuhl aus, doch der Griff an mein Bein zur Begrüßung war kräftig. Er erkundigte sich nach meinem Arm und nach Joe, doch nach einer Weile schienen seine Gedanken abzudriften. Seine Augen füllten sich mit Tränen.

»Sie haben diesen Dreckskerl erwischt.«

»Joe hat ihn erwischt.«

»Sie und Joe, und die Frau, die zu mir nach Hause gekommen ist.«

»Sie hieß Samantha Dolan.«

Sein Gesicht verzog sich vor Sorge. »Von Joe hat man noch nichts gehört?«

»Noch nicht, Frank.«

»Lassen Sie mich wissen, wenn Sie was brauchen. Anwälte, Ärzte, egal, was. Legal, illegal, ganz gleich, was. Mein Herz gehört jetzt Ihnen. Wenn ich für Sie was tun kann, dann werde ich es tun.«

Er begann zu schluchzen, was mir peinlich war.

»Sie schulden mir nichts, Frank.«

Er drückte mein Bein so fest, dass ich Angst hatte, er würde es brechen. »Alles, was ich habe, gehört Ihnen. Sie brauchen das – oder mich – nicht zu verstehen. Sollen nur wissen, dass es so ist.«

Mir fiel Rusty Swetaggen ein, und ich wusste, was er meinte.

Auf dem Weg hinaus kam Abbot Montoya noch einmal zurück.

»Frank meint, was er sagt.«

»Ich weiß.«

»Nein, Sie wissen es nicht, aber Sie werden es wissen. Ich meine auch, was ich sage. Sie gehören jetzt zu uns, Mr. Cole. Auf immer und ewig. Das ist ein Blutschwur. Vielleicht sind wir vom White Fence gar nicht so weit entfernt, auch nach all den Jahren nicht.«

Als er fort war, starrte ich die Decke an.

»Latinos.«

Am späteren Nachmittag qualmte Charlie Bauman gerade mein Krankenhauszimmer voll, als Branford, Krantz und Stan Watts vorbeischauten.

Krantz stand mit den Händen in den Taschen am Fußende meines Bettes. »Ein paar Kinder haben Pikes Wagen vor Twentynine Palms entdeckt.« Twentynine Palms ist ein grauer Ort mitten in der Wüste nordöstlich von Palm Springs, wo die Marines ihr größtes Ausbildungszentrum unterhalten. Dort draußen üben sie mit echter Munition – sie überfliegen das Gelände mit Düsenjägern und schmeißen Napalmbomben in den Sand.

Charlie richtete sich auf.

»War Pike drin?«

Branford betrachtete meinen Gips. »Nö, nur ein Haufen Blut. Der ganze Vordersitz war nass. Die Staatspolizei stellt dort gerade alles auf den Kopf.«

Alle sahen mich an, als hätte ich Joe geholfen, den Wagen dort abzustellen.

»Branford, Sie werden Pike diese Sache mit Dersh doch nicht immer noch anhängen, oder?«, fragte Charlie.

Branford sah ihn nur an.

»Oh, um Himmels willen.«

»Krantz, Sie sollten es doch jetzt besser wissen«, meinte ich. »Sie haben gesehen, wie Sobek angezogen war – genauso wie Pike. Nicht ihn hat die alte Dame gesehen, sondern Sobek.«

Krantz schaute mich an. »Davon weiß ich nichts, Cole. Mrs. Kimmel hat tätowierte Pfeile gesehen. Sobek hatte keine Tätowierungen.«

»Dann hat er sie draufgemalt und hinterher wieder abgewaschen.«

»Ich habe gehört, wie Sie Sobek gefragt haben, ob er Dersh umgelegt hat, und wie er diese Frage verneint hat.«

Charlie wedelte mit der Zigarette. »Wollen Sie ein unterschriebenes Geständnis? Worüber reden wir hier eigentlich?«

»Ich will Fakten. Wir haben in der Angelegenheit nicht einfach nur faul rumgesessen, Bauman. Wir haben per Computer alles überprüft, was Pike über sein Alibi gesagt hat, und es kam das raus, was ich erwartet hatte: nur Mist. Keine Treffer zu einem schwarzen Minivan, zu Trudy oder Matt. Wir haben Sobeks Bild mit fünf anderen dieser Amanda Kimmel vorgelegt, aber sie zeigt immer noch auf Pike als Täter.«

»Wir haben die Tatwaffe, die Munitionsrückstände und das Motiv«, ergänzte Branford. »Alles deutet auf Pike als Täter.«

»Pikes Aussage war kein Geheimnis«, wandte Charlie ein. »Sobek konnte die Waffe vom Pier aus ins Wasser schmeißen, damit die Sache zu Pikes Geschichte passt. Wenn Sobek nicht für den Mord an Dersh verantwortlich ist, warum wurde dann Jesus Lorenzo ein paar Stunden später umgebracht? Tun Sie das als Zufall ab?«

»Ich tue es als etwas ab, das ich Sobek nicht fragen kann, weil Sobek tot ist. Sehen Sie, Pike hat Krantz und den beiden Frauen das Leben gerettet, aber das mit Dersh kann ich nicht unter den Tisch fallen lassen, nur weil wir ihm was schuldig sind. Liefern Sie mir einen Beweis, dass Pike es nicht war, sondern Sobek, dann werde ich darüber nachdenken.«

Charlie Bauman wedelte wieder mit der Zigarette, als würde er Branford keine Sekunde lang glauben. »Würden Sie mir eins verraten, Lieutenant«, fragte er, an Krantz gewandt. »Haben Sie es tatsächlich auf Pike abgesehen, nachdem er Sie gerettet hat?«

»Ja, das habe ich.«

»Und das, obwohl er Ihr Leben gerettet hat?«

»Er hat Eugene Dersh umgebracht, und dafür wird er zur Verantwortung gezogen. Was ich fühle, ist egal.«

»Na ja, wenigstens fühlen Sie irgendwas.«

Danach redete niemand mehr viel, und bald darauf verließen alle bis auf Watts das Zimmer.

»Wir haben Samantha heute Morgen beerdigt«, erzählte er. »Es waren über Tausend Polizisten dabei. Es war schön.«

»Das kann ich mir denken.«

»Sobald wir was von Pike hören, gebe ich Ihnen Bescheid.«

»Danke, Stan, das weiß ich sehr zu schätzen.«

Wenn ich zurückdenke, bin ich mir sicher, dass Stan Watts mich nur deshalb zusammen mit Krantz und Branford im Krankenhaus besucht hatte, um mir von Samantha Dolans Beerdigung zu erzählen und dass sich Tausend Beamte von ihr verabschiedet hatten.

Ich glaube nicht, dass er aus einem anderen Grund mitgekommen wäre.

Ich wünschte, ich hätte dabei sein können, um mich gemeinsam mit ihnen von ihr zu verabschieden.

Am nächsten Tag verließ ich das Krankenhaus.

Die Ärzte veranstalteten einen Aufstand, aber mich hielt nichts im Bett, solange Joe noch vermisst wurde. Ich hoffte, dass Joe lebte, dachte auch, dass, wenn jemand in solch einer Situation überleben würde, er es wäre. Andererseits war mir klar, dass man seine Leiche vielleicht erst nach Jahren finden würde, sollte er den Weg in die Schluchten und ausgetrockneten Flussbetten der Wüste gefunden haben.

Ich nahm zwar viele Schmerztabletten, konnte aber wegen des Gipses trotzdem nicht Auto fahren, sodass ich mir ein Taxi mietete, um mich in die Wüste rausfahren zu lassen. Ich fuhr zu Paulettes Haus, dann hinauf nach Twentynine Palms und versuchte mir vorzustellen, was Joe dachte und wohin er gegangen sein mochte, aber ich schaffte es nicht.

Ich überprüfte alle in der Nähe gelegenen Motels und Tankstellen und schluckte so viele Tabletten, dass ich mich zweimal übergeben musste.

Am nächsten Tag fuhr ich wieder in die Wüste hinaus, ebenso wie am übernächsten, konnte aber keine Spur entdecken. Die Taxikosten summierten sich auf achthundert Dollar.

Ein besserer Detektiv, so überlegte ich, hätte vielleicht etwas über ihn herausgefunden oder seine Leiche entdeckt. Das wäre allerdings nicht möglich gewesen, wenn Joe noch lebte und seine Spuren verwischt hatte.

Mir dies einzureden war besser, als zu glauben, er wäre tot.

Wenn ich nicht in der Wüste war, trieb ich mich in Santa Monica rum, marschierte Joes Route tagsüber und nachts ab, redete mit Angestellten, Surfern, Bandenmitgliedern, Bodybuildern, Automechanikern, Lebensmittelverkäufern und der endlosen Armee derjenigen, die auf der Straße lebten. Nachts ging ich den Weg so oft ab, dass mir die Nutten auf der Ocean Avenue selbst gemachten Kuchen und Kaffee mitbrachten. Vielleicht war es wegen des Gipses. Alle wollten ihre Unterschrift draufsetzen.

Meine Freunde beim FBI und bei der Kfz-Zulassungsstelle suchten noch intensiver nach schwarzen Minivans und Personen mit Namen Trudy und Matt, und ich schaffte es sogar, dass sie damit ihre Freunde in anderen Bundesstaaten piesackten. Leider kam nichts dabei heraus, und nach einer Weile riefen mich meine Freunde nicht mehr zurück. Offenbar hatte unsere Freundschaft ihre Grenzen.

Acht Tage nach meiner Entlassung aus dem Krankenhaus rief ich Stan Watts an. »Gibt's was von Joe?«

»Noch nicht.«

»Ist die Spurensicherung mit Sobeks Garage fertig?«

Er seufzte. »O Mann, Sie geben wohl nie auf, oder?«

»Nicht mal, wenn ich tot bin.«

»Sie sind fertig, aber mit dem Ergebnis werden Sie nicht zufrieden sein. Dieser pedantische Kerl namens Chen hat die Spurensicherung geleitet. Er hat nachgewiesen, dass alle Morde von Sobek begangen wurden – bis auf den an Dersh. Tut mir leid.«

»Vielleicht hat er was übersehen.«

»Dieser Junge ist *pedantisch*, Cole. Er hat Dershs Haus auf den Kopf gestellt, um nach Fasern zu suchen, die von Sobek stammen könnten, aber nichts gefunden. Das Gleiche hat er mit Sobeks Garage getan, um was zu finden, das von Dersh stammen könnte, aber auch das war eine Pleite. Er hat beide Häuser förmlich umgekrempelt und mit dem Gaschromatographen abgegrast, aber da war nichts zu holen. Ich hatte auch gehofft, er könnte Sobek den Mord an Dersh anlasten, aber leider …«

Chen war derjenige, der für die Spurensicherung am Lake Hollywood zuständig gewesen war. Ich erinnere mich, dass ich beeindruckt gewesen war, als ich seinen Bericht gelesen hatte. »Meinen Sie, Sie könnten mir die neuen Berichte zukommen lassen?«

»Auweia, das sind zweihundert Seiten.«

»Nur den Teil über Dershs Haus und Sobeks Garage. Das andere brauche ich nicht.«

»Haben Sie ein Fax?«

Ich gab ihm die Nummer.

»Sind Sie wirklich mit dem Taxi in die Wüste rausgefahren?«, fragte er.

»Wer hat Ihnen denn davon erzählt?«

»Wissen Sie was, Cole? Sie und Dolan waren aus dem gleichen Holz geschnitzt. Ich verstehe, warum sie Sie gemocht hat.«

Danach legte er auf.

Während ich auf das Fax wartete, las ich Chens Bericht vom Lake Hollywood noch einmal durch und war immer noch beeindruckt von der Detailgenauigkeit. Als ich fertig war, waren die anderen Berichte auch schon da. Sie waren umfangreich. Chen hatte aus Dershs Haus mehr als hundert einzelne Fasern gesammelt und rundherum Bodenproben auf dem Grundstück genommen und sie mit entsprechenden Funden aus Sobeks Garage, mit Kleidung, Schuhen und dem Fahrzeug verglichen, aber nichts gefunden, was die beiden miteinander in Verbindung brachte. Es ließen sich zwar auch keine Beweise finden, die Dersh mit Joe Pike in Verbindung brachten, aber das schien Krantz nicht weiter zu stören.

Nach dem zweiten Durchlesen hatte ich das Gefühl, ich würde nur meine Zeit verschwenden – egal, wie oft ich die Seiten noch durchblätterte, ich würde keine neuen Beweise finden, und Chens Schlussfolgerungen blieben unverändert. Ich überlegte, dass ich meine Zeit wohl besser damit verbringen sollte, nach Trudy zu suchen oder zurück in die Wüste zu fahren, als mir auffiel, dass es einen Unterschied zwischen Chens Arbeit am Lake Hollywood und der an Dershs Haus gab.

Ich hatte die Berichte in der Hoffnung gelesen, etwas Entlastendes für Pike zu finden, doch vielleicht stand das, wonach ich suchte, überhaupt nicht in den Berichten. Vielleicht war es ausgelassen worden.

Ich rief in der Abteilung Spurensicherung an und verlangte nach John Chen.

»Kann ich ihm sagen, um was es geht?«, fragte die Dame.

Ich dachte immer noch an das, was nicht in dem Bericht stand. »Sagen Sie ihm, es geht um Joe Pike.«

41

Der neue, nicht mehr zu übertreffende John Chen

John Chen hatte den Leasing-Vertrag für seinen Porsche Boxster – auch bekannt unter dem Namen Aufreißerschlitten – am selben Tag unterschrieben, an dem er wegen seiner herausragenden Leistung im Mordfall Karen Garcia befördert worden war. Er konnte sich den Wagen zwar nicht leisten, hatte sich aber gedacht, dass man entweder seinen miserablen Platz im Leben akzeptieren (auch wenn man, wie John, an diesem Platz geboren worden war) oder sich darüber hinwegsetzen musste – was aber nur möglich war, wenn man den Mumm hatte, aktiv zu werden. Und hier war also der neue, nicht mehr zu übertreffende John Chen, der sich das Motto gewählt hatte: *Wenn ich es kriegen kann, gehört es mir.*

Zuerst kommt der Aufreißerschlitten, dann kommt der Aufriss.

Genauso, wie er ein Auge auf den Boxster geworfen hatte, so hatte er sich Hals über Kopf in Teresa Wu verknallt, eine Mikrobiologiestudentin an der University of California, Los Angeles, und Teilzeitmitarbeiterin bei der Spurensicherung des LAPD. Teresa Wu hatte glänzendes schwarzes Haar, eine Haut in der Farbe von warmer Butter und eine Gelehrtenbrille mit rotem Gestell, die John für das Geilste hielt, was es auf Gottes Erden gab.

Immer noch aufgeregt wegen der Auszeichnungen, die er für seine Arbeit am Lake Hollywood erhalten hatte, war John zurück ins Büro gefahren, wo er dafür gesorgt hatte, dass jeder von seinem Porsche erfuhr, dann hatte er Teresa Wu gefragt, ob sie mit ihm ausgehen würde.

Es war das erste Mal, dass er sie eingeladen, und erst das zweite Mal, dass er überhaupt mit ihr geredet hatte. Allerdings war es auch erst das dritte Mal, dass er je eine Frau um eine Verabredung gebeten hatte.

Teresa Wu hatte ihn über ihre rote Brille hinweg angeschielt, mit den Augen gerollt, als hätte er sie gefragt, ob sie mit ihm ein vergammeltes Sandwich teilen würde, und gesagt: »Oh, John, bitte. Auf keinen Fall.«

Nutte.

Das war vor einer Woche gewesen, doch zu seiner neuen Lebensphilosophie gehörte auch ein zweites Motto: *Nur der Mutige kriegt was zum Ficken.* John hatte die darauf folgende Woche damit verbracht, sich Mut zu machen, um sie noch einmal zu fragen, ob sie mit ihm ausgehen würde, und wollte gerade loslegen, als irgendein Typ namens Elvis Cole anrief und mit ihm sprechen wollte.

Jetzt war Teresa wieder zur Uni gefahren, und Chen hatte den Hörer verärgert aufgelegt. Nicht nur, dass dieser Anruf seine heutige Chance auf Teresa Wu ruiniert hatte, Cole behauptete auch noch, er hätte am Tatort etwas übersehen. Und schlimmer noch: Er hatte sich dazu überreden lassen, sich mit diesem Typen an Dershs Haus zu treffen. Trotzdem war Chen neugierig, was Cole zu bieten hatte; und schließlich könnte Teresa Wu ihre Meinung über ihn ändern, wenn er mit einem Erfolg im Fall Dersh für Schlagzeilen sorgen würde. Wie könnte sie einen Kerl abblitzen lassen, der einen Porsche fuhr und dessen Name auf der Titelseite der *L.A. Times* stand?

Vierzig Minuten später lenkte John Chen seinen Aufreißerschlitten in Dershs Einfahrt neben ein grün-weißes Taxi. Das Polizeisiegel an der Haustür war entfernt und das Haus freigegeben worden. Jetzt hatte es nur noch für die einen Reiz, die im Kopf nicht ganz richtig waren.

Als Chen seinen Porsche abschloss, stieg ein Mann aus dem Taxi, dessen Arm durch einen Schultergips in eine unnatürliche Haltung gezwungen wurde und vom Körper abstand. Er sah aus wie ein Kellner.

»Mr. Chen?«, fragte der Mann. »Ich bin Elvis Cole.«

Elvis – so kann auch nur ein Trottel heißen.

Chen warf Cole einen mürrischen Blick zu. Er dachte, dass Cole ihn vielleicht in die Irre führen oder ihm Beweise unterjubeln wollte. »Sind Sie Pikes Partner?«

»Genau. Danke, dass Sie gekommen sind.«

Cole reichte ihm seine intakte Hand. Er war nicht so groß wie Pike, doch sein Griff war unangenehm fest – wie Pike war er vielleicht auch so eine Sportstudioratte mit zu vielen Y-Chromosomen, die einen auf Privatermittler machte, um Leute schikanieren zu können. Chen schüttelte ihm rasch die Hand und trat zurück. Er überlegte, ob Cole gefährlich war.

»Ich habe nicht viel Zeit, Mr. Cole. Ich sollte schon seit fünf Minuten wieder im Büro sein.«

»Es wird nicht lange dauern.«

Ohne zu warten, ging Cole den Weg neben Dershs Haus entlang. Chen folgte automatisch, was ihn aber ärgerte. Wer draufgängerisch ist, führt an, statt anderen zu folgen.

»Am Lake Hollywood haben Sie die Spuren des Täters bis zur Feuerpiste verfolgt und die Stelle gefunden, an der er seinen Wagen geparkt hatte«, sagte Cole.

Chen zog die Augenbrauen zusammen. Ihm gefiel die Sache nicht, weil Pike die Spuren verfolgt hatte und er nur hinterhergetrottet war. Das hatte er in seinem Bericht natürlich nicht erwähnt.

»Und?«

»Im Bericht über Dersh steht nichts vom Fahrzeug des Täters. Ich habe mich gefragt, ob Sie danach gesucht haben.«

Chen war gleichzeitig erleichtert und verärgert. Darauf wollte der Kerl also hinaus; deshalb hatten sie sich hier getroffen.

»Natürlich habe ich danach gesucht«, erwiderte er scharf. Er wollte diesem Kerl zeigen, dass er nicht irgendein Arsch mit Tretroller war. »Mrs. Kimmel hat gehört, wie die Wagentür vor dem Nachbarhaus zugeschlagen wurde. Ich habe die Straße und den Rinnstein dort und auch vor dem nächsten Haus auf mögliche Reifenspuren untersucht, aber da war nichts.«

»Haben Sie auch nach Ölspuren gesucht?«

Cole sagte es einfach so, ohne Vorwurf, und Chen spürte, wie er rot wurde.

»Was meinen Sie?«

»Im Bericht vom Lake Hollywood werden Ölspuren erwähnt, die Sie am Tatort gefunden haben. Sie haben Proben mitgenommen und die Ölmarke bestimmt.«

»Penzoil 10-40.«

»Wenn der Wagen des Täters oben am See Öl verloren hat, dann hat er das vielleicht auch hier getan. Wenn wir Spuren finden, können Sie vielleicht nachweisen, dass sie vom selben Fahrzeug stammen.«

Chens Gesicht verfärbte sich vor lauter Aufregung noch mehr. An der Sache war was dran. Er könnte Ölmarke, Zusätze und Kohlenstoffpartikel bestimmen und sehen, ob die Ergebnisse mit der Probe vom Lake Hollywood übereinstimmten. Wenn dem so wäre, würde dies den Durchbruch im Fall Dersh zur Folge haben, und John hätte seine Schlagzeilen auf der Titelseite!

Doch als sie auf der Straße standen, schwand Chens Begeisterung. Der Asphalt war zuletzt in den Sechzigern erneuert worden und wies Schlaglöcher, typische Schäden von der höllischen Hitze in L.A. und ein Netz winziger, durch Erdbeben verursachter Risse auf. In dem Bereich, in dem der Täter vermutlich seinen Wagen abgestellt hatte, war die Straße mit zahllosen Flecken übersät, und sie konnten von allem Möglichen stammen: Getriebeflüssigkeit, Servolenkflüssigkeit, Öl, Bremsflüssigkeit, Frostschutz, der Rotz irgendeines Autofahrers oder Vogelscheiße.

»Ich weiß nicht, Cole«, meinte Chen. »Es ist zwei Wochen her. Alles, was damals auf der Straße gelandet ist, war der Witterung ausgesetzt oder ist getrocknet, es wurde drübergefahren, oder es hat sich vielleicht mit anderen Substanzen vermischt. Es wird nicht möglich sein, irgendwas zu finden.«

»Das wissen wir nicht, wenn wir nicht suchen, John.«

Chen ging am Straßenrand entlang, stieß mürrisch Steinchen zur Seite. Die blöde Straße war so fleckig, als hätte sie Masern. Trotzdem war es eine interessante Idee, und wenn sie Erfolg hätte, könnte ein riesiger Gewinn rausspringen – Sex mit Teresa Wu.

Chen ging in den Liegestütz, wie es ihm Pike gezeigt hatte, und betrachtete das Licht auf der Oberfläche der Straße. Er ließ alles außer dem Licht vor seinen Augen verschwimmen und stellte fest, dass einige Tropfen mehr leuchteten als andere. Diese würden neueren Datums sein. Chen rutschte zum Rinnstein weiter und stellte sich vor, ein Wagen würde dort parken, ein Geländewagen wie der am Lake Hollywood. Auf der Suche nach Ölspuren senkte er sein Gesicht noch tiefer zur Straße hinab. Ein Wagen, der dort einige Zeit gestanden hatte, würde nicht nur einen Tropfen hinterlassen, sondern mehrere übereinander.

»Und? Was meinen Sie?«, fragte Cole.

John Chen war ganz in seine Beobachtungen versunken und hörte ihn nicht.

»John?«

»Hä?«

»Was meinen Sie?«

»Das wird eine harte Nuss.«

»Haben wir eine andere Möglichkeit?«

John Chen ging zu seinem Porsche, um den Beweismittelkoffer zu holen. Den Rest des Nachmittags verbrachte er mit der Entnahme von Proben und seinen Tagträumen von Teresa Wu.

42

Genau vierundzwanzig Stunden, nachdem die Staatsanwaltschaft von Los Angeles meine Verurteilung in ihren Büchern verzeichnet hatte, erhielt ich einen Brief des Detektivverbandes von Kalifornien, mit dem mir meine Zulassung als Privatermittler entzogen wurde. Außerdem steckte ein Brief der California Sheriffs Commission in meiner Post, in dem meine Lizenz zum Tragen von Schusswaffen für nichtig erklärt wurde. So weit also zur Elvis Cole Detective Agency. So weit zu meiner Existenz als Privatermittler. Vielleicht könnte ich Landwirt werden – Wiesenbau.

Zwei Tage später wurde mir der Gips abgenommen, und ich begann mit der Krankengymnastik. Es tat mehr weh als jeder körperliche Schmerz, den ich je erlitten hatte, schlimmer noch als der Schuss selber. Doch mein Arm funktionierte, und ich konnte wieder fahren. Außerdem sah ich nicht mehr wie ein Kellner aus.

Zum ersten Mal seit der Sache in der Wüste fuhr ich wieder in mein Büro, stieg die vier Stockwerke hinauf und setzte mich an meinen Schreibtisch. Seit zehn Jahren hatte ich dieses Büro. Ich kannte die Leute aus der Versicherungsagentur im Flur gegenüber, und mit der Frau, der der Großhandel für Schönheitsartikel gehörte, war ich öfter ausgegangen. In dem kleinen Imbiss in der Eingangshalle, wo es außerdem einen Bankschalter gab, an dem ich meine Geldangelegenheiten erledigte, kaufte ich meine Sandwichs. Und Joe hatte nebenan sein Büro, auch wenn er es bisher immer hatte leer stehen lassen. Jetzt würde er es wohl nie mehr benutzen.

Ich beobachtete Pinocchios Augen, die von einer Seite zur anderen wanderten. »Ich denke, ich könnte dich oben unterm Dach aufhängen«, meinte ich zu ihm.

Das Telefon klingelte. »Elvis Cole Detective Agency«, meldete ich mich. »Das Büro ist leider geschlossen.«

»Was heißt das, das Büro ist geschlossen«, fragte Frank Garcia.

»Das war nur ein Witz, Frank. Wie geht's?« Ich wollte die Sache nicht mit ihm bereden.

»Wie kommt's, dass Sie nicht angerufen haben? Wie kommt's, dass Sie und die hübsche Dame mich nie besuchen?«

»War beschäftigt. Sie wissen schon.«

»Wie heißt die hübsche Dame noch mal? Die, die fürs Fernsehen arbeitet.«

»Lucy Chenier.«

»Ich möchte Sie beide gerne zum Abendessen einladen. Ich bin einsam, und ich möchte meine Freunde um mich haben. Würden Sie kommen?«

»Stört es Sie, wenn ich alleine komme, Frank?«

»Stimmt was nicht? Sie hören sich nicht gut an.«

»Ich mache mir Sorgen wegen Joe.«

Frank schwieg eine Weile. »Nun ja, einige Dinge haben

wir unter Kontrolle, andere nicht. Sie sind sicher, dass bei Ihnen alles in Ordnung ist?«

»Mir geht's gut.«

Ich rief Lucy jeden Tag an, doch mit der Zeit wurden unsere Gespräche immer kürzer und seltener. Ich hatte keine Freude an den Anrufen und fühlte mich hinterher immer schlechter als vorher. Vielleicht war es bei Lucy genauso.

Hin und wieder telefonierte ich mit Stan Watts, doch von Joe gab es immer noch keine Spur. Achtmal versuchte ich John Chen ans Telefon zu bekommen, um mich nach den Ergebnissen seiner Tests zu erkundigen, doch er rief nie zurück. Bis heute weiß ich nicht, warum. Ich blieb in Kontakt mit Joes Waffenladen und setzte meine Suche nach dem geheimnisvollen Mädchen in dem schwarzen Van pro forma fort, doch ohne Hoffnung darauf, etwas zu finden. Nach einer Weile kam ich mir wie ein Fremder in meinem eigenen Leben vor; alles, was für mich real gewesen war, war im Fluss.

Am Mittwoch rief ich meine Vermieterin an und kündigte mein Büro. Die Elvis Cole Detective Agency hatte leider dichtgemacht. Mein Partner, meine Freundin und jetzt auch meine Firma – alles fort, und ich fühlte nichts. Vielleicht hatte ich innerlich schon aufgegeben, als mir meine Zulassung genommen worden war, der Grund, weswegen ich jetzt überhaupt nichts fühlte. Ob sie wohl jemanden in Disneyland brauchten?

Am Donnerstag fuhr ich zu Frank Garcia. Zu meiner Überraschung öffnete Abbot Montoya die Tür.

»Frank und ich hatten ein paar Geschäfte zu erledigen, und er bat mich zu bleiben. Ich hoffe, das stört Sie nicht.«

»Das wissen Sie doch.«

Er führte mich ins Wohnzimmer, wo Frank in seinem Rollstuhl saß.

»Hi, Frank«, grüßte ich.

Er gab keine Antwort, sondern saß einfach nur da. Sein Blick strahlte Wärme aus, die mich bis ins Herz berührte.

»Wie kommt's, dass ich es über Dritte erfahren musste?«, fragte er.

»Was meinen Sie?«

»Sie haben ja gar keine Witze gemacht, als Sie sagten, Ihr Büro sei geschlossen. Sie haben Ihre Lizenz verloren.«

»Darüber gibt's nichts mehr zu sagen. Wie haben Sie es herausbekommen?«

»Durch diese hübsche Dame, Ms. Chenier. Sie hat mich deswegen angerufen.«

»Lucy hat Sie angerufen?« Ich war überrascht.

»Sie hat mir erklärt, was passiert ist und dass Sie die Lizenz verloren hätten, weil Sie Joe zur Flucht verholfen haben.«

»Es gibt Dinge, die hat man unter Kontrolle, andere nicht«, meinte ich nur mit einem Schulterzucken und benutzte seine eigenen Worte. Mir war das Thema unangenehm, und ich wollte nicht darüber reden.

Frank Garcia reichte mir einen Umschlag.

Ich hielt ihn von mir fern, ohne ihn zu öffnen. »Ich habe Ihnen doch gesagt, dass Sie mir nichts schulden.«

»Es ist kein Geld. Machen Sie ihn auf.«

Das tat ich – und fand eine Privatermittler-Lizenz des Staates Kalifornien, ausgestellt auf meinen Namen, sowie die Lizenz zum Tragen einer Waffe. Beigefügt war ein kurzer, knapper Brief vom Leiter der Genehmigungsbehörde, in dem er sich für eventuelle Unannehmlichkeiten entschuldigte, die ich durch den Verlust meiner Lizenzen erlitten hatte.

Ich blickte zuerst zu Frank, dann zu Abbot Montoya und wieder auf die Lizenz.

»Aber nach staatlichem Recht bin ich vorbestraft.«

Stolz blitzte in Abbot Montoyas Augen auf. Sie drückten all das aus, womit er dies erreicht hatte – Kraft, Stärke und Einfluss. Vielleicht hatte er recht gehabt, und er und Frank waren gar nicht so weit entfernt von ihrer White-Fence-Straßengang, der sie als junge Männer angehört hatten.

»*Tenemos tu corazón y tú el de nosotros. Para siempre*«, sagte er.

Frank packte mich ebenso heftig am Arm, wie er es zuvor schon getan hatte. »Wissen Sie, was das heißt, mein Freund?«

Statt zu antworten, konnte ich nur den Kopf schütteln.

»Das heißt, dass wir Sie in unser Herz geschlossen haben.«

Ich nickte.

»Diese hübsche Frau hat Sie auch in ihr Herz geschlossen.«

Ich konnte die Tränen nicht mehr zurückhalten. Ich weinte nicht wegen dem, was ich hatte, sondern um das, was ich nicht hatte.

43

Zwei Tage später hängte ich in meinem Büro gerade eine gerahmte Kopie meiner neuen Lizenz auf, als das Telefon klingelte. Ich dachte, es sei John Chen oder Stan Watts, aber es war keiner von beiden.

»Wissen Sie, wer ich bin?«, fragte einer der Jungs, die in Joes Waffengeschäft arbeiteten.

Mein Herz schlug bis zum Hals, kalter Schweiß legte sich mir über Brust und Rücken.

»Ist es wegen Joe?«

»Waren Sie schon mal an der alten Raketenkontrollstation oberhalb von Encino? Die, die in einen Park umgewandelt wurde? Der Ausblick wird Ihnen gefallen.«

»Geht es Joe gut? Haben Sie von ihm gehört?«

»Nö. Kann sein, dass Joe tot ist. Ich dachte nur, wir könnten uns da oben im Park treffen und gemeinsam einen auf unseren alten Freund heben.«

»Klar, das könnten wir.«

»Ich rufe Sie demnächst mal an. Bringen Sie einen Sechserpack mit.«

»Gut, mir ist es jederzeit recht.«

»Je eher, desto besser.«

Er legte auf.

Ich schloss das Büro hinter mir zu und fuhr durch die Stadt Richtung Westen und hinauf zum Mulholland Drive.

Es war ein wunderschöner, klarer Freitagmorgen. Die Stoßzeit war vorbei, sodass das Fahren die reine Freude war. Aber auch bei verstopften Straßen hätte ich meinen Spaß gehabt. Es konnte nur Joe sein, den ich in Encino treffen sollte. Oder mir würde eine Nachricht von ihm überbracht werden. Ich fuhr, ohne zu denken oder etwas zu fühlen, vielleicht weil ich Angst hatte, dass es schlechte Nachrichten sein würden. Manchmal kann man einfach nur die Augen vor den Tatsachen verschließen.

Während der Jahre des Kalten Kriegs hatte die Regierung hoch oben in den Bergen von Santa Monica eine Raketenkontrollstation errichtet. Es handelte sich um eine streng geheime Radaranlage, die die sowjetischen Bomber erfassen sollte, die es auf Los Angeles abgesehen hatten. Jetzt war es ein hübscher kleiner Park, den nur Mountainbiker und Jogger kannten. Und auch die kamen nur am Wochenende hierher.

Vor dem Park stand ein Transporter der Firma Garcia Tortilla. Ich stellte meinen Wagen dahinter ab und lief in den Park und die mit einem Metallgitter geschützten Stufen des ehemaligen Radarturms hinauf. Von hier oben aus hatte man eine herrliche Aussicht nach Süden übers Meer und nach Norden über das San-Fernando-Tal.

Joe Pike wartete auf der Plattform.

Ich umarmte ihn nur leicht, doch er erstarrte trotzdem. Er war dünner als früher und blass, obwohl ihn das weiße Garcia-Firmenhemd dunkler aussehen ließ.

»Du hast dir aber Zeit gelassen mit dem Anruf, verdammt. Weißt du eigentlich, was es heißt, wenn jemand sich sorgt?«

»Ich war unten in Mexiko und habe mich auskuriert.«

»Warst du in einem Krankenhaus?«

Pikes Mundwinkel zuckten. »Nicht direkt. Wie geht's deinem Arm?«

»Noch steif, aber ansonsten in Ordnung. Um dich mache ich mir mehr Sorgen. Brauchst du was?«

»Ich muss Trudy finden.«

»Ich habe nach ihr gesucht.« Ich erzählte ihm, was ich von Watts wusste und meine eigenen Nachforschungen ergeben hatten. In den Computersystemen war nichts über einen schwarzen Minivan, eine Trudy oder einen Matt zu finden gewesen. Außerdem erzählte ich ihm, dass ich keine Spur hatte.

Pike hörte sich alles an und trat an das Geländer. »Die Polizei überwacht mein Haus und meinen Waffenladen. Sie haben meine Konten und Kreditkarten sperren lassen. Und sie waren bei Paulette.«

»Vielleicht solltest du wieder in den Süden gehen. Früher oder später kriege ich was raus, mit dem wir weitermachen können.«

Pike schüttelte den Kopf. »Ich will nicht mehr in den Süden, um mich zu verstecken, Elvis. Ich werde die Sache hier durchstehen – auf die eine oder andere Weise.«

»Ich meine nicht, dass du nach Süden gehen sollst, um dich zu verstecken. Du sollst gehen, um in Freiheit leben zu können. Hier ist das Risiko zu groß.«

»Das Risiko will ich auf mich nehmen.«

»Und wieder ins Gefängnis gehen?«

Pikes Mundwinkel zuckten heftig. »Ich gehe nie wieder ins Gefängnis.«

Als er an mir vorbeisah, erstarrte er in einer Art, die mir die Haare zu Berge stehen ließ. »Sie sind hinter uns her.«

Ein blaues Zivilfahrzeug der Polizei und ein Funkwagen des LAPD hielten neben dem Garcia-Transporter. Ein zweiter Funkwagen kam von der anderen Seite angeschossen und hielt mitten auf der Straße. Wir warteten nicht, um herauszubekommen, wer sie waren oder was sie vorhatten.

Geduckt huschte Pike die Metalltreppe hinunter. Ich folgte ihm dicht auf den Fersen. Von der Plattform aus hatten wir keinen Überblick über die Treppe, und von der Treppe aus konnten wir nicht den Boden sehen, doch falls wir es schaffen sollten, unbemerkt vom Aussichtsturm zu entkommen, würden wir in den Bergen Deckung finden, die sich südlich bis zum Sunset Boulevard und westlich bis zur Pazifikküste erstreckten. Zwischen den Salbeibüschen würden sie Joe nur mit Hunden oder Hubschraubern aufspüren können.

»Nach Süden gibt's einen Weg durch die Berge, der in einem Gebiet oberhalb des Sunset Strip mündet«, erklärte ich, während wir die Treppe hinunterrannten.

»Den kenne ich.«

»Wenn du den Weg nimmst, hole ich dich später dort ab.«

Die Planung war umsonst.

Als wir unten an der Treppe ankamen, warteten Harvey Krantz und zwei Polizisten der Sondereinheit mit Vollautomatikgewehren auf uns.

Die Polizisten hatten Joe im Visier, als wäre er eine züngelnde Schlange. Sie gingen nach rechts und links in Position, um ihn besser in Schach halten zu können, und ließen ihre schwarzen Gewehre selbst auf drei Meter Entfernung direkt auf seinen Oberkörper gerichtet. Hinter ihnen rief ein anderer Polizist seinen Kollegen auf der Straße unsere Position zu.

Krantz trug zwar keine Waffe, blickte aber geringschätzig auf Joe hinab wie auf sein Opfer. Ich erwartete, dass er uns unsere Rechte nennen oder sagen würde, wir seien verhaftet, oder zumindest eine hämische Bemerkung machen würde, doch er gab nichts dergleichen von sich.

»Los, Pike, ziehen Sie Ihre Waffe, dann schaffen Sie es vielleicht«, reizte ihn Krantz.

Die Polizisten der Sondereinheit bewegten sich unruhig.

Pike hatte sein Gewicht auf die Ballen verlagert, hielt die Hände von seinem Körper entfernt und war so entspannt, als stünde er in einem buddhistischen Steingarten. Irgendwo hatte er bestimmt eine Waffe, und sicher fragte er sich, wie er sie sich schnappen und noch vor den Polizisten losballern könnte. Selbst wenn er schwach und verwundet wäre, würde er über so etwas nachdenken. Aber vielleicht dachte er überhaupt nichts und würde nur handeln.

Krantz trat mit offenen Händen einen Schritt vor. »Ich habe keine Waffe, Pike. Vielleicht wollen Sie mich ja angreifen.«

Ich sah von Krantz zu Joe, und in diesem Moment wusste ich, dass es hier um mehr als nur eine Verhaftung ging. Die beiden Polizisten tauschten Blicke aus, senkten aber nicht ihre Waffen.

»He, was ist denn mit Ihnen los, Krantz?« Ich hob die Hände. »Nimm die Hände hoch, Joe. Verdammt, nimm die Hände hoch.«

Pike bewegte sich nicht.

Krantz verzog sein Gesicht zu einem angespannten, hässlichen Grinsen und trat noch einen Schritt vor. »Die Zeit läuft ab, Joe. Weitere Polizisten sind im Anmarsch.«

»Heb die Hände hoch, verdammt! Wenn du das nicht tust, gewinnt Krantz!«

Pike atmete einmal ein und aus, dann blickte er an Krantz vorbei zu den bewaffneten Polizisten. »Ich hebe jetzt meine Hände hoch«, sagte er.

Und hob sie endlich hoch.

»Im Hosenbund unter meinem Hemd steckt eine Waffe.«

Krantz machte keine Anstalten, sich zu bewegen.

»Krantz, jetzt nehmen Sie ihm schon die Waffe ab«, verlangte einer der Polizisten.

Doch Krantz zog nur seine eigene Waffe.

Stan Watts kam keuchend den Weg entlangmarschiert. Als er uns sah, blieb er stehen.

»He, Watts, nimm dem Schwein die Waffe ab«, verlangte der Polizist wieder.

Stan Watts nahm Pikes Waffe an sich, anschließend meine, und sah Krantz an, der mit seiner Waffe in der Hand vor Joe stand. »Was, zum Teufel, geht hier vor? Hast du es ihnen nicht gesagt?«

Krantz starrte Joe an, ohne den Blick zu wenden. An seinem Kiefer zeigten sich Falten, als würde er auf einem harten Bonbon kauen. »Ich wollte Pike erschrecken. Ich hatte gehofft, er würde uns eine Entschuldigung geben.«

»Nehmen Sie ihm die Waffe ab, Stan«, verlangte ich. »Bitte, nehmen Sie seine Waffe.«

Watts blickte von Krantz zu dessen Waffe. Krantz' Finger spielten mit ihr, als hätten sie ein Eigenleben. Sie kneteten und umklammerten sie und wollten sie vielleicht sogar auf Joe richten. Stan Watts trat zu ihm, entriss ihm die Waffe und stieß ihn heftig nach hinten.

»Warten Sie im Wagen.«

»Ich bin Ihr Vorgesetzter.«

Watts sagte den Polizisten der Sondereinheit, dass ihre Arbeit erledigt sei, und gestattete uns, die Hände wieder herunterzunehmen. Er leckte sich über die Lippen. »Sie sind nicht verhaftet. Branford lässt die Anklage fallen. Haben Sie das verstanden, Pike? Branford sitzt gerade mit Ihrem Anwalt zusammen. Die Spurensicherung hat festgestellt, dass Sobek mit seinem Wagen vor Dershs Haus war. Das reicht, um Ihren Kopf aus der Schlinge zu ziehen.«

Ich packte Pike am Arm – John Chen hatte es geschafft.

Krantz schob sich an Watts vorbei und stieß mit dem Finger auf Pike ein. Es war genau die gleiche Bewegung, die er bei unserer ersten Begegnung am Lake Hollywood gemacht hatte. »Mir ist scheißegal, was die Spurensicherung sagt, Pike – Sie sind ein Mörder.«

»Hör auf, Harvey«, verlangte Watts.

Wieder stieß Krantz mit dem Finger nach vorne.

»Sie haben Wozniak umgebracht, und ich glaube immer noch, dass Sie auch Dersh auf dem Gewissen haben.«

Beim nächsten Stoß mit dem Finger schnappte Pike so rasch zu, dass Harvey Krantz nicht reagieren konnte. Krantz kreischte, als er zu Boden ging. »Sie sind verhaftet, verdammt!«, schrie er. »Das ist ein Angriff auf einen Polizeibeamten im Dienst! Sie sind verhaftet!«

Pike, Watts und ich sahen ihn nur an, wie er mit rotem Gesicht und schreiend auf dem Boden lag. Watts half ihm wieder auf die Beine. »Wir werden niemanden verhaften, Harvey. Geh zum Wagen und warte dort auf mich.«

Krantz machte sich von Watts los und ging ohne ein weiteres Wort.

»Ziehen Sie ihn aus dem Verkehr«, bat ich Watts. »Er ist hergekommen, um Pike umzubringen. Er meint, was er gesagt hat.«

Watts schürzte die Lippen und blickte Krantz hinterher, bis dieser außer Sichtweite war. »Ich denke, Sie könnten eine Beschwerde einreichen«, meinte er schließlich zu Pike. »Grund dazu gibt es genug.«

Pike schüttelte den Kopf.

»War's das etwa?«, wunderte ich mich. »Wir werden einfach vergessen, was hier passiert ist?«

Watts drehte sich mit Unschuldsmiene zu mir. »Was ist denn schon passiert, Cole? Wir sind doch bloß hergekommen, um Ihnen etwas mitzuteilen.«

»Woher wussten Sie, dass wir hier sind?«

»Wir haben die Telefone, von denen wir wussten, dass Pikes Angestellte sie benutzen, rund um die Uhr abhören lassen. Die Jungs haben mitbekommen, wie Pikes Mitarbeiter Ihnen von diesem Treffpunkt erzählt hat, den Rest konnten wir uns zusammenreimen.«

Watts wandte sich zur Straße um, wo Harvey Krantz alleine im Wagen wartete.

Er gab uns unsere Waffen zurück, hielt aber die von Pike

noch einen Moment fest, als dieser seine Hand nach ihr ausstreckte. »Dass Krantz gesagt hat, er hoffe, Sie würden uns eine Entschuldigung geben, ist Quatsch. Er ist nur wütend. Das ist nicht meine Art, und seine auch nicht. Bauman hat gesagt, er habe mit Ihnen nicht in Kontakt gestanden, sodass wir uns dachten, wir sollten die Gelegenheit ergreifen, Sie hier oben zu treffen.«

»Ja, natürlich, Watts«, meinte ich nur.

»Ach, hören Sie doch auf, Cole. So war es nun einmal.«

»Natürlich.«

Watts ging zu Krantz, und bald darauf waren alle Polizisten in ihre Wagen gestiegen und ließen eine dicke braune Staubwolke hinter sich aufwirbeln. Harvey Krantz schien Pike so sehr zu hassen, dass er an Pikes Schuld, gleich welcher Art sie war, glauben musste. Dieser Hass kann wohl dazu führen, dass Menschen Dinge tun, an die sie bei klarem Verstand nicht einmal denken würden.

»Watts kann sagen, was er will, aber Krantz hatte es darauf angelegt. Man nimmt keine bewaffneten Polizisten der Sondereinheit mit, um jemandem zu sagen, dass sein Kopf nicht mehr in der Schlinge steckt. Man organisiert dafür auch nicht extra einen großen Einsatz. Wenn Krantz es also nicht auf dich abgesehen hätte, hätte er es dir durch mich, Charlie oder die Jungs aus deinem Laden ausrichten lassen können. Du hättest davon erfahren.«

Pike nickte schweigend. Ob es ihm wohl völlig egal war? Vielleicht war es besser so.

»Was hast du jetzt vor?«, fragte ich ihn.

»Paulette anrufen.«

»Stört es dich nicht, was Krantz über Wozniak gesagt

hat? Dass er dir immer noch die Schuld an seinem Tod gibt?«

Pike zuckte mit den Schultern, und diesmal wusste ich, dass er sich keinen Deut darum scherte.

»Soll Krantz oder egal wer denken, was er will. Was ich glaube und tue, ist wichtiger.«

Pike atmete einmal tief durch und schaute mit seiner dunklen Brille in meine Richtung.

»Ich habe dich vermisst, Elvis.«

Seine Worte entlockten mir ein Lächeln.

»Ja, Joseph, ich habe dich auch vermisst. Es tut gut, dass du wieder zurück bist.«

Wir schüttelten uns die Hände, dann blickte ich ihm hinterher, als er zum Transporter der Firma Garcia Tortillas ging und fortfuhr. Eine Zeit lang blieb ich im heißen Wind stehen und sagte mir, dass die Geschichte jetzt vorüber und Pike wieder zu Hause und in Sicherheit war, doch eigentlich hatte ich das Gefühl, dass gar nichts zu Ende oder gelöst war.

Wir waren jetzt anders als vorher. Die Welt hatte sich verändert.

Ich fragte mich, ob unser Leben jemals wieder so wie früher oder so gut wie früher sein würde oder ob wir alle dabei verloren hatten.

Der Teufel verlangt seinen Tribut, selbst in dieser Stadt der Engel.

Vielleicht hier mehr als anderswo.

Ich hatte schon viele Jahre in meinem Haus gelebt, aber jetzt war es nicht mehr mein Haus. Es war nicht mehr das gemütliche Dachhaus, das mich in sein warmes Holz und in das Licht der untergehenden Sonne hüllte. Es war zu einer großen Höhle geworden, in der mich Echos begleiteten, wenn ich von einem Zimmer ins andere ging auf der Suche nach etwas, das ich nicht finden konnte. Ins obere Stockwerk zu steigen dauerte Tage, der Weg in die Küche mehrere Wochen. Komisch, wie die Abwesenheit einer Freundin so etwas bewirken kann. Komisch, wie schnell eine Frau durch die Tür verschwindet, der Mann aber, vor dem sie abhaut, für diese paar Schritte eine Ewigkeit braucht.

Ich denke, das ist der Grund, warum du grinst, Cole. Weil es so verdammt komisch ist.

An jenem Abend schloss ich meine Haustür ab und machte mich auf den Weg die gewundenen Bergstraßen hinab nach Hollywood. In den Tälern wird es zuerst dunkel, dort sammeln sich die Schatten, während sich die Sonne hinter den hohen Kämmen versteckt. Hier ein Tipp: Wenn man die Täler verlässt, findet man das Licht wieder, und man bekommt eine zweite Chance auf den Tag. Sie gilt nur kurz, aber niemand hat je behauptet, dass zweite Chancen lange auf einen warten.

Der Sunset Strip war ein Wirrwarr aus coolen Typen mittleren Alters, die mit ihren Porsches Hetzjagden veranstalteten, Schickimicki-Typen aus dem reichen San-Fernando-Tal am Rand von L.A. mit kubanischen Robustos zu zwanzig Dollar zwischen den Zähnen und ein paar Millionen junger Frauen mit flachen Bäuchen und Ringen in den Bauchnabeln. Doch all das nahm ich gar nicht wahr. Die Pilger aus Des Moines im Mittleren Westen, die Südkalifornien nur aus dem Fernsehen kannten und sich hier vor dem House of Blues aufgereiht hatten, sahen aus wie Katalogmodelle für eine billige Kaufhauskette mit der Mode von gestern. Strohblonde Mädchen drängten sich vor Johnny Depps Viper Room und lachten mit Motorradpolizisten des LAPD über den letzten LSD-Vorfall. Doch all das sah und hörte ich nicht. Das Zwielicht verwandelte sich in dunkle Nacht, die Zeit schritt voran. Ich fuhr bis ans Meer, dann Richtung Norden über die steilen Bergpässe von Malibu und den Ventura Freeway entlang zurück – auch hier eine dahinrasende Masse aus Metall. Ich war nervös und unentschlossen und dachte, dass ich eine Lösung finden würde, wenn ich nur lange genug fahren würde.

Ich liebe L.A.

Es ist eine tolle, sich bis in die Unendlichkeit dahinräkelnde Stadt, die uns durch ihre schiere Größe schützt. Eintausendzweihundert Quadratkilometer. Elf Millionen schlagende Herzen in Los Angeles County, offiziell angemeldet oder nicht. Wie stehen die Chancen? Das Mädchen, das unter dem Hollywood-Schriftzug vergewaltigt wird, ist nicht deine Schwester, der Junge, der auf dem Rücken in einer roten Pfütze zuckt, ist nicht dein Sohn, die hingesprayten Muster auf den Geldautomaten sind Beispiele namenloser städtischer Kunst. So fühlen wir uns sicher. Wenn etwas passiert, dann immer dem anderen. Das einzige Problem: Wenn deine Freundin zur Tür hinausgeht, betrifft es nicht jemand anderen. Dann bist du es, den es eiskalt erwischt hat.

Oben an den Santa Monica Mountains verließ ich den Freeway und nahm den Mulholland Drive Richtung Osten.

Es ist ruhig dort oben. Und dunkel. Eine Million Kilometer von der Stadt entfernt, auch wenn es mitten im Herzen der Stadt liegt. Die trockene Luft umschmeichelte meine Haut wie Seide, in der Luft hing der schwere Geruch von Eukalyptus und Salbei. Ein Schwarzwedelhirsch huschte in meinem Scheinwerferlicht vorbei. Kojoten im Gras beobachteten mich mit ihren roten Augen. Ich war müde und dachte, dass ich nach Hause gehen sollte, weil dieses ziellose Umherirren keinen Sinn ergab. Einfach nach Hause fahren, schlafen und mit meinem Leben weitermachen. Die Welt kann ich auch noch morgen retten. Und all die Antworten auf meine Fragen suchen.

Nach einer Weile fuhr ich an den Straßenrand, schaltete den Motor aus und starrte in die Lichter, die die Talsohle erleuchteten. Zwei Millionen Menschen lebten dort unten. Aneinandergelegt, könnten sie einen Kreis um den Mond bilden. Die roten Rücklichter auf den Freeways sahen aus wie leuchtendes Blut, das langsam durch Arterien gedrückt wird. Ein LAPD-Hubschrauber kreiste über Sherman Oaks, tastete mit seinem Schweinwerfer den Boden ab. Eine weitere Oper, in der ich keine Rolle übernehmen wollte.

Ich stieg aus und setzte mich mit gekreuzten Beinen auf die Motorhaube. Auf einem Strommast saß eine Eule und beobachtete mich.

»Huhu«, grüßte die Eule.

Eulen machen so was.

Vor einem Monat war ich beinahe getötet worden. Auch mein bester Freund und Partner war beinahe umgebracht worden, und seitdem hatte ich jeden Tag gedacht, er sei tot. Heute war er dem Tod wieder nur um Haaresbreite entgangen. Samantha Dolan war tot, meine Freundin hatte mich verlassen, und ich saß hier mit einer Eule im Dunkeln. Ja, gut, die Welt hatte sich verändert. In mir hatte sich eine große Leere gebildet, und ich wusste nicht, wie ich sie wieder füllen könnte. Ich hatte Angst.

Die warme Luft fühlte sich gut an. Als ich das erste Mal nach Los Angeles gekommen war, hatte ich mich in die Stadt verliebt. Tagsüber ist L.A. wie eine wahnsinnige, verspielte Puppe. Immer will sie gefallen und hat ein schnelles Lächeln parat. Nachts wird sie zur Schatztruhe voller Zaubereien und Träume. Man muss seinen Träumen nur hinterherjagen. Man braucht nur seinen Zauberkasten. Man muss nur überleben, aber das ist überall so. Das hatte ich schon kapiert, als ich das erste Mal hierhergekommen war, und es ist das, was immer mehr Menschen jeden Tag herausfinden, herausgefunden haben und herausfinden werden. Deswegen sind sie hier – wegen dieser Schatztruhe voller Hoffnungen.

Die Sache mit Lucy könnte ich wieder in Ordnung bringen. Ich könnte mein Leben wieder auf die Reihe kriegen und die Leere ausfüllen.

»Huhu«, sagte die Eule wieder.

»Huhu, ich bin's«, grüßte ich zurück.

Ich stieg wieder in den Wagen, fuhr aber nicht nach Hause, sondern schaltete das Radio ein und machte es mir bequem. Ich brauchte nicht mehr nach Hause zu fahren. Ich war schon dort.

L.A. ist nicht das Ende; es ist der Anfang.

Genau dort war ich.

Danksagung

Viele Menschen haben zum Entstehen und der Veröffentlichung dieses Buchs beigetragen. Dazu gehören Detective-Three John Petievich, LAPD (Abteilung Flucht); Detective-Three Paul Bishop, LAPD (Sexualverbrechen, West Los Angeles); Bruce Kelton JD, CFE (Direktor des Forensischen Instituts, Deloitte & Touche); Patricia Crais; Lauren Crais; Carol Topping (dafür, dass sie abends mit den Mädchen ausgegangen ist); Wayne Topping (der sich damit abgefunden hat); William Gleason, Ph. D.; Andrea Malcolm; Jeffrey Gleason, April Smith; Robert Miller; Brian DeFiore; Lisa Kitei; Samantha Miller; Kim Dower; Gerald Petievich; Judy Chavez (für den Sprachunterricht); Dr. Halina Alter (dafür, dass sie mich bei Laune gehalten hat); Steve Volpe und Norman Kurland.

Einen besonderen Beitrag haben folgende Personen geleistet, ohne die es dieses Buch in der vorliegenden Form nicht geben würde: Aaron Priest, Steve Rubin, Linda Grey, Shawn Coyne und George Lucas. Ein herzliches Dankeschön.

Hilfe, Ermutigung und Inspiration habe ich von vielen erhalten, die ungenannt bleiben wollen. Zu diesen geheimen Wesen gehören TC, MG, TD, LC und Cookie.

Es tut gut, auf nächtlicher Streife dabei zu sein, egal, wann und wo.

Dieses Buch gehört nicht nur mir, sondern auch Leslie Wells.

Simon Kernick

»Man sollte eine Taschenlampe einschalten,
bevor man sich in Kernicks finstere Welt wagt.«
Spiegel Online

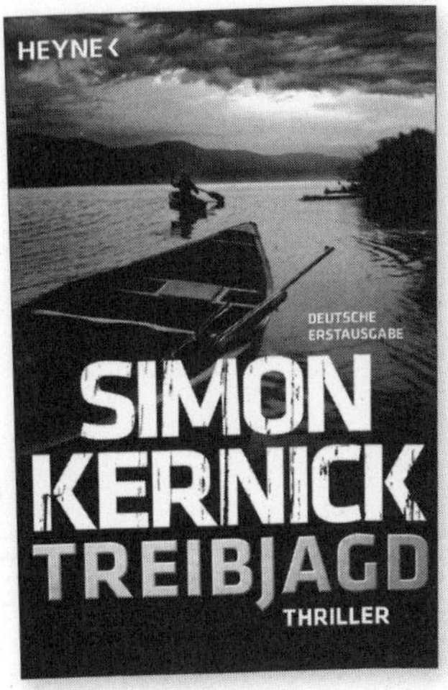

978-3-453-41788-5

Gnadenlos
978-3-453-43360-1

Todesangst
978-3-453-43382-3

Verdächtig
978-3-453-43494-3

Instinkt
978-3-453-43544-5

Vergebt mir
978-3-453-43495-0

Fürchtet mich
978-3-453-43493-6

Erlöst mich
978-3-453-43662-6

Das Ultimatum
978-3-453-43707-4

Bedrohung
978-3-453-43761-6

Deadline
978-3-453-43383-0

Erlöst mich
978-3-453-43662-6

Treibjagd
978-3-453-41788-5

Leseproben unter: **www.heyne.de**

HEYNE